御製

佛光恩照三千大千　隨緣徧滿
恒沙法界普度衆生　悉證菩提
身心安泰年時豐稔　風雨調順
日月升恒乾坤清寧　百昌蕃熾
上下樂利中外協和　庶物咸亨
萬善圓成情與無情　同登正覺
大清雍正十三年四月初八日

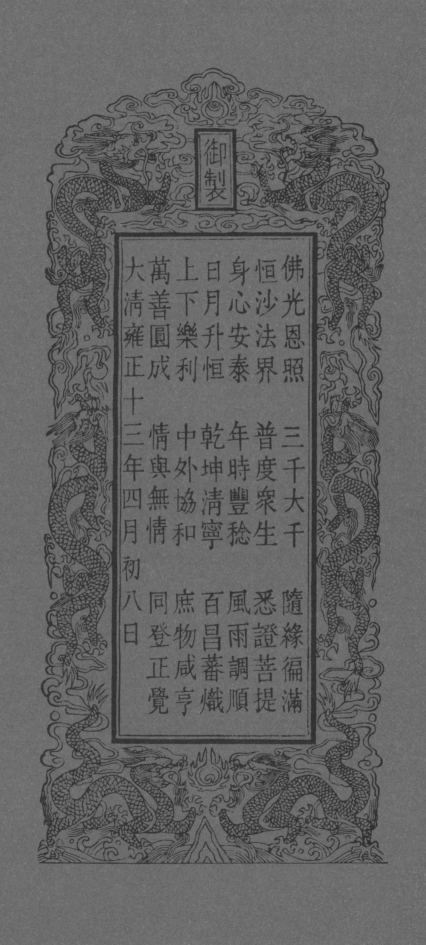

第二三册　大乘經　大集部（三）

般舟三昧經

後漢月支三藏支婁迦讖譯

清刻龍藏佛說法變相圖

般舟三昧經卷上 亦名十方現在佛悉在前立定經

後漢月支三藏支婁迦讖譯

問事品第一

聞如是一時佛在羅閱祇迦鄰竹園中與大比丘衆比丘五百人皆是阿羅漢諸漏已盡無復塵垢生死悉除而得自在心已解脫照明於慧譬如大龍聖智通達所作已辦衆行具足棄捐重擔所欲自從已捨諸有其行平等得制其心度於彼岸唯除一人賢者阿難爾時有菩薩名颰陀和與五百菩薩俱皆持五戒晡時至佛所前以頭面著佛足却坐一面并與五百沙門俱至佛所前爲佛作禮却坐一面時佛放威神諸比丘所在遠方無不來者即時十萬比丘俱相隨來會佛所前爲佛作禮却坐一面佛復放威神摩訶波和提

比丘尼與三萬比丘尼俱相隨至佛所前爲佛作禮却坐一面佛復放威神羅鄰那竭菩薩從墮舍利大國出憍曰兜菩薩從占波大國出那羅達菩薩從波羅斯大國出須深菩薩從迦羅衛大國出摩訶須薩和菩薩與阿難邠坻迦羅越俱從舍衛大國出因坻達菩薩從鳩睒彌大國出和倫調菩薩從沙祇大國出一一菩薩各與二萬八千人俱來到佛所前爲佛作禮皆却坐一面羅閱祇王阿闍世與十萬人俱來到佛所前爲佛作禮却坐一面四天王釋提桓因梵摩三鉢摩夷亘天阿迦尼吒天各各與若干億億百千天子俱來到佛所前爲佛作禮却住一面難頭和難龍王婆竭龍王摩難斯龍王阿耨達龍王各各與若干龍王億億百千萬俱來到佛所前爲佛作禮却住一面四面阿須倫王各與若干阿須倫民億億百千萬俱來到佛所前爲佛作禮却住一面時諸比丘比丘尼優婆塞優婆夷諸天諸龍諸阿須倫民諸閱叉鬼神諸迦留羅鬼神諸眞陀羅鬼神諸摩睺勒鬼神諸人非人無央數都不可計颰陀惒菩薩從座起整衣服叉手長跪白佛言願欲有所問既問者欲有所因故天中天聽我言者今當問佛佛告颰陀惒菩薩所用故者便問佛當爲汝說之颰陀惒菩薩問佛言菩薩當作何等三昧所得智慧如大海如須彌山所問者不疑終不失人中之將自致成佛終不退終不生愚癡之處豫知去來之事未曾離佛時若於夢中亦不離佛端正姝好於衆中顏色無比少小常在尊貴大姓家生若其父母

兄弟宗親知識無不敬愛者高才廣博所議作者與衆絶異自守節度常内慙色終不自大常有慈哀智慮通達於智中明無有與等者威神無比精進難及入諸經中多入諸經中諸經中無不解者安樂入禪入定入空無所想無所著於是三事中不恐多爲人說經便隨護之在所欲生何所自恣無異本功德力所信力多所至到處其筋力強無不欲愛力無不有根力明於所向力明於所念力明於所視力明於所信力明於所願力在所問如大海無有減盡時如月盛滿時悉徧照無有不滅明者如日初出時如炬火在所照無所罣礙不著心如虛空無所止如金剛鑽無所不入安如須彌山不可動如門閫正住堅心輭如鵠毛無有麤棄身無所貪慕樂於山川如野鹿常自守不與人從事若沙門道人多所教授皆護視若有輕嬈者終無瞋恚心一切諸魔不能動解於諸經入諸慧中學諸佛法無有能爲作師者威力聖意無有能動搖者深入之行常隨無所行常柔弱於經中常悲承事於諸佛無有猒所行種種功德悉逮及所行常至誠所信常正無有能亂者所行常淨潔臨事能決無有難清淨於智悉明得所樂行盡於五蓋智慧所行稍稍追成佛之境界莊嚴諸國土於戒中清淨却羅漢辟支佛心所作爲者皆究竟所作功德常在上首教授人民亦然於菩薩中所教授無有猒當所作者度無有極一切餘道無有能及者未甞離佛不見佛常念諸佛如父母無有異稍稍得諸佛威神悉得諸經明眼所視無所

罣礙諸佛悉在前立譬如幻師自在所化作諸法不豫計念便成法亦無所從來亦無所從去如化作念過去當來今現在如夢中所有分身悉徧至諸佛剎如日照水中影悉現所念悉得如響亦不來亦不去生死亦如影之分便所想識如空於法中無想莫不歸仰者一切平等無有異於經中悉逮知心不可計一切諸剎心不著無所適念止於諸佛剎無所復罣礙悉入諸陀羅尼門於諸經中聞一知萬諸佛所說經悉能受持侍諸佛悉得諸力悉得諸佛威神勇猛無所難行步如猛師子無所畏於諸國土無不用言者所聞者未曾有忘時一切諸佛之議等無有異悉了知本無經不恐欲得諸經便自知說如諸佛終無猒爲世間人之師無不依附者其行方幅無有諂僞諸剎照明眼不著於三處所行無所罣礙於衆輩中無所適於本際法中無所慕於薩芸若教人入佛道中未曾恐怖無有畏懼時悉曉知佛諸經所有卷所在衆會中無不蒙福者見佛極大慈歡喜所學諸佛經通利於大衆中無所畏於大衆中無有能過者名聲極遠破壞諸疑難無不解者於經中極尊於師子座上坐自在如諸佛法教悉曉知佛萬種語悉入萬億音愛重諸佛經常念在左右則未曾離於諸佛慈於佛經中樂行常隨佛出入常在善知識邊無有猒極時於十方諸佛剎無所適止悉逮得願行度脫十方萬民智慧珍寶悉逮得經藏身如虛空無有想教人求菩薩道使佛種不斷行菩薩道未曾離摩訶衍逮得摩訶僧那僧涅極廣

大道疾逮得一切智諸佛皆稱譽近佛十力地一切所想悉入中一切所計悉了知世間之變悉曉知成敗之事生者滅者悉曉知入經海寶開第一之藏悉布施悉於諸剎行願亦不在中止極大變化如佛所樂行心一反念佛悉在前立一切適不復願適無所生處十方不可計佛剎悉見聞諸佛所說經一一佛比丘僧悉見是時不持仙道羅漢辟支佛眼視不於是間終生彼間佛剎爾乃見便於是間坐悉見諸佛悉聞諸佛所說經悉皆受譬如我今於佛前面見佛菩薩如是未曾離佛未曾不聞經佛告跋陀惒菩薩善哉善哉所問者多所安隱於世間人民不可復計天上天下悉安之今若能問佛如是若能前世過去佛時所聞施行作功德所致供養若干佛已所致樂於經中所致作道行守禁戒所致自守法行清白不煩濁輒以乞匃自食多成就諸菩薩合會教語諸菩薩用是故極大慈哀一切人民皆於等心隨時欲見佛即見佛所願廣大甚深之行常念佛智慧悉持經戒具足佛種聖心如金剛悉知世間人民心所念悉在諸佛前佛告跋陀惒菩薩若功德以不可復計佛言今現在佛悉在前立三昧其有行是三昧者若所問者悉可得跋陀惒菩薩白佛言願佛哀說之今佛說者多所過度多所安隱願佛爲諸菩薩現大明佛告跋陀惒菩薩一法行常當習持常當守不復隨餘法諸功德中最尊第一何等爲第一法行是三昧名爲現在佛悉在前立三昧

行品第二

佛告跋陀惒菩薩若有菩薩所念現在定意向十方佛若有定意一切得菩薩高行何等爲定意從念佛因緣向佛念意不亂從得黠不捨精進與善知識共行空除睡卧不聚會避惡知識近善知識不亂精進飯知足不貪衣不惜壽命子身避親屬離鄉里習等意得悲喜心護行棄蓋習禪不隨色不受陰不入衰不念四大不失意不貪性解不淨不捨十方人活十方人十方人計爲我所十方人計爲非我所一切不欲受不貿誡習定行欲諷經不中犯戒不失定意不疑法不諍佛不却法不亂比丘僧離妄語助道德家避癡人世間語不喜不欲聞道語具欲聞亦喜從因緣畜生不欲聞六味習爲五習爲離十惡爲習十善爲曉九惱行八精進捨八懈怠爲習八使爲習九思八大人念又不著禪聞不貢高棄自大聽說法欲聞經欲行法不隨歲計不受身相離十方人不欲受不貪壽爲了陰不隨或爲不隨所有求無爲不欲生死大畏生死計陰如賊計四大如蛇十二衰計空久在三界不安隱莫忘得無爲不欲貪欲願欲棄生死不隨人諍不欲墮生死常立佛前受身計如夢以受信不復疑意無有異一切滅思想過去事未來事今現在事等意常念諸佛功德自歸爲依佛定意得自在不隨佛身相法一切一計不與天下諍所作不諍從因緣生受了從佛地度得可法中法中得下以了空意計人亦不有亦不滅自證無爲黠眼以淨一切不二覺意不在中邊一切佛爲一念入無有癡黠無有能訶自得曉覺意故佛黠

不從他人待得善知識計如佛無有異意一切在菩薩無有離時縱一切魔不能動一切人如鏡中像見一切佛如畫一切從法行爲入清淨菩薩行如是佛言持是行法故致三昧便得三昧現在諸佛悉在前立何因致現在諸佛悉在前立三昧如是颰陀惒其有比丘比丘尼優婆塞優婆夷持戒完具獨一處止心念西方阿彌陀佛今現在隨所聞當念去是閒千億萬佛刹其國名須摩提在衆菩薩中央說經一切常念阿彌陀佛佛告颰陀惒譬如人卧出於夢中見所有金銀珍寶父母兄弟妻子親屬知識相與娛樂喜樂無背其覺已爲人說之後自淚出念夢中所見如是颰陀惒菩薩若沙門白衣所聞西方阿彌陀佛刹常念彼方佛不得缺戒一心念若一日晝夜若七日七夜過七日已後見阿彌陀佛於覺不見於夢中見之譬如夢中所見不知晝不知夜亦不知内亦不知外不用在冥中故不見不用有所蔽礙故不見如是颰陀惒菩薩心當作是念時諸佛國境界名大山須彌山其有幽冥之處悉爲開闢目亦不蔽心亦不礙是菩薩摩訶薩不持天眼徹視不持天耳徹聽不持神足到其佛刹不於是閒終生彼閒佛刹乃見便於是閒坐見阿彌陀佛聞所說經悉受得從三昧中悉能具足爲人說之譬如有人聞墮舍利國中有婬女人名須門若復有人聞婬女人阿凡和利若復有人聞優婆洹作婬女人是時三人皆在羅閱念其人未曾見此三女人聞之婬意即爲動便於夢中各往到其所是時三人皆在羅

闕祇國同時念各於夢中到是婬女人所與
共棲宿其覺已各自念之佛告跋陀惒我持
三人已付若持是事爲說經使解此慧至不
退轉地無上正眞道然後得佛號曰善覺如
是跋陀惒菩薩於是間國土聞阿彌陀佛數
數念用是念故見阿彌陀佛見佛已從問當
持何等法生阿彌陀佛國爾時阿彌陀佛語
是菩薩言欲來生我國者常念我數數常當
守念莫有休息如是得來生我國佛言是菩
薩用是念佛故當得生阿彌陀佛國常念如
是佛身有三十二相悉具足光明徹照端正
無比在比丘僧中說經說經不壞敗色何等
爲不壞敗色痛癢思想生死識魂神地水火
風世間天上上至梵摩訶梵不壞敗色用念
佛故得空三昧如是爲念佛佛告跋陀惒菩
薩於三昧中誰當證得者我弟子摩訶迦葉
因坻達菩薩須眞天子及時知是三昧者有
行得是三昧者是爲證何等爲證證是三昧
知爲空定佛告跋陀惒乃往過去時有佛名
須波日時有人行出入大空澤中不得飯食
飢渴而臥出便於夢中得香甘美食飲食已
其覺腹中空自念一切所有皆如夢耶佛言
其人用念空故便逮得無所從生法樂即逮
得阿惟越致如是跋陀惒菩薩其所向方聞
現在佛常念所向方欲見佛即念佛不當念
有亦無我所立如想空當念佛立如以珍寶
倚瑠璃上菩薩如是見十方無央數佛清淨
譬如人遠出到他郡國念本鄉里家室親屬
財產其人於夢中歸到故鄉里見家室親屬
喜共言語於夢中見已覺爲知識說之我歸

到故鄉里見我家室親屬佛言菩薩如是其所向方聞佛名常念所向方欲見佛菩薩一切見佛如持珍寶著瑠璃上譬如比丘觀死人骨著前有觀青時有觀白時有觀赤時有觀黑時其骨無有持來者亦無有是骨亦無所從來是意所作想有耳菩薩如是持佛威神力於三昧中立在所欲見何方佛欲見即見何以故如是䟦陀惒是三昧佛力所成持佛威神於三昧中立者有三事持佛威神力持佛三昧力持本功德力用是三事故得見佛譬如䟦陀惒年少之人端正姝好莊嚴以持淨器盛好麻油如持好器盛淨水如新磨鏡如無瑕水精欲自見影於是自照悉自見影云何䟦陀惒其所麻油水鏡水精其人自照寧有影從外入中不䟦陀惒言不天中天用麻油水精水鏡淨潔故自見其影耳其影亦不從中出亦不從外入佛言善哉善哉䟦陀惒如是䟦陀惒色清淨所有者清淨欲見佛即見見即問問即報聞經大歡喜作是念佛從何所來去到何所自念佛無所從來我亦無所至自念三處欲處色處無想處是三處意所爲耳我所念即見心作佛心自見心是佛心是怛薩阿竭心是我身心見佛心不自知心心不自見心心有想爲癡心無想是泥洹是法無可樂者皆念所爲設使念爲空耳設有念者亦了無所有如是䟦陀惒菩薩在三昧中立者所見如是佛爾時頌偈言

心者不知心　有心不見心　心起想則癡
無想是泥洹　是法無堅固　常立在於念
以解見空者　一切無想念

四事品第三

菩薩有四法疾逮得是三昧何等爲四一者所信無有能壞者二者精進無有能逮者三者所入智慧無有能及者四者常與善師從事是爲四菩薩復有四事疾得是三昧何等爲四一者不得有世間思想如指相彈頃三月二者不得卧出三月如指相彈頃三者經行不得休息不得坐三月除其飯食左右四者爲人說經不得望人衣服飯食是爲四菩薩復有四事疾得是三昧何等爲四一者合會人至佛所二者合會人使聽經三者不嫉妬四者教人學佛道是爲四菩薩復有四事疾得是三昧何等爲四一者作佛形像若作畫用是三昧故二者用是三昧故持好疋素令人寫是三昧三者教自貢高人内佛道中四者常護佛法是爲四佛爾時頌偈曰

常信樂於佛法　受誦是道德化
精進行解深法　立具足等慈哀
當普說佛經卷　廣分布道法教
慎無得貪供養　無所著得是法
在不正瞋恚與　意善解便離欲
常樂定三昧禪　謹慎行得是法
當念佛本功德　天金色百福相
諸種好有威德　現譬如像金山
悉見知諸世間　過去佛及當來
并現在人中尊　天中天皆說是
當供養斯善救　上好華衆擣香
欣踊心奉飯食　得是法終不久
鼓琴瑟諸妓樂　簫成供佛形像
欣然意悅無量　尊道法得不難

當造起佛形像　諸相好若干種
黃金色無穢漏　疾逮得是道尊
堅固敬常以前　聽是法無亂心
常捨離懈怠行　得三昧疾不久
無恚害向他人　當行哀得慈法
普救護功德地　得三昧疾不久
常恭敬於法師　當奉事如世尊
無得惜是經法　得三昧疾不久
慎無得疑斯經　佛讚是正道化
一切佛所歌歎　得三昧疾不久

佛告跋陀惒如是菩薩當慈心當樂於善師所視師當如佛悉具足承事欲書是三昧經時若欲學時菩薩敬師如是跋陀惒菩薩於善師有瞋恚有持善師短視善師不如佛者得三昧難譬如跋陀惒明眼人夜半視星宿見星宿甚衆多如是跋陀惒菩薩持佛威神於三昧中立東向視若干百千佛若干百萬佛若干百億佛如是十方等悉見諸佛佛告跋陀惒是菩薩如佛眼悉知見如是跋陀惒是菩薩欲得見今現在諸佛悉在前立三昧布施當具足持戒如是忍辱精進一心智慧度脫智慧身悉具足佛爾時頌偈曰

譬如有人眼清淨　於夜中半而起觀
仰見星宿無數千　晝日思念皆識知
菩薩如是得三昧　見無央數百千佛
皆識念知於諸佛　則爲衆會說世雄
譬如今我覺眼明　清淨無垢見世間
佛子菩薩眼若此　三昧普達見世尊
終不復起吾我想　見十方佛人中尊
除婬清淨無想念　觀此菩薩奇特行

逮聞尊法寂然義　速疾得解空定行
今我亦訓於是法　以成佛道多所安
如阿彌陀國菩薩　見無央數百千佛
得是三昧菩薩然　常見無數百千佛
比丘阿難如勇猛　從我聞法皆受持
逮得三昧亦如是　聞無數法悉奉持
當信三昧疾持行　悉棄世間諸所有
常樂斯經行法施　疾得清淨寂定地

譬喻品第四

佛告颰陀惒菩薩慈求三昧者得是三昧已不精進行者譬如颰陀惒有人載滿船珍寶欲持渡大海未至船中道壞閻浮利人皆大悲念亡我爾所珍寶如是颰陀惒是菩薩聞是三昧已不書不學不誦不持如中法一切諸天人民皆爲大愁憂言乃亡我爾所經寶用失是深三昧故佛言是三昧經者是佛所囑佛所稱譽聞是深三昧經者不書不學不誦不守不持如法者無返復愚癡人自用以爲高不受是經意欲高才反不肯學是三昧譬如颰陀惒愚癡之子有人與滿手栴檀香不肯受之反謂與之不淨栴檀香貨主語其人言此栴檀香卿莫謂不淨乎且取齅之知香不試視之知淨不癡人閉目不視不肯齅佛言其人聞是三昧者如是不肯受之反棄捨去是爲不持戒人反捨是珍寶經是爲愚癡無智自用得禪具足爲度反呼世間爲有不入空不知無其人聞是三昧已不樂不信不入中反作輕戲語佛亦有深經乎亦有威神乎反形言世間亦有比丘如阿難乎佛言其人從持是三昧者所去兩兩三三相與語

云是語是何等說是何從所得是語是爲自合會作是語耳是經非佛所說佛告䟦陀惒譬如賈客持摩尼珠示田家癡子其人問賈客平此幾錢賈客報言夜半時於冥處持摩尼珠著冥中其明所照至直滿其中寶佛言其人殊不曉其價反形是摩尼珠言其價能與一頭牛等不寧可貿一頭牛想是不復過與我者善不肯者已如是䟦陀惒其人聞是三昧不信者反形是經如是佛言如菩薩持是三昧受信者便隨行四面皆擁護無所畏持禁戒完具爲得高明黠慧深入爲他人說之菩薩當持是三昧分布語人展轉相傳令是三昧久在佛言癡人自於前世佛所不供養不作功德反自貢高多行誹謗嫉妬用財利故但欲求名但欲譁說不得善師亦不明經聞是三昧已不信不樂不入中反誹謗人言是彼不知愧爲自作是經耳是經非佛所說佛告䟦陀惒我今具語汝如是䟦陀惒求菩薩道者若善男子善女人持是三千國土滿其中珍寶施與佛設有是功德不如聞是三昧若有菩薩聞是三昧信樂者其福禱倍多佛爾時頌偈言

假使三千界　滿中珍寶施　供養佛世尊
以用求佛道　設復有比丘　聞是佛三昧
信樂而不疑　其福過彼上　諛諂懷自大
無信在凶害　與惡師相隨　不信是法教
犯戒近惡友　堅住自貢高　各各共議言
是經非佛語　佛不說是議　爲自共合造
此非法王教　共誹謗如斯　竟無有是語
此爲誹謗佛　有樂道法者　我故爲說耳

有聞是經者　仁賢而喜悅　其心常不疑
不言非佛說　奉禁戒清淨　受法諷誦利
執經普講說　則具足道義
佛告颰陀和我所說無有異爾故說是語耳
令見我說是三昧者其人却後世時聞是三
昧終不疑不形笑不言不信除在惡師邊正
使在善師邊其功德薄少如是輩人復轉與
惡師從事是輩人者聞是三昧不信不樂不
入中何以故其人未久學所更佛少所信智
慧少故不信耳佛告颰陀和其有菩薩聞是
三昧不形笑不誹謗者歡喜不中疑不言乍
信乍不信樂書樂學樂誦樂持佛言我悉預
知預見已其人不獨於一佛所作功德不於
二若三若十悉於百佛所聞是三昧却後世
時聞是三昧者書學誦持經卷最後守一日
一夜福不可計自致阿惟越致所願者得佛
告颰陀和聽我說譬喻如是颰陀和有人取
一佛刹破碎如塵其人取此一塵悉復破碎
如一佛刹塵都盧悉取一一塵皆復塵破盡
如一佛刹塵云何颰陀和是塵其數寧多不
颰陀和言甚多甚多天中天佛告颰陀和我
爲若曹引此譬喻若有一菩薩盡取此塵一
塵置一佛刹其數爾數佛刹滿其中珍寶悉
持供養諸佛不如聞是三昧若一菩薩學是
三昧已書學誦持爲他人說守須臾間是菩
薩功德不可復計佛言持是三昧者書學誦
持爲他人說其福乃爾何況守是三昧悉具
足者佛爾時頌偈言
三千大千之國土　滿中珍寶用布施
設使不聞是經像　其功德福爲薄少

若有菩薩求衆德　當講奉行是三昧
疾信諷誦此經法　其功德福無有量
如一佛國塵世界　皆破壞碎以爲塵
彼諸佛土過是數　滿中珍寶用布施
其有受持是世尊　四句之義爲人說
是三昧者諸佛慧　得聞功德叵比喻
何況有人自講說　受持諷誦念須臾
轉加增進奉行者　其功德福無有量
假使一切皆爲佛　聖智清淨慧第一
皆於億劫過其數　講說一偈之功德
至於泥洹讚詠福　無數億劫悉歎誦
不能盡究其功德　於是三昧一偈事
一切佛國所有地　四方四隅及上下
滿中珍寶以布施　用供養佛天中天
若有聞是三昧者　得其福祐過於彼

安諦諷誦講說者　引譬功德不可喻
其人貢高終不起　亦無有趣惡道時
解了深法不疑結　行斯三昧得如是
學士爲以見奉吾　德重精進普不著
增益信明爲菩薩　力學三昧佛所讚
囑累汝等常勤教　力行精進無放逸
自勗勇猛勤修行　令得大道不復久
其有誦受是三昧　已爲面見百千佛
假使最後大恐懼　持此三昧無所畏
行是比丘以見我　常爲隨佛不遠離
菩薩聞習三昧者　義當受持爲人說
菩薩得是三昧者　爾乃名曰博達慧
爲逮總持佛稱譽　疾成佛道智如海
常恒誦說是三昧　當從佛法世尊教
聞其種性得等覺　如佛所歎無有異

般舟三昧經卷上

音釋

般舟梵語也此云佛立般通潘切　颰蒲撥切　邠坻邠卑民切坻直離切　睒失冉切　筋舉欣切骨絡也　閫苦本切門限也　鵠胡沃切鳥名　嬈而沼切亂也　逮徒耐切及也　幅方六切　薩芸若梵語也此云一切智芸音云若爾者切　匃居太切乞請也　黠胡八切慧也　孑居列切單也　癢餘兩切　譁胡瓜切諠譁也　諛羊朱切諂諛也　叵普火切不可也

般舟三昧經卷中

後漢月支三藏支婁迦讖譯

無著品第五

佛告颰陀和是菩薩三昧當云何譬如佛今於若前說經菩薩當作是念諸佛悉在前立當具足念諸佛端正悉欲逮見一一相當想識無有能見諸佛頂上者悉具足作是想見諸佛當作是念我身亦當逮得如是亦當逮得身相如是亦當逮得持戒三昧如是當作是念我當從心得從身得當復更作念佛亦不用心得亦不用身得亦不用心得佛亦不用色得佛何以故心者佛無心色者佛無色不用是心色得阿耨多羅三藐三菩提何以故佛色以盡佛痛癢思想生死識了盡佛所說盡者愚癡不見不知智者曉了之作是念當持何等念得佛當持身得佛當持智慧得佛復作是念亦不用身得佛亦不用智慧得佛何以故智慧索不可得自復索我了不可得亦無所得亦無所見一切法本無所有念有因著無有反言有亦著是兩者亦不念亦不復適得其中但用是故亦不在邊亦不在中亦不有亦不無何以故諸法空如泥洹亦不壞亦不腐亦不堅亦不在是間亦不在彼邊無有想不動搖何等爲不動搖智者不計是故不動搖如是颰陀和菩薩見佛已菩薩心念無所著何以故說無所有經說無所有中不著壞本絕本是爲無所著如是颰陀和是菩薩守是三昧當作是見佛不當著佛何以故設有所著爲自燒譬如大叚鐵著火中燒正赤有智者不當以手持何以故燒人手

如是跋陀惒菩薩見佛不當著色痛癢思想生死識不當著何以故著者爲燒身見佛但當念其功德當索摩訶衍佛告跋陀惒是菩薩於三昧中不當有所著不著者疾得是三昧佛爾時頌偈言

如新磨鏡盛油器　女人莊飾自照形
於中起生婬欲心　放逸姿態甚迷惑
追不至誠虛捐法　爲色走使燒其身
女人患害從是起　用不解法非常空
有想菩薩亦如是　我當成佛逮甘露
度脱人民憂惱法　有人想故爲不解
求索人本不可得　亦無生死及泥洹
法不可擁如水月　觀察佛道無歸趣
黠慧菩薩當了是　解知世間悉本無
於諸人物無所著　疾速於世得佛道
諸佛從心解得道　心者清淨明無垢
五道鮮潔不受色　有解是者成大道
一切諸法無色漏　離想者空無想空
絕去婬欲則脱心　有解此者得三昧
精進奉行求佛身　當聽諸法本清淨
無得行求無不求　於是三昧不難得
觀察所有如虛空　道意寂然審第一
無想無作亦無闘　是爲解了尊佛道
見一切色無想念　眼無所著無往來
常觀諸佛等如空　已度世間諸所求
其人清淨眼無垢　奉行精進常寂然
無量經法悉受得　思惟分别是三昧
行是三昧無所著　除一切冥得定意
不見世雄無賢聖　諸外異道闘此惑
超度思想當志行　心以清淨得見佛

觀諸佛已不復見　爾乃解是尊三昧
於地水火莫能礙　風種虛空亦不蔽
行是精進見十方　坐遥聽受所化法
如我於是講說經　樂道法者面見佛
作行勤力而不著　唯從世尊所說法
行者如是無所念　專聽道義興法施
當念解了是三昧　普諦受誦佛所講
過去諸佛皆論法　當來世尊亦復然
講說宣布分别義　皆共歎講是三昧
我亦如是爲人尊　在世無上衆生父
皆悉解知此道眼　故解說示寂三昧
其有誦受是三昧　身常安隱意不荒
是爲諸佛無量德　致尊佛道獲不難
廣採衆經不可議　欲達一切諸佛化
速疾去欲諸垢塵　精進行是淨三昧
現世欲見無數佛　樂從諸尊聽受法
速疾去色除所著　行是清淨寂三昧
於是無貪及瞋恚　捨離愚癡捐憎愛
棄遠無黠除狐疑　如是得解寂三昧

四輩品第六

跋陀和菩薩白佛難及天中天說三昧者若有菩薩棄愛欲作比丘聞是三昧已當云何學云何持云何行佛言若有菩薩棄愛欲作比丘意欲學是三昧者誦是三昧者持是三昧者當清淨持戒不得缺戒大如毛髮何等爲菩薩不缺戒一切悉護禁法出入行法悉當護不得犯戒大如毛髮常當怖畏遠離於諛諂悉當護禁作是護者是爲清淨持戒何等爲菩薩缺戒者是菩薩求色何等爲求色其人意念持是功德使我後世生若作天若

作遮迦越王佛言用是比丘菩薩爲缺戒其人久持是行持是戒持是自守福欲所生處樂於愛欲中是爲毀戒佛告跋陀惒是菩薩比丘欲學是三昧者清淨持戒完具持戒不諛諂持戒當爲智者所稱譽爲羅漢所稱譽於經中當布施當精進所念强當多信勸樂當承事於和尚當承事於善師所從聞是三昧者所可聞是三昧處當視其人如視佛佛告跋陀惒是菩薩視師如視佛者得三昧疾設不恭敬於善師輕易於善師欺調於善師正使久學是三昧久行久持設不恭敬於師者疾忘之佛告跋陀惒是菩薩若從比丘比丘尼優婆塞優婆夷所得聞是三昧當視如佛所聞是三昧處當尊敬佛告跋陀惒菩薩所聞是三昧處不當持諂意向是菩薩不得諂意常當樂獨處止不惜身命不得希望人有所索常行乞食不受請不嫉妬自守節度如法住所有趣足而已經行不得懈不得卧出如是跋陀惒如是經中教其棄愛欲作比丘學是三昧者當如是守如是跋陀惒菩薩白佛難及天中天所說法若有後世懈怠菩薩聞是三昧已不肯精進其人自念我當於後世當來佛所索是三昧耳云言我曹身羸極有病瘦恐不能求聞是經已懈怠不精進若復有菩薩精進者欲學是經當教之隨是經中法教用是經故不惜軀命不望人有所得者有人稱譽者不用故喜不大貪鉢震越無所愛慕常無所欲聞是經不懈怠常精進其人不念我當於後當來佛所乃求索自念使我筋髓骨肉皆使枯腐學是三昧終不懈

怠自念我終不懈怠死聞是經已無不歡樂時佛言善哉善哉跋陀惒所說者無有異我助其歡喜過去當來今現在佛我悉助歡喜佛爾時頌偈言

如我今所說法　悉受學獨處山
行功德自守節　是三昧不難得
常乞食不受請　悉棄捨諸欲樂
所從聞是三昧　敬法師如世尊
有誦行是三昧　當精進莫懈怠
不得惜於經法　不求供乃與經
其有受是三昧　爾乃爲是佛子
學奉行如是者　得三昧終不久
常勤力不懈怠　除睡眠心開解
當遠離惡知識　然後從是法行
去放逸不休息　常捨離衆聚會
比丘求斯三昧　隨佛教當如是

跋陀惒菩薩白佛比丘尼求菩薩道欲學是三昧欲守是三昧當持何等法住學守是三昧佛告跋陀惒比丘尼求摩訶衍三跋致是三昧學守者當謙敬不當嫉妬不得瞋恚去自貢高去自貴大却於懈怠當勤精進棄於睡眠不得臥出悉却財利悉當淨潔護不得惜軀命常當樂於經當求多學當棄婬恚癡出魔羅網去當棄所好服飾珠環不得惡口不得貪愛好鉢震越當爲人所稱譽不得有諛諂學是三昧時當敬善師視如佛當承是經中教守是三昧佛爾時頌偈言

比丘尼行恭敬　不嫉妬離瞋恚
除憍慢棄自大　行是者得三昧
當精進却睡臥　捐所欲不貪壽

一心慈於是法　求三昧當如是
無得聽貪婬心　棄瞋恚及愚癡
莫得墮魔羅網　求三昧當如是
設有學是三昧　無調戲捨貪身
一切捐衆狐疑　當至誠不虛飾
捨小慈向大慈　敬善師無已已
當去離於衆惡　求三昧當如是
行求法欲得者　不貪著鉢震越
從人聞爾三昧　視如佛等無異
颰陀惒菩薩白佛若有白衣菩薩居家修道聞是三昧已欲學者欲守者當云何於法中立學守是三昧佛告颰陀惒白衣菩薩聞是三昧已欲學守者當持五戒堅淨潔住酒不得飲亦不得飲他人不得與女人交通不得自爲亦不得教他人爲不得有恩愛於妻子不得念男女不得念財産常念欲棄妻子行作沙門常持八關齋齋時常當於佛寺齋常當念布施不念我當自得其福當用萬民施常當大慈於善師見持戒比丘不得輕易說其惡作是行已當學當守是三昧佛爾時頌偈言

有居家菩薩　欲得是三昧　常當學究竟
心無所貪慕　誦是三昧時　思樂作沙門
不得貪妻子　捨離於財色　常奉持五戒
一口八關齋　齋時於佛寺　學三昧通利
不得說人惡　無形輕慢行　心無所榮冀
當行是三昧　奉敬諸經法　常喜樂於道
心無有諂僞　捨棄慳妬意　有學是三昧
常當行恭敬　捨自大放逸　奉事比丘僧
颰陀惒菩薩白佛若有優婆夷求摩訶衍三

颰致聞是三昧已欲學守者當行何等法學守是三昧佛告颰陀惒若有優婆夷求摩訶衍三颰致聞是三昧已欲學守者當持五戒自歸於三何等爲三自歸於佛歸命於法歸命於比丘僧不得事餘道不得拜於天不得示吉良日不得調戲不得慢恣不得有貪心優婆夷常當念布施歡樂欲聞經力多學問優婆夷常當敬重於善師心常惓惓不懈若比丘比丘尼過者常以座席賓主飲食待之

佛爾時頌偈言

若有優婆夷　誦是三昧者　當從佛法教
奉五戒完具　守是三昧時　當尊敬於佛
及法比丘衆　恭敬於善師　不得事外道
勿祠祀於天　行是三昧者　見人立迎逆
除去殺盜婬　至誠不兩舌　無得向酒家
當行是三昧　心不得懷貪　常當念施與
除去諛諂意　無得說人短　常當恭敬事
比丘比丘尼　聞法語悉受　學三昧如是

授決品第七

颰陀惒菩薩問佛少有及者天中天怛薩阿竭乃說是三昧諸菩薩所樂精進行無有懈怠於阿耨多羅三藐三菩提佛般泥洹後是三昧者當在閻浮利內不佛告颰陀惒菩薩我般泥洹後是三昧者當現在四十歲其後不復現却後亂世佛經具欲斷時諸比丘不復承用佛教然後亂世時國國相伐於是時是三昧當復現閻浮利內用佛威神故是三昧經復爲出颰陀惒菩薩羅鄰那竭菩薩從座起正衣服叉手於佛前白佛佛般泥洹後亂世時我曹共護是三昧持是三昧具足爲

人說之聞是經卷無有猒極時摩訶須薩和菩薩憍曰兜菩薩那羅達菩薩須深菩薩因坻達菩薩和輪調菩薩共白佛言佛般泥洹去却後世亂時是經卷者我輩自共護持使佛道久在其有未聞者我輩當共爲說教授是深經世間少有信者我曹悉受之時五百人從座起比丘比丘尼優婆塞優婆夷皆叉手於佛前住白佛佛般泥洹後亂世時聞是三昧悉自持護願持我五百人囑累是八菩薩時佛笑口中金色光出至十方不可計佛國悉照明還遶身三帀從頂上入阿難從座起更被袈裟前至佛所爲佛作禮却住叉手以偈讚曰

其心清淨行無穢　神通無極大變化
已過諸礙超衆智　光明除冥去垢塵
智慧無量心普解　佛天中天鶡鴨音
一切外道莫能動　何緣而笑出妙光
願正眞覺爲解說　慈愍一切衆生尊
若有聞佛柔輭音　解釋達聖化俗行
世尊所感非唐舉　衆聖導師不妄笑
今者誰當在決中　世雄願爲解此意
今日誰住道德堅　誰當逮得與妙行
誰今受得深法藏　無上道德衆所歸
今日誰當愍世間　誰當奉受是法教
誰堅立於佛智慧　世尊願爲解說之

佛爾時爲阿難說偈言

佛語阿難汝見不　五百人等在前立
其心歡然歌頌曰　我等亦當逮是法
顏色和悅敬禮佛　我等何時得如是
皆悉竦立嗟歎佛　我輩會當逮如是

五百人等今現在　名字雖異本行同
常樂奉受是深經　於當來世亦復然
今我囑累告汝等　佛慧無量知彼本
是等不獨見一佛　亦不立此得其慧
徹照彼之宿世命　以曾更見八萬佛
五百人等存在道　常解經義勉行成
勸助無數諸菩薩　常行慈哀護經法
勸化一切衆人民　悉令逮得大道行
知見過去諸世尊　覩八十億那術數
名德普大脫於心　擁護是法三轉行
現世於此受我教　分別供養是舍利
安諦受習佛所化　皆悉諷誦有所付
著於塔寺及山中　若付天龍乾陀羅
各各轉授經卷已　壽命終訖生天上
天上壽盡還世間　各各而生異種性
當復取此佛道行　分別是經如所願
用愛樂斯經法故　求輙得之持奉行
令無數人得聽聞　欣踊難量心無等
是等黠慧不猒法　非貪軀體及壽命
降伏一切諸外道　授與經法弘其志
是經法者無能得　及持諷誦講說者
令四輩人住我前　五百之衆能堪持
是八菩薩颰陀和　羅鄰那竭那羅達
摩訶須薩和輪調　因坻須深憍曰兜
比丘及尼清信士　奉玄妙法上義句
常以經道哀世間　宣暢方等普流化
颰陀和等八菩薩　於五百衆為英雄
常當奉持方等經　於世之俗無所著
釋一切縛解空慧　紫磨金色百福相
恒行慈哀度衆生　施以安隱滅諸塵

壽終之後生法家　不復歸於三惡道
世世相隨常和協　然後逮得尊佛道
已棄捨於八難處　遠離一切諸惡道
其功德行莫能稱　所壽福祐無能量
當復值見彌勒佛　咸同一心往自歸
悉共供養等慈哀　逮於無上寂滅句
其心僉然而和同　正意奉事人中尊
不倚俗事得法忍　疾逮無上大道行
彼常奉持此經法　夙與夜寐而諷誦
殖衆功德修梵行　覲彌勒時義若此
於是賢劫所興佛　慈哀世間放光明
每所在處普持法　奉事去來現在佛
皆悉供養諸世雄　見三世尊無衆毒
當疾逮得尊佛道　不可思議無有量
中有前得佛道者　後人展轉相供養

不可計劫那術數　如是終竟乃斷絶
於是居士颰陀惒　羅鄰那竭那羅達
及須薩和憍曰兜　曾見諸佛如恒沙
彼當奉事正法化　宣布諸佛無億教
道行無量不可稱　至于無數億劫中
假使有人受持名　所周遊處若夢中
如是勇猛導世間　皆當逮得無上道
若有覲見及聞聲　其心欣然踊躍者
皆得佛道不復疑　何况奉受供養者
若瞋恚之及罵詈　持惡意向撾捶者
於是八人威神恩　當使得佛况恭敬
彼所受法不可議　名稱無量及壽命
光明無限德無疑　智慧無量行亦然
常得面見無量佛　清淨之戒如恒沙
於是廣普行布施　以用求索無上道

無數億劫說其福　莫能齊限厥功德
受是經法誦習者　逮於大道不復難
其有愛樂此經卷　受誦諷持講說者
當知五百人中人　其心愛樂終不疑
假使施得是經法　愛樂道義加精進
行清淨戒除睡臥　逮是三昧終不難
欲獲安隱布經戒　比丘受學在閑居
常行分衛知止足　逮是三昧終不難
捨離衆鬧不受請　口莫貪味棄愛欲
所從聞是經法者　敬如世尊常供事
除去慳貪受是法　斷絕婬欲棄愚癡
發起大道心無疑　然後學行是三昧
行無所著捨諸慾　常自謹慎棄恚恨
精進奉行佛法教　然後受學是三昧
不貪男女及所有　遠離憍慢并妻妾

居家修道常慚愧　然後學誦是三昧
無賊害心行柔順　不樂謗訕捨諸惡
不用色求得法忍　當善諷誦是三昧
若比丘尼學是法　常當恭敬棄憍慢
遠離調戲及貢高　得是三昧不復難
常行精進除睡臥　不計吾我諸人物
愛樂法者不惜命　然後學誦是三昧
制婬泆意捨所著　無瞋恚心棄諛諂
終不復墮魔羅網　持是三昧得如是
於諸衆生行平等　除去放逸衆塵埃
性無卒暴及麤言　然後學誦是三昧
於鉢震越及衣服　不得須臾有貪愛
尊敬善師視如佛　然後學誦是三昧
以遠善利離惡道　一心信樂佛法教
遠離一切八難處　持是經者得如是

擁護品第八

跋陀惒菩薩羅鄰那竭菩薩憍曰兜菩薩那羅達菩薩須深菩薩摩訶須薩和菩薩因坻達菩薩和倫調菩薩見佛所說是八菩薩皆大歡喜持五百劫波育錦衣持珍寶布施持身自歸供養佛佛語阿難是跋陀惒等於五百菩薩人中之師常持中正法合會隨順教莫不歡喜者歡樂心隨時心清淨心却欲心是時五百人皆叉手立佛前跋陀惒菩薩白佛言菩薩持幾事得是三昧天中天佛言菩薩有四事疾得是三昧何等爲四一者不信餘道二者斷愛欲三者如法行四者無所貪生是爲四菩薩疾得是三昧佛告跋陀惒若有菩薩學是三昧者若持若誦若守令世即自得五百功德譬如跋陀惒慈心比丘終不中毒終不中兵火不能燒入水不死帝王不能得其便如是菩薩守是三昧者終不中毒終不中兵終不爲火所燒終不爲水所沒終不爲帝王得其便譬如跋陀惒劫盡壞燒時持是三昧菩薩者正使墮是火中火即爲滅譬如大甖水滅小火佛告跋陀惒我所語無有異是菩薩持是三昧者若帝王若賊若水若火若龍若蛇若閱叉鬼神若猛獸若大蟒若蛟龍若師子若虎若狼若狗若人若非人若伽獿若薜荔若鳩洹鬼神若欲燒人若欲殺人若欲奪人鉢震越若壞人禪奪人念設欲中是菩薩終不能中佛言如我所語無有異除其宿命不請其餘無有能中者佛言我所語無有異若有菩薩持是三昧終不病目若耳鼻口身體無病其心終不憂終不厄是

菩薩若死若近死設有是患者佛語爲有異除其宿命所作復次跋陀惒是菩薩諸天皆稱譽諸龍皆稱譽諸閱叉鬼神皆稱譽諸阿須輪皆稱譽迦留羅鬼神真陀羅鬼神摩睺勒鬼神若人非人皆稱譽是菩薩諸佛天中天皆稱譽是菩薩復次跋陀惒是菩薩爲諸天所護爲諸龍所護四天王釋提桓因梵三鉢天皆護是菩薩閱叉鬼神乾陀羅鬼神阿須輪鬼神迦留羅鬼神真陀羅鬼神摩睺勒鬼神若人非人皆共擁護是菩薩諸佛天中天皆共擁護是菩薩復次跋陀惒是菩薩爲諸天所敬愛諸龍閱叉鬼神乾陀羅鬼神阿須倫鬼神迦留羅鬼神真陀羅鬼神摩睺勒鬼神若人非人皆共敬愛是菩薩諸佛天中天皆無有愛欲以道德故皆復敬愛是菩薩復次跋陀惒是菩薩諸天皆欲見之諸龍閱叉鬼神乾陀羅鬼神阿須倫鬼神迦留羅鬼神真陀羅鬼神摩睺勒鬼神若人非人皆思樂欲見是菩薩諸佛天中天皆各各欲使是菩薩往到其所用人民故欲使往復次跋陀惒是菩薩諸天皆來至其所諸龍閱叉鬼神乾陀羅鬼神阿須倫鬼神迦留羅鬼神真陀羅鬼神摩睺勒鬼神若人非人皆來至是菩薩所與共相見諸佛天中天菩薩不但晝日見夜於夢中若見諸佛身若諸佛各各自說其名字復次跋陀惒是菩薩所未誦經前所不聞經卷是菩薩持是三昧威神夢中悉自得其經卷名各各見悉聞經聲若晝日不得者若夜於夢中悉見得佛告跋陀惒若一劫若復過一劫我說是菩薩持三昧者說其功

德不可盡竟何況力求得是三昧者佛爾時頌偈言

若有菩薩學誦是　佛說三昧寂定義
假使欲歎其功德　譬如恒邊減一沙
刀刃矛戟不中傷　盜賊怨家無能害
國王大臣喜悅向　學此三昧得如是
蚖蛇含毒咸可畏　見彼行者毒疾除
不復瞋恚吐惡氣　誦是三昧得如是
怨讎嫌隙莫能當　天龍鬼神真陀羅
覩其威光皆默然　學此三昧得如是
山野獘狼及大蟒　師子猛虎羆猳玃
無傷害心攝藏毒　悉來親護是行者
弊惡鬼神將人魂　諸天人民懷害心
感其威神自然伏　學此三昧得如是
其人不病無苦痛　耳目聰明無暗塞
言辭辯慧有殊傑　行三昧者速逮是
其人終不墮地獄　離餓鬼道及畜生
世世所生識宿命　學此三昧得如是
鬼神乾陀共擁護　諸天人民亦如是
并阿須倫摩睺勒　行此三昧得如是
諸天悉共頌其德　天人龍鬼真陀羅
諸佛嗟歎令如願　諷誦說經爲人故
其人道意不退轉　法慧之義而無盡
姿顏美艷無與等　誦習此經開化人
國國相伐民荒亂　饑饉荐臻懷苦窮
終不於中夭其命　能誦此經化人者
勇猛降伏諸魔事　心無所畏毛不豎
其功德行不可議　行此三昧得如是
妖蠱幻化及符呪　穢濁邪道不正行
終無有能中其身　用愛樂法達本故

一切悉共歌其德　具足定慧佛尊子
然後當來最末世　手得是經得如是
常行精進懷喜踊　同心和悅奉此法
受持經卷講誦諷　今我以是爲彼說

羼羅耶佛品第九

佛告䟦陀惒乃往昔時不可計阿僧祇劫爾時有佛名羼羅耶佛怛薩阿竭阿羅訶三耶三佛於世間極尊安定於世間於經中大明天上天下號曰天中天爾時有長者子名須達與二萬人俱來至羼羅耶佛所爲佛作禮却坐一面須達長者子問羼羅耶佛是三昧羼羅耶佛知須達長者子心所念便爲說是三昧須達長者子聞是三昧已大歡喜即悉諷受須作沙門求是三昧八萬歲時長者子須達從佛聞經甚衆多悉從無央數佛聞經其智慧甚高明長者子須達其後壽終生忉利天上以後復從天上來下生世間爾時故劫中復有佛名術闍波提怛薩阿竭阿羅訶三耶三佛時佛在剎利家生爾時長者子須達復於佛所聞是三昧復求之時長者子須達其後復於故劫中復有佛名賴毗羅耶怛薩阿竭阿羅訶三耶三佛婆羅門種時長者子須達復於佛所受是三昧求守八萬四千歲佛告䟦陀惒長者子須達却後八萬劫得作佛名提和竭羅爾時長者子須達爲人高明勇猛智慧甚廣佛言見是三昧不䟦陀惒饒益乃爾使人成就得佛道若有菩薩得是三昧者當學誦當持當教人當守如是者得佛不久汝曹知不䟦陀惒是三昧者是菩薩眼諸菩薩母諸菩薩所歸仰諸菩薩所出生

汝知不跋陀惒是三昧者破去於冥明於天上天下汝知不跋陀惒是菩薩三昧者是諸佛之藏諸佛之地是珍寶淵海之泉無量功德之鎮益明哲之經當作是知三昧所出如是從中出佛閱經正立於四意止中何等爲四意止中一者自觀身觀他人身自觀身觀他人身者本無身二者自觀痛癢觀他人痛癢自觀痛癢觀他人痛癢者本無痛癢三者自觀意觀他人意自觀意觀他人意者本無意四者自觀法觀他人法自觀法觀他人法者本無法佛告跋陀惒是三昧誰當信者獨怛薩阿竭阿羅訶三耶三佛阿惟越致阿羅漢乃信之耳有愚癡迷惑心者離是現在佛前立三昧遠何以故是法當念佛當見佛佛告跋陀惒是菩薩當念佛當見佛當閱經不當有著何以故佛本無是法無所因何以故本空無所有各各行自念是法中無所取是法無所著如空等甚清淨是法人所想了無所有法無所有故所因者空耳如泥洹是法無所有本無是法無所從來亦無所從去人本無是法不著者近有著者遠佛告跋陀惒若有守是三昧者因想入無想中見佛念佛守覺閱經念法守覺不得念我不得著法何以故有守覺跋陀惒有守覺不見佛有所著如毛髮不得法施他人有所悕望爲不施持戒有所悕望爲不淨貪於法不得泥洹於經中有諛諂不得爲高明樂於衆會中喜於餘道終不能得一行於欲中念雖有瞋恚不能忍辱有所憎惡不得說他人善求阿羅漢道者不得於是見現在佛悉在前立三昧中不

逮無所從來生法樂於中立有所著不得空
菩薩終不得慳貪有懈怠不得道有婬泆不
入觀有所念不入三昧佛爾時頌偈言

是等功德不可計　奉戒具足無瑕穢
其心清淨離垢塵　行此三昧得如是
設有持是三昧者　智慧普大無鈌減
博達衆義常不忘　功德之行如月明
設有持是三昧者　解了覺意不可議
曉知無量之道法　無數諸天護其德
設有持是三昧者　常自面見無數佛
聞無量佛講說法　輙能受持念普行
設有持是三昧者　惡罪勤苦皆滅除
諸佛於世行慇哀　悉共嗟歎是菩薩
假使菩薩欲覩佛　當來無數佛世尊
一心踊躍住正法　當學諷誦是三昧
其有持是三昧者　其功德福不可議
逮得人身最第一　出家超異行分衛
若有末後得是經　逮功德利最第一
得其福祚不可限　住是三昧得如是

般舟三昧經卷中

音釋

腐奉甫切朽也　態他代切恣態也　惓惓逵員切惓惓謹也　鶡何葛切鳥名　竦息拱切敬也　恊胡頰切合也　僉七廉切皆也　寐明秘切臥也　泆夷質切淫放也　訕所晏切謗也　甖烏莖切瓦器也　蟒莫朗切大蛇也　㹢玃㹢居牙切牡豕也與猳同玃居縛切大猿也　薜荔梵語具云薜荔多此云餓鬼薜蒲計切荔郎計切　矛戟矛莫浮切鉤兵也戟紀逆切戈戟也　弊毗祭切惡也　荐在見切再也　羼初限切　瑕胡加切玷也　祚昨故切福也

般舟三昧經卷下

後漢月支三藏支婁迦讖譯

請佛品第十

跋陀惒菩薩整衣服長跪叉手白佛言我欲請佛及比丘僧明日於舍食願佛哀受請佛及比丘僧黙然悉受請跋陀惒菩薩知佛已受請起至摩訶波喻提比丘尼所白比丘尼言願受我請明日與比丘尼俱於舍小飯摩訶波喻提比丘尼即受請跋陀惒菩薩語羅鄰那竭菩薩舍弟諸郡國其有新來人悉請會佛所羅鄰那竭菩薩前至佛所爲佛作禮長跪叉手白佛言我兄請佛所有新來人悉欲請於舍食願哀受之跋陀惒菩薩羅鄰那竭菩薩憍曰兜菩薩那羅達菩薩須深菩薩摩訶須薩和菩薩因坻達菩薩和倫調菩薩悉與宗親俱前以頭面著佛足及爲比丘僧作禮作禮已竟從佛所去歸到羅閱祇國至跋陀惒菩薩家共相佐助作諸飯具四天王釋提桓因梵三鉢皆共疾來佐助跋陀惒菩薩作衆飯具爾時跋陀惒菩薩宗親共莊嚴羅閱祇國持若干種雜繒帳覆一國中其街巷市里皆懸繒旛舉一國中悉散華燒香作百種味飯具用佛故比丘僧比丘尼優婆塞優婆夷及諸貧窮乞丐者其飯具適等何以故不有偏施於人民及蜎飛蠕動之類悉平等跋陀惒與八菩薩與諸宗親以飯時俱往詣佛前以頭面著佛足却白佛言飯食具以辦願佛可行時佛與比丘僧皆著衣持鉢俱詣來會者皆隨行佛入羅閱祇國中到跋陀惒菩薩家跋陀惒菩薩作是念今佛威神故

令我舍極廣大悉作瑠璃表裏悉相見城外悉見我舍中我舍中悉見城外佛即知跋陀惒心所念佛便放威神令跋陀惒舍極廣大舉一國中人民悉見於舍中佛前入跋陀惒菩薩家坐比丘僧比丘尼優婆塞優婆夷各各異部悉坐於舍中跋陀惒菩薩見佛比丘僧坐已自供養佛比丘僧若干百種飯手自斟酌佛及比丘比丘尼優婆塞優婆夷皆已乃飯諸貧窮者悉等與悉各平足皆佛威神恩使之足跋陀惒菩薩見佛諸弟子悉飯已前行澡水畢竟持一小机於佛前坐聽經爲跋陀惒菩薩及四輩弟子説經莫不歡喜者莫不樂聞者莫不欲聞者佛以經請比丘僧及諸弟子佛起與比丘僧俱去跋陀惒菩薩飯已與宗親俱出羅閱祇國到佛所前爲佛作禮皆却坐一面及羅鄰那竭菩薩憍曰兜菩薩那羅達菩薩須深菩薩摩訶須薩和菩薩因坻達菩薩和倫調菩薩跋陀惒菩薩見人衆皆安坐已前問佛菩薩用幾事得見現在佛悉在前立三昧佛告跋陀惒菩薩菩薩有五事疾得見現在佛悉在前立三昧學持諦行心不轉何等爲五一者樂於深經無有盡時不可得極悉脱於衆灾變去以脱諸垢中以去冥入明諸矇矓悉消盡佛告跋陀惒是菩薩逮得無所從來生法樂逮得是三昧復次跋陀惒不復樂所向生是爲二不復樂喜於餘道是爲三不復樂於愛欲中是爲四自守行無有極是爲五菩薩復有五事疾得是三昧何等爲五一者布施心不得悔無所貪無所惜從是不得有所希望施人已後不

復恨復次跋陀惒菩薩持經布施爲他人說經所語者安諦無有疑無所愛惜說佛深語身自行立是中復次跋陀惒菩薩不嫉妬所作無有疑却睡卧却五所欲不自說身善亦不說他人惡若有罵者若有形者亦不得恚亦不得恨亦不得瞋何以故入空行故復次跋陀惒菩薩是三昧自學復教他人書是經著好疋素上使久在復次跋陀惒菩薩所信多樂敬長老及知識於新學人若得所施當念報恩常有識信受人小施念報大何況於多者菩薩常樂重於經棄捐無反復之意常念有反復如是者得三昧疾佛爾時頌偈言

常愛樂法在深解　於諸習欲不貪生
遊步五道無所著　如是行者得三昧
好喜布施不想報　所惠無著不退念
所與不見有受者　唯欲得解佛深慧
愍傷衆生行布施　其心喜勇不悔恨
常立布施及戒忍　精進一心智慧事
具足六度攝一切　慈悲喜護四等心
善權方便濟衆生　如是行者得三昧
若有與施除慳貪　其心歡踊而授與
既施之後恒欣喜　如是行者得三昧
曉知經法分別句　聞深要義佛所教
講說微妙道德化　如是行者得三昧
其人學誦是三昧　具足解慧爲人說
令此經法得化存　如是行者得三昧
常不祕奧佛經法　不望供養乃爲講
唯求安隱佛道地　如是行者得三昧
除去所著棄諸蓋　捐去貢高及慢大
不自稱譽說彼短　終不復起吾我想

其有寂定意不起　便能解是道定慧
棄捐諛諂心清淨　用是速逮不起忍
常行至誠無綺飾　其願具足無缺減
殖衆正德無邪行　愛樂法者得道疾
所誦習經常不忘　常護禁戒清淨行
如是行者得佛疾　何況奉是寂三昧
佛告跋陀惒菩薩往昔無數劫提和竭羅佛時我於提和竭羅佛所聞是三昧即受持是三昧見十方無央數佛悉從聞經悉受持爾時諸佛悉語我言却後無央數劫汝當作佛名釋迦文佛告跋陀惒菩薩我故語若今自致作佛是三昧若曹當學爲知內法第一衆所不能及出衆想去其有於是三昧中立者念得佛道佛爾時頌偈言
憶念我昔定光佛　於時逮得是三昧
既見十方無數佛　聞說尊法深妙義
譬有德人行採寶　所望如願輒得之
菩薩大士亦如是　經中求寶即得佛
跋陀惒菩薩白佛當云何守是三昧天中天佛告跋陀惒菩薩色不當著不當有所向生當行空是三昧當守何等爲三昧當隨是法行復次跋陀惒菩薩自觀身無身亦無所觀亦無見亦無所著本亦無所盲亦無聾如經中法視住亦無所見亦無所著無所著爲守道者於法中無所疑不疑者爲見佛見佛者爲疑斷諸法無所從來生何以故菩薩有法疑想便爲著何等爲著有人有壽命有德有陰有人有對有想有根有欲是爲著何以故菩薩見諸法無所著是念亦不見何等爲不見譬如愚人學餘道自用有人謂有身菩薩

不作是見菩薩何等爲見譬如怛薩阿竭阿羅訶三耶三佛阿惟越致辟支佛阿羅漢所見不喜不憂菩薩如是見亦不喜亦不憂守是三昧亦不喜亦不憂譬如虛空無色無想清淨無瑕穢菩薩見諸法知是眼無所罣礙見諸法用是故見諸佛見諸佛如以明月珠持著瑠璃上如日初出時如月十五日在衆星中央時如遮迦越王與諸群臣相隨時如忉利天王釋提桓因在諸天中央時如梵天王在衆梵天中央最高坐如炬火在高山頂燒如醫王持藥行愈人病如師子出獨步如衆野鴈飛行虛空中道有導如冬月高山上積雪四面皆見如天地大界金剛山却臭穢如下水持地如風持水諸穢濁悉清淨如虛空等如須彌山上忉利天爲莊嚴諸佛如是佛持戒佛威神佛功德無央數國土悉極明是菩薩見十方佛如是聞經悉受得佛爾時頌斯偈言

佛無垢穢離塵勞　功德衆竟無所著
尊大神通妙音聲　法鼓導義喻諸音
覺天中天脱諸慧　種種香華以供養
以無數德奉舍利　旛蓋雜香求三昧
聞法普妙學具足　遠離顛倒喻滅度
終不想著於空法　當志解妙無礙慧
清淨如月日出光　譬如梵天立本宮
常清淨心念世尊　意無所著不想空
譬如冬月高山雪　若如國王人中尊
摩尼清淨超衆寶　觀佛相好當如是
如鴈王飛前有導　虛空清淨無穢亂
紫磨金色佛如是　佛子念此供養尊

去諸幽冥除暗愚　即悉速逮淨三昧
捐捨一切諸想求　無垢穢行得定意
無有塵勞釋垢穢　棄去瞋恚無愚癡
其目清淨自然明　念佛功德無礙慧
思佛世尊清淨戒　心無所著不想求
不見吾我及所有　亦不起在諸色相
捨離生死無衆見　棄捨貢高慧清淨
遠離憍慢不自大　聞寂三昧離邪見
其有比丘佛子孫　信比丘尼清信士
除去貪欲清信女　念精進學得是法

無想品第十一

佛告颰陀惒菩薩若有菩薩欲學是三昧疾得者當先斷色思想當棄自貢高已斷思想已不自貢高已却當學是三昧不當諍何等爲諍誹謗於空是故不當共諍不當誹謗空却誦是三昧佛告颰陀惒若有菩薩學誦是三昧者有十事於其中立何等爲十一者其有他人若饋遺鉢震越衣服者不嫉妬二者悉當愛敬人孝順於長老三者當有反復念報恩四者不妄語遠離非法五者常行乞食不受請六者當精進經行七者晝夜不得臥出八者常欲布施天上天下無所惜終不悔九者深入慧中無所著十者先當敬事善師視如佛乃當却誦是三昧是爲十事當如法作是行者便得八事何等爲八事一者於戒清淨至究竟二者不與餘道從事出入智慧中三者於智慧中清淨無所復貪生四者眼清淨不復欲生死五者高明無所著六者清淨於精進自致得佛七者若有人供養者不用故喜八者正在阿耨多羅三藐三菩提不

復動是爲八事佛爾時頌偈言

有黠慧者不起想　棄捐貢高及自大
常行忍辱無麤漏　爾乃爲學是三昧
智者心明不諍空　無想寂定是滅度
不誹謗法莫諍佛　如是行者得三昧
明者於是無憍慢　常念佛恩及法師
堅住淨信志不動　爾乃爲學是三昧
心不懷嫉遠杳冥　不起狐疑常有信
當行精進不懈怠　如是行者得三昧
比丘學是常分衛　不行就請及聚會
心無所著不畜積　如是行者得三昧
設使手得斯法教　及持奉行此經卷
已具足意待如佛　然後學誦是三昧
住是至德行誠信　設有學誦三昧者
速疾逮得是八法　清淨無垢諸佛教
其清淨戒有究竟　三昧無瑕得等見
以爲空淨於生死　住於是法得具足
智慧清淨無有餘　無穢行者亦不著
博聞深智捨唐捐　得行如是爲黠慧
志精進者無所失　於供養利而不貪
疾得無上成佛道　學如是德爲明智

十八不共十種力品第十二

佛言得是上八事者便獲佛十八事何等爲十八事一者用其日得佛用其日般泥洹從初得佛日至般泥洹日佛無難二者無短三者無忘四者無不定時五者終無生法想言我所六者無有不能忍時七者無有不樂時八者無有不精進時九者無有不念時十者無有不三昧時十一者無有不知時十二者無有不脫見慧時十三者過去無央數世事

無有能止佛無所罣礙所見慧時十四者當來無央數世事無有能止佛無所罣礙所見慧時十五者今現在十方無央數世事無有能止佛無所罣礙所見慧時十六者身所行事智慧是本常與智慧俱十七者口所言事智慧是本常與智慧俱十八者心所念事智慧是本常與智慧俱是爲佛十八事佛告跋陀惒若有菩薩無所復著求法悉護學是三昧者有十法護何等爲十法護佛十種十力何等爲十種力一者有限無限悉知二者過去當來今現在本末悉知三者棄脱定清淨悉知四者諸根精進種種各異所念悉知五者種種所信悉知六者若干種變無央數事悉知七者悉曉了悉知八者眼所視無所罣礙悉知九者本末無極悉知十者過去當來今現在悉平等無所適著佛告跋陀惒若有菩薩無所從生法悉護是菩薩得佛十種力佛爾時頌偈言

十八不共正覺法　世尊之力現有十
設使奉行是三昧　疾速逮此終不久

勸助品第十三

佛告跋陀惒是菩薩持有四事於是三昧中助其歡喜過去佛時持是三昧助歡喜學是經者自致阿耨多羅三耶三菩阿惟三佛其智悉具足我助歡喜如是復次跋陀惒當來諸佛求菩薩道者於是三昧中助歡喜學是三昧者自致阿耨多羅三耶三菩阿惟三佛其智悉具足其皆助歡喜如是復次跋陀惒今現在十方無央數佛本求菩薩道時於是三昧中者助歡喜學是三昧者自致得阿耨

多羅三耶三菩阿惟三佛其智悉具足其皆助歡喜福令其與十方人民及蜎飛蠕動之類共得阿耨多羅三耶三菩阿惟三佛持是三昧助歡喜功德令其疾得是三昧作阿耨多羅三耶三菩阿惟三佛得不久佛告跋陀惒是菩薩功德於是三昧中四事助歡喜我於是中說少所譬喻譬如人壽百歲墮地行至百歲無有休息時其人行使過疾風周帀四方上下云何跋陀惒寧有能計其道里者不跋陀惒言無有能計其道里者天中天獨佛弟子舍利弗羅阿惟越致菩薩乃能計之耳佛告跋陀惒我故語諸菩薩若有善男子善女人取是四方上下諸國土其人所行處滿中珍寶布施與佛不如聞是三昧若有菩薩聞是三昧於是四事中助歡喜其福出過布施佛者百倍千萬倍億倍若見不跋陀惒是菩薩助歡喜其福寧多不用是故當知之是菩薩助歡喜其福甚尊大佛爾時頌偈言

於是經教中　時有四事勸　過去及當來
現在諸世尊　勸助功德行　度脫諸十方
蜎飛之蠕動　悉逮平等覺　譬如此周帀
四方及上下　人生行百歲　盡壽行不息
欲有計道里　其數難度量　獨佛弟子知
不退轉菩薩　滿中珍寶施　不如聞是法
四事之勸助　其福出彼上　跋陀且觀是
四事之歡喜　布施億萬倍　不與勸化等

師子意佛品第十四

佛爾時告跋陀惒乃去久遠世時其劫阿僧祇不可計不可數不可量不可極阿僧祇乃爾時有佛名私訶摩提怛薩阿竭阿羅訶三

耶三佛其威神無有與等者安隱於世間於經中之尊天上天下號曰天中天於是國土空閑之處是閻浮利國土豐熟人民熾盛樂是時閻浮利内縱廣十八萬拘利那術踰旬是時閻浮利内凡有六百四十萬國爾時閻浮利有大國名跋登加其國中有六十億人私訶摩提佛在是國中有遮迦越王名惟斯芩王往到私訶摩提佛所爲佛作禮却坐一面時私訶摩提佛即知其王心所念便爲説是三昧其王聞是三昧助歡喜即時珍寶散佛上其心即念持是功德令十方人民皆安隱時私訶摩提佛般泥洹後惟斯芩遮迦越王其壽終已後還生王家作太子名梵摩達爾時閻浮利有比丘高明名珍寶是時爲四部弟子比丘比丘尼優婆塞優婆夷説是三

昧梵摩達太子聞是三昧助歡喜心踊躍樂喜聞是經持珍寶直百億散是比丘上復持好衣供養之以發意求佛道時與千人俱於是比丘所鬎頭鬚作沙門即於是比丘所從索學是三昧與千比丘共承事師八千歲不休懈前後一反得聞是三昧是比丘輩聞是三昧四事助歡喜入高明之智持是助歡喜功德却後更見六萬八千佛輙於一一佛所聞是三昧自守學復教他人學其人持是助歡喜功德其後得作佛名坻羅惟是逮怛薩阿竭阿羅訶三耶三佛時是千比丘從得阿耨多羅三耶三菩阿惟三佛皆名坻羅首羅鬱沉怛薩阿竭阿羅訶三耶三佛教不可計人民皆求佛道佛告跋陀和何人聞是三昧不助歡喜者何人不學者何人不爲他人説

者何人不守者佛告跋陀和若有菩薩守是三昧者疾逮得佛跋陀和若有菩薩在四十里外聞有持是三昧者菩薩聞之便當行求往到其所但聞如有是三昧常當求之何況乃得聞學者若去百里者若遠四千里聞有持是三昧者當行學到其所但得聞知何況乃得聞學者佛言去人遠者常當自行求何況去人十里二十里聞有持是三昧者不行求學跋陀和若有菩薩聞是三昧欲行至彼聞求是三昧者當承事其師十歲百歲悉具足供養瞻視是菩薩不得自用當隨其師教常當念師恩佛言我故相爲說之若菩薩聞有是三昧處去四千里者欲往到其所設不得聞是三昧者佛言我告若曹其人用精進行求故終不復失佛道會自致作佛見不跋陀和菩薩聞是三昧念欲求不離其得利甚尊佛爾時頌偈言

我念過去有如來　人中尊號私訶末
爾時有王典主人　至於彼佛聞三昧
至意黠慧聽此經　心悦無量奉持法
即以珍寶散其上　供師子意人中尊
心念如是而歎言　我身於此當來世
奉行佛教不敢缺　亦當逮得是三昧
用是福願壽終後　輙復來還生王家
爾時見尊大比丘　號曰珍寶智博達
應時從聞是三昧　踊躍歡喜即受持
供以好物若干億　珍寶妙衣用道故
即與千人除鬚髮　秉志樂求是三昧
同時具足八千歲　常隨比丘不捨離
一反得聞不復二　是三昧者譬如海

執持經卷諷誦說　其所生處聞三昧
用積累是功德故　當見諸佛大神通
其所具足八萬歲　所見諸佛輒供養
曾值諸佛六萬億　加復供養六千尊
聞所說法大歡喜　然後得見師子佛
蒙此功德生王家　見佛號曰堅精進
化無數億諸人民　度脫一切生死惱
諷誦學是法已後　便復見佛名堅勇
天上世間誦其稱　聞三昧聲得作佛
何況受持誦說者　於衆世界無所著
廣宣分流是三昧　未曾疑忘於佛道
此三昧經眞佛語　設聞遠方有是經
用道法故往聽受　一心諷誦不忘捨
假使往求不得聞　其功德福不可量
無能稱量其德義　何況聞已即受持
設有欲求是三昧　當念往時彼梵達
教習奉行莫退轉　比丘得經當如是

至誠佛品第十五

佛言乃往昔時復有佛名薩遮那摩怛薩阿竭阿羅訶三耶三佛時有比丘名和輪其佛般涅槃後是比丘持是三昧我爾時作國王剎利種於夢中聞是三昧覺已便行求持是三昧比丘即從作沙門欲得於是比丘所一反聞是三昧承事師三萬六千歲魔事數數起不得一反聞佛告比丘比丘尼優婆塞優婆夷我故語若曹若曹當疾取是三昧無得忘失善承事其師持是三昧至一劫若百劫若千劫莫得懈倦趣當得是三昧守善師不離若飲食資用衣服被牀卧千萬珍寶以用上師供養於師無所愛惜設無有者當行乞

食給趣當得是三昧莫猒佛言置是所供養者此不足言耳常當自割其肌供養於善師常不愛惜身何況其餘當承事善師如奴事大夫求是三昧者當如是得是三昧已當堅持常當念師恩佛言是三昧難得值正使求是三昧至百億劫但欲得聞其名聲不能得聞何況得學者轉復行教人正使如恒邊沙佛刹滿其中珍寶持用布施其福寧多不不如書是三昧持經卷者其福極不可計佛爾時頌偈言

我自識念往世時　其數具足六萬歲
常隨法師不捨離　初不得聞是三昧
有佛號曰具至誠　時知比丘名和輪
彼佛世尊泥曰後　比丘常持是三昧
我時爲王君子種　夢中逮聞是三昧
和輪比丘有斯經　王當從受此定意
從夢覺已即往求　輒見比丘持三昧
即除鬚髮作沙門　學八千歲一時聞
其數具足八萬歲　供養奉事此比丘
時魔因緣數與起　初未曾得一反聞
是故比丘比丘尼　及清信士清信女
持是經法囑汝等　聞是三昧疾受行
常敬習持是法師　具足一劫無得懈
勿難千億用道故　當得聞是法三昧
衣服牀卧若千億　比丘家家行乞食
以用供養於法師　精進如是得三昧
燈火飲食所當得　金銀珍寶供養具
常當自割其肌肉　以用供養況飲食
明者得法疾持行　受學經卷有反復
是三昧者難得值　億那術劫常當求

所周旋處聞是法　當普宣示諸學者
假使億千那術劫　求是三昧難得聞
設令世界如恒沙　滿中珍寶用布施
若有受是一偈說　敬用功德過於彼

佛印品第十六

佛於是語跋陀和若有菩薩聞是三昧聞者當助歡喜當學得學者持佛威神使得學當好書是三昧著素上當得佛印印當善供養何等爲佛印所識不當行無所貪無所求無所想無所著無所願無所向生無所適無所生無所有無所取無所願無所往無所礙無所有無所結所有盡所欲盡無所從生無所滅無所壞無所敗道要道本是印中阿羅漢辟支佛不能壞所敗不能缺愚癡者便疑是印是印是爲佛印佛言今我說是三昧時千八百億諸天阿須輪鬼神龍人民皆得須陀洹道八百比丘皆得阿羅漢道五百比丘尼皆得阿羅漢道萬菩薩皆逮得是三昧皆逮得無所從生法樂於中六萬二千菩薩不復還佛語舍利弗羅摩目揵連比丘阿難跋陀和菩薩羅鄰那竭菩薩憍曰兜菩薩羅達菩薩須深菩薩摩訶須薩和菩薩因坻達菩薩和輪調菩薩佛言我從無央數劫求佛道以來今已得作佛持是經囑累若曹學誦持守無得忘失若有跋陀和菩薩學是三昧者當具足安諦學其欲聞者當具聞爲他人說者當具說佛說經已跋陀和菩薩等舍利弗羅摩目揵連比丘阿難等諸天阿須輪龍神人民皆大歡喜前爲佛作禮而去

般舟三昧經卷下

音釋

繒疾陵切帛也　蜎馨緣切小飛也　蝡而兖切蟲動也　澡子浩切洗也　机居矣切　饋渠位切餉也　岑巨金切　鬄他力切除髮也

阿差末菩薩經

西晋三藏竺法護譯

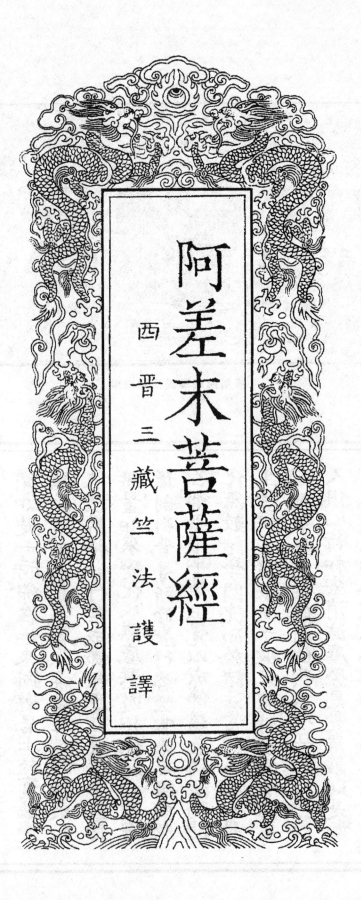

清刻龍藏佛說法變相圖

阿差末菩薩經卷第一

西晋三藏竺法護譯

聞如是一時佛在如來所遊居土於寶嚴淨巍巍道塲悉是正覺之所建立大德莊嚴而依積累神妙行業成佛報應諸菩薩宫宣揚無量如來變化入無底慧遊於殊勝心懷悅豫剖判普等所修聖行咨嗟當來無際功勲名稱無限平等正覺以成佛道善轉法輪開化無數諸學門徒而於諸法常得自在知衆生性曉了諸根度于彼岸隨時方便除諸罣礙佛事無處住無所住與大比丘衆六百萬人俱心行和安消滅塵勞恩愛衆蔽則是如來爲法王子修深奥法因正法生威儀禮節進止光光爲大衆祐親歸如來復與無極諸菩薩俱其數甚多不可稱限一切大聖神通

以達逮得總持辯才無礙神智妙達不可舉喻一心念頃遊無量國供養十方諸如來衆明識所奉聽法無猒咨受奉宣常懷勤修訓誨羣黎權智普備所度無極立無蓋門皆越妄想無應不應近一切智諸通慧地其名曰天明菩薩選戰菩薩炤藏菩薩除慢菩薩勇步菩薩眼觀菩薩離言菩薩除冥菩薩如是等類諸菩薩會者浩浩皓皓不可思議德皆如是爾時世尊入諸菩薩所願成行其法名曰無陰蓋門淨諸開士嚴妙道場正覺法力具無所畏聖慧之室遊於諸法而得自在攝總持印曉了辯才所入道門以大神通普至啓明講暢分別不退法輪等御諸乘通一法界無所破壞頒宣衆生諸根意性敏達堅要決一切法降伏魔場隨應順法皆能開化塵勞結著迷惑邪見六十二疑闡無礙智明解無際所勸助業尋爲發遣入於諸佛平等道慧無施無望無處所門演說諸法如審眞諦等處有想及與無想曉了深奥十二緣起積功累德不可稱限莊嚴諸佛身口意行志得由身所知無盡修四聖諦教授聲聞身心寂靜化緣覺乘逮一切智具阿惟顔與大乘學入一切法悉已獨步歎詠如來功勳之德隨時宣示委靡撫恤訓誨以漸導闡法藏顯其處所除斯微翳開示明曜世尊陶演講釋法教使普流布周于十方于時東方自然出現大金色光其光照此寶淨道場及曜三千大千世界靡不周遍大明暐曄皆蔽此上日月釋梵及四天王所有威曜悉不復現大神妙天諸尊巍巍天龍鬼神揵沓和阿須倫迦留

羅眞陀羅摩睺勒光明悉歇諸明月珠燴光寶珠大火庭燎悉亦消滅如來至眞無極大光諸阿惟顔菩薩身明獨顯現耳其餘一切所有光明皆没不現此大千國逈遠懸絶窈隱闇冥日月光明雖爲廣大威神巍巍不能及逮照於彼鄉悉蒙光暉其明不礙樹木牆壁須彌大山雪山黑山目隣山大目隣山鐵圍山大鐵圍山其明通過照於三千大千世界至無擇獄極於上方地獄餓鬼畜生中者其身皆荷此道明曜衆苦悉除惱痛休息身心爲安各相慶賀自謂遭時於佛左側寶淨道場尋自然生六十億姟七寶蓮華其香芬馥普悉流布聞莫不歡其華柔輭大如車輪光色煒曄葉無數億百千寶成其形正圓而斯華上施交露帳校飾珠蓋其華所演甘美好香悉遍三千大千世界此三千國諸天人民所有名香值斯華香悉亦消索天上世間所遊居類荷此華香咸樂法香不好愛欲於時賢者舍利弗覩如是像無極光明清淨蓮華驚喜無量即從座起行詣佛所長跪叉手問世尊曰今者所覩爲何瑞應現如是像顯大光明清淨蓮華不可稱計自昔以來未曾見聞佛告舍利弗有一菩薩名阿差末從東方來與六十億菩薩俱與眷屬圍遶欲至此土故前現瑞應佛說未久阿差末菩薩應時現身與六十億菩薩俱進則以菩薩無極威神顯大神足開士變化震動佛國奮大暉曜雨衆華香亦復俱作百千妓樂至於寶淨廣普道場往詣佛所住上虛空如處於地叉手自歸以一音聲請告三千大千世界則以義

偈讚世尊曰

聖雄捨貪欲　鮮潔無垢染　其慧除幽冥
施以清淨眼　斷三垢勞倦　消盡衆瑕玼
永滅諸塵勞　今故稽首佛　棄去所破壞
摑裂愚癡網　聖主有十力　畏者悉降伏
超越於衆會　檢寂三放逸　獨步如師子
所遊無恐懼　其離垢光明　無所不照曜
普念於一切　濟度衆瑕穢　無明在蔽隱
消除諸闇塞　其光所照曜　如日出於雲
見衆人孤苦　則爲興愍哀　蠲除老病死
無救爲設護　導師誘衆生　弘慈常愍哀
其所修行業　如醫療諸疾　尊舍利御衆
化無明愚憨　聞已他人患　度之如船師
化無數塵勞　所興衆妄想　其所遊居處
無著如蓮華　了一切諸法　本淨是寂寞
口所演音聲　悉從因緣生　無本横造作
由習而致此　愍世懷慈哀　降訓於衆生
歸命如虛空　見一切如此　處在於世法
不動如大山　衆生因無覺　習行不要業
雖遊習居家　皆度生死難　道眼甚鮮明
猶如青蓮華　其威神巍巍　如月之盛滿
一切世間人　咸共咨嗟德　捨惱不樂俗
以故稽首佛

於是阿差末與六十億菩薩頌此偈讚佛已從虛空下稽首佛足繞聖七帀却坐蓮華時舍利弗承佛威神而前問言唯然世尊阿差末菩薩爲從何來其佛所號國土何類世界遠近去是幾所佛言汝自以此問阿差末當見發遣時舍利弗問阿差末仁族姓子所來處去此遠近其佛所號世界云何時阿差末

報舍利弗耆年續有去來想乎舍利弗曰唯族姓子吾想以斷阿差末曰唯舍利弗其想斷者志不懷二何緣興念而發此問從何所來唯舍利弗其有來者爲合會迹假使去者爲别離迹若令不會無别離者彼無去來其無去來爲聖道行唯舍利弗其有來者自然造相若有去者罪福盡相計罪福者爲自然相若於罪福盡諸相者則無有相無往相者聖道所趣唯舍利弗其有來者謂所願相若有往者離於所願其所願相離所往相則聖道相唯舍利弗其有來者爲起生相若有往者則爲滅相除生往相不起不滅無所往者則聖道相唯舍利弗其有來者爲訓誨門若有往者教授盡索生無教授無盡之門則趣聖道唯舍利弗若有往來則墮於俗無有去來乃謂爲道唯舍利弗以消去來除於當來及諸境界乃趣聖道唯舍利弗其有來者爲現在相若有去者爲是離相至於現在及去離相則趣聖道唯舍利弗其有來者爲是報應起滅之相若有去者盡報應相無有報應不起不滅至於無相乃趣聖道唯舍利弗其有來者隨俗緣合而致徑路若有去者謂是音聲言教文字爲徑路也設除音聲文字因緣徑路則趣聖道時舍利弗問阿差末唯族姓子吾今以此仁有辯才故欲相問所以然者欲得聽採本所未聞猶族姓子關尹主者應得推問出入往反設有重貨若復空行欲得責稅故宜難詰卿何所賫以時輸稅唯族姓子吾亦如是鄙等徒類爲聲聞種依倚他音而得解脫合與緣響常宜咨受諸正士等

以用護斯將養大乘從是出生聲聞緣覺以是之故善哉族姓子爲分別說所從來處去此遠近如來國土號字云何阿差末曰唯舍利弗如來在前便可啓問當爲發遣衆會被蒙決諸疑網時舍利弗前問佛言阿差末菩薩所從來處去是遠近其佛所號國土何類其聞名者無央數人啓發道意被大德鎧佛言舍利弗諦聽善思彼世界名有稱功勳及如來號若有聞者勿得懷疑悉共信之如來至真無所罣礙亦無陰蓋一切敏達靡不通暢咸言受教佛告舍利弗東方去此度十江沙諸佛國土滿中諸塵過若干剎有世界名阿尼彌沙彼有佛號三曼颰陀如來至真等正覺現在說法不眴世界無有聲聞緣覺之名世尊聖衆純諸菩薩於往古世造行以備布施調意安庠聖喆禁戒慱聞寂無放逸止足功勳建立閑靜以忍辱力心不懷害堅固精進積功累劫每自剋勵普皆禪思脫門三眛而正受矣以神通慧而自娛樂以無極智光明之曜隨時分別頒宣一切章句義理所懷慈心等如虛空其哀堅强愍於衆生知其志性而開化之其喜悅者爲雨甘露道法之味雪除一切瞋恨怨結其行護者離此二乘以空無相立無願法拔濟塵勞衆魔穢濁危害之患明識衆生根本所趣十二緣起觀察其疾應病與藥執御斯心平等恒一如地水火風無有憎愛降棄一切衆邪異學若干法戰堅跱幢旛猶如勇將大軍之師折伏嚴敵入於深覺諸佛正法十力無畏離二品會順從因緣有無之業超越諸見中間之行棄捐

吾我及人壽命有無處所反眞向僞倒見之本諸經典門如來法王法印印之所演辯才無所罣礙於無央數億百千劫所暢音辭無能障塞不使通流以佛神足感動變化無量佛國周旋往反終而復始曉了隨時蠲除一切恐懼瞋恚憍慢自大所演音聲如師子吼亦如雷震察於衆生上中下行堅固親友永立究竟滅度之地興無極雲感法雷震暢慧解電雨甘露水宣道法珍不斷三寶志性清淨如明月珠表裏通達正覺照曜相好殊勝則以禁戒而自莊嚴以百千德而文飾體以諸佛法至阿惟顏一生補處奉遵修行篤信衆生開化解說隨其志性令各得所覺意總持爲師子座嚴淨道場明識超入四無所畏皆現諸佛所興事業正覺聖體取捨進退其心强勇而得自在轉於無上法輪之寶爾時衆會聞諸菩薩功勳之德歡喜踊躍不能自勝明心生焉則取天上青黃紅白上好蓮華及諸意華僉供養佛散阿差末諸菩薩上同俱舉聲稱揚威德我等善利爲獲福慶乃能遭值此等正士得覩邂逅稽首歸命而供養之其有衆生得聞此黨諸菩薩名德不可量因斯所聞悉當興發菩薩大心于時於彼三萬六千諸來會人咸發無上正眞道意佛語舍利弗阿尼彌沙土者無地獄餓鬼畜生衆惡諸苦也無奉戒勑亦無犯禁不聞見女人所以者何皆由化生蓮華交露無有慳貪亦無婬恚離于癡畏悉都無此三毒之名何況餘乎其土人民無上中下好醜差別普等無殊亦無是我及非我所復不飲食所以者何

法喜爲食解義爲漿常自坦然了不念渴亦無飢想亦非我故亦無他故亦無衆魔恐難之患又其佛土甚極廣大一日月照六十億四方之域所以者何諸菩薩本願之所致也由是之故共一日月又其土地無有丘墟高下邪傾普悉平正皆紺瑠璃皆以衆寶而雜廁間其地柔輭如天綩綖以十八事莊嚴國界斯樹悉寶行伍相當常生華實冬夏恒茂無沙礫石衆穢之瑕黑山雪山其土諸山皆以諸寶雜合而成猶如須彌于彼佛土天上天下適等無異捨於世業以法爲財土無王者唯以如來普賢至眞而爲法王又其土法不用文辭告誨諸菩薩也欲諮受經往詣佛所觀之無猒不以爲倦所以者何其心忻然應時逮得佛心定意尋則近至無所從生法忍由是之故其土號曰不眴何也謂得佛心定意不以色相不以種好亦復不以本宿行故而致是德亦不希望作是致是所以者何不念過去當來之者亦復不念今現在世亦不由從五陰六衰而致之也何謂爲五其五陰者謂思六根其六根者謂眼耳鼻口身意所別其六衰者知色聲香味細滑法不用見聞心意識此衆業之所致也不以巧僞生滅之所致也無等無邪亦不造意無所希望亦非以是亦非不是之所致也亦不從一二三之所致也不因心意識亦不以曉内外衆念望想是非之事而致之也亦不色痛想行識之所由致亦不用戒定慧意解度知見十力不護四無所畏諸佛之法不可以意想知之不用見聞故之所致不以想相亦無我想不

以五陰六衰生滅之處亦無所住亦無不住無色痛想行識之處亦不眼色耳聲鼻香舌味身輭心法之所致也亦不得處所以者何不可以目而見衆相不可想處見不見不起不滅其不終者則不有始斯住處者因緣所爲乃致於是消除歸滅塵勞之穢所以者何用愛欲故故曰當滅由斯之故斷於因緣用吾我故是以當滅其淨感明不增不減亦復不念是安是苦作是計者不離於欲亦不用念而以爲煩諸想本脫故行備悉以能備悉達如無身色何可得無有痛者何從有痒常住如法若不想道則非俗業設無所聞何從有識無所見者亦無所得無所得者何謂脫矣亦復不得意念普思心所惟法亦不賫持無所生矣不覩來者不見往生本不可得猶

如諸法皆等無異譬如有人上向瞻空其目所覩不能別知何所是空何所非空佛意如是菩薩得如佛心定意時知諸佛法衆相種好悉具足成道慧備悉如來所宣諸菩薩等皆能解暢則尋啓受諷誦通利普能周備曉了諸佛法佛告舍利弗普賢如來其所頒宣初無二言何謂爲二一不講著二不說斷悉修平等無有適莫何謂爲無未曾有念從人諮受亦不自念已有所知斯諸菩薩適見佛已輙則具足六度無極佛言云何具足捨衆色想無所希望是則具足施度無極不想佛身達之本無則以備悉戒度無極所以者何不自想故以得成就三十二相計於諸法假有號耳相無有盡因是所起是故名曰忍度無極一切諸法普不可見亦無所聞所以者

何菩薩大士見善不悅見惡不慼心無適莫是故名曰進度無極心不想念不可想者而寂恬怕是故名曰寂度無極解色相空不以此相而懷自大是故名曰智度無極佛言其諸菩薩在彼土者因便具足六度無極逮得無所從生法忍遍察十方諸佛國土衆菩薩學少有能逮不眴刹土普賢所誨諸菩薩者舍利弗謂阿差末菩薩快哉仁者彼之佛土諸菩薩衆功勳難量阿差末尋問舍利弗賢者欲見不眴國土普賢如來乎舍利弗報唯欲見之及衆會者皆當被蒙咸荷福慶功德轉增時阿差末即於座上三昧正受而現神足所入三昧其號名曰遍見諸佛土使諸會者及舍利弗皆得盡見不眴佛國普賢如來莫不忻然爲未曾有咸共起住僉爲彼佛稽首作禮佛之聖旨使舍利弗及衆會者於衣裓上自然有天華香則取東向散彼佛上其華至彼於其國土在于佛上遍諸菩薩普周佛界彼土菩薩自問其佛今此衆華微妙殊特爲所從來光光若斯普賢如來告諸菩薩此之瑞應是阿差末今到忍界奉養咨受釋迦文佛十方菩薩咸徃會彼所以者何講大乘故彼土菩薩復問佛言此間顯變何佛威神之所恩化彼佛告曰釋迦文佛十方菩薩咸徃會彼所以者何講大乘故彼土菩薩復問佛言此間聞之彼佛告曰釋迦文佛演暢分別大會緣品時彼菩薩復問其佛其忍世界去是遠近佛言西方去此如十江沙諸佛國土滿中諸塵設舉一塵著一佛土如是盡取一一諸塵次布西方諸佛世界衆塵悉索

過若干土乃至忍界釋迦文佛遊居教處也彼土菩薩復白佛言唯願欲見能仁大聖興隆道化時普賢佛演身光明通照十方彼諸菩薩及衆會者皆覩此土彼諸菩薩尋時皆起遥自歸命爲釋迦文佛一心作禮彼衆菩薩遥見忍界滿中菩薩無空缺處恠之驚喜自問其佛彼佛告曰十方佛國諸菩薩衆不可稱載問當須宣大會緣品故往啓受舍利弗問阿差末菩薩誰字仁者名阿差末荅舍利弗用諸法故曰不可盡所以者何一切諸法亦不可盡舍利弗言願以不可盡法而解說之阿差末言本發意時亦不可盡所以者何悉過諸欲婬怒癡醉而無所縛所以者何不與羅漢及緣覺乘而俱同塵故發心以來堅固其志不可轉移所以者何不爲邪業之所迷沒一切衆魔不能壞意有是心者其諸功德悉爲成辦遊于無常而獨總攬衆之元首所以者何有計常者則生死業所以特尊解道有常名曰爲尊出無常故從發心來其心坦然無所縛著所以者何未離諸佛功德業故所修事業無能得短所以然者一切衆惡悉盡索故其心永安不可動故其心無侶所以然者希有逮故心如金剛所以然者皆知一切諸法之故所不可盡包裹諸法道慧之故從發心來强若金剛等衆生故其心質直而無諛諂故號曰正而無偏頗從發心來常懷鮮明所以然者本清淨故以去衆垢悉消諸冥其慧顯曜窈隱皆明從發心來沐浴衆穢所以然者其信甚固無所捨故發心甚大無有邊涯所以然者心若虛空發心曠然

所以然者含受衆生當因度故發心無盡所以然者其慧玄曠無所罣礙從初發心無所不入所以然者大慈無極亦無盡故其發心行無能斷者所以然者功德願故發心甚安極可愛敬所以然者爲諸衆生所喜樂故發心特尊與衆超異所以然者一切外學聲聞縁覺之所奉敬其所發心無能知意所以然者非諸凡俗之所及逮猶如農夫不能達知聖王之事發種類心所以然者各各所從本種之業皆獲其果一切諸法常存在故從初發心以爲道本所以然者由是所致得大安故發心以來而自莊嚴所以然者成功勲故發心以來與衆殊别所以然者達聖慧故發心以來甚爲微妙所以然者用廣布施普及衆生發心以來建立至願所以然者具足戒

禁其發心以來而無等侶所以然者無所不忍其發心來無能抑制所以然者用精進行無懈廢故其發心來無所慕樂所以然者寂度無極致定意故其發心來無所歸趣因其曉了智度無極其發心來永無所住所以然者用極慈故其發心來根株堅强所以然者用行悲哀故其發心來常懷悦豫所以然者於諸衆生懷等心故其發心來雖遇苦樂不以爲動所以然者護一切故其發心來爲諸如來所見將養所以然者用順十方諸佛教故其發心來欲度一切五趣衆難所以然者興隆道化其發心來不捨三寶無所違廢所以然者將順佛戒成聖衆故阿差末菩薩復謂舍利弗言一切智心寧可盡乎舍利弗報言不也猶如虚空不可窮極其一切智心不

可盡極亦復若斯如來禁戒亦不可盡所以者何戒是根源故不可盡如來定意由無有盡智慧解脱度知見無根故不可盡計於十力四無所畏十八不共諸佛之法斯則是根此亦心本故不可盡取要言之一切諸佛法爲元首由斯心行故不可盡三寶無斷因是之心故不可盡猶如一切衆生四大何謂四大地水火風亦不可盡計是智慧用一切故咸復曉了不可思議衆生心行本願不斷故不可盡所以者何修奉道願故不可盡皆無所生靡不恍惚一切諸法根源無窮故不可盡

阿差末菩薩經卷第一

音釋

阿差末（梵語也此云無盡意）恤（辛聿切憂也）韡曄（韡于鬼切曄域輒切韡曄光明盛貌）爓（羊贍切與燄同）燎（力嶠切照也）窈（伊鳥切深遠也）摑（古獲切打也）戇（陟降切愚也）鎧（苦亥切甲也）喆（陟列切智也）勵（郎制切勉也）跱（池爾切跱立也）綩綖（綩於阮切綖夷然切）礫（郎擊切小石也）眴（輸閏切）痒（餘兩切）恬怕（恬徒謙切怕白各切恬怕安靜也）苞裹（苞布交切與包同裹古火切）

阿差末菩薩經卷第二

西晋三藏竺法護譯

阿差末菩薩謂舍利弗發菩薩心永無窮盡所以者何不文飾故亦不諛諂其心質直故曰殊特不爲綺辭用清淨故平正無邪其心柔輭而無麤獷篤信眞要未曾變改所立堅強而無動轉正住不摇無能憎嫉而嬈害者以何等故無能嬈者其行治業莫能逮故有所建立無能誹者所以莫能譏謗者何敢所興造無根原故所以無根用忠正故所言至誠終無有異有所興功無所悕望不求名稱爲衆所嘆咸共戴仰無能得短所以無能得其短者有所造作長安隱故所以自致永安隱何所興功德無懈倦故所以不猒用愍一切衆生之故所以愍念衆生者何用無極慈爲懈倦者而興精進所以者何欲以養育衆生之故所以養育衆生者何由斯之便成功德故所修劾力不希望福所以無求其心淨故皆掌法恩故無所求人亦有力何謂爲力曰是佛力以是之義護一切故所以護之欲令羣黎各得其所所以欲令各得其所者使無恨故所以無恨所作事業極安諦故所以諦者由是之故無能制止無能諫抑令止寂然猶若紫金而無沾汙所以喻之如紫金色以無有穢所以無穢用本淨故所以爲淨行本去穢故所以去穢内以淨故所以消瑕盡之故由是清淨阿差末謂舍利弗心以淨者貪欲轉消其無貪欲是不可盡其諸惡心不能復亂又其心明護於惡意由是之故曰不可盡其心瞋怒有所衆貪汲汲于欲貢高

自大諸所不可皆悉盡索將爲菩薩常護是心當曉是心而不可盡捨無瞻勢及諸垢濁當達是心不令懈怠則知其心爲不可盡若憒亂者隨時將護其無智者養育使成於一切衆生有功德法無功德法咸欲度脫至于大安則知其心而不可盡訓誨一切衆生之等諸在厄難皆令興立無極功德則知是心永不可盡阿差末菩薩謂舍利弗菩薩所習亦不可盡所以者何用所布施故不可盡諸可惠與是名曰習施度無極於一切物多少取足不以汲汲是則名曰戒度無極一切有嬈於菩薩身不起瞋心如毛髮者是則曰習忍度無極所積功德常在衆前而不在後是則曰習進度無極一切所學悉勤用心是則曰習寂度無極諸所聽聞悉欲博達是則曰習智度無極菩薩當學修于大慈何謂大慈若有厄難來自歸者欲求救濟寧亡身命不負要誓是則習慈其行哀者等猶如稱若有加益不以忻悅設誹謗者不以憂慼是爲菩薩隨時等哀菩薩所學則以三事淨身口心終不傳惡未曾念邪愚癡之業菩薩雖學獨步無師亦不自大其所學意不捨普智諸通敏慧攬諸佛法菩薩之業在人所求不逆其心無所短乏致一切法而得自在又習悔過身之罪惡未曾藏匿用無量福勸助功德菩薩修學讚勸諸佛班宣道義奉習勤學正士之法以能學此正士之法欲成學故其心堅固不捨弘誓無極德鎧所以不捨欲化一切衆生之故阿差末菩薩謂舍利弗菩薩有四爲不可盡何謂爲四一曰開示衆心二曰法

施三曰訓誨衆生四曰積功累德是爲四復有四一曰習在閑居山巖獨處有施多少趣足而已二曰於衆功德而無猒足三曰愽學不倦四曰所願智慧不以爲勞是爲四復有四一曰校計規度二曰思惟本末三曰智慧通達四曰所念普具是爲四復有四一曰離于衆惡而修上脱二曰其上脱者是菩薩教三曰解諸惡本四曰念于微妙無上之脱是爲四復有四事一曰解於五陰二曰曉於四大地水火風三曰了六衰之原四曰其所覩見十二因縁無有邊際是爲四復有四事一曰生死無常之語而不可盡二曰苦痛之教三曰無吾我訓四曰寂寞無爲之業亦不可盡是爲四阿差末謂舍利弗舉要言之諸菩薩學皆近佛道以是之故分别道俗悉不可盡阿差末菩薩謂舍利弗菩薩修行心不可盡所以者何於衆功德而不懈怠從次轉上成就其處所云處者菩薩十地其所修行猶如大海所苞無猒所以然者多所救度一切衆生其所修行則爲元首所以然者出其上故修行最上所可總攬諸在下者令修專行一切法故持衆善本所以者何用最尊故所以修度因則受決皆由專精用不退故自致具足因其專精所願輙成以成大願其所修行永無所恃則是定意依修柔輭所造行者而不缺漏修行伏意是其道業修行自守所以者何以不復與衆惡從事故專精布施菩薩不以身心有所貪愛轉增上故專精奉戒亦爲甚難所以者何教犯戒者使不爲憂故專精忍辱亦爲甚難所以者何雖在尊位財

富極樂不輕貧賤羸劣弱者是爲忍辱所修專行精進難及坐佛樹下若有人來言起避去我坐其處先取佛道即與其處是爲精進專精禪思難所以難者莫能及逮所修專精輒能成辦無所希望故是曰禪思專智慧難所以者何積衆功德不以煩勞是爲智慧出入行步安詳和雅威儀備悉所以者何其功祚強無能危者修無所畏曉了深法鈎懸致遠故奉修尊心所以者何其明極微無不達故行不可盡所以者何所住堅固何謂專精其意坦然常念一切無所依者令得其依若有闇冥使覩道明無所歸者悉受其歸其無善友爲之善友其諛諂者令修質朴見其麤獷顯示忍辱柔輭和雅所以者何以德化故在詭譎中而爲列露眞正之義於文飾中不爲綺大在無反復行報恩德在衆惡處而修善行在廢退處奉修德祚在欺慢處常行恭恪在貢高處不懷自大在求便處無能得短不念人惡不宣缺漏若在不正輒往將護使入正諦一切衆生皆來到所見之忻然無瞋恚心其諫喻者示進退宜當然不然心不增減篤信禍福所作歸身若在曠野山居巖處如法無異不貪利害不惜身命心淨之故初不增減常護其口不妄傳語不求奉敬所以者何恒知節限止足而已其心柔和不隨弊惡違失禮義者有功德故度於生死息苦之患所以者何由是之故菩薩慧意永不可盡生死往返亦不可盡以權方便明了隨時訓誨衆生迷於終始不可盡者使求佛道亦不可盡舍利弗問阿差末言乃有異不可盡乎

阿差末言有所問何是阿差末曰菩薩布施復不可盡所以者何六度無極不可盡故菩薩布施悉無有限所謂限者其是其非當施與其不施與甲施不普濟不應爲施與也舍利弗問言菩薩之法當云何施阿差末曰飢者食之所以者何人依衣食乃得存命便能蘇息坐起言語則爲安隱身體康寧氣力強盛渴者施漿除其消渴所以者何若在後世周旋生死常不渴乏有求車者輙隨意與由是之報後所生處神足飛行在所至到其無衣者因施與之後世所生便不觝突常抱慙愧若於冥處施之燈火則得道眼通見十方若於世尊師父寺舍二親長老前而作倡伎以娛樂之後世所生得道耳聽徹聞無極若無香者則施與之後世所生逮致戒香慧定解度知見品香是身爲被德熏之香若復有求雜香名熏即與所好後世所生身體香潔莫不悅豫所有甘美殊異之味人來求者輙從意與後世所生常得餚饌若不甘者入口即美宿世所植而得是相其無手巾因施與之後世所生清淨無垢爲人所護其無護者爲之將護猶若屋室所以喻室覆蓋人故隨其所乏而施與之後世所生悉獲所當尋得周急病與醫藥後世所生身常無病不生不死無有衆患恒獲安隱一切備足靡所不至其無僕使給與奴婢後世所生自然具足萬乘帝主制上御下無所乏少其求衆寶則能與之後世所生備悉成就三十有二大人之相布施雜物若干種品後世所生得八十種衆好之姿象馬施者後得大乘無極之意以

田施與因得具足寂度無極妻子施與惠所珍愛後無異心當得佛道所以者何佛者極上尊無儔匹假使有人從其菩薩求滿倉穀即能與之未曾貪悋後逮法藏充備道慧無所匱乏菩薩設若為轉輪王王四天下七寶盈滿若有來求而不愛惜輙能盡施後所生處逮一切智諸通聖慧廣濟一切以妙妓樂而施與者後得經典樂以法樂莫不歡然若為勢位有忠羽翼行菩薩法猶如王者之忠臣有人來求以自輔政即能與之由是之故後佛法教欲坐道場於佛樹下降伏魔兵以手施人後為一切道法之首耳鼻施者後身具足無一缺漏以眼施者後逮法眼為一切首道法之目以頭施者後所生處三世特尊獨步無侶諸通敏慧肌肉施者後成佛道人

來聽經捨諸不善皆獲真正菩薩以骨以髓施者後得佛道身如金剛無能動揺阿差末曰菩薩不以色故而有所施用修政故若來求多後人求少悉遍與之使各得足若施與時不恐不怖不畏不懼無貪行施不懷悔恨心未曾變菩薩無輕慢施専心而與無諛諂施不持惡物無所中者以與人也菩薩布施未曾觀察其有福祚其有罪殃無有狐疑不別好醜不中斷絶遺漏施也何謂中斷遺漏施於大會中獨與一人不與一人悉欲遍濟所以者何菩薩所施常懷篤信不念懈倦無惱患施菩薩布施不呼人至前目自見面乃與之也亦不思惟其善其惡不必選求得成道者來者便與施人之後不作是念其以得道其不得道菩薩施與見奉戒人來受其物

不以忻然見無戒者亦無異心其所施與不望還報有所施者不求名稱使近遠聞不自咨嗟不惡誹謗菩薩施與不行煩擾不懷恨施無瞋恚施無歡喜施菩薩布施不念後世當得其福不起忿心罵詈愚施有來求者不前却彼乃施與之不輕易施不倩他人持物往與所以者何手自斟酌亦不念言值吾前施不當前者不施與之不罣礙施自用心施不卒暴施手自授之不沉吟施乍與不與菩薩不念吾所可施疲倦勞極施從來者不多不少不選擇物惡者與之好者留之若有來求如本言要未曾減損菩薩所施慇念衆生弘無偏黨欲令受者常獲安隱若施與時則念其人是吾國界所以者何一切皆是菩薩之道地又所施者少不輕已多不歡喜雖布施多不自察言我今廣施所與如法無希望故菩薩布施不念是福當有所生受其功報所以者何施於一切衆生蒙恩故所施人者亦不念之吾於天上天下人中獨致尊勢其所施與普爲衆生不以其福求慕四王釋梵之位亦復不貪轉輪聖王不習聲聞緣覺之心菩薩施與心不念言所施具足亦不惟少足與不足有所施者使一切衆不離於佛諸通敏慧所施與者常得其時無有不應不以兵仗毒藥施與以安施人不加嬈害菩薩布施從佛法教所可惠捨知一切空所以然者以爲因緣有所興發由斯之故而不可盡所施與者悉解無想爲諸想者達其因緣故不可盡所可施者皆達無願爲諸願者作善因緣由是之宜故不可盡以道法意而有所施

其心堅强完具甚安無所破壞菩薩所施其在三界無能逮者所可施與欲令其福歸流一切菩薩之業其志常建一切智心以是之故爲不可盡所施與者以脱諸想總攬衆魔令不自在離諸煩惱故不可盡菩薩所施與衆超異明泥洹故所可施者決衆疑心故不可盡所施與者正住佛道不懷異心所施等願故不可盡菩薩所施坐佛樹下得成正覺所施與者及無央數不可稱計衆生之類皆荷濟度故不可盡所可施者不可盡矣其事廣大所施與者以得道處無能動者無能超踰泥復施者故不可盡所施與者其心坦然如一切智故不可盡舍利弗言善哉善哉仁者阿差末嘆菩薩施及不可盡快哉乃爾願欲受聽菩薩禁戒不可盡誼阿差末曰菩薩戒淨亦不可盡有六十四事何謂六十四菩薩行仁不懷害心加于衆生身亦不煞不取人物不犯他妻若見菩薩及向衆生常行至誠未曾兩舌有諍訟者常鮮和之終無駡詈不爲惡口所以者何常有慙恥言常護口不妄說事於一切人不念嫉妬不興恚心向于衆生所以者何由此能忍後世端正常正其心不事餘學恒懷悅心在於佛道所以者何其心清淨無有塵垢愛樂佛法所以者何解無異法能出上者至心在道用慈仁故若見沙門梵志輒以五體而自歸禮何謂爲五兩手兩膝及其頭額稽首足下所以者何因得佛道一切歸故心常柔輭見人犯非慎已不爲所不缺戒無有聲聞緣覺心故於諸犯戒而無所犯所以者何後世不欲生在於漁獵

愚闇家故常修精進不爲懈怠所以者何不與邪惡共從事故奉戒完具未曾闕漏親近智德解深法者不違遠故篤信戒淨所奉正故慎戒如法一切衆生皆歌嘆故其護戒禁清徹至真本心快故行持戒要無能傳非説其瑕玼無邪心故其戒完具不復迷惑從六衰故所奉戒行莫不宣聞諸佛正覺之所知故戒無所求如已樂故戒知止足無所貪故其戒純淑不雜衆惡身意坦然無所樂故常好閑居未曾喜樂於衆閙故戒能備悉如道法訓不從他人有所受故謹慎禁戒不以好服而爲綺飾德無能逮誓如來願不以甘美而亂意也所以者何以有道力制衆惡故所行如戒諸天人民莫不悦故行慈心戒護衆生故修悲哀戒忍衆苦故遵于護戒不懈怠故以等心戒爲一切衆生於善惡行無二心故常察禁戒不爲損耗不聽其心爲馳騁故戒不念惡不傳人非護一切故堅執持戒不聽其意隨所欲故順布施戒養育一切衆生之故爲忍辱戒不起心故志精進戒不迴轉故禪思之戒得安定故奉智慧戒博聽正義無猒足故修廣聞戒學要法故隨善師戒達諸法故捨惡師戒離衆邪學不直路故無綺身戒知諸萬物皆無常故不貪命戒其功德業如紫金故無悔恨戒其意淨故無虚飾戒學清淨故不煩苛戒其意鮮明無垢濁故不燋然戒不燒身故不迷惑戒不隨欲故不危燒戒無所害故無觝突戒心不亂故伏心之戒意無誤故通寂靜戒不爲俗業之所發故順眞正戒智如教故具諸願戒本清淨故如

如來戒所以者何隨本要故如佛定戒常懷等心度衆生故以一切智入道門戒所以者何不抱恨故是爲菩薩六十四事清淨禁戒而不可盡阿差末菩薩復謂舍利弗言菩薩復有淨戒不自貪身不念一切不想我人不計壽命不思名色痛想行識不倚四大地水火風各有四大戒不有眼色耳聲鼻香舌味身觸心法無身口心其戒常淨是相一心而不迷荒諦觀諸法戒以過空無相無願亦無形像過於三界不著不縛其戒不念爾故不爲已生所以者何無所生故所以爲戒無作不作本無所造由是之故戒無部界止此中間亦無所止意淨爲戒識無所住所以者何無想念故戒無所拘所以者何無欲力故亦不住色亦不無色所俱同塵是名曰戒離婬怒癡因遇冥脫是故曰戒不著不斷捨十二緣是故曰戒不念我所除我不我不住欲故是故曰戒無作不求不住色想亦不處在一切名色是故曰戒不隨因緣無煩無苛無我非我不與疑合是故曰戒亦不貪福不無功德以越諸惡非法之事所以者何愚者非法是故名曰戒無有憂惱其身心止是故戒相奉順戒者如病得愈不斷諸佛經典正籍法身坦然不可盡故不斷法身所以者何無二業故一者不著二者不斷不斷聖衆因用脫故不斷諸學所以者何順禁戒故阿差末謂舍利弗因本清淨故不可盡何謂俗戒謂生死處亦有盡矣所以者何在于五趣故名曰盡所以盡者有往返故不住一處其外神仙五通之戒世俗之智求上長壽神足命盡所

以者何戒禁盡故人戒十善亦復有盡所以者何違捨戒故諸欲天子戒亦有盡所以者何功德畢故諸色天子定戒亦盡所以者何其定亂故無色天子寂戒亦盡所以者何寂意荒故其道迹學無學羅漢戒亦有盡所以者何倚泥洹故其緣覺戒亦復有盡所以者何無大哀故阿差末謂舍利弗言唯菩薩戒獨不可盡舍利弗問以何等故戒不可盡阿差末曰其戒盡者斯皆非戒所以菩薩戒不可盡其心不捨一切智故是正真戒爲不斷種故不可盡何謂果實道果無盡所言種者謂菩薩心所云果實則佛十力至不可盡故曰菩薩戒不可盡阿差末謂舍利弗言菩薩忍辱亦不可盡有三十二事何謂三十二無盡不著欲者不與此念是我妻子身皆不犯不令他犯是故忍辱亦不可盡不念衆惡不恨一切不恚衆生不惟人惡不與人諍不妄助人不有所繫亦不掩戲自護身行將護衆人愼己心不隨常思善德無愛欲意德莊嚴身信作善惡當得報應口不妄語其心清淨菩薩心強不捨一切諦自思計心所念耶即覺知之心和柔輭將護其心令惡不生修清淨行生于梵天從天上下還在人間具足德相衆好八十逮致和音猶如梵天脫婬怒癡不以惡顏恚恨向人所作功德未曾忘失降伏外學衆邪異術以捨衆病不遭厄難以順具足諸佛道法是爲忍辱悉不可盡三十二事是菩薩忍辱何謂忍辱若罵詈身默不和之若撾捶者不念報之是曰忍辱所以者何不見撾者不覩己身杖本空故若有瞋者亦

不懷恨言若幻化其起意來不生心逆能伏意故若念惡者心若不知自思惟之斯人貴惡吾不宜効有稱譽者不用悸喜所以者何不生此念得利益也降伏心故若有衰耗不以憂慼巳知之故見人嘆者不用爲綺若有誹謗不以爲動所以者何智廣大故有恭敬者不自貢高修性安故設禮拜者不用悦豫亦不説言卿宜當然若得勢位不以自大所以者何心不動故愍哀衆生雖在勤苦不以患猒在於樂處不用歡喜曉了俗事皆無常故不以三十八事而見傾動所以者何不處其中爲人所嬈終不還報無敢犯者假使有人節節解身悉能忍之因欲具足菩薩業故若害身者終無異意了身四大合成散滅何足可貪所以者何緣是忍故當得佛身悉忍衆惱不可計難所以者何緣是得致建立大安至道力故菩薩若在梵志學中現身入火無所傷害欲令其人知心清淨化于惑意使志反真因得上天其梵志學好喜火祠菩薩所現無所不變道德超殊莫能逮者所以者何諸梵帝釋四方天王稽首菩薩皆爲作禮菩薩忍辱無有邊底以是之故曰不可盡其罵者忍不以爲恨亦不念之誰罵我者因是寂然便入法忍不思惟之罵吾眼耳鼻口身意若罵心乎罵所在耶則過諸衰便逮法忍不念一切誰來罵者尋能得入無人之忍如是忍者悉不爲忍所以者何假有號耳諦計其忍猶山中響有解此者入無常忍不念得我及得他人逮中和忍亦不自念身隨法教某不住法也是名曰忍我獨住道其餘人者

不建立道不與斯念我念空不念實念無思想不念有想念忍無餘不念忍餘念忍無願不念有願忍無生死不有終始忍爲可無不可忍爲有德不爲無德念忍無生不念所生忍度於世不與世合忍爲入道不爲無道念忍爲脫不爲無脫解忍泥洹不爲生死菩薩忍辱不生此念所以者何不平等故菩薩等忍爲何謂也解入空無所斷無所著是菩薩忍亦不念生不念不生不念化生若無化生不與念言有之與無曉了此義至不可盡以是名曰不可盡忍悉無所作不思當然及與不然無有現者無縛無脫亦無所生無造起者故無所生而不可盡其忍如斯是爲逮得無所從生法忍如計無所從生法忍至于如來坐佛樹下入此忍者應得受決曰不可盡說是法忍品時其在會者咸皆讚曰善哉善哉如阿差末所說誠無有異時十方天悉以天華名香幢蓋供養奉散阿差末身諸菩薩上諸天妓樂自然爲鳴以娛樂之心各曠然懷寬弘意一切皆言令諸衆生普悉得明若如來忍其聞此音不恐不懼心不在懅諸華名香旛蓋充滿遍于三千大千佛土

阿差末菩薩經卷第二

音釋

獷（古猛切麤惡也）憒（古對切心亂也）詭譎（詭居洧切譎古穴切欺詐也）牴突（牴都禮切突陀骨切牴突觸也）悸（其季切心動也）懅（其據切慙也）

阿差末菩薩經卷第三

西晉三藏竺法護譯

佛告阿差末仁者於今爲能苞裹一切衆生乎阿差末言承佛聖旨具悉任受阿差末菩薩適入三昧應時一切諸有色身供養華香繒蓋幢旛皆入裔中其身如故不增不減有一菩薩號曰大淨問阿差末所入三昧名曰何耶顯現變化乃能悉受一切色身華香旛蓋其身如故而不增減阿差末曰其定號曰普受色身大淨復問是三昧者但能受此復受餘乎阿差末曰三千大千國土悉入於身不見所在所以者何以威神故無所增損時諸衆會諸天人民菩薩聲聞皆各有念猶如久渴望想飲矣欲見大士所化神變佛知衆心語阿差末爲一切人現是三昧阿差末曰輒奉聖教應時十方諸會菩薩佛及衆僧悉自見身坐阿差末裔阿差末裔現有國名普莊嚴諸菩薩服如莊嚴國衆菩薩也亦復皆現有其裔中所顯普嚴巍巍如是也現威變已衆會各坐續復如故大淨菩薩報阿差末三昧聖恩威德超殊光光乃爾阿差末曰是不足言所以者何三千大千天地山陵悉受色身爲微末耳受江沙土不以爲迮況其餘耶說忍辱品演神足時七十姟仁和善人發大道心萬二千菩薩皆得無所從生法忍舍利弗問阿差末願樂復聞菩薩精進而不可盡阿差末曰菩薩有八精進無盡何謂爲八一曰被于弘誓大德之鎧是爲精進而不可盡二曰合集精進而無所退三曰勤學長養一切功德四曰常欲養育普及衆生五曰造

立無數福慶之原六曰心元元求諸度無極七曰曉了智慧而無窮極八曰欲得備悉一切佛法以故無盡是八精進而不可盡阿差末曰所名被弘誓鎧不以生死用爲勞苦故所以者何不計劫數當成佛道亦不思念於若干劫行菩薩業所以名曰爲弘誓者不猒長遠無量劫故菩薩猶爲一切之本方俗所更始數一日至十五日若三十日合爲一月十二月爲一歲如是轉進至十萬歲若百千萬歲發意求道悉却是數猶若千歲乃見一佛如比數諸江河沙初發意等一切衆人各皆發心各悉包容江河沙等諸菩薩亦如是無央數不可計一切人悉發意意所知纔及一事其未所知不可稱計猶如供養江河沙等佛然後乃具施度無極戒忍精進一心智慧三十七品亦復若斯菩薩聞是其心不懈不捨弘誓大德之鎧江河沙等人皆發道意合集此德乃能具足一大人相一切如是各如前功乃悉周備諸大人相其大人者謂菩薩也菩薩聞是不以爲勞所以者何未曾違捨弘誓鎧故是爲菩薩被弘誓鎧而不可盡也何謂增長精進而不可盡若有菩薩勤欲聞法不計遠近不惡水火所以者何無懈倦故菩薩增長合集功德不以退却合會勸助衆功德故何故合會欲以開化衆生之故令其度脫使入泥洹故而般泥洹不以懈慢有堅固心無能迴者常求功祚不用猒倦恒住大哀故曰合集菩薩所至行步坐起不忘道心如一念頃念佛法教護於一切不以爲煩故曰合集而不可盡何謂長養一切精進而

不可盡所立功德志願常存於諸通慧以故名曰爲不可盡猶如衆龍還雨大海不可別知渧數多少計之無盡諸明慧者功德如是至不可盡何謂造立無數功德所作用心爲一切故常懷等意所立功祚不離通慧所修福願欲使衆生皆共蒙恩以故名曰立無數德何謂心求諸度無極衆生四天悉不可盡不可數者入此諸數一曰悉教三千大千世界衆生之類如是比像不可稱載阿僧祇人皆開化之無限如斯百倍千倍萬倍億倍百億萬倍不可計喻所教度者爲少少耳聞是不恐亦不畏懼爲應精進是謂造立無數功德而不可盡何謂曉了智慧而無窮極菩薩功德不可窮盡故如是悉計一切普知諸衆生本所作功德乃及道迹往來不還無著緣覺皆合此德乃成於佛一毛功德合集計是各各悉成體諸毛孔巍巍衆德乃能成佛兩眉間相若斯眉間千倍之福乃成頂相所以者何天上天下無能堪任見佛頂故以是故曰德不可盡慧無窮極又復何謂慧無窮極正使三千大千世界衆生悉篤信佛如是信佛其信百倍乃與奉信者同等功耳設奉信等周滿三千大千世界其智百倍不及八等人若八等人滿三千大千世界其智百倍不如道迹若三千大千世界充滿中人求道迹業往來不還及與無著其智百倍不如一緣覺智若三千大千世界滿中緣覺猶不如一發意菩薩之智正使三千大千世界充滿其中初發意菩薩其智百倍不如阿惟越致正使三千大千世界衆生悉成不退轉其智百

倍猶不如一一生補處菩薩之智正使三千大千世界衆生爲一生補處其智百倍不如一如來處處慧力合諸力無所畏入佛法遊要慧所所以者何其一切智悉入佛意菩薩聞是不恐不懼不畏不難是則名曰習無窮慧也而不可盡何故習無窮慧而不可盡用入一切衆生心故正使過去衆生心念無限其發道意一人明解悉曉了知此諸過去衆生心念等於衆生猶如一人如斯比像不可稱計衆生之黨皆淫怒癡之所覆蓋復有一人入淫怒癡惑亂之中而爲衆塵見憒迷荒菩薩發意恒以道慧皆知衆生淫怒癡亂是曰慧明之聖弘智若諸衆生悉各發意善惡因緣因緣所爲起者滅者如是慧者雖處其中心不以煩皆能暢達猶如虛空無不空處聖慧者然其心明解三世衆生靡所不達故名曰慧而無窮極亦不可盡何謂一切佛法而不可盡悉具一切六度無極求諸佛法若有菩薩從初發意所修方便然後乃致坐佛樹下發心功德不可稱計普悉具足皆成佛法故謂菩薩合諸佛法而不可盡復有菩薩合集精進亦不可盡身所立德不以爲難口演功祚亦不以倦意惟勤修其身口意三事精進則是元首也何謂意精進其意泰然何謂泰然用求佛道用求佛道爲何謂也恢弘其心寂無所爲何謂發是發是意者謂發道心是此則菩薩之大哀也何謂菩薩地信樂無我是爲忍何謂發是者悉能總攝一切衆生故何謂爲處用得備悉具諸法故不以生死爲勤勞也其發是者不著三界其發是者

身諸所有無所愛惜又其處者所可施與不歎宣已有斯德行所謂處者不以禁戒而自讚歎意存自大也又其處者忍衆苦惱不以是業而懷憍慢所謂其處所獲功德日轉增益巍巍無量所謂處者是志度脱不離布施伏心制意所謂處者學問無猒如法習教所謂處者如所聞義奉行不改無有異意所謂處者習學思惟不可講法權謀方便不以爲難習無希望所須宣法翫習諷誦念察曉了其義之所歸趣不用勞猒而懈廢也學修元元無所想報是有四事是菩薩之所修行所以者何其能發此慈悲喜護又其處者所瞻察意普懷大哀又其處者縁是之故具足五通習無生死又其處者得四意止逮于順理不當所思而不惟之又其處者知四意斷不廢功德亦不可制無福慶人所以者何修中間行人又其處者神足所習如佛法教無所希望又其處者習學善德諸根不亂無限非法悉能分別又其處者謂十種力無有能勝心懷聖智又其處者欲求佛覺諸與造行入衆法義而不自大成七覺意又其處者求斯道德不念諸來及往去者亦無所想又其處者慕求肅恭寂靜其志而無憒亂又其處者欲得正觀明察諸法求其所存又其處者曾所博聞便能修習常如法住務身德行又其處者求于法身而捐衆俗望想之著信達無形又其處者謂彼音聲常欲莊嚴隨時暢出通于十方又其處者樂如道行脱不脱者使至永安又其處者謂不合非勸化四魔何謂四魔一曰身魔二曰罪魔三曰死魔四曰天

魔又其處者離諸惡習修衆德本諸穢寂然而不興亂又其處者普見道慧察衆縁起又其處者見諸所入世俗所作消息方便因濟度之又其處者咸觀道法而隨時化是意精進而不可盡若有能具一切處者終無諸難所作悉解不以望想住所行慧亦無動轉一切所行皆不離慧何謂菩薩行不離慧所行功德悉因是法常爲一切興無極慈無極慈者不盡世俗因佛道慧不隨無爲是名菩薩無盡精進宣説精進不可盡時九十六姟諸天世人皆發無上正眞道意三萬二千天子悉得無所從生法忍舍利弗復問阿差末菩薩言豈復有義施度無極不可盡乎阿差末曰用十六事而不可盡聲聞縁覺所不能及何謂十六一曰所施不懷異心而悉具足如來法施二曰所施不興斯念吾縁是故當獲福報三曰所施普慤一切不懷異心四曰所施不念望得三昧正受所以者何不樂生于淨居天上常好人間五曰所施皆能達知衆生心行六曰所施其意清和所以者何欲使其心隨已計故亦令其身從心所念七曰所施如受者意所以者何其德以過色無色天八曰所施與寂寞俱亦復恬怕所以然者過諸聲聞縁覺上故九曰所施不挾恨心所以者何欲使究暢至成就故十曰所施威神巍巍無能制斷十一曰以智慧施普等衆生立度一切十二曰其所施者所施與人隨意喜樂而恵救之心常敬安所以者何能御意故十三曰其所施與不斷三寶所以者何不捨如來至眞之種十四曰所施常明不懷猶豫

而不迷惑十五曰所施與者順如法教所以者何所行隨義十六曰所施與無所不知有所興造樂智慧本所以者何欲令其智無有窮極甚廣大故是爲菩薩十六事業施度無極而不可盡何謂爲禪心寂靜故何謂神通慧具足故何謂爲慧所見諸色是則不通覩諸色盡其意不隨此名曰通所以者何而不中道行取證故其所聽聞皆在不通諸可有意悉無逮得此名曰通悉能曉知衆生心行是則不通心除此智不以盡心而造證矣所以者何不取羅漢此名曰通能自知本因所從來是則不通不於三世而有罣礙此名曰通遍諸國土是則不通雖遍諸國解無所有無剎土想此名曰通信向諸法是則不通達見一切諸法本末此名曰通一切所作有望想意是則不通曉了衆生無所希望此名曰通樂欲往生若過諸天釋梵四王是則不通菩薩皆知一切聲聞緣覺所修聖慧悉能總攬此名曰通爲衆元首所曰元首在於諸法最上之故因是名曰通慧功德而不可盡阿差末菩薩復謂舍利弗言因諸亂意菩薩以故習自伏心是曰爲禪其智慧者悉捨衆惡是曰禪定又菩薩行習住定意則無變心所以者何云修正住修正住故習六度無極正諸法故習諸法者用正故學習菩薩行等心衆生以等衆生便等諸法以等諸法知菩薩心以知菩薩則能暢解衆生志操知衆生已則知諸法是名曰習弘等一切衆生之類悉等諸法而無適莫等住諸法是名定意爲正受矣空無相願謂等生死等生死者便等諸

法其以平等坦無偏黨心普等者衆生心等衆生心等已乃謂平等故曰普等其心所行平若虚空如地水火風無有愛憎其心等者無憂無喜其身已住不眴佛土定若三昧不以諛諂如本際住而不自大亦不賤已不癡不惡亦不多辭唯欲曉了法之本原是時非時常隨時宜不從一切世俗之穢越世八事利衰毀譽苦樂有名失稱捨諸有爲不好憒鬧隨是法者不離三昧所以者何皆見天下所造立行隨其所行續在三昧莫能知者是曰菩薩善權方便深入智慧寂度無極若欲三昧執御其心由無極哀而隨因緣所以者何用衆生故斯義名曰善權方便寂然恬怕三昧之業此爲聖慧以如三昧所建立者依仰佛慧是曰善權而於諸法永無所求是曰智慧奉執定意又以功德化護諸法是曰善權其心坦然不壞法身是曰智慧以三昧定住念佛身諸相種好是曰善權弘思元元念佛法身是曰智慧於三昧中念佛諸音猶如梵聲是曰善權思知諸法無有言辭是曰智慧住於三昧心如金剛是曰善權雖獲禪定不忘世俗衆生群黨是曰智慧而於三昧念備本願長育一切是曰處處隨時善權又於禪思解于衆生悉無吾我是曰智慧遊于三昧不捨諸法是曰善權曉無本末亦無根原是曰智慧修于三昧思諸佛土悉爲清淨是曰善權解諸佛土都無所有是曰智慧在三昧住唯有佛樹修之莊嚴是曰善權身離衆欲而無穢濁是曰智慧又在三昧念轉法輪是爲善權遵行禪定轉無所轉是曰智慧住

干三昧欲見菩薩以相莊嚴是曰善權以濟衆苦無有煩惱是如來禪如來禪者了一切法永不貪欲不想塵勞知諸情樂除衆法想名曰禪思是爲菩薩所生地慧開士所以者何一心與法不同塵俱是乃名曰不可盡禪不爲一切衆魔得便則爲正覺造諸法器所以者何靡不含容正士說此寂度無極不可盡時四萬菩薩得日明三昧何謂日明三昧定者猶日出時燈火炬燿星宿月光闇蔽則無菩薩以逮是三昧者一切衆聖咸爲覆蔽所以者何其慧巍巍明弘廣故一切聲聞緣覺智明皆爲覆蔽以故名曰日明三昧菩薩以住寂度無極悉能逮成諸三昧定粗舉都較取要言之演諸三昧名曰照明有定名月光有定名莊嚴有定名嚴耀有定名修嚴有定名無極暉猛伏有定名其明消冥有定名如諸法教有定名成光明有定名無所憂有定名立堅固有定名等如大山有定名法明有定名法御有定名法君有定名法慧順教有定名感法寶有定名法城總持御有定名知人意行有定名幢英棄衆煩苛有定名力制四魔有定名以成十力有定名斷諸罣礙有定名造燈光有定名堅住苦地有定名如須彌有定名猶安明有定名智行光耀有定名智不可計隨具教有定名心教柔輭有定名無所求脫有定名如水日月光有定名猶如佛身有定名等諸無我有定名調象隨教有定名見得諸佛念有定名法意無礙有定名無退不轉有定名衆毒消淨如月有定名入空寂有定名曉衆相有定名無願有定名

住一心有定名如金剛有定名無極光莫能當有定名自在淨有定名諸勞煩盡有定名廣大如空有定名入一切業有定名心思得慧有定名慧悅人無盡有定名成聖慧有定名總無所忘有定名冥普見明皆多樂有定名慈行有定名心本淨大哀有定名入諸護有定名心等入無所礙脫有定名法法住有定名智明達有定名解暢有定名不可數有定名充飽衆有定名無不了有定名脫慧隨化衆有定名金剛蓮華有定名了無常有定名尊智慧有定名勇伏有定名諸佛念有定名隨教明脫有定名嚴佛土有定名開闢淨諸國有定名入衆生心喜有定名正直有定名以善薩道六度無極嚴有定名覺解結有定名覺意華有定名施脫若天藥有定名光無不周有定名明無住佛有定名甚深妙有定名積寶如海有定名如山方面有定名神足甚廣無不總有定名見無數佛有定名總諸學有定名如彈指頃無不知有定名智不可限如大海如是定等億億巨姟菩薩以住寂度無極普備斯定阿差末菩薩復謂舍利弗言智度無極而不可盡爲何謂也如所聞慧輙建立行故曰不可盡應如斯行有八十事何謂八十順所聞一尋如行二如教習三從善友命四不自大五所作不忘六常恭恪七從經業八如言從九數習智十懃心受十一不失節十二不忘念十三意不亂十四與寶意十五顯藥志十六除諸病十七是意器十八樂忍辱十九思樂諦二十入慧意二十一學無猒二十二施無所慕二十三施無適莫二十四所聞諦思二十五歡喜啓受

二十六心悅身輕二十七其意清和二十八而無煩苛二十九所學如本三十常喜說法三十一聞欲向道三十二法自守者三十三好聞正三十四不在異學三十五唯受雅智度無極三十六逮於菩薩方等經三十七但慕聽權方便經三十八又好聞習四等心三十九復察解了無神通四十如初意耳無異念四十一心務於諦善方便四十二唯欲聽之無生法四十三不貪世觀但悅慈四十四了十二緣達無常四十五知於苦暢無我四十六欲知寂分別空四十七解無相體無願四十八曉生死了功德四十九達衆生知無忘五十嚴其意若城郭五十一所聞勤執樂聽經寶五十二在俗知俗啓於中意五十三以爲伴侶五十四欲聞降伏五十五諸事業五十六常志思僥五十七普入諸法五十八慕斷貧乏五十九所云貧乏六十謂智不足六十一念解遵通六十二曉解聖慧六十三悅受正道六十四曉無智者六十五悉化使智六十六了常遭苦六十七給不足者六十八別離一切六十九無功德業七十明識其本七十一衆惡不爲七十二暢益身義七十三達利衆生七十四解安隱行七十五樂不懷恨七十六欲別至尊七十七無極之事七十八念諸佛法七十九所因獲致八十是爲名曰如所聞慧輒建立行

阿差末菩薩謂舍利弗言菩薩有三十二事所入隨時何謂三十二隨音響入一欲入於觀二入心所行三入身求脫四而濟衆生五入不斷無常六入無所著七入隨因緣所作爲八所入無人九入於無壽十入於無命十一入去來今之所住處十二入功德業十三入空不懈十四入于無相十五而入無願不廢勤修不

以空取證無相不願護已不墮十六欲入三昧而修正受悉向成就三昧正受以故不生無色天所以者何擁護所致十七又入諸通智慧之原雖爾不入盡滅之徑十八又入無生濟諸所生十九復入本際思惟其義二十欲入無際而不取證所以者何有將護故所云無護則爲聲聞二十一欲入衆生解無吾我不捨大哀二十二入一切畏生死之難二十三所可遊入雖有生死無爲生故二十四又入所猒衆諸塵勞二十五入猒欲者亦不墮落所以者何不中取證二十六又入不思貪欲之黨二十七入不捨法不諸犯法而不爲非二十八入權方便所以者何由因衆生意墮貪愛欲開化故二十九缺三十所入教授應病與藥三十一菩薩所度各得其所三十二是爲三十二事所導如事所以者何不失節故猶欲入城會從門入欲暢衆緣當眼察之解緣業者則不諍訟欲令無諍莫如自守欲知無言爲住快者不如莫語所以者何不喜語者自護身口不欲所止勿在彼居不欲動者慎勿得轉無希望者亦無所想是故曰慧等欲不迷色當正堅住以堅住者爾乃達至不樂令變常自謹慎若慕寂靜將養已者勿得稱已不欲下者莫自矜高不高不下具足正法不喜損者無有能譴若樂便安所作無失無所失者則無有疑無有疑者解無本故便無所失等於三世而無差特等三世者無所增損不住於色痛想行識亦無殊特眼見色識則無所住耳聲識鼻香識舌味識身輭識意法識悉無所住從本淨行如法如慧行如審諦行如無吾我見諸法行無我曰慧

解諸所有皆無所有亦悉無本是名曰慧不以身綺而懷自大是名曰慧知於菩薩習正眞慧達爲一切衆生之故衆生故者心常不捨不離諸法是乃名曰菩薩習慧

阿差末菩薩經卷第三

音釋

[齊/肉] 徂奚切與臍同 迮 側革切迫也 姟 古哀切十京曰姟 挾 胡頰切懷也 粗 坐五切畧也 苛 寒歌切繁細也 譴 去戰切責也

阿差末菩薩經卷第四

西晋三藏竺法護譯

阿差末菩薩謂舍利弗言菩薩習智入於諸法故無所著是名曰慧有十六事不與慧合何謂十六用無明故而起陰陽從生老死皆不與慧同諸所作爲亦不同塵亦復不與六十二見而雜錯也不自貢高亦不卑巳有利無利若譽若謗若稱失名若苦若樂過世八事貢高自大謙卑恭順俗間有是二十一事不與合同去衆煩惱不爲愚冥覺悟睡眠脱諸恐懼不與罪合及諸心垢不除五陰因至生死身魔罪魔死魔天魔而共合也一切衆生我人壽命諸所希望而造因緣諸有希望俗間之念當爾不爾是與非事皆縛著業有所貪慕與戒反矣不奉禁戒奉禁戒者忍辱瞋恚精進懈怠一心亂意智慧愚冥以度無極貢高謙遜皆離是事堅住不住謂梵志也定意堅強功德剛柔消一切念使無有餘便屬無爲國土好醜衆生吉凶一切善惡愚慧識明生死滅度諦與不諦離一切念其智者無所覩無有見無有想不想泥洹何謂爲慧察之計校八法功德曉了八法何謂爲八曉於五陰了四大解六衰别四諦達十二緣暢明三世識分别一切羅漢及緣覺至菩薩演諸法何謂曉五陰諸所生滅猶如幻化夢中所見芭蕉野馬山中之響鏡中之像水中泡沫觀於諸色我人壽命解色如此痛如水泡想若野馬生死若芭蕉識者如幻計水泡沫野馬芭蕉幻化所以者何此微妙故其微妙者無我無人無壽無命是曉五陰我人壽命猶

如幻矣識亦如幻是曉五陰五陰墮俗世俗相者睒現便無是爲世相其世相者非常苦空非身之業其知是者曰曉五陰何謂了四大地水火風其法界者不爲剛强水者法界則無有水火亦法界不以自熱風者法界不用動揺其四大者謂眼所識計於法界不以眼視視悉知之其法界者不以耳而聽聲鼻不向香舌不嗜味身不細滑意不著法悉解法界悉以具足衆生法界如講授之嘆情志性法界平等平等如稱欲界法界亦等如稱色無色界法界悉等如稱生死之界泥洹之界法身之界等稱如空法界亦如所以者何有德無德亦等如空而無有異亦不可量悉叵稱載其泥洹界亦復若兹不可講説此入法界是名曰智號了四大何謂解六衰如佛言曰其眼亦空而無吾我亦不無我是亦悉空所以者何解我空者在於諸衰而不爲衰是則名曰解於六衰諦計六衰不著不斷是爲菩薩解於六衰眼色爲衰所視不墮所以然者不中道取證耳鼻舌身意亦悉如是是曰菩薩解於六衰何謂六衰其能分别六衰别六衰已便入于道不别衰者則非是道又如菩薩用大哀故不近不遠以衆生故不捨大道亦不離施是曰菩薩解於六衰何謂别四諦知苦集盡道不得五陰處是曰知苦所生爲集色現尋滅名曰爲盡得道無道心以等住故曰爲道菩薩知四諦而不取證所以者何護一切故是曰别四諦復有三事何謂爲三其真諦相審解如本其世俗言假有號耳了真諦心不念有無審解本者一切諸色

悉爲平等所以者何不中道取證以相爲應是則名曰別於四諦阿差末菩薩曰其諦有一無有二也所以者何如來至眞無所希望亦不想求色與無色無所希望適得其中是別四諦復有五陰苦者是惱之相好解空者是曰苦諦暢達五陰所從緣起是曰集諦所見萬物皆有想求別了其意而不貪慕雖不求者亦復不忘是曰等知盡滅之義不與去來今現在事而俱同塵亦不住中是曰盡諦欲致道者了苦集盡不在二事所謂二事猶豫結綱是曰盡諦諦觀察之知之爲苦是爲菩薩別於四諦一切所見苦樂善惡心覩世間了其本末是曰苦緣一切皆苦是名集諦解慕世苦不以爲求雖不求望不墮盡證所以者何不中取證故是曰菩薩因知求道猶欲度水而不求船不能橫越思惟其便若得板木乘騎其上可以得度所以者何不憂不度不愁在苦作是行住如四諦教不以色諦而墮取證是曰菩薩別於諦矣意察生苦從緣生矣亦不從緣是曰知生一切所生亦無所生無有起者亦不滅盡不興滅意是曰意寂而苦滅矣樂知求勝而伏其心意解入此是曰知道不住其中所以者何慧無住故是曰菩薩別知四諦何謂達於十二因緣謂因無明便致生死如諸法教其有所生了不可見亦不可知所以者何無有生故亦非不生以了如斯因緣之事緣求泥洹諦了衆生所行不等有上中下緣作罪福故造行道所當致者與無生緣修諸法業與道合者是爲名曰解十二緣設無是緣則消除矣所謂消除

謂無明滅無明滅者謂老病死滅老死以滅能達此者解十二緣諸所有因悉法所總諸所有緣皆法所合其因緣合非我非彼亦復不是我人壽命悉無所入如是入者不在一切諸所有也其意普解是十二緣菩薩悉欲具足諸法具諸法已皆了無常不墮取證所以者何護衆生故是曰菩薩解十二因緣何謂明三世悉知過去意有德無德觀身他人等無有異所以者何身有誤失他人有過悉代悔之逮所作福因此福作發心求道是爲菩薩過去功德其當來意所作功德悉用發心立菩薩願諸所發心以護制持執心堅固不受濁意是爲當來今現在意所作功德以正衆緣是爲功德悉捨諸穢不隨非教是不離德所以者何近佛道故是現在福察去來今信三世空觀三世法則以智慧元元勸助去來今佛用善權故曰明三世諸去法盡所以者何不可見故不以去德而變其心諸當來法視無所生不以是疑察現在法亦無所住則無處所所以者何不捨道心是故名曰明於三世普達智慧過去已滅當來未至現在無住智無破壞菩薩興德悉欲合同是故名曰明於三世以慧悉念過去功德所以者何今者所作皆前世福因發來心當來發心故斯智慧業具足所願其現在德不以爲難所以者何菩薩願故是則名曰明於三世爲諸衆生於過去世悉知作德所以者何護衆生故往古所教令續化之所教訓者欲令其人見當來佛神足變化於法道義便有增益有增益已亦增福利益諸群黎佛以興世多

所饒益其所誓願悉無罣礙是則名曰明於三世何謂明解羅漢及緣覺乘諸菩薩德若無佛者則無羅漢佛興于世有羅漢法羅漢法音因聲聽解得聞聲者便備戒禁戒禁以備謂以如戒以如戒者具戒定慧度知見品是則名曰明解聲聞從是所緣得阿羅漢知德無德而了非常得脫生死在於三界悉猒衆欲違非常苦所以者何諸法無常其泥洹寂亦無所有不求所生所以者何畏生死故畏生死者不信俗業身如怨讎四大若蚖六衰空野不願所生五趣周旋受泥洹護如是行者明於聲聞何謂識解緣覺者菩薩皆知云何緣覺所造立德所興功祚出羅漢上所以者何所行精進超越過上施與持戒聲聞不逮所以者何聲聞所行其心局迮所奉供佛慧不足言既入佛法所學樂小不愚不慧所以者何聞衆樂音而穢猒之所學少少常喜懷恨依大德勉而樂尊務所興施與思十二緣由求得脫已身校計獨信守道從緣起行建立功德是則名曰識解緣覺何謂暢解大乘之業所入曉德不可稱載其乘廣大曠然無極爲衆生黨行權方便其德莊嚴不以爲難皆惠衆生之所欽樂以度無極化成大乘悉知一切人心所行欲度脫之越衆緣起不謂佛道爲難得也復以光明照於衆生其心特尊卓然無侶度一切苦曉了諸法無有陰蓋降伏衆邪皆令清和總攝道法三十七品威德殊特猶竒幢旛遊十二緣不著不斷諸所可見憂慼睡眠婬恚調戲不可之事悉遠離之真以佛慧諸相種好而爲綺飾以乘

嚴已身口意行所以者何無有罪咎是則名曰大乘功德大乘功德則是天上天下衆生之度何謂一切衆生之度諸法悉合謂脫不脫脫不脫者菩薩大士充續功祚是名曰脫曉了生死所與功德謂身口心以明曉了口作功德身立福祚身口心行三事生死菩薩以緣曉知脫便願薩芸若諸通敏慧是曰明達脫以復曉諸不脫者五度無極入智度無極謂爲脫者不以爲難解度無極常悉總攝菩薩善權皆蒙光明照于一切所以者何則以四事總及他人無我無人無壽無命無執無捨是故分别用脫之故造菩薩願明解度脫謂於生死稍稍得進以無所斷無所斷者不滅生死不滅生死者是爲菩薩無所破壞所以者何不與無聽勢者從事以是故曰分别未脫空無相願以此法察曉了諸見菩薩信故所以者何於三脫中能不墮者是曰未脫謂不取證在於三界而無所著是名曰脫雖在三界廣施方便所以者何用明智故不墮取證是則名曰曉了脫德所造功法皆以具足諸通敏慧以具通慧不離普智是曉了諸法也阿差末菩薩謂舍利弗是八事法與智慧合而不可盡是智慧法咸知分明以能分明如佛法者無有殊異所以者何以去睡眠非法之故是則願力便逮道法諸經慧相智慧光明照於本際以入於慧諸欲見者悉以曉了能至泥洹總持慧故不離道法以信智慧衆垢悉除其大智者則是諸法之元首也自然慧者無有師主皆解諸欲而無所著所以者何因逮道明以慧斷根故不可盡衆

想悉空所以造根由癡冥故欲致聖明則以慧藥教守道者咸得正住其來學者以慧訓誨各使得所用智慧明悉照癡冥各令得明其無明者悉護法眼僉得徹視無餘慧明皆越諸色眞諦之慧無復結綱以慧教告其不伏者悉令自降爲諸闇冥顯智慧眼不可盡慧靡所不入行莫不周所以者何暢十二緣所宜智明解諸縛著令無誤失不以生死而爲迷荒阿差末菩薩謂舍利弗菩薩大士以慧總攬入衆生心隨其所行皆見心念明解分別群黎之黨無功德者以慧導利菩薩智慧悉遍聲聞緣覺之乘上至正覺是爲慧處斯菩薩學名曰智慧而不可盡演智度無極暢不可盡說道品法時三萬二千菩薩悉得無所從生法忍阿差末菩薩復謂舍利弗慈氏菩薩而不可盡所以者何其慈曠大無邊際故仁若虛空不可限量所以無邊者猶若衆生四大如空無所不周以慈普覆亦如四大地水火風不可稱限故不可盡菩薩弘慈亦復若兹不可窮極故曰無際猶空無邊一切四大悉不可量衆生無盡仁不可限故曰菩薩大慈無盡時舍利弗問阿差末衆生四大數不可盡爲何謂也阿差末曰地水火風其數過於藥草叢林時舍利弗復問可爲衆生興喻引譬乎阿差末曰可假借喻不可以民庶爲數極舍利弗問所喻云何阿差末曰猶如東西南北四維上下合爲世界各如江沙十方佛土合爲大海取一切人盡住海邊各以一毛取海水數舉一渧水爲一江沙人舉二滴水爲二江沙人如是滴數大海水盡

衆生之限不可盡極群黎四大亦不可盡數亦復若斯菩薩大慈靡所不周阿差末菩薩謂舍利弗若能弘慈其德福慶不可盡極舍利弗言實不可盡阿差末曰若有菩薩聞衆生數不可窮盡不恐不懼不以懷懅爾乃應曰慈不可盡阿差末謂舍利弗言其弘慈者是菩薩護復爲衆生有功効業所以者何無有失故衆惡麤獷悉永消除伏衆怨害及諸愛欲其有見者莫不悅顏所以者何無有衆邪諸有恐懼咸悉盡索其道正端而無偏邪悉能化導諸亂心者其有厄難往就慰濟所以者何欲度脫故諸有繫縛莫不解散諸諛諂者修備質朴唯學道要不慕世榮悉爲釋梵之所欽奉以智慧察靡所不覩所以者何護衆生故修四等心不懷異意悉棄塵勞入佛要道持慧業者以德自嚴以起衆德三十二相八十種好皆以具足諸不備悉度脫快哉快哉泥洹顯道衆生不在八懅不閑之地樂以法樂以法自娛總攝衆欲不貪王土等心衆生所行無異淨此普慧其犯戒者悉將護之現忍辱力無得自用而懷慢恣不捨精進禪思一心三昧正受其心不亂以智慧業諸所聽受弘慈具足自從身出不依仰人不從魔教所以者何以獲大安因智慧解恥諸非法悉愈衆病覆護衆生常自安身亦安一切羅漢法者但欲自護不護衆生當以大慈加哀一切阿差末謂舍利弗言慈有三事何謂爲三一曰慈施一切曉了慈施法等二曰慈正真等三曰常以普慈加于衆生所謂等者發菩薩心慈與法等謂成就業與慈普等

因成忍辱是謂三事慈不可盡阿差末謂舍
利弗言菩薩大士奉無極哀而不可盡何謂
爲人所云人者喘息爲本本者謂命菩薩至
行以哀爲本成大乘故猶轉輪王紫磨金輪
以爲始元然後七寶輙來具足菩薩大乘亦
復若斯以有大哀諸佛法寶普悉周備猶如
長者有一微妙清和之樂其音哀美入于骨
髓菩薩大士逮致弘哀愍念衆生過於骨肉
猶如長者而有一子愛之無極菩薩之業大
哀爲本然後具足所以者何爲一切教大哀
無諂無諂行者有弘哀故便不自大專自用
意亦不虛飾以至眞行心中至眞而無有異
是爲弘哀所以者何無有邪心以逮愍哀其
心敦誠亦無憍慢而自放逸順隨一切誘進
開化而度脫之身無所損以勢力故不貪壽
命則自愛已衆惡離散覆護衆生其心已淨
不捨貧匱諸厄難者所以者何不以勞故其
心堅固是則愍哀其心不退因入大道菩薩
眞意能勤將護是爲大哀若爲諸佛作證解
明亦爲自已證明供養復至大哀其心清淨
所行無異所以者何能捨已安而安衆生見
危厄者身欲代之心不挾恨荷負一切不以
爲重堅志精進是名曰哀所以者何能忍辱
故其羸劣者將護救之若疾病者身體臰處
其心不惡欲以勞賚衆厄難故請講法者不
以爲倦具足道心隨人所喜隨人所喜者謂
入異學各得開解常抱功德以爲莊嚴身諸
根具而不墮苦因成愍哀心等無餘以安一
切所以曰哀無人諍訟所以者何無所貪故
乃能備哀心無悔恨常護禁戒悉樂導利一

切衆生身若金剛不可毀傷以身惠施無所悋惜勸助他人令與功德是則愍哀雖身立德而懷欣然不如勸人建立福祚不用禪悅所以者何常爲一切既在欲中思察道慧不以爲勞是則愍哀所造功德未曾懈倦爲無畏施捨貪悋心欲使衆生咸成所願思開達者輙令建立無極大哀所以者何爲解發護勸讚導首也若有犯戒及誹謗人菩薩靜定不念是言所以者何常以佛戒教訓十方有行惡者心哀傷之以如來忍誨無瞻勢及愚冥黨所以者何化令其人内入佛法菩薩普教令學於佛三十二相哀亦不可盡阿差末復謂舍利弗言菩薩大士一切所施以哀爲本故曰建立無極大哀亦皆以應布施持戒忍辱精進一心智慧六度無極亦復備悉三十七品所以者何獨能遊步無能爲師所行安諦而無瑕穢以慧愍成一切衆生曰菩薩哀爲不可盡何謂菩薩喜不可盡所由等心爲不可盡所以者何思察法典其心悅豫不以爲勞捨諸奇樂不以爲樂心普住法以法自娛身意降伏所謂伏者見人所作不應義理衣毛爲竪心悲雨淚好菩薩道其心欽樂願如來身而具諸好三十二相以爲莊嚴諸法功勳常欲聽經未曾猒飽恒執經文常欲堅持以應法者不以世榮而在心懷常以法樂而以自娛等心一切隨其所喜而開化之所以者何各令得所如佛法教是曰行喜執意寛弘不違如來至眞之法也究暢威靈其羸劣者心不慕法諸貪餮者心不清淨雖在三藏不懷自大能謹慎者代之歡悅其犯非

者加之愍哀顯示道徑身心以趣惡趣恐懼堅奉戒法猶如來禁等無差別若駡詈者心不挾恚伏令柔輭尊敬長老謙遜年幼顏色常和心無錯亂應人隨順先人問訊未曾諛諂是則名曰菩薩行護而不可盡阿差末謂舍利弗菩薩神通亦不可盡何謂神通一曰天眼二曰天耳三曰知他心念四曰知往古五曰飛行六曰漏盡何謂天眼計諸天龍揵沓和及諸鬼神羅漢緣覺目所見者不如菩薩目之所覩悉超於彼一切徹視無能及者爲尊爲上爲最殊妙巍巍無匹菩薩眼者靡所不達覩諸徑路其眼所見周於十方無邊世界諸有色像麤細大小遠近廣狹悉以天眼見之明了一一分別因彼天眼見十方以覩於五趣所生住處而察群黎生死所歸知其報應所當獲果識斯根原亦復曉了諸根強弱其十方界諸佛世尊國土功勳清淨鮮明咸亦覩之察其戒淨以此功勳勸助已土常住禁戒所願輙成以此天眼則觀諸佛不退轉地諸菩薩衆適見斯義正士之黨學其所行威儀禮節舉動進止安詳和雅立于法門總持辯才智慧善權隨時方便教學具足以眞諦眼普見一切無所罣礙察一切色悉爲虛僞無一眞正以至誠眼亦見解脫及與結縛以至誠眼見之本淨顯曜鮮明於諸境界悉無所著以至誠眼不復起生塵勞結網見若干冥不懷沉吟以至誠眼不住顛倒一切蔽礙不順之法所視明徹用法光燿而照曜之以至誠眼宣布聖慧不慕識著因緣諸行未曾懷恨無結無望不猗塵勞一切放逸

以至誠眼剖判勞倦猒賢聖者隨根所由而開化之不違失相皆遣光明等照衆生以至誠眼其心清淨除諸根株永令無餘離於自大無有垢穢心性清淨而無所著以至誠眼逮見佛眼捨心自在而不馳騁除去虛僞不安諸疾衆結之黨以至誠眼達知義理進退所歸其法淨者慧聖章句行無罣礙執御衆生建立大哀割棄亂法諦度彼岸使無有罪所見審諦親近道場無所依怙見乞求者不懷瞋恨誨毀戒者護衆恨心將養懈怠其亂心者爲現禪定其邪智者施以慧眼若失徑者顯以正路志在小乘教以佛道微妙大法令入普智順從正覺不廢神通是爲菩薩天眼徹視無盡神通何謂天耳無盡神通以此天耳普聞十方不可稱限諸佛世界所有形像天龍鬼神揵沓和阿須輪迦留羅眞陀羅摩睺勒所說音聲人與非人言語所趣一切賢聖諸佛聲聞緣覺言辭諸菩薩等所暢音聲以此天耳咸悉得聞所聽了了無一蔽礙及復察聞地獄餓鬼畜生音聲歷歷小蟲蚉虻蚑蜂蚔拂音聲皆得聞之其心所樂善惡是非皆從衆生口之所演悉亦知之口之所宣罪福報應若有口說貪婬瞋恚愚癡繫縛或有懷結口辭麤獷或口貪恚出現愚戇或口訥鈍所說麤獷弊惡之言或口貪欲而演結滯或懷結怨演凶堅辭或懷愚冥口演駮癡或有心性清淨和調口言譸張或口言善心性懷害或口柔和心性安隱所說清淨或身口意不相應者悉天耳聽神通無礙皆曉了之以此天耳聞諸仁賢及諸不賢於賢不

賢亦無所著耳聽惡聲不懷憂慼常興悲哀廣大慈愍若遇惡聲致無極慈悉知去來現在衆生一切所行達如審諦以此天耳聞十方佛所頒宣法輙能受持念之不忘如已所聞常樂道法察如應器而訓誨之各令得所不但一反聞如來法數數啓受無能妨廢使心退忘又其菩薩本行道時皆從諸佛啓奉道教若干衆會各各說法悉察衆生諸耳所聽輙已自然演其法教彼若群生識經義者聽所說法不識義者不肯聽之假使耳根法界清淨其天耳界聖慧清淨設使耳界自然淨者衆生亦淨若察耳界隨其音聲文字言誼悉能聽了一切衆生生在五趣傳若干響所語不同不可稱載隨斯音暢而入說法其所聽者皆從眞諦咸以勸助如來道耳不樂餘乘是爲菩薩天耳所聽無盡神通也

阿差末菩薩經卷第四

音釋

詩 直里切峙立也　喘 昌兗切疾息也　匱 求位切乏也　勞 郎到切慰也

賚 洛代切賜也　饕 他結切貪也　猗 於其切倚也　蚑 渠羈切蟏蛸也

毻 先么切羽翼散也　訥 內骨切言遲鈍也　騃 五駭切愚也　譸張

譸 職流切譸張誑也　豎 臣庚切立也

阿差末菩薩經卷第五

西晋三藏竺法護譯

阿差末菩薩言唯舍利弗菩薩神通知他心念亦不可盡何謂知心逹諸群黎過去所念當來所思現在所想又其菩薩知心如幻則隨時宜勸誨衆生說報應行禍福所趣其人心和所報善德其人行中得中間報其人行劣得劣弱報其人志性心喜布施其人好持戒忍辱精進一心智慧其人志性愛樂慈心悲哀喜護其人志性慕學大乘其人志性好學聲聞縁覺之乘其人體性本植所種各異不同其人德本當以其藥而療治之用修薄福故生賤處其行淨德心性不明其人心淨所行不清其人心淨所行了定如是比類悉知衆生古昔世時心所念異所修不同因其所行而爲說法是則名曰知他心念佛知當來衆人所懷其人當來因奉禁戒報應如是布施所報亦復如此忍辱精進一心智慧其亦若茲所行俗業得俗事報其人來世修學大乘所行法則威儀禮節報應如是衆生當來舉動進止威儀諸業心念各異後當報受所種果實悉曉了之其人志性行不純淑當隨顛倒衆患之難因其所知心行則解從其法器而爲演法所宣法者終不倒錯應病與藥若演法時無所置思咸復逹覩現在衆生心念是非審諦明了知於其人懷貪欲心其性瞋恚其挾癡冥知其無欲其無瞋恚愚癡之心因其塵勞心性馳逸悉解此等衆生所念縁其勞穢而爲說法各令解達所詣衆會察其心本應病與藥各爲宣暢假使衆人心

懷猶豫志不自決迷惑馳騁雖有進退懷抱沉疑不明智慧惑心惡行行來所念不能卒解覺了心性斷除塵勞又去罣礙離垢清淨光明顯曜而無所受無所造立捨於瑕疵以法光明照於一切衆生心行隨時入教而爲說法悉令普達是爲菩薩知他心念無盡神通第三之業阿差末言菩薩念往古知不可盡敢可憶念遇逮了本群黎之類皆悉荷蒙如來聖旨堅住法界淑惟眞宜而不可動性不卒暴備悉禪定不懷怨望住如審諦知五十世百世千世識不可計億載世事天地成敗合散進退一劫十劫百劫千劫了無數億百千姟劫名字種姓言語飲食所更苦樂自知本原見他衆際古昔從來別已積德衆人善本身所立功勸助佛道照衆生心使識善本勸發道意前世宿命苦樂安危忽以悉過皆歸無常苦空非身愚者迷惑以色自倚貢高勢富憍恣眷屬荒亂自大恃怙貴位貪釋梵職慕四天王轉輪聖帝樂諸所趣終始五旋好于愛欲尊高之處喜爲已身求想安隱緣是欲得化於他人設慕世位當察非常苦空非身暢過去劫所行本末其現在事無有處所寧失身命不犯非義古昔所立功德之本咸用勸助悉具大道現在善本執御衆生棄邪行業不斷三寶佛法聖衆發一切智是爲菩薩知往古世而自證明第四神通不可盡誼何謂菩薩神足飛行神通以達不可盡者自察已心而好精進攝受法典所修業行輙能成就恒得由已常諦奉行於四神足現在目前神通悉達無所復爲以無數品顯現

神足威變無量則以一身化無數身以無數身還復一體飛行飄疾如一念頃不礙墻壁鐵圍山川徑自通過如鳥遊空坐於虛空如處地上履水而行如在陸地出入無間如無門户以是神足觀察人根而開化之從其衆生因可訓誨而顯神足爲現端正顔色無比或因毛孔而演大光或立威神隨其形類而開度之應病與藥各令得所或現聲聞緣覺形像色貌立之或現佛身而開化之或現釋梵色像形貌亦如四鎭轉輪聖王種種異形教誨群生或現畜生貌像異類從其衆人之所好喜各爲說法因而將養勢力堅强多懷毒害瞋恚盛者因其所宜而闡慈心或顯大力或四征力或半鈎鏁或具鈎鏁力其力無極勢不可限須彌山王甚大巍巍高三百三十六萬里廣長入海其數亦等以一指擎擎之挑擲他方佛國如投一果其菩薩力終不損耗又此三千大千世界廣長無邊下盡地際極於上方三十二天舉著右掌於若干劫擎之不勞建神足力顯其聖慧以此威德聖慧所致恣意所欲能舉大海投之牛跡在於牛跡亦不逼迮亦不漏溢能變牛跡以成大海假使劫燒天地欲壞建立威神變爲洪水道化聖旨成爲水灾欲使爲火輙如意念取要言之在所顯示無一蔽礙令變爲幻上中下法如意所欲無不成者無能動移妨廢之者釋梵魔天及與他方所作如法輙從經教捨諸佛道威神無盡其餘衆人天上世間無能作威移菩薩德以此威力爲諸民庶顯若干變悅豫功勳須宣經道有是神足其心堅

強未曾退還度魔境界塵勞之穢入佛境界不煩惱人應其所乏各令得所住古宿世所造德本諸魔官屬不能毁之是爲菩薩神足變化第五神通而不可盡阿差末復謂舍利弗言菩薩漏盡神通要者不住有爲不住無爲以大慈故不造生死以大悲故不住滅度欲成道德不著終始見解佛身不住滅度顧戀一切不迷塵欲化度十方不取滅度行施戒忍精進一心智慧隨時不惑流潤行權方便不慕無爲欲具本願志性清淨不違道慧方便開化住於生死五通恒明不樂無爲六通平正不難五趣六度四等四恩四辯三十七品療生死病成其佛土嚴淨三場不處有無生死無爲皆觀自然等如虛空無進無退是爲菩薩第六神通而不可盡阿差末言唯

舍利弗菩薩大士有四恩行而不可盡何謂爲四一曰布施二曰仁愛三曰利益四曰等與其布施者謂有二品一曰衣食金銀珍寶車馬人從二曰法施廣布經典靡不周流其仁愛者亦有二品若有求者恣意與之欲聽經者爲講說法其利益者亦有二品自成己行具他人願其等與者亦有二品如自己身所念思惟建立功德來求衣食諸所可乏悉施與之加復勸人令住道業又所謂施見乞求者踊躍與之面色不變益加熙怡彼仁愛者見來乞求慇如赤子彼利益者勸諸來求令住坦然平等之地彼等與者假使有人身行口言心念鈌漏訓之令護三事相副令入大乘復次捨心貪嫉則曰布施精進不斷名曰仁愛有所利益志性清和後不懷恨乃曰

利益勸入大乘不墮小意是曰等與復次慈心順窮則曰布施興發歡悅懷眷戀心乃曰仁愛興大悲哀被誠德鎧爲群黎故而忍衆苦名曰仁愛其利益者養育護行令不損耗勸一切智是曰等與復次若求法者亦能惠與無所恪惜則曰布施其仁愛者有所施與兼以法教使得坦然其利益者亦爲已身復爲他人興隆道化其等與者爲一切故尋發道意諸通慧心復次內外所有皆能放捨不懷望想則曰布施稱譽一切功勳之慧不違師友乃曰仁愛捨身之安所便身誼念憂他人名曰利益合集要行若住苦惱既自勤修因慧成道觀之如掌以惠他人不懷悒悒是曰等與何謂法施如已聞法爲他人說其仁愛者若有所演不貪衣食利養之業彼利益者若教他人諷誦經法隨時而授未曾勞倦何謂等與未曾違遠一切智心常隨法訓不以爲患何謂布施愛喜法者不乏衣食鉢器履屣諸牀卧具病瘦醫藥所當得者他人所乏輙能與之觀其志性尋爲說法各使得所其等與者能加施人淨三道場不望想報則用勸助無上正眞最正覺心復次其法施者於諸施中最第一尊作是察已乃興法施其仁愛者斯心質朴顯慇哀義其利益者念導義理不取嚴飾其等與者須宣佛法道慧具足復次其布施者具足備悉諸度無極其仁愛者成於戒禁忍度無極其利益者進度無極不墮顚倒退思補過其等與者廣大禪思智度無極復次其布施者則應初發菩薩心行其仁愛者奉修正行順菩薩本其利益者

成不退轉菩薩法教其等與者則謂一生補處菩薩之基業也復次其布施者立道根本其仁愛者喻於備悉芽莖枝葉稍成道教其利益者喻於道法究竟華茂芬葩熾盛其等與者究竟果實道德之業是爲名菩薩四恩阿差末言唯舍利弗菩薩大士有四辯才亦不可盡何謂爲四一曰義辯二曰法辯三曰應辯四曰辭辯何謂義辯曉於諸法眞諦之義明已所達識報應慧所知和雅不自修功入因緣慧不壞法界悉達本淨入於無本悉解本無了住本際求無有際曉解空義奉修無相在於無願曉無所求立無所行明諸行者入一慧門不計有人不見吾我無壽無命道智則一遊正眞慧知於過去無央數劫曉於當來無邊際義識於現在一切衆行悉解五陰猶如幻化四種如虵諸入若空滅寂内行外無所遊解諸國土無有境界心意無形其所行至爲無所到觀其志性明識審諦苦無處所於諸所習而無所造其滅盡者自然之明曉入徑路分別諸法句義所趣通入諸根暢達五力建立寂然明察所觀一切所有如幻芭蕉野馬形影夢中所見山中之響水中之月悉虛無實以若干相了爲一相知合會者必當別離令欣欣者後會憂慼曉聲聞乘因音而解知緣覺乘從十二緣寂靜歸一暢大乘學積累無量一切德本乃成大道是謂義辯復次其義辯者唯歸仰義一切諸法皆趣於義亦無所歸所以者何一切諸法所歸趣者悉解空空是謂爲義一切諸法悉無有相其解無相是謂爲義一切諸法悉無有

願其無有願是謂爲義一切諸法悉歸憺怕其憺怕者是謂爲義一切諸法悉無有人無壽無命其無壽命是謂爲義若曉諸法分別如此是謂義辯其講說法無所住當言有處所彼土所講則不可盡所演辯才無能障翳諸佛世尊之所言教悉逼勸助所宣聖慧眞諦無異無有罪釁是謂義辯何謂法辯善了諸法隨時而入善惡禍福興德罪釁有漏無漏在世度世苦樂危害塵勞瞋恨各有品類入於生死若處泥洹分別法界方俗之業是謂法辯復次其法辯者曉諸貪欲心所慕戀其人好色知當何藥而療治之其婬泆盛其貪欲強或有少欲其可除欲其不可除或從住本欲應欲來或當來世習貪欲相或於現世習貪欲相或復有人內懷貪欲外無恩愛或復有人外抱貪欲內無恩愛或復有人內外有欲或復有人覩其顏色而發情欲聞聲不動或復有人聞其音聲而興貪欲不以色動或復有人因其聲像而興色欲或復因香諸味細滑由之諸法而起貪欲或復有人無色聲香味細滑之念是爲貪欲衆生所行當作是入其貪欲門所習或欲二萬一千其瞋恚行亦二萬一千其愚癡行亦二萬一千其等分行亦二萬一千若能解了於此諸行八萬四千便能隨時而開化之無有損耗其不入慧誘進令前不失其節解知應器殊特下劣有所須宣無所侵枉是謂法辯何謂應辯若能普入一切音辭諸天之聲世間人聲諸龍鬼神揵沓和阿須倫迦留羅眞陀羅摩休勒人與非人所有音聲悉能得聞五趣衆生

所說之響隨其音響而爲黎庶講說經法是謂應辯如是隨順而爲演法是則應辯曉了經典知其文字觀所入義如是品類解一種言十種百種了男女言大小嬰孩亦知過去當來現在文字所趣亦解一字又了二字之所入處亦知一字獨而無伴亦知二字而無有伴是謂應辯應於眞諦言無鈌漏了了分明而無誤失訥鈍之言義理備悉所在衆人皆悅其辭無怨望者須宣深義文辭至質合義文飾自察其心從佛之教觀於衆生志性所趣而爲應義使心開解歡然踊躍各得其所是謂應辯何謂辭辯所說應時辭不亂錯言不中止無能制者所可說義無能障塞卒問尋對應機飄疾荅不遲晚如所問報不失應節不違問者辯才無諍所說辯才應眞諦

法立忍辱力所宣深妙演若干義辯才次第不越來意布施持戒忍辱精進一心智慧分別一切章句義理講說意止意斷神足根力覺意發心成道觀察寂然解暢一切禪思脫門三昧正受入于聖慧剖判三乘悅可一切衆生所念言辭和雅語無瑕穢亦無麤言不合義者口不卒暴舌不迷荒惡言之教所語柔輭清淨無病言語徐詳無不實辭隨時事義所傳輙正不卒不暴方便隨意無有異辭亦無細言竊微盜語所語列露無屛處言極高舉聲言辭安隱有所說者無能得短諸賢聖衆所共咨嗟所稱揚者通流他國其音微妙亦如梵聲聞者悉達口所言辭不違法教皆見一切衆生根本應是心念而爲說法其聞法者輙隨平等斷苦惱患是爲菩薩辭辯

無盡阿差末言唯舍利弗菩薩辯才復有四事而不可盡何謂爲四一曰取義不取識二曰歸慧不取所識三曰歸於要經而不迷惑四曰自歸於法而不取人何謂爲義何謂爲識入於世法是謂識著度世之法乃謂爲義所謂識者布施調意明智安詳所謂義者化於調定寂寞憺怕歸于聖慧所謂識者咨嗟生死而不患猒所謂義者雖在生死不處顛倒悉能越度終始之患所謂識者咨嗟泥洹功德之勳所謂義者一切諸法本淨滅度不懷妄想所謂識者隨其本乘而爲分別所謂義者入一法慧所謂識者一切所有皆能布施無所愛惜所謂義者淨三道場歸一大猒所謂識者護身口意普學禁戒嘆譽止足功德之行所謂義者護身口意解不可得悉無所作是謂禁戒能爲清淨所謂識者見諸貢高自大憍慢放恣懷瞋含毒之士爲演安詳忍辱之德所謂義者行能自致無所從生法忍所謂識者慇懃精進分別一切德本之義所謂義者無應不應無雙無隻所行精進而無所住所謂識者解脱禪思脱門安詳三昧正受所謂義者曉了滅盡定意正受所謂識者一切所聞輙能受持智慧道原所謂義者觀於智慧無有處所亦不可得所謂識者須宣於斯三十七品道義之訓所謂義者奉行遵修諸佛道法因諸報應致道果證所謂識者剖判苦諦及集盡道所謂義者至於寂滅證明憺怕所謂識者因其所生悉由無明至老病死所謂義者以滅無明及老病死亦無永除所謂識者講說所觀寂然之本根原所

歸所謂義者因其慧明而得解脫至微妙智所謂識者解婬怒癡分數適等本不可別所謂義者以得永消衆惡諸想不念懷恨所謂識者解脫一切諸陰蓋法罣礙之難所謂義者遊無蔽礙解脫慧門所謂識者咨嗟三寶功德無量所謂義者以離於貪不與欲合奉宣功勳所謂識者若有菩薩從初發意常歎開士一切禁戒名稱之美所謂義者一心念頌皆能曉了尋得成就一切敏慧取要言之悉能講宣八萬四千諸品法藏是謂爲識於諸文字諸所識著解無所得義無處所是謂爲義何謂爲慧何謂爲識住於識者則有四事一曰識在於色心處其中二曰而懷妄想處在縛著三曰遊於生死識在周旋四曰迷惑識著不能自拔是謂爲四何謂爲慧其識不處住五陰地斷諸陰蓋色痛想行識是謂爲慧復次所謂識者曉了四大地水火風是謂爲識假使識行不住四種識不馳騁不壞法界是謂爲慧復次所云識者眼色耳聲鼻香舌味身觸心法所識之者是謂爲識設使消除外不遊逸慧之所導於一切法無所希望是謂爲慧有所倚著者則生識矣亦從想念希望多求而生識矣是謂爲識若無所受亦無希望心不懷念無所慕樂志不望報是謂爲慧有爲行法則住於識修無爲行識無所住奉無爲明乃謂爲慧若住起分名謂爲識不起不滅識無所住乃謂爲慧何謂爲取經義何謂爲取慇懃元元求諸經典是謂爲取若於經典致入道果是謂取義若於諸經成就衆行是謂爲取若能分別諸經本末是

謂取義若在諸經入造行業是謂爲取若於諸經滅盡罪福永除塵勞是謂取義若於諸經採取要慧而爲他人說塵勞業是謂爲取若於諸經了了分别清淨章句是謂取義若於諸經猒生死難愁慼不樂是謂爲取其於諸經觀察生死及與滅度不以爲二是謂取義若於諸經但宣雜句嚴飾之教是謂爲取若於諸經愛樂深義鈎奥致遠坦然無爲是謂取義若於諸經想識無數心念衆生是謂爲取若於諸經意於識知心無所生是謂取義若於正經計吾我人及與壽命含血之類懷可不可造立希望所可說者悉無有主强立本末君長之主是謂爲取其於諸經解空無相無願之法不起不生悉無所行不計吾我及與壽命講三脱門是謂取義八事何謂

爲法何謂爲人若著人者何從修法是謂爲人若在於人見於諸法而住境界是謂取法復次所謂人者云諸凡夫凡庶性行乃謂爲人若於凡夫奉眞人義修於篤信執持經典合八等人道迹人往來人不還人無著人緣覺人菩薩人復有一人出現於世多所愍傷多所安隱慈哀三界諸天世人及三惡趣莫不賞濟名曰如來如來正眞普安一切顯示徑路化於黎庶使入道義假使有人依倚著求則無有護因欲開化此等迷惑故爲說是普歸於法莫取於人計於法者無所造作無有因緣無作不作住無所住亦無根本普行平等等於正眞亦等邪業以邪等正以正等邪邪正無二無所希望悉無所行於一切法逮致自然其相究竟猶如虛空是謂爲法所

開導法亦不思念以爲恩德若入於此法門義者觀一切法皆爲道法悉御諸法不以勞倦是諸菩薩四歸之義而不可盡

阿差末菩薩經卷第五

音釋

悒於汲切憂也　屣所綺切草履也　葩普巴切華貌　虺許偉切蝮也　釁許覲切隙也

阿差末菩薩經卷第六

西晋三藏竺法護譯

阿差末言唯舍利弗菩薩功德業及聖慧業亦不可盡何謂德業若能布施出身所有持戒之德道慧之業常行慈心思惟定意行無極哀奉衆善本爲已身施亦爲他人合集功德勸施一切三世衆生普及諸學及與不學諸縁覺乘亦復勸助諸初發意學菩薩法逮入行者不退轉等一生補處過去當來諸現在佛普勸德本所行休祚咸皆呪願諸佛賢聖講經法師以是功德使得長存壽命無極勸衆德本雖合福祚其不發意勸發道心以發心者使度無極若有貧匱救攝以財其身病者給與醫藥隨時供養不懷諛諂其羸劣者勸立忍辱其蔽藏罪令不匿過常懷羞恥

刘露殃舋奉敬現在諸過去佛愛敬歸命其師和尚常行法施化無師主勤修精進求法不懈見諸法師視之如佛聽法無猒抱念心懷聞遠有經十四千里故自舉往不以爲勞雖說經法不慕利養孝順父母夙夜供養不離左側常念反復乳哺之恩不以懷恨積德無猒身行謹勑體無綺飾常護口辭不演麤言自守其意心不懷毒建立佛寺講說精舍所獲功報猶如梵天何謂梵福初成佛時尋欲滅度梵天儼然皆來勸助本爲一切欲度十方五江三源流溢不息願守本誓開度一切迷惑盲冥顛倒上下六十二見沉塞閉在九十六徑唯須大聖以明濟之佛言善哉天王懷慈五濁之世甚難開化當分三乘開化誘進然後能入無上大道此梵天福不可稱

限其與佛寺功德亦然積無量慶因此功勳具足諸相三十有二奉行若干衆善之本由是周滿以十種好修行十善而不自大莊嚴其身端正姝好棄捐一切惡言麤辭緣是莊嚴口演辯才常有慈心不懷毒害則莊嚴心淨如明珠莊嚴佛土神通變化莊嚴經典爲他人說莊嚴衆會令奉道教棄除兩舌惡口讒言鬬人諮受經典而觀察之以何開度令至大道有所頒宣未曾越次亦無所枉顏色和悅衆人見之莫不歡然翦去陰蓋一心聽經其意明利以爲莊嚴稽首歸命諸佛正覺莊嚴道場導衆德本以爲元首淨所生處將護罪福愛欲塵勞逮得寶掌皆能布施布施一切重寶故無所希望以無極財而施與者得致無盡廣大寶藏面常和悅不興慼顏以故親友朋黨同學莫不喜歡等心衆生緣是得致平坦如掌不輕未學喜然燈火貢上佛寺父母師友得淨光明靡所不耀積德奉戒行無沾汙世世所生在清淨處不染他穢若在胎藏常無垢染奉行善者生於天上還在人間未曾想念一切結網以故獨步而無虛妄訓無師法故於諸法取極尊豪志性清淨普世衆人視之無猒不惜身命未曾欺妄無所侵枉因本諸願悉能具成諸佛道法緣是之故備衆德本舍利弗薄立德本將育隨時獲福無量復過於此不可稱限吾粗舉要不悉敷之何謂慧業所從因由受其神識知五慧通何謂爲因何謂爲由其多欲者當求佛法明慧親友常與其俱咨受奉敬執御佛慧不求聲聞緣覺之乘離於自大奉如尊聖敬

如正覺志性和調覩諸親友遵於慧義不著言辭見諸法師所行道品不樂外形聞所說法勤修法教斯行法者是爲慧業何謂法業希求少欲不在汲汲少辭尠言常自覺悟修行精進有所聞義思惟稱量飢虛於法未曾懈倦其心鮮明不爲五蓋之所覆蔽悔其罪疊消化衆殃其意質朴而無諛諂以行爲要愛法樂法以法爲本舉動爲法恒求經義如救頭然髮索及肌勤勤修身習行元元未曾違遠馳趣殊勝捐棄亂會獨在一處樂於閑居習仁賢行限節知足未曾退還樂於法樂不慕世榮求度世法志不忽忘舉動進止常樂要義求柔順業積累堅要常懷慙恥修敏念慧遣諸無智棄除愚癡盲冥羅網慧眼清淨其所覺了極爲曠遠以無爲慧聖意遠照現在智慧當來功勲不自揚名歎他功勲善修聖業不離罪福淨修道慧復次其慧業者有四事施而得致之一曰施舔竹帛二曰以筆施惠令寫經本三曰施與好墨及以上硯四曰法師所講演若干法因從啓受一切世間諸可難致供養法師或以頌偈施與於人若有微妙法授與法師不懷諛諂至誠布施施此四事得致慧業逮於五事信戒慧解度知見品將護四慧而得自在何等爲四一曰將護法師以爲師主二曰將護種姓不起亂心三曰將護土地鄉邑人意四曰自守護心令不馳騁是爲四事復有四事親近慧業令得成就何謂爲四一曰以深經典奉進法師二曰晝夜慇懃親近慧義三曰衣食供給所乏四曰漸近道場而不退還是爲四縁是之

故致五力慧何謂爲五一曰信力二曰解脱力精進不廢博聞無猒三曰意力不捨道心四曰定力等視諸法五曰智力所聞不忘以是爲五戒慧力業復有四事何謂爲四一曰以法安諦奉行業本二曰思惟經典察義所歸三曰以法勸助於正眞道四曰務求要訓以法爲戒是爲四慧忍業復有四事何謂爲四一曰精進求法若加惡者罵詈其身而皆忍之二曰愛樂法者若遇鬬訟飢渴寒熱悉能忍之三曰奉敬善師順和尚命四曰元元思法忍空無相不願之義是爲四精進行業復有四事一曰勤求聽經不以勞倦二曰聞則執持未曾遺忘三曰精修說法不以懈廢四曰元元奉行以爲正業是爲四禪定行業復有四事一曰根心寂靜而無憒閙二曰常一其意苦樂無二三曰一心精專求諸神通四曰了于佛慧消除俗智是爲四智慧行業復有四事一曰不住斷滅二曰不處有常三曰其心不迷曉了不亂緣起之本四曰信無吾我是爲四矣善權慧業復有四事一曰樂世法者隨俗而化二曰計有人者隨之牽來三曰復以經道因逮誘進四曰應慧解者因明度之是爲四道慧之業復有四事一曰修六度無極而得至道二曰以達歸盡遊于正化三曰其學調心謂七覺意四曰常進導行一切智慧之本是爲四無猒聖業復有四事一曰聞法無猒二曰頒宣經典而無懈難三曰諮總察原不以爲勞四曰明達高節通利無倦是爲四矣阿差末復言其能周入若布施者當正觀業持戒忍辱精進一心智慧慈

悲喜護所以者何菩薩一切雖未成就演智慧首爲聖土地悉歸於道住于正慧化無慧義使歸大乘一切諸魔不得其便皆爲諸佛所見建立至一切智無上正眞是爲菩薩聖慧之業而不可盡阿差末言唯舍利弗菩薩意止亦不可盡彼自觀身觀他人身本行成精進業察身報應所從合成知身無主無可貪者猶如觀外草木衆果叢林芻草從因緣生悉無主名是身如是猶如草木墻壁瓦石水中之影五陰四大諸入所惑觀巳身空無有吾我不得久常無有堅固危脆之物分離之法以是之故不當計身是我所也以此危脆無堅固身當求要義何謂爲要如來身者乃謂眞要吾當勤求成佛聖體無極法身猶如金剛不可破壞超越一切三界俗身縱使此體瑕疵無量因是當除一切穢濁當致如來空慧法身以勤修力合集衆德眞誠俱會察四大身吾以此身皆爲衆生乞求修道猶如察外所有四大地水火風成若干形門戶井竈造立屋宅生活之業以安衆人吾四大身亦復如是以若干事而依怙之興若干便無量財貨爾乃得安養身之業觀身苦痛不可稱限觀形無常生死往返不當復貪無求受形觀身無我而衆生類不解本末當訓誨之令患猒此觀身寂然將至一定令修靜嘿當觀身空無相無願便歸憺怕清淨本際彼觀巳身觀他人身無所慕樂不計堅固知不長存察内身行不復聽從内諸塵勞愛欲之患又觀外身未曾復與外塵俱合身無勞穢所行清淨身以清淨然後逮致像好體嚴身

像以成爲過諸天及世間人顏容巍巍無有儔匹是爲菩薩自觀已身觀他人身建立意止何謂菩薩自觀痛痒觀他人痛痒而得意止菩薩發意觀察如是所可經歷皆是苦惱彼察痛痒採求聖慧選擇明智慕樂寂然正使遭樂不係在欲若存在欲緣致苦痛見諸衆生墮諸惡趣三塗之難爲興大哀不以結網而見繫縛雖身以值不苦不樂諸痛痒者不爲癡冥諸結羅網而見繫縛雖在痛痒意故寂定從來所更不苦樂痛則以聖慧顯示衆生棄捐痛痒無益之義蠲除衆生一切痛痒被憺怕鎧心自念言此等群黎歸在痛痒不自覺知縛在衆苦痛痒之地常懷憂慼依倚不苦不樂之痛爲之迷荒以是之故不入智慧攝大哀者入于智慧曉了休息一切痛痒因此大哀使諸衆生免除衆難爲宣經典何謂名之爲痛痒也心中懷惱或復成樂何謂選擇此無痛痒無我人壽又彼菩薩不倚痛痒亦無貪護所受痛痒無反覆行無倒痛痒亦無妄想諸見痛痒亦無眼耳鼻口身心之痛痒亦無色聲香味細滑之痛痒眼所矚者從因緣起計於苦樂無苦無樂是謂痛痒取要言之內外亦然從因緣生以致痛痒苦樂善惡不苦不樂其一痛痒因一心識二痛痒者謂有內外三痛痒者隨過去教從當來行因現在識四痛痒者謂從四種地水火風五痛痒者從念五陰色痛痒思想生死識六痛痒者從六衰故七痛痒者從七識故八痛痒者或從八邪而迷荒故九痛痒者謂九神處十痛痒者謂十惡業取要言之一切痛痒

皆由貪樂因從念欲而致衆痛是故言曰不可數人甚痛無量菩薩於彼觀已痛痒觀他痛痒知衆群黎起分痛痒當顯慧業使諸衆生因痛痒慧覩見德本除去諸罪是爲菩薩觀已痛痒觀他痛痒心意止也何謂菩薩自觀已心觀他人心其意止也其菩薩心未嘗忽忘舉動行步常自將護而復察之心適起已尋便消滅無常住處不住在内亦不在外不兩間得吾從初始發菩薩心以來彼心盡滅離別星散悉無有處其無無處不可恕之心在其處其心所集衆德之本是亦滅盡離別星散無處不處不可分別所可因勸發道意者亦復自然以是故曰心者不知心心者不見心心心不相待何謂其心而發無上正眞道意成最正覺其道心者不與善合其善本心不與勸助意共俱合其清淨心不捨道心其人觀此不恐不怖亦不畏懼又復心念十二因緣甚爲深妙不失報應所種果實心亦不著於一切法假使因緣從報應致一切諸法無有眞諦亦無君主恣其所欲而自迷惑吾當精進執其一心使不退轉何謂心法何謂迷惑心如幻化無能淨者故爲心法假使皆捨解迷惑事勸助佛國是亦迷惑心如夜夢覺不知處是爲心法若於禁戒而行謹愼然後自勸是五神通是爲化變心如野馬本末滅盡是爲心法設以順從一切忍力安和正覺莊嚴其心而化變矣用勸助之是爲化變心如水月究竟自然寂靜憺怕是謂心法若悉精進勸發具足無數佛法是爲化變心不可持亦不可見是爲心法若復備悉禪

思脫門三昧正受願佛定意是爲化變心者無形無比無教亦無像色是爲心法若能須宣分别智慧勸助佛道推往古世是爲化變心無因緣終不起生是爲心法若能導御一切德本是爲化變設無有對心終不起是爲心法若因法報修於道心是謂爲變其心境界永離垢濁初無所生是爲心法若導御心得致報應至於佛界是謂爲變菩薩自觀已心觀他人心得神通已其心一定尋見一切衆生心念因說罪福皆自然矣菩薩自見其心見他心已則與大哀以與大哀教化衆生不以勞倦其心不滅亦復不盡堅住其心不與生死而俱同塵能自制心以此聖慧通達之心入於不起無所生法不墮聲聞緣覺之地常自御心堪任具足諸佛道法一心念頃以智慧心逮得無上正眞之道爲最正覺是爲菩薩自觀已心觀他人心得至意止也何謂菩薩自觀其法觀他人法得法意止以明智眼普見諸法未曾中忘至成佛道自觀其法觀他人法是時菩薩悉見諸法其想於空令脫空義脫無相願度無所生亦無所滅而離諸行等見諸法捨於緣起十二牽連觀法界行菩薩察法不隨非法不計吾我亦不計人壽命處所是謂爲法何謂非法自見吾我計人壽命觀於斷滅計有常存而見有無合散之事一切諸法皆亦是法一切諸法亦復非法所以者何曉空無相及無願義是一切法皆爲應法自計吾我縛在諸見是一切法悉爲非法彼自觀法觀他人法菩薩行此不見諸法何所佛法誰非佛法其無徑路無有

解脱亦無生死皆能開導一切諸法處於衆生逮得無蓋無極大哀療諸塵勞已心發念是無塵欲亦無不塵所以者何是所趣者開度平等不疑塵勞不畏貪欲曉了是者乃名曰佛塵欲自然道亦自然立心如是雖有所住亦無處所不住立意而名曰住是謂爲住立於法界不住法界不住人界則無所住名曰虚空一切諸法等如虚空若有菩薩自觀身法觀他人法則能等御諸佛道法一切諸法皆歸解法若曉了者乃能顯發盡於無爲亦無所盡道無生處不生之處觀察衆生未曾捨離無生本際趣法意止意在諸法而令堅住不著聲聞縁覺佛法何謂不著何謂處當心所在處常能堅住其住不迷未曾忽忘觀已來際其法所由亦觀他法而得意止頒

宣無量分别章句所行無際等御佛法可悦一切衆生心念降伏衆魔得自在慧乃謂道義是爲菩薩自見已法見他人法得至意止何謂四意斷而不可盡身諸惡法未興起者令不起生以生尋滅而修精進自攝其心所念順義益加精勤是謂平等奉精進行不失順節習修平均以能攝心觀於正諦此之謂也所以者何所念順義惡不善法不復重來何謂不善毁戒亂定惑於智慧何謂毁戒欲生天上則謂毁戒不從法教其缺戒品是謂毁戒何謂亂定違失禮誼行不專精心在他念是亂定意何謂惑於智慧斷諸邪見見若干品顛倒諸事陰蓋礙法其缺智慧是謂不善假使諸惡如是像法興起來者而不聽之是一意斷假使諸惡不善法興即尋覺之知

之非法不善報應了之損耗爲行穢矣名之
冥室修奉順義消不淨欲則以慈心而除瞋
恚解十二緣而滅愚冥其盡塵勞是謂爲斷
同因緣起觀其所生不得本末而無所斷一
切諸法從習行致是二意斷設令善法未興
起者勸令興發顯使精進自攝其心嘆無量
德所以者何善法無量菩薩大士所應修行
當樂慧根衆德之本皆由精進致諸福慶顯
揚通致德祚之原是三意斷所可謂言善法
若興令得堅住不畏失節不忽忘之益樂元
元夙夜精進自攝其心以勸助道斯謂平等
所以者何勸道心者德本不朽所以者何其
心清淨雖處三界而無所著若有勸助德倚
三界則謂盡索若能勸樂志一切智諸通慧
本終不損耗是四意斷何謂菩薩而修神足
神足有四已自發樂慇懃精進彼以何習與
神足本當行四等慈悲喜護常當遵習四無
放逸廣大其心而不貪身以能治心講第一
禪如是至四以得禪定身心輕便身心以便
所謂入神通以入神通即生神足勤修精進
元元志道以勤樂故輙親道義以精進故能
成此法以勤修故而致此義一心觀察以方
便法曉致神足故謂神足常愛樂故能有所
變以精進故能使成就以專精故能了廣大
聊自修德輙成於道有計於彼菩薩神足緣
是之故而得親近其心自在所欲至到無能
違者諦行所致究竟根原衆行備悉魔不能
制等如虛空徹視無邊洞聽無際定意無限
神足無底見一切根自覩其原是爲菩薩行
四神足而不可盡何謂菩薩修於五根而不

可盡何謂爲五一曰信根二曰精進根三曰意根四曰定根五曰慧根何謂信根常信諸法何謂爲法其正見者信遊生死隨其神足以成彼行不樂他神而解第一眞諦之義脫于深妙十二因緣無吾我人空無相願無所著相普信諸法不墮諸見信諸佛法信於十力四無所畏不懷狐疑亦無猶豫合集佛法令無限際是謂信根何謂精進根所信法者因此精進諸根益明踰日月光是精進根所可用法修精進根猶是之故不失意根其意曠大不住涯際是謂意根斯意靜然不違意根意廣如空以定意根專精無亂是謂定根其定意根常住寂靜而專守一是謂慧根觀察曉了若於此法如是色像分別無我是謂慧根如是五根能具足者是謂法具其能具者住受決地而不動移猶如外學五通仙人雖視胎中不能豫別男女之根諸佛世尊亦復如是菩薩所學未成五根則不授決五根以達然後受決是爲菩薩五根無盡何謂諸力則有五力而不可盡何謂爲五一曰信力二曰精進力三曰意力四曰定力五曰慧力何謂信力常懷篤心在一寂靜而不迷荒無有色像往見佛形亦知他法一心寂靜所在信力未曾退轉是謂信力何謂精進力設常元元修於精進在在修德勤於經典所生之處其心堅强所修德本天上世間無能毀者亦不能制令不增益由是之故德本興盛至無限量是精進力何謂意力所在念法心不懈廢愛欲衆難無能犯者以此意力越衆塵勞其菩薩者意之所念天上世間無能亂者

是謂意力何謂定力若在衆會遊憒閙中所在寂靜頌宣道力進止行步第一禪者無能蔽礙所修德本專精道行亦無能毀第二禪者修於歡悅内情憺怕而不有礙第三禪者欲化衆生将護正法無所觀察逮於四禪亦無所礙以此四禪所行品類無能踰者所修定意無能亂者定意自在是謂定力何謂慧力若處俗法及度世法悉能曉了所生之處無能爲師悉知世俗章句文字所造立業神仙異術五經六藝方俗異書菩薩不學自然知之及度世法無所不通菩薩以此聖明之慧心能通暢天上世間獨步無侶隨時頌宣是謂慧力而不可盡

阿差末菩薩經卷第六

音釋

匿女力切藏也　哺薄故切口飼也　儼疑檢切恭也　讒鋤銜切譖也　慼倉歷切憂也　騁丑郢切走也　試詩力切與識同　脆此芮切物易斷也　竈則到切　矚之欲切視也　療力嶠切治也

阿差末菩薩經卷第七

西晋三藏竺法護譯

何謂覺意菩薩所行七覺意何謂爲七一曰意覺意二曰法覺意三曰精進覺意四曰喜覺意五曰信覺意六曰定覺意七曰護覺意何謂意覺意所思念法而觀察經審於正典思惟經法稱揚專念自察其意不得法相能曉了此何謂諸法無有相者其相自然諸法悉空其能曉了如是覺念是謂意覺意何謂法覺意若能分別八萬四千諸經法藏選擇諸法應於藏義若不應藏歸於正義若無正義近義遠義淺義深義若第一義曉了法力合者散者決不決者悉能選擇知其本末是謂法覺意何謂精進覺意若以此意由是宣法攝取信定所護聖慧以微妙力樂於強識無能制逮精進修行此平等行是精進覺意何謂喜覺意所愛樂法篤信不離常懷喜悅而不怯弱其身口心常得休息思務道法消化塵勞愛欲之患是謂喜覺意何謂信覺意若能所信永離身心愛欲塵勞心住定意是謂信覺意何謂定覺意由以意定達了諸法分別聖慧心以專精明識諸法諸根通利斷衆倒見所住無處皆由定故能致此耳解無吾我諸法平等是謂定覺意何謂護覺意若能思惟分別法界心不馳騁倚在俗法心無邊際不爲俗法之所迷惑不住假號無能動者無思無念無喜無感由是之故得至聖路柔順法忍是謂護覺意此七覺意而不可盡何謂正見賢聖度世不住吾我不住人壽命無所倚見不住有見及與無見不住德本不

墮邪見六十二疑是謂正見何謂正念凡夫所念婬怒癡病塵勞之蔽菩薩學者不想念此唯念戒定慧解度知見事所示現品常念道義恒一其志謂心不邪是謂正念何謂正語所說言辭不自見身不見他人言語柔和不演麤義以此宣教入於聖道不說世談無益之言是謂正語何謂正治所修行者罪福衆義不行此法唯修正道平等之義是謂正治何謂正業演賢聖辭多所悅豫而知止足不捨限節不貪利養不懷諛諂心不遊逸所修輙善將養威儀見他得供不懷嫉妬已所得養安身而已不犯殃釁隨佛教訓是謂正業何謂正便若修方便從其正教不從婬怒愚癡愛欲而俱同塵也常遠此便樂於聖道至成滅度無爲之義常思念此是謂正便何謂正意其意所住直心不受不懷諛諂而悉覩見生死之難一心思惟無爲之道不忘聖路是謂正意何謂正定以定意故乃謂平等由是之故諸法悉等其於彼定而立平等若有菩薩住此定者等度衆生不越正慧是謂正定而不可盡去來今佛皆遊此路若有菩薩順從此教習學須宣是則名曰八道而不可盡阿差末言唯舍利弗菩薩寂然所觀察者亦不可盡何謂寂然其心憺怕寂寞定然諸根不亂專精無想作性安隱不卒不暴庠序靜思捨不順念樂於一義除衆憒鬧好喜閑靜其身寂寞心未曾亂思於閑居無有衆惡不匿其過不墮邪見而知止足志性清淨威儀備悉不越禮節知其隨時舉動應義供養順教合集德力而不自大不倚名稱功勳

遠聞其心專精樂於獨處一心禪思與於慈愍而行悲哀修於喜悅奉行觀護從第一禪至八不思議定意之門是謂寂然又其寂然業不可量若能通達於此業者是謂寂然何謂爲觀分別智慧奉修道法無我無人無壽無命觀五陰身四大法種觀諸衰入猶如空聚分別真成而觀察知十二因緣順無所亂捨離諸見覩諸報應因緣果實曉識德果所造證明入於正真已能入中省衆聖慧所謂觀者平等法品所見諸法而正諦觀不見異法空無相願唯覩於此三脫之門所謂觀者不見處所屋室之宅亦復不無不見起分不得顛倒妄想之業所謂觀者永無所見設無所見是謂爲觀於諸所見而無所見是謂爲觀如是見者名真諦見乃能曉了隨佛之教如是見者爲菩薩故不墮無行不住正行是謂爲觀此則名曰菩薩寂然正觀而不可盡阿差末言唯舍利弗菩薩總持辯不可盡何謂總持積累德本思惟大業八萬四千諸品法藏執持誦念思之懷之不捨精進是謂總持又總持者皆能啓受諸法所說聲聞緣覺諸菩薩衆一切群黎文辭言說所講義理悉能識念是謂總持假使劫燒天地遇災其身壽終又彼菩薩雖遭此難續識總持懷在心中未曾忽忘亦不迷荒以聖慧眼普見諸法如自察掌是爲總持亦不可盡何謂辯才無有盡者所謂辯者所說無礙若講誼時無能制者辯才通利無能斷音辯無節限卒問尋對應機無難通達如水無一躓礙前世宿命所造清行報應所致乃得此辯諸佛所護諸

天宿衞所講說者終不唐舉辭無所侵趣無爲道如是辯才皆爲備悉恭恪謙下相人之器而爲宣法其有聞者各得其所不豫思惟有來問者吾當說此所詣衆會輙見人根衆生心念而爲說法本所從來生在人間志性眞正一劫宣經而不休息所講經典無所罣礙是爲菩薩辯不可盡阿差末言又有菩薩講一切法皆歸無常物非我有其慧所說而不可盡一切皆苦諸法無我菩薩宣此亦不可盡何謂無常觀本末事悉歸無常無有科判其無常者不可令常從始以來無不無常是謂無常義何謂苦義雖有歡樂會當歸盡願不久存論說衆苦悉趣空無其空無者亦虛無實虛空苦義正等無異何謂非身於我不我永無本末彼亦爲虛寂靜無要有計其空及空義者悉無有身何謂寂義於寂無寂乃謂爲寂所解說者而於憺怕亦無憺怕是謂爲寂所謂脫者修於靜默除一切想除諸想已斯曰無爲泥洹之寂此謂寂義是爲菩薩行四諦之法而不可盡菩薩所行常修一道不遵他行何謂一乘道菩薩獨步而無有侶唯一已身得成無上正眞之道爲最正覺被大德鎧自攝精進無極勢力其身獨立不從他教超諸俗力一已遊步被於堅固非常德鎧以此開化一切衆生是謂教化所訓誨者諸賢聖教菩薩大士所訓誨者是謂教化施非我伴我是施侶持戒忍辱精進一心智慧則非我伴吾是慧侶亦復不住六度無極吾順奉行諸度無極四恩之行不興發我吾當建立攝諸四恩取要言之諸善德本不能

立我吾當建立攝諸德本如是像法無有伴侶當自獨立而無二伴住金剛場以已身力降伏衆魔一發心頃得成無上正眞之道爲最正覺是爲菩薩一乘之道而不可盡阿差末言唯舍利弗菩薩善權亦不可盡何謂善權諸佛世尊隨方便宜道法自遇有所開化以權方便親近道心其善權者因虛空生無有邊際志性隨時令致殊特其善權者皆能具足諸度無極所生之處因權行戒布施忍辱護身口心得至佛道不廢精進若無權者違失精進善權一心轉進聖慧不爾心亂善權智慧不捨生死周旋之難善權慈者多所養護除諸不仁善權哀者不猒生死開化一心善權喜者不樂一切諸所好慕善權護者修衆德本而不迴還善權天眼得佛十眼徹覩十方而無邊際善權天耳得佛十耳聞十方聲心所念形善權知心見衆生根悉曉本末善權方便念過世事見於三世去來今義善權神足在所至到而無限節多所開化十方黎庶善權方便知衆生性隨以方便而誘恤之善權修行曉衆人相本末終始善權所度過於此際令至彼岸善權入塵化衆愛欲令無諸垢善權下擔去諸五陰所負重殃善權行限而所頒宣不可稱載以諸有限說無邊際善權勸化諸弱劣根誘進退者使廣無極以權方便知其時節增減進退非時行時以權方便因其正路入於邪徑衆生之類住於邪路化入正道以權方便能使尠少變爲廣大其廣大者能使無限以權方便諸諍亂者伴侶相憎勸令和合以權方便其在下士

小乘之黨使住微妙以權方便得至滅度還入生死勉此餘人以權方便解諸繫縛閉塞羅網以權方便能使懷結心志忍辱以權方便常在寂靜不墮滅盡以權方便悉能解達一切所修威儀禮節不失儀式以權方便觀諸衆生而不毁戒常順正禁以權方便有所攝取而不諍訟以權方便興隆道法宣布十方以權方便獨步三界而無患難以權方便得至脱門致無所行以權方便棄不賢聖雖在其中不與同塵以權方便與道者俱入不違訓善權方便捨於無爲能入生死濟脱衆患以權方便入於魔界照諸塵勞愛欲之根以權方便計於一切無有一切亦不無有是則名曰菩薩所行善權方便入不可盡阿差末言是舍利弗菩薩所行八十品第而不可

盡諸佛世尊皆由此法八十無盡而出生矣阿差末菩薩説是法門不可盡品時七萬八千人從本以來未發道心應時皆發無上正眞道意五萬二千菩薩尋時逮得無所從生法忍一切衆會咸取衆華若干種香諸寶華蓋以用供散如來至眞及阿差末諸菩薩上奉敬歸此無極經要天於虚空鼓諸天樂舉聲稱歎佛者世尊從無數劫所積德本自致正覺廣度一切今阿差末菩薩大士稱舉經典宣揚本末不可盡誼若有人聞此不可盡經典要者心不懷疑信持諷誦爲他人説篤信佛言者亦當逮得如是功德不可盡誼佛取體衣賜阿差末一時嗟嘆阿差末菩薩言善哉善哉快説此經如來所勸代之悦豫十方江河沙今現在佛亦共嗟嘆時阿差末取

佛所賜著其頂上而嘆說言此世尊衣當以頂奉夙夜承事爲是天上世間擁護至尊無量佛之所服應時十方各有寶幢寶蓋寶旛各自然至覆阿差末菩薩之上寶衣寶蓋寶幢旛中自然演教而出音言善哉善哉阿差末菩薩快說此辭能講頌宣無盡法門十方諸佛咸共嗟嘆時舍利弗前問佛言今此寶蓋寶幢從何所來乃演此音佛告舍利弗阿差末菩薩前所曾化衆生之類使發無上正眞道意各於十方皆成正覺此如來等故遣此來供養報恩正士本德頌宣洪業大會之品供養經典故覆其上時諸衆會見此變化聞佛所說益復加敬阿差末菩薩大士歡喜踊躍我等善利宿本祿厚乃得值見阿差末菩薩稽首諮講其聞此法福不可量假使有人聞阿差末菩薩名者德無能限況復面值得歸聞經法其佛大聖嗟嘆勸之豈況凡庶佛告舍利弗若族姓子族姓女學菩薩乘諸佛世尊住世一劫咸共供養布施所有奉修禁戒而無所毀假使衆人加之痛害皆能忍之元元精進行如救頭所火然熾禪思一心不懷憒亂觀察智慧不失時節奉敬諸佛如是終劫復有族姓子族姓女聞此經典篤信受持而諷誦讀專修奉行進退在心佛嘆此等六度無極皆爲備悉疾逮無上正眞之道爲最正覺所以者何若有菩薩學此經典心自發念我學斯經具爲人說頌宣悉周是則名曰能悉備具施度無極所以者何受此經者計於法施衆施之上近於佛道若具禁戒所度無極無所犯負衆行周悉無一缺漏是

故名曰戒度無極所以者何菩薩若宣此經典時普備禁戒一切衆生不能稱載功德之勳所不能逮假使菩薩忍一切法衆所嬈害而心不起不如誦學此經典要悉爲人說以爲行智而得具足忍度無極其身口心常行精進欲度一切未曾懈廢是則名曰進度無極其有專精於此經典思惟不亂一心定意是第一禪所度無極若於此經現在察慧捃取其義知行所趣是則名曰智度無極是舍利弗若有精學此經典者因少行故具足菩薩六度無極以是之故當作斯觀若有菩薩取此經典誦在身懷若載竹帛上著經卷爲以得攝一切諸法諸佛經典執在手掌可使四大變之令異無能作感轉其道意所以者何是經名曰諸菩薩印當求斯印假使有人奉是印者則能遵奉一切佛法時四天王與眷從俱皆執兵仗捨之一面叉手白佛言我四天王是佛弟子以得道迹能共堪任供養此等諸族姓子及族姓女周帀宿衛受是經典持諷誦者奉之如佛所以者何一切諸乘皆由此生於時天帝前白佛言數從如來諮受經典其數百千未曾得聞如此經義暢達進理無有遺疑我曾往昔與忉利天數數聞經初未值斯若有郡國縣邑村落州城大邦宣此經者當詣其所聽所咨講擁護法師益其氣力精進堅強勇猛不怯辯才通利獨步無畏斯族姓子以無所畏獨在衆中若在屏處廣宣此經佛言善哉善哉拘翼若發勇意欲護法師樂令氣力精勤無難佛言拘翼若護法師則護經典以護經典則能將護一切

衆生時梵忍天王前白佛言吾當捨離梵天之禪樂思等心往詣法師所說經處擁護法師現四瑞應令覺知之其梵天王來至斯會從諸天人何謂爲四一者令見微妙光明二者得聞天香三者法師所說法利而無躓礙四者章句相次義不相越是謂四事說是經時心無所忘口語辯慧一切衆會悉欲來試無能亂者心懷念法一心聽經以此四事所現慧意當知梵天與諸眷屬來詣彼會時魔波旬前白佛言因此經典令我羸劣無一勢力若有菩薩聞斯經典則爲受決所遊諸國視之如佛唯然世尊我身於今見阿差末威神聖力棄諸貢高不懷自大所以者何以此經典當與擁護宿衛法師從今自制不敢違教所在流布行此經典遥將養之不敢嬈亂

爾時世尊告阿難曰汝當懃受於此經典持諷誦讀爲他人說當令正法永得久存阿難白佛言唯然世尊我以啓受諷誦已達但不能堪令普流布如諸菩薩佛告阿難汝但默安自當有人普令流布今此會中有諸菩薩主護正法當令奉宣布此大化于時彼會有六十億諸菩薩衆還從坐起應護正法前白佛言唯然大聖吾等俱共當受此經大會法品隨時流布遍於十方及此忍界皆當蒙恩彌勒菩薩護法王典當廣宣布斯經典要佛滅度後若有菩薩在於末俗五濁之世得聞此經持諷誦讀當知彌勒之所建立時佛讚諸菩薩曰善哉善哉諸正士衆汝等佛前而自咨嗟欲護正法則爲擁護十方江沙諸佛正法時阿差末菩薩前白佛言唯然大聖當

見原恕向者我身所講經典力少智薄所宣句誼或能不備是故歸佛見捨罪釁及諸菩薩奉無盡法佛告阿差末卿所說法句誼相次無一違理逮無罣礙若有菩薩無陰蓋者所宣道教無有缺漏分別經義審如所言況今正士暢此經典表裏通達所度無極豈不及乎今阿差末得四分別辯才智慧所暢目在而於大乘無所依仰獨步無侶宣決衆疑度于彼岸若有菩薩住此道地其身口心終無缺漏於一切慧以爲元首無所不通身口心行而皆備悉十方無數百千億佛皆共咨嗟卿所講說今佛相恕表裏通達無一遺漏十方諸佛亦復俱然於是阿難前白佛言此經典者所號云何以何奉持佛告阿難此經名曰阿差末菩薩之所講說義理章句而不可盡其要名曰阿差末品阿難若有人受此經法者其心轉明強識誼理功勳之正轉百千倍爲他人說則立佛事佛說如是阿差末菩薩賢者阿難諸天龍神莫不歡喜稽首而退

阿差末菩薩經卷第七

音釋

頒逋還切布也　躓陟利切不行也　礙　恪克各切謹也　誘以九切引也　恤雪律切愍也　尠息淺切少也　諮津私切訪問也　捃舉蘊切拾也

大方等大集賢護經

隋天竺三藏闍那崛多及笈多等譯

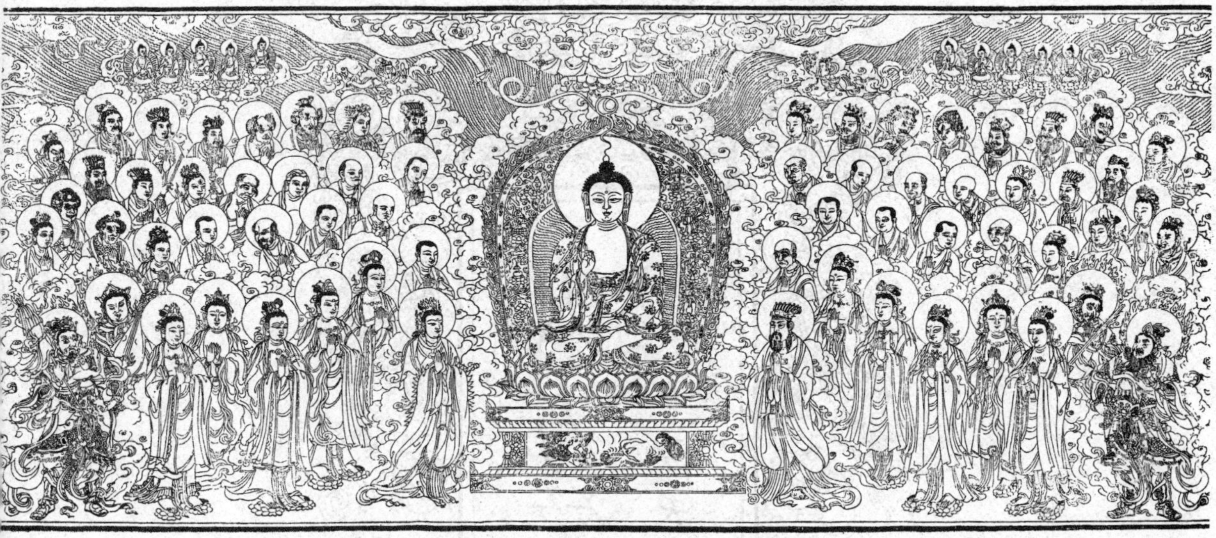

清刻龍藏佛說法變相圖

大方等大集賢護經卷第一

隋天竺三藏闍那崛多及笈多等譯

思惟品第一之一

如是我聞一時佛在王舍城迦蘭陀竹園精舍與大比丘眾五百人俱皆是阿羅漢諸漏已盡無復煩惱咸得自在心善解脫慧善解脫調伏一切猶如大龍所作已辦眾行具備棄捨重擔不受後生行於平等獲真已利安住正教得到彼岸惟除長老阿難一人爾時復有五百諸比丘於晨朝時各從住處詣世尊所恭敬合掌頂禮佛足退坐一面爾時尊者舍利弗尊者大目連在舍衛城夏安居已亦與五百諸比丘俱次第遊行城邑聚落至王舍城入迦蘭陀竹園精舍詣世尊所到已恭敬頂禮佛足退坐一面爾時世尊以神通

力故大威光令彼諸國城邑聚落一切所有諸比丘衆咸各來詣王舍大城入迦蘭陀竹園精舍至世尊所恭敬合掌頂禮佛足退坐一面爾時迦蘭陀竹園精舍有百千數諸比丘等承佛威光皆已雲集至世尊所恭敬合掌頂禮佛足退坐一面爾時復有彼摩訶波闍波提比丘尼亦承世尊威神力故亦與二萬比丘尼俱悉皆大集入迦蘭陀竹園精舍詣世尊所恭敬合掌頂禮佛足退坐一面爾時王舍大城有優婆塞名曰賢護爲衆上首亦與五百優婆塞俱受持五戒具足威儀是大菩薩久已住於阿耨多羅三藐三菩提行本願力故常隨世尊樂聞正法恒勤精進爲滿一切助道法故於朝旦時承佛威神從本住處入迦蘭陀竹園精舍至世尊所恭敬合掌頂禮佛足退坐一面爾時毗耶離大城有一離車子名曰寶生爲衆上首亦與二萬八千諸離車俱於晨朝時承佛神力皆自彼城發來入此迦蘭陀園至如來所恭敬合掌頂禮佛足退坐一面爾時瞻婆城有一長者子名曰星藏爲衆上首亦與二萬八千長者子俱於晨朝時承佛神力自瞻婆城發來入此迦蘭陀園至世尊所恭敬合掌頂禮佛足退坐一面爾時復有一摩那婆名那羅達多爲衆上首亦與二萬八千人俱於晨朝時自本住處發來入此迦蘭陀園詣世尊所恭敬合掌頂禮佛足退坐一面爾時舍衛國復有長者名大善商主并彼給孤獨長者爲衆上首亦與二萬八千人俱自彼舍衛國詣王舍城入迦蘭陀園至世尊所恭敬合掌頂禮佛足

退坐一面爾時王舍大城復有長者名曰水天爲最上首亦與二萬八千人從本住處發來入此迦蘭陀園詣世尊所恭敬合掌頂禮佛足退坐一面爾時摩伽陀國主韋提希子阿闍世王亦與百千諸眷屬俱於晨朝時亦來入此迦蘭陀園詣世尊所頂禮佛足退坐一面爾時復有四大天王及天帝釋乃至欲界一切天衆各與無量百千億那由他眷屬天衆俱亦於晨朝悉來入此迦蘭陀園至如來所頂禮佛足退坐一面爾時復有娑婆世界主大梵天王亦與無量百千億那由他眷屬天衆俱於晨朝時悉入迦蘭陀園至如來所頂禮佛足退坐一面爾時復有大自在天王亦與無量百千淨居諸天衆俱於晨朝時悉入迦蘭陀園頂禮佛足退坐一面爾時復有四阿修羅王各與無量百千眷屬阿修羅衆俱亦於晨朝入迦蘭陀園詣如來所頂禮佛足退坐一面爾時復有難陀龍王及跋難陀龍王各與無量百千眷屬諸龍衆俱亦於晨朝入迦蘭陀園詣如來所頂禮佛足退坐一面爾時復有娑伽羅龍王阿那婆達多龍王及摩那斯龍王伊跋羅龍王等各與無量百千眷屬諸龍衆俱亦於晨朝入迦蘭陀園詣如來所頂禮佛足退坐一面爾時此三千大千世界一切諸比丘比丘尼優婆塞優婆夷及以一切天龍夜叉乾闥婆阿修羅迦樓羅緊那羅摩睺羅伽乃至人非人及諸王等信如來者爲聽法故一切皆集迦蘭陀園詣如來所頂禮佛足各坐一面爾時迦蘭陀園其地弘廣如此三千大千世界所有地方大

衆充滿無空缺處若杖頭許而不徧者如是上至有頂下逮梵宫所有一切大威德神通諸天大衆乃至一切諸龍夜叉乾闥婆阿修羅迦樓羅緊那羅摩睺羅伽人非人等皆來集會爾時賢護菩薩摩訶薩即從座起偏袒右肩右膝著地合掌向佛白佛言世尊我於今者欲得諮問如來應供等正覺心中所疑不審世尊見垂聽不爾時世尊復告賢護菩薩言賢護如來世尊隨汝所疑恣汝所問爲汝宣釋令汝歡喜時彼賢護菩薩旣蒙聽許復白佛言世尊菩薩摩訶薩具足成就何等三昧而能得彼大功德聚云何得入多聞大海獲智慧藏問無疑惑故云何復得無意戒聚不失成就於阿耨多羅三藐三菩提無退減故復云何得不生愚癡邪見空處故云何當得宿命智遍知去來故云何當得不離奉見諸佛世尊聽聞正法乃至夢中故云何當得殊特端正上妙色身具足威儀衆生樂見故云何當得常生大姓之家尊貴之位見者恭敬故云何復得父母兄弟宗親眷屬及以知識左右圍遶恒無別離故云何當得廣達博通所爲殊異亦終無缺減於阿耨多羅三藐三菩提心故云何當得正念正行節度不移心知足故云何當得常生慙愧遠離耻辱故云何當得正智謙恭降伏我慢故云何當得策勤精進遠離懈怠故云何當得大慈大悲大喜大捨平等與樂故云何當得聞説甚深眞空無相無願法時一切無有驚怖退没故云何當得不樂懶惰攝受正法故云何當得智慧通達明了一切無與等者故云何當

得於一切佛刹隨意得生故云何當得不爲一切外道所摧壞故云何當得如海能受納衆問疑釋難無滅無盡故云何當得如月滿白淨法具足故云何當得如日初出破諸暗冥故云何當得如燈炬光明照了故云何當得如虛空性無有罣礙故云何當得無所住著心如虛空故云何當得如金剛穿徹通達一切法故云何當得如須彌山不可動搖故云何當得如門閫一切正住故云何當得如猶狗獸等心業成就故云何當得無爲一切諸法中故云何當得如飛鳥隨意而去故云何當得摧折憍慢如旃陀羅子故云何當得住阿蘭若如諸獸獮猴等不樂城邑聚落一切出家在家不相參亂故云何當得統領大衆教詔導示故云何當得不樂生一切衆生中不動於一切衆生故云何當得不爲一切外道降伏天魔惑亂故云何當得大辯才於一切法決了知故云何當得於一切佛法不隨他行故云何當得大堅固信無可毀壞故云何當得大慈力信不可動故云何當得深入信無所行故云何當得潤澤信於一切法中多歡喜故云何當得最勝信供養承事一切諸佛無猒足故云何當得種種入信種諸善根故云何當得真妙信增長無虛僞行故云何當得淨喜信除滅一切嫉妬垢故云何當得清淨信得一切種智光明故云何當得喜樂行信除滅諸蓋障惡故云何當得智喜信攝受諸佛境界故云何當得莊嚴行信勝一切世間瓔珞莊嚴佛國清淨成就故云何當得清淨戒行永滅一切聲聞辟支佛心故

云何當得莊嚴大誓一切所作皆究竟故云何當得爲一切衆生中上首欲行諸善法故云何當得無有疲倦爲欲教授一切菩薩所學諸波羅蜜故云何當得不退轉多求一切佛法故云何當得不可壞不爲一切外道邪師所破故云何當得深信一切諸佛不捨此念常見諸佛故云何當得如父想紹隆一切佛法故云何當得佛力加持於一切佛法光明中生故云何當得無障礙一切佛法悉現在前故云何當得如幻人於一切法無思念故云何當得如化者觀一切法無生滅故云何當得如夢觀察三世無來去故云何當得如鏡像一切世界斯現身中故云何當得如響聲一切法無作無爲因緣生故云何當得如形影於一切生法自無心取捨故云何當得空無所有遠離一切諸物想故云何當得無相觀一切法無有二故云何當得法界邊際菩提心無限量故云何當得不起著一切世界性無分別故云何當得無礙行遍遊一切諸佛刹中故云何當得諸陀羅尼聞一知萬善達一切文字分別說故云何當得如諸法師善知一切佛法故云何當得一切諸佛所護念一切佛威力加持故云何當得雄猛不怯弱出聲如大牛王及大師子王步故云何當得無畏令一切世間歡喜故云何當得無疑惑於一切佛平等無二故云何當得通達如如滅除疑惑不著諸法故云何當得證深法界善能解釋所問義故云何當得師利益他具足大慈故云何當得滅除懶惰恒樂說法故云何當得如法住不捨一切衆生故

云何當得不諂曲性淳直故云何當得如眼目爲一切世間燈明故云何當得不可輕蔑勝出一切三界故云何當得無諍論如教說行故云何當得無艱難行無住著故云何當得知於實際不分別諸法故云何當得說一切語言智令諸衆生住於大乘故云何當得至無畏處遠離恐怖永無一切毛竪等事故云何當得知佛方便說善達一切修多羅等故云何當得不空生世間恒入一切衆中獲利故云何當得爲一切智首於一切世間應受供養大名聞故云何當得無邊讃歎功德爲一切衆生福田故云何當得大歡喜踊躍無量常在諸如來師子座下故云何當得勝上辯才能問一切佛法故云何當得意不怯弱辯才於一切大衆中無怖畏故云何當得一切論議辯如師子王降伏一切外道攝受諸異論師故云何當得不壞本誓莊嚴欲摧一切邪異朋黨故云何當得善巧說法常處師子座一切諸佛印可故云何當得遠離一切世間無義語言以通達一切正教故云何當得深愛一切諸佛法於諸如來生處行故云何當得樂欲眞法知諸如來不生故云何當得不懈慢善承事知識故云何當得不染著遊行一切世界故云何當得願行具足爲教化一切衆生故云何當得如珊瑚得諸相故云何當得如虛空一切法無得相故云何當得如善薩不斷佛種故云何當得不休息行諸菩薩道未曾遠離大乘故云何當得著大鎧甲諸佛廣大戒中決定住故云何當得一切諸佛所讃灌頂住於諸如來十力地中

故云何當得一切所想通達一切諸法行故云何當得一切算數巧方便知故云何當得善知一切成壞遠離一切障礙行故云何當得一切不住行不取不捨故云何當得一切大施主能施無悔故云何當得入諸法海能施勝上法寶藏故云何當得一切世間行能捨世間諸相故云何當得廣大神通隨順諸佛神通滿足歡喜故云何當得一刹那時間行即能徧至一切諸佛前故復云何當得住此佛刹徧見一切十方諸佛聽聞正法供養衆僧非但未得出世六通而實未得世間五通而亦未捨此世界身亦無生彼諸佛國土惟住此土見餘世界諸佛世尊悉聞諸佛所宣正法一切聽受如說修行世尊譬如今時聖者阿難於世尊前親聞法已皆悉受持如說奉行彼諸菩薩身居此土不至彼界而能徧覩諸佛世尊聽聞法已悉能受持如說修行亦復如是從是已後一切生處常不遠離諸佛世尊聽聞正法乃至夢中咸若斯也爾時世尊告賢護菩薩摩訶薩言善哉善哉賢護汝今乃能請問如來如是妙義汝爲利益一切世間諸衆生故亦爲安樂諸衆生故復爲憐愍諸天人故復爲攝受未來世中諸菩薩故賢護而汝往昔已曾供養無量諸佛種諸善根聽聞正法受持正法愛樂正法敬重正法汝今但以摩訶迦葉教化行故少欲知足恒樂閑靜阿蘭若處或居塚間或在樹下亦露地坐常坐不卧一敷不移受乞食法一食不再或一坐食或惟一摶惟畜三衣及糞掃衣讃歎頭陀勸請諸菩薩教菩薩行法令

諸菩薩喜訶責諸菩薩教示諸菩薩成就諸
菩薩能爲利益行大慈悲於諸衆生生平等
心咸得自在到於彼岸隨意得見一切諸佛
發廣大願行深妙行樂一切智菩提梁柱善
能隨順如來種性發菩提心猶如金剛通達
世間衆生所念廣大妙行不可校算不可稱
量常在一切諸佛目前賢護於汝功德中未
說少分也賢護今有菩薩三昧名曰思惟諸
佛現前三昧若有菩薩具足修集如是三昧
當得成就如上所問諸功德等賢護當知更
有無量無邊勝上功德說不可盡爾時賢護
菩薩復白佛言善哉世尊惟願說此菩薩念
一切佛現前三昧令此世間天人梵魔沙門
婆羅門諸龍夜叉乾闥婆阿修羅迦樓羅緊
那羅摩睺羅伽人非人等多獲利益多受安
樂故亦令當來無量衆生多得利益多受安
樂故又爲未來諸菩薩輩作大光明承佛威
力故又願現在未來諸菩薩等普得聞此念
一切佛現前三昧彼既聞已皆悉受持既受
持已一切皆當如實修學如教奉行既學行
已當令得不退轉於阿耨多羅三藐三菩提
現前即能具足成就如是功德及餘勝上功
德等爾時世尊復告賢護菩薩言賢護如汝
言者汝當諦聽善思念之吾今爲汝分別解
說賢護復言善哉世尊我深樂聞如來所說
佛復告言賢護云何名爲菩薩思惟一切諸
佛現前三昧若有菩薩具足成就此三昧者
即獲如前諸功德事亦得其餘殊異功德所
謂心念諸佛皆現在前其心不亂不捨作業
求勝上智勇猛精勤荷負重擔度脫衆生承

事供給諸善知識常修空寂廣大思惟親善知識滅除諸蓋遠離惡友息世語言塞諸根門初中後夜減損睡眠不貪衣服食飲湯藥堂房屋宇牀座衆具恒樂空閑住阿蘭若不愛己身不重我命不著形色不縱其心修以慈心熏以悲行一切時喜常行捨心破壞煩惱成就諸禪於中思惟不著滋味觀察色想惟得空心不亂正念不取諸陰不著諸入不思諸界不貪生處調伏慢髙不妬他財為諸世間多作饒益於諸衆生起平等心又於衆生生父母想亦於衆生所作一子心一切法中無有諍想雖念持戒而不執著常在禪定亦無躭湪好樂多聞不起分別戒聚不缺定聚不動智聚不妄諸法無疑不背諸佛不謗正法不壞衆僧不好乖離親近衆聖遠離愚癡不志求出世雖聞語言意不樂聽亦不躭著世間六味習近熏修五解脫法除滅十惡念修十善斷滅衆生九種惱處心常不離九想觀門常思棄捐八種懈怠一心修習八大人覺不著禪味不恃多聞摧伏我慢一心聽受求法慇重修道證知憐愍衆生離我分別求壽命想畢竟難得觀察諸陰無有物想不住涅槃不著生死諸行煩惱輪發大恐怖想諸陰怨家想諸入空宅想諸界毒蛇想三界衰惱想涅槃利安想觀諸欲惡猶如唾洟深樂出家不違佛教於衆生所勸行功德於諸世界無復湪心見一切佛皆悉現前受一切身皆若幻夢一切諸相觀察滅除思惟往來不見三世於信清淨深信真妙念一切佛三世平等無有動轉而能持諸善根一切諸佛

三昧自在終不染著諸佛相身於一切法皆悉平等不與一切世間共諍所可應作不相違背通達甚深十二因緣窮盡一切如來道地得勝上忍入眞法界見衆生界性無生滅見涅槃界本來現前慧眼清淨觀法無二彼菩提心無中無邊一切諸佛體無差異入於無礙清淨智門明見菩提自然覺智於善知識起諸佛想於菩薩所不念乖離已於生死破壞魔軍一切衆事皆悉如化見諸如來如鏡中像應當求彼菩提之心諸波羅蜜莫不平等實際無盡集佛功德賢護是爲菩薩思惟諸佛現前三昧若有菩薩摩訶薩欲具成就如是三昧當先成就如是功德賢護當知更有無量功德然亦緣此三昧而生佛復告賢護言是中何等三昧能生如是諸功德行所謂菩薩思惟諸佛現前三昧能生如是諸功德法復次賢護云何名爲菩薩思惟諸佛現前三昧也賢護若有比丘比丘尼優婆塞優婆夷清淨持戒具足諸行獨處空閑如是思惟於一切處隨何方所即若西方阿彌陀如來應供等正覺是人爾時如所聞已即應自作如是想念如我所聞彼阿彌陀如來應供等正覺今在西方經途去此過百千億諸佛國土彼有世界名曰安樂如是如來今現在彼爲諸菩薩周帀圍遶處大衆中說法教化然而是人依所聞故繫念思惟觀察不已了了分明終獲見彼阿彌陀如來應供等正覺也復次賢護譬如世間若男若女於睡夢中見種種事所謂金銀衆寶珍財倉庫或見朋友諸知識輩或見覺時心不樂者是人夢

中所對境界或違或順或憂或喜有時語言歡欣極樂有時慘慼盡意悲哀是人寤已思惟憶念如夢所見爲他廣宣追念夢中便生憂喜如是賢護彼善男子善女人端坐繫念專心想彼阿彌陀如來應供等正覺如是相好如是威儀如是大衆如是説法如聞繫念一心相續次第不亂或經一日或復一夜如是或至七日七夜如先所聞具足念故是人必覩阿彌陀如來應供等正覺也若於晝時不能見者若於夜分或睡夢中阿彌陀佛必當現也復次賢護譬如世間若男若女遠行他國於睡夢中見本居家時實不知爲晝爲夜而亦不知爲内爲外是人爾時所有眼根牆壁石山終不能障乃至幽冥黒暗亦不爲礙也賢護菩薩摩訶薩心無障礙亦復如是當正念時於彼所有佛刹中間凡是一切須彌山王及鐵圍山大鐵圍山乃至自餘諸黒山等不能與此眼根爲障而亦不能覆蔽此心然人者其實未得天眼能見彼佛亦無天耳聞彼法音復非神通往彼世界又亦不於此世界没生彼佛前而實但在此世界中積念熏修久觀明利故終得覩彼阿彌陀如來應等正覺僧衆圍遶菩薩會中或見自身在彼聽法聞已憶念受持修行或時復得恭敬禮拜尊承供養彼阿彌陀如來應等正覺已是人然後起此三昧其出觀已次第思惟如所見聞爲他廣説復次賢護如此摩伽陀國有三丈夫其第一者聞毗耶離城有一婬女名須摩那彼第二人聞有婬女名菴羅波離彼第三人聞有婬女名蓮華色彼既聞已各

設方便繫意勤求無時暫廢然彼三人實未曾覩如是諸女直以遥聞即與欲心專念不息後因夢已在王舍城與彼女人共行欲事欲事既成求心亦息希望既滿遂便覺寤寤已追念夢中所行如所聞見如所證知如是憶念來詣汝所具爲汝說者汝應爲彼方便說法隨順教化令其得住不退轉地究竟成就阿耨多羅三藐三菩提彼於當來必得成佛號曰善覺如來應供等正覺明行足善逝世間解無上士調御丈夫天人師佛世尊如是三人既得忍已還復憶念往昔諸事了了分明也賢護彼善男子善女人等若欲成就菩薩摩訶薩思惟一切諸佛現前三昧亦復如是其身常住此世界中暫得聞彼阿彌陀如來應供等正覺名號而能繫心相續思惟次第不亂分明覩彼阿彌陀佛是爲菩薩思惟具足成就諸佛現前三昧因此三昧得見佛故遂請問彼阿彌陀佛言世尊諸菩薩等成就何法而得生此佛剎中耶爾時阿彌陀佛語是菩薩言若人發心求生此者常當繫心正念相續阿彌陀佛便得生也既得生已世尊於是知彼心故亦即念彼彼方得見佛世尊耳賢護時彼阿彌陀如來應等正覺告彼人言諸善男子汝當正念精勤修習發廣大心必生此也賢護時彼菩薩復白阿彌陀佛言世尊是中云何念佛世尊精勤修習發廣大心得生此剎耶賢護時彼阿彌陀佛復告彼言諸善男子若汝今欲正念佛者當如是念今者阿彌陀如來應正覺明行足善逝世間解無上士調御丈夫天人師佛世尊具

有如是三十二相八十隨形好身色光明如融金聚具足成就衆寶輦轝放大光明坐師子座沙門衆中說如斯法其所說者謂一切法本來不壞亦無壞者如不壞色乃至不壞識等諸陰故又如不壞地乃至不壞風等諸大故又不壞色乃至不壞觸等諸入故又不壞梵乃至不壞一切世主等如是乃至不念彼如來亦不得彼如來彼作如是念如來已如是次第得空三昧善男子是名正念諸佛現前三昧也賢護爾時彼菩薩從三昧起已來詣汝所說此三昧相者汝時即應爲彼說法隨順教化令於阿耨多羅三藐三菩提得不退轉

大方等大集賢護經卷第一

音釋

摩那婆梵語也此云淨持亦云少年亦云仁童子等　遠離遠于願切　離力智切　鎧可亥切甲也　校古孝切計也　慘七感切愁也　寤五故切寐覺也　輦轝輦力展切轝羊諸切

大方等大集賢護經卷第二

隋天竺三藏闍那崛多及笈多等譯

思惟品第一之二

賢護我時則亦授彼佛記是人當來必得成佛號曰德光明如來應供等正覺乃至佛世尊賢護是中三昧誰當證知今我弟子摩訶迦葉帝釋德菩薩善德天子及餘無量諸菩薩輩咸已修得此三昧者是爲證云何證所謂空三昧也賢護我念往昔有佛世尊號須波日時有一人行值曠野飢渴困苦遂即睡眠夢中具得諸種上妙美食食之既飽無復飢虛從是寤已還復飢渴是人因此即自思惟如是諸法皆空無實猶夢所見本自非眞如是觀時悟無生忍得不退轉於阿耨多羅三藐三菩提如是賢護有諸菩薩若在家若出家聞有諸佛隨何方所即向彼方至心頂禮心中渴仰欲見彼佛故作如是專精思惟復應當觀如是色相亦即作彼虛空之想而彼成就虛空想已得住如是正思惟中住思惟已得見彼佛光明清徹如淨瑠璃其形端正如眞金柱如是念者彼見如來亦復如是復次賢護譬如有人忽從本國至於他方雖在他方而常追憶本所生處曾如是見亦如是聞如是憶念如是了知久追憶故於睡夢中明見自身在本生處遊從見聞如前所更是人後時向諸眷屬具論夢中所見之事我如是見我如是聞我如是營爲如是獲得如是賢護有諸菩薩若在家若出家若從他聞有佛世尊隨何方所即向彼方至心頂禮欲見彼佛正念不亂應念即見彼佛形像或如

瑠璃或純金色亦復如是復次賢護譬如比丘修不淨觀見新死屍形色始變或青或黄或黒或赤或時膖脹或已爛壞膿血俱流蟲獸食噉肉盡骨白其色如珂如是乃至觀骨離散而彼骨散無所從來亦無所去惟心所作還見自心如是賢護若諸菩薩欲得成就彼念諸佛現前三昧隨何方所先念欲見彼佛世尊隨所念處即見如來何以故因緣三昧得見如來得見彼佛有三因緣何者爲三一者緣此三昧二者彼佛加持三者自善根熟具足如是三因緣故即得明見彼諸如來應供等正覺亦復如是復次賢護如人盛壯容貌端嚴欲觀已形美惡好醜即便取器盛彼清油或持淨水或取水精或執明鏡用是四物觀已面像善惡好醜顯現分明賢護於意云何彼所見像於此油水水精明鏡四處現時是爲先有耶賢護答言不也曰是豈本無耶答言不也曰是爲在内耶答言不也曰是豈在外耶答言不也世尊惟彼油水水精明鏡諸物清明無濁無滓其形在前彼像隨現而彼現像不從四物出亦非餘處來非自然有非人造作當知彼像無所從來亦無所去無生無滅無有住所時彼賢護如是答已佛言賢護如是如是如汝所說諸物清淨彼色明朗影像自現不用多功菩薩亦爾一心善思見諸如來見已即住住已問義解釋歡喜即復思惟今此佛者從何所來而我是身復從何出觀彼如來竟無來處及以去處我身亦爾本無出趣豈有轉還彼復應作如是思惟今此三界惟是心有何以故隨彼心念

還自見心今我從心見佛我心作佛我心是佛我心是如來我心是我身我心見佛心不知心心不見心心有想念則成生死心無想念即是涅槃諸法不眞思想緣起所思旣滅能想亦空賢護當知諸菩薩等因此三昧證大菩提

三昧行品第二

爾時世尊復告賢護菩薩摩訶薩言賢護若諸菩薩摩訶薩具行四法則能得是現前三昧何等爲四一者不壞信心二者不破精進三者智慧殊勝四者近善知識賢護是爲菩薩具足四法則得成就現前三昧也賢護菩薩摩訶薩復有四法能具足行則能成就現前三昧何等爲四一者乃至於刹那時無衆生想二者於三月内不暫睡眠三者三月經行惟除便利四者若於食時布施以法不求名利無望報心賢護是爲菩薩具足四法則得成就現前三昧也賢護菩薩摩訶薩復有四法能具足行則得成就現前三昧何等爲四一者勸他見佛二者教人聽法三者心無嫉妬四者勸他發菩提心賢護是爲菩薩具足四法則得成就現前三昧也賢護菩薩摩訶薩復有四法成就三昧何等爲四一者造佛形像勸行供養二者書寫是經令他讀誦三者慢法衆生教令發心四者護持正法令得久住賢護是爲菩薩具足四法則得成就現前三昧也爾時世尊爲重明此義而說偈曰

汝等當住佛法中　勿藏正言及我法
念勤精進除睡蓋　三月不坐惟經行

食時廣設而施他　宣揚諸佛無比法
不求名聞及利養　無所著故得此禪
莫生嫉妬及瞋恚　當思解脫諸欲心
樂此三昧求住者　勤念無懈爾乃得
金色百福莊嚴相　端正圓滿若華榮
世間樂見光明體　常觀諸佛在現前
往古諸佛及將來　現在一切人中勝
汝等一心恭敬禮　亦常專念修供養
汝若供養彼諸佛　應以華香及塗香
惠施美食起淨心　證此三昧殊非難
諸佛塔前作衆樂　螺鼓鉦鐸諸妙音
歡喜踊躍難稱量　必當成就此三昧
勸造尊像無比身　彩畫莊嚴具足相
金色光大無瑕垢　證此三昧良非難
各各常念修法施　淨持禁戒及多聞
精勤勇猛除懈怠　得此三昧終不久
不應他所懷毒心　亦捨世間諸欲事
常以慈悲念一切　三昧豈遠在現前
於法師所常隨喜　尊重恭敬等如來
莫生輕慢與慳貪　喜心供養除嫉妬
無量諸佛共稱揚　汝但勤求自當得
世尊鄭重演說斯　爲修如是妙法故

見佛品第三

爾時世尊復告賢護菩薩言賢護若諸菩薩摩訶薩欲得成就此三昧者當應於彼說法師所生諸佛想起尊重心勿生憍慢乃至無有諍競違逆不順心故然後於此勝三昧中精勤修學方能剋證賢護若人於彼說法法師所或比丘所起不善心苟違異心諍競之心故陵辱心諸不淨心乃至不生如諸佛想

如是菩薩假令修行終不能證如是妙定若得證者無有是處賢護譬如清淨虛空無諸雲翳有明目人於靜夜時仰觀空中無量星宿區別方所形色各異了了分明如是賢護菩薩摩訶薩思惟觀彼法性虛空以想成故見諸如來其事若此然彼菩薩觀東方時多見諸佛多見百佛多見千佛多見百千佛多見億佛多見億百千佛多見億百千那由他佛不假作意自然現前而彼菩薩既作如是觀東方已次觀南方及西北方四維上下十方世界各多見佛所謂多見百佛多見千佛多見百千佛多見億佛多見億百千佛多見億百千那由他佛不假功用皆現在前復次賢護如彼阿彌陀如來應供等正覺其世界中諸菩薩等生彼國者於初一日觀察東方多見諸佛多見百佛乃至多見百千億那由他佛已然後於第二日觀察南方如是乃至十方事皆若此如是賢護若菩薩摩訶薩成就菩薩思惟諸佛現前三昧如是菩薩於自土中觀察十方多見諸佛多見百佛乃至多見百千億那由他諸佛也復次賢護如諸如來成就佛眼如是見已於一切處悉如是知悉如是見如是賢護若菩薩摩訶薩亦既成就菩薩思惟一切諸佛現前三昧已自然滿彼檀波羅蜜尸波羅蜜羼提波羅蜜毗梨耶波羅蜜禪波羅蜜般若波羅蜜乃至滿彼一切菩薩諸功德等爾時世尊爲重明此義以偈頌曰

猶如靜夜除雲霧　有明眼者仰觀空
見彼衆星過百千　晝念明了亦無失

菩薩如是得定已　多見無量億千佛
復於起斯三昧後　還爲大衆演最尊
如我佛眼清淨故　無有障礙見世間
是諸佛子菩薩眼　出此三昧最勝觀
以無相想思如來　而見十方諸等覺
破除惱毒及諸想　汝聽菩薩妙功德
若聽彼法清涼心　能入空寂無畏處
如我當今說斯法　爲令衆生證菩提
如彼安樂諸菩薩　多見無量佛世尊
菩薩如是入思惟　亦見百千多調御
如此比丘惟阿難　一聞我說悉能受
菩薩如是得三昧　聽一切法能總持
成就信慼具三昧　悉捨一切世語言
常以慈心惠他說　要當到斯寂靜地

正信品第四

爾時世尊復告賢護菩薩言賢護若諸菩薩摩訶薩爲求如是三昧寶故當應勇猛發勤精進自然速能入此三昧也賢護譬如有人乘御大船入於大海恣意載滿衆妙珍寶已過一切諸大難處垂至此岸未幾之間船忽破壞衆寶沉没當爾之時閻浮提人發大叫聲生大悲苦以失如是無價寶故賢護有善男子善女人亦復如是耳聞如斯勝三昧寶不能書寫讀誦受持復不能思惟如法而住賢護當知爾時一切世間諸天神等亦應如是發大叫呼生大悲惱作如是言是諸衆生深可憐愍云何於此諸佛世尊勝三昧寶一切諸佛之所稱揚一切諸佛之所印可一切諸佛之所教誡一切諸佛最上功德具足成就圓滿無缺菩薩聞已當應勤求反更遠離

不肯書寫不樂讀誦不能受持解釋義理不能思惟如法而住如是放逸懈怠衆生未來必當受大損減賢護何等名爲衆生損減所謂於如是三昧寶中聞已遠離不能書寫讀誦受持不能解說思惟義理不如法住專念修行喪滅功德是爲損減賢護是懈怠人惡衆生輩於斯法中得利益者無有是處復次賢護譬如有人持赤栴檀示愚癡人而彼癡人以愚癡故於赤檀香起臭穢想時主智人賣檀香者告愚人曰汝今不應於妙栴檀生臭惡想何以故是檀最精香氣第一汝今何故反爲臭惡若不信者應先嗅嘗爲臭爲香又汝眼明亦應以自觀察是檀光色文彩爲瘦爲肥爲善爲惡然彼愚者雖聞智人如是語言種種稱讚以愚癡故轉生憎惡以手捻鼻不用嗅聞掩閉其目不肯觀視如是賢護當來之世有惡比丘憎惡是經其事亦爾彼惡人輩不知修習身戒心慧愚癡無智猶如白羊頑騃狠獘彼諸惡人又薄福故雖復得聞如是妙典正念諸佛現前三昧不用書寫不能讀誦不能受持不能思惟不能爲人宣揚廣說又亦不能廣生隨喜云何能得如說修行若彼惡人能說行者無有是處又復聞已更興誹謗都無信心謂爲眞實雖聞多說終無開解復作是言若斯法者但爲戲論故神異其事又爲熾盛言教故過飾其詞誘誑世間造斯經典豈得方比聖者阿難諸比丘輩現在世時宣說如是諸修多羅也又於異時發如是言此修多羅非佛所說是乃惡人自造文章妄言經耳賢護當知如斯惡人長

夜遠離如是微妙無上大寶如彼癡人見妙香已掩眼塞鼻不用見聞如是賢護彼愚惡輩聞此妙經三昧寶已不欲書寫不樂讀誦不念受持不能宣說所謂無心親近不願聞故復次賢護譬如有人賫摩尼寶有愚癡人見彼寶已即便問言仁者斯寶其價云何寶主答言汝今當知是寶精勝世間所無非可造次以世價論也吾今且說此寶功能威德力用粗爲約耳卿若欲知此摩尼寶光明所照近遠若干卿今若須當以眞金布滿斯地爾乃相與彼愚癡人聞是語已便大嗤笑種種呰毀是摩尼寶竟不酬價如是賢護彼未來世諸惡比丘聞此經中勝三昧寶無有信心多生嗤笑更興誹謗其事亦爾或有比丘信根深厚慧根明利已於過去諸如來所親近承事聽聞正法如教修行種諸善根彼等聞此菩薩念佛現前三昧即能讀誦思惟義理爲人廣說能多利益一切世間所謂廣宣流布生大信心發大智慧成就純直具足威儀常行慙愧怖畏衆罪修持禁戒不受諸欲信甚深法能多受聞得深智忍常行慈悲然而斯等信根深固行是三昧得三昧已遊諸方國爲他廣說解釋義理常作是願今此菩薩念佛三昧甚深經典廣行流布常住於世或有衆生善根微薄福德尠少過去未曾親近諸佛供養承事聽聞正法但爲我慢所降嫉妬所導利養所覆名聞所牽廣行放逸不持戒善常樂亂心不修禪定遠離經教不求多聞未遇善師惟逢惡友斯人如是聞此三昧誹謗輕毀無一信心謂爲不實志性頑愚

意無開解復作是言如斯經典非佛所說乃是世間鈍根比丘愚癡邪見自作文章嚴飾詞句若處衆中應如是說亦如是教汝諸衆生當知今此修多羅典非佛所說如是癡人不知親近諸佛世尊不種善根不修供養習近惡友多作衆惡當知是人遠離無上深妙法寶永失無上最勝法利也佛告賢護吾復語汝我今現在一切世間梵魔沙門婆羅門及諸天人阿修羅等諸大衆前宣說如是妙三昧時若彼善男子善女人聞已隨喜讀誦受持念佛三昧思惟信解最以爲眞發如是言是爲眞實諸佛說者當知彼人所獲福聚不可思議賢護若復有諸善男子善女人持滿三千大千世界種種珍寶以用供養一切諸佛如來應供等正覺所得功德雖爲廣大然望持經所獲福聚百千萬分不及其一乃至更以無量無邊阿僧祇諸福德聚亦不及一也爾時世尊爲重明此義而說偈曰

邪曲愚惑人　放逸根不熟　惡友之所壞
無有正信心　破戒造衆罪　深著於我慢
彼各言此經　非是諸佛說　此諸修多羅
非是法王教　彼輩自意言　我何能說此
若見大調御　世尊放光明　我爲彼宣說
彼亦能傳說　其或於此經　聞已生歡喜
斯人無疑網　不言非佛說　如有戒清淨
所見能了知　敬法起重心　我爲此陳說
若以三千寶　持奉諸如來　爲求大菩提
其福不可說　若有諸比丘　說佛所歎定
聞者生信心　此福過於彼

受持品第五

爾時世尊復告賢護菩薩言賢護此衆有人今在我前親聞我說如是三昧於我滅後其所生處還復得聞是三昧寶雖聞不信誹謗毀呰遠離善友隨逐惡人賢護復有一人於善人所聞是三昧深妙經典尚不生信不以爲實不能開解況惡人處聞是經典寧能生信而復開解何以故賢護諸佛如來所言難信諸佛世尊智慧難知故賢護若當成就如是三昧然後乃能於當來世與諸衆生增長佛法復次賢護有諸菩薩摩訶薩若在家若出家聞此三昧不怖不驚不悔不退不謗不毀聞已隨喜生信敬心決定眞實無復疑網讀誦受持思惟義趣賢護如是等人世尊悉見悉知悉識也賢護諸佛世尊云何見斯諸善男子及善女人復云何知又云何識賢護若能讀誦受持思念此三昧門如是之人終不爲惡不破淨戒不壞正信不入邪聚賢護是諸善男子善女人等必定深信成就思惟能分別成就思惟於是法中具足信心常能讀誦攝持是法賢護當知是人決不求少功德亦不種少善根賢護是善男子善女人凡所生處或乏資須然諸善根廣大不少賢護是故斯諸善男子善女人已於過去諸如來所修行供養種諸善根賢護當知此輩非於一如來所修行供養種諸善根也亦非於二三四五乃至十如來所種諸善根也亦非於百千億數諸如來所種諸善根也賢護當知此諸善男子善女人已於過去百千數無量無邊諸如來所修行供養種諸善根方得聞此念佛現前三昧聞已生信心開意解即以

爲實無復疑網既獲聞已樂欲書寫讀誦受持乃至爲他廣宣是義何以故賢護斯諸善男子善女人往昔已於諸如來前聞是三昧讀誦受持以是義故如來滅後於最末世五百年終法欲滅時法將壞時還當得聞如是三昧聞即生信無有驚疑不退不没生大歡喜徧滿身心讀誦受持思惟其義爲他解說乃至一日一夜行是三昧賢護若復有人聞此三昧無有驚怖亦不退没不生謗毁聞已隨喜即以爲實思惟分別心開意解但能爲他暫時稱善所獲福聚尚不可量況能讀誦受持勤思而行爲他廣說至一日夜賢護當知是善男子善女人因是事故即便獲得過於無量阿僧祇大功德聚遂得住於不退轉地隨所願欲如意即成賢護其事雖爾我今爲汝更宣譬喻明顯此義也復次賢護譬如有人取此三千大千世界一切大地盡抹爲塵復取一切草木枝葉不問大小皆爲微塵彼人爾時於彼塵聚取一微塵破壞分析還令得作爾許微塵然後復取彼一切塵次第分析皆令等彼初微塵數賢護於意云何是微塵數可謂多不賢護答曰甚多世尊佛言賢護若有善男子善女人取前爾許微塵數佛剎盛滿衆寶持用布施賢護於意云何彼善男子善女人所獲福聚復爲多不賢護報曰甚多世尊然彼善男子善女人因是事故獲得過彼無量無邊阿僧祇福聚佛復告言賢護吾更語汝如彼善男子善女人以爾許塵數佛剎盛滿七寶持用布施獲如斯福復有善男子善女人聞此念佛現前三昧暫生

隨喜信心分別以爲真實心開意解讀誦受持乃至暫時爲他解說是善男子善女人所獲功聚勝前施福無量無邊非可稱算非可校計非可思量賢護如是善男子善女人聞此三昧生隨喜心乃至暫時爲他解說尚獲無量無邊福聚何況是善男子善女人於此三昧修多羅中如聞而信如信而受如受而說如說而行也爾時世尊爲重明斯義以偈頌曰

若以三千大千界　盛滿七寶用行檀
我說彼福雖爲多　不如聞經少功德
菩薩爲求多福聚　信解讀誦復思惟
解說修行念三昧　斯所獲福過於彼
抹三千界盡爲塵　復分一塵等前數
盡取如是諸塵剎　盛滿珍寶以行檀
諸佛所讚三昧經　單以一偈爲他說
我言斯人獲功德　超彼檀福不可量
若復爲他具足說　下至一犂牛乳間
思惟增廣諸善根　何況長遠無量福
一切衆生盡作佛　淨慧終竟證彼如
假於億數多劫中　說斯偈福不可盡
其間彼佛皆滅已　多億數劫常廣宣
終亦不盡彼福邊　緣此深經四句偈
一切所有諸世界　四方上下及四維
滿中衆寶持與他　爲求勝福奉諸佛
彼諸功德難可量　稱計與諸世界等
其有聞受是三昧　善能宣說福過前
若人於此無持疑　其於諸法亦明了
彼則永絕諸惡趣　能入勝寂三昧禪
彼若常能供養我　必受多福不思議

增長多聞證菩提　由思諸佛所讚定
今我語汝誠實言　當念精進莫放逸
一心歡欣發勇猛　自然速證彼菩提
彼爲供養百數佛　乃能受是三摩提
假於後世恐怖時　自當速證微妙定
若有見我與比丘　及汝大士賢護等
如是菩薩樂多聞　決定當得此三昧
若得聞此聖三昧　爲他解釋或書寫
是陁羅尼世尊歎　能證一切佛菩提
若人善思此三昧　一切諸佛咸共稱
當得種性及多聞　諸佛次第而演說

觀察品第六

爾時世尊復告賢護菩薩言賢護若諸菩薩摩訶薩即欲思惟此三昧者當云何思賢護彼諸菩薩欲思惟者即應當作如是思惟如我世尊今者現在天人衆中宣說法要賢護菩薩如是一心思惟諸佛如來坐師子座宣說正法具足成就一切相好最妙最極殊特端嚴樂觀無猒如是觀察諸大人相於一一相應當至心即得明了見諸如來應等正覺既得見已當先諮問不見頂相既得問已然後次第遍觀諸相皆令明了如是觀已更復思惟諸佛如來衆相微妙是爲希有願我未來還得如是具足成就諸妙相身願我未來亦得如是清淨禁戒具足威儀願我未來亦得如是具足三昧願我未來亦得如是具足智慧願我未來亦得如是具足解脫願我未來亦得如是解脫知見願我未來成滿如是諸相身已即得成就阿耨多羅三藐三菩提既成佛已亦當如是處彼天人大衆之中具

足宣說如斯妙法菩薩如是具足觀察諸佛如來乃至成就一切種已復應更作如是思惟是中何者是我誰爲我所法誰能得成諸佛菩提爲身得耶爲心得耶若身得者是身頑騃無覺無知猶如草木石壁鏡像然彼菩提無色無形非像非相不可見知不可觸證云何更以頑騃無知無見無識無所分別無作之身得彼菩提菩提如是旣無形色非相非像不可見知不可觸證誰復於中而行證者若心得者是心無色不可得見是心無相不可得知此心如是同於幻化然彼菩提亦爾無色不可見無相不可知無漏無爲亦同幻化云何可證云何覺知而言身心得菩提耶彼菩薩摩訶薩如是觀時分明了了見是身相不得菩提亦知是心不得菩提何以故諸法無有以色證色以心證心故然彼於言說中知一切法雖無色無形無相無漏無可覩見無有證知亦非無證何以故以一切諸如來身無有漏故又諸如來身無漏故心亦無漏又諸如來心無漏故色亦無漏

大方等大集賢護經卷第二

音釋

胮脹 胮匹絳切 脹知亮切 滓 側氏切 澱也 鉦鐸 鉦諸盈切 鐃也 鐸達各切 鈴屬 騃 五駭切 愚也 佷 胡懇切 不聽從也 粗 坐五切 略也 蚩 赤脂切 笑也 尠 息淺切 少也 析 先擊切 分也 𤛓 古候切 取牛乳也

大方等大集賢護經卷第三

隋天竺三藏闍那崛多及笈多等譯

觀察品之餘

又諸如來色無漏故受亦無漏乃至行識亦無漏又諸如來戒亦無漏所有三昧智慧亦無漏乃至解脫解脫知見亦無漏如是乃至諸如來諸如來所有言說已說今說當說及一切法斯皆無漏也賢護諸如是等一切佛法智人能達愚者莫知彼若能作如是觀時一切諸法悉不可得云何不可得所謂誰能證也不可得云何證也亦不可得何緣證也亦不可得彼說能作是觀已如是入滅寂定分別諸法亦不分別諸法何以故諸法無故賢護如火未生或時有人發如是言我於今日先滅是火賢護於意云何彼人是語爲誠實不賢護答言不也世尊佛告賢護如是諸法從本以來畢竟無得云何於今乃作斯說我能證知一切諸法我能了達一切諸法我能覺悟一切諸法我能度脫一切衆生於生死中此非正言所以者何彼法界中本無諸法亦無衆生云何言度但世諦中因緣度耳賢護於意云何彼如是說得爲實不賢護答言不也世尊佛告賢護是故彼諸善男子善女人若欲成就無上菩提乃至欲成緣覺菩提聲聞菩提者皆應如是觀一切法作是觀時則入寂定無有分別非無分別何以故賢護彼一切法無所有不生然彼定有分別即是一邊定無分別復爲一邊然此二邊所有是無寂定非無寂定無思量處無分別處無證知處無經營處無聚集處無思念處無發

起處賢護是名中道所有數事處等但依世諦說故復次賢護於彼真實第一義中若中若邊皆不可得何以故賢護一切諸法猶如虛空本來寂滅非斷非常無有積聚無有住處無可依止無相無爲無有算數賢護彼不可數云何爲有不可數故不入於數不入數故乃至無有智算名言也賢護彼菩薩摩訶薩如是觀察知如來時不可執著何以故一切法無執著故以無處所而可執著亦無根本是可斷絕除滅根本故無依處賢護彼菩薩摩訶薩當作如是思惟諸佛現前三昧若如是見諸如來已不應取著不當執持何以故賢護一切諸法不可執持猶如虛空體性寂滅賢護譬如金鎚安置火中善作鑪鞴融銷鍊冶熾然毒熱又如鐵丸新從火出炎赫熾然有智之人不應執觸何以故鐵流金熾觸則燒然故如是賢護菩薩觀佛不應取著其事若此是故菩薩觀佛色時不應生著如是觀受乃至行識不應生著又彼菩薩若觀戒時亦不應著如是觀定乃至智慧解脫解脫知見亦不應著何以故夫取著者終不能離生死苦法以是苦法皆由取著故是故菩薩觀察如是諸如來時不應生於取著之想賢護雖無取著然應勤求諸佛世尊勝妙功德所謂佛智如來智廣大智自然智自在智不思議智難稱量智無等等智一切智智若欲求入如是智者常當精勤思惟觀察見佛三昧也爾時世尊爲重明此義以偈頌曰

譬如明鏡與油器　女人莊飾曜其形
愚夫於是生染心　處處馳騁爲求欲

彼於無中顛倒想　不知是法虛妄生
彼欲熾火之所燒　斯婦起欲還自發
若有菩薩作是念　是名無智著我心
菩提甘露在當來　我拔衆生出重苦
第一義中無衆生　世間獨有生老死
諸法無形如水月　豈有菩提而可求
衆色形貌若鏡像　如幻如燄如虛空
凡夫著想而受羈　彼輩雖縛空無實
若斯智者諸菩薩　知世顛倒故見真
了達無人誰受苦　彼則當成無上覺
無意分別佛菩提　其心本來自明淨
不見生死諸滓濁　彼證真實最勝尊
一切色法諸無漏　不可分別妄與空
滅除諸欲解脫心　如是知者證三昧
初念諸佛無相身　後聞諸法本清淨

如是思惟無餘念　證此三昧誠非難
常作空相而思惟　即能滅彼微塵聚
不分別成及與壞　一切外道失於中
於一切色無分別　其眼雖覩不累心
彼見諸佛如日輪　法界世間挺超出
其心清淨眼亦明　雖勤精進常所定
彼得多聞不可說　證此三昧真思惟
若以不見證三昧　一切盲者應證知
亦不以見非不見　是中外道皆迷没
常離相想而思惟　見彼諸佛清淨心
如是見已一切觀　斯人速成此三昧
彼無地水及火風　亦非空界現前住
若欲觀察一切佛　當想處座演妙音
如我今日宣妙法　心樂法者覩我身
彼應無復餘思惟　惟當想佛說法事

如是專念莫他觀　爲求若斯多聞故
一心觀我說此定　總持諸佛之所宣
無有一佛在過去　亦無現世及當來
惟此清淨微妙禪　彼不可言證能說
我於三界無上尊　爲利世間故特出
念證諸佛菩提故　宣此三昧無等倫
若欲身樂及心樂　求佛功德不思議
乃至證彼妙菩提　要當修此勝三昧
欲淨深廣多聞海　爲衆生故常勤求
彼應遠去諸欲塵　要當修此勝三昧
若欲一生見多佛　見已恭敬復諮詢
彼應速離勿生著　要當觀此妙三昧
是處無欲復無瞋　亦無愚癡與嫉妬
又無無明及疑網　要當住此深寂禪

戒行具足品第七

爾時賢護菩薩復白佛言希有世尊乃有如斯最勝三昧世尊若諸菩薩捨家出家深心樂欲說此三昧亦當思惟此三昧者彼等應當安住何法而能宣說及思惟耶佛告賢護言賢護若有菩薩捨家出家深樂廣宣復欲思惟如是三昧者彼出家菩薩當先護持清淨戒行不缺戒行不雜戒行不汙戒行不濁戒行不著戒行不動戒行不被訶戒行智者所讚戒行聖所愛敬戒行應當念知如是諸戒也賢護彼出家菩薩云何當得清淨戒行乃至云何當得聖所愛敬戒行也賢護彼出家菩薩應當依彼波羅提木叉成就威儀成就衆行乃至成就微塵數等戒行見已驚怖清淨活命於諸戒中當念成就應信甚深不得著忍於空無相無願諸法中聞說之時心

不驚怖無有悔沒賢護以是因緣彼出家菩薩成就如是清淨戒行不見戒行不著戒行乃至成就聖所愛敬戒行也爾時賢護菩薩復白佛言世尊彼出家菩薩云何得有如是不清淨戒行缺戒行染著戒行汙戒行依倚戒行智所訶毀戒行聖所不愛戒行也佛告賢護菩薩言賢護若有出家菩薩取著色受持禁戒修於梵行如是取著受取著想取著行取著識受持禁戒修行梵行修行已作如是念我今如是持戒如是苦行如是修學如是梵行願我未來得生天上或生人間自在有生受諸果報賢護以是因緣彼出家菩薩成就如是不清淨戒乃至聖者所不愛戒是謂爲求有故爲有生故爲受欲果故爲生處所故賢護是故彼出家菩薩念欲說此三昧思此三昧者要當先具清淨戒行乃至成就聖所愛戒亦念常行檀波羅蜜所謂最勝施諸法施上施妙施微妙施精妙施無上施亦常勇猛精進不休不捨重擔不忘正念常行一心正信清淨無有嫉妬不著世間利養名聞如法索求以濟形命恒行乞食不受別請猒離人間樂阿蘭若尊崇聖種敬事頭陀息世語言但論出世處衆靜默假言不多常敬於他不敢輕慢於一切時常行慚愧有恩必知知恩必報於善知識常念親近諸師尊所謹事無違若聞如是甚深經典專心聽受終無疲猒於法師所起慈父心善知識心乃至生於諸如來想以爲如是微妙法故成就無上大菩提故轉增愛敬尊重心故復次賢護若彼菩薩或時至於聲聞人所聞說如是甚

深經法彼法師所無愛敬心無尊重心不生慈父想不生善知識想不生諸佛想不生教師想不能親近承事供養隨於何所聞是經典當知是人不能聽受書寫解說令法久住如是之人若能聽受若能書寫若能解說令法久住無有是處復次賢護若彼菩薩或復至於聲聞人所聞說如是增上妙法不生愛敬心不生尊重心乃至不生諸佛想不能盡心親近供養者若能讀誦若能受持若能解說令是經典不速滅者無有是處何以故以不尊重是經典故是故斯法不久必滅復次賢護若彼菩薩或復至於聲聞人所聞說如是微妙經典生愛敬心生尊重心及起教師想諸如來想親承供養即能聽受亦能書寫復能解說能令是經久住利益斯有是處復

次賢護若彼菩薩復於聲聞人所聞說如是微妙經典即於彼所生尊重心如諸佛想親近承事恭敬供養者如是之人雖未修學如是經典即爲修習雖未解釋即爲解說令是妙法久住世間不毀不滅斯有是處何以故以能愛敬尊重法故是故此經久住世間賢護以是因緣吾今語汝是人於是說法師所生愛樂心生敬重心生尊貴心起善知識想起教師想起諸佛想盡心承事恭敬供養也賢護若能如是是則名爲行我所行受我教誡也復次賢護彼出家菩薩必欲解說如此三昧復欲思惟此三昧者常當樂行阿蘭若事不得居處聚落城邑捨離朋黨多求之處不貪衣食不得貯聚穀米食具不得受畜財物生資不得貪求名聞利養不惜重命常念

捨身遠離貪著恒修死想常行慙愧不造諸惡攝受正法無有疑心常念遠離不取衆相當修慈心勿懷嫌怨常起慈悲無行瞋恚安心喜捨莫想愛憎常當經行破除睡蓋賢護出家菩薩若能安住如是法行則能修學解脫思惟如是念佛現前三昧也爾時賢護菩薩復白佛言希有世尊如來應供等正覺所說經典甚深甚深最勝微妙不可思議然彼未來諸菩薩等懈怠懶惰雖聞如是深妙經典生大恐怖驚疑退沒不發歡喜愛樂之心彼等當復作如是念我今當應餘諸佛所乃可修習如是經典所以者何我今自知多諸障難身遇病苦氣力甚微寧堪修行如是經典世尊彼輩如是於甚深法更生放捨遠離之心不能發勤勇猛精進樂欲成就如是經典世尊爾時亦當有諸菩薩精進勤求專念之者愛樂是法勤持是法攝受是法若諸法師說是法者於是法中如法行故能捨身命不著名聞不求利養不自宣說己身功能不染衣鉢不樂城邑常趣空閑山林靜處其或聞是微妙法故生大歡喜更當具足發勤精進聽受如是微妙法門常讀誦故常念持故思惟義故如說行故彼等於未來世諸如來所非徒直欲求彼多聞亦無但求在於有處惟爲成就諸功德故常念勤求精進勇猛世尊然復應有往昔已曾供養諸佛宿種善根諸善男子善女人輩發大精進爲聞如是微妙法故更發如是大誓莊嚴願我當得乾竭肌膚散骨消髓熾然身心苦行不息必欲成就如是妙典終無暫時懈怠懶惰而不聽聞

微妙勝法亦無不思甚深義理復無捨他不爲宣說而常勇猛行大精進但爲攝受諸菩薩故聽聞如來如是妙典聞已即便生歡喜心爾時世尊讚彼賢護菩薩言善哉善哉賢護如是如是如汝所說我今隨喜賢護我隨喜故一切三世恒河沙等諸佛世尊皆亦隨喜時彼賢護菩薩復白佛言若有在家菩薩處於世間聞是三昧欲自思惟即爲他說乃至一日或經一夜是人安住幾種行法當得成就思惟三昧爲他說也佛言賢護彼在家菩薩處於世間若欲修習思惟三昧或一日一夜乃至一犂牛乳時者吾今語汝彼在家菩薩既居世間當應正信不起慳貪常念行施隨多少施當一切施不求果報應歸依佛又歸依法亦歸依僧不事天神亦無禮拜不生嫉妬常念隨喜當須清淨如法活命不愛兒女不著妻妾不染居家不耽財寶常樂出家念除鬚髮修八關齋恒住伽藍常懷慙愧發菩提心不念餘乘見有持戒清淨比丘修梵行者終無調戲常行恭敬從誰聞學如此三昧當於師所生愛敬心起尊重心善知識想生教師想起諸佛想一切衆具悉以奉之常當識恩恒思報德以能教我微妙法故賢護彼在家菩薩處俗之時應住如是諸法行已然後教示如是三昧如是思惟如是修習時彼賢護菩薩復白佛言希有世尊如來應供等正覺今乃爲彼出家在家諸菩薩輩正信成就樂深法者宣說如是無上妙法令住如是無量法行然後當得思惟解說如是三昧世尊如來滅後如是三昧於閻浮提能廣

行不佛告賢護菩薩言賢護我滅度後此三昧經於閻浮提四十年中廣行於世而後五百年末一百歲中正法滅時比丘行惡時誹謗正法時正法破壞時持戒損減時破戒熾盛時諸國相伐時當斯之際頗有衆生熾然善根往昔已曾親近諸佛供養修行植善種子爲彼諸丈夫輩得是經故此三昧典復當流行於閻浮提所謂佛威神故故令彼等於我滅後聞是經已歡喜書寫讀誦受持思惟其義爲他解釋如說修行爾時賢護菩薩及寶德離車子聞如來說正法滅時悲泣雨淚從座而起整理衣服偏袒右肩右膝著地合掌恭敬而白佛言世尊我等當於如來滅後後五百歲末百年中沙門顛倒時正法欲滅時誹謗正法時破壞正法時持戒損減時破戒增長時正法護滅時非法護增時衆生亂時諸國相伐時能於如來所說經典妙三昧中讀誦受持思惟義理爲他廣說何以故我心無猒終不知足是故我於如來所說修多羅中能聽聞故能書寫故能讀誦故能受持故能思惟故能修行故能廣說故爾時商主優婆塞伽訶岌多居士之子那羅達多摩納等聞如來說未來世中正法壞滅爲正法故悲哀泣淚從座而起整理衣服偏袒右肩右膝著地恭敬合掌而白佛言世尊我等能於如來所說妙修多羅及能受持修多羅者我皆攝護令得增長世尊我今復爲如來所說微妙經典作其加護令得廣宣久住於世何以故以是經典能於無量阿僧祇劫多所成就阿耨多羅三藐三菩提故世尊我等得聞

未曾有法至心受持思惟其義爲他解說廣行流布也世尊我今聞此甚深經法一切世間無有信者我先爲其造善根器然後爲解爾時衆中有五百比丘比丘尼優婆塞優婆夷四部衆等聞如來說未來世中正法壞滅爲正法故悲泣雨淚從座而起整持衣服偏袒右肩右膝著地恭敬合掌而白佛言世尊我等受持如來正法然諸大士善丈夫輩爾時於我當作依止當作覆護爲我經紀能令我等於如來所說如是甚深修多羅中取眞實義如法修行惟願世尊付囑我等諸善丈夫分明立記何以故世尊我及彼等皆能護持攝受正法及攝受者故爾時世尊即便微笑放金色光其明遍照十方世界諸佛國已還至佛所右遶三周從頂上沒爾時尊者阿難作如是念世尊昔來已多微笑然於笑時必爲異事我今應問微笑因緣如是念已即從座起整持衣服偏袒右肩右膝著地合掌向佛以偈白言

其心清淨行無穢　有大威德巨神通
一切最尊世中上　顯現無垢如明月
無礙聖智解脫心　迦陵伽聲天中最
一切異論莫能動　今忽微笑有何緣
通達正眞爲我說　能多利益兩足尊
聞是如來微妙音　一切皆當大歡喜
諸佛世尊豈虛笑　佛復放光有勝人
誰於斯日獲大利　是故今應宣笑旨
誰於今日得證眞　誰於今日受法王
誰於今日自灌頂　誰於今日登佛位
誰於今日利世間　誰當總宣佛法藏

誰於佛智得常住　以是尊應顯笑緣
爾時世尊即以偈告長老阿難曰
阿難汝見大集不　攝護五百從座起
身心歡喜發誠言　我輩當來獲斯法
此等一心瞻察我　我於何時亦復然
咸於我前與大誓　我輩當來證斯道
復有八輩從座起　五百上首此爲尊
彼於末世法壞時　爲世間法故宣說
我今告汝如是言　於此衆中無礙智
是輩非於一佛所　起立合掌敬諸尊
我觀往昔無量世　八萬諸佛皆現前
八人爲首從座起　還爲護持是妙法
前此八萬億由他　復值如是數諸佛
心得解脫大名稱　彼時此輩已攝持
今復於我勝法中　能爲攝護利益首
教化無量菩薩衆　斷除嫉妬諸大人
此等於我滅度時　取我舍利與供養
善持我斯諸佛事　安置篋笥徧十方
平地造塔或在山　付囑天龍及金鳥
斯等依仗於此經　壽終皆得生天上
後雖轉生於人間　而常不離勝家姓
善持我斯菩提事　還發大願隨本心
或時爲法至他國　恒值如是深妙典
得已轉授衆多人　以歡喜心除嫉妬
求法精誠無懈倦　輕財賤命豈愛身
降伏一切諸外論　常以妙法惠施彼
時世無能受斯經　亦無讀誦轉教人
惟有此輩五百賢　今於我前從座起
復此八士諸菩薩　當來比天授斯法
樂恒廣宣多利益　弘是甚深修多羅

此八正士爲上首　彼五百數復無增
遠離嫉妬棄名聞　來世當授廣大法
如是比丘及尼輩　諸優婆塞優婆夷
巧智無妬登法師　當成正覺大威德
彼不思議神德具　百福之體相莊嚴
得微妙樂除衆苦　長拔三毒煩惱根
此等從今捨命已　終不受生惡道中
一切生中常和合　所遇菩提最勝事
旣捨一切惡趣生　亦能永離諸難處
功德不可知邊際　如是無量受多福
復當得見彌勒佛　於彼常起和合心
恭敬供養利益他　惟求無上菩提故
彼時此輩恒集會　承事超世兩足尊
爲此諸佛妙菩提　當度生死登彼岸
於後末世法壞時　彼等亦常持此法

如是處所恒修行　遇彌勒世事若斯
所可於此賢劫內　廣爲利益世間燈
彼一切處護是經　安住三世無畏所
將來億數多諸佛　不可思議難得邊
斯皆供養廣修行　常護如是勝佛事
其有在前成菩提　彼彼咸同修供養
而或於先取滅度　我住多世那由他
今此賢護大菩薩　及是寶德出衆珍
商主岌多伽摩那　當見恒沙無數佛
於彼亦受無上經　前已經歷多劫數
妙算不能盡其形　無量億劫誰能知
若有衆生得聞名　或於覺時及睡夢
能發勇猛師子吼　彼輩皆得天人尊
若有衆生但聞名　直能信敬及隨喜
一切作佛無疑慮　何況供養於彼身

其所受法不思議　壽命法住亦無量
利益廣大無窮盡　功德智慧不可知
彼過去佛難思量　清淨持戒恒沙數
此輩於彼廣行施　惟求無上佛菩提
彼諸功德不可數　多劫宣說莫能窮
於菩提中無增減　常念護持是經法
阿難若人護此經　書寫讀誦及憶念
汝應決定興愛敬　終不離是五百中
阿難若人持此經　自當勤心求堅固
淨持禁戒捨睡眠　決定得斯妙三昧
我毗尼處說木叉　諸比丘學居蘭若
若能頭陀不捨離　得此三昧定無疑
一切別請盡能捨　凡是美味皆斷除
師所常起諸佛心　誰云不證斯三昧
貪恚癡患先覺知　我慢嫉妬咸遠離
情無垢著念無爲　讀誦思惟勝三昧
清淨意處無可染　調伏諸根息怨嫌
一心專念如來身　讀誦受持妙三昧
若有菩薩在居家　心常堅住出家事
受持讀誦口業成　心常念學此三昧
恒應修持五種戒　亦常數受八戒齋
常住寺廟捨資生　讀誦思惟此三昧
不當躭著衆婦妾　勿愛兒女及珍財
住優婆塞行着慙　但當憶持此三昧
莫於他所起害心　唯思除去諸調戲
無處可著住於忍　但念思惟此三昧
莫於財物生執著　華香塗粉及諸鬘
無處染著安彼忍　但當受持此三昧
若比丘尼求此經　當勤歸敬除嫉妬
調戲貢高及我慢　證彼菩提亦不難

應發精進破睡眠　一切諸求皆當斷
心愛樂法淨命存　惟當讀誦此三昧
心常不共貪欲俱　莫起恚恨無迫惱
不以魔縛繫衆生　惟當受持此三昧
無以諂曲有所爲　勿貪好衣及塗熏
莫行兩舌離別他　惟當受持此三昧
男女聲色不繫心　寂絶無諸邪念事
於教師所生佛想　惟當受持此三昧
所生永離衆惡道　於佛法中不空信
破除三有諸障難　要常受是三摩提

大方等大集賢護經卷第三

音釋

鑪韛 鑪落胡切 韛蒲拜切 吹火器也 羈 居宜切 羈縻也 岌 魚及切 篋笥 篋苦協切 笥相吏切 篋笥箱屬也

大方等大集賢護經卷第四

隋天竺三藏闍那崛多及笈多等譯

稱讚功德品第八

爾時賢護菩薩及寶德離車子善商主長者伽訶岌居士子那羅達多摩納水天長者與五百徒衆等聞佛所說皆大歡喜即以五百上衣服奉覆世尊復以多種供具供養世尊心樂法故各以巳身奉承如來爾時世尊告阿難言是賢護菩薩常於彼等五百徒衆而作義師說諸法要教化慰喻令彼歡喜以歡喜故彼輩即得隨順之心眞實之心清淨之心離欲之心除諸煩惱無復蓋纏時五百人一心合掌恭敬頂禮退住一面爾時賢護即白佛言世尊菩薩摩訶薩具足幾法而能得此念佛三昧也爾時世尊告賢護言賢護若菩薩摩訶薩具足四法得是三昧何等爲四一者不著一切外道語言二者不樂一切諸愛欲事三者常不遠離頭陀功德四者常猒三界諸有生處賢護是爲菩薩摩訶薩具足四法得此三昧復次賢護若有善男子善女人讀誦受持是三昧典或時復能爲他解說現前即獲五種功德何等爲五一者一切衆毒不能損害二者一切兵仗不能破傷三者一切諸水不能漂没四者一切猛火不能焚燒五者惡王縣官不能得便所以者何由是三昧慈心力故賢護若彼善男子善女人一心勤求是三昧時讀誦受持是三昧時思惟修習是三昧時爲他解釋是三昧時若有衆毒及以兵仗一切水火惡王縣官能傷害者無有是處復次賢護假使世間壞劫之火世

界餤赫天地洞然若彼受持此三昧典諸善男子及善女人設令墮落大劫火中三昧威神彼火即滅賢護又如睍水能滅小火如是賢護假使持經諸善男子及善女人落彼火中三昧力故大火隨滅若不滅者無有是處復次賢護若彼善男子善女人受持經時若彼惡王若惡縣官若劫賊若師子若虎狼若蛇毒若能作障礙者無有是處又設彼等行是經時若被夜叉若羅刹若餓鬼若鳩槃茶若毗舍闍乃至一切非人能爲障礙亦無有是處又若彼男子女人讀誦經時正思惟時爲他說時入三昧時行梵行時若失衣若失鉢乃至有諸障礙事者無有是處惟除宿殃不可轉者復次賢護若彼受持三昧經典諸善男子善女人輩若患眼若患耳若患鼻若患舌若患身若患心復有諸餘種種患難乃至命難梵行難者亦無是處復次賢護若彼男子女人於此經中得如是聞得如是見得如是知如是具足已若不值佛若護正法破和合僧背佛菩提者亦無是處賢護當知即彼持經男子女人如上諸事莫能爲礙惟除宿殃不能轉耳復次賢護彼善男子善女人若是經者常爲一切諸天稱讃亦爲一切諸龍稱讃又爲一切夜叉稱讃又爲一切乾闥婆等之所稱讃又爲一切阿修羅等之所稱讃又爲一切迦樓羅等之所稱讃又爲一切緊那羅等之所稱讃又爲一切摩睺羅伽之所稱讃又爲一切人非人等之所稱讃又爲一切四大天王之所稱讃又爲一切忉利天王之所稱讃又爲一切大梵天王之所稱讃

如是乃至常爲一切諸佛世尊之所稱讃也復次賢護又彼諸善男子善女人持是經者常爲一切諸天愛敬如是乃至常爲一切龍夜叉乾闥婆阿修羅迦樓羅緊那羅摩睺羅伽人非人等之所愛敬又爲一切四天大王之所愛敬如是常爲一切忉利天王乃至一切大梵天王之所愛敬如是常爲一切諸菩薩輩乃至一切諸佛世尊之所愛念也復次賢護又彼諸善男子及善女人以經力故常爲一切諸天守護如是常爲一切諸龍夜又乾闥婆阿修羅迦樓羅緊那羅摩睺羅伽人及非人之所守護又爲一切四天大王如是忉利天王乃至大梵天王之所守護如是常爲一切諸菩薩輩乃至一切諸佛世尊悉皆覆護十方世界無量阿僧祇世界中現持法者復次賢護又彼諸善男子善女人以經威力故一切諸天皆欲見之如是一切諸龍夜又乾闥婆阿修羅迦樓羅緊那羅摩睺羅伽及人非人等皆思欲見又彼一切四天大王如是一切忉利天王乃至一切大梵天王皆思欲見如是一切諸菩薩輩乃至一切諸佛世尊各欲見之復次賢護又彼諸善男子善女人以經威故一切諸天常至其所覲見其形令彼觀覩如是一切諸龍夜叉乾闥婆阿修羅迦樓羅緊那羅摩睺羅伽人非人等皆見其形隨宜利益又彼一切四天大王忉利天王乃至一切大梵天王等皆親臨視如是一切諸菩薩輩乃至一切諸佛世尊非但晝日或於夢中爲現形像自稱名號摩頂慰安稱揚勸發也復次賢護又彼諸善男子善

女人雖未曾聞諸餘經典以是三昧威神力故自然有人來至其所乃至夢中爲其宣說令彼得聞憶持不失也復次賢護我若說彼諸善男子善女人暫持三昧微妙經典所得功德設經劫數終不能盡我之智辯雖復無窮亦不能說何況彼輩聞此三昧依教修行如法而住也爾時世尊爲重明此義而說偈言

若人有能解釋斯　諸佛大寂勝三昧
假令我今說功德　猶彼恒河取一沙
若能爲他說三昧　水不能溺火不燒
刀仗毒害所不傷　王賊惡官不得便
若能讀誦三昧經　不畏一切恐怖事
如彼大蛇諸大毒　此等經力能滅除
若有受持是經典　不畏一切諸惡人
夜叉羅刹及諸龍　彼徒終無得其便
若常守護供養者　便在蘭若爲朋類
師子虎狼諸獸等　犀牛豺豹及野干
若能護持此三昧　彼有威力不可當
遠離一切惡心人　及諸夜叉噉精氣
若能解說此三昧　彼無諸病及障災
所生報眼終不衰　言詞清妙有大辯
若人證知深寂禪　身體雄健無衆病
一生永絕諸惡色　後終不畏地獄道
若有能讀三昧典　諸天守護及龍神
夜叉羅刹與怨讎　彼雖惡臨不驚懼
若能爲他說斯經　天龍夜叉皆歡喜
諸天晝夜常歌歎　一切世尊愛若子
若人爲他常轉讀　一切法中無有疑
彼諸容色無等倫　豈於菩提有退滅

若能轉教諸衆生　遭值惡王人民亂
時年亢旱穀偷貴　終無受弊及飢荒
若人解說此三昧　所有功德不思議
假雖魔嬈諸衆生　不能動斯一毛髮
我前說彼持經人　衆患恐怖及煩惱
彼終不能加損害　惟除往業先定殃
若有護持於此經　是則於吾爲長子
我巳稱讚於彼等　當來之世亦復然
若能護持如斯法　自當恒發歡喜心
咸共宣通勿放捨　我今爲汝如是說

饒益品第九

爾時世尊復告賢護菩薩言賢護我念往昔過於無量阿僧祇劫時有一佛號無畏王如來應供等正覺明行足善逝世間解無上士調御丈夫天人師佛世尊出興於世當爾之時有長者子名須達多與二萬人俱詣彼佛無畏王所到巳頂禮彼世尊足敬禮畢巳退坐一面時須達多即便請彼無畏如來廣宣如是三昧深義賢護爾時彼無畏王如來應供等正覺知長者子有深信心樂欲聽聞如是三昧應時隨順而爲敷演賢護時須達多於彼佛所聞三昧巳讀誦受持思惟其義即如說行旣修行巳還即於彼無畏王如來法中捨家出家剃除鬚髮服袈裟衣經八萬歲思惟住持如是三昧又復在彼無畏王如來所聞一切法皆悉受持是後復經諸如來所聞說斯法亦皆能持於諸佛所種諸善根能廣成就不思議巳然後捨命即得上生三十三天同受果報即彼劫中還復值遇第二如來而彼如來從刹利生出家成道名曰電德

如來應供等正覺而復於彼電德如來法中出家修行經八萬四千歲還復思惟如是三昧而更值遇第三如來彼第三佛於婆羅門家生巳亦出家成道號曰光王如來應供等正覺復於彼如來所出家修行亦於八萬四千歲中常得思惟如是三昧賢護時彼長者子須達多自是之後過百餘劫即得成就阿耨多羅三藐三菩提賢護汝應當知爾時彼長者子須達多者豈異人乎即彼過去然燈如來應供等正覺是也賢護是故當知彼長者子須達多者以有如是愛樂法故復有如是求法行故能速成就阿耨多羅三藐三菩提也復次賢護汝今當觀是三昧王爲諸菩薩及衆生輩而作幾許大弘益事所謂當得一切諸佛智地故復能攝受一切諸佛多聞海故賢護是故汝等當應勤求如是三昧常樂聽聞讀誦受持思惟修行既聞受巳當復爲他讀誦受持解釋義理令他勤求咸得聞受正念思惟如說修行所以者何賢護若能勤求讀誦受持正念修行廣宣流布是三昧者不久當得證諸佛智諸如來智大自在智不思議智不可稱智無等等智一切智智乃至得彼不共他智故賢護若復有人能善宣說彼應正言今此三昧即是一切諸菩薩眼諸菩薩父諸菩薩母能與一切諸菩薩輩諸佛智者賢護如是說者是爲善說時善說是三昧也賢護若復有諸男子女人能善說時彼當正言是三昧者即是佛性即是法性即是僧性即是佛地是多聞海是無盡藏頭陀是無盡藏頭陀功德是無盡藏諸佛功德是

無盡藏能生深忍是能生大慈能生大悲能生菩提也賢護是爲彼能善說時說是三昧也賢護若復有人能善宣說彼三昧時彼應正言是三昧王能破一切諸法黑暗能作一切大法光明賢護是爲彼能善說三昧也賢護汝宜觀此菩薩念佛現前三昧爲諸衆生作大利益乃至一切諸菩薩輩住於此土徧見十方一切世界諸佛世尊到諸佛所恭敬禮拜聽聞正法供養衆僧亦不貪著賢護以是義故諸菩薩等若欲成就三昧王者常當專心精勤觀察彼四念處賢護云何菩薩觀四念處賢護菩薩摩訶薩常當專心觀察身行畢竟不見一切諸身常當專心觀察受行而亦不見一切諸受常當一心觀察心行而亦不見一切諸心常當一心觀察法行而亦不見一切諸法賢護如是等事誰能信者惟彼漏盡阿羅漢及以阿毗跋致諸菩薩等賢護是中一切愚惑凡夫於彼念佛現前三昧常當思惟諸佛世尊不得生著又亦思惟諸佛世尊說如斯法而亦不著又亦思惟我聽聞法一切所爲皆不得著何以故賢護諸法皆空本來無生故賢護諸法不可念無念處故賢護諸法遠離絕心想故賢護諸法不可執持真如無得故賢護諸法無染如虛空故賢護諸法清淨遠離衆生故賢護諸法無濁因緣滅故賢護諸法無爲富伽羅不可得故賢護諸法即涅槃相本性清淨故賢護諸法無所有一切物不可得故賢護是故諸菩薩等若欲思惟此三昧者不可異相而能得入無得相故得見諸佛正念諸佛和合相應亦

得思惟助菩提分念聞正法思量分別選擇菩提分而不見自身亦不證諸法所以者何賢護是中不可以色相故而得見佛不可以聲相故而得聞法不可以希望心成就檀波羅蜜不可以樂著諸有具足尸波羅蜜不可以慳恪祕法而得涅槃不可以深著補伽羅想而獲多聞不可以攀緣諸行而能遠離諸事不可以樂著住處而得證果不可以隨順貪愛離諸過非不可以常樂鬬諍成就諸忍不可以常行惡業而得善果不可以聲聞乘人而證菩薩念佛三昧亦不可得諸菩薩忍亦不可以嫉妬取著而得空三昧亦不可以行愛欲而入奢摩他亦不可以懈怠懶惰證諸聖道乃至不可以不捨異念諸物而能成就思惟也賢護是故我今以此三昧付囑世間諸天王輩受持守護亦付於汝當來宣布勿令斷絕於是世尊說斯法時有八那由他欲色界諸天子皆發阿耨多羅三藐三菩提心復有無量百千人亦發阿耨多羅三藐三菩提心然而斯輩皆於未來過恒沙劫盡得成就阿耨多羅三藐三菩提皆同一號名正解脫如來應供等正覺住世教化壽命亦等賢護以斯初發菩提心故尚得如是無量功德具足成就阿耨多羅三藐三菩提況復我昔行菩提時供養我者彼寧不速成就阿耨多羅三藐三菩提也賢護復有無量無邊衆生聞說此法得淨智眼復有八百諸比丘等於諸漏中心得解脫爾時世尊爲重明此義而說偈言

誰當受持此三昧　彼於福聚不可量

斯等戒行無塵垢　本心清淨猶如鏡
誰當受持是三昧　多聞深廣無邊涯
智慧自然無缺減　功德盛滿若明月
誰當受持是三昧　得覩諸佛不思議
智慧觀察希有法　不思議人皆守護
誰當受持此三昧　曾見無量諸世尊
彼佛說法難稱量　皆當奉承修供養
誰能受持此三昧　彼爲世間作燈光
大悲如斯拔衆苦　所有世尊悉供養
誰能受持此三昧　未來無數諸聖尊
若有菩薩欲見者　清淨信心修供養
誰能受持此三昧　彼勝得利難思議
善能下生於人間　常得出家善求食
誰能護持此三昧　彼受多福不思議
復能住持於將來　獲斯功德最後利

具足五法品第十

爾時賢護菩薩從座而起整理衣服偏袒右肩右膝著地恭敬合掌而白佛言世尊唯願世尊及比丘僧明日食時臨顧我家受我供養憐愍我等諸衆生故世尊默然受賢護請時彼賢護知佛受已頂禮尊足右遶三帀於是辭還遂復詣彼摩訶波闍波提比丘尼所到已頂禮波闍波提比丘尼足而即白言願阿梨耶及諸尼衆憐愍我故受我明朝所設微供爾時摩訶波闍波提比丘尼默然受請賢護知已頂禮辭還時彼賢護復詣寶德離車子所語寶德言寶德汝來汝之所有親戚眷屬朋友知識及此會中優婆塞衆乃至一切王舍大城及以自餘城邑聚落諸新來者爲我請曰受我明朝所設飯食爾時寶德離

車童子受賢護言即告會中諸優婆塞親戚眷屬等曰仁輩當知彼賢護菩薩令我告汝明日食時受我微供爾時賢護菩薩寶德離車子及善商主長者伽訶岌多居士子那羅達多摩納水天長者并及一切諸餘眷屬朋友知識等頂禮佛足已還彼賢護菩薩舍宅到已佐彼賢護經營即於其夜約勑家人辦具諸種精妙上饌所謂世間凡可食噉色香美味百物備有乃至外國遠來貧窮乞丐亦爲辦具種種精膳而供給之與諸大衆一等無異所以者何凡諸菩薩心無憎愛不敢輕他於諸衆生皆平等故爾時娑婆世界主大梵天王乃至忉利天王釋提桓因四大天王提頭賴吒等及彼善德天子與諸眷屬咸爲人身贊助其事欲令賢護菩提果報速成就故爾時賢護與諸眷屬善友知識等掃灑其家乃至王舍大城街巷道路處處皆悉懸妙旛蓋廣設種種諸莊嚴具而莊飾之又以諸種微妙華香布散其地復燒世間第一名香而爲供養時彼賢護如是莊嚴王舍大城及妙食已於明旦時與諸眷屬詣世尊所頭面禮敬而啓白言世尊我事已辦願知此時爾時世尊於晨朝時爲賢護故著衣持鉢與彼無量比丘比丘尼優婆塞優婆夷天人大衆左右圍遶向彼賢護菩薩舍宅於是賢護發如斯念我家隘小不受多衆自非世尊威靈加護令宅寬廣盡爲瑠璃令諸城內一切人民莫不明見亦令今此天人大衆隨意受用無所乏少不亦快乎爾時世尊知彼賢護心所念已即以神力令其家宅嚴麗寬廣所有

衆具變成瑠璃亦令城内一切人民皆得覩見分明顯了足令大衆隨意用之爾時世尊入賢護宅隨其牀座安詳而坐亦令一切諸比丘比丘尼優婆塞優婆夷人天大衆隨其部類次第而坐時彼賢護及寶德離車子善商主優婆塞伽訶岌多長者子那羅達多長者子既見世尊與彼四部天人大衆皆安坐巳於是賢護躬以自手持最妙食奉上世尊世尊受巳然後授與諸四部衆及與一切天人大衆種種上妙香美味食咸令自恣悉皆豐滿如是一切飯食斯畢澡手漱口乃至洗滌鉢器持舉皆竟賢護於是別置小座在世尊前頭面頂禮然後退坐一心瞻仰爾時世尊即爲賢護菩薩及寶德離車子善商主優婆塞伽訶岌多長者子那羅達多摩納等乃至四部天人大衆等如應說法令其解知開導慰喻令其歡喜然後與諸比丘比丘尼天人大衆歸還本所時彼賢護菩薩後食畢巳將諸眷屬善友知識及百千衆左右圍遶至世尊所恭敬禮拜退坐一面胡跪合掌而白佛言世尊菩薩摩訶薩具足幾法當能證此現前三昧佛言賢護菩薩若能成就五法則便得此現前三昧何等爲五所謂一者具甚深忍滅除至盡二者實無所盡無有盡處三者本無有亂滅除諸亂四者本無有垢滅除諸垢五者本無有塵斷離諸塵賢護是爲菩薩摩訶薩具足成就無生忍故而能得此現前三昧復次賢護菩薩摩訶薩復有五法能得三昧一者深猒諸有不受諸行二者一切生處念菩提心三者所生常見諸佛世尊四

者終不躭著陰界諸入五者終不愛著受欲樂事賢護是爲菩薩摩訶薩具足五法成就三昧復次賢護菩薩摩訶薩復有五法能得三昧一者常當思念無邊際心二者常能善入禪定思惟三者分別思惟一切諸法四者於諸衆生無有諍心五者常以四攝攝受衆生所謂布施愛語利行同事賢護是爲菩薩摩訶薩具足五法成就三昧復次賢護菩薩摩訶薩復有五法能得三昧一者於諸衆生所常行慈心二者於一切時念修聖行三者常行忍辱見破戒者恒生敬心四者於自和尚阿闍梨所不說已能五者於一切處不敢輕他賢護是爲菩薩摩訶薩具足五法則能證是現前三昧復次賢護菩薩摩訶薩復有五法能得三昧一者常依聖教如說修行二者清淨意業滅身口惡三者清淨戒行斷除諸見四者常求多聞深信諸善五者常念如來應等正覺賢護是爲菩薩摩訶薩具足五法則能獲得現前三昧復次賢護菩薩摩訶薩復有五法能得三昧一者常行大施能爲施主不起慳貪心無嫉妬弘廣心施純直無諂於諸沙門及婆羅門貧窮孤獨一切乞人無所愛惜無有勝上可重之物而不施者所謂一切微妙飲食名衣上服第一房舍諸種敷具燈燭華香凡所受用皆悉捨之雖常行施而不求報憐愍一切無疑惑心既施之後終無變悔二者常爲施主而行法施所謂常爲衆生說如斯法所謂第一最上最勝最妙最精修行如是大法施時能出一切無礙辯才文義次第相續不斷如來所說甚深法中

皆能安住成就深忍或時被他誹謗罵辱捶擊鞭打終無瞋恨穢濁毒心亦無驚懼種種苦惱而心無畏常懷歡喜三者若聞他說此三昧時至心聽受書寫讀誦思惟其義廣爲他人分别演說令是妙法久住世間終無祕藏使法疾滅四者常無嫉妬遠離諸惱棄捨蓋纏斷除塵垢不自稱譽亦不毁他五者於諸佛所常重信心於諸師長常行敬畏於知識處常生慙愧於諸幼稚常懷慈愍乃至受他小恩尚思厚報何況人有重德而敢輒忘常住實言未曾妄語賢護是爲菩薩摩訶薩具足五法則能獲得如是三昧爾時世尊爲重明此義以偈頌曰

若於深法心欲樂　猒離一切諸後有
智者不願一切生　若能如是得三昧
不用一切諸外論　乃至語言不聽受
永斷世間諸五欲　若能如是證三昧
清淨持戒住梵行　所生不念諸女人
深猒五欲眞佛子　若能如是證三昧
常行大施不求報　亦無住著悔恨心
一捨已後不重緣　唯當攝念思諸佛
憐愍衆生行施時　決定除疑無變退
安住調柔而修施　若能如是得三昧
若於財施爲大主　無有憍慢嫉妬心
行一切施常踊躍　若能如是得三昧
又於法施爲上導　善解微妙修多羅
能知甚深寂滅法　若能如是得三昧
安住甚深諸法中　善能堪忍無嫉妬
雖被撾罵無惱恨　若能如是得三昧
或時聞說此經典　書寫讀誦巧廣說

唯爲法住利世間　若能如是得三昧
於諸法中不祕悋　不求利養及名聞
但爲紹隆諸佛種　若能如是證三昧
遠離睡眠與衰惱　除斷嫉妬及蓋纏
不自稱讚輕毀他　能滅我相得三昧
正信諸佛及法僧　常行誠心無欺誑
不忘一切諸恩報　彼證三昧無艱難
若能眞說無妄言　凡有所行亦不失
所作雖微獲報廣　彼於證法無障礙
若人有能具斯法　清淨持戒諸有恩
彼得菩提尚不難　何況甚深微妙定

授記品第十一

爾時世尊告賢護菩薩言賢護我念往昔過於無量阿僧祇復過無量阿僧祇劫初於然燈佛世尊所聞此三昧聞已即證如斯三昧見諸如來常現在前從是已來經於無量阿僧祇諸世尊所皆受是經修行供養彼佛世尊授我記曰摩納汝於來世當得作佛號釋迦牟尼如來應供等正覺明行足善逝世間解無上士調御丈夫天人師佛世尊賢護汝輩亦當專精一心思惟修習如斯聖法非是凡夫所見境界甚深寂靜衆相滅處如是學已未來自然成就阿耨多羅三藐三菩提無有艱難如我不異汝等當知若有安住是三昧者自然當得近大菩提爾時世尊爲重明此義以偈頌曰

我昔遇彼然燈佛　見已即得三摩提
從是常覩諸如來　具足功德大名稱
汝但多集諸功德　一心專念即得成
若人能行此法中　當得無上菩提道

甚深品第十二

爾時賢護菩薩復白佛言世尊云何思惟如是三昧佛言賢護若有善男子善女人念欲思惟此三昧者觀彼色時不應取著於彼聲中不應取著於彼香中不應取著於彼味中不應取著於彼觸中不應取著於諸法中不應取著於諸生中不應取著於一切處不應取著於是法中當起眞實大慈行也是中何等名爲三昧所謂於一切法中如法行故若諸菩薩觀念處時當應如是觀察身行終不分別見身行處觀察受行亦不分別見受行處觀察心行亦不分別見心行處觀察法行亦不分別見法行處菩薩當應如是觀察思惟三昧何以故賢護彼菩薩觀身行時於身不起思惟分別觀受行時於受不起思惟分別觀心行時於心不起思惟分別也觀法行時於法不起思惟分別故所以者何一切法不可得故如是諸法旣不可得云何當有分別思惟賢護是故一切法無有分別無分別者無有思惟無思惟者當知彼中無法可見賢護無可見故便爲無礙一切法中無障礙故即是菩薩現前三昧菩薩成就是三昧故即得覩見無量無數過阿僧祇諸佛世尊并所宣說皆悉聽聞聞彼法已咸能受持彼諸如來應等正覺所有一切無礙解脫解脫知見亦即能得彼無礙智復次賢護菩薩觀察四念處時無法可見無聲可聞無見聞故則無有法可得分別亦無有法可得思惟而亦復非瞽盲聾類但是諸法無可見故是故觀時不生住著而見諸道思惟道故即於諸法

無有疑網無疑網故見佛如來見如來故永離迷謬無迷謬故知一切法終無可見何以故菩薩若有如斯見者則取彼見取彼見故則取法相取法相故則取事業取事業故則見衆生見衆生故則見壽命見壽命故則見富伽羅見富伽羅故則見諸陰見諸陰故則見諸入見諸入故則見諸界見諸界故則見諸相見諸相故則見諸物見諸物故則見彼因見彼因故則復見緣以見緣故則便求取以求取故則有有生何以故賢護一切諸法終不可取無可取故菩薩於彼一切諸法不思不念不見不聞賢護終不如諸外道若外道弟子取著富伽羅及以我見也賢護菩薩終不作如是見云何見菩薩見者如如來見終不退轉菩薩見如辟支佛見如阿羅漢見

菩薩當應作如斯見如斯見故不憶不念不見不聞以不憶念及見聞故滅諸妄想即得思惟如斯三昧也復次賢護譬如虛空本無形色不可覩見無有障礙無所依止無有住處清淨無染亦無垢濁諸菩薩輩見一切法亦復如是所謂於彼有爲無爲一切法中無有障礙乃至亦無處所以眼清淨無障礙故一切諸法自然現前彼所菩薩如是念時即見諸佛其所莊嚴狀如金輦具足威儀如百千光炎赫斯照如秋滿月衆星圍遶如轉輪王軍衆熾盛如天帝釋四輔中尊如大梵王處彼天座如師子王威伏衆獸如鮮白鵠處空而飛如須彌山王安住大海如大雪山出諸良藥如鐵圍山攝持猛風如彼水界住持大地如大風輪淨虛空界如須彌頂壯麗天

宮如是賢護彼諸如來應等正覺以智德光照明一切三千大千諸佛世界其事若此賢護彼諸菩薩於正觀中復如斯念而諸如來有所宣說我昔聽聞聞已讀誦受持修行如是念已從三昧起如彼定中所聞諸法思惟其義爲他宣說賢護當知是三昧王爲諸菩薩作斯利益能與如是諸功德聚所謂世間出世間一切諸法也賢護是故若彼善男子善女人隨欲求證無上菩提當應聽聞如是三昧聞已書寫讀誦受持修習思惟廣爲他說令是妙法流布世間爾時世尊爲重明此義以偈頌曰

諸佛清淨離塵垢　功德深廣無所依
鐘鼓鏗鏘衆妙音　萬種咸備修供養
布散諸種超世香　精異華鬘上寶蓋
然燈供養衆塔廟　所爲求此三摩提
佛法甚深難可見　開示世諦令人知
彼如自性初不遷　汝當隨順智無礙
猶日月天初出時　帝釋佐天三十二
衆具莊嚴寶周普　求彼三昧亦復然
譬如梵天處梵衆　威儀寂靜功德圓
勇猛精進不可稱　彼求三昧亦如是
又如醫王處世間　給施病者衆妙藥
隨順諸佛清淨心　初未曾離本空性
譬如雪山諸山王　暐曄同於轉輪帝
亦如寶輦妙莊嚴　彼見諸佛衆相滿
又猶鵠王繞明白　處空自在無礙遊
如是諸佛金色身　世尊真子如斯念
無垢三昧淨智燈　能破大冥諸黑暗
彼除一切衆物想　念諸佛智無礙光

諸垢消滅無瞋毒　無明清淨妙智人
若能觀是無自他　彼終無有諸色相
無疑惑中淨智生　悉能斷斯諸有見
亦已滅亡陰界想　聞法除惱得清凉
比丘當知諸佛子　及以清淨比丘尼
彼優婆塞優婆夷　若能念此得三昧

大方等大集賢護經卷第四

音釋

甖烏莖切瓦器也　豺士皆切狼屬　嬈而沼切亂也　隘烏懈切陿也
滌徒歷切蕩也　捶之累切擊也　撾陟瓜切打也　瞽公戶切目有眹而無明曰瞽　鵠胡沃切鳥名　鏗鏘鏗口莖切鏘七羊切鏗鏘金玉聲也
暐曄暐于鬼切曄域輒切暐曄光明盛貌

大方等大集賢護經卷第五

隋天竺三藏闍那崛多及笈多等譯

現前三昧中十法八法品第十三

爾時世尊復告賢護菩薩言賢護若有比丘樂欲修習此三昧者先當思惟彼無相想旣思惟已我慢不生賢護除慢高已心意泰然遠離衆相爾時即應爲他宣說如是三昧不應起諍是中云何名爲諍也所謂妄想誹毁即謗於空名爲諍也賢護是故彼比丘以無諍故當能修學爲他宣說此三昧也賢護有諸善男子善女人若欲修學爲他解釋此三昧者應當具足成就十法然後爲他解斯三昧何等爲十所謂一者彼諸善男子善女人先摧我慢起恭敬心二者知恩不忘心常念報三者心無倚著亦無嫉妬四者除斷疑惑及諸障礙五者深信不壞繫念思惟六者精進勤求經行無倦七者常行乞食不受別請八者少欲知足調伏諸根九者正信甚深無生法忍十者常念誰所有是三昧即於彼師生諸佛想然後修習如是三昧賢護是爲彼善男子善女人具是如上十種法已應當修習如是三昧亦令他人受持讀誦如是行者當得八事何等爲八一者畢竟清淨於諸禁戒無毁犯故二者知見清淨智慧和合不與餘相應故三者智慧清淨更不復受諸後有故四者施與清淨不顧一切諸行果報故五者多聞清淨旣聞法已畢竟不忘故六者精進清淨於一切時求佛菩提故七者遠離清淨於一切名利不染著故八者不退清淨當得阿耨多羅三藐三菩提初不動搖故賢護

是爲彼善男子善女人所獲八法也爾時世尊爲重明此義以說偈曰

智人不起有相想　亦當除慢及我心
於深忍中無取著　彼能速宣此三昧
空中本來滅諍根　涅槃無相大寂定
於佛無嫌不謗法　彼能速宣此三昧
智者不興妬嫉意　念佛知恩及法僧
所生降伏無遷移　如是寂靜持三昧
無有嫉妬亦無疑　思惟深法眞實信
精進不懈離諸欲　彼能如是得三昧
常行比丘乞食法　捨諸別請況求財
斷除垢染證眞如　彼能如是得三昧
誰能有此三摩提　我應聽受廣流布
於教師所起佛想　彼能如是得三昧
若人修行此三昧　當具功德超世間
彼應速受八種法　稱諸佛心淨無垢
持戒清淨無有邊　三昧菩提及勝見
彼能清淨諸有中　住以最妙功德聚
智慧清淨不受有　布施離垢入無爲
得彼多聞未曾忘　其爲智人功德藏
勇猛精進得菩提　於世名利不貪染
若諸智者善行此　彼入無上深妙禪

不共功德品第十四

爾時世尊復告賢護菩薩摩訶薩言賢護彼諸菩薩摩訶薩復當成就十八不共法何等名爲不共法也所謂如來初成阿耨多羅三藐三菩提乃至般涅槃於其中間如來所有三業智慧爲首一切身業隨智慧行一切口業隨智慧行一切意業隨智慧行又諸如來知見過去無有障礙知見未來無有障礙知

見現在無有障礙又諸如來所爲無有錯謬言無漏失意無妄念無別異想常在三昧無不知已捨又諸如來意欲無減精進無減禪定無減智慧無減解脱無減解脱知見無減賢護是爲如來十八不共法彼菩薩摩訶薩當應修習具足成滿復次賢護若菩薩摩訶薩成就具足甚深難見攝受正法即欲宣説是三昧者應當更受十種勝法何等爲十所謂如來十力云何十力賢護是中如來是處非處力者如來於諸處非處事能以正智如實知故賢護如是處非處事如來能以正智如實知者此則如來處非處力如來得此力已知眞實處於大衆中作師子吼轉大梵輪昔所未轉若有沙門婆羅門若天若梵若魔若人一切世間終無有能如是轉者賢護是爲如來第一智力菩薩摩訶薩應當修學具足成滿復次賢護是中如來一切至處道力者如來於一切處道差別皆以正智如實知故賢護如是一切至處道事如來能以正智如實知者此則如來至處道力也如來得此力已知眞實處於大衆中作師子吼轉大梵輪昔所未轉若諸世間沙門婆羅門若天若梵若魔若人終無有能如是轉者賢護是爲如來第二智力菩薩摩訶薩應當修學具足成滿復次賢護是中如來世間種種界力者如來於世間種種界無量差別能以正智如實知故賢護如是世間種種界事如來皆以正智如實知者此則如來世間界力也如來得此力已知眞實處於大衆中作師子吼轉大梵輪昔所未轉若諸世間沙門婆羅門若

天若梵若魔若人終無有能如斯轉者賢護是爲如來第三智力菩薩摩訶薩應當修學具足成滿復次賢護是中如來心行力者如來於諸衆生種種心行無量差別皆以正智如實知故賢護如是衆生種種心行無量差別如來能以正智如實知者此則如來知心行力也如來得此力已知真實處於大衆中作師子吼轉大梵輪昔所未轉若諸世間沙門婆羅門若天若梵若魔若人終無有能如是轉者賢護是爲如來第四智力菩薩摩訶薩應當修學具足成滿復次賢護如來知衆生諸根差別力者如來於衆生諸根種種差別皆以正智如實知故賢護如是衆生諸根種種差別如來皆以正智如實知者是則如來諸根差別力也如來得此力已知真實處於大衆中作師子吼轉大梵輪昔所未轉若諸世間沙門婆羅門若天若梵若魔若人終無有能如是轉者賢護是爲如來第五智力菩薩摩訶薩應當修學具足成滿復次賢護是中如來禪定力者如來於一切禪定解脫三昧生起煩惱及以滅除斯以正智如實知故賢護如是一切禪定解脫三摩跋提生起煩惱乃至清淨如來皆以正智如實知者是則如來禪定力也如來得此力已知真正處於大衆中作師子吼轉大梵輪先所未轉若彼世間沙門婆羅門若天若梵若魔若人終無有能如是轉者賢護是爲如來第六智力菩薩摩訶薩應當修學具足成滿復次賢護如來業力者如來於彼一切諸業種種差別及彼未來和合得報亦無量差別如來斯以

正智如實知故賢護如是諸業種種差別未來得果亦復差別如來皆以正智如實知者斯則如來知業力也如來得已知真實處於大衆中作師子吼轉大梵輪先所未轉若彼世間若沙門婆羅門若天若梵若魔若人終無有能如斯轉者賢護是爲如來第七業力菩薩摩訶薩應當修學具足成滿復次賢護如來天眼力者如來常以清淨天眼過於人眼見彼未來諸衆生輩死此生彼其所受身或美或醜或善或惡所得諸色或好或惡或妙或麤或生善道或生惡趣又見衆生所作諸業或善或惡有諸衆生具身惡業具口惡業具意惡業訶罵聖人誹謗正法壞和合僧具足如是諸惡業故身壞命終生於惡道又諸衆生具身善業具口善業具意善業恭敬聖人尊重正法供養衆僧具行如是諸善業故命終得生人天善趣如是等事皆如實知賢護如來以淨天眼見諸衆生死此生彼乃至命終生於天上是則如來生死智力得是力已知真實處於大衆中作師子吼轉大梵輪昔所未轉若彼世間若沙門婆羅門若天若梵若魔若人終無有能若斯轉者賢護是爲如來第八智力菩薩摩訶薩應當修學具足成滿復次賢護如來宿命智力者如來能以諸宿命智知於過去諸宿命事所記衆生生此死彼或於一處初受一生或二或三或五或十或百或千乃至或受無量百生無量千生無量百千生如是乃至無量轉劫無量定劫無量轉不轉劫等皆如實知又於彼所生趣如是處如是家如是種姓如是名字如

是相貌如是生中如是服食如是所作如是善惡如是憂喜如是苦樂乃至若干壽命等亦如實知又於其處捨彼身已復生某處如是身相如是所說如是所經乃至壽命諸過去事皆悉知故賢護如來能以種種無量諸宿命智知彼衆生宿命所經始自一生及無量生乃至壽命諸過去事如實知者是則如來宿命智力也得是力已處大衆中作師子吼轉大梵輪昔所未轉若彼世間沙門婆羅門若天若梵若魔若人終無有能若斯轉者賢護是爲如來第九智力菩薩摩訶薩應當修學具足成滿復次賢護如來漏盡力者如來能盡一切諸有無復諸漏心慧解脱自覺法已是故唱言我生已盡梵行已立所作已辦不受後有賢護如來如是能盡諸漏心慧明脫自證知故故言我生已盡乃至不受後有如實知者是則如來漏盡智力也如來得已處大衆中作師子吼轉大梵輪昔所未轉若彼世間沙門婆羅門若天若梵若魔若人終無有能若斯轉者賢護是爲如來第十智力菩薩摩訶薩當應修學具足成滿賢護若諸菩薩摩訶薩讀誦受持思惟修習是三昧者則能攝受如來十力也爾時世尊爲重明此義以偈頌曰

十八不共等覺法　十力明智諸佛同
菩薩修習此妙禪　自然成就斯二種

隨喜功德品第十五

爾時世尊復告賢護菩薩言賢護若菩薩摩訶薩具足成就四隨喜故即當得斯現前三昧速疾成滿阿耨多羅三藐三菩提何等名

爲四種隨喜也所謂彼菩薩摩訶薩應作如是念如彼過去一切諸如來應供等正覺各於往昔行菩薩時皆因隨喜得是三昧因三昧故具足多聞由多聞故速疾成就阿耨多羅三藐三菩提如我今日亦應如是依因隨喜得是三昧因三昧故具足多聞由多聞故速得成就無上菩提賢護是爲菩薩摩訶薩第一隨喜功德聚也賢護彼菩薩摩訶薩復應如是念如彼當來一切諸如來應供等正覺行菩薩時皆因隨喜得是三昧因此三昧故具足多聞由多聞故速疾成就阿耨多羅三藐三菩提如我今日亦應如是當因隨喜得是三昧歸憑三昧求滿多聞由多聞故速疾成彼無上菩提賢護是爲菩薩摩訶薩第二隨喜功德聚也賢護是菩薩摩訶薩復應如是念而今現在無量無邊阿僧祇諸世界中一切諸如來應供等正覺各於往昔行菩薩時亦因隨喜得是三昧因是三昧具足多聞由多聞故現皆得成無上菩提然我今日亦應隨喜乃至爲欲速成無上菩提故賢護是爲菩薩第三隨喜功德聚也復次賢護彼菩薩摩訶薩復應如是念我今已得仰學三世一切諸如來本於過去行菩薩時皆因隨喜得是三昧皆因三昧具足多聞皆由多聞而得成佛今我以此隨喜功德願與一切衆生共之同生隨喜同獲三昧同具多聞同悉成就阿耨多羅三藐三菩提賢護是爲菩薩摩訶薩第四隨喜功德聚也復次賢護而彼菩薩既得成就如是隨喜如是三昧如是多聞如是速疾成就菩提以是功德悉與衆生

共同回向阿耨多羅三藐三菩提如是功德難可稱量我今爲汝略開少分汝宜諦聽善思念之賢護譬如有人定壽百歲身輕氣猛行駿若飛是人生便即能行一世界先行東方盡世界邊如是次第行於南西北四維上下周旋十方窮極地際賢護於意云何假使有人聰明出世善通算術能計是人所行地界道路近遠長短耶賢護白言不也又能稱量耶不也又能觀察耶不也亦能思惟耶不也世尊賢護且置初行即使是人滿足百年速疾往返徧至十方無量世界彼明算人復能知不賢護報言不也世尊彼明算人尚不能知初時所行地界近遠云何能計是人一世盡力飛行周徧十方無數世界道路由旬其數多少若欲的知惟獨世尊及大弟子舍利弗與彼不退諸大菩薩等乃能知耳佛告賢護如是如是我今語汝若有善男子善女人起信敬心於彼風行壯人所經世界盛滿珍寶持用奉獻十方諸佛其所獲福雖曰極多然尚不如隨喜三昧功德少分何以故賢護由彼菩薩摩訶薩修此三昧具足如上四大隨喜回向阿耨多羅三藐三菩提爲求多聞成正覺故賢護以是因緣持此施福望前隨喜所獲功德百分不及一千分不及一百千萬分不及一億百千分不及一乃至算數譬喻所不能及賢護汝今當知諸菩薩等隨喜回向所得功德是故我今更爲汝說菩薩隨喜功德少分汝宜諦聽也賢護我念往昔過去無量無邊阿僧祇劫爾時有佛號師子意如來應供等正覺明行足善逝世間解無

上士調御丈夫天人師佛世尊出現於世賢護時此世界閻浮提中人民熾盛多饒財寶豐樂安隱甚可愛樂賢護爾時此閻浮提其地弘廣具足一萬八千由旬其間城都聚落乃有一萬八千一切皆以七寶所成其城縱廣十二由旬於諸城內城外皆有九十億民家賢護爾時大城名曰賢作城中居民有六十億彼城即是師子意如來現生處也賢護爾時師子意如來初會說法有九十億人證阿羅漢果過七日已於第二會復有九十億人得阿羅漢果過第二會第三會中復有九十億人得阿羅漢果過三會已復有九十億人咸從他方而來大集悉是清淨諸菩薩衆自後彼佛恒有無量阿僧祇諸聲聞衆賢護爾時人民行十善業如彼未來彌勒佛世教諸衆生具足成就十種業行爾時人壽八萬四千如彌勒時人壽無異賢護時彼大城有轉輪王名曰勝遊如法治世具足七寶所謂金輪寶象寶馬寶摩尼寶女寶長者寶主兵寶是爲七寶滿足千子身相端嚴成就威雄降伏怨敵彼王所統盡世界邊不用刀兵亦無威迫無所稅斂衆具自然時勝遊王詣師子意如來應供等正覺所頂禮尊足然後退坐爾時師子意如來知勝遊王渴仰心已即爲廣宣現前三昧彼王既聞如是三昧深自慶幸發隨喜心以一把寶奉散佛上彼王緣此隨喜善根命終之後還生閻浮爲彼王子名曰梵德復紹王位如法治化彼佛滅後於正法中有一比丘其名曰寶聰明精進常爲四衆宣揚廣說如是經典賢護爾時彼梵德

王於比丘所聞三昧已得深淨信起隨喜心持上妙衣價直百千覆比丘上賢護又梵德王從比丘所聞三昧已即發阿耨多羅三藐三菩提心爲愛法故捨家出家剃除鬚髮披服袈裟是時亦有百千人衆成就信心即隨彼王法服出家亦爲如是三昧經故時彼梵德比丘與彼百千諸比丘衆經八千歲供養承事彼寶比丘無有疲倦終不能得如是三昧惟除一聞聞已隨喜具以四種隨喜功德回向阿耨多羅三藐三菩提如初隨喜如是廣行然彼梵德比丘及百千衆緣此善根尋得值遇六萬八千諸佛世尊凡所生處常得爲衆須宣廣說如是三昧彼王比丘因彼善根復更值遇六萬八千億數諸佛如是次第種諸善根得此三昧具足圓滿助菩提法已

尋得成就阿耨多羅三藐三菩提號曰堅固精進如來應供等正覺明行足善逝世間解無上士調御丈夫天人師佛世尊而彼百千諸比丘衆得此三昧亦能成就助道法故皆已成於阿耨多羅三藐三菩提名曰堅勇如來應供等正覺復令無量百千衆生住於阿耨多羅三藐三菩提賢護彼但耳聞尚獲如是何況菩薩聞受三昧讀誦憶持爲他廣説復勤思行而不得也賢護以此義故諸菩薩等聞是三昧誰不隨喜誰不讀誦誰不受持誰不修習誰不廣說何以故賢護以彼菩薩聞是三昧即得成熟助道法等速疾成於阿耨多羅三藐三菩提故賢護以是因緣吾今語汝若人正信淨心欲求阿耨多羅三藐三菩提者要先至心求此三昧菩薩若聞百由

旬內有此甚深三昧經者菩薩即應躬自往詣聽是經典聞已即應讀誦受持修習思惟爲他廣說賢護且置百由旬內當往聽受又彼菩薩若聞二百由旬三百四百五百乃至千由旬內有是三昧在集都城某聚落所菩薩即應躬往聽受習誦受持何以故賢護以是菩薩清淨信心爲求成就阿耨多羅三藐三菩提故是故菩薩不應起懈怠心生懶惰心起散亂心當更發精進心發猛利心應當爲是三昧速至千由旬所乃至但得聞是三昧何況讀誦受持思惟解說何以故賢護以是三昧能攝一切助道法故復次賢護是中若有菩薩以純淨心爲求菩提應當往詣千由旬所爲聽如是三昧法時菩薩應當承事供養彼說法師一切衆具悉皆奉上常當隨逐法師而行或時一年或復二年或十二十或經百年乃至盡壽隨逐法師不得捨離乃至但求聞是三昧何況能得讀誦受持思惟義理爲他解釋如是菩薩隨法師時當捨自心諸所爲事常當隨順彼阿闍梨法師意行謹心承事不得違教起尊敬心及重愛心除捨一切無愛敬事於法師所發善知識想乃至當起如諸佛心賢護彼菩薩於是法師阿闍梨所能生如是敬愛心已若當不得讀誦受持思惟廣說乃至聽聞是三昧者終無是事惟除往昔誹謗如是甚深經典業時已熟定墮惡道業不淨耳復次賢護假彼菩薩或欲須離彼法師者常當知恩常當念恩常當報恩何以故賢護以是法師宣講因緣令斯經典久住不沒復次賢護若有菩薩爲是三

昧尚當應往千由旬處況復隨近城都國邑聚落空處或山野中而當不往聽受讀誦思惟義理爲他廣說也復次賢護我今語汝若有菩薩爲三昧故即能往至千由旬所乃至不得聞是三昧而彼菩薩雖復不得聞是三昧於是法中念求善根當發精進莫即懈惰汝應當知如是之人則爲已得不退轉於阿耨多羅三藐三菩提何況聽聞受持讀誦思惟修習爲他廣宣賢護汝今當觀彼菩薩輩聞此三昧已而能受持思惟修行即得爾許大功德聚乃至求已不能得聞亦當具足幾大善根若聞不聞皆爲已住不退轉地畢竟成就阿耨多羅三藐三菩提何況聞已讀誦受持思惟修習廣爲他說亦令多人聞已誦持修習思惟熾然流布也爾時世尊爲重明此義以偈頌曰

我念過去有如來　號師子意人中天
彼時有王爲衆首　親往詣佛求三昧
時大智王得聞已　歡喜徧滿不可宣
以手持寶奉散之　供養人尊師子意
內心思惟發是言　我今歸依無上覺
爲諸世間作饒益　唯願善說三摩提
時王興建此業已　捨身還生於彼宮
尋得值遇寶比丘　大德名聞滿十方
彼聞比丘善說時　心生歡喜無稱量
即以勝妙衆寶服　蓋彼比丘爲菩提
復與數千衆出家　供養承事彼比丘
經歷滿於八千歲　爲求如是三昧故
彼惟一說不再宣　聞受深妙如大海
爾時心智都無倦　求此如實勝寂禪

彼輩如是修行已　値遇諸佛大威雄
具滿六萬有八千　其聞亦聞此三昧
餘世供養復承事　六萬八千億世尊
所聞深妙悉隨喜　斯由師子如來故
彼王如是具修行　終得成佛號堅勇
教化衆生無量數　所在生死皆遠塵
從王出家數千衆　亦同得佛名堅勇
德聲徧滿於十方　聞三昧名證大覺
何況復能爲他說　不染著彼諸世界
當更廣顯妙思惟　若斯三昧諸佛演
若知三昧百由旬　爲求菩提詣彼聽
於言教中莫辭倦　聞者功德不可量
若至於彼不得聞　尚獲若干諸福聚
何況聞已思說者　唯當速求此三昧
當念彼具梵德人　親近承事勿生猒
誰比丘所有此經　即當詣彼修供養

覺寤品第十六

爾時世尊復告賢護菩薩言賢護我念往昔過多無量阿僧祇劫有佛出世名薩遮那摩如來應供等正覺十號具足時有比丘名曰和輪於佛滅後稱揚廣說是三昧經我於爾時爲大國王一心專求是妙三昧即於夢中聞有告言是三昧處旣覺寤已遂便躬詣比丘師所求是三昧因請法師剃髮出家爲求聽受是三昧故躬用承事和輪法師備經三萬有六千歲天魔障蔽竟不得聞時佛復告諸比丘比丘尼優婆塞優婆夷言我今語汝汝等當應急疾聽受是三昧王無得奢遲亦無忘失善承事師無令失所求是三昧以得爲期若經一劫乃至百千不生懈心無不得

也賢護若人一心求是三昧常隨逐師不得遠離當設供養所謂湯藥飲食衣服牀敷種種衆具及以一切金銀珍寶凡是資用盡奉於師無所愛惜如其自無乞求而與趣得三昧勿生猒心賢護且置如斯尋常供具夫求法者師若有須乃至應當自割其身肌膚股體供奉於師師若須命尚無愛惜況餘外物而不奉師賢護其求法者承事法師將護隨順其事若此又承事師如奴隨主如臣事君事師亦爾斯人如是疾得三昧得三昧已當念憶持常念師恩恒思報答賢護是三昧寶不易可聞正使有人過百千劫但求聞名尚不得聞何況聞已書寫誦持轉復爲他分別說也賢護假使恒河沙數諸佛世界盛滿珍寶持以行檀其福雖多猶亦不如聞此經名

爾時世尊爲重明此義以偈頌曰

我念過去無量時　具足數滿六萬歲
常隨法師不暫捨　初不聞是三昧名
有佛厥號爲至誠　時彼比丘名和輪
其於世尊滅度後　比丘廣說是三昧
我時爲彼天下王　夢中聞告三昧處
和輪比丘常宣轉　王當聽受是妙經
從夢寤已即推求　躬詣比丘請三昧
遂捨王位而出家　恭敬供養不暫休
經歷三萬六千年　但願後逢彼宣流
常爲天魔來固擾　終竟未果一聽聞
是故比丘比丘尼　諸優婆塞優婆夷
吾故誡汝此誠言　汝當趣持是三昧
其欲敬承彼法師　若經一劫及多劫
備奉藥湯諸妙膳　求聞如是三昧經

又辦億數衆衣服　牀敷燈燭及諸珍
精勤如是不覺疲　爲聽如是妙三昧
比丘自無當乞奉　乃至身命無悋惜
何況餘物有惜心　如是求者得三昧
受恩常念思報恩　智人聞已應廣說
億那由劫專精求　斯妙三昧爾乃聞
假使恒沙諸世界　盛滿珍寶用行檀
能於是中說一偈　此人功德過於彼
正言宣說一偈者　過於諸劫那由他
何況聞已能廣傳　斯人功德不可說
若人樂行於菩提　當爲一切求是法
必能正覺無上道　聞已安住斯定中

囑累品第十七

爾時世尊告賢護等菩薩言賢護是故彼善男子有淨信者常當精勤聽此三昧既聞受已讀誦總持思惟其義廣爲世間分別演說宜善書寫安置藏中所以者何賢護於我滅後當來之世有諸菩薩摩訶薩輩淨信心者爲衆生故當求多聞求多聞故當詣諸方聽受正法賢護是故彼諸善男子有欲樂者具足信心者攝受正法者愛樂正法者總持修多羅者爲如是等廣宣說故以如來力加持故書寫如是大乘經典以如來印印封之已然後安置於匣藏中賢護是中何等爲如來印所謂一切諸行無造無作無造作者未曾有無爲無相無想無依無攝無取無住一切諸行盡苦因盡有盡一切煩惱盡無生無滅無道無道果一切諸聖無有覆藏愚癡所毀智者所稱巧者能受如來世尊說此經時無量衆生皆於阿耨多羅三藐三菩提種諸善根

恒河沙等諸佛世界有無量阿僧祇諸菩薩摩訶薩衆皆從本國發來至此咸爲聽受是三昧者彼輩皆得不退轉於阿耨多羅三藐三菩提此三千大千世界一切大地六種震動所謂動大動等徧動踊大踊等徧踊起大起等徧起震大震等徧震吼大吼等徧吼覺大覺等徧覺乃至邊踊中没中踊邊没時此世界如是大動爾時世尊告尊者摩訶迦葉尊者舍利弗尊者目揵連尊者阿難及賢護菩薩寶德離車子商主長者星德長者子偉德摩納水天長者等五百人衆并餘諸天世人四部衆等言迦葉我今以是三大阿僧祇劫修成阿耨多羅三藐三菩提法付囑汝等如是等義一切世間所不能信何以故如來所說修多羅最勝微妙第一甚深於當來世能與一切衆生阿耨多羅三藐三菩提是故我今慇懃囑汝汝當聽受汝當讀誦汝當憶持汝當思惟汝當修行汝當開發汝當廣宣汝當解釋汝當盡善汝當流布勿令斷絶復次阿難若有諸善男子善女人念欲修習此三昧經者欲讀誦者欲受持者欲思惟者欲開示者欲廣說者當應令他生正信故令他讀誦故令他受持故令他思惟故令他開示故令他廣說故我今爲彼安住大乘諸善男子善女人輩廣開發已當如是學當當念我如斯教勑爾時世尊說是經已尊者摩訶迦葉舍利弗大目揵連阿難自餘一切諸大聲聞及彼賢護寶德善商主星德偉德水天長者等五百優婆塞衆及彼從十方他佛國土諸來菩薩摩訶薩衆乃至一切天龍鬼神人

非人等彼聞如來說皆大歡喜奉教修行

大方等大集賢護經卷第五

音釋

跋（北末切）縱廣（縱，即容切；廣，古曠切；南北曰縱，東西曰廣）股（公戶切，髀也）匣（胡夾切）偉（于鬼切）

拔陂菩薩經

開元錄云亦名拔陂經
僧祐錄云安公古典經

後漢月支三藏支婁迦讖譯

清刻龍藏佛說法變相圖

拔陂菩薩經 開元録云亦名拔陂經 僧祐録云安公古典經

後漢月支三藏支婁迦讖譯

聞如是佛在羅閱祇竹園多鳥樹下與衆弟子五百比丘俱皆是阿羅漢所著盡無餘結所作滿所求具皆已下重擔悉至所願已斷於故胎從政化度皆悉度八禪除一凡比丘爾時拔陂菩薩與五百菩薩俱皆白衣身受五戒皆從如來欲受正法拔陂菩薩便起前到佛所爲佛作禮坐一面諸菩薩及諸比丘悉以頭面禮佛皆坐一面佛爾時便取神足定意使諸比丘在他郡國者皆來會是竹園悉爲佛作禮爾時過十餘萬衆比丘皆來會竹園佛復取神足定意使大德比丘尼等從三萬餘比丘尼皆來會竹園爲佛作禮悉坐一面佛復取神足定意使羅檀迦簍菩薩從

惟舍大國及迦休頭菩薩從占波大國及那達頭菩薩從波羅奈大國及須深無菩薩從迦惟羅衛大國及大導衆菩薩及給孤獨迦羅越從舍衛大國及尊達菩薩從拘還大國及謾論調菩薩從沙號大國各從二萬八千人皆會竹園悉以頭面禮佛足悉坐一面爾時阿闍世王與過十萬衆人俱來到佛所皆以頭面禮佛悉坐一面爾時第一四天王及忉利天王及梵天王與無央數天衆悉來到佛所爲佛作禮悉坐一面及諸徧淨天無央數衆悉來到佛所作禮皆住一面及四阿須倫王從無央數阿須倫衆皆來到佛所作禮竟悉住一面及難頭和難龍王及沙迦羅龍王及摩奈師龍王及阿耨達龍王及伊羅鉢龍王共與無央數衆龍俱來到佛所作禮竟悉住一面爾時是三千日月間無有空無人者皆大神妙天龍神及人非人從下并梵天拔陂菩薩便起坐正衣服右膝著地向佛叉手便言今欲有所問願佛演解我所難佛因言拔陂恣意所問如來今我悉能解汝所問知汝意生滅形像拔陂菩薩便言云何得菩薩定意所聞如海多藏所聞無有餘疑不忘生念亦不退亦不懈惰於無上之道至德正覺爲佛轉生不落無法處常識所從來生未嘗離本願見如來至便臥夢亦不離正得形常端正可愛見者喜生於豪貴家常持堅强意自裹所學疾所知不忘廣計慮意堅恩慙羞具了理奇可多行慈常有黙覺所對多威神常精進不中悔傳敎義常入法常入止常入觀常入禪常入定空不入相無形地法不

恐不懼常樂説法常樂受法意所願生不復違其本願本德多力本意多力本因緣强五根强所作常强呵止惡常强所觀常强於解所願常强難勝量譬如海譬如月自具淨滿譬如日稍盡陰冥譬如火能現色譬如虛空難可塗汙無所著意已空譬如明珠悉達正法譬如石安住不動譬如根難摇動譬如象及獳耎其意無所痟譬如飛鳥意以低伏譬如乞兒不起樂在縣國樂山谷譬如麋鹿亦猴猿不親愛欲人亦有學者常導衆復牽衆無瞋恚在諸人不復化悉諸魔隨次解度諸法無教導自意解於覺法在禪堅不緣邪有大慈力難可嬈所念常深不離正行無能計其所得所念得聞法數依墮淚所忌常大一切具佛所行思願衆來欲採無數善念願取

海清淨信增願淨潔妬嫉瞋恚斷常願明在一切知至光内歡喜行願以斷不信忌為黠所灑滿無數天願行一切莊飾世斷綺可便淨好行戒淨具爲能斷弟子因緣覺地心所求願堅不轉所作竟成所求常無造於天人道善法行不猒事悉於菩薩成滿具度不憂喜一切於異學不傾邪一切敬樂諸佛悉見法光耀無能化壞常悉會面於諸佛譬如作幻人一切法非我有譬如化人未來於後法譬如夢人過去當來現在事譬如有光一切世悉見身如雙日亦不行亦無所止因緣法譬如景於生死以住無胎已斷胎想過不取法行遠棄已憂法器菩薩意已無數一切於世一切無能轉不墮次近無所著一切佛國界已度符節門一切足解散善法自上如法

器一切於諸佛一切爲如來所拜以佛神住衣毛不動能力如師子獨吼常見敬一切能飽滿世衆不亂誤一切爲諸佛所持知如時覺行化棄所疑無彼受法一切三世無不照知一切黠慧說無窮常行慈以得哀不留事說經明不慧棄住悉於諸人不兩隨身意同生直心爲世眼三界明悉三界無能輕易者行非我世所有展轉止行不求衆樂獨行信憶誠信法不取不棄一切知演教彼勸人住大學門已至無恐怖善說如來正法一切卷句常行求見者莫不喜悉衆所從大樂得喜在如來足下斷連當樂善說一切佛法樂行問不仇意著於行於衆止所受恐怖斷起力言行一切度轉常直取所住不動一切贏彼助說法坐師子座數數有悉諸佛所知一切在世無所墮悉說行在入知常尊法悉依諸佛行常願法不倦解待愚如來善交無處所行在十方世常好行一切爲人棄罪成福黙爲日增已得入法門譬如天法身無形故常擊內人爲菩薩一切不斷諸佛諸行不住止欲具菩薩乘已被人鎧雖多怨疾欲勝一切於佛數數願如來十種力地一切想去已爲知悉了工校計知世聚散一切行入生死棄無所住亦不亂已度於法海爲藏貴寶徧行於世一切已遠世已習行大變化佛力足致無比聚一意願見諸佛棄不用一切世所生生異界如來有住在者正覺無所著遥見佛及其國界聞其法見其比丘僧亦不五達亦不六達菩薩亦不從是世致彼聽視猶故住是世耳遥見正覺亦聞明法亦悉受行譬如

令面受奉行令正等使吾無疑亦使如是諸菩薩無懈怠常面見佛善聽法至夢傾意不爲邪佛便謂拔陂菩薩言善哉善哉拔陂是爲哀衆辭求衆之安愍念三世見義見樂見安於人天能如以是義問如來先亦自有德於過去佛已施衆善福已待遇衆佛坐法義座願法無所願援奉受梵行少欲約可於無食喜具戒起諸菩薩常勸成菩薩常願尊善薩常願善薩意大願善薩盛願菩薩得其所求常慈有大依一切等心於人制意度無極見佛常廣理如來語求佛意譬如和夷鐵無稱量悉人意所常善知覺於面行是汝德拔陂吾已意具知雖爾者有現在佛定名爲常住止是定爲定意堅不墮不失意下耳根衆不他急唯如來爲我解說是定意爲衆學作

先使衆人得安願愍是世爲人天世及諸菩薩大願者皆當以是見光自照佛便告菩薩拔陂言常行一法常作莫猒奉行如上多益作莫減如作車成便乘便可隨常所求已具淨已諦念已具堅本仂作一切善法自致踰過便以有何等爲一法見在佛定意名爲止定住者所謂因緣佛意作念意不邪冥不亂已黙得持精進不跌無形有待遇常與空厚睡卧爲劇怨且遠避衆會身常隱避惡知識莫親隨善政友可法道直根莫妄占近猒欲少食不願貪好法衣不願壽長隨本命慧身無所愛不顧其親屬本所生國速棄去已親慈心已得哀意已住喜意已行護心諸蓋已棄諸禪已習色想已分別陰想不取諸入不受諸大不宥意已不亂生受不住不淨已得

一切舍向一切脫人一切於人如已身一切人皆非我一切法無所取從戒無所願常習欲定多聞欲樂戒陰不漏毀定陰不動墮於法無所復疑與佛無諍於法無所棄於僧不誹謗麤惡言以斷止待遇於有道過者常遠離世音無樂不用過世音常用愛樂畜生音遠棄辟六堅法已習五度脫常當習十惡作足已棄十善作足親習於九嬈能自解於八無勢悉違捨八精進常已習九想行已行八大人念爲已得諸禪莫取愛莫以聞自大理可綺下耳聽常重法常欲法色想已別自想身無所取想人已悉捨雖生不爲可陰想已分別所有已不住常求欲泥洹願不用生死行於生死恐懼想於諸陰想如怨於四大如虵於諸入已想空想三界無所住見泥洹而獨樂世作不復用捨世隨佛令於人無諍一切於世無所親一切諸佛常得面有是身如夢見向脫常淨潔善作常爲求一切諸想分別計三堅定常著念一切諸佛依怙著善本常思願一切諸佛自在欲定不自願佛身相等一切法不分別計世知義不與諍從受有能次第隨如來住地利得忍辱已下入法身空身爲已知人身不生不滅泥洹身常以觀黠慧眼已爲淨一切法非我願佛意不墮不踰一切於佛一其行不念知欲求到爲無數識申直意於佛乘不爲彼隨佛智遇善友如見尊一切於諸菩薩無異意悉反魔所作一切世所有如幻一切諸佛如光照見如來常行求菩薩意度無極悉等等憶誠信見諸佛一切等善法拔陂是爲現在佛面住定意亦

用是法定意爲具來何等定意具將是法來所謂現在現在佛面住定意爲何等拔陂若有比丘比丘尼優婆塞優婆夷於戒常具足常獨處不與衆便起意念言阿彌陀佛爲在何方常在說法如其所聞便生念在西方阿彌陀佛如來正覺所治也去是佛國當過百千億佛界名須摩提國衆菩薩所聚聽尊說法已不亂意常當念是國地拔陂譬如人卧夢見聚銀若金及衆寶親友知識極愛親屬常樂欲見不猒便與共戲樂至意親密談至寤尚識其所見如事爲人說便爲墮淚念識其想拔陂亦如是菩薩白衣者若學者問阿彌陀佛所在國常當念其方無毀漏於戒於戒陰莫用亂意淨心念一日一夜至七日七夜如是七日七夜畢念便亦見阿彌陀佛或

在夢中如來阿彌陀佛如來當面自見譬如上頭夢男子自想爲住在空不想夜亦不想晝其眼根不爲壁牆所遮不爲陰冥所蔽拔陂菩薩亦爾作意行如是如是於佛界中間雖有須彌山有遮迦謗摩訶遮迦謗山及餘黑山不能遮其眼視亦不能遮其意菩薩亦未得天眼視見阿彌陀佛亦不得天耳聽聞阿彌陀佛說經亦未得神足得往到阿彌陀佛國菩薩亦不從是下世往生彼但自故住是世見阿彌陀佛如來亦聞其說法如聞奉行菩薩便從是定意寤如所聞法便爲人廣說拔陂譬如人從墮沙離聞有好女字須聞復有第二男子聞有好女字阿凡和利復有第三男子聞有好女名爲蓮華色從聞展轉著汙轉自作貪是諸男子皆未見好女但遥

聞數數起意生念便有淫起從臥便夢見便往到女處是故羅閱祇城中男子如是起意如是便見與共會合便亂習淫法曉竟便寤故識如聞如知拔陂爲汝說如是從是因緣如是法說從是不還受莂於無上覺道我復爲其說當來於後久遠當名爲善寤如來無所著正覺其人但得忩意見想如是正見如是菩薩拔陂亦如是住在是世間彼有阿彌陀佛已聞數數念便見如來阿彌陀佛見在佛面見住上定意見便難問如來從何法會菩薩得生是世阿彌陀佛便爲諸菩薩說言常念佛意善習不捨常行幻作便得生是佛國何等常念佛念如來法不忘今是如來無所著正覺身有三十二大人相紫磨金色身如淨明月水精珠身譬如衆寶所瓔珞在衆弟子中獨說法如是爲其誠說何以無所壞故何所不壞敗者地水火風神天梵王是皆不亡色痛想行識如有念如來因緣如空空便爲已得是爲念佛意菩薩常寤已捨其定拔陂汝用是便到彼所從到便說是事從有是如是法說可使受莂不復還墮於無上得正覺拔陂亦汝及摩訶迦葉及因陀達菩薩及須深天子亦及餘於是定意有得者拔陂過去久遠有一男子於曠野澤中便大飢復渴於澤中便得臥夢得好飯食極意飽食所飢渴便飽適寤自意身飽滿便自計是法譬如夢食其如是觀便忍受莂於佛法菩薩亦如是居家或學聞佛所在方常至意當念其方常願欲見佛莫取想於胎亦莫想自有身常住空想有想當想念佛從以空想便以住

以能想念佛淨如瑠璃寶中尊如是念便見如來拔陂譬如人從本生國到他方久久還念本所生國遊戲所見樂卧便夢還故國便遊戲生想如故所到處於國中恣意遊戲寤便爲親近及知識左右侍人說言我徃如是我見如是我所到到所作到知是拔陂菩薩亦如是居家及學聞佛所在方常當念其方願常欲見佛如是念菩薩會見如來淨如瑠璃寶中尊拔陂譬如觀汙露比丘取半壞敗色著其前便見已青黑亦見壞赤見空隨如煙但見白骨在前是骨從何來誰持著是誰所作是皆意所作耳拔陂菩薩亦如是持佛不歸他住在是定意所向方便願見佛其方有佛者即見如來身何以故以倚著定故復已持佛故住在是定以佛威神復已定力自復以宿功德作三令悉見如來拔陂譬如人年尚少樂自抆拭淨器受油麻淨器受清水新磨鏡若於水精器自觀其身悉於是中見其形拔陂汝寧謂是人形入油水鏡水精器不若已在其中耶對言如來不我謂內不可得及麻油水鏡水精悉見影住其前亦不從光中來亦不從身中出佛言善哉善哉拔陂實如是以淨色已分别諸菩薩欲見佛易無難見如能問得問能對所聞內喜其復內爾是諸佛從何來我到何所是皆無從來知如來無從去云其自身其復生意爾但意行是三界耳我欲觀天意即見天以意作佛亦以意見但是我意爲佛如來但意耳及我身意也以意見佛意不能見意意不能知意意想爲無智不想意爲泥洹是法無堅皆從自可

起自可悉空求自可亦無有拔陂菩薩亦如是住在其定拔陂有四法菩薩疾得是定何等爲四一爲無央信二爲精進無能逮三爲黠不受彼教四爲親善友拔陂是爲四法菩薩用疾得是定復有四法菩薩疾得是定常求見佛常願聞法計無所住求佛意不忘菩薩用是四法疾得是定復有四法何等爲四不樂俗言不樂有人識不欲世樂不到睡卧試但除大小便及飯食時及經行不識會四輩及餘衆常以法布施轉增不樂好色及待遇利是爲四法菩薩疾得是定復有四法疾得是定常作佛形像次畫作其好常持是定意亦以意樂是定住久長止亦書受奉行是定起棄綺可意無綺可法便住無上獨尊道常營護如來教令諦不忘是爲四法菩薩用疾得是定佛爾時知是義便說偈言

當生信於尊令　莫畏法所空說
行精進斷截卧　滿三月當坐行
常說法尊所言　遍教令演其功
莫樂著見待遇　無所著得是法
紫磨色相百福　常作念佛在前
歡喜光一切照　形極好如金珠
過去佛及未來　常當念叉手住
亦見在人天尊　悉恭敬善法念
常待遇於德王　以華香散其形
與飯食常淨心　求是定當何難
鼓吹增及琴瑟　常作樂無量像
造喜悅無數喜　常願求無極定
常造作無比形　好分别相具好
金色身體清淨　欲願定是何難

所念法常念作　淨潔戒聞欲求
偕事聚壞散棄　於是定得不久
莫生嬈於有形　行慈心具依護
且當觀欲善苦　求是定得不久
生意喜於說法　相侍尊常禮尊
莫綺可棄貪慳　於法說莫疾弄
如是令善可待　所生滅如來說
無數佛悉所教　所求定莫爲難

拔陂菩薩當於說法比丘恭敬常當禮遇具作侍如尊於是定便爲進拔陂菩薩有於說經比丘亂意有念嫉怨恨無清淨心拔陂衆非義所載令許菩薩得是定意至德尊滿道義終無是拔陂譬如有眼男子淨夜無雲霧於夜半時仰頭視上便見無數星宿拔陂菩薩亦如是愛護佛法者觀於意在東方見無數佛無數百無數千無數萬無數億百千求見甚易眼精所觀見拔陂譬如來正覺眼一切知一切見菩薩亦如是於是見在佛住止定意從幻聞具行從精進無偕具行布施具行戒度具行忍辱具行禪意具行黠度定具行得脫黠具行度無上黠具行佛爾時解是義說偈言

有眼觀上視空　於淨月中夜起
見無數億千里　雖曉明意在識
定意爾菩薩得　見無數千佛國
從定寤意故識　亦於衆說國好
定眼淨次覺視　無蔽障觀十方
勝可愛爲覺眼　是定淨用見尊
尊無時想觀世　觀十方三世尊
斷毒淨無胎相　願聽善學上德

亦聽法快甚涼　可疾念空止要
我是法願與俱　安樂衆願爲佛
如無量菩薩色　見佛國億萬數
菩薩爾得定後　見無央諸尊形
有意學遍慈仁　從我聞悉持行
是定爾菩薩得　無數百法不持
信羞慚生想愛　悉遠棄世所可
何不作世法施　從是得淨止地

拔陂菩薩得定意當起定意生精進譬如船滿中諸寶已度大海沮及此岸船近於岸邊沒於是閻浮提人當大舉聲稱怨當復悲哭我曹已貧衆不見好寶拔陂於是定意可聞已遠不復書不讀不諷不行亦不求義比丘比丘尼及優婆塞優婆夷其國處悉諸天世皆大出聲稱怨當復悲哭我曹悉已空貧衆不見是法施世已有是深妙定意覩佛所教佛所稱譽佛所尊說聞已不書取亦不諷受亦不讀復不行亦不住樂聽綺滿害智不欲具聞不取多智雖聞不欲亦不樂取是定拔陂譬如愚人少黠若有人以末栴檀授與之癡人生不淨想黠人便爲其說是栴檀極好香何爲於是生不淨想何不嗅之聞其好香何不視之見其好色便自挾其鼻不欲聞香故閉其眼故不欲視香色說是定時亦如是無戒者不樂欲遠不樂受已習無慧痛亡其智到禪便倚著胎歸胎是輩聞是定意亦不信亦不用亦不隨亦不生內喜復出聲言於衆便作願善哉今學光明尚能爾今世有高比丘譬如阿難是經譬如爐中火去衆於屛處更說非諦是經欲聞巧亂耳是非佛所說

拔陂譬如賈人到愚冥人邊出絕好摩尼珠以視癡人是癡人問主是珠價直幾所其主言如是珠於夜作光以寶滿其明處則是珠於賈子曹便笑戲謿珠主便度量摩尼珠復言貨主是珠慱一牛寶則當是其價耳拔陂亦如是於後有是菩薩定如有比丘能持信堅多欲學直於奉行慚於癡欲求度多聞有黠深念行慈得哀是定自在處說如是定爲可久住有癡者於前過勝未嘗有行未嘗有福德自大多嫉古利自敢欲作世名少聞卒無善學是曹輩聞是定亦不持亦不信亦不行亦不樂受復出聲言甚可惔是曹比丘何一不慚是比丘何一不解聞是曹比丘巧言雅辭強言說言是佛所道拔陂我已故爲若重說令汝明解及天人世拔陂若有人已是重三千日月滿中七寶施與諸佛如來正覺不聞是定者若有菩薩聞是定意已聞復言是福獨多佛爾時解是義便說偈言

一切是重三千　悉施與滿中寶
願作佛如是行　常於世無雙三
其能有得此經　善定意佛所尊
聞便信受奉行　及福快獨極尊
佞調意常自是　收意邪無定根
常求會惡知識　轉相教不信是
漏無戒惡法具　自可足堅住癡
轉相將謂可脫　敢壞敗勝所教
是經非佛所說　法王亦無是言
敢出是惡聲說　惡作具不檢意
有當見大雄尊　三世將光無量
是義出爲是輩　是皆爲持法學

已聞是深妙經　聞便受內生喜
是曹輩可莫疑　不憂後不爲佛
有戒具清淨行　有信悉直無邪
口說法如海流　我所說爲是賢

拔陂菩薩經

音釋

陂波爲切　簍呂口切　暹息廉切　豾篇夷切　痏韋委切瘏痏也　黠胡八切慧也　掔苦閑切　仂林直切與力同　跌徒結切差跌也　劇奇逆切甚也　扙拭扙武粉切拭賞職切扙拭揩摩也　挾胡頰切藏也　謿竹交切與嘲同言相調也　博伯各切貿易也　惔徒敢切　獳汝朱切

無盡意菩薩經

劉宋涼州沙門智嚴共寶雲譯

清刻龍藏佛説法變相圖

無盡意菩薩經卷第一

劉宋涼州沙門智嚴共寶雲譯

如是我聞一時佛遊王舍城如來行處寶莊嚴堂是大功德之所修成佛一切法本行果報包容無量諸菩薩衆其所講宣悉是無量甚深之義皆是如來神力護持入無礙行微妙智門其心歡喜得念進意分別智慧無輕毀者若有稱讚歎其功德盡未來世不可窮盡如來正覺覺平等法善轉法輪度無量衆於一切法而得自在知衆生意盡其根源善爲衆生斷諸習氣雖爲佛事心無所作與大比丘六百萬人悉是如來法王之子善得解脫斷煩惱習曉了甚深無生法忍成就威儀其行端嚴堪受供養爲衆福田善持諸佛所說教戒復有菩薩摩訶薩衆其數無量不可

稱計不可思議不可宣說是諸菩薩於一念頃能過無量無邊佛剎巳曾供養過去諸佛諮受妙法無有猒足常勤教化無量衆生善解方便智慧具足其心安住無礙解脫善除憶想取相戲論近一切智悉是補處其名曰電天菩薩勝諍菩薩日藏菩薩勇健菩薩離惡意菩薩遊行菩薩觀眼菩薩離闇菩薩如是無量菩薩大士德皆如是爾時世尊入諸菩薩所行無閡諸法門經所謂莊嚴諸菩薩道甚深佛法十力無畏智慧成就獲得自在總持印門分別諸辯大神通門轉不退轉無生法輪通達諸法同於一相於一相法不生分別知諸衆生相性無礙善能觀察諸法實相破壞一切諸魔境界入於通達善思惟門能除一切煩惱諸見無礙智慧善權方便一切佛法平等無二受持諸佛智慧之門演說諸法如眞實相憶想取相入平等門成諸功德入深因緣莊嚴佛身身口意業念意進持顯示四諦分別妙慧化聲聞故身心寂靜化緣覺故得一切智化大乘故入一切法得自在智讚歎如來諸功德故如是等門宣說開示教導分別時佛說是大集經時於此東方自然出現大金色光照此三千大千世界靡不周遍除佛光明其中所有日月釋梵護世天王諸龍鬼神乾闥婆阿修羅迦樓羅緊那羅摩睺羅伽所有光明悉不復現諸牆壁等樹木叢林小山大山目眞隣陀山鐵圍山大鐵圍山及國土中間其光徹照若此世界所有地獄皆蒙其光其中衆生光觸身時除一切苦受微妙樂爾時佛前大衆之中其地自

然出六十億淨妙蓮華好香流布種種莊嚴諸華雜色悅可衆心其華各有億百千葉以寶羅網彌覆其上華質柔輭猶如天衣其有觸者受勝妙快樂是一一華所出諸香遍滿三千大千世界諸世界中若天若人所有諸香悉滅不熏諸龍八部聞其香者皆得妙喜暫離煩惱爾時尊者阿難見是金色光明及諸蓮華白佛言世尊今此瑞應誰之所爲有是光明及諸蓮華佛告阿難有菩薩摩訶薩名無盡意在此東方與六十億諸菩薩俱眷屬圍遶欲來至此故先現瑞未久之間時無盡意即以神力感動此地令大震動放無量光兩種種華億那由他諸天人等作百千妓樂與六十億諸菩薩衆周帀圍遶來至佛所至佛所已尋於佛前住虛空中高七多羅樹合掌向佛出微妙音其聲遍聞大千世界即以偈頌而讚歎佛

清淨永離垢　勇健除諸欲　能滅衆塵勞
而得淨妙眼　三垢荒穢等　善斷吐洗滅
一切皆無餘　稽首大慈覺　除去諸怖畏
善滅無明網　十力聖主王　邪論不能伏
外道異見人　皆悉懷怖畏　猶如師子王
獨步無所懼　正覺淨光明　無垢普照曜
天人世間中　能離一切闇　除盡衆闇冥
無有無明網　其光常明淨　如日出雲霧
衆生老死苦　無有救護者　爲調是等故
而受無量苦　能生堅慈悲　唯有等正覺
猶如大醫王　勤行療衆疾　一切諸法本
其性無有我　譬如山谷響　皆從衆緣生
衆生本無性　無作無受者　而能爲此故

生於大慈悲　諸有之淵海　無明闇甚深
其中多覺觀　湧溢而波浪　不從他聞法
自然到彼岸　如蓮華在水　行世不染汙
秋月草木零　盛熱河池竭　比智知世法
遷動不常住　愚人所親近　聖智所呵棄
解法不牢固　獨拔度有流　其面目開明
譬如優鉢羅　微妙甚清淨　過百千日月
所有過去世　及現在衆生　一切所讚歎
如來悉堪受　調不調伏故　除熱得清涼
是故我今日　稽首無上尊　度世增上福
功德無有極　如人中牛王　頂禮佛福田

爾時無盡意菩薩以如實讚讚歎佛已從空中下及六十億諸菩薩衆頂禮佛足禮佛足已右遶三帀於華臺上結跏趺坐爾時舍利弗白佛言世尊是無盡意菩薩摩訶薩從何處來佛號何等世界何名去此遠近佛告舍利弗汝可自問無盡意當爲汝說時舍利弗敬從佛教問無盡意唯善男子從何處來佛號何等世界何名去此遠近無盡意言唯舍利弗有來想耶舍利弗言唯善男子我知想已無盡意言若知想者應無二相何緣問言從何處來唯舍利弗有來去者爲和合義如和合相是無合無不合無合無不合即不去不來不去不來者是聖行處唯舍利弗有來去者即是業相如業相無作無非作無作無非作即不去不來不去不來者是聖行處唯舍利弗有來去者是國土相如國土相無國土無非國土無國土無非國土即不去不來不去不來者是聖行處唯舍利弗有來去者即是緣想如緣想無緣無非緣無緣無非緣

即不去不來不去不來者是聖行處唯舍利弗有來去者即因等生相如因相無因無非因無因無非因即不去不來不去不來者是聖行處唯舍利弗有來去者即是文字語言如文字相無文字無非文字無文字無非文字即不去不來不去不來者是聖行處舍利弗言唯善男子汝今所說微妙事相吾從昔來所未曾聞向之所疑當還啓請如主關人若見空行若見擔者即應詰問汝所齎持悉是何物若知種稷應收其稅唯善男子我等如是從他聞法隨音聲解以自照心是故我今應當諮稟汝等大士爲護大乘出生無量聲聞緣覺唯善男子願爲分別說其來處無盡意言唯舍利弗汝今自可諮請如來如來當說斷汝疑網時舍利弗即白佛言唯願世尊說是菩薩從何處來佛號何等世界何名去是遠近若聞彼佛及世界名則令無量無邊菩薩莊嚴菩提佛告舍利弗諦聽諦聽善思念之吾今當說彼土功德及佛名號汝聞是時勿懷疑懼應當一心信受奉行時舍利弗聞是語已讚言善哉善哉世尊願時宣說我當一心頂戴受持佛告舍利弗東方去此度十恒河沙國土微塵等世界彼有世界名曰不眴是中有佛號曰普賢如來應正遍知明行足善逝世間解無上士調御丈夫天人師佛世尊今現在舍利弗其土無有聲聞緣覺乃至不聞二乘之聲一切聖衆純是菩薩已於過去久修德本善業成備布施調伏自守防護戒忍多聞心不放逸安住功德威儀成就忍力無礙於無上道堅固精進所修善

根一切成就諸禪解脱三摩婆提遊戲神通大智照明善分别知一切諸法所懷慈心等如虚空大悲堅固拯濟衆生常行喜心令彼同歡所有捨心善滅增愛魔網諍訟悉使無餘善解衆生諸根所趣隨其根量授與法財其心平等如地水火風能壞一切外道異論摧伏敵陣建立勝旛入深佛法十力無畏於諸大衆心無所懼常觀甚深十二因緣離有無見行於中道我及我所衆生壽命養育士夫作者受者斷常有無一切諸見結縛因緣皆滅不起總持王印而以印之所有辭辯分别敷演那由他劫説不可盡得大神力感動無量無邊佛土於諸佛土善能往來斷除瞋怖憍慢放逸其所演説如師子吼一切衆生怨親中人悉皆安止究竟涅槃法雲垂布以

與雷震三明解脱以爲電光無上法雨以爲甘露能注法財三寶不斷内外清淨譬如寶珠相好殊勝最上無比以諸善根瓔珞其身佛法灌頂得補處位善能分别諸衆生行隨而調伏令得解脱能淨道場坐師子座於諸法中得無所畏能自變形猶如佛身一切佛事悉能示現心得自在轉於法輪舍利弗彼土純有如是菩薩摩訶薩等以爲眷屬爾時大會聞佛稱讚彼菩薩衆功德智慧踊躍歡喜以天優鉢羅華拘勿頭華波頭摩華分陀利華曼陀羅華散無盡意及諸菩薩異口同音作如是言我等今日快得善利得見如是諸正士等禮拜供養恭敬圍遶若有衆生聞其名者亦得如是無量善利若聞讚歎稱其功德悉皆當發無上道心説是語時大會中

有三百六十萬衆生發阿耨多羅三藐三菩提心佛告舍利弗彼佛世界無三惡道及其名字亦無邪行越戒之名又無女人慳貪嫉妬破戒瞋恚懈怠亂心愚癡之名及以障礙陰蓋集名衆生根等無上中下純是一乘無大小名佛土無有淨穢之名亦無三寶差別之稱不聞飢渴飲食之聲及我我所遮護之名無諸魔網妄見集名彼佛世界平坦廣大一日月照周帀六十億百千那由他由延是希有事是彼菩薩本願所致其土平正猶如手掌瑠璃衆寶雜廁共成其地柔軟猶如天衣若有觸者受微妙樂寶樹莊嚴行伍相當寶繩連綿以界八道所有諸華常自開敷亦無石沙荆棘穢惡所有諸山純以衆寶而校飾之人天無別法喜禪味以爲飲食其土無

有王者之名唯除普賢如來法王彼佛世尊及諸菩薩不以文字而有所說彼諸菩薩唯修觀佛諦視無猒目未曾眴即便能得念佛三昧悟無生忍是故彼土名曰不眴云何念佛謂不觀色相出生種性過去淨業是時心中不生自高不觀現在陰界諸入見聞覺知心意識等無有戲論生住滅相不取不捨不念不思不觀思想及非思想不分別想法想已想無一異想境界功德內外中間不起覺觀始終之念不觀形貌威儀法式不觀戒定智慧解脫解脫知見十力無畏不共之法正念佛者不可思議不造行不作想無等等離思惟無所念無思處無陰入界生住滅想無有處所非無處所非動非住非色非識非想非受非行於識不生識知於地水火風不生

識知眼色耳聲鼻香舌味身觸心法亦復如是如是不緣一切境界不生諸想我及我所不起見聞覺知之想究竟能到一切解脱心心數法滅不相續淨諸憶想非憶想等善除愛恚滅因緣想此彼中間悉斷無餘是法清淨無文字故法無歡喜不動轉故法無有苦不味著故法無燋熱本寂滅故法無解脱性捨離故法無有身離色相故法無受相無有我故法無結縛寂無相故法相無爲無所作故法無言教無識知故法無始終無取捨故法無安止無處所故法無有住離受者故法無有滅本無生故心數思惟所緣住法不取其相不生分别不受不著不然不滅不生不出法性平等猶如虛空過於眼色耳聲鼻香舌味身觸心法是名菩薩念佛三昧菩薩得是念佛三昧一切法中得自在智陀羅尼門聞佛所説悉能受持終不忘失亦得曉了一切衆生言辭音聲無礙辯才舍利弗彼普賢如來不如此土以二因緣演説正見所謂從他聞聲内正憶念彼諸菩薩當見佛時尋能分别諸深妙義具足成就六波羅蜜何以故若不取色相即是具足檀波羅蜜若除色相即是具足尸波羅蜜若觀色盡即是具足羼提波羅蜜若見色寂滅即是具足毗梨耶波羅蜜若不行色相即是具足禪波羅蜜若不戲論色相即是具足般若波羅蜜是諸菩薩即觀佛時尋具如是六波羅蜜得無生忍舍利弗諸佛世界嚴淨微妙少有如彼普賢如來不眴世界時舍利弗語無盡意唯善男子快哉仁者汝等大士得在彼土見普賢佛獲

無量利時無盡意語舍利弗大德今者頗欲得見不眴世界普賢世尊及大衆不舍利弗言唯然欲見令此大衆增長善根時無盡意即入菩薩示現一切佛土三昧入三昧已令此大衆及舍利弗尋見彼土普賢如來及其大會見是事已即從座起合掌遥禮彼佛大衆此會大衆以佛世尊及無盡意神通道力得微妙華世所希有其華色香未曾見聞自然滿掬遥散東方以用供養普賢如來華尋遍至彼佛世界普賢如來及其大會彼諸菩薩見是華已白佛言世尊是華嚴麗世所希有爲從何處而來至此彼佛答言是無盡意在娑婆世界是中亦有十方世界諸來菩薩而共聚集能仁佛所供養恭敬尊重讚歎聽佛世尊說大集經是其大衆所散之華彼諸菩薩復白佛言其佛世界在何方面去是遠近彼佛答言諸善男子在此西方去此佛土十恒河沙世界微塵等國彼有世界名曰娑婆諸菩薩言願樂欲見釋迦文佛及其大衆爾時普賢如來尋放大光其明徹照此佛世界彼諸大衆因佛光明悉得遥見娑婆世界釋迦文佛及諸大衆見已歡喜合掌恭敬作如是言希有世尊其土菩薩一切大衆從何所來而作此集遍滿其界間無空處彼佛答言諸善男子其諸大衆悉從十方無量世界而來集會諮啓聽受甚深妙法時舍利弗問無盡意誰字仁者爲無盡意無盡意言唯舍利弗一切諸法因緣果報名無盡意所以者何一切諸法不可盡故舍利弗言唯善男子願仁者當說無盡法門無盡意言唯舍利弗

初發無上菩提心時已不可盡所以者何發菩提心不雜煩惱故發心相續不希餘乘故發心堅固不忝外論故發心不壞魔不沮故發心恒順善根增長故發心經常有爲法無常故發心不動一切諸佛安慰護助故發心勝妙離衰損故發心安止不戲論故發心無俞無相似故發心金剛壞諸法故發心無盡無量功德悉成就故發心平等利衆生故發心普覆無別異故發心鮮明性常淨故發心無垢智慧明了故發心善解不離畢竟故發心廣快慈如虛空故發心曠大悉能容受諸衆生故發心無礙智慧通達故發心遍至大悲不斷故發心不斷善解立願故發心爲歸諸佛所讚故發心殊勝二乘宗仰故發心深遠一切衆生所不知故發心不敗不破佛法

故發心安隱善與衆生諸快樂故發心莊嚴一切功德悉成就故發心增長智慧成就故發心增長隨意施與故發心如願戒清淨故發菩提心普及怨親具忍辱故發心難壞具精進故發心寂滅具禪定故發心無毀具智慧故發心無願增長大慈故發菩提心住根堅牢增長大悲故發心和悅增長大喜故發心不動增長大捨故發心任重諸佛所受故發心不絕三寶不斷故唯舍利弗菩薩如是爲一切智發菩提心豈可盡耶舍利弗言唯善男子譬如虛空不可窮盡爲一切智發菩提心不可得盡亦復如是無盡意言唯舍利弗佛戒無盡因戒發心故不可盡佛定無盡因定發心故不可盡佛慧無盡因慧發心故不可盡佛解脫無盡因解脫發心故不可盡

佛解脫知見無盡因解脫知見發心故不可盡唯舍利弗如來戒定智慧解脫解脫知見其性無盡因是五衆發菩提心豈可盡耶如來十力四無所畏十八不共法無盡因如是等發菩提心是故無盡唯舍利弗舉要言之一切如來悉皆無盡因是發心故不可盡三寶不斷故無有盡衆生性無盡故無盡如實智無盡故無盡隨諸衆生無量心行智無盡故無盡回向無上無盡故無盡教化衆生無盡故無盡無盡智無生故無盡離性無生故無盡知一切法本性無盡故無盡唯舍利弗是名菩薩發菩提心不可盡也復次舍利弗是菩薩心清淨無盡心清淨者不作諂故不作諂者無奸詐故無奸詐者善分別故善分別者無邪命故無邪命者心清白故心清白者常正一故常正一者性殊勝故性殊勝者無輕毀故無輕毀者滅諸曲故滅諸曲者心質直故心質直者入平正故入平正者心堅實故心堅實者不可壞故不可壞者性牢固故性牢固者不可動故不可動者無所依故無所依者除我心故除我心者無伴等故無伴等者息呰蔑故息呰蔑者作善業故作善業者無呵責故無呵責者消過失故消過失者不熱惱故不熱惱者性眞實故性眞實者無虛誑故無虛誑者如說行故如說行者能善作故能善作者無瑕疵故無瑕疵者不錯謬故不錯謬者無所滯故無所滯者不退轉故不退轉者觀衆生故觀衆生者大悲根深故大悲根深者善化衆生不疲倦故善化衆生不疲倦者不求已樂故不求已樂者不貪

利養故不貪利養者不染愛故不染愛者緣諸法故緣諸法者觀羸劣故觀羸劣者見衆生故見衆生者常擁護故常擁護者爲歸依故爲歸依者無垢累故無垢累者善觀察故善觀察者無譏論故無譏論者心純善故心純善者不動揺故無動揺者善清淨故善清淨者常精進故常精進者内清淨故内清淨者常鮮明故常鮮明者無垢染故唯舍利弗其淨心者能斷慳惜亦化他人令斷慳惜其淨心者能斷破戒亦化他人令斷破戒其淨心者能斷瞋恚亦化他人令斷瞋恚其淨心者能斷懈怠亦化他人令斷懈怠其淨心者能斷亂心亦化他人令斷亂心其淨心者能斷愚癡亦化他人令斷愚癡舍利弗淨心如是能斷一切諸不善法安諸衆生於善法中是故名曰菩薩淨心不可得盡復次舍利弗菩薩摩訶薩心行清淨亦不可盡何以故菩薩行施時一切皆見捨諸所有菩薩行戒亦不可盡一切皆見持諸禁戒頭陀正行威儀無犯菩薩行忍亦不可盡一切皆見於諸衆生心無恚礙菩薩行進亦不可盡一切皆見於諸善法精勤修習菩薩行禪亦不可盡一切皆見於諸禪定無有錯亂菩薩行慧亦不可盡一切皆見修習多聞是名菩薩行施行戒行忍行進行禪行慧菩薩修行慈悲喜捨亦不可盡一切皆見利益拔苦歡喜踊躍善斷愛恚是名菩薩慈悲喜捨菩薩所行三業清淨離身三惡及口四過心離三惡所謂貪欲瞋恚邪見菩薩修學多聞無盡不悋惜故菩薩修行無悋惜者習一切智故菩薩修習

一切智者勸餘菩薩發道心故勸餘菩薩發道心者修行安止於善根故修行安止於善根者願向無上菩提道故願於無上菩提道者攝取一切諸佛法故攝取一切諸佛法者四事攝取故菩薩修行四事攝者懺悔諸罪故菩薩修行悔過法者發露諸惡故菩薩修行發露諸惡者回向一切諸功德故菩薩回向諸功德者積聚無量諸珍寶故積聚無量諸珍寶者勸請諸佛故勸請諸佛者攝取諸法故攝取諸法者行大士法故行大士法者能爲衆生作重任故爲諸衆生作重任者不捨堅牢諸莊嚴故不捨堅牢諸莊嚴者成就衆生一切善事故復次舍利弗菩薩摩訶薩有四行無盡何等爲四菩薩心行無盡法施無盡教化無盡善根無盡是爲菩薩四行無盡菩薩復有四行無盡何等爲四樂在空閑攝持威儀無有猒足常樂聚集無量功德而無猒足多求學問廣知諸義而無猒足常願無上菩提智慧而無猒足是名菩薩四行無盡菩薩復有四行無盡何等爲四覺校計無盡覺稱量無盡覺思惟無盡覺觀法無盡是爲菩薩四行無盡菩薩復有四行無盡何等爲四覺垢因無盡覺白法無盡呵諸煩惱無盡讃歎白法無盡是名菩薩四行無盡菩薩復有四行無盡何等爲四觀諸陰盡無盡觀諸界盡無盡觀諸入盡無盡觀因緣盡無盡是名菩薩四行無盡菩薩復有四行無盡何等爲四說無常行無盡說苦行無盡說無我行無盡說寂滅涅槃無盡是名菩薩四行無盡舉要言之菩薩所行一切無盡向一切智

尊一切智印一切智一切智無盡以是因緣菩薩所作悉皆無盡是名菩薩心行無盡復次舍利弗是菩薩心畢竟無盡何以故其所思惟乃至一念常緣菩提而不疲倦專趣諸地過生死故畢竟增長到彼岸故畢竟本行轉勝增上故畢竟離負攝勝法故畢竟無礙具足一切諸佛法故畢竟所緣增長善法故畢竟能到過心行處故畢竟莊嚴無疲猒故畢竟修行吉祥菩提種種苦行悉成就故畢竟不望不求已樂故畢竟隨順無諸惡故畢竟調伏住聖法故畢竟不雜離煩惱故畢竟難施不悋頭目故畢竟難戒擁護犯禁故畢竟難忍忍無力勢諸過惡故畢竟難進專修苦行捨二乘故畢竟難定心不味著諸禪定故畢竟難慧不著一切諸善根故發行能到一切善事悉成就故畢竟遠離慢慢增上慢勝慢我慢下慢憍慢邪慢善分別故畢竟能捨施諸衆生不求報故畢竟不驚觀深佛法故畢竟增進不停滯故畢竟無盡常精進故畢竟不諍必爲衆生作重擔故又畢竟者調柔衆生慈覆利益諸賢善人悲心救拔諸行惡者恭敬尊長護無護者歸無歸者照無照者依無依者伴無伴者直諸曲者善不善者無姧姧者淨邪命者恩於恩者及無恩者不知恩者利不利者實虛謗者不憍慢者不毀作者輭語教呵諸作惡者護邪行者見行方便不以爲過於諸受者等心恭敬於餘菩薩常行誘導以柔輭語而演教誨樂在空處修行善法離諸利養不惜身命無有邪命心寂滅故言無邪諂攝口過故不以邪業而求利

益其心少欲常知足故心調柔和無垢穢故迴在生死具善根故能忍諸苦爲衆生故是爲大士一切畢竟而不可盡是菩薩心生死煩惱未不能壞何以故是心增長諸功德故舍受一切諸衆生故成就無盡妙智慧故大德是名菩薩摩訶薩畢竟無盡爾時舍利弗語無盡意菩薩摩訶薩言唯善男子願復更有無盡法不無盡意言有菩薩修行檀波羅蜜不可窮盡何以故菩薩摩訶薩行施無量所謂須食與食具足命辯色力樂故須飲與飲離渴愛故須衣與衣具清淨色除無慚愧故須乘與乘得一切樂具神通故須燈與燈具足佛眼清淨故須音樂者施與音樂具足天耳清徹故須香與香身出具足微妙香故須髮與髮具陀羅尼七覺華故須塗香末香悉施與之具戒定慧熏塗身故須種種味隨意與之味相成就故無依止者施與依止能爲衆生具足救護爲證歸故須敷具者悉施與之具足究竟斷除陰蓋成就梵天賢聖諸佛妙牀座故須座與座具足三千大千世界以爲道場金剛座處悉成就故隨其所須悉能與之成就菩提諸所須故隨病施藥得無老死甘露法藥悉成就故須僕使者皆給與之自在智慧得具足故若以金銀瑠璃玻瓈眞珠珂貝璧玉珊瑚種種諸珍用惠施者具足大人三十二相故能以種種瓔珞施者具足八十隨形好故若以象馬車乘施者具足大乘故若持園林以布施者具諸禪支故若持妻子以布施者具足無上道法愛故若以倉庫穀財施者具足諸善法寶藏故以閻浮

提若四天下隨意施者具足法王得自在故以諸樂具持用施者具足無量法樂樂故若持脚足以布施者法足具成進至道場故若以手施具足法手安撫衆生令得樂故若以耳鼻用施與者具足諸根悉通利故若以眼目持用施者爲欲具足無礙法眼故若以頭施於三界中具足殊勝一切智慧故若以血肉持用施者諸不堅牢具堅牢故若以髓腦持用施者具金剛身得不壞故菩薩不以邪命求財而行布施不逼衆生強求他物轉以施人無恐怖施無羞耻施無慳惜施如其所許無損減施無不愛施畢竟常施無不畢竟施無諛諂施無姦詐施不疑業報施無邪命施無愚癡施無不信施無不解施無疲難施無依著施無選擇施無異相施不求受者施無有衆生不堪受者持戒犯戒無增減施於受者所不望報施不求名施不毀譽施無慢非慢施無熱惱施不悔心施不自讚施無雜穢施不望業報施無定處施無有瞋怒垢愛等施有來乞者不惱害施無輕易施不顰面施不撩擲施無不故施無手不與施無不常施無斷絕施無嫉慢施無齊限施如其所許不貿易施無有堪任不堪任施無非福田施不輕少施不讚多施無衰耗施不求後生施不求自在得財寶施不求釋梵護世天王轉輪聖王諸果報施不願聲聞緣覺乘施不求王子得自在施不爲一世故施無猒足施無不回向一切智施無不淨施無不時施無力毒施無惱衆生施菩薩行施不爲智者之所輕笑何以故觀空寂行施是故無盡無作所

熏施是故無盡出三有相施是施無盡不取處施是故無盡爲解脱果施是施無盡爲伏衆魔施是施無盡爲斷結愛施是施無盡爲增上施是故無盡善分别施是故無盡助菩提施是故無盡正回向施是故無盡莊嚴道場解脱果施是故無盡是施無邊是故無盡是施無壞是故無盡是施不斷是故無盡是施廣大是故無盡是施無住是故無盡是施無伏是故無盡無等等施是故無盡是施進趣一切種智是故無盡唯舍利弗是名菩薩修行布施而不可盡爾時舍利弗語無盡意言善哉善哉唯善男子仁已快説菩薩摩訶薩修行檀波羅蜜而不可盡唯願仁者當説菩薩尸波羅蜜如諸菩薩所得無盡尸波羅蜜無盡意言唯舍利弗菩薩戒聚六十七事清淨修治亦不可盡何等六十七於諸衆生不起惱害於他財物不生竊盗於他婦女中不生邪覗於諸衆生無有欺誑初不兩舌於自眷屬知止足故無有惡口忍麤獷故無有綺語常善説故於他樂事不貪嫉故初無瞋恚忍惡言故正見不邪賤餘道故深信於佛心不濁故信順於法善法法故信敬於僧尊重聖衆故五體投地志念佛故五體投地思惟法故五體投地宗敬僧故堅持禁戒一切無犯乃至小禁不放捨故持不缺戒不依餘乘故持不穿戒離惡處生故持不荒戒不雜諸結故持不汙戒專長白法故持甚深戒隨意回向得自在故持讃歎戒智者不呵故持純善戒正念知故持不呵戒一切戒不散故持善堅戒防護諸根故持名聞戒諸佛所念

故持知足戒無不猒故持少欲戒斷貪惜故持性淨戒身心寂滅故持阿蘭若戒離憒鬧故持聖種戒不求他意故持威儀戒一切善根得自在故持如說戒人天歡喜故持慈心戒護衆生故持悲心戒能忍諸苦故持喜心戒心不懈怠故持捨心戒離愛恚故持自省戒心善分別故持不求短缺戒護他心故持善攝戒善守護故持惠施戒教化衆生故持忍辱戒心無恚礙故持精進戒不退還故持禪定戒長諸禪枝故持智慧戒多聞善根無猒足故持多聞戒博學堅牢故持親近善知識戒助成菩提故持遠離惡知識戒捨離惡道故持不惜身戒觀無常想故持不惜命戒勤行善根故持不悔戒心清淨故持不邪命戒心行清淨故持不燋戒畢竟清淨故持不燒戒修善行業故持無慢戒心下不憍故持不掉戒遠離諸欲故持不高戒心平直故持柔和戒心無觝突故持調伏戒無惱害故持寂滅戒心無垢穢故持順語戒如說行故持化衆生戒不離攝法故持護正法戒不違如實故持如願成就戒於諸衆生心平等故持親近佛戒願求如來無上戒故持入佛三昧戒具足一切諸佛法故舍利弗是名菩薩六十七事淨治戒聚而不可盡又舍利弗菩薩無盡清淨戒中無有倚著所謂我人衆生壽命養育士夫色受想行識地水火風是淨戒中無眼色相耳聲鼻香舌味身觸意法等相亦無身心是戒定相一向不共故是戒分別相方便緣一切法故是戒空相得無相際不雜三界故是戒不作無生忍故是淨戒中無

有已作今作當作是清淨戒過去不滅未來不見現在不住又舍利弗是淨戒中心淨無垢識不止住忍不親近是清淨戒不依欲界不近色界不住無色界是清淨戒捨離欲塵除瞋恚礙滅無明障是清淨戒不斷不常不逆因緣是清淨戒無有我相捨我所相不住身見是清淨戒不取假名不住色相不離名色是清淨戒不繫於因不起諸見不住疑悔是清淨戒不住貪瞋癡不著善根是清淨戒不惱不熱寂滅離相是清淨戒不斷佛種求正法故不斷法種不分別法性故不斷僧種以修無爲故舍利弗持淨戒者相續不斷故不盡所以者何凡夫戒者在所受生是故有盡人中十善盡故有盡欲界諸天福報功德盡故有盡色界諸天禪無量心盡故有盡無色界天所入諸定盡故有盡外道仙人所有諸戒退失神通盡故有盡一切聲聞學無學戒入涅槃際盡故有盡辟支佛戒無大悲心盡故有盡舍利弗菩薩淨戒皆無有盡何以故於是戒中出一切戒如種無盡果亦無盡是菩提種不可盡故如來戒禁亦無有盡以是故諸大士等所持諸戒皆不可盡舍利弗是名菩薩修持淨戒而不可盡爾時舍利弗語無盡意言善哉善哉善男子仁已快說菩薩尸波羅蜜而不可盡唯願仁者當說菩薩羼提波羅蜜如諸菩薩所得無盡羼提波羅蜜無盡意言唯舍利弗菩薩具三十二事修行忍辱亦不可盡何等三十二斷諸結故當知是忍不生害故當知是忍無有纏故當知是忍無有惱故當知是忍無覆蔽故當知是

忍無有瞋故當知是忍無忿諍故當知是忍無鬬訟故當知是忍於諸塵界心不異故當知是忍護自他故當知是忍順菩提心故當知是忍善思惟故當知是忍無二想故當知是忍識業報故當知是忍莊嚴身故當知是忍口演淨言故當知是忍心清淨故當知是忍心堅牢故當知是忍言語自在故當知是忍不憶想故當知是忍善分別心故當知是忍護他心故當知是忍修梵世行故當知是忍受人天報故當知是忍身相勝故當知是忍具妙梵音故當知是忍除諸過患故當知是忍斷諸荒穢故當知是忍斷一切不善根故當知是忍煞諸結賊故當知是忍於惱害衆生緣超越故當知是忍具足一切佛法故當知是忍舍利弗是名菩薩三十二事修行

忍辱而不可盡舍利弗云何爲忍若見罵者默受不報善知音聲如響相故見有可責默而受之善知身相如影像相故見有瞋者心不懷恨善知心法如幻相故忿不報忿心清淨故聞有稱名心不生愛不自高故聞不稱名心不生礙功德具足故若遇榮利不生喜悦善自調故若遇衰耗不生罣礙心寂滅故見有稱者心不驚動善知分別故見有毀者心不縮没其心廣大故見有譏者其心不下善安住故見有譽者其心不高不傾動故若遇樂事心不歡逸觀有爲法無常相故若遇苦事心不疲惱爲衆生故世法不染不依止故忍受諸苦見危逼者以身代故忍節節支解具足覺支故衆苦加身悉能堪受具佛身相故忍他過患善作業力故示現燒熱修諸

苦行伏外道故現入諸道出過釋梵護世諸天故是名菩薩之忍辱也又畢竟忍者無有諍訟何以故若見他罵我能忍者如是忍者是觀二相非畢竟忍若言誰罵我者如是忍辱是法功德非畢竟忍若罵眼耶如是忍者是觀入相非畢竟忍耳鼻舌身若罵意耶如是忍者是觀諸入非畢竟忍若無罵者如是忍辱是觀無我非畢竟忍若知假名如是忍者是觀響相非畢竟忍彼之與我二俱無常如是忍者是觀無常非畢竟忍彼是顛倒我無顛倒如是忍者是觀高下非畢竟忍彼不勤行我是勤行如是忍者是觀勤懈非畢竟忍彼住惡道我住善道如是忍者是觀善惡非畢竟忍我忍無常不忍有常我能忍苦不受諸樂我忍無我不忍有我我忍不淨不忍於淨如是忍者是觀有對非畢竟忍我忍於空不忍諸見我忍無相不忍諸覺我忍無願不忍於願我忍無作不忍於作我忍結盡不忍結在我忍於善不忍不善我忍出世不忍在世我忍無諍不忍於諍我忍無漏不忍於漏我忍白法不忍黑法我忍寂滅不忍生死如是忍者是觀相對非畢竟忍云何名為畢竟忍耶若入空寂不與諸見和合不倚著空是諸見等亦復皆空如是忍者是無二相是畢竟忍若入無相不與諸覺和合不倚無相是覺皆空如是忍者是無二相是畢竟忍若入無願不與願合不倚無願是願皆空如是忍者是無二相是畢竟忍若入無作不與作合不倚無作是作皆空如是忍者是無二相是畢竟忍若入盡結不與結合不倚盡結諸

結皆空如是忍者是無二相是畢竟忍若入於善不與不善和合不倚於善不善皆空如是忍者是無二相是畢竟忍若入出世不與世合不倚出世在世皆空如是忍者是無二相是畢竟忍若入無諍不與諍合不倚無諍是諍皆空如是忍者是無二相是畢竟忍若入無漏不與漏合不倚無漏諸漏皆空如是忍者是無二相是畢竟忍若入白法不與黑合不倚白法黑法皆空如是忍者是無二相是畢竟忍若入寂滅不與生死和合不倚寂滅生死皆空如是忍者是無二相是畢竟忍若性不自生不從他生不和合生亦無有出不可破壞不可壞者是不可盡如是忍者是畢竟忍無作非作無所倚著無分別無莊嚴無修治無發進終不造生若無生者是不可盡如是忍者是無生忍無生忍者是不出忍不出忍者是畢竟忍如是菩薩修行是忍得受記忍舍利弗是名菩薩行忍無盡意說是忍時一切大衆讃無盡意言善男子善哉善哉快說此忍言已即雨種種希有諸華末香塗香無數雜衣幢旛寶蓋以用供養於無盡意百千妓樂於上空中自然出聲作如是言若有衆生欲得如來甚深忍者聞作是說不應驚怖時諸華香雜衣旛蓋普遍充溢滿此三千大千世界爾時佛告無盡意言善男子汝所供養華香等物可自求器除去擗揩無盡意言唯然世尊我今當以神通之力即身為器時無盡意即入菩薩色身三昧入三昧已一切所有供養之具悉入齋中身界如故不增不減爾時衆中有一菩薩名大莊嚴問

無盡意善男子所入三昧名爲何等而仁入已諸供養具悉入身中身界如故而不增減無盡意言善男子其三昧者名爲一切色身三昧大莊嚴言是三昧定頗復更有餘力勢不無盡意言是三昧力能令身界悉受三千大千世界所有色相身界如故亦無增減爾時衆中或有人天作是思惟寧可得見是定力不爾時佛知一切大衆人天所念告無盡意善男子汝可示現是定神力時無盡意菩薩摩訶薩於是三昧久已通達是故能以一切大衆十方諸來大菩薩等佛及聖僧悉內身中爾時其身猶如大寶莊嚴世界受諸菩薩摩訶薩等所有種種莊嚴之事是時大衆悉自見形在無盡意菩薩身內時無盡意示現如是大神通已是時大衆各還如本時大莊嚴菩薩摩訶薩問無盡意善男子我從昔來未曾見聞如是三昧神通變化無盡意言善男子假使三千大千世界一切所有悉入我身猶無增減況於此耶說是無盡意忍辱現大神變時七十六那由他天及人發阿耨多羅三藐三菩提心萬二千菩薩摩訶薩得無生法忍舍利弗是名菩薩修行忍辱而不可盡

無盡意菩薩經卷第一

音釋

閡五槩切與礙同　稷子力切百穀總名　眴舒閏切目動也　拯之庱切救也　訾蔑訾將几切毀也蔑莫結切輕易也　瑕疵瑕胡加切玷也疵疾之切黑類也　頩匹米切傾頭也　齊限齊在詣切齊限謂分齊限量也　觝突觝都禮切突陀骨切觝突相觸也　羼初限切　擗擋擗卑政切擋丁浪切擗擋除棄也

無盡意菩薩經卷第二

劉宋涼州沙門智嚴共寶雲譯

爾時舍利弗語無盡意言善哉善哉善男子汝已快說菩薩羼提波羅蜜而不可盡唯願仁者當說菩薩毗梨耶波羅蜜如諸菩薩所得無盡毗梨耶波羅蜜無盡意言唯舍利弗菩薩具足八事修行精進而不可盡何等八發大莊嚴而無有盡積集勇進而不可盡修行諸善而不可盡教化衆生而不可盡助道功德而不可盡助無上智而不可盡助無上慧而不可盡集助佛法而不可盡云何菩薩莊嚴無盡於諸生死心不疲倦不計劫數當成佛道若干劫在而作莊嚴若干劫在不作莊嚴菩薩莊嚴所經劫數不可稱計如從今日至生死本爲一日一夜如是三十日爲一月十二月爲一歲於是百千萬歲一發道心一見如來如是發心所見諸佛如恒沙數於爾所佛邊方得知一衆生心行如是遍知一切衆生心之所行猶不退沒是則名曰不懈莊嚴無盡莊嚴經於如是見佛發心知他衆生心所行時常修具足檀波羅蜜尸波羅蜜羼提波羅蜜毗梨耶波羅蜜禪波羅蜜般若波羅蜜修習一切助菩提法具修相好十力無畏不共之法具修一切諸佛法故是名不懈莊嚴無盡莊嚴若有菩薩聞作是說不驚不怖不畏當知是菩薩不懈精進是名菩薩莊嚴無盡云何菩薩勇進無盡若三千大千世界滿中盛火爲見佛故要當從是火中而過若爲聞法教化衆生安止衆生於善法故亦應如是從火中過是名菩薩勇進無盡何

因緣故名曰勇進常爲他故爲靜他故爲調伏他故爲滅盡他故常不懈慢堅牢不退心善安止於大悲中常勤精進而爲衆生故名勇進菩薩行時步步御心悉向菩提常觀衆生爲化度故雖作是觀不起煩惱是名菩薩勇進無盡云何菩薩修習無盡如所發起一切善心常願菩提是名菩薩修習無盡何以故以諸善根回向阿耨多羅三藐三菩提初無盡故舍利弗譬如天雨一滴之水墮大海中其滴雖微終無滅盡菩薩善根願向菩提亦復如是無有減盡修習善根者所謂正回向修習善根爲護衆生修習善根爲隨衆生之所須故修習善根爲欲成就一切智故修習善根是名菩薩修習無盡云何菩薩教化無盡衆生之性不可稱計菩薩於中不應稱計若言一日教化三千大千世界滿中衆生如是計數乃至無量不可思議不可稱劫教化衆生者雖作如是教化衆生不可稱計不可思議於衆生分猶未是化百分千分百千分百千萬分乃至算數譬喻所知衆生何以故是衆生性無量無邊不可稱計不可思議若菩薩聞作是說不驚不怖不畏當知是菩薩勤修精進是名菩薩教化無盡云何菩薩助道無盡菩薩所修助道功德無量無邊菩薩於中不應限量何以故一切衆生所有功德若去來現在及聲聞緣覺所有功德於佛世尊始是成就一毛孔功德如是一一毛孔所有功德乃至一切毛孔功德聚集成就始成如來一隨形好如是一一隨形好等乃至一切隨形好功德聚集成就如是成就如來

一相如是一一相至三十相聚集如是三十相百倍功德始成如來眉間毫相乃至修習倍是毫相百千功德始成如來無見頂相是名菩薩助道功德無盡云何菩薩助智無盡菩薩所修助智無量無邊菩薩於中不應限數若三千大千世界所有衆生如一信行所成就智如是信行比一法行所成就智百分千分百千分百千萬分乃至算數譬喻所不能及若三千大千世界衆生悉爲法行比一八人所成就智百分千分百千分百千萬分乃至算數譬喻所不能及若三千大千世界所有衆生悉爲八人智比一須陀洹所成就智百分千分百千分百千萬分乃至算數譬喻所不能及若三千大千世界所有衆生悉爲須陀洹智比一斯陀含所成就智百分千分百千分百千萬分乃至算數譬喻所不能及若三千大千世界所有衆生悉爲斯陀含智比一阿那含所成就智百分千分百千分百千萬分乃至算數譬喻所不能及若三千大千世界所有衆生悉爲阿那含智比一阿羅漢所成就智百分千分百千分百千萬分乃至算數譬喻所不能及若三千大千世界所有衆生悉爲阿羅漢智比一緣覺所成就智百分千分百千分百千萬分乃至算數譬喻所不能及若三千大千世界所有衆生悉成緣覺智比一百劫菩薩所成就智百分千分百千分百千萬分乃至算數譬喻所不能及若三千大千世界所有衆生悉爲百劫菩薩所成就智比一得忍菩薩所成就智百分千分百千分百千萬分乃至算數譬喻所不

能及若三千大千世界所有衆生悉爲得忍菩薩所成就智比一得不退菩薩所成就智百分千分百千分百千萬分乃至算數譬喻所不能及若三千大千世界所有衆生悉得不退菩薩智比一補處菩薩所成就智百分千分百千分百千萬分乃至算數譬喻所不能及若無量無邊世界衆生悉如補處所成就智比一如來是處非處智百分千分百千分百千萬分乃至算數譬喻所不能及總說如來諸力無畏不共之法亦復如是若菩薩聞作是說不驚不怖不畏當知是菩薩勤行精進是名菩薩助智無盡云何菩薩助慧無盡一切衆生所有心行不可窮盡菩薩於中不應計數若過去未來現在衆生所有心行若有一人於一念中具如是等三世衆生所有心行如是念念皆亦如是具諸心行如一人心中所具心行一切無量無邊衆生皆亦如是若過去未來現在衆生所有貪淫瞋恚愚癡及諸煩惱若有一人於一念中具如是等三世衆生所有煩惱如是念念皆亦如是具諸煩惱無量無邊如一人心中所具諸結一切無量無邊衆生皆亦如是菩薩於中生慧光明一念慧光無諸塵翳悉照過去未來現在衆生煩惱諸心所緣境界生住滅相無有遺餘是菩薩於諸衆生三世相應諸煩惱等無不盡知舍利弗譬如虚空無所不覆菩薩慧光亦復如是無所不照若菩薩聞作是說不驚不怖不畏當知是菩薩勤行精進是名菩薩助慧無盡云何菩薩修習助佛法無盡菩薩所行修助佛法無量無邊若菩薩於

中不應限量從初發心至坐道場於其中間修行具足六波羅蜜修行具足諸助道法如是一切發心修行一切善根不可稱計悉助佛法是名菩薩修助佛法而無有盡是名菩薩八事修行精進無盡復次舍利弗菩薩精進亦不可盡若身善業若口善業若意善業常勤不住何以故菩薩所作精進常與身口意相應雖身口精進皆由於心心爲增上云何菩薩心精進所謂心始心終云何心始初發心故云何心終菩提心寂滅故云何心始於諸衆生起大悲故云何心終無我人故云何心始攝衆生故云何心終不取諸法故云何心始不猒生死故云何心終無三界故云何心始捨所有故云何心終無所輕故云何心始受持戒故云何心終不持戒故云何心始修行忍故云何心終無忿諍故云何心始發行諸善故云何心終獨不雜故云何心始修習定故云何心終心清淨故云何心始多聞無猒故云何心終善思惟故云何心始習問義故云何心終法無言說故云何心始求智慧故云何心終斷戲論故云何心始修四梵行故云何心終捨眞智故云何心始具五通故云何心終具漏盡故云何心始發念處故云何心終念無思惟故云何心始發正勤故云何心終統善不善故云何心始發如意分故云何心終具報得故云何心始發諸根方便故云何心終觀諸根法故云何心始集諸力故云何心終智不壞故云何心始發助菩提分故云何心終善知分別諸覺方便故云何心始求助道法故云何心終無進趣故

云何心始求寂滅故云何心終心求寂故云何心始發起慧故云何心終善知法故云何心始覺知因故云何心終善知因故云何心始從他聞故云何心終於諸法中無放逸故云何心始發嚴飾故云何心終知身性故云何心始莊嚴口故云何心終聖嘿然故云何心始行三脫故云何心終無所作故云何心始降四魔故云何心終捨結習故云何心始知方便故云何心終了於慧故云何心始善知發故云何心終善知度故云何心始知世俗故云何心終善知真諦故是名菩薩心精進也是心具足精進無盡故說始終菩薩具足如是作相而心未常住於作業是菩薩於諸業相知而故作云何菩薩知而故作爲諸善根故爲諸衆生修大悲故不離有爲爲一切佛真妙智故不墮生死是名菩薩摩訶薩毗梨耶波羅蜜而不可盡說是法時七十那由他諸天及人發阿耨多羅三藐三菩提心三萬二千菩薩摩訶薩得無生法忍爾時舍利弗語無盡意言善哉善哉善男子仁已快說菩薩毗梨耶波羅蜜而不可盡唯願仁者當說菩薩禪波羅蜜如諸菩薩所得無盡禪波羅蜜無盡意言若菩薩摩訶薩以十六事修行禪定而無有盡不與聲聞辟支佛共何等十六菩薩修定無有吾我具足如來諸禪定故菩薩修定不味不著不求已樂故菩薩修定行於大悲斷諸衆生煩惱結故菩薩修定增益諸禪觀見欲界諸過患故菩薩修定具諸通業爲知衆生諸心行故菩薩修定其心柔輭於衆生中得自在故菩薩修定諸禪

三昧善知入出過於色界無色界故菩薩修定其心寂滅勝於二乘諸禪三昧故菩薩修定更無有廢畢竟已作故菩薩修定無諸衰耗善斷除滅諸習氣故菩薩修定常入智慧過諸世間到彼岸故菩薩修定爲知衆生心度脱一切諸衆生故菩薩修定不斷三寶種具足無盡諸禪定故菩薩修定無有退失其心常定無諸錯謬故菩薩修定而得自在具足一切諸善法故菩薩修定内善思惟斷入出息得勝智故舍利弗是名菩薩以十六事修行禪定而無有盡不與聲聞辟支佛共云何名爲菩薩修定具諸通智故云何爲通云何爲智若見諸色相是名爲通若知一切色盡法性而不證盡是名爲智若聞音聲是名爲通解了三世一切音聲無言辭相是名爲智若知一切衆生心行是名爲通若知心行悉皆滅盡不證於滅是名爲智若念過去是名爲通若知三世無有罣礙是名爲智若能遍至諸佛世界是名爲通若知佛界同虚空相是名爲智若求諸法無破壞相是名爲通若不見法是名爲智若不壞世間是名爲通若不見雜行是名爲智若過梵釋護世天王是名爲通過於二乘學無學智是名爲智是名菩薩修行禪定通智差别唯舍利弗菩薩善知一切衆生煩惱亂心是故修習諸禪定法助成住心舍利弗如是衆生煩惱心亂菩薩於中善修聚集助成禪定令此禪定住平等心是名菩薩修行禪定若住衆生平等智中是名爲定心行平等性相平等畢竟平等發行平等是名爲定住於施戒忍辱精進禪

定智慧及諸法等是名爲定如定等者則衆生等衆生等者則諸法等入如是等是名爲定如是等定則等於空等於空者則衆生等衆生等者諸法得等入如是等是名爲定如空等者則無相等無相等者則無願等無願等者則無作等無作等者則衆生等衆生等者則諸法等入如是等是名爲定自心等故他心亦等是名爲定一切等者所謂利衰如地水火風得是等心心如虛空無有高下常住不動所行威儀常定不轉本性自爾不掉不高自在無畏寂嘿無言知義知法知時非時隨世所行不雜於世捨世八法滅一切結遠離憒閙樂於獨處菩薩如是修行諸法於諸禪定心安止住離世所作是菩薩以方便慧入禪波羅蜜入禪定時生大悲心爲諸衆生是名方便其心永寂是名爲慧入時念佛是名方便不依止禪是名爲慧入時攝取一切善法是名方便不分別法性是名爲慧入時趣向莊嚴佛身是名方便於佛法身不生分別是名爲慧入時念佛聲如梵音是名方便於法性中無言說相是名爲慧入時受持心如金剛是名方便思惟諸法本性不亂是名爲慧入時不捨本所誓願教化衆生是名方便於一切法思惟無我是名爲慧入時思惟一切善根是名方便思惟善根性無所住是名爲慧入時遍觀諸佛世界是名方便見諸佛界同於虛空是名爲慧入時莊嚴菩提道場是名方便觀所莊嚴同於寂滅是名爲慧入時欲轉無上法輪是名方便思惟法輪無轉不轉是名爲慧入時一向修助覺分是

名方便爲知衆生諸熱惱心是故修習如來禪定知一切法相應不相應有相無相一切相續隨順菩薩決定思惟是名爲慧是名菩薩入於禪定方便慧也如是菩薩禪波羅蜜方便智慧二事俱行得佛法器一切諸魔不能破壞說是法時三萬三千菩薩得日燈三昧何因緣故名日燈三昧譬如日出燈火月光星宿諸明悉不復現菩薩大士得是定已先所修智一切二乘學與無學及餘衆生所得諸智皆亦如是悉不復現是名日燈三昧菩薩住於禪波羅蜜即於無量百千種種諸禪三昧而得自在今於此中當說少分其名曰電燈三昧淨三昧月光三昧淨莊嚴三昧日光三昧不可思議三昧勇出三昧照明三昧無垢光明三昧功德光明三昧一切法中得自在三昧吉道三昧無憂三昧堅稱三昧湧出如須彌山等三昧法炬三昧法健三昧法尊三昧自在知一切法三昧住法聚三昧總持法淨三昧隨知他心行三昧法幢瓔珞三昧燒一切煩惱三昧破四魔力三昧十力聲勇健三昧無礙斷礙三昧手燈三昧施得名聞三昧持地三昧住無我如須彌山三昧勝諸明智三昧智燄三昧生慧三昧修禪三昧無量自在三昧心調伏無我無我所成就三昧水月三昧日聲三昧無有高下如佛三昧離相三昧如善調象師子遊戲三昧念佛三昧念法得智自在無礙三昧無退不退三昧不眴三昧勝淨光無我三昧空三昧無相三昧無願三昧住心平等三昧金剛三昧增上三昧無能勝三昧旋三昧淨聲三昧善分

别三昧離煩惱三昧廣大如空三昧入諸功德三昧念意進覺三昧勇慧三昧辯無盡三昧語無盡三昧總持三昧不忘三昧善作三昧觀一切世三昧善知所樂三昧生踊躍三昧勇慈心淨三昧大悲根本三昧入喜三昧捨離二纏三昧決義三昧法作三昧智炬三昧智海三昧不波蕩三昧一切心喜三昧調伏三昧解脫智三昧已自在三昧法場金剛幢三昧蓮華三昧蓮華增上三昧離世法三昧不動三昧慧增上三昧諸佛所念首楞嚴三昧無諍三昧火三昧火明三昧解脫勝智三昧莊嚴佛身三昧遍照三昧入衆生心歡喜三昧順助道三昧莊嚴諸波羅蜜三昧寶髻三昧與諸覺華三昧與解脫果三昧甘露三昧速疾如風三昧實際三昧遮海濤三昧山相博三昧廣大神通三昧見無量諸佛三昧聞持三昧不亂三昧一念知無量功德海淨三昧如是等不可計那由他諸三昧入禪波羅蜜三昧悉得清淨舍利弗是名菩薩修行禪定而不可盡爾時舍利弗語無盡意言善哉善哉善男子仁已快說菩薩禪波羅蜜唯願仁者當說菩薩般若波羅蜜如諸菩薩所得無盡般若波羅蜜善男子般若波羅蜜云何行云何入無盡意言唯舍利弗般若波羅蜜如聞修行善入思惟舍利弗言唯善男子云何如聞修行無盡意言聞者具八十行何等八十欲修行順心行畢竟心行常發起行親近善友行無憍慢行不放逸行恭敬行隨順教行從善語行數往師所行至心聽法行善思惟行不亂心行勤進心行生寶想行

起藥想行除諸病行念器行進覺行意喜行入覺行聞無猒行增長捨行調智行親近多聞行發歡喜行身輕悅行心柔和行聞無疲倦行聞義行聞法行聞威儀行聞他說行聞所未聞行聞諸通行不求餘乘行聞諸波羅蜜行聞菩薩藏行聞諸攝法行聞方便行聞四梵行聞念正智行聞生方便行聞無生方便行觀不淨行思惟慈行觀因緣行觀無常行觀苦行觀無我行觀寂滅行觀空行觀無相行觀無願行觀無作行作善行持眞實行不失行好惡住處防護心行勤進無懈行善分別諸法行知諸煩惱非伴侶行護諸善法自伴侶行降伏煩惱非伴侶行親近正法財行斷諸貧窮行智者所讚行欣樂利根行衆聖所勸行令非聖者生歡喜行觀諸諦行觀陰過患行思量有爲多過患行思義行不作一切惡行自利利他行隨順增進諸善業行進增上行得一切佛法行舍利弗是名菩薩如其所聞具八十行舍利弗菩薩摩訶薩行般若波羅蜜具三十二事善入思惟何等三十二善入受持定善入分別慧善入心柔和善入身獨行善入十二緣善入不斷善入不常善入因緣生法善入無衆生無命無人善入無來去住處善入無進不斷因果善入空不懈善入無相不廢善入無願不捨善入不證空無相無願善入生諸禪三昧善入不隨禪定生善入生諸通智善入不證無漏法善入內觀法善入不證決定善入思量有爲法過患善入不著有爲法善入觀一切衆生無我而不捨大悲善入一切趣諸怖畏處善入

雖生諸趣非業故生善入離欲善入不證離欲法善入捨所樂欲善入不捨法樂善入捨一切戲論諸覺善入不捨方便諸觀舍利弗是名菩薩行般若波羅蜜三十二事善入思惟又復善思惟者所謂善順句善順句者是不始句是不終句是不住句是無依句是不動句是不倚句是平等句是非等句是真實句是正真句是不變句是清淨句是永寂句是不然句是不舉句是不下句是不減句是不增句是不共句是不戲論句是如句是不如句是如非如句是非如非不如句是如實句是三世平等句是三際句是不住色句是不住受想行識句是不住地大句是不住水火風句是不住眼界色界眼識界句是不住耳界聲界耳識界句是不住鼻界香界鼻識界句是不住舌界味界舌識界句是不住身界觸界身識界句是不住意界法界意識界句是念義句是念智句是了義經句是念法句是名菩薩善入思惟又復善思惟者所謂一切諸法若我無我如是諸法隨順觀察若知衆生無有我者即是隨順觀察諸法如是觀察即是善入思惟如善思惟即是思惟生死涅槃同一法界觀是二句無有差別如是見者是名勤進善入思惟若觀黑法及以白法二性平等無有差別是名勤進善入思惟若觀諸扼及以無扼不動不恃是名勤進善入思惟若菩薩起善思惟爲諸衆生而不捨離於諸法相亦不分別是名菩薩發善思惟舍利弗如聞行者如是得入報善思惟是名爲慧舍利弗菩薩慧者有十六法不於中住

云何十六不住無明行識名色六入觸受愛取有生老死乃至不住無明滅至生死滅不住根本身見乃至不住六十二見不住高下乃至不住世法利衰毀譽稱譏苦樂不住慢慢增上慢勝慢我慢下慢憍慢邪慢乃至不住二十煩惱不住因貪所起諸結若麤若細若上中下乃至不住貪欲所起一切諸結不住癡闇覆蓋諸礙乃至不住因癡所起一切諸結不住淫欲愛濁不住死陰煩惱天魔乃至不住因魔所起諸魔事等不住我人衆生壽者養育士夫乃至不住取衆生相不住業障報障法障煩惱障諸見障乃至不住一切習氣不住思想憶想分別想緣想想境界見聞覺知乃至不住一切諸結不住隨衆生心行智乃至不住八萬四千法聚不住慳貪布施破戒持戒瞋恚忍辱懈怠精進亂意禪定愚癡智慧乃至不住諸波羅蜜伴非伴等不住定亂邪正善不善世間出世間可作不可作有漏無漏有爲無爲黑法白法生死涅槃乃至不住一切諸法伴非伴等不住衆生異相諸乘異相佛界異相諸佛異相諸法異相聖衆異相乃至不住一切異相不住知不知識不識世諦眞諦乃至不住一切諸相所謂菩薩思惟慧者無聞無行無身無相無形無爲如是眞慧不住一切憶想思惟心作止住名字異相舍利弗是名菩薩眞智慧者不住如是十六法中舍利弗云何菩薩慧者處所具八方便何等八諸陰方便諸界方便諸入方便諸諦方便諸緣方便三世方便諸乘方便諸法方便云何諸陰方便若說諸陰如沫

如泡如熱時燄如芭蕉樹如幻如夢如呼聲響如鏡中像如影如化色如水沫如水沫性非我非衆生非命非人色亦如是能如是知是名菩薩觀色方便受喻如泡想喻如燄行如芭蕉識喻如幻如泡如燄如芭蕉幻性無我無衆生無命無人受想行識亦復如是能如是知是名菩薩觀受想行識方便諸陰如夢如響如像如影如化如化等性無我無衆生無命無人是諸陰等亦復如是能如是知是名菩薩觀陰方便所謂陰者即世間相世間相者是可壞相如可壞相即無常性苦性無我性寂滅性能如是知是名菩薩觀陰方便云何菩薩知界方便法界地界水火風界是法界中無有堅相濕相熱相動相法界眼界耳界鼻舌身意界是法界中無有見相聞相齅相別相覺相知相法界色界聲香味觸法是法界中無眼可見相耳可聞相鼻可齅相舌可別相身可覺相意可知相法界眼識界耳鼻舌身意識界是法界中無眼識知色乃至無意識知法法界色界法界非色作相乃至法界亦復如是法界我界無二無別法界欲界色界無色界我界生死界涅槃界無二無別法界虛空界一切法界我界空界無相無願無作不出不生悉無所有等如涅槃虛空涅槃及一切法等無有二如是無量有爲法界入無爲界能如是知如是說者是名菩薩知界方便云何菩薩觀入方便如佛所說眼空我空我所空何以故是眼性中無我無我所耳鼻舌身意空亦復如是觀是入者見一切法若善不善無有二相是名菩薩觀

入方便若眼入色若見眼色入離欲不證離欲法是名菩薩觀入方便耳入聲入鼻入香入舌入味入身入觸入意入法入若見離欲不證離欲法是名菩薩觀入方便所謂入者若聖入非聖入云何聖入若修習道云何非聖入不修習道若菩薩住道於不修道者生大悲心不捨入道是名菩薩觀入方便云何菩薩觀諦方便所謂甚深難入云何難入若苦智集智滅智道智苦智者觀陰無生集智者觀斷愛因滅智者觀無明等諸煩惱無有和合道智者得平等觀於一切法無所倚著菩薩若於四聖諦中作如是觀而不取證爲化衆生是名菩薩觀諦方便復有三諦何等三俗諦第一義諦相諦云何俗諦若世間所用語言文字假名法等云何第一義諦乃至無有心行何況當有言語文字云何相諦觀一切相同於一相一相者即是無相菩薩隨順俗諦而不猒倦觀第一義諦而不取證觀諸煩惱相諦一相無相是名菩薩觀諦方便復有二諦何等二俗諦第一義諦何等俗諦若說苦集道諦若世間言語文字假名法等云何第一義諦若於涅槃法終不忘失何以故如與法界其性常故菩薩隨俗不生猒倦觀第一義而不取證復有一諦何等爲一於一切法無所倚著爲化衆生現有所著是名菩薩觀諦方便復次五陰苦若見五陰苦相是名爲苦觀苦即空是名苦智觀苦聖諦若觀五陰諸煩惱愛因見因是名爲集若觀愛因見因不取不著不希不求是名集智觀集聖諦若五陰畢竟盡相過去巳滅未來未生

現在不住是名爲滅能如是知是名滅智觀滅聖諦若得道者證集滅智比智知已是名爲道若於是中悉見空性是名道智觀道聖諦若能如是觀四聖諦是名菩薩觀諦方便若一切受是名爲苦若於諸受思惟分別是名苦智觀苦聖諦受因和合是名爲集若於受因知如眞實是名集智觀集聖諦若除諸受無受者受觀受滅盡不證於滅爲化衆生是名滅智觀滅聖諦若有所受是名爲道雖有和合猶如筏喻不爲所受不求於道是名道智觀道聖諦作如是知見四聖諦清淨平等是名菩薩觀諦方便復次略說生苦是名爲苦若觀於生是名苦智觀苦聖諦生從因緣是名爲集若觀有非有是名集智觀集聖諦一切生非生是即非滅若法不生即無有滅是名爲滅若觀此滅即是滅智觀滅聖諦若如是等推求稱量思惟分別是名爲道若滅如是求稱量等入法門者是名道智觀道聖諦若住於智不證聖諦是名菩薩觀諦方便云何菩薩觀緣方便集不善思惟故無明集無明集故行集行集故識集識集故名色集名色集故六入集六入集故觸集觸集故受集受集故愛集愛集故取集取集故有集有集故生集生集故老死集老死集故憂悲苦惱集若知如是諸苦聚集是名菩薩觀緣方便若住如是諸法聚集則不長養無所作無諍訟無有主無所屬無繫縛所謂若因善法因不善法因不動法若因向涅槃法如是等法如實分別若諸衆生根量齊限因是諸根所作諸業若有受報及非受報善知其因

聚集方便是名菩薩觀緣方便不善思惟滅則無明滅無明滅故行滅行滅故識滅識滅故名色滅名色滅故六入滅六入滅故觸滅觸滅故受滅受滅故愛滅愛滅故取滅取滅故有滅有滅故生滅生滅故老死滅老死滅故憂悲苦惱諸苦聚滅若知如是諸苦聚滅是名菩薩觀緣方便一切諸法屬因屬緣屬和合若法屬因緣和合是法則不屬我人衆生壽命若法不屬我人衆生壽命則不入法數能如是知是名菩薩觀緣方便若菩薩所修諸法爲助菩提安止菩提如是諸緣悉見滅盡而不取證爲化衆生是名菩薩觀緣方便云何觀三世方便若念過去已身他身善不善心心數法不善心法呵責毀呰善心心數法悉以回向無上菩提是名菩薩觀過去方便若未來世心心數法一向專念菩提之道若起善心願悉回向無上菩提所有不善心心數法不令入心發如是願是名菩薩未來方便若現在世心心數法善思惟等所作諸業悉已回向無上菩提是名菩薩觀現在方便作如是方便是名菩薩觀三世方便復次善解三世空無所有若作是觀觀三世空智慧力故若於三世諸佛所種無量功德悉以回向無上菩提方便力故如是方便是名菩薩觀三世方便復次雖見過去盡法不至未來而常修善精勤不懈觀未來法雖無生出不捨精進願向菩提觀現在法雖念念滅其心不忘發趣菩提如是方便是名菩薩觀三世方便過去已滅未來未至現在不住雖如是觀心心數法生滅散壞而常不捨聚集

善根助菩提法如是方便是名菩薩觀三世方便復次若諸神道念過去世所作善根念已回向無上菩提念未來世未生善根願心所圖如意成就現在世中常生善根專念不懈回向無上菩提之道如是方便是名菩薩觀三世方便復次若化衆生念過去世所作善根助道功德所謂隨衆生心應可化者如其所樂悉已化訖若未來世所有衆生或須見佛及諸聖人而得度者隨形應適悉令得度若現在世所有衆生若應聞法應見神力亦隨所應皆悉化之隨所教化諸衆生已則於三世成自他利如是之利悉爲菩提具無礙智如是方便是名菩薩觀三世方便舍利弗云何菩薩觀諸乘方便世有三乘何等三聲聞乘緣覺乘大乘復有二乘何等二天乘人乘云何菩薩觀聲聞乘佛未出世無聲聞乘何以故從他聞法生於正見所謂聞者持戒威儀威儀具故戒聚具足戒聚具足已定聚具足定聚具足已慧聚具足慧聚具足已解脱聚具足解脱聚具足已解脱知見聚具足如是方便是名菩薩觀聲聞乘方便復次觀聲聞乘若善不善及不動行心常毁呰猒離三界觀一切行無常苦無我寂滅涅槃乃至一念不希受生常懷怖懼心不甘樂觀陰如怨家如毒蛇入如空聚於一切趣不願受生若能如是開示分別是名菩薩觀聲聞乘方便云何菩薩觀緣覺乘方便若緣覺出世觀其所行如實知之緣覺所行出過聲聞所有功德欲精進不放逸持戒少聞不多供養諸佛世尊給侍使令以根中故常有猒心所

作衆事皆悉尠少猒患憒閙常樂遠離獨住空閑威儀庠序出入凝重安心靜嘿簡於人事能爲衆生現世福田其心翫樂觀十二緣常念一法出世涅槃數遊禪定不從他聞自然覺了少分境界因緣悟道故名緣覺若能如是開示分別是名菩薩觀緣覺乘方便云何菩薩觀大乘方便其乘無量今於此中當說少分是乘無量悉能容受一切衆生無罣礙故是乘增長一切善根令無量衆生得受用故是乘具足諸波羅蜜能隨衆生心行化故是乘能過助道之法進趣無礙至道場故是乘平等無礙光明照於一切無量衆生悉堪受故是乘無畏過怯弱道悉能示現諸佛法故是乘能壞一切諸魔外道邪衆了十二緣建立佐助菩提幢故是乘能除一切諸邊有無斷常因緣諸見所起煩惱障礙覆蓋疑網調戲得佛無礙真智慧故是乘富足具諸珍寶眞實不虛能益衆生大悲勇猛本願成就故是乘具足十力無畏不共之法相好嚴身身口意故如是方便是名菩薩觀大乘方便云何菩薩觀一切法方便所謂若有爲若無爲菩薩於中善知方便云何善觀有爲方便所有身善業口善業意善業願以回向無上菩提是名有爲方便若觀身口意善業同菩提相回向菩提是名菩薩觀無爲方便復次有爲方便若能聚集五波羅蜜是名有爲方便雖知般若波羅蜜其性無爲於所聚集終無猒賤要欲具足諸波羅蜜深解善根同無漏菩提而猶願成一切種智是名菩薩無爲方便復次有爲方便住於無礙平等心中

以四攝法攝取衆生是名有爲方便云何無爲方便善解衆生無我無人無所希求知四攝法同無爲解脱而能回向一切種智是名無爲方便復次有爲方便若諸煩惱生死相續斷令不起所有善根助菩提者令不斷絶乃至不行少煩惱分是名有爲方便云何無爲方便雖觀空無相無願知此三空即助道方便故能不證是名無爲方便復次有爲方便雖在三界不爲三界煩惱所汙是名有爲方便云何無爲方便雖出三界不證於出是名無爲方便如佛所説知諸法方便則能具足一切種智何以故一切種智無量無邊具足正念慧方便故是故名爲一切法方便舍利弗是名菩薩智慧所緣八方便也舍利弗是八方便能攝菩薩無盡智慧舍利弗是慧能解觀了善法不善法故是慧如箭善射法故是慧能行聖法現在故是慧眞解斷除諸見煩惱障礙諸覆蓋故是慧定願悉能滿足本所求故是慧消融能除煩惱諸燋熱故是慧悦豫不斷法樂故是慧正念了所緣義故是慧安住具三十七助道法故是慧得相如所行乘能具足故是慧解相性智照故是慧能度過諸流故是慧能進成正決定故是慧正見具足一切諸善法故是慧歡喜隨煩惱者能拔濟故是慧殊勝得頂法故是慧微妙自然覺故是慧不行不近三世故是慧攝取具一切方便故是慧能斷過諸想思故是慧不放逸捨離闇朦故是慧初始發行一切諸善法故是慧能發具諸乘故是慧照明除無明網故是慧與眼一切衆生如其所解得明

了故是慧無依過眼色故是慧第一義出眞實故是慧無諍善分別故是慧明了向智門故是慧無盡能遍行故是慧不逆見十二緣故是慧解脱諸纏繫縛悉善斷故是慧不雜離於一切障礙法故舍利弗一切衆生所有心行如是智慧悉能照達知衆生心行慧思智知諸煩惱門如是智慧皆悉觀了若聲聞緣覺菩薩如來所有智慧是菩薩悉能遍學舍利弗是名菩薩無盡之慧以是無盡慧具無盡智説是法時三萬二千菩薩善根熟者得無生法忍

無盡意菩薩經卷第二

音釋

翳（於計切蔽也）掉（徒弔切搖也）憒鬧（憒古對切亂也鬧奴教切不靜也）扼（烏革切）筏（房越切簰筏也）朦（莫紅切朦朧也）

無盡意菩薩經卷第三

劉宋涼州沙門智嚴共寶雲譯

爾時無盡意菩薩復語舍利弗菩薩修慈亦不可盡何以故菩薩之慈無量無邊是修慈者無有齊限等衆生界菩薩修慈發心普覆舍利弗譬如虛空無不普覆是菩薩慈亦復如是一切衆生無不覆者舍利弗如衆生界無量無邊不可窮盡菩薩修慈亦復如是無量無邊無有窮盡虛空無盡故衆生無盡衆生無盡故菩薩修慈亦不可盡是謂大士所修慈心不可得盡舍利弗言善男子齊幾名衆生界無盡意言所有地界水火風界其量無邊而猶不多於衆生界舍利弗言惟善男子頗可得說譬喻比不無盡意言可說但不得以小事爲喻舍利弗東方去此盡一恒河沙佛之世界南西北方四維上下皆一恒沙佛世界作一大海其水滿溢使一恒河沙等諸衆生聚集共以一毛破爲百分以一分毛滴取一滴如是一恒河沙共取一滴二恒河沙共取二滴如是展轉乃至盡此滿大海水盡是衆生界猶不可盡菩薩慈心悉能徧覆如是衆生舍利弗於意云何是修慈善根豈可盡耶舍利弗言實不可盡惟善男子是虛空性尚可得盡菩薩慈心不可盡也若有菩薩聞作是說不生驚怖當知是人得無盡慈舍利弗是慈能自擁護己身是慈亦能利益他人是慈無諍是慈能斷一切瞋恚荒穢繫縛是慈能離諸結及使是慈歡喜是慈不見一切衆生破戒之過是慈無熱身心受樂是慈遠離一切惱害是慈能離一切怖畏是慈

能順衆聖人道是慈能令瞋者歡喜是慈能勝一切鬬諍是慈能生利養稱歎是慈莊嚴釋梵威德是慈常爲智人所讚是慈常護凡夫愚人是慈常能隨順梵道是慈不雜遠離欲界是慈能向解脱法門是慈能攝一切諸乘是慈能攝非財功德是慈長養一切功德是慈過諸無作功德是慈悉能莊嚴相好是慈能離下劣鈍根是慈能開天人涅槃諸善正道是慈能離三惡八難是慈愛樂諸善法等是慈如願一切所欲成就自在是慈平等於諸衆生是慈發行離諸異相是慈正向持戒之門是慈能護諸犯禁者是慈能成無上忍力是慈能離諸慢放逸是慈發起無諍精進入於正道是慈根本入聖禪定是慈善能分别於心離諸煩惱是慈因慧而生總持語言文字是慈定伴離魔結伴是慈常與歡喜同止是慈善爲心之所使是慈堅持威儀戒法是慈能離諸調動等是慈能滅種種諸相是慈善香慚愧塗身是慈能除煩惱臭氣舍利弗夫修慈者悉能擁護一切衆生能捨已樂與他衆生聲聞修慈齊爲已身菩薩之慈悉爲一切無量衆生舍利弗夫修慈者能度諸流慈所及處有緣衆生又緣於法又無所緣緣衆生者初發心也緣法緣者已習行也緣無緣者得深法忍也舍利弗是名菩薩修行大慈而不可盡復次舍利弗菩薩摩訶薩修行大悲亦不可盡何以故舍利弗如人命根即以出息入息爲本菩薩如是修學大乘以大悲爲本如轉輪聖王以輪寶爲本菩薩如是修一切智以大悲爲本如大長者唯有

一子慇愛情重菩薩大悲亦復如是於諸衆生愛之若子如是大悲我已行已如是大悲作已利已如是大悲不假他事如是大悲已心所作出不諂曲如是大悲所作畢竟出正決定如是大悲種性所作出於直道如是大悲心無邪曲出生正直如是大悲無有憍慢出衆生境如是大悲捐捨已身出如來身如是大悲不貪壽命出不作惡如是大悲擁護衆生出於菩提如是大悲護眞實法出心清淨如是大悲見諸窮厄出拔濟事如是大悲本誓堅固出不動心如是大悲不欺已身人天賢聖出不虛誑如是大悲其行清淨出於善業如是大悲自捨已樂出與他樂如是大悲不與他苦出不燋熱如是大悲能令衆生捨於重擔出堅精進如是大悲有忍勢力出護無力如是大悲不猒可汙出瞻病者如是大悲得法自在出教化鈍根如是大悲覆自功德出顯他功業如是大悲出離諸苦如是大悲出求無漏樂如是大悲出捨所愛物如是大悲出作衆善業無所燒惱如是大悲出善持禁不捨毀戒如是大悲出教化衆生如是大悲出不惜身命如是大悲出捨自支節如是大悲出生他善根如是大悲出自利益善根如是大悲出無味諸禪如是大悲出不猒欲界如是大悲出於觀慧如是大悲出不汙善根如是大悲出諸衆生如所願成如是大悲出有爲無爲如是大悲出不證無爲如是大悲出知衆生性同無爲而能教化如是大悲出護毀戒者如是大悲出讚歎佛戒如是大乘諸悲出於大悲以是因緣故名大悲

謂大悲者必定善行布施持戒忍辱精進禪定智慧諸助道法爲得自然無師智慧營他衆生所作事業精勤專著如修已務以是因緣故名大悲舍利弗是名菩薩修行大悲而不可盡復次舍利弗菩薩摩訶薩修行於喜亦不可盡云何爲喜常念於法歡喜踊躍不生懈怠無諸惱熱離五欲樂住於法樂心和悅豫身輕柔輭意勤勸督識常生悲樂求如來無上法身樂修相好以自莊嚴聽法無猒念行正法行正法已心生歡喜生歡喜已具得法悲常於衆生不生礙心以增上欲勤求於法生欲法已深心得解甚深佛法遠離二乘發無上心除諸慳惜發於捨心見來乞者心生歡喜捨時歡喜施已無悔如是布施三時清淨得清淨已心則悅豫於持戒者常行布施於毀禁者喜心攝取自持禁戒心則清淨能令惡道怖懼衆生得無所畏遠離惡處一心回向如來禁戒堅持牢固不可毀壞惡罵加已堪忍不報於諸衆生心無憍慢於諸尊長謙下恭敬言常和悅離於顰蹙先以愛語終無諂曲不以邪心誘誑於人不以利養爲他執役其心清淨無有麤過於諸不可不見其過不求他短不舉人罪專心正念諸和敬法於諸菩薩生如來想愛說法者重於已身愛重如來如惜已命於諸師長生父母想於諸衆生生兒息想於諸威儀如護頭首於諸波羅蜜如愛手足於諸善法生珍寶想於教誨者生五欲想於知足行生無病想愛樂求法生妙藥想於舉罪者生良醫想攝御諸根無有懈怠是故名喜是喜寂靜覺知微妙

故是喜寂滅無調慢故是喜行猶不戲論故是喜根本心不亂故是喜多聞取善語故是喜平等心柔輭故是喜勇猛善作業故是喜不悔專行善故是喜正住不懈怠故是喜不動無所依故是喜不共難摧伏故是喜實義不忘失故是喜真實無變異故是喜誠諦如所作故是喜能捨力堅牢故是喜大力無能勝故是喜能作諸佛神力求諸佛法故舍利弗是名菩薩修行於喜而不可盡復次舍利弗菩薩摩訶薩修行於捨亦不可盡云何菩薩修捨無盡菩薩行捨捨有三種云何爲三捨諸煩惱捨護已他捨時非時云何捨諸煩惱恭敬供養其心不高輕蔑毀訾心亦不下若得利養心不貪恃若遭衰惱心亦不愁若遇譽讚心無喜慶若遭毀者心不退縮若遇譏者心無虧赧若有稱者善住法界若遭苦事心力忍受若遇樂事明見無常放捨所愛斷於瞋恚於親非親得平等心持戒毀戒意無增減作善作惡無有二相於愛非愛心無所著聞善不善心能堪忍於善惡語心不繫著於味過患其量無二於諸衆生得平等心於上中下得等光明不惜身命好惡名聞同於法界於實相法心得清淨於世法等得菩薩捨是名菩薩捨於煩惱云何菩薩捨護已他若被割截身體支節心無瞋恨不求讎報以得捨心故能捨二內外身口於此二中不生諍訟於眼與色無有欲汙耳聲鼻香舌味身觸意法亦復如是故於二中不生諍訟是故名捨不傷不害是故名捨捨護已他是故名捨於利非利心行平等是故名捨於第一

義不生諍論是故名捨於己心中善能分別是故名捨觀捨已身是故名捨不害他身是故名捨菩薩修捨於諸禪定常行捨心諸佛世尊不聽菩薩於諸衆生而行捨心何以故菩薩常修精進爲護自他勤求善根是名菩薩捨護已他云何捨時非時非器衆生捨不引接衰毀識苦捨而不愛捨求聲聞成決定者行布施時捨修持戒修持戒時捨於布施修忍辱時捨施戒進修精進時捨施戒忍行禪定時捨於布施修智慧時捨五波羅蜜所不應作終不復作如是諸法安住戒行精勤勇猛具足修行是名菩薩修無盡捨

復次舍利弗菩薩諸通亦不可盡云何諸通天眼通天耳通他心通宿命通如意通云何天眼通菩薩天眼於諸天龍鬼神諸乾闥婆學無學人聲聞緣覺所有天眼爲最第一微妙殊勝開達明了向一切智功德所成不與天龍二乘共之若有十方無量無邊諸佛世界所有形貌色像光明若麤若細若近若遠菩薩天眼一切悉見照了分別善解善見亦見其中所有衆生生諸趣者除無色天其餘業行生死相續若業業果分別諸根悉知無遺若於十方無量無邊諸佛世尊所有莊嚴淨妙國土悉見無餘如是見已清淨持戒願以回向莊嚴己土住是持戒如其所願悉得成就無量大利菩薩天眼亦見其中菩薩大衆修行於道身四威儀及正憶念得解脫法安住總持辯才方便入慧方便見已自修如是諸行悉令備足是菩薩眼清淨無礙得見色故是眼不汙不著色故是眼解脫遠離諸

見煩惱故是眼清淨性明了故是眼不依離所緣故是眼不發斷煩惱故是眼無翳斷疑網故是眼不起斷障礙故是眼得明照了法故是眼念知不行識故是眼無貪瞋恚愚癡能斷一切諸結使故是眼無上趣聖本故是眼無礙平等光明照衆生故是眼無垢斷惡法故是眼不染性清淨故是眼入佛眼畢竟不捨故是眼不縛斷愛恚故是眼行義出於眞實修行念知淨道法故何以故是大士安住大悲深解法相善分别義無有諍訟隨見聞說背不善法趣向道場心無障礙見慳惜人能捨財施見毁禁者修持淨戒見瞋恚者修忍不諍見懈怠者攝取勸厲見散心者示諸禪枝無智慧者施與慧眼行邪道者示以正道修下行者爲說甚深微妙佛法令入一切智不退諸通具足菩提舍利弗是名菩薩天眼神通而不可盡復次舍利弗菩薩天耳神通亦不可盡云何菩薩天耳神通若十方無量無邊諸佛世界所有諸聲所謂天龍鬼神乾闥婆阿修羅迦樓羅緊那羅摩睺羅伽人非人聲及以聖聲所謂聲聞緣覺菩薩正徧知聲一切凡是耳根所對乃至地獄餓鬼畜生蠅蛾蚤虱所有諸聲一切悉聞若諸衆生心所緣處若善不善無記所作事業出諸音聲一切悉解若口善業口不善業口無記業如是諸業悉如實知若有口業因於愛欲說瞋說癡若有口業因於瞋恚說欲說癡若有口業因於愚癡說欲說瞋若因欲說欲因瞋說瞋因癡說癡如是諸聲亦皆能知或有口業心淨口麤或有口業口淨心麤或有口

業口淨心淨或有口業口麤心麤如是一切無礙耳通能如實知是菩薩天耳亦知聖聲及非聖聲若聞聖聲不生愛著聞非聖聲心不生礙於聖人聲得具大慈非聖人聲得具大悲若聞過去未來諸聲得盡本際如實正智是菩薩天耳得聞一切諸佛世尊所說妙法聞已憶念正智總持不忘不失隨衆生器而爲說法善知諸法堅不堅相是菩薩若聽一佛說法不聞餘佛所說法者無有是處一切諸佛所可演說悉能聽受菩薩若聞善不善無記法聲皆悉善知時與非時所謂若有衆時非說法時聞已默然而無所說若有說時非有衆時所謂正爲一人能堪受者是故雖說不爲一切事若眞實或畏傷他故不爲說事若不實爲利益他以清淨心方便得說若所喜聲即能得聞所不喜者便不復聞若於大衆爲諸衆生演說法時隨其耳識所解所受是菩薩天耳悉得聞知若說法時或有衆生應解悟者便得聞法不解悟者則便不聞是菩薩耳界法界其性清淨知見我人衆生悉清淨故是菩薩正分別耳界如言語文字所說之相若有五趣雜類衆生隨其所解言語音聲而爲說法持是天耳回向如來所得耳界不求餘乘故舍利弗是名菩薩天耳神通而不可盡復次舍利弗菩薩知他心通亦不可盡云何菩薩知他心通若諸衆生上中下心菩薩悉知知是衆生因施根心相知是衆生因戒根心相知是衆生因忍根心相知是衆生因進根心相知是衆生因定根心相知是衆生因智根心相知是衆生因慈悲

喜捨根心相知是衆生因聲聞緣覺大乘根心相知是衆生因力增上善根具足知是衆生因行增上善根故得生此知是衆生其行清淨心不清淨知是衆生其行不淨而心清淨知是衆生心行俱淨知是衆生行之與心二俱不淨知是衆生過去世心諸根行因知是衆生隨緣悟法是名菩薩知他心智又復知他未來世心知是衆生未來世中有持戒因現在世中有布施因知是衆生未來世中有忍辱因現在世中有持戒因知是衆生未來世中有精進因現在世中有忍辱因知是衆生未來世中有禪定因現在世中有精進因知是衆生未來世中有智慧因現在世中行俗心因知是衆生未來世中發大乘因現在世中有下根因未來衆生有如是等諸因諸緣是諸因緣能如實知是菩薩於未來受化衆生終不疲猒如其心根如實能知隨其器量而爲說法若樂少聞則不多說說必有益功不唐捐是名菩薩知他心智若現在世衆生所行心心數法悉如實知所謂欲心如實知欲心離欲心如實知離欲心恚心如實知恚心離恚心如實知離恚心癡心如實知癡心離癡心如實知離癡心散心如實知散心攝心如實知攝心懈怠心如實知懈怠心精進心如實知精進心下心如實知下心上心如實知上心亂心如實知亂心定心如實知定心無解脫心如實知無解脫心有解脫心如實知有解脫心無寂靜心如實知無寂靜心有寂靜心如實知有寂靜心量心如實知量心無量心如實知無量心一一衆生一

一煩惱纏覆心者一切皆知知如是知已如其出道而爲説法又是菩薩所往之處先觀衆生知其根量隨而爲説出要之法是諸衆生上中下根悉如實知是菩薩心知他心時無有障礙何以故是菩薩心智慧猛利善分別故念意進慧之所知故善能解了菩提相故斷諸習氣故清淨無垢故明了無諍故無諸煩惱故無有淵流故照一切法故善入一切衆生心故能如是解是菩薩心智猛利於如是法正入知者是名菩薩他心智通而不可盡復次舍利弗菩薩宿命智通亦不可盡云何菩薩宿命智通是菩薩念宿命事若自若他善受憶持安住法界無有傾動無傾動者能善解了善作業故是念無惱安住禪定故是念無畏及善攝智慧故是念不從他求現得善知故是念正憶畢竟不失故是念助功德善解大乘故是念助智不從他具足故是念善根諸波羅蜜具足能到一切佛法故是宿命智若念一生二生三生四生五生十生二十生三十生五十生乃至百生千生百千生無量百生無量千生無量百千生及天地成壞無量成世無量壞世無量成壞世無量成壞劫知諸衆生於是中生如是種姓如是名字如是色像如是飲食如是壽命受苦樂等於是中死還是中生於彼中死還彼中生是菩薩念如是等無量生死自念宿世及他衆生盡過去際是菩薩念自善根回向阿耨多羅三藐三菩提念他善根願令發阿耨多羅三藐三菩提心是菩薩以正念心於本生死行苦善觀無常苦無我若觀無常苦無我者

於諸色欲封祿壽命眷屬自在悉無貪著亦復不貪釋梵護世轉輪聖王及受生處五欲歡樂爲化衆生故現受生是菩薩念於無常苦無我已過去穢行發露懺悔現世諸惡乃至失命終不爲之過去善根欲令增廣回向阿耨多羅三藐三菩提現在善根與衆生共回向阿耨多羅三藐三菩提是菩薩離諸惡願不斷三寶種故所有善根悉已回向阿耨多羅三藐三菩提舍利弗是名菩薩念宿命智而不可盡復次舍利弗菩薩摩訶薩如意神通亦不可盡云何菩薩如意神通若欲進心慧所攝諸法調伏柔和心得自在善修習故現在能得是如意通是菩薩作種種神通變化以是神通爲化衆生是菩薩一一示現種種神通教化衆生所謂若色相若力勢若變化是菩薩示種種色相令衆生見見已心伏所謂若佛色像若緣覺色像若聲聞色像若釋梵護世轉輪聖王色像及餘種種無量色像乃至示現畜生色像化衆生故作是示現示現是已隨其所應而爲說法若有衆生自謂已身有大勢力而起憍慢瞋恚貢高菩薩欲爲調伏如是諸衆生故示現大力所謂示現那羅延力四分之一或四分之二或四分之三或令示現須彌山王高十六萬八千由旬縱廣八萬四千由延以三指舉擲置他方無量世界譬如擲一阿摩勒果於菩薩力而無損減斷取三千大千世界下盡水際以手舉之高至有頂住經一劫菩薩成就示現如是大勢力時能令如是瞋恚憍慢貢高衆生內善調伏知調伏已然後隨應而爲說法

是菩薩修如意通能得智慧變化勢力以變化力諸所欲作悉得成就能變大海以爲牛跡大海不小又變牛跡以爲大海牛跡不大若劫欲盡火災起時欲變爲水能如意變水災起時能變爲火風災起時能變爲火火災起時能變爲風風災起時能變爲水水災起時能變爲風如是變化皆悉成就若上中下法隨意變化唯除諸佛更無有人能移動留礙破壞菩薩如意神通所謂釋梵天王魔王波旬及其眷屬是菩薩作種種變化示諸衆生令歡喜已然後隨意而爲說法是菩薩神通勇健自在能過諸魔煩惱境界入於佛界不惱衆生所有善根皆悉成就一切魔衆無能斷者舍利弗是名菩薩如意神通而不可盡

復次舍利弗菩薩四攝亦不可盡云何爲四一者布施二者愛語三者利行四者同利云何布施施有二種財施法施云何愛語於求財人及聽法者柔和與語云何利行於求財人及聽法者隨其所求悉令滿足云何同利求財法者以大乘已利令彼安止又復施者見諸乞求心生清淨愛語者於諸乞士心生歡喜利行者於諸乞士隨其所利而令具足同利者常以大乘勸誨衆生復次施者所謂捨心愛語者行無限齊利行者畢竟不悔同利者回向大乘復次施者起慈行捨愛語者不捨喜心利行者大悲莊嚴利於衆生同利者捨於高下發心回向一切種智復次施者如法求財清淨行施愛語者將導愛者安止善法利行者說於巳利以利益他同利者令

諸衆生發一切智心復次施者捨於内外愛語者功德智慧心無悋惜利行者捨自利行而行利他同利者棄捨重位心初無悔復次法施者如所聞法悉能演説愛語者不爲利養而演説法利行者誨他諷誦心無疲猒同利者一切智心所得妙法即以此法勸勵衆生復次法施者若有衆生一一聽法次第爲説而無錯謬愛語者爲人説法不辯遠近利行者有求法人供給衣服飲食卧具病痩醫藥令無所乏既施所安然後隨應而爲演説同利者凡所讚説常勸衆生回向阿耨多羅三藐三菩提復次法施者於諸施中知其最勝以此勝法爲人演説愛語者常爲利益衆生故説利行者隨義而説不隨文字同利者常爲具足佛法故説復次施者具足檀波羅蜜愛語者具足尸羅羼提波羅蜜利行者具足毗棃耶波羅蜜同利者具足禪那般若波羅蜜復次施者初發菩提愛語者修行菩提利行者不退菩提同利者一生補處復次施者安住菩提種子根本愛語者滋長菩提芽莖枝葉利行者漸以開敷生菩提華同利者已能成就菩提果實舍利弗是名菩薩以四攝法攝取衆生而不可盡

復次舍利弗菩薩摩訶薩四無礙智亦不可盡云何爲四一者義無礙二者法無礙三者辭無礙四者樂説無礙云何義無礙於諸法中知第一義是比智是因智是縁智是和合智是不墮邊智是不住中智是十二因縁智是不異法性智是如實智是眞際智是覺空空智是無相相智是無願願智是無爲爲智

是觀一相智是觀無我智是觀無衆生智是觀無命智是觀無我第一義智是觀過去無罣礙智是觀未來無有邊智是觀現在一切種智是觀諸陰如怨賊智是觀諸界如毒蛇智是觀諸入如空聚智是觀內法永寂滅智是觀外法無行處智是觀所緣如幻化智是觀念正住智是觀忍正法智是觀自身智是觀了諸諦智是苦不和合智是集不作智是滅自性智是道能到智是分別諸法智是觀衆生諸根心行隨所入智是諸力無能伏智是諸覺如實解智是禪定受持智是慧光明智是幻化莊嚴智是熱時焰迷惑智是夢中所欲智是響所緣智是鏡中像無去來智是種種相無相智是扼離扼智是取生離生智是聲聞乘從他聞智是緣覺乘觀十二緣智是大乘具足一切善根智舍利弗是名菩薩義無礙智又復義無礙者思一切法義何以故是一切法無我衆生無命無人如無我衆生無命無人即名爲義如命義者色等諸法亦復如是是名義無礙又復義無礙者是無住說是無盡說是得一切法說如是義無礙者諸佛所許是眞實義無別無異智慧分別無有障礙是名菩薩義無礙智舍利弗云何菩薩法無礙智若觀諸法所謂善法不善法世法出世法可作法不可作法有漏法無漏法有爲法無爲法黑法白法生死法涅槃法是智法性平等是智菩提平等是智性平等是名法無礙智又復法無礙者觀於衆生多欲心行少欲心行初發欲心行欲相心行現在所緣欲心行現在因緣欲心行有衆生內

有欲行外無欲行外有欲行内無欲行有内外欲行有内外無欲行有色欲行非聲香味觸有聲欲行非色香味觸有香欲行非色聲味觸有味欲行非色聲香觸有觸欲行非色聲香味入如是觀衆生諸欲行門行欲行者二萬一千行恚行者二萬一千行癡行者二萬一千行等分行者二萬一千觀如是衆生八萬四千心之所行如實而知隨其所應而爲說法舍利弗是名菩薩法無礙智舍利弗云何菩薩辭無礙智於諸音聲悉觀了知所謂天龍鬼神乾闥婆阿修羅迦樓羅緊那羅摩睺羅伽人非人如是言語文字音聲悉皆能知如是五道雜類衆生隨其種類一一音聲語言文字而爲說法是名辭無礙智如是語法文字思惟覺了無礙是菩薩知一語二語三語乃至多語男語女語非男女語過去語未來語現在語知積一字至多字語是名辭無礙智是辭無礙智說時無謬無有滯礙妙語通暢所言審諦正直無麁所有文辭具足莊嚴大衆聞者無不歡喜如是種種微妙音聲深遠廣普莊嚴俗諦第一義諦以智慧箭善射邪見是辭無礙諸佛所許能令衆生皆得歡喜舍利弗是名菩薩辭無礙智而不可盡舍利弗云何菩薩樂說無礙智不可窮盡所說無礙所說不住所說速疾所說捷利如所問答無罣礙答無違逆答是相應答住忍力答依二諦答依施戒忍進定慧答依一切法章句而答依於念處正勤如意根力覺道甚深義答依寂滅思惟答所謂樂說無礙智者若一切言語文字口所分別正直而答

所謂一切禪定三摩跋提真諦智答辯暢三乘隨諸衆生一切心行如應而答所言巧妙非如啞羊強梁麤惡本暴調戲如是之語悉無復有所宣寂滅人所受用威德之言無諸纏縛相應無違微妙柔輭無可譏呵聖人所讚如佛世尊所教誨語梵音清徹一切悉聞是樂說無礙智諸佛所許爲他衆生說微妙法聞是法者得出世樂滅盡諸苦是名樂說無礙智也舍利弗是名菩薩摩訶薩四無礙智而不可盡

復次舍利弗菩薩摩訶薩有四種依法亦不可盡何等爲四依義不依語依智不依識依了義經不依不了義經依法不依人云何依義不依語語者若入世法而有所說義者解出世法無文字相語者若說布施戒忍進禪智慧調伏擁護義者知施戒忍入於平等語者稱說生死義者知生死無性語者說涅槃味義者知涅槃無性語者若說諸乘隨所安止義者善知諸乘入一相智門語者若說諸捨義者三種清淨語者說身口意受持淨戒功德威儀義者了身口意皆無所作而能護持一切淨戒語者若說忍辱斷除恚怒貢高憍慢義者了達諸法得無生忍語者若說勤行一切善根義者安住精進無有終始語者若說諸禪解脫三昧三摩跋提義者知滅盡定語者悉能聞持一切文字智慧根本義者知是慧義不可宣說語者說三十七助道之法義者正知修行諸助道法能證於果語者說苦集道諦義者證於滅諦語者說無明根本乃至生緣老死義者知無明滅乃至老死

滅語者說助定慧法義者明解脫智語者說貪恚癡義者解不善根即是解脫語者說障礙法義者得無礙解脫語者稱說三寶無量功德義者三寶功德離欲法性同無爲相語者說從發心至坐道場修習莊嚴菩提功德義者以一念慧覺一切法舍利弗舉要言之能說八萬四千法聚是名爲語知諸文字不可宣說是名爲義云何依智不依於識識者四識住處何等四色識住處受想行識住處智者解了四識性無所住識者若識地大水火風大智者識住四大法性無別識者眼識色住耳鼻舌身意識法住智者內性寂滅外無所行了知諸法無有憶想識者專取所緣思惟分別智者心無所緣不取相貌於諸法中無所希求識者行有爲法智者知無爲法識無所行無爲法性無有識知識者生住滅相智者無生住滅相舍利弗是名依智不依於識云何依了義經不依不了義經不了義經者分別修道了義經者不分別果不了義經者所作行業信有果報了義經者盡諸煩惱不了義經者呵諸煩惱了義經者讚白淨法不了義經者說生死苦惱了義經者讚生死涅槃一相無二不了義經者讚說種種莊嚴文字了義經者說甚深經難持難了不了義經者多爲衆生說罪福相令聞法者心生欣慼了義經者凡所演說必令聽者心得調伏不了義經者若說我人衆生壽命養育士夫作者受者種種文辭諸法無有施者受者而爲他說有施有受了義經者說空無相願無作無生無有我人衆生壽命養育士夫作

者受者常說無量諸解脫門是名依了義經不依不了義經云何依法不依於人人者攝取人見作者受者法者解無人見作者受者人者凡夫善人信行人法行人八人須陀洹人斯陀含人阿那含人阿羅漢人辟支佛人菩薩人一人出世多所利益多人受樂憐愍世間生大悲心於人天中多所饒潤所謂諸佛世尊如是等名佛依世諦爲化衆生故作是說若有攝取如是見者是謂依人如來爲化攝人見者故說依法不依於人是法性者不變不易無作非作無住不住一切平等等亦平等不平等者亦復平等無因無緣得正決定於一切法無別無異性相無礙猶如虛空是名法性若有依止是法性者終不復離一相之法入是門者觀一切法同一法性是故說言依一切法不依於人舍利弗是名菩薩摩訶薩四依無盡

無盡意菩薩經卷第三

音釋

顰蹙 顰毗賓切蹙子六切顰蹙愁貌 赧 奴板切愧赧也 蚉䖟 蚉音文䖟眉庚切 扼 於革切 捷 疾葉切敏疾也

無盡意菩薩經卷第四

劉宋涼州沙門智嚴共寶雲譯

復次舍利弗菩薩摩訶薩修集助道功德智慧亦不可盡云何修集功德無盡若布施持戒心所修習發行慈悲自所有罪發露懺悔亦代衆生發露懺悔已行懺悔次當隨喜一切衆生學無學人及辟支佛發心菩薩已習行者堅住不退一生補處如是諸人於三世中所集功德當以一心隨其歡喜復於過去未來現在諸佛世尊所有善根生隨喜心是隨喜菩薩悉當成就如是功德隨喜已訖次當勸請十方世界一切諸佛始成道者請轉法輪示涅槃者常住於世及請一切菩薩聖人常爲衆生住世說法如是善根如菩提想悉以回向無上菩提是菩薩未發心者勸令發心已發心者爲說諸度有貧窮者救攝以財病施醫藥隨時瞻療無勢力者勸行忍辱有犯禁者令不覆藏已覆藏者勸令發露現在諸佛及涅槃者悉皆發心供養恭敬敬重師長如佛世尊若求法時沒命不懈於此法寶生無價想於說法者生諸佛想爲聽法故過百由旬心方勇銳無疲勞想凡所講說不爲利養於父母所知恩報恩供養給事心初無悔所作功德常無猒足護身口意令無諂曲建立佛塔所得功德等於梵天勸請之福具足諸相開門大施故得隨形好修諸善根故莊嚴身者無憍慢故莊嚴口者離口過故莊嚴意者不住法故莊嚴佛土者神通教化故莊嚴法者離諸欲故莊嚴大衆者不兩舌惡口破壞他故於受法者如實說故說法歡

喜稱讚善哉所作功業不唐捐故離覆蓋者往聽法故莊嚴菩提樹者以妙園林奉施佛故莊嚴道塲者成就一切諸善根故出生清淨者不爲煩惱所染汙故得寶手者能捨一切所重物故得無盡者無量寶藏以布施故見者歡喜常和悦故體得法性者心慧光明等照衆生故莊嚴光明者不輕未學善誘導故生生清淨者持戒功德悉成就故處胎清淨者不見他罪故生人天者淨行十善故慧明獨步者所可教化不生分別故於法自在者所愛重法無悋惜故世中獨勝者畢竟清淨故微妙解脱者不求少分行故行一切功德者不捨一切智心故七財滿具者信爲根本故攝取正法者不惜身命故不誑世間者具本誓願故具足一切佛法者諸善根本本已行故舍利弗是名略說菩薩功德若廣說者若經一劫若過一劫不可得盡云何菩薩智慧無盡若一一因聞說智慧若一一緣得於智慧云何爲因內增上欲云何爲緣外勤求法如是因緣依佛智慧非依聲聞緣覺智慧親近智者心無憍慢常於其人起世尊想是諸智者知受法人心已柔和爲說智慧教令依止隨其正器說無染法聽法之人於是法中勤修聚集助法精進是爲智慧云何菩薩助法精進若無希求簡絶事務省少語言於諸所欲心常知足初夜後夜減損睡眠凡所聞義能善思惟籌量分別數求善法心無愛濁除諸陰蓋無有障蔽所犯過失尋能除滅正行堅固趣向傾仰尊敬法行具精進行求法不懈如救頭然無有我行不遲緩行不

捨本行心增上行呵衆閙行愛樂獨行向阿蘭若處思惟行聖種知足行不動頭陀行欣樂法行不思惟世間言語行求出世間法行不失正念行發諸法義行真正道行知緣總持行慚愧莊嚴行智慧堅牢行除無明網纏結繫縛淨慧明行善覺了行廣覺了行不滅覺行分析覺行現在知行不從他功德行不自恃功德行讃歎他人諸功德行善修作業行因果不動行知清淨業行舍利弗是名助法精進復次舍利弗菩薩摩訶薩有四種施具足智慧何等爲四一者以紙筆墨施與法師令書寫經二者種種校飾莊嚴妙座以施法師三者以諸所須供養之具奉上法師四者無諂曲心讃歎法師舍利弗是名菩薩四種布施具足智慧菩薩復有四持禁戒具足智慧何等爲四一者持戒常演說法二者持戒常勤求法三者持戒正分別法四者持戒回向菩提是名菩薩四種持戒具足智慧菩薩復有四種忍辱具足智慧何等爲四一者於求法時忍他惡罵二者於求法時不避飢渴寒熱風雨三者於求法時隨順和上阿闍梨行四者於求法時能忍空無相無願舍利弗是名菩薩四種忍辱具足智慧菩薩復有四種精進具足智慧何等爲四一者勤於多聞二者勤於總持三者勤於樂說四者勤於正行舍利弗是名菩薩四種精進具足智慧菩薩復有四種禪定具足智慧何等爲四一者常樂獨處二者常樂一心三者求禪及通四者求無礙解智舍利弗是名菩薩四種禪定具足智慧菩薩復有四種智慧具足智慧

何等爲四一者不住斷見二者不入常見三者了十二緣四者忍無我行舍利弗是名菩薩修行四慧具足智慧菩薩復有四擁護法具足智慧何等爲四一者擁護法師如巳君主二者護諸善根三者將護世間四者護利益他舍利弗是名菩薩四擁護法具足智慧菩薩復有四滿足法具足智慧何等爲四一者說法滿足二者智慧滿足三者利養滿足四者諸法滿足舍利弗是名菩薩四滿足法具足智慧菩薩復有四力具足智慧何等爲四一者精進力求於多聞得解脱故二者念力菩提之心不忘失故三者定力等無分別故四者慧力修多聞故是名四力具足智慧復有四方便具足智慧何等爲四一者隨世所行二者隨衆生行三者隨諸法行四者隨智慧行是名四方便具足智慧菩薩復有四道具足智慧何等爲四一者諸波羅蜜道二者助菩提道三者行八聖道四者求一切智慧道是名四道具足智慧菩薩復有四無猒足行具足智慧何等爲四一者樂於多聞無有猒足二者樂於說法無有猒足三者行慧無猒四者行智無猒是名菩薩四無猒足具足智慧復次助智慧者隨一切衆主心行隨一切法行隨布施行隨持戒忍辱精進禪定智慧行隨慈悲喜捨行得具智慧何以故如諸菩薩所發起行皆以智慧而爲根本智慧成巳還依止智是菩薩安住於智依一切智諸魔眷屬不能留難是故能得具一切智舍利弗是名菩薩助智無盡

復次舍利弗菩薩摩訶薩四念處亦不可盡

是菩薩觀身修身行見過去未來現在諸身顛倒和合如外草木墻壁瓦石從因縁有不可長養無所繫屬此身如是從因縁生不可長養無所繫屬是陰界入中我我所空常無常空是身無我無有我所是身不堅不可依怙當求菩提正覺之身云何菩提正覺之身所謂法身金剛之身不可壞身堅牢身出三界身我身雖有無量過患願當除滅成如來身是菩薩所以堪忍久處四大諸結燋然皆爲利益諸衆生故如外四大地水火風種種門種種所作種種形貌種種器物種種所用皆爲利益一切衆生我今此身爲利衆生亦復如是菩薩摩訶薩見如是利益已觀身衆苦不生猒離觀身無常不猒生死觀身無我不捨教化觀身寂滅不隨於捨是菩薩觀內身時不生煩惱觀於外身亦復如是是菩薩離黑汙身成白淨身業具足妙相以自莊嚴於天人中多所利益是名菩薩觀身修身行

云何菩薩觀受修受行菩薩如是思惟諸受一切皆苦善分别受智慧籌量知受寂滅若受樂時不貪所欲若受苦時觀三惡道起大悲心不生瞋恚若受不苦不樂時不起愚癡是菩薩正念受處如其所受若苦若樂不苦不樂於是諸受知出知修觀諸衆生受寂滅莊嚴是諸衆生於諸受中不知出修若受樂時生於貪著若受苦時便生瞋恚若受不苦不樂時便生愚癡我今要當進修智慧除一切受發諸善根起大悲心攝取智慧亦爲衆生除斷諸受而爲說法未解受者受苦解受者受樂云何解受者所謂無受者無我人衆

生壽命養育士夫除攝取受者攝者受取者受受者受有者受顛倒者受分別者受諸見者受眼相者受耳鼻舌身意相者受色想者受聲香味觸法想者受眼緣色生觸受苦受樂受不苦不樂受耳聲鼻香舌味身觸心緣法生觸受苦受樂受不苦不樂是名爲受復有一受心意覺了復有二受内受外受復有三受過去未來現在受復有四受覺了四大復有五受思惟五陰復有六受分別六入復有七受七識住處復有八受八邪法也復有九受九衆生居處復有十受十不善法舍利弗舉要言之無量衆生諸受思惟所緣境界一切名受菩薩於中修受觀行起大智慧知諸衆生善不善受生住滅相舍利弗是名菩薩正受念處而不可盡云何菩薩觀心念處

菩提之心不忘不失正念不亂如是觀心心生已滅無有住相不於内住不從外來我初所發菩提心者是心已盡過去變異不至方所不可宣説無有住處若心所集諸善根等亦是過去盡滅變異不至方所不可宣説無有住處若心善根回向阿耨多羅三藐三菩提是亦滅盡變異之法不至方所不可宣説無有住處心不知心心不見心心不生心我以何心成阿耨多羅三藐三菩提是菩提心不與善根心合善根心不與回向心合回向心不與菩提心合若菩薩作是觀時不驚不怖是名菩薩勤精進也又復思惟觀察甚深十二因緣不失因果知是心性屬衆因緣不可長養無作無繫一切諸法亦復如是如法修行如所莊嚴我今當勤修習莊嚴不離心

性云何心性云何莊嚴心性者猶如幻化無主無作無有施設莊嚴者所作布施悉以回向嚴淨佛土心性者如夢所見心相寂滅莊嚴者具足持戒修習諸通心性者如鏡中像其相清淨莊嚴者所修忍辱悉以回向無生法忍心性者如熱時燄究竟寂滅莊嚴者於一切善深發精進回向具足無上佛法心性者無色無對無所為作莊嚴者一切所修禪定解脫三摩跋提回向具足佛之禪定心性者不可得見亦不可取莊嚴者於一切問難善能分別回向具足佛之智慧心性者無緣不生莊嚴者常觀善根心性者無因不生莊嚴者因助菩提而發起心心性者捨離六塵心則無起莊嚴者入佛境界如是菩薩觀是心行繫念神通得神通已能知一切衆生諸心既知心已如其心量而為說法又觀心行繫念大悲教化衆生無有猒倦又觀心行不起盡滅變異之相不捨生死相續煩惱正念是心知無生起成正決定如是行者不墮聲聞辟支佛地極是心勢以一念智成阿耨多羅三藐三菩提舍利弗是名菩薩正心念處而不可盡舍利弗云何菩薩觀法念處常以慧眼見一切法至坐道場未曾中失是菩薩當觀法時不見一法乃至微相離空無相無願無作無生無滅無物亦不見一法乃至微相入十二緣者菩薩觀法見諸非法無不是法云何為法謂無我義無衆生義無壽命義無人義是名為法云何非法謂我見衆生見壽命見人見斷見常見有見無見是名非法復次一切法是法一切法是非法何以故觀

空無相無願是名一切法是法我慢憍慢我及我所攝取諸見是名一切法非法是菩薩觀法時不見有法非菩提因出世道因是菩薩知一切法悉是出世得無礙大悲觀一切法煩惱結縛如幻化相知是諸法非有煩惱非無煩惱何以故了諸法義無有二性是諸煩惱無隱藏處無有聚集若解煩惱即解菩提如煩惱性即菩提性是菩薩安住正念無有一法可作分別無諸障礙善能解了正住法性如住法性即住衆生性如住衆生性即住虛空性如住虛空性即住一切法性菩薩觀法時依於佛法解一切法即是佛法其心爾時不生盡智無爲雖盡而亦不盡入無生智亦觀衆生不捨假名法念處者安住正念一切諸法所謂聲聞緣覺菩薩正覺所知一切假名諸法盡未來際終不忘失又法念處者說無量行親近佛法壞諸魔衆得自然智舍利弗是名菩薩正法念處而不可盡

復次舍利弗菩薩摩訶薩四正勤亦不可盡何等爲四若未生惡不善法不生故生欲勤精進攝心正除已生惡不善法爲斷故生欲勤精進攝心正除未生善法爲生故生欲勤精進攝心正除已生善法安住修習爲增廣不失故生欲勤精進攝心正除未生惡不善法爲不生故生欲勤精進所謂欲者善思惟也勤精進者不捨善思惟也攝心正除者觀善思惟也何以故善思惟時惡不善法不令入心云何惡不善法惡不善法非戒聚伴非禪定伴非智慧伴云何非戒聚伴若破重戒及毀餘戒是名非戒聚伴云何非定聚伴若

毀威儀及餘亂心法是非定聚伴云何非智慧伴若攝取諸見及餘見障礙是非智慧伴是名惡不善法善思惟時如是等惡法不令入心是名初正勤已生惡不善法爲斷故生欲勤精進攝心正除如上所說惡不善法心不聚集無有方所無有住處是不善法心行斷故已覺了故從緣生故淨故生欲礙故生恚無明緣故生於愚癡是善思惟觀不淨時滅於欲心修習慈心滅於瞋恚觀十二因緣滅於愚癡如是煩惱永寂滅者即是除斷一切假名亦復不見有可斷者是名第二正勤未生善法爲生故生欲勤精進攝心正除是諸善法說有無量何以故無量善法菩薩修習於是法中欲爲根本勤進修習攝心者出過善法正除者在在處處常在善法是名第三正勤已生善法安住修習爲增廣不失故攝心正住是諸善根悉已回向阿耨多羅三藐三菩提何以故善根回向無上菩提者則不可盡所以者何如是善根不依三界若依三界是則損耗是故回向一切種智諸善根等不可得盡是名第四正勤舍利弗是名菩薩修四正勤不可窮盡

復次舍利弗菩薩摩訶薩四如意分亦不可盡何等爲四欲進心思惟如是四法以慈悲喜捨而爲根本是四無量心常親近常親近故心得調柔心調柔故得入初禪第二禪第三禪第四禪入諸禪故身得輕輭成就如是身輕心柔入如意分善入如意分已即生神通若欲若進若心若思惟欲者專向彼法精進者成就彼法心者觀察彼法思惟者彼法

方便是如意分已具足故能得神通欲者莊嚴進者成就心者正住思惟者能善分別是菩薩得如意分隨其所解如其所作心得自在隨意所往善作諸業畢竟成就一切本行如風行空無所罣礙舍利弗是名菩薩四如意分不可窮盡

復次舍利弗菩薩摩訶薩五根亦不可盡何等爲五信根進根念根定根慧根云何信根信於四法何等四於生死中行世正見信於業報乃至失命終不作惡信菩薩行不隨諸見專求菩提不求餘乘信解諸法同空無相無願之法同第一義同於了義甚深因緣無我衆生無有分別信一切佛十力四無所畏十八不共法如是信已消除疑網修習佛法是名信根何等進根若法信根所攝是法即爲進根所修是名進根云何念根若法進根所修是法終不忘失是名念根云何定根若法念根所攝是法不忘不失一心不亂是名定根云何慧根若法定根所攝是慧所觀是慧體性内自照了不從他知自住正行是名慧根是五根者共相續生具一切法得受記莂譬如外道五神通仙不能定知胎中差別男女相現然後乃知多有菩薩無信等根諸佛世尊不爲授記若成就者便與授記舍利弗是名菩薩五根無盡

復次舍利弗菩薩五力亦不可盡何等爲五信力進力念力定力慧力云何信力是信一向不可沮壞乃至天魔變爲佛身示現出入禪定解脫不能傾動菩薩信力是名信力云何進力菩薩精進於諸善法得堅固力如所

得力修諸禪定諸天及人所不能壞如本所願皆悉成就是名進力云何念力菩薩住諸善法不爲煩惱之所破壞何以故是菩薩正念之力能摧伏故如是念力無能壞者是名念力云何定力遠離憒閙常樂獨行是菩薩雖有所說言語音聲不礙初禪善住覺觀不礙二禪心生歡喜不礙三禪是菩薩雖樂化衆生不捨佛法而亦不礙於第四禪是菩薩行四禪時諸妨定法無能爲也菩薩爾時不捨於定亦不隨定而能自在處處往生是名定力云何慧力是菩薩知世間法出世間法無有一法能壞是智菩薩在在所生之處一切技藝不從師受悉自然知世間外道苦行難行是菩薩爲教化故亦悉現受同其所行是出世法能過世者慧力成就故諸天及人所不能伏是名慧力舍利弗是名菩薩五力無盡

復次舍利弗菩薩摩訶薩七覺分亦不可盡何等爲七念覺分擇法覺分精進覺分喜覺分除覺分定覺分捨覺分云何念覺分若念覺分能觀於法能分別法撰集思智亦能觀察諸法自相何等自相觀一切法自性皆空念如是等令其覺了是名念覺分云何擇法覺分若能分別曉了八萬四千法聚如所了法了義是了義不了義是不了義世諦是世諦第一義諦是第一義諦假名是假名正了無疑是正了無疑如是等法分別選擇是名擇法覺分云何進覺分若念法擇法喜法除法定法捨法以智攝取精進勇猛欲不退轉勤修力勵不捨本意行於正道是名進覺分

云何喜覺分所修法喜於無量法心生悅豫無有懈怠清淨樂法是喜踊躍能除身心捨諸煩惱是名喜覺分云何除覺分若除身心及諸煩惱離於覆蓋入定境界令心正住是名除覺分云何定覺分如所入定悉能覺了非不入定是覺了法又了諸見煩惱結縛無始無終其心平等一切諸法無別異相能覺如是諸法等者是名定覺分云何捨覺分若法憂喜其心不沒亦復不爲世法所牽無髙無下正住不動無有諸漏無喜無著無諸障礙正直隨順眞諦正道是名捨覺分舍利弗是名菩薩七覺分亦不可盡

復次舍利弗菩薩摩訶薩八聖道分亦不可盡何等爲八正見正思惟正語正業正命正精進正念正定云何正見若見出世不起我見衆生壽命養育士夫斷見常見有見無見亦復不起善以不善無記等見乃至不起生死涅槃二相之見是名正見云何正思惟若思能起貪欲瞋癡諸煩惱等是不名正是正思惟不思不起如是等事唯思戒定智慧解脫解脫知見是正思惟能思如是住戒等聚如是思惟名正思惟云何正語凡所演說不令其身而有煩惱亦不損他成就如是善妙好語趣於正道是名正語云何正業若業黑有黑報白有白報黑白有黑白報終不敢作若業非黑非白有非黑非白報若業能盡業是業必作是菩薩所依止業勤修如是諸正業等是名正業云何正命若不捨聖種頭陀威儀不動不轉無諸奸諂不爲世間利養所牽易養易滿常自堅持威儀禮節見他得利

心不生熱於已利養常知止足如是正行聖人所讚是名正命云何正進若進向邪非聖所讚所謂貪淫瞋恚愚癡煩惱是正精進終不爲之若法能入正諦聖道寂滅涅槃攀緣正路是正精進修習勤行是名正進云何正念若念不失不動於法正直不曲見生死過進向涅槃繫心不忘不失正道是名正念云何正定若定不亂於一切法是菩薩如是住時成正決定是名正定菩薩住是三昧爲一切衆生得解脫故成正決定是名正定是八聖道悉是過去未來現在諸佛之道是菩薩覺了已演說開示分別顯現成就佛道舍利弗是名菩薩八聖道分亦不可盡

復次舍利弗菩薩摩訶薩修行定慧亦不可盡云何爲定若心寂靜正寂靜寂滅不然心常不亂守護諸根不動不轉無有卒暴安詳靜默堅持不失善調柔輭獨處閑靜其身遠離心不回轉思樂空寂阿練若處無有惡求亦無所求非有多求正命正行威儀堅固知時隨時常知止足易養易滿堪忍力故心無高下能忍惡罵發心專向善法思惟樂思惟處及諸禪枝發起慈心入於悲心安住喜心善修捨心正入初禪二禪三禪四禪空處識處無所有處非有想非無想處善能思惟九次第定是名爲定舉要言之菩薩助定無量無邊勤行修習是名菩薩定不可盡云何爲慧是慧修道入於諸法無我無人衆生壽命如是智慧分別諸陰如幻如化諸界平等入如空聚分別諸諦皆悉明了隨順觀知十二因緣分別諸見因果果證所謂分別者於一

切法能得正見如實而見眞見空見無相願見又分別者無分別故分別所謂見者亦無所見無所別知如是見者爲眞實見見眞實者即得方便是菩薩如是慧見不隨無爲修行諸善心無所住是名爲慧舍利弗是名菩薩修行定慧而不可盡

復次舍利弗菩薩摩訶薩總持辯才亦不可盡云何總持所修善根正念積集所有八萬四千法聚能正受持不忘不失是名總持又復總持若一切佛所說妙法一切菩薩緣覺聲聞凡夫衆生音聲善語悉能受持是名總持設劫災起捨命餘生菩薩爾時正念總持不忘不失如觀掌中阿摩勒果菩薩觀見一切諸法亦復如是是名總持云何辯才菩薩所說無有滯礙所說無住所說無斷所說通利所說喜豫所說捷疾如是所說皆是先業清淨果報諸佛護念諸天攝受說無錯謬功不唐捐進向涅槃菩薩成就如是辯才所有色像及衆生類辯才應機不豫思惟不豫分別善能讚說契經偈頌若至大衆刹利衆婆羅門衆長者衆沙門衆四天王衆三十三天衆魔衆梵衆在在處處自然能知衆生根量以無礙辯而爲說法是菩薩如本喜樂講宣法要終身不斷是名辯才舍利弗是名菩薩總持辯才亦不可盡

復次舍利弗菩薩摩訶薩撰集四法亦不可盡何等四是菩薩知一切行無常一切行苦一切法無我一切法寂滅涅槃云何無常義無所有是無常義無所破壞是無常義是無常義者即無我義若法無我無能壞者性寂

滅故是名無常義云何苦義無所求故是苦義愛染盡故是苦義無願故是苦義空無有故是苦義是名苦義云何無我義畢竟無我是無我義如無我義即是空義無所有義虛誑不實義是名無我義云何寂滅涅槃義是寂滅義非念念滅如非念念滅即是寂滅菩薩得是無盡智慧知一切法相同於寂滅寂滅者即是涅槃是名寂滅涅槃義舍利弗是名菩薩攝集四法而不可盡

復次舍利弗菩薩摩訶薩一道亦不可盡云何一道菩薩所得眞實智慧不從他聞又一道者菩薩獨一無有伴侶巳於阿耨多羅三藐三菩提能大莊嚴以自力勢精進攝取畢竟自修不假他作自以因緣勇猛之力建立如是堅固莊嚴如諸衆生所作善業我亦如是悉當作之及諸聖人從初發心所作諸行我亦當行施非我伴我是施伴戒忍精進禪定智慧非是我伴我是彼伴諸波羅蜜不能使我而我能使諸波羅蜜一切善根皆亦如是如是等法雖非我伴我要當行不恃於他勇猛自力獨行無伴坐於道場金剛座處壞諸魔衆以一念慧成阿耨多羅三藐三菩提我當如是覺了分別舍利弗是名菩薩一道無盡

復次舍利弗菩薩摩訶薩所修方便亦不可盡云何方便是方便見一切法是方便發起諸法是方便爲菩薩使是方便畢竟分別是方便無有齊限是方便志意常求出世之法是方便於布施時即能具足諸波羅蜜是方便持禁戒時在在處處自在往生是方便行

忍辱時莊嚴自身及菩提道是方便行精進時心無所住是方便修禪定時無有退失是方便修行慧時不證無爲是方便修慈心時愍無力勢是方便修悲心時不猒生死是方便修喜心時無樂處樂是方便修捨心時發心修習一切善根是方便能修天眼爲欲成就諸佛眼故是方便修習天耳爲欲成就諸佛耳故是方便修他心智爲得佛智知諸衆生根量深浅故是方便修宿命智爲得佛智知於三世無罣礙故是方便修習神通爲得諸佛神通力是方便隨衆生心是方便旣自曉了復了衆生是方便能自度已示現未度而方勤修求於度世是方便已離煩惱示有煩惱是方便已捨重擔示有重擔是方便能知根量隨量說法是方便善能誘進鈍根衆生是方便知時非時是方便知可行道墮邪衆生安置正道是方便能令量作無量無量作量是方便令損壞者還復如本是方便示現勝他是方便示說涅槃有五欲樂是方便已得解脫示有繫縛是方便處在生死不墮生死是方便於諸威儀無所專當亦不退失是方便唯觀衆生不觀持戒及以毀戒是方便攝諸見緣不生諍競是方便悉是音聲假名無實是方便常行三界是方便得解脫相行是方便親近凡夫如親近聖人是方便不證涅槃常處生死是方便於魔行處顯大光明無有煩惱是方便一切是一切非一切是一切舍利弗是名菩薩修行方便亦不可盡舍利弗是名菩薩摩訶薩八十無盡是八十無盡悉能含受一切佛法無盡意菩薩摩訶

薩說是法門品時六十七百千衆生未發心者即發阿耨多羅三藐三菩提心五百二千菩薩摩訶薩得無生法忍爾時大衆以種種華香種種華鬘種種華蓋供養如來及無盡意并是經典於上空中有無量天樂自然出聲作如是言諸佛世尊於無量劫所集阿耨多羅三藐三菩提無盡意菩薩今於是大集經中已說其義若有聞是無盡法門信解受持讀誦解說當知是人爲具足無盡法爾時世尊以覆肩衣與無盡意讃言善哉善哉大士快說是義非但我許十方諸佛亦復如是爾時無盡意菩薩摩訶薩兩手捧衣置自頂上而白佛言世尊諸天世人當視是衣過於塔想以是如來所受用故爾時多有種種寶衣種種寶蓋種種寶旛種種寶樹種種寶鬘從十方世界自然而來覆無盡意而爲供養是時寶衣旛蓋樹鬘自然演出如是之言善哉善哉善男子善能說是無盡法門如汝所說我等所許爾時舍利弗白佛言世尊如是寶衣供養之具從何處來乃出是言佛告舍利弗是無盡意菩薩初發阿耨多羅三藐三菩提心時所化衆生皆於十方已成阿耨多羅三藐三菩提是彼諸佛正徧知等知恩報恩故遣是來稱揚讃歎是無盡意真實功德并復供養所說經典爾時大衆於無盡意菩薩摩訶薩倍生恭敬尊重讃歎作如是言我等今者快得大利得見無盡意菩薩恭敬供養尊重讃歎并得聞是無盡法門若有耳得聞無盡意菩薩名字亦得善利何況眼見兼聞是典爾時世尊於大衆中聞是語已告舍

利弗若有善男子善女人學菩薩道於一劫中供養諸佛學戒威儀以堪忍力盡諸衆生生死苦際精勤修習如救頭然於諸禪定一心成就智慧方便若離此經我説是人未能具足六波羅蜜舍利弗若有善男子善女人聞是經典信解受持讀誦解義如説修行我説是人已爲具足諸波羅蜜速得成就阿耨多羅三藐三菩提何以故舍利弗若有菩薩受持此經爲他演説即爲具足檀那波羅蜜何以故於諸施中法施爲勝初不忘失菩薩之心若持此經即是持戒故能具足尸羅波羅蜜何以故一切菩薩所學禁戒是經所攝若於此經能堪忍樂一切衆生所不能壞能於是中進修忍辱即爲具足羼提波羅蜜若是經典勤行轉説身口意業精勤修習即爲具足毗梨耶波羅蜜若於是經其心寂滅無有散亂一心定意分别法相即爲具足禪那波羅蜜若於此經自得現智不從他聞得正行智即爲具足般若波羅蜜舍利弗若有菩薩勤學是經若欲具足諸波羅蜜則爲不難舍利弗若有菩薩學習此經受持讀誦如説修行書寫經卷當知是人一切佛法已爲在手四大之性可變令異是菩薩心於阿耨多羅三藐三菩提不可復轉舍利弗此經典者即是菩薩不退轉印是故菩薩當求是印若有善男子善女人親近是印者則爲親近一切佛法爾時四天王及其眷屬即從座起合掌向佛白佛言世尊我等四王是佛弟子已得道迹若有善男子善女人受持是經我等堪任爲作衛護供給侍使當於是人起如來

想何以故是經典中出諸乘故爾時釋提桓因即從座起合掌向佛白佛言世尊我數從佛聞無量無邊百千經典未曾得聞如是經典分別深義世尊在在處處國土郡縣城邑村落有說此經者我躬當與三十三天故往聽受并護法師益其氣力勇猛精進正念辯才令是法師於諸大衆得無所畏廣能宣說如是經典佛言善哉善哉憍尸迦汝欲擁護是說法者令得勇進正念辯才憍尸迦若欲擁護是說法人即為擁護諸佛正法護正法者則為擁護一切衆生爾時梵自在天王合掌長跪前白佛言世尊若是經典流布之處我躬當與其餘梵衆并諸眷屬捨禪喜樂往詣彼所聽受諮請我往彼時當現四瑞令其覺知云何為四一者令見微妙光明二者得聞殊異之香三者令說法者得無礙辯及正憶念所說吉祥不失章句四者令其大衆發善欲心喜樂聽法無有猒足以是四瑞應知梵天王與其眷屬躬來聽法爾時第六魔王波旬合掌白佛言世尊如是經典令我勢力一切羸劣何以故若有菩薩聞是經典受持讀誦為他廣說當知其人即為受記世尊如是菩薩所住之處至諸佛界當知如佛世尊我今所有憍慢嫉妬貢高之心以無盡意威德力故皆已摧伏我今當護如是經典及說法者是經所在流布之處乃至不起一念之心而作留難何況身往故作因緣爾時佛告尊者阿難汝從今日當為正法久住世故受是經典受持讀誦解說爾時阿難正服而起偏露右肩右膝著地前白佛言世尊我今敬

奉佛教受持是經但恨不能廣宣流布如諸菩薩佛告阿難汝且自安今此會中有諸菩薩摩訶薩等自能護持令此經典廣宣流布爾時會中有六十億諸菩薩摩訶薩應護法者即從座起合掌白佛言世尊我等要當宣傳此經令至十方娑婆世界彌勒大士自當於中護持是典及說法者世尊若佛滅後後五百歲若有菩薩聞是經典受持讀誦當知皆是彌勒神力之所建立爾時佛讚護法菩薩摩訶薩衆善哉善哉諸善男子汝等不但今於我前護持正法亦曾護持過去恒沙諸佛正法爾時無盡意菩薩摩訶薩白佛言世尊我今自以少智慧分說是經典文字句義必不具足今於佛前及無盡法所可成就諸菩薩等懺悔過失佛告無盡意菩薩善男子若有菩薩得四無礙智凡所講說無有錯謬如是菩薩得眞空義分别法門乃能宣說如是經典善男子汝今已到第一之處成就四辯自在無礙是大乘經不從他聞而能分别善男子汝今成就如是住位身口意業無有錯謬何以故菩薩所修三業成就常以智慧爲根本故善男子已有無量百千萬億諸佛世尊皆共稱揚聽汝所說無盡意汝本已於我所及諸佛所畢竟懺悔無有漏失爾時尊者阿難白佛言世尊此經何名云何奉持佛告阿難此經名無盡意所說不可盡義章句之門又名大集當如是奉持阿難汝應信受如是經典何以故汝受是已所得持念倍前千數若爲他說則立佛事佛說是已無盡意菩薩摩訶薩尊者阿難舍利弗諸天龍神乾

闍婆阿修羅等一切大衆莫不歡喜作禮而去

無盡意菩薩經卷第四

音釋

療力照切治病也　沮在呂切止遏也　姧古閑切詐也

大集譬喻王經

隋天竺三藏闍那崛多等譯

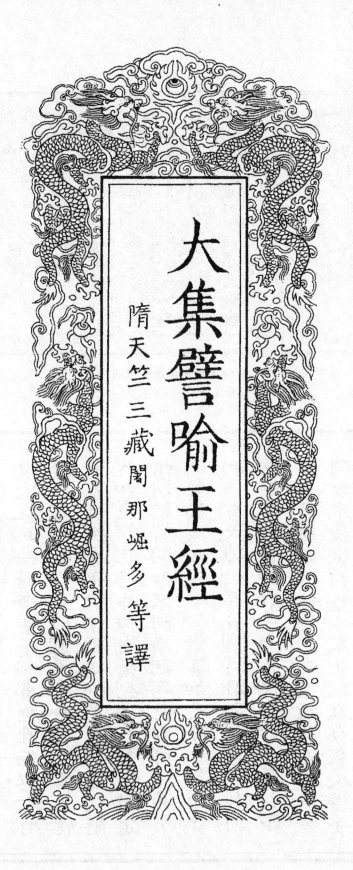

清刻龍藏佛說法變相圖

大集譬喻王經卷上

隋天竺三藏闍那崛多等譯

復次說此法時命者奢利弗從座而起一肩優多羅僧伽作已右膝著地合掌白言大德世尊我欲少問願佛聽許如我所問賜爲解說如是語已佛告命者奢利弗言奢利弗隨汝所欲當問如來阿羅訶三藐三佛陀其所問者我爲汝說令心歡喜如是語已命者奢利弗言大德世尊此閻浮洲若有雨時於何處雨當名善雨如是語已佛告命者奢利弗言甚善奢利弗汝以妙辯善思念如是義欲問如來汝欲利益多衆生故欲令多人得安樂故憐愍世間利益安樂諸天人故亦爲現在未來發菩薩乘諸善家子善家女等令生精進力故奢利弗善聽善念我爲汝說奢利

弗言如是世尊我今樂聞佛告舍利弗言舍利弗閻浮洲人所有甘蔗蒲萄大麥小麥胡麻稻粟小豆大豆江豆畢豆迦荼訶利那豆如是等田及餘苗稼於彼處雨名爲善雨何以故若於彼處成就諸味閻浮洲人得用活命是故於彼處雨名爲善雨舍利弗復言世尊善家子善家女若欲法施於何處與名爲善與佛告舍利弗言舍利弗我說法施若於諸處普法施時名爲善與舍利弗我今復說若法施時與諸菩薩摩訶薩於法施中名爲勝上善與何以故彼善家子爲諸衆生求法是故施彼法時名爲勝上善與舍利弗譬如於大海雨非不有果非無受用如是舍利弗若於菩薩摩訶薩所與法施時非不有果非無受用何以故彼善家子爲諸衆生求法故

舍利弗譬如有人磨拭摩尼寶時若勤用力名爲善作何以故舍利弗磨拭摩尼寶時與作百千水精珠等如是舍利弗於諸菩薩摩訶薩所若作力者名爲善作何以故彼善家子爲諸衆生當求阿耨多羅三藐三菩提發行無上菩提故舍利弗譬如大海無處不得下無處不得入何以故大海漸深大海漸下是故無處不得下無處不得入如是舍利弗菩薩摩訶薩於般若波羅蜜巧方便中修菩薩行亦無有法而不能說舍利弗譬如一滴水池種優鉢羅華葉出生雖同一池其華外葉不如是妙不得如是稱讚貴重然彼內華則爲男子女人稱讚貴重如是舍利弗聲聞獨覺同一法界證已不得如是稱讚貴重然彼如來阿羅訶三藐三佛陀則爲世間天人

阿脩羅等稱讚貴重是故舍利弗見是義故善家子善家女應發是心莫同一法界證而得聲聞獨覺名字不得如是稱讚貴重如彼如來阿羅訶三藐三佛陀我等今者應發阿耨多羅三藐三菩提心當得如是稱讚貴重如彼如來阿羅訶三藐三佛陀舍利弗譬如若沉水樹若栴檀樹其葉不得稱讚貴重如自體香如是舍利弗同一法界證已聲聞獨覺智慧不得具足如真實香然彼如來阿羅訶三藐三佛陀真香具足舍利弗見是義故善家子善家女所有善根皆應迴向阿耨多羅三藐三菩提舍利弗我說彼等由善友滿於阿耨多羅三藐三菩提中歡喜愛者教彼勤行令歡喜愛何以故舍利弗我昔亦由善友攝故令成阿耨多羅三藐三菩提舍利弗如有一人欲取珍寶更第二人亦欲取寶彼者前人示第二人向寶洲道所出寶處我說是人無有慳悋如是舍利弗若示徧知寶洲道者我說是人亦無慳悋舍利弗如大價寶直多百千出大海中實在海時無人摩拭至閻浮洲乃有摩拭如是舍利弗若有欲見如來者發阿耨多羅三藐三菩提心各各見佛勝功德已彼即廣行當成聲聞彼廣行已當成獨覺彼廣行已當成阿耨多羅三藐三菩提餘諸善根由值善友皆成廣大舍利弗見是義故善家子善家女應求善友親近承事既承事已須修多業不久當成阿耨多羅三藐三菩提何以故我昔亦由善友攝故今成阿耨多羅三藐三菩提舍利弗如摩尼寶若摩拭時細末流下然其細末不得如是稱讚

貴重如彼摩尼大寶則爲國王若王大臣及餘智人能別寶者稱讚貴重如是奢利弗聲聞獨覺雖同一法界證不得如是稱讚貴重然彼如來阿羅訶三藐三佛陀則爲世間諸天及人若揵闥婆阿脩羅等稱讚貴重奢利弗譬如有人自將金摶詣金師所若金師弟子所到已告言汝取此金爲我作釧我著脚上時彼金師若彼弟子告言丈夫我以此金爲作瓔珞隨汝頂戴若頸若手繫巳多有百千人衆見生歡喜讚歎於汝奢利弗時彼愚人不用金師利益善語報金師言汝但爲我作於脚釧如是奢利弗善家子善家女若如來所若聲聞所作勝上施法時或有善友來至其所告言丈夫汝今作此勝上施法是不順善所謂以此勝上施法而於有量法中迴向若聲聞地若獨覺地汝今作此勝上施法所有善根堪能迴向阿耨多羅三藐三菩提奢利弗於世間出世間法中諸佛世尊最是第一巧勝智慧奢利弗是故諸佛世尊讚歎阿耨多羅三藐三菩提何以故此是無上迴向所謂阿耨多羅三藐三菩提奢利弗見是義故善家子善家女所有善根皆應迴向阿耨多羅三藐三菩提奢利弗如有二人於中一人善作金色劫波娑縷同一樹生所作細衣價直百千一人欲作僕使麤衣到織師所告言丈夫我此金色劫波娑縷善料理訖同一樹生爲我好織織師報言丈夫我當與汝作衣價直百千何用麤衣彼人不納織師善語報織師言但爲我作僕使麤衣如是奢利弗雖同一法同一善根或有攀緣聲聞地者

或有攀緣獨覺地者或有住於無上道者奢利弗於中若有攀緣聲聞獨覺地者應當語言汝此善根是如來因若求無上佛菩提者應亦語言汝此施法所有善根當同一聚迴向阿耨多羅三藐三菩提如是迴向以彼善根施諸衆生作無盡心當攝取之因此善根願諸衆生當得具足不可思智不可稱智三界最勝無上智等如彼如來阿羅訶三藐三佛陀奢利弗見是義故善家子善家女應種善根於阿耨多羅三藐三菩提奢利弗譬如國王第一夫人產生八子於諸子中惟有一子具足王相得紹王位以水灌頂餘諸王子復悉圍繞依法奉事奢利弗於意云何非彼毋腹而有過失令餘王子不得灌頂大王位耶奢利弗言不也大德世尊何以故彼餘王子自於往昔不作王業不種善根以是因緣彼餘王子悉不得紹灌頂王位佛言如是奢利弗同證一法界已如來阿羅訶三藐三佛陀得名法王餘諸善家子等得聲聞名非此法界有過失耶奢利弗言不也世尊非此法界有其過失然由彼等於往昔時所作善根不能迴向無上菩提不行此道亦不發願不作勝上善根又不願求徧知利益是故今但生聲聞事彼等亦不行如來行又無如來功德不具神通如諸如來阿羅訶三藐三佛陀奢利弗以是義故善家子善家女所作善根皆應迴向無上菩提奢利弗譬如波利質多羅俱毗陀羅樹有時初生三十三天皆大歡喜作如是言此樹旣生三十三天不應久空如是奢利弗有時善家子善家女發無上菩

提心彼時所有正信三寶天龍夜叉犍闥婆阿脩羅伽留荼緊那羅摩睺羅伽人非人等心生欣躍云此道場不應久空菩薩摩訶薩得成無上菩提奢利弗譬如彼波利質多羅俱毗陀羅樹三十三天見葉出時不讚不重若見華時心生欣躍如是奢利弗聲聞獨覺證一法界諸天世人不讚不重若見如來阿羅訶三藐三佛陀心生欣躍何以故如來阿羅訶三藐三佛陀具諸善根及三十二大丈夫相所有光明勝於日月能照無量諸佛刹土憐愍衆生奢利弗譬如彼波利質多羅俱毗陀羅樹若增長時三十三天應知此樹不久當有多葉百千俱致那由多葉乃至無量阿僧祇葉以覆其上如是奢利弗彼初發心菩薩摩訶薩生時長時應知當有百千俱致

那由多等聲聞乃至無量無邊阿僧祇諸聲聞衆圍繞在前多有聲聞獨覺出現奢利弗譬如須彌山王有別峯處高百踰闍那或高二百踰闍那乃至七百踰闍那此等別峯不得言是大須彌山如是奢利弗從如來智出生聲聞亦不得言其智具足如諸如來阿羅訶三藐三佛陀彼亦不具如來十力四無畏智無礙智等然其如來阿羅訶三藐三佛陀則具諸力無畏無礙智等奢利弗譬如須彌山王住處應知即有多天子衆百千俱致那由多等乃至無量無邊諸天子衆出現於彼在其山頂受天福報心甚愛樂天欲遊處隨意即遊如是奢利弗彼初發心菩薩摩訶薩生時長時善根迴向無上菩提應知當有多聲聞衆百千俱致那由多等乃至無量無邊

諸聲聞衆出現於世諸聖行處隨意即遊奢利弗譬如須彌山王住處即有四畔俱時而住終無先後如是奢利弗菩薩摩訶薩善根迴向無上菩提爾時即有佛性佛地佛智佛功德等俱時出生亦無先後奢利弗譬如須彌山王住處若分分斷比於餘山猶爲高大如是奢利弗彼初發心菩薩摩訶薩善根迴向無上菩提若即以比諸餘善根足爲最上高大住持奢利弗譬如須彌山王有金色邊若諸鳥獸至其邊者皆同一色所謂金色即與師子獸王同色奢利弗雖與師子獸王同一金色然其力勢功德名稱彼悉不共師子王等亦復不如師子獸王遊戲頻申無畏吼聲如是奢利弗聲聞獨覺雖與如來同於一味謂解脫味不得即共如來阿羅訶三藐三佛陀等彼無如來如是功德諸力無畏師子吼聲然其如來則具方便智慧諸法此方便智聲聞獨覺尚皆不聞況能出生如來功德如來遊戲如來雷聲如來以師子吼而吼高出諸世奢利弗如諸鳥獸與師子王雖同一色而餘功德悉不共等不得名爲師子獸王如是奢利弗聲聞獨覺雖與如來同解脫味而亦不共如來齊等以彼不得功德名稱不得如來無上上名及如來體又亦不得無上菩提諸力無畏無礙智等以是諸力無畏無礙智等具足故名如來阿羅訶三藐三佛陀奢利弗見是義故善家子善家女所作善根皆當迴向無上菩提奢利弗譬如四天王天著於須彌山邊而住三十三天住於山頂奢利弗於意云何須彌山上豈不容受四天王

天而彼四王不住頂耶奢利弗言不也世尊須彌山上非是不容四天王天而彼不住但彼往昔不種山上受用福報以其不作如是業故不得住於須彌山頂如是奢利弗我此法體亦無過失而不容受諸聲聞等令其不得十方世界智以彼往昔所作善根不知迴向無上菩提亦不發願修如是行不發最上徧智智心是故今作聲聞不得遊於如來行處又無如來功德亦不具足諸力無畏無礙智等以佛具足是智故名如來阿羅訶三藐三佛陀奢利弗譬如大海不停死屍如是奢利弗阿鞞跋致菩薩摩訶薩不共慳居奢利弗譬如大海潮不過時如是奢利弗阿鞞跋致菩薩摩訶薩若乞士來終不過時奢利弗譬如有人若取滴水於大海中皆是一味所謂鹹味如是奢利弗菩薩摩訶薩若以種種百千諸門所作善根迴向無上菩提皆成一味謂徧智味奢利弗譬如金性出金隨種種意作諸瓔珞轉得種種瓔珞名字如是奢利弗以一佛智轉成多種百千瓔珞所謂出生衆生善根奢利弗如王作錢若已印有文者得名爲錢若未印無文者不得錢名如是奢利弗菩薩摩訶薩未得無生法忍諸佛世尊未授阿耨多羅三藐三菩提記若得無生法忍已諸佛世尊然後記言汝善家子於未來世當得如來阿羅訶三藐三佛陀奢利弗譬如外道仙人有天眼者若見有人初住脇胎未記色類以其未成男女相故後時若成男女相已外道仙人方以天眼記言當生是男是女如是奢利弗菩薩未得無生法忍諸佛

世尊未授阿耨多羅三藐三菩提記若彼後得無生法忍諸佛世尊方與其記汝善家子於未來世當得如來阿羅訶三藐三佛陀奢利弗譬如日輪出時不作是念我光當照此閻浮洲但使日輪共光出時於閻浮洲必作照明令閻浮洲所有諸人顯明諸色如是奢利弗菩薩摩訶薩若得徧智智時亦不作念我當照明三千大千世界奢利弗菩薩摩訶薩行是法行坐是地分具是生相具是善根彼當如是覺智以是覺智彼菩薩摩訶薩必自照明三千大千世界奢利弗譬如二人皆欲得寶入於寶洲於中一人取無價寶其第二人取有價寶於時智人言丈夫此處有無價寶汝可取之此寶多價國王大臣若城邑人及餘智人別識寶者皆共稱讚貴重爲上此人不用彼人語故取有價寶如是奢利弗此佛教法亦似寶洲有人到已即作無價念行具足謂徧智智寶相應念遠離聲聞獨覺等念復有第二人以聲聞獨覺相應念行奢利弗同一法界證已如來阿羅訶三藐三佛陀在法王數復有自餘諸善家子成聲聞已在聲聞數得徧智者在普見數如如來阿羅訶三藐三佛陀奢利弗譬如如意寶珠隨到誰手彼即自在無有一寶而不得者如是奢利弗菩薩摩訶薩無有一衆生所而不與作寶事無有一衆生所而不教作善根乃至無爲涅槃奢利弗譬如作摩尼人若作摩尼弟子隨所有寶外畔濁惡若磨拭已光色勝上知色勝已彼作珠人若彼弟子當得多種百千財聚而用活命如是奢利弗菩薩摩訶薩

隨於他心令生善根如彼善根皆以自心方便智攝以此善根成諸佛法舍利弗如摩尼寶若未淨時須好覆藏何以故彼摩尼寶是無價故如是舍利弗彼初發心菩薩摩訶薩初發心時諸天及人若揵闥婆阿脩羅世當須守護何以故彼善丈夫爲諸天人阿脩羅世發阿耨多羅三藐三菩提舍利弗如摩尼寶雖未摩拭當知即爲國王大臣若城邑人及餘智人別識寶者稱讚貴重如是舍利弗彼初發心菩薩摩訶薩當知亦爲諸佛世尊菩薩聲聞稱讚貴重舍利弗譬如有人若見佛時當須如是生希有心彼如來阿羅訶三藐三佛陀時時出世我今可發阿耨多羅三藐三菩提心豐正法業以此正法教諸衆生善根聚集彼諸善根皆當迴向阿耨多羅三藐三菩提彼迴向時若有無信比丘比丘尼優波塞迦優波斯迦若摩羅波旬若摩羅身天來到其所說大乘過令其捨離令不樂欲舍利弗於意云何彼等豈不爲多衆生百千俱致那由多等乃至無量無邊阿僧祇諸衆生等作無義利作不安隱令苦令墮耶舍利弗言如是大德婆伽婆如是大德修伽多何以故爲諸衆生作無義利作不安隱令苦令墮所謂於發大乘諸善家子善家女所說大乘過令不樂欲阿耨多羅三藐三菩提令退令離佛言舍利弗若欲不捨如來阿羅訶三藐三佛陀者應求阿耨多羅三藐三菩提是故舍利弗諸發大乘善家子善家女於阿耨多羅三藐三菩提應當樂欲莫退莫離何以故我說不捨如來阿羅訶三藐三佛陀者謂

發大乘善家子善家女於阿耨多羅三藐三菩提樂欲不離不退者是舍利弗譬如饑饉惡世所種不生如在石上種時若王若王大臣若刹帝利若刹帝利大臣若婆羅門若婆羅門大家若長者若長者婦若長者大家在於城邑爲衆人故集種種穀而作大倉時衆人等皆詣倉所取種種穀將歸而食時有一人到彼倉處放火燒之舍利弗於意云何是不善人豈不於多百千俱致那由多等乃至無量無邊阿僧祇諸衆生所作無義利作不安隱令苦令墮耶所謂是不善人於彼倉處放火燒壞不令受用舍利弗言如是世尊佛言舍利弗如是如是正法欲滅於時有人聞如來阿羅訶三藐三佛陀或時出世彼人聞已於衆生所而生大悲生大悲已發阿耨多羅三藐三菩提心於時若有不善人出於發大乘諸善家子善家女所說大乘過令不樂欲阿耨多羅三藐三菩提令退令離舍利弗於意云何是不善人乃與無量無邊阿僧祇諸衆生等作無義利作不安隱令苦令墮所謂於發大乘諸善家子善家女所說大乘過令不樂欲阿耨多羅三藐三菩提令退令離舍利弗言如是世尊舍利弗譬如商主多將商人在道而去逢大險河多有流水時有一人語第二人作如是言丈夫當作方便計校用力求船其第二人語彼人言我正住此不能求船於時彼人有志有力勤作方便求船將來置於河邊乃有無量無邊阿僧祇衆生得從此岸度至彼岸既得度已於彼岸住其第二人懶惰無智少力薄福仍住本處不能

度河更有餘人來到河所亦欲求度見彼懶惰無智少力薄福人已語云丈夫汝何不度時懶惰人作如是言共我伴者方便用力求得船來置於河邊已令百千那由多俱致衆生得從此岸度至彼岸時彼餘人語是人言其懶惰人何不學伴而墮此處受無量苦如是舍利弗我見二人行布施時一人語彼第二人言丈夫汝可相應善作方便計校用力聚集善根於阿耨多羅三藐三菩提第二人言我不取阿耨多羅三藐三菩提但欲到阿羅漢若欲到阿羅漢者亦須相應方便計校用力當得出生初第一耶那如是出生第二第三第四第五耶那虛空無邊處識無邊處無所有無邊處非想非非想處三摩跋帝於其中間即便命終乘此得生非想非非想天身當得長壽久住乃至八萬四千劫限而住爾時彼人證覺阿耨多羅三藐三菩提覺已爲多衆生百千那由多俱致乃至爲無量無邊阿僧祇衆生說法說法已於後以無餘涅槃而取涅槃時第二人乘此仍在彼非想非非想天住如是語已命者舍利弗言如是大德婆伽婆如是大德修伽多實如如來所說世尊當知彼人是其懶惰若樂初第耶那乃至非想非非想天樂著彼處即樂著已更不能與上人法合不作方便計校用力不近善友隨順承事不如實觀三解脫門當知是懶惰人世尊彼菩薩摩訶薩大勤精進聲聞少信是其懶惰世尊見是義故善家子善家女所有善根皆當迴向阿耨多羅三藐三菩提舍利弗譬如有摩尼寶具多功能將問作摩

尼寶人言此摩尼寶有何功能問已彼隨所知知如是爲說於中若多知者說多若少知者說少如是奢利弗同證一法界已乃有轉生聲聞智者彼等隨勝功德而知隨勝功德而說隨其所問還如是答依有限智以昔有限發願故然如來阿羅訶三藐三佛陀有無限智以昔無限發願故有無限無礙智無限六波羅蜜善巧方便成熟衆生何以故如來阿羅訶三藐三佛陀昔行菩薩道時集無邊願以是無邊功德法莊嚴故證於徧智奢利弗譬如波利質多羅俱毗陀羅樹初生小華其有香氣彼閻浮洲諸生華香若蘇摩那若婆梨師若占波迦自餘諸生華香彼皆不及波利質多羅俱毗陀羅樹初生諸小華香如是奢利弗其諸聲聞獨覺所有善根若名聞若香若威德若力皆不及彼初發菩提心菩薩摩訶薩何況入行何況不退何況一生補處何況至灌頂時何況住普賢菩薩行何況在勝道場何況如來阿羅訶三藐三佛陀所有香所有威德所有力具足此力所謂諸佛世尊奢利弗譬如此閻浮洲所有流泉浴池濼河小河大河等皆入大海然其大海亦不猒足如是奢利弗菩薩摩訶薩於陀那波羅蜜而不猒足如是尸羅波羅蜜羼提波羅蜜毗梨耶波羅蜜弟耶那波羅蜜般若波羅蜜方便徧知所有善根亦不猒足奢利弗譬如此閻浮洲所有流泉浴池濼河小河大河等大海之內悉能含受如是奢利弗所有天龍夜叉揵闥婆阿脩羅伽留荼緊那羅摩睺羅伽人非人等乃至所有衆生等菩薩摩訶薩悉

能舍受與甘露味令彼等喜奢利弗譬如大那伽那大力士神所著鎧甲閻浮洲人皆不能著如是奢利弗菩薩摩訶薩於佛法中所著鎧甲爲諸衆生著彼鎧甲其諸聲聞獨覺不能著彼鎧甲如是奢利弗從初發心乃至坐勝道場不捨菩薩摩訶薩如是鎧甲行菩薩行奢利弗初發大乘善家子善家女應如是學相應用力勤修於業則當速成阿耨多羅三藐三菩提奢利弗如雪山王南畔所有諸樹具足諸華諸果諸香彼等諸樹閻浮洲人皆不得用如是奢利弗聲聞獨覺雖有無漏戒定智解脫解脫知見善根彼等衆生皆不得用如諸菩薩摩訶薩戒定智解脫解脫知見善根諸衆生等皆當得用奢利弗是故菩薩摩訶薩應著如是鎧甲所有戒定智解脫解脫知見善根彼諸衆生皆當得用若諸衆生不得用者我無如是善根戒定智解脫解脫知見奢利弗譬如恒伽大河所流行時彼流行處潤此大地令其津澤又彼流行遍地而去凡諸塵土草木葉等彼流行時悉攝將去如是奢利弗菩薩摩訶薩於閻浮洲行住坐卧如是等處攝諸衆生令其善根皆得潤澤又復行住坐卧遍切諸無智行欲瞋癡行及顛倒行皆攝受已行住坐卧奢利弗若發大乘善家子善家女聞此上說雖多懶惰必須發大精進奢利弗譬如恒伽大河有處流時作聲大聲有處小聲有處無聲如是奢利弗得無生忍菩薩摩訶薩有處示現出生善根有處自身示現隨順承事善友有處自身爲他而作善友隨衆生器所堪如是自身

示現奢利弗譬如鏡輪若未善磨不善淨時見其形像即不善淨若彼鏡輪善磨淨時然後分明見其形像如是奢利弗初業菩薩摩訶薩如見自善根即承事善友如承事善友然後增長佛法奢利弗譬如恒伽大河增長滿時於其兩岸草木枝葉皆漂將去乃至向於大海如是奢利弗菩薩摩訶薩應著如是鎧甲所有此岸助墮黑事行於諸見險道我皆將去乃至到無餘涅槃界奢利弗譬如恒伽大河有時增長多沫於中有多樹等根莖葉果拔已將去於中復有第二大樹猶生而住後時第二年中恒伽大河更長過前前者大樹更及諸木拔已將去如是奢利弗若有善家子善家女承事善友發阿耨多羅三藐三菩提心已而爲惡友力故以昔業行力故受五欲福娛樂受樂皆共隨行於後必須承事善友乃至當得無生法忍何以故於諸佛所種諸善根終不虛棄彼等必當出世作佛號徧智者號普見者奢利弗譬如有時劫燒彼時三千大千世界皆大熾然而作光明同一熾然若燒若壞無黑無影如是奢利弗菩薩摩訶薩應著如是鎧甲無一衆生可見於彼衆生界中所有衆生皆不知者我於彼等當令作不退法奢利弗譬如彼大焰聚然時所有諸毒諸藥彼等皆同被燒如是奢利弗菩薩摩訶薩應著如是鎧甲若有乘衆生若無乘衆生我於彼等皆當平等說法如彼願如彼信彼諸衆生種種信行當速令度不作二相何以故諸法無二不作二相諸法無我於如不知奢利弗譬如彼大焰聚然時有焰

乃至光音天有焰不能至爾許遠處如是奢利弗同一法界證已聲聞獨覺雖平等入而於十方世界智慧不轉如彼如來阿羅訶三藐三佛陀法界證已具無量智奢利弗譬如彼大火聚十方世界不來不去而燒三千大千世界彼火亦非無因如是奢利弗彼諸佛智十方世界不來不去亦不共聚如來阿羅訶三藐三佛陀具足智者如實知十方世界諸衆生心行彼智亦非無因最上徧智當如是見奢利弗譬如月輪出時當知蔽諸螢火而作照曜如是奢利弗初發心菩薩生時長時當知蔽諸具足分智聲聞獨覺光明而作照曜何以故彼作善根迴向阿耨多羅三藐三菩提是故具無邊光奢利弗譬如日輪出時當知蔽諸星宿色光而作照曜諸處星光

皆不復見如是奢利弗菩薩摩訶薩從兜率天下時多有百千俱致那由多諸天來閻浮洲出如是聲告如是聲說如是聲汝諸人輩此菩薩摩訶薩今從兜率天宫捨身爾時此閻浮洲所有獨覺大智具者皆聞聲已發心向於涅槃何以故最勝福田菩薩摩訶薩從兜率天下時有如是自在力何況生時何況行七步時何況初出言時我於世間最大最勝我當必盡生老病死何況出時何況至道場時何況證阿耨多羅三藐三菩提時是故如來於諸衆生可云最勝最上最大最妙無上無上上奢利弗見是義故善家子善家女所作善根皆當迴向阿耨多羅三藐三菩提奢利弗譬如大地所有種子彼等芽生有種種名同一地塵而有諸相如是奢利弗於一

法界證已種種界衆生出種種名而不破法界是故奢利弗菩薩摩訶薩應著如是鎧甲當於彼時我證一法界已種種界衆生種種名字以智當說以是若干大智而亦不壞法界法界亦不作二法界亦無增減可知奢利弗見是義故菩薩摩訶薩當思如是法行雖恒伽河沙數諸佛滅度法界亦無增減可知現在十方世界所有諸佛世尊具無礙智所有聲聞具於少智法界亦無增減可知虛空界極法界相應如是當知法界爲極佛法相應亦如是知是故奢利弗菩薩摩訶薩此深法中當以智觀覺無我法奢利弗譬如虛空界無與相似者如是奢利弗法界亦無與相似者是故奢利弗菩薩摩訶薩於此深法當以智觀奢利弗譬如有人於大海中取諸滴

水彼皆一味所謂鹽味如是奢利弗於一法界出生聲聞何以故法界一而無二是故奢利弗菩薩摩訶薩此深法中深處應當以智分別於此法中般若波羅蜜當隨順行非在餘處廣說譬喻於無我法當思當觀當求當合當生欲心當發精進作業用力善家子善家女此深法中當以智觀覺無我法奢利弗譬如大海有魚身長百踰闍那者乃至身長七百踰闍那者彼諸魚身雖復增長七百踰闍那大海亦無增減可見然彼七百踰闍那魚身死時大海亦無增減可見如是奢利弗菩薩摩訶薩當如是學雖有恒伽河沙數等諸佛世尊滅度而法界亦無增減可見復有無量聲聞滅度法界亦無增減可見此雖一味謂解脫味而諸聲聞不能轉生是智如諸

如來阿羅訶三藐三佛陀奢利弗譬如轉輪王有諸寶出彼等諸寶餘處不生惟於宮内出生諸寶何以故彼轉輪王昔作轉輪王業以作業故惟於宫内出生諸寶如是奢利弗淨心菩薩摩訶薩淨心發呵耨多羅三藐三菩提若欲施他隨其所欲彼則出生何以故以彼先世善淨心故

大集譬喻王經卷上

音釋

迦荼訶利那豆（梵語也似大豆此土無）釧（尺絹切臂鐶也）劫波娑（梵語也亦云劫波育又云劫貝即木綿也）脇（虛業切腋下也）胎（土來切凡孕而未生皆曰胎）饑饉（饑居依切穀不熟曰饑饉渠吝切菜不熟曰饉）濼（匹各切陂澤也）

大集譬喻王經卷下

隋天竺三藏闍那崛多等譯

奢利弗譬如有人入寶性中問先入者言丈夫諸寶何似何相於先入者報彼人言丈夫汝癡云何名入寶性自見諸寶復問此寶如是奢利弗若善家子善家女作如是問法界何似法界何相奢利弗於時諸菩薩摩訶薩應著如是鎧甲我今當示衆生如此法界爲說令住奢利弗寶性者所謂法界入寶性丈夫問寶者所謂愚凡夫輩於先入寶性丈夫者所謂如來阿羅訶三藐三佛陀奢利弗譬如大海不作是念我出有價諸摩尼寶或出無價諸摩尼寶如是奢利弗法界亦不作是念有知我已出有限智或有出無邊智奢利弗但於法界定隨所知得有限智又於法界定隨所知得無邊智奢利弗譬如未竟一日即知若干刹那若干羅婆若干瓶若干箭皆知一日有若干殘如是奢利弗未竟出生苦集滅道是故奢利弗菩薩摩訶薩當知此是證信我說菩薩乘善家子善家女未到菩提奢利弗譬如水聚下大地彼不令虛空多如是奢利弗雖恒伽河沙等諸佛世尊已入涅槃而法界不見增減無邊諸聲聞衆滅度而法界亦不見增減是故奢利弗菩薩摩訶薩應著如是鎧甲所有衆生界不見增減法界亦不見增減我等作如是師子吼乃至覺阿耨多羅三藐三菩提奢利弗譬如無有是處我分別說有人至海龍王邊作如是言我欲得破毛端爲百分以一分毛出一滴水時海龍王語彼人言丈夫汝欲百分破於毛端以

一分毛出一滴水我不捨大海如是奢利弗於無邊衆生界教授作力令喜大喜彼作是言我等不堪發阿耨多羅三藐三菩提而我於法亦不作分奢利弗譬如春後夏月熱時有人往詣恒伽大河欲飲其水而有一人障不聽飲奢利弗於意云何彼人於彼無主大水聚中而作障礙得是順不答言不也世尊佛言如是奢利弗無攝法界無攝諸佛法中有發大乘善家子善家女信解渴仰而有衆生說大乘過令離令斷奢利弗於意云何彼人順不答言不也婆伽婆不也修伽多佛言是故奢利弗善家子善家女聞是說已應當速發阿耨多羅三藐三菩提生欲精進相應用力善家子善家女此深法中當以智觀覺無我法奢利弗譬如此大地中有地分所於閻浮洲諸人無用彼何者是所謂坑坎鈌崖棘刺高峻嶮處如是奢利弗衆生界中有諸衆生於諸衆生亦無所用彼何者是所謂發聲聞乘獨覺乘者彼等於諸衆生則無所用奢利弗譬如有大地分閻浮洲人得有用處彼何者是所謂具足園林華池若有出金銀處彼等閻浮洲人得有受用如是奢利弗衆生界中有諸衆生於諸衆生得有所用而彼等少彼何者是所謂若發阿耨多羅三藐三菩提彼等爲諸衆生而作歸依畢竟作樂故奢利弗譬如大海中有無價諸摩尼寶而閻浮洲諸人不得受用如是奢利弗雖諸阿羅漢聲聞有無邊善根戒定智解脫解脫知見而彼等於諸衆生則無所用如諸菩薩摩訶薩所有善根戒定智解脫解脫知見彼等爲

諸衆生受用是故奢利弗菩薩摩訶薩應著如是鎧甲若不爲諸衆生受用畢竟能作樂者非我善根奢利弗譬如尼瞿陀子其形雖小而生時長時多引多覆如是奢利弗其初發心菩薩摩訶薩善根生時長時當知他諸善根皆所不及最上而住是故奢利弗發菩薩乘善家子善家女雖小善根不可輕賤莫言不增長耶何以故發大乘人善根若增長時當知作無量阿僧祇奢利弗譬如有人大富多財多受用具多有貝玉珊瑚金銀等所謂若刹帝利大家子若婆羅門大家子若長者大家子彼等出街市時誰欲看者看誰欲至者至誰欲問者問爾時所有諸寶大摩尼寶直多百千欲看者看欲至者至欲問者問何以故彼等心大於此賣買如是奢利弗菩薩摩訶薩於諸佛法此大乘中欲問者問欲說者說何以故彼等信大如是言說不斷欲至者至欲問者問欲看者看欲說者說奢利弗譬如所有大摩尼寶其價乃大直多百千奢利弗於意云何彼大價摩尼寶頗與水精得共居不答言不也婆伽婆不也修伽多何以故世尊其摩尼寶自與摩尼寶居不共水精等亦不可爲喻佛言如是奢利弗菩薩乘善家子善家女與發大乘衆生應當共居共行共遊親近承順給侍善事共修多業彼於其間發覺令憶以如是故即隨當學奢利弗譬如有人欲學於射彼當憶念親近射師何以故彼學此處當須其間發覺令憶而慰喻之如是取弓如是作拳如是把弓如是放箭以其射師發覺令憶及慰喻故彼即隨學當

得成就如是舍利弗彼發大乘諸善家子善家女應當親近如來阿羅訶三藐三佛陀隨順供養於發大乘諸善家子善家女所應當共居共行共遊共念彼發大乘諸善家子善家女親近隨順供養已彼應其間發覺令憶復當慰喻彼於其間發覺令憶及慰喻時即隨當學此是陀那波羅蜜此是尸羅波羅蜜此是羼提波羅蜜此是毗梨耶波羅蜜此是弟耶那波羅蜜此是般若波羅蜜此是方便波羅蜜如是當學普徧種智所有善根彼應其間發覺令憶復當慰喻彼即隨當學而得成就舍利弗譬如轉輪王於閻浮洲中所去遊處閻浮洲人不驚不怖不傷不損多捨金銀令住十善業道作如是行其轉輪王行時多有百千俱致那由多衆生悲泣憶念轉輪王功德如是舍利弗菩薩摩訶薩於諸佛刹行時遊時彼應當學諸佛勝德在在行處順法界行彼去遊處令諸衆生不驚不怖不傷不損多捨金銀令諸衆生住於十善業道於十善業道上上令生當如是行至無漏地當如是作所有行處彼諸人等當學當念此是我善友行於諸善法攝者作力者作覺者說甚深處者攝我等者所行去處舍利弗菩薩摩訶薩應學如是勝上功德舍利弗譬如彼轉輪王所去遊處次第行處彼時多有百千俱致那由多無量衆生歡喜欲得彼來何以故彼以善法教諸衆生彼以善法攝諸衆生如是舍利弗菩薩摩訶薩應著如是鎧甲我所去處次第行處於種種方諸佛刹中彼時多有百千俱致那由多衆生歡喜欲得彼來

何以故彼當教諸衆生善法又有種種善巧方便當攝衆生舍利弗譬如彼大價摩尼寶直多百千彼欲求時從何處得當於賣處如是舍利弗菩薩摩訶薩隨其方便見諸衆生堪爲成器彼處彼處而作方便教以善根後當與取種種善巧方便求已教諸衆生合善法中勸於菩提心中舍利弗譬如若諸王子若王大臣諸子聚集坐已共作是議如是當取王位當制王法當持王位當宣王敎如是舍利弗諸菩薩摩訶薩熾盛修諸善根承事多百千俱致那由多諸佛種諸善根善修於慈常能普念行於大悲喜菩提心念道場故而行於捨彼如是等大信者欲作師子吼者欲澍法雨者欲擊法鼓者欲吹法螺者欲豎法幢者欲安法船者欲度諸墮四流衆生者無量劫欲著鎧甲者欲著大慈大悲大喜大捨牢鎧甲者欲轉無上法輪者欲降伏魔羅及眷屬者欲著不思鎧甲者欲著無比鎧甲者欲著諸三界最勝最上鎧甲者如是等類諸善家子一處集坐共作是議我等應當攝諸衆生於彼無漏諸善根中我等應當令諸衆生迴向涅槃界我等應當蘇息諸衆生於無爲涅槃界中舍利弗譬如若諸王子若王大臣諸子聚集坐時餘下賤人不得至於彼處如是舍利弗諸菩薩摩訶薩聚集坐時餘少分智具足諸衆生等不能見示如是境界如諸菩薩摩訶薩示現舍利弗譬如大海有衆生身大如蟣子復有衆生身大百踰闍那復有衆生身乃至七百踰闍那舍利弗於汝意云何豈彼大海不容彼等小身衆生若彼

大身諸衆生耶答言不也婆伽婆不也修伽多非是大海不容世尊由造業故彼諸衆生成於小身由造業故彼諸衆生成於大身佛言如是奢利弗以發願力故諸聲聞少智然如來阿羅訶三藐三佛陀有不可量阿僧祇不可思不可稱無邊不可說智何以故彼昔行菩薩行有不可量阿僧祇不可思不可稱無邊不可說願以造彼業成就乃至到無礙智最勝功德奢利弗譬如大海有諸衆生與摩尼寶不相近合不知彼名何況受用如是奢利弗有諸善家子等於此法律中生於彼法海具足遊者其諸聲聞獨覺猶不知彼三摩地名何況具足諸三摩地而欲當行以具足三摩地故名如來阿羅訶三藐三佛陀奢利弗譬如射師作手作法所放箭處彼處不虛如是奢利弗有善方便菩薩摩訶薩以善方便攝取般若波羅蜜具足彼若發心當即不虛無不攝取無不迴向阿耨多羅三藐三菩提彼菩提心即不入欲瞋癡非欲所染非瞋所惡非癡所迷彼若發菩提心即不入色乃至不入識不入我乃至不入受非眼界非色界不入眼識界乃至非意界非法界不入意識界彼若發菩提心即離欲瞋癡若無欲瞋癡即有大慈大悲大喜大捨若有大慈大悲大喜大捨即不可得若不可得即無生滅若無生滅即無斷常若無斷常是名發菩提心虛空界極法界究竟虛空界業合方便智是名發菩提心奢利弗譬如寶樹生時長時非無諸寶功能如是奢利弗菩薩摩訶薩以諸善根迴向阿耨多羅三藐三菩提共攝大

慈大悲大喜大捨奢利弗以是義故當知菩薩摩訶薩發阿耨多羅三藐三菩提猶如寶樹奢利弗譬如此三千大千世界所有諸樹諸草枝葉彼等皆爲燈炷此三千大千世界所有諸須彌山王輪山大輪山王目真鄰陀山大目真鄰陀山王餘諸黑山及諸石山彼等皆爲燈器此三千大千世界所有流泉陂池濼河小河大河大海彼等皆爲油滿若有聲聞乘獨覺乘善家子善家女在如來阿羅訶三藐三佛陀前然彼諸燈奢利弗於意云何彼善家子善家女彼因緣故福德多不答言甚多大德婆伽婆甚多大德修伽多佛言奢利弗於意云何若發大乘善家子善家女乃至施一燈彼因緣故何者福多如是語已奢利弗言世尊發大乘者乃至施一燈福德是多非聲聞乘獨覺乘以無邊阿僧祇無量燈施如是語已佛言奢利弗甚善甚善奢利弗如是如是如汝所說何以故若諸菩薩摩訶薩陀那波羅蜜即諸衆生陀那波羅蜜若諸菩薩陀那波羅蜜彼諸衆生即得飲食衣服瓔珞乘等受用衆具若諸菩薩陀那波羅蜜彼諸衆生即得長者財穀倉庫等受用衆具亦得田宅園林殿堂城邑聚落國土王都等受用衆具奢利弗略說諸菩薩尸羅羼提毗梨耶弟耶那般若彼破尸羅衆生乃至無智衆生當得智慧何以故彼初發心如散種子當如是見彼修行已猶如種子增長不退轉地如成枝葉一生補處猶如出華彼如來地猶如成果隨衆生欲如是取果如來涅槃當如是見奢利弗以是義故當知由初發心

如來出生由於如來出諸衆生所有樂具亦由如來出諸聲聞獨覺奢利弗以是義故善家子善家女所有善根皆當迴向阿耨多羅三藐三菩提奢利弗譬如月輪出時此閻浮洲所有流泉陂池濼河小河大河彼處皆見月輪而彼月天子於自宮不動彼之月輪不近一處而於諸處現月輪影如是奢利弗住十地菩薩摩訶薩多諸佛刹乃至多百千俱致那由多佛刹自身示現彼諸佛刹所有村城聚落國土王都諸處菩薩摩訶薩自身示現有處示現陀那波羅蜜或復捨頭手足眼耳或捨皮肉筋骨髓心或捨子女妻妾宅舍村城聚落國土王都或現無罪法祀大會須食與食須飲與飲如是乃至騎乘衣服鬘香塗香牀座椅机燈明等示現捨時爲攝慳惜衆生故乃至爲捨五受聚故有處示現尸羅波羅蜜不鈌不穿不斑不雜亦如犛牛護尾爲攝破戒衆生故乃至令住三解脫門故有處示現羼提波羅蜜若截手足及以挑眼自無瞋恚爲攝高慢瞋毒衆生躭富貴者故乃至令住無生法忍故有處示現毗梨耶波羅蜜爲懈怠衆生熾然精進故猒離自樂令諸衆生住樂故爲攝懈怠小精進衆生令住精進故乃至令住十地故有處示現弟耶那波羅蜜遊戲弟耶那解脫三摩地三摩鉢帝爲攝失念不正知無三摩地心亂心衆生故乃至令住金剛三摩地故有處示現般若波羅蜜說難度深佛法故處非處地非地如衆生行爲說法故如是奢利弗住十地菩薩摩訶薩巧攝方便般若波羅蜜具足如所欲得如

是能作如諸衆生信諸波羅蜜如是爲諸衆生示現諸波羅蜜如諸衆生信色如是爲諸衆生示現於色如信法本如是爲諸衆生説法令彼衆生當得不退轉阿耨多羅三藐三菩提奢利弗譬如有樹能與諸欲若有衆生欲得諸寶來到其邊令彼衆生所欲得滿若食若衣若瓔珞若其衆生所須諸寶金銀毗瑠璃玻瓈赤眞珠碼瑙硨磲如彼衆生有所須欲諸寶即生彼與衆生諸所欲樹若割若破若斫不見其樹割處破處及斫損處轉更增長出種種寶如是奢利弗住十地菩薩摩訶薩有處示現陁那波羅蜜有處示現尸羅羼提毗梨耶弟耶那般若波羅蜜巧方便爲首有處示現生四天王天三十三天須夜摩天兜率多天化樂天他化自在天諸魔羅身

天乃至諸梵身天梵光天梵衆天梵輔天大梵天光天少光天無量光天淨天少淨天無量淨天徧淨天廣天少廣天無量廣天廣果天無熱天善見天善現天乃至生阿迦尼吒天示現自身説法有處示現有想無想衆生乃至非想非非想天有處示現此閻浮洲作轉輪王身爲衆生説法有處示現轉輪王四分中一分王形色有處示現力轉輪王形色有處示現刹帝利長者大臣王臣小男小女婦女丈夫沙門婆羅門尼揵梵志天龍夜叉乾闥婆阿脩羅伽留荼緊那羅摩睺羅伽人非人等乃至依城者形色有處示現聲聞獨覺形色有處示現下兜率宮或入母胎或出生或梵釋奉接或行七步或口出言我是世間尊勝當窮生死或詣學堂或入天祠或處

宫内或在閻浮樹下或身出家或至道場或降魔羅軍衆或證無上菩提或轉法輪或爲四衆八部說法或現涅槃或一全身或如芥子或熾正法或現法滅奢利弗略說如諸衆生所信說法者是諸菩薩摩訶薩自身示現爲成熟諸衆生故如諸衆生信諸法本是諸菩薩摩訶薩爲諸衆生說於法本令彼諸衆生等得不退轉阿耨多羅三藐三菩提奢利弗譬如幻師若幻師弟子住四大道示種種幻所謂象馬車步奢利弗於意云何彼四分兵來處去處十方諸世界中可得知不答言不也婆伽婆不也修伽多彼幻來去不可得知而彼幻非無因佛言如是奢利弗彼佛知若來若去十方諸世界中亦不可知如來阿羅訶三藐三佛陀以是智具足故十方諸世界中諸衆生所有心行皆如實知而彼智非無因彼智最上當如是見奢利弗譬如有人被捉咽喉則諸處根皆當被捉如是奢利弗若善家子善家女以徧智心菩提心中入諸佛法護諸衆生攝諸衆生持諸衆生奢利弗譬如有人壽命百歲將一滴水來與如來阿羅訶三藐三佛陀作如是言世尊我寄此一滴水願爲持之莫雜餘水如來取已擲恒伽大河中擲已彼一滴水向於大海時彼壽百歲人過歲還來作如是言世尊與我前所寄一滴之水不令雜餘水者奢利弗如來阿羅訶三藐三佛陀有如是智謂不思智無比智出三界智如來阿羅訶三藐三佛陀具是智已從大海出彼前所寄一滴之水不雜餘水還與彼人如是奢利弗如來阿羅訶三藐三

佛陀非一佛刹中說法亦非二三四五乃至非千佛刹中說法種種善巧方便教化衆生何以故如來阿羅訶三藐三佛陀不可量阿僧祇不可稱不可說無量千佛刹中說法種種善巧方便教化衆生奢利弗譬如春後夏月正熾熱時有一丈夫乃與大衆欲過曠野彼於行時遠見焰動彼人慰喻彼大衆言汝等但來有水可飲爾時彼人令彼大衆望水不絕速出曠野便得蘇息不損不傷安隱無畏至自境界如是奢利弗如來阿羅訶三藐三佛陀令諸聲聞欲入阿羅漢果爲其說法如阿羅漢所作相應精勤用力彼既作已便獲其利奢利弗若信是法彼即信無塵法若信無塵法彼即信如來阿羅訶三藐三佛陀若信如來阿羅訶三藐三佛陀彼即於無塵法解脫若於無塵法解脫彼即解脫生老病死憂悲苦惱奢利弗譬如漏盡阿羅漢在阿蘭拏山遠險之處誦時彼處有響彼時更有異人聞已即得阿羅漢果奢利弗於意云何彼人是誰調伏答言世尊是阿羅漢佛言奢利弗於意云何彼漏盡阿羅漢豈作如是念言我若誦時當有衆生得調伏耶答言不也婆伽婆不也修伽多佛言奢利弗於意云何彼響從內從外從內外出莫作是見若諸衆生所出音辭當如是信若有是說彼亦隨我奢利弗譬如丈夫婦女於睡夢中乃見如來與聲聞衆圍繞說法奢利弗於意云何如來聲聞其實來不答言不也婆伽婆不也修伽多佛言如是奢利弗若人現見我聲聞衆圍繞說法當信如夢彼即現前見我及以法僧

奢利弗譬如大海非無有寶而不取寶何以故彼於先世不曾作取寶業是故彼摩尼寶黒不識不取若人曾作摩尼寶業彼即得入寶洲入寶洲已取摩尼寶如是奢利弗非無法界而不覺阿耨多羅三藐三菩提奢利弗但彼先世於佛境界不作善根亦不發起是故今入聲聞彼等不行如來行處亦無如來功德不具如來力無畏等及無礙智如來阿羅訶三藐三佛陀則具如來力無畏等及無礙智奢利弗譬如丈夫婦女執鏡自看面輪見自面相便生喜躍如是奢利弗無聞凡夫不知影喻法本故馳走流轉而生愛樂是故奢利弗菩薩摩訶薩應著如是鎧甲我今爲諸衆生說法令於流轉當知當斷奢利弗菩薩摩訶薩當信諸法空虛不牢如是當行奢利弗譬如如來阿羅訶三藐三佛陀有所作化彼化生時無所生滅時無所滅於佛境界若問若答此非二法如來所化生時無所生滅時無所滅如是奢利弗得無生法忍菩薩摩訶薩覺諸法無生覺已不得一法若生時生無處法生若滅時滅亦無有爲無爲何以故菩薩摩訶薩覺諸法無二故奢利弗譬如沫摶無有牢固彼無牢固當隨順知如是奢利弗諸法無牢固諸法是空當隨順知諸法如海本性無有二相奢利弗譬如水泡從因緣生以一一因不能得生如是奢利弗凡有衆生因不正念欲取於生彼皆虛無空不牢固彼諸衆生於實際中不如實知不見不入不覺我爲彼等衆生昔著如是鎧甲云何令彼諸衆生等當見實際我應爲說流轉輪迴

奢利弗譬如鳥行虛空無法障礙如是奢利弗菩薩乘善家子善家女等於諸法無礙際無塵際無二際信於徧智我說是菩薩乘善家子善家女等決定阿耨多羅三藐三菩提奢利弗譬如神通比丘行虛空時雖見其行不見步跡如是奢利弗見菩薩行而不能說彼法及善根迴向處何以故奢利弗我所覺法不可言說彼法諸天龍夜叉乾闥婆阿脩羅迦留荼緊那羅摩睺羅伽人非人等不能成就唯除諸菩薩摩訶薩於諸世界最勝具足上智着大鎧甲何以故彼菩薩摩訶薩諸天等世皆不能及奢利弗譬如手足能作諸事如是奢利弗於此法本當如是見奢利弗譬如有人能以一指示現五指於意云何彼難作不奢利弗言甚難婆伽婆甚難修伽多佛言奢利弗我此說難如虛空等法界虛空等法覺已爲他解說此難於彼我說希有何以故奢利弗彼菩薩摩訶薩虛空等法覺已不作戲論而能增長如是奢利弗所有善根菩薩摩訶薩當覺阿耨多羅三藐三菩提彼諸善根皆是虛無空不牢固阿耨多羅三藐三菩提示現已彼諸善根乃不欺誑覺阿耨多羅三藐三菩提是故奢利弗菩薩摩訶薩應著如是鎧甲我信諸法是不牢固若不入此忍者不能成就八人法須陀洹法斯陀含法阿那含法阿羅漢法何況覺阿耨多羅三藐三菩提唯除諸菩薩摩訶薩於諸三界最勝具足上智奢利弗是故菩薩摩訶薩應近善友承事供養何者善友所謂示敎行六波羅蜜若以餘敎彼非善友若菩薩摩訶薩如

是言如是教如是應學諸波羅蜜如是應學諸菩薩法當知彼名菩薩摩訶薩真實善友奢利弗譬如以一滴酥擲大海中於意云何此爲多不奢利弗言不也婆伽婆不也修伽多於彼水中還是一滴佛言如是如是奢利弗諸聲聞獨覺戒定智解脫解脫知見少攝不能爲諸衆生而作利益奢利弗譬如以一滴油擲華池中彼則徧滿不知其油滴法如是奢利弗諸菩薩摩訶薩戒定智解脫解脫知見乃至諸有善根爲諸衆生當得受用乃至究竟涅槃奢利弗譬如有一丈夫於大海中破百分毛取一滴水於意云何彼一滴水比於大海水聚何者爲多奢利弗言世尊假使取百踰闍那猶當是少何況彼人破百分毛取一滴水佛言奢利弗如是諸聲聞獨覺智如一滴水諸菩薩摩訶薩知見如大海水聚諸菩薩摩訶薩具足是知見故能成熟諸衆生乃至將到無餘涅槃界佛說此讚諸菩薩摩訶薩功德法本時無量阿僧祇無邊諸衆生等發阿耨多羅三藐三菩提心無量阿僧祇無邊諸菩薩摩訶薩善根熾然增長勸行成就無量阿僧祇無邊天人等世遠塵離垢於諸法中得法眼淨佛說此經時尊者奢利弗及餘諸比丘比丘尼優婆塞優婆斯迦天人乾闥婆阿脩羅等聞佛所說皆大歡喜

大集譬喻王經卷下

音釋

澍朱戍切霔澍也陂彼爲切澤也筋舉欣切骨絡也髓息委切骨中脂也椅机椅於綺切椅子坐凳也机居夷切案屬人所凭坐者曰机犛莫交切長髦牛也出西南夷尾可爲旌

大哀經

西晉三藏竺法護譯

清刻龍藏佛說法變相圖

大哀經卷第一

西晉三藏竺法護譯

莊嚴大會法典品第一

聞如是一時佛在王舍城靈鷲山古昔諸佛之所遊居如來威神之所建立其地道場諸菩薩衆所共咨嗟無極法座天龍鬼神揵沓和等咸俱歸命稽首爲禮而於佛土宣暢德本如來威光慕樂法門菩薩神明等入無量無限功德如來所行成等正覺轉妙法輪爲極元首善宣開化於一切法而得自在所度無極明曉衆生志性所趣覩其諸根便度彼岸曉了一切蠲除罣礙諸所止處爲作佛事而無俗業堅住於行莫能當者大比丘衆六百萬人一切仁明滅除塵欲無衆蔽礙則爲如來法王之子行深妙法其所由生不從顛

倒柔輭和雅威儀禮節而皆備悉爲大衆祐如來之道而得親近諸菩薩衆不可稱計行無罣礙決了普智諸通敏慧又諸大菩薩大慈大哀興布法雲而演電明爲雨甘露飽滿衆生久遠飢渴等心一切執志如地諸所妄想倚着結縛皆已除棄熈隆弘恩道品之法三十有七猶如日殿聖慧之宫明智光曜靡所不照滅大幽冥顯示世間指其道路宣其德本若如蓮華開闔之時枯竭恩愛志深洪池興立正業具大神通遊於虚空譬如月宫照乎夜暗所可遊行等心衆生得其志性靡不欣悦善權方便有益無損至於道誼亦無增減普現所行志若須彌堅住不動常修梵行供養三寶於諸境界無能移轉過諸世間之所有法毀呰誹謗現於一切諸佛國土而現親厚神曜遠照志如大海其器廣大威滿法水修菩薩行一切衆生之所宗戴猶如師子君主最尊奉四聖諦懷於大悲心慕慈愍寂然觀察所察普顯於深妙法而無所畏壞諸外道於無央數百千諸劫究竟無底其若菩薩行不以懈惓一切諸德悉已具足其名曰普觀見無盡菩薩皆觀諸國莊嚴徧現菩薩如來種性成就無退菩薩威儀化衆示無瞋恚菩薩無量辯才幢英變音菩薩積累清淨金光威神王菩薩分別光明辯解散句菩薩生無量福積累親業菩薩如是等類無數菩薩於是世尊須宣法門名曰生諸菩薩佛成正覺時十六年見諸梵行普皆興盛覩諸菩薩咸來集會欲演如來諸持法藏而衆開士皆悉雲至佛自念言吾寧重增諸菩薩行

使得將護興立道行曾有經典講無蓋門如來所爲無極變化爲諸菩薩大士之衆當令進入如來境界於時世尊以佛境界變現如來三昧正受佛適以此佛境界變現定意正受衆祐聖旨上虛空中自然高座如三千大千佛土廣大高遠上至欲界及無色界悉佛正行如來功德之所興化諸菩薩衆性行清淨照於十方諸佛世界悅可無量衆生意行一切諸天龍神宫殿靡不照曜請召十方諸菩薩等咨嗟無量名德之稱悉坐無數重閣交露或有紫金以爲牆壁吉祥藏寶以爲軒窻以碼碯寶而作户牖明月藏寶以爲欄楯離垢光寶以爲户扇以普明寶而爲重閣一切衆寶而爲垣障垂諸貫珠堅衆幢旛而然庭燎懸諸繒蓋上好栴檀而用塈塗異妙栴檀可意衆香懷來越度海中名香而用然之龍所出寶若干種華而散其上衆寶之樹羅列而行諸寶香爐巍巍微妙其所光飾普周十方諸佛世界清淨奇妙歡悅人心普悉現於高座之中其師子座不可稱數億百千姟而自然現高座瓌麗廣長而峻衆所欽樂莫不欣慶此四大域所有部界則自然生四萬宫殿而甚高大又其欄楯高四丈九廣二十里以夜光珠離穢寶珠梵英寶珠懸在旛蓋而以紫金莊飾交露出自然音從地以上乃至高座又旣崇妙自然化成無有作者如是此四域所興變化三千大千世界亦復如是諸有四域悉等無異皆自然生無極宫殿於時世尊安隱寂然從三昧起應時三千大千世界六返震動其大光明靡所不照佛與菩

薩諸弟子衆眷屬圍繞諸天在上歌詠功德而雨衆華散諸天衣覆蓋虛空燒衆名香箜篌樂器而自然鳴十方佛國皆自然動光照無量諸佛國已佛大神足無極變化境界無限威神無際聖光無邊感動無底於靈鷲山忽然不現與大衆俱諸天龍神揵沓和阿須倫迦留羅眞陀羅摩睺勒侍從世尊欲聽經法又四天王與諸天俱見佛世尊欲詣講堂於上乂手雨諸天華供養大聖以偈讚曰

日月之威曜　明珠天炎暉　佛光悉蔽之
消滅三惡道　其明徧佛土　越須彌鐵圍
悉歸命最勝　咸各懷踊躍

時四天王從諸天人各以此偈讚世尊已欣戴無量時天帝釋與忉利天見於大聖欲詣大殿至高座所則施供養雨諸天香散于佛上乂手以偈而歎頌曰

神足度無極　顯變化無等　現千億佛土
最勝日以出　降伏諸魔界　普德淨莊嚴
其神足自在　稽首無等倫

忉利諸天偈讚佛已侍從世尊時須焰天王見佛欲詣宮殿佛高座所雨於天衣乂手讚佛

安住慧無量　普知衆生性　無著如虛空
皆達三世事　一心入諸行　悉曉群生性
是故可奉敬　三世悉戴仰

時焰天王偈讚佛已侍從世尊兜率天王與諸天俱見於世尊欲詣宮殿大高座所雨天珍寶而供養佛乂手讚曰

宣暢於經義　觀如幻野馬　彼則無文字
何有意猶豫　興愍哀衆生　故佛讚尊法

歸知法自然　勝曉無吾我
時兜率天王偈讚佛已侍從世尊無憍樂天
王與諸天俱見於世尊欲詣宮殿大高座所
雨寶瓔珞供養上佛叉手讚曰
顯示于法身　十方如虛空　最勝現色像
愍哀而開化　宣法無有色　最勝行普平
禮法自然慧　明識一切議
無憍樂天以偈歎佛侍從世尊化自在天與
諸天人見於世尊欲詣宮殿講堂高座雨天
寶珠而供養佛叉手讚曰
禁戒離諸垢　則立於清淨　勸化甚高尊
定意不可動　智慧無等倫　如海無瞋恨
已度於終始　稽首得自在　神聖之足底
自然立相輪　顯修于慈哀　從本此爲先
解脫三徑跡　稽首佛德行　則以慈哀故
增加以平等　以寂然爲華　解脫成其實
猶如蜂之王　勸化諸眷屬　安住如蓮華
以頭腦稽首　善建立禁戒　住於安諦地
精進之勢力　超殊無能逮　稽首正品類
甚尊不可動　愍哀爲清淨　道場成光曜
智慧離垢穢　威明消闇冥　無數百衆生
咸共歸稽首　則爲無極覺　頭面禮大聖
其脫門之跡　音暢於虛空　智慧馳懸遠
光明照十方　衆生華百千　令得解開敷
覺了離垢穢　稽首無所著　察之無等倫
何能有倫匹　求之於十方　導師不可逮
功勳甚衆多　一切德備悉　吾今而咨嗟
其志無飽滿　阿須倫諸龍　帝主所歸禮
無數諸天人　僉共歎其德　其所讚名稱
衆多難思議　舉譽禮世尊　功勳皆流布

化自在天偈讚佛已侍從世尊於時世尊則以無量佛之境界感動變化爲百千天人所共浴嗟詣寶高座時佛世尊適昇高座四域宮殿悉知見之一切三千大千世界諸在四域皆復如是悉知見之於時大聖坐於三千寶護高座師子之牀諸菩薩衆及大弟子亦復次坐於是大聖有三昧名無蓋法門娛樂以此定意正受佛適三昧聖體諸毛一一毛孔各出江河沙等光明威曜盡照東方諸佛世界靡不周至南西北方四隅上下亦復如是盡照諸界徧無遺漏所照十方諸佛國土應時諸土一切地獄勤苦拷掠悉爲休息畜生解脫餓鬼得安時諸衆生諸患消除不爲婬怒愚癡所惑而無瑕穢塵勞之難慈心相向共相瞻視如父如母如兄如弟如子如身無異如來光明照諸菩薩諸菩薩衆承佛威神光曜之中說此頌曰

精進力無量　廣普無所住　又以精勤力
越度億載劫　十力功流布　普達於十方
釋迦文威光　廣照於一切　其欲求法宜
故往百千土　禮佛聽尊法　而至忍世界
其在兜率天　十方諸菩薩　斯等察此光
佛演安衆生　魔塵異學衆　降此精進力
如蓮華出日　須彌照十方　其身曜無底
暉普於一切　詣彼聽尊法　最勝轉法輪
今日無等倫　頒宣無比經　十力愍衆生
故轉尊法輪　今日衆集會　廣普難可遇
篤信欲見佛　今當詣忍土

爾時光明普告十方諸佛國土說斯頌已動諸佛國安於衆生曜諸法界淨除一切塵勞

之境滅衆幽冥弊魔宮殿與諸菩薩無數眷屬還迴忍土在佛頭上忽然不現于時東方無量功德寶福普辭世界其佛號離垢淨光海華無斷光言王如來佛土有菩薩名首藏華諸法自在彼光所請與十江河沙等諸菩薩衆會眷屬圍繞忽沒彼土須臾之頃至此忍界詣寶高座住世尊前稽首足下繞佛萬帀雨夜光珠衆寶瓔珞供養散佛以頌讚曰

十力功勲髮　皆達於十方　嗟歎無等倫
德祚度彼岸　我等所詣土　欲聽經法故
一切聞名稱　釋師子之號　世尊爲平等
離垢光普曜　如諸法無本　亦無有瞋恨
見光曜衆生　輙令得解脫　爲諸法之王
如幻師善學

時諸菩薩無央數衆嗟歎佛已各神足力悉化作座而坐其上南方佛辯世界無量德寶辯如來佛土有菩薩名寶柱與十江河沙等諸菩薩俱眷屬圍繞在於彼土忽然不現須臾之頃至此忍界詣寶高座住於佛前以白珠交露覆蓋佛上稽首足下繞佛萬帀以頌讚曰

世尊悉周徧　愍雨於衆生　開闡光明焰
以空無吾我　以八平正路　消竭塵欲洪
寂秘諸樹王　長育清白珠　則以智慧光
化滅陰冥毋　夢久寐衆生　溺没終始流
爲顯示正路　消竭恩愛池　令逮清淨眼
使度如前勝

時無數菩薩頌讚佛已各神足化變作其座皆自處上於時西方照曜世界普明如來至真佛土彼有菩薩名顯音契王與十江河沙

等諸菩薩俱眷屬圍繞在於彼土忽然不現須臾之頃至此忍界詣寶高座住於佛前雨瑛眞珠供養世尊稽首足下繞佛萬帀以讚頌曰

其聖體之行　猶如虛空界　所願悉清淨
劫數無有量　其身淨無垢　永無有衆漏
能周於十方　無思議佛土　所講如時雨
雷震梵妙音　悅可群萌類　應如志所慕
其心無所行　亦無有不行　所演暢諸音
出應衆生心

時無數菩薩頌讚佛已各神足化變作其座皆自處上於時北方衆寶錦界無量德寶光如來佛土彼有菩薩號曰海覺與十江河沙等諸菩薩俱眷屬圍繞在於彼土忽然不現須臾之頃至此忍界詣寶高座住於佛前稽首足下繞佛萬帀以頌讚曰

體色紫磨金　覺施以寂然　善照於十方
快普現其身　其體無儔匹　衆人若觀察
則滅諸欲塵　欣豫長安隱　最勝諸學子
瞻戴世光明　其志咸欣仰　如須彌頂王
皆諸神足力　若干種變化　不能見最勝
頂上之威相

時無數菩薩頌讚佛已各神足化變作其座皆自處上於時東南方無憂世界除衆疑冥如來佛土有菩薩名普曜與十江河沙等諸菩薩俱眷屬圍繞在於彼土忽然不現須臾之頃至此忍界詣寶高座住於佛前稽首足下繞佛萬帀以寶交露供養上佛以頌讚曰

於一毛孔裏　懷無限佛土　衆生不以患
國土不迫迮　最勝救濟行　爲諸無眼目

諸佛爲最妙　諸勝之光明　以一之刹土
暢無數佛國　其諸所顯現　刹土不增減
隨如應方便　大稱隨時入　普入一切變
神足所感動

時無數菩薩頌讚佛已各神足化變作其座皆自處上於時西南方善觀照世界大哀觀衆生如來佛土有菩薩名恩於大哀與十江河沙等諸菩薩俱眷屬圍繞在於彼土忽然不現須臾之頃至此忍界詣寶高座住於佛前雨妙衣服供養於佛稽首足下繞百千帀以頌讚曰

禁戒甚清淨　人尊如寶珠　長夜自將護
如犛牛愛尾　見於毀禁者　加之以愍哀
不自歎已身　不呰毀他人　住如須彌山
意定不可動　智慧如江海　尊超於神靈
已度一切有　有爲縛刑獄　化億載衆生
療其塵勞病

時無數菩薩頌讚佛已各神足化變作其座皆自處上於時西北方離暗冥世界光淨王如來佛土有菩薩名光曜網與十江河沙等諸菩薩俱眷屬圍繞在於彼土忽然不現須臾之頃至此忍界詣寶高座住於佛前以寶瓔珞之具用覆佛上稽首足下繞百千帀以頌讚曰

身覺了生死　猶如幻師化　示現所感動
如幻無所有　假如幻師化　衆生皆如茲
其界不可得　衆生無自然　如人卧寐夢
覩見若干形　寤則無所見　諸色想無爲
聖說法如夢　有爲從念生　見有所退轉
不退不迴還

時無數菩薩頌讚佛已各神足化變作其座皆自處上於時東北方住淨離垢世界空城離垢心如來佛土有菩薩名覺無底離垢與十江河沙等諸菩薩俱眷屬圍繞在於彼土忽然不現須臾之頃至此忍界詣寶高座住於佛前以常鼓音交露覆蓋佛上稽首足下繞百千帀以頌讚曰

明識深妙法　等解於自然　省察諸空相
一切諸所生　普知一切世　衆生心所趣
其心如虛空　清淨慧無底　群黎之所行
三世諸馳逸　一心一時行　悉知諸所有
無有衆生想　其心諦離念　已除衆妄想
善權普平等

時無數菩薩頌讚佛已各神足化變作其座皆自處上於時下方照明世界青蓮首如來佛土有菩薩名曰辯嚴與十江河沙等諸菩薩俱眷屬圍繞在於彼土忽然不現須臾之頃至此忍界詣寶高座住於佛前以明珠交露共覆佛上稽首足下繞百千帀以頌讚曰

如億載佛土　其中所有塵　安住諸子孫
來詣於最勝　各欲自啓問　無數億千劫
則以一文字　意化於一切　聖慧不可喻
權智無等倫　總持定無量　功德無涯底
洪勳無能限　頌宣無數劫　毛孔所咨嗟
不可盡究竟

時無數菩薩頌讚佛已各神足化變作其座皆自處上於時上方莊嚴世界名稱如來佛土有菩薩名諸法變王與十江河沙等諸菩薩俱眷屬圍繞在於彼土忽然不現須臾之頃至此忍界詣寶高座住於佛前一切莊嚴

衆寶紫金交露之帳覆蓋佛上稽首足下繞百千帀以頌讚曰

一切安住業　今顯無涯底　於心得自在
導師行亦然　獨諸佛所知　非衆生所行
如空無邊際　群庶本如此　其行無儔匹
今日顯無底　成佛轉法輪　導師滅度如
猶若有所種　法不失果實　十方諸最勝
不可稱限量

時無數菩薩頌讚佛已於虛空中各神足化變作其座皆自處上

歎會品第二

彼時須臾之間十方菩薩悉會面現其菩薩衆不可稱限無能計會億百千數莫能稱載光明所勸集於忍界詣寶高座住世尊前時佛晏然從定意興其明晃照自然音出其自然音普告三千大千世界令聞其教于時佛土信不信者已爲應器比丘比丘尼童男童女人與非人天龍鬼神揵沓和阿須倫迦留羅眞陁羅摩睺勒聞佛音詔身心坦然加敬悚息承佛威神自然而有妙寶宮殿悉共趣之須臾之間至寶高座稽首佛足繞聖三帀各就牀榻又此光音告勑梵天梵忍天王梵身天王梵滿天王梵度著天王大梵天王光曜天少光天無量光天光音天淨嚴天少淨天無量淨天難還天淨身天用果天無倢天於是天善施天善所施天一善天如瞬之頃集寶高座稽首足下繞佛七帀不處地上自處其座於時世尊覩見大衆僉然來會有神光曜名曰顯現諸菩薩力眉間演出於此光明繞諸菩薩七帀竟已於諸菩薩頂上而沒

時有菩薩名首藏華諸法自在遇此光曜應時逮得一切莊嚴定意適三昧已其寶高座自然爲佛有師子座高八十億姟百千之尋妙寶爲足衆珍欄楯妙衣敷上一切諸華以散其上悅意諸寶以爲嚴飾一切菩薩覩此緣變斷絕所慕皆令衆會自覩其明可悅一切衆生現其心意所欲求願尋時皆了無有猶豫時首藏華諸法自在菩薩復以讚歎施諸惡趣三昧正受別化如來大師子座庠序安隱從三昧起恭恪欽敬叉其十指以頌讚佛

其日光明者　但照世俗耳　天帝威神德
嘗從樂忉利　其梵天尊王　慕戀梵天上
佛之聖威化　變動界若此　觀察法自由
自然如虛空　若幻野馬比　亦如水中月
諸所作所造　悉爲無有主　曉了如誑詐
見衆生清淨　其心慕於色　斯色何所在
其心爲自然　所由皆不實　一切雖清淨
此亦如幻化　其於自然者　虛僞何有處
能分別本淨　執御心鮮潔　其境從容來
彼無有塵欲　思想念諸念　其心已脫此
則見若干種　幻化之所爲　虛空無所有
從地而出生　顯示國土地　若干明珠寶
向者爲法王　建立師子座　當處於此座
開化億衆生　跱立繒旛蓋　大幢諸嚴飾
此無所從來　亦無所越至　若能曉諸法
無所從來者　便能爲衆生　現諸勝變化
大聖梵音聲　所演善哉快　爲世巨庭燎
威神德無極　愍傷吾之故　當昇處高座
講說於經典　斷生老病死　其清淨衆生

十方來會此　各各次第坐　欲聽愍法誼
本所因發舉　願解於此慧　聖在師子座
安詳頒宣法

於是世尊見首藏華諸法自在菩薩志性清淨即便處於大清淨法師子之座尋時講說諸菩薩行當所立趣又有經典名無蓋門淨菩薩道諸佛法力成就寶身聖明屋宅於一切法而得自在入總持中分別解說剖判入門大神通慧入於微妙不退轉輪無能迴還導御一切諸定意乘入於一乘無毀法界說衆生性根原所趣爲之唱導解發諸法毀壞諸魔入應具法去諸塵勞六十二見開化當入柔順之法令諸愛欲邪見我慢入無礙慧勸助衆德普無不接頒宣權慧皆入一切佛平等聖悉無陰蔽無處所門所宣諸法分別如議入於諸法無念不念無應不應覺了深妙十二緣起聖慧功勳乃達魔天佛身口意皆令莊嚴所念志趣智慧明達而不可盡入于聖諦開化聲聞曉心所歸緣覺之律普得一切諸慧境界諸菩薩律一切所入於法自在頒宣如來功勳名稱時佛講說如是比像無極法典說是語時敎化告勑諸菩薩德所願至誠悉已具足示現如來變化感動解諸衆會狐疑結網降攝一切諸魔之境光顯如來訓誨之義備佛大業欲使具足是故世尊處師子座宣無蓋門於時寶幢菩薩承佛聖旨用佛莊嚴三昧正受令普衆會致佛莊嚴建立威神時名聞力菩薩承佛聖旨用紅蓮華三昧正受建立衆會一切諸華合成法華以此衆華散於世尊一切菩薩三昧海菩薩

承佛聖旨以衆香定三昧正受使諸毛孔建立演出妙味栴檀四明網菩薩承佛聖旨以光明定三昧正受令一切光建立衆會靡不蒙安五大哀念菩薩承佛聖旨以無瞬定三昧正受建立衆會瞻戴如來目不敢瞬六離垢察無底菩薩承佛聖旨以法悅定三昧正受建立衆會慕樂正法好法志法樂以法樂七辯嚴菩薩承佛聖旨以顯跡定三昧正受建立衆會皆令蠲除五蓋之患八變諸法王菩薩承佛聖旨以無忽忘三昧正受建立衆會志在佛道慕如來行九心勇菩薩承佛聖旨建立衆會使伏諸魔及外怨害靡不從化十降諸魔菩薩承佛聖旨以毀魔場三昧正受適三昧已應時三千大千世界所有衆魔其數百億及諸魔兵速疾速疾各從宮殿忽然不現詣寶高座住於佛前稽首足下繞於世尊無央數帀不可稱計奇異妙物供養大聖恭敬悚息一心叉手勸助天師須宣經典惟願以時開化說教吾身今日降魔菩薩威神所建故來勸助惟天中天吾當放捨所作魔事不亂衆生今以法故來至於斯由是大聖當察吾身志操所趣於時世尊察魔心念讚曰善哉善哉諸仁者等汝黨乃能放捨魔事勸助如來令說經法緣是之故汝等之身因此獲報皆當越度一切魔業所以者何猶百千歲屋室闇冥一燈入中尋即消昧如是諸仁於百千劫與發塵勞闇冥之欲一善本心力之所變消滅衆患令無有餘譬如諸仁一日之宮一月之殿一大寶珠一一各出光明之曜消除衆冥如是諸仁一心善本觀其

修行而念應順皆除一切無明衆冥六十二見九十六逕衆患之難以是之故今日諸仁觀見如來加復勸助因此德本稍漸蠲除一切無慧愚癡之冥當獲無極道法之門

大哀經卷第一

音釋

揵沓和 梵語也亦名乾闥婆此云香陰揵巨言切沓達合切
闟 羽委切闟也又半開也
洟 他典切垢濁也
牖 與久切穿壁以木爲交窻也
欄楯 欄落干切勾欄也楯食尹切闌檻也
燎 力照切東竹葦以爲燭也
堊 烏各切以白土飾墻壁曰堊
姟 古哀切正作垓十京曰垓
拷掠 拷苦浩切打也掠力灼切笞也
寐寤 寐彌二切寢也卧也目閉神藏爲寐寤五故切寐覺也
㝱 莫鳳切㝱寐也
跱 丈里切立也

大哀經卷第二

西晉三藏竺法護譯

無蓋法門品第三

於是法敎王菩薩在於彼會而白佛言唯然世尊如來境界不可思議示現建立大聖威光令諸菩薩永無狐疑各令修行惟當宣說無蓋之門大會法品所以者何其大會者今悉集此皆爲菩薩一被大德鎧不可思議二以大神通聖慧娛樂三皆有功勳通於十方四所修清白心離垢穢五以明解脫多所照曜六皆爲諸佛所見咨嗟宣揚功勳七於一切法得尊自在八諸度無極越終始岸九一切皆從權方便生十而悉消化魔業欲塵十一降伏一切諸外邪道十二皆能分別方便講說章句義理十三慧無罣礙智度無極超於彼岸十四其意自由勇步無難逮聖總持十五建立無蓋辯才無斷十六曉了衆生根原所趣具足缺漏備不備者十七察諸衆生從應所解而爲說法十八所宣經道除衆罪殃而無遺漏十九其音隨時柔輭和雅如哀鸞鳴猶龍海吼亦如梵聲二十慈愍衆生而示滅度亦以慈愍令衆得濟二十一心常懷執無極之慈二十二志性恒念無蓋之哀二十三所住堅固而不可動言行相應二十四修立法幢顯示十方二十五其志堅强猶如金剛不可破壞如鐵圍山二十六善建所願不失本誓二十七暢入深妙分別玄奧十二緣起二十八蠲除兩際斷滅常見一切諸見六十二疑所習連著二十九亦如大衆群庶法王誘進羣致使入於道三十衆庶大導持致無難三十一從無央數劫好樂法寶合集智慧三十二

爲大醫王療衆人病三十三滅除衆生無色塵勞蓄滯之疾三十四此諸菩薩大師子王所撫育子三十五一切諸行若聽異音聞說如來祕密之誼亦不恐懼三十六而以相好莊嚴其身三十七皆以大哀具足祠祀三十八其心勇猛不懷怯弱三十九降伏四魔愛欲境界四十善施橋梁開悟眠寐四十一如是根力覺意禪思解脫定意正受以善修成所當爲業四十二常以慇懃欲度衆生四十三逮得總持攬制一切四十四若利無利歎譽誹謗有譽失名若苦若樂於世八事而無所著四十五其心得入歡欣悅豫樂愛經典四十六須宣流布道法之寶四十七充滿智慧備悉道空四十八其行鮮明猶如蓮華四十九蠲除一切諸有爲法五十其光清淨覆蔽日月釋梵暉曜五十一悉已逮得海印三昧五十二導御一切諸法之寶五十三而於三寶由得自在無能斷截五十四明識解說一切諸界五十五執持諸佛經典之要五十六積累合集無量功德咨嗟之稱五十七造立無限功祚智業五十八而得親近具足佛慧五十九達了當來無央數劫本末之際第六十法經本原闕法教王菩薩白佛言如是世尊此諸菩薩大士之會功勳若茲我意大聖心自念言當令世尊爲諸菩薩宣無蓋門大會法品諸菩薩衆所可由生至未曾有天中之天諸佛興出多所饒益則能悅可菩薩大士使得成具當來菩薩德本明誓其初發意菩薩清淨行欲成者令入一乘使不退轉諸菩薩衆具足佛法至阿惟顏一生補處令其果報無所遺失若有衆生所識分明志存決定懷來因緣化使入道其不決定

當令仰入於無極哀其有衆生永在邪見爲說處所使決其網樂三乘者因故佛興而自嚴飾諸天龍神揵沓和人與非人世人阿須倫皆得蒙濟所以者何佛興出世實爲善哉如是比像至未曾有難及希有經典之要現出於世得共覩知惟願大聖斯等正士發意之頃建立化變此法高座一切聲聞及諸緣覺於百千劫所不能逮吾以是故心自念言難及難及至未曾有此仁之等乃能施設如是色像神足變化誰以見此當復興發聲聞之行緣覺之心所以者何其有初發菩薩心者過諸聲聞緣覺之乘令欲引喻譬如世尊愚癡之子從生駃冥捨夜光大寶珠取水精珠所見顛倒自以爲是衆人所行亦復如是捨於大乘轉求聲聞緣覺之乘若復有人至性眞實發無上正眞道意若已發意甫發意者亦當不久具足成就如是法要法教王菩薩說是語時彼衆會中三億百千姟天人皆發無上正眞道意

莊嚴法本品第四

爾時世尊觀諸菩薩皆來大會此諸菩薩皆以法故而來集此悉以執持如來妙藏宣暢菩薩諸所行住無蓋法門所由品與修御法典復有光明名無畏辯應時眉間大人之相放斯光曜繞諸菩薩七帀已竟因復繞於總教王菩薩身百千帀尋入總教王菩薩之頂適蒙此光承佛威神繞諸菩薩百千帀已其光悉照師子之座其身威儀轉復光明光明巍巍益甚加倍踰諸菩薩總教王菩薩時見如來無極威變即從座起偏出右肩右膝著

地又手於世尊上虛空之中化成如來莊嚴寶蓋佛所建立瑠璃爲幢上至焰天璝異琦珍以帝青瑠璃寶藏殊妙而以嚴飾垂貫眞珠繒綵旗旛而爲莊校紫金交露周帀繚繞覆諸菩薩大會之衆其蓋廣長大如三千大千世界如是比像建立寶蓋奉獻如來雨於天華威變妓樂而自然鳴尋時以頌而讚世尊

光明普徧靡不現　目所周悉爲顯義
諸法自然權所由　不可思議越諸德
大聖正士演光明　其口清淨宣辯才
導光繞我百千帀　在吾頂上沒不現
如本意志所懷念　辯才照明特亦然
所知百千勝於前　用蒙人雄導師恩
其身巍巍心清淨　踊躍以時獲如願
乃知正覺慧無量　其大辯才入我身
佛實難及威無極　其羸劣者不所樂
承佛聖旨今悉見　當復啓問愍衆生
諸菩薩衆行所入　等趣世間而御衆
所生光明所變處　當復諮啓阿惟顏
魔衆無量悉來會　而獨遊步上道乘
及餘志求微妙法　爲是等故問最勝
當善執持此魔場　而常諦受斯佛慧
今適是時世尊說　爲衆生故開法藏
鄙身明智無所及　人中之尊慧無量
能了最勝無限智　今當啓問無極權
世尊聖慧由自在　本於長夜所修學
善遵世尊爲法王　惟爲須宣導師行

總敎王菩薩以頌讚佛已白世尊曰如來境界不可思議諸菩薩行莫能稱限吾及衆會

聽察如來至真等正覺所說經法未曾猒倦覩於衆生最勝世尊行乎大哀故問此義何謂世尊菩薩莊嚴而自校飾以菩薩行而爲應義何謂菩薩不可思議逮法光明離於闇冥幽昧之事蔽礙之患以大法門而爲清淨何謂菩薩在衆生尊第一大哀修行慈愍成就所行不捨衆生何謂菩薩逮佛菩薩所行諸業所導正法不懷惱法善哉世尊願分别說諸佛菩薩之所行住等越法門猶如菩薩降伏魔衆蠲除疑網入如來界遊菩薩境曉了一切衆生志操心行清淨攝取佛土執持魔場從如來教而於諸法速得自在無所蔽礙佛告總教王菩薩善哉善哉正士乃能問於如來欲善決了諸佛菩薩仁能逮得無量如來所行了了族姓子諦聽善思念之當爲汝說如諸菩薩行及餘菩薩功勳具足疾逮一切諸法自在總教王菩薩及諸大衆受教而聽佛言菩薩有四事莊嚴何謂四一曰戒莊嚴未曾毀禁二曰定意莊嚴志未曾亂三曰智慧莊嚴心無蔽礙四曰總持莊嚴所聞不忘是爲菩薩四事莊嚴於彼何謂以戒莊嚴族姓子知則用一事以戒莊嚴何謂一常愍衆生心不懷害矜哀群黎一切有命亦敬愛之莫不悅可復有二事以戒莊嚴何謂爲二一曰杜塞惡趣二曰開善趣門復有三事以戒莊嚴何謂爲三一曰身行清淨而無點汙二曰口言清淨辭不麤獷三曰其心清淨未嘗懷亂復有四事以戒莊嚴何謂爲四一曰如所志願必果無異二曰如所弘誓則得成就三曰如所慕樂必成無違四曰如所圖

晝則得超至是爲四復有五事以戒莊嚴何謂爲五一曰與禁戒士俱共精修二曰習學智慧未曾懈廢三曰勤志解脫不懷慢恣四曰修度知見品未嘗休懈五曰益加精勤遵於無上無極滅度是爲五復有六事以戒莊嚴何謂爲六一曰無所毀犯亦不懷恨二曰無所缺漏亦不捐棄三曰不有點汙無所損落四曰不爲瑕疵修一清淨行五曰而博聽受不從欲穢六曰若有所聽不戴仰人是爲六復有七事以戒莊嚴何謂七一曰戒品清淨二曰布施清淨三曰忍辱清淨四曰精進清淨五曰禪思清淨六曰智慧清淨七曰善權清淨而無放逸是爲七復有八事以戒莊嚴何謂八一曰所處具足二曰其地究竟三曰所御備悉四曰性戒周密五曰不被燒害得至成就六曰佛興出世得無所著七曰無蓋普達八曰得從善師所問具足是爲八復有九事以戒莊嚴何謂九一曰而於聖慧無所恐懼二曰有所覩見而不怯弱三曰曉了空慧四曰分別善權五曰習於清涼而無惱熱六曰將護禁戒如蜂採華七曰修治其心令無情欲八曰其心調和不懷麤獷九曰逮得調定中和之地是爲九復有十事以戒莊嚴何謂十一曰莊嚴其身具足諸相二曰其口莊嚴言行相副三曰其心莊嚴而無瑕疵四曰國土莊嚴具足所願五曰開化衆生莊嚴志性清淨六曰所生莊嚴一切衆惡而無所犯七曰菩薩行莊嚴學如來行八曰聖慧莊嚴不懷自大九曰道場莊嚴勸助衆德十曰力無所畏不共法莊嚴立戒爲本未曾捨

禁是爲總敎王菩薩十事莊嚴佛告族姓子何謂菩薩定意莊嚴定有一事何謂一常懷慈心愍哀衆生復有二事定意莊嚴何謂二一曰修行威儀禮節二曰性行質直而無諂飾復有三事定意莊嚴何謂三一曰無有諛諂二曰志性清和三曰無有虚僞復有四事定意莊嚴何謂四一曰爲人仁調而不佷戾二曰不懷毒害見他瑕疵三曰不犯禁忌致諸患難四曰不從愚戇以趣闇蔽是爲四復有五事定意莊嚴謂去五蓋何謂五一曰貪欲二曰瞋恚三曰睡眠四曰調戲五曰狐疑復有六事定意莊嚴謂六思念何謂六一曰常念於佛二曰常念經法三曰常念聖衆四曰常念禁戒五曰常念布施六曰常念諸天復有七事定意莊嚴謂不捨道心修七覺意何謂七一曰意念覺意二曰法覺意三曰歡悅覺意四曰精進覺意五曰信覺意六曰定覺意七曰護覺意復有八事定意莊嚴謂八正由路何謂八一曰正見二曰正念三曰正語四曰正業五曰正命六曰正便七曰正意八曰正定復有九事定意莊嚴謂菩薩不捨道心常立大哀亦無所住其心不捨一切衆生何謂九一曰蠲除愛欲寂滅衆惡不善之業憺怕悅安此念俱行修第一禪二曰其人寂除思念所行其内詳叙而爲專一無思無行憺怕悅安修第二禪三曰永觀歡悅離欲之行而常安詳其身安適猶如聖賢所說所觀其意行安修第三禪四曰斷除苦樂究盡往古憂慼歡悅觀察於斯無苦無樂修第四禪五曰皆度一切諸色之想究暢盡意性之

如地不復思念若干諸想遊於無量虚空之慧而爲修行六曰過於一切虚空諸想遊無量識諸識之慧而爲修行七曰皆越一切諸識智慧不計有身不用識慧而爲修行八曰皆超一切不用識慧遊於有想無想之處而爲修行九曰皆出一切有想無想之處悉入一切思想所思定意思惟以爲正受以權方便不於本際而取證也住於本願開化衆生復有十事定意莊嚴何謂十一曰心無所生不懷瞋恚二曰具足寂然之行三曰不捨所願四曰寂在閑居五曰不失德本六曰其心憺怕七曰身心休息圖度計校八曰廣安諸法九曰心得自在十曰得賢聖性是爲十事定意莊嚴佛告族姓子何謂菩薩智慧莊嚴說有一事智慧莊嚴何謂一於一切法而不卒暴復有二事智慧莊嚴一曰捨於狐疑二曰離諸愛處復有三事智慧莊嚴一曰斷除愚戇二曰燒盡無明壞諸陰界三曰永滅闇冥幽翳之事復有四事智慧莊嚴一曰曉斷諸苦二曰了絕諸習三曰明於造證四曰不住由路復有五事智慧莊嚴一曰戒禁清淨而無所獲二曰定意清淨精度智慧三曰解品清淨遊於衆生四曰度知見品而爲清淨皆於三世無所罣礙五曰法品清淨以用成行復有六事智慧莊嚴謂淨三場施度無極淨於己場身如野馬人場清淨猶等如夢道場清淨無望報故戒度無極淨于三場身場清淨等如影故言場清淨如呼響故心場清淨等如幻故忍度無極亦淨三場棄捐麤辭所言清淨除去怨結常喜咨嗟若有毁支

解其身觀察法身清淨無穢進度無極亦淨三場清淨無猒好遊生死覩之如夢堅強清淨志如金剛故無應不應清淨行者度想著故寂度無極清乎三場愚冥清淨退入慧故棄捐清淨入於諸法無所著故勤心清淨發神通故智度無極亦淨三場四恩清淨化衆生故總持清淨攝正法故所願清淨嚴佛土故復有七事智慧莊嚴將護其意一曰於四意止不起不滅二曰於四意斷身意憺怕三曰其神足者曉了諸根四曰其五根者降棄一切諸魔塵勞五曰其五力者明曉諸法自然之故六曰其覺意者無所不達致未曾有七曰其由路者無往無來無往來故復有八事智慧莊嚴謂不失聖慧行權方便一曰寂然觀慧而爲憺怕二曰觀察見於諸法爲憺然故三曰慧品曉法品故四曰界品其性本行等境之故五曰曉於諸入本無欲故六曰明十二緣曉無我故七曰達於誠信求無瞋故八曰一切諸法無所破壞如實觀故復有九事智慧莊嚴一曰知過去事本清淨故二曰知於當來未然清淨故三曰知於現在究竟淨故四曰知定了了報應之義無所失故五曰知於未定導因緣故六曰曉處於邪僞開化故七曰知佛平等達法身故八曰等於諸法法無欲故九曰諸聖平等修無爲故復有十事智慧莊嚴一曰所有如夢爲惑相故二曰了如所夢思想相故三曰了如野馬分別相故四曰了如實見因緣相故五曰了如影見形用事合故六曰了如呼響用雜會故七曰了於法界無壞相故八曰了於無本不

住相故九曰了於本際無動相故十曰曉於無爲其無爲者自然相故如是族姓子菩薩所行十事智慧莊嚴佛告族姓子何謂菩薩總持莊嚴以有一事而爲莊嚴何謂爲一其意常達未曾忽忘復有二事總持莊嚴一曰懷來道義二曰總攝無違復有三事總持莊嚴一曰曉了諸議二曰分別嚴飾美辭三曰明識所歸隨其方便復有四事總持莊嚴一曰言無所著二曰無剛硬辭三曰所言柔和四曰無剌譏辭復有五事總持莊嚴一曰諸所聞聲惟歸於議二曰曉諸身識惟歸於慧三曰一切經典惟歸經理四曰了諸人響惟歸於法五曰在於方俗歸度世行復有六事總持莊嚴一曰言行相應二曰順從至誠所言清淨三曰不懷自大行無所著四曰無有諛諂言無所失五曰修於大哀如應說法六曰方便隨器而爲宣說等講俗智復有七事一曰其辯才智適發尋對二曰辯才應機三曰辯才捷疾四曰辯才無礙五曰辯才無滯六曰辯才無缺七曰辯才應議復有八事總持莊嚴一曰曉了諸天所言二曰解識諸龍音聲三曰明察鬼神言響四曰分別揵沓和語五曰知阿須倫所說六曰達迦留羅辭七曰暢真陀羅所言八曰明識摩睺勒及諸衆生口之所宣復有九事總持莊嚴一曰不倚無爲二曰諸所修行而不怯弱三曰勇猛說法四曰其智慧聖不爲虛僞五曰曉了所說廣普具足六曰其貢高者順爲說法七曰得平正者爲說質直而開化之八曰見有處者爲現劫燒九曰得境界者隨其學乘而爲頌

宣復有十事總持莊嚴一曰從其志操不爲衆生宣麤獷辭二曰聞佛說法修習慧明不復志慕世俗之智三曰言不可盡假一文辭耳四曰其無所住爲說無處五曰說於諸佛咨嗟無量六曰棄除惡趣塵勞麤辭七曰說於滅度不可稱限八曰忍於衆生無礙根本九曰從佛之教十曰忍於分別超異辯才是族姓子菩薩十事總持莊嚴於是世尊欲重宣此義令人重解即說頌曰

諸大聖人　有四莊嚴　以此應議　尊之上乘
戒禁定意　及最智慧　總持如是　明解分別
爲諸衆生　所見欽敬　其身口意　常以清淨
悉斷狐疑　諸所句迹　其奉戒者　以此莊嚴
生天世間　功勳流布　其所志願　輒得成就
常修正行　以行爲上　其奉淨戒　以此莊嚴
其人得近　速逮定意　智慧解脫　聖慧若茲
親近無爲　歸此行者　戒禁清淨　斯爲莊嚴
戒無所犯　禁不缺漏　不弄戒法　性無卒暴
名響暢溢　靡不宣持　戒清淨者　斯爲莊嚴
其戒清淨　布施潔鮮　忍辱清淨　精進亦然
一心清淨　智慧無異　善權清淨　亦無放逸
所住堅固　强不可動　逮明諦地　行不懷恨
性不舒緩　志常謹勑　戒清淨者　斯爲莊嚴
其戒茂盛　未嘗退轉　其心不生　衆惱煩熱
秉意興行　未曾悔變　戒清淨者　斯爲莊嚴
不恐不懅　未曾强濫　其意寂靜　無能毀壞
其犯禁者　常被繫閉　戒清淨者　斯爲莊嚴
其心修禁　功勳無極　志性仁和　斯意安調
則爲已身　莊嚴相好　戒清淨者　斯爲莊嚴
如口所言　身行若茲　莊嚴其口　所護莊嚴

不以欲塵　嚴飾其心　戒清淨者　斯爲莊嚴
斯人則爲　莊嚴佛土　開化衆生　使入大道
此明哲者　莊嚴生處　以是之故　不犯衆惡
所謂莊嚴　常奉佛道　修治最勝　於佛道場
莊嚴諸力　四無所畏　以爲莊嚴　聖慧無慢
普加慈愍　一切衆生　其明智者　所見正眞
無有諛諂　不懷細碎　不隨貪欲　瞋恚愚癡
志性猛慠　無有五蓋　修六思念　而無放逸
爲七覺意　奉道若茲　稍漸思惟　一切定意
親近所行　修于寂然　善順隨時　不失衆德
住樂靜思　所察入亂　於道自在　爲賢聖種
未曾猶豫　不違經典　無有狐疑　亦無沉吟
除去無明　無有愚冥　常處至誠　明識聖慧
戒清淨者　無所逮得　智慧最上　定意清淨
順從二事　解脫清淨　不懷慢者　聖慧清淨

覩見三世　度衆爲惠　曉了離欲　則法清淨
斯清淨者　不懷自大　其智慧者　此爲莊嚴
智慧行施　以爲莊嚴　若能清淨　於三品場
已身衆生　及修道教　如夢幻化　而無所著
以戒智慧　而爲莊嚴　又復淨治　於三品行
身行口言　心念亦然　影像幻化　亦如呼響
是爲智慧　而成莊嚴　則能清淨　於三品事
無能屈者　亦不動搖　普觀一切　常察法身
智慧精進　而自莊嚴　亦復清淨　於三品事
未曾懈惓　志性堅强　未嘗懷應　亦無不應
所以智慧　一心莊嚴　亦以三事　修行清淨
其所觀察　無有闇昧　斯明哲者　與立五通
善權智慧　以莊嚴者　亦復清淨　於三品事
善受總持　了平等議　示衆生法　亦淨佛土
於四意止　志不退轉　於四意斷　不行二事

身心憺怕　斯爲神足　曉了一切　衆生根原
於魔塵欲　亦無所有　諸法自在　隨順決了
無所從來　及致來道　是爲威儀　智慧莊嚴
求致湛然　爲寂禪定　所觀察者　行無涯底
曉諸陰衰　修于法品　明識諸界　猶如虛空
分別情入　空無所有　法無吾我　從緣而起
曉了眞諦　慧無懷恨　無恐懼慧　因緣隨念
於三世慧　無所罣礙　明了三聚　之所歸趣
曉識三寶　則爲一相　其智慧者　以此莊嚴
明曉幻化　爲迷惑相　根從惑相　譬如若夢
等如芭蕉　爲迷惑相　諸法無會　猶如影相
從緣合生　如水中月　亦如呼響　因對而出
其法界者　慧常無壞　明了無本　智無所住
法動無動　本際常然　有爲無爲　此無有二
深要智慧　清淨爲道　是爲莊嚴　諸佛之法

其人未嘗　意懷惑亂　懷來遭遇　總持經典
而常解說　義理微妙　而恒遊步　滅度之恵
言不卒暴　亦無麤獷　口所宣傳　無有不可
諸所說音　衆當察議　所仰聖慧　常以了了
識經義理　靡不開達　以歸於法　不計有人
一切諸法　度世爲要　以此總持　而自莊嚴
口所頒宣　常說至誠　口之所言　恒趣平等
有所爲者　常講經典　隨時不虛　無有爲事
斯人與世　說其辯才　速及正慧　常無罣礙
而無所住　隨順無失　善自莊嚴　如好華鬘
聞知天龍　所說言辭　鬼神揵沓　及阿須倫
迦留眞陀　及摩睺勒　亦復曉了　衆生所說
此等不來　在於衆會　亦復不往　而就見之
此勇猛者　爲頒宣法　則以智慧　而達知之
其自大者　見懷亂意　覩斯所說　順從應時

自大貢高　覩其所説　其懷慢者　無有瞋恚
爲分別説　三乘之教　斷諸狐疑　令無結網
則得親近　佛法正眞　不依仰人　智慧如是
於一切字　常曉滅盡　所分別曉　議無躓礙
咨嗟諸佛　無量功德　其逮總持　以此莊嚴
毀呰塵欲　所知無限　善權方便　隨時開化
曉了一切　衆生根本　諸佛所知　逮分別辯
其以總持　而莊嚴者　斯人用此　稱名普聞
吾住一劫　歌歎其行　不能究竟　斯功德勳

八光明品第五

世尊復告總教王菩薩菩薩有八光明以此光明不可思議離諸闇昧修清淨行何謂爲八一曰念光明二曰志光明三曰遊光明四曰法光明五曰慧光明六曰至誠光明七曰神通光明八曰奉行光明是爲菩薩八大光明於彼何謂念光明有八事爲念光明何謂八往古所造衆德之本未曾忘失所未立德日日積功如所聞法未曾忘失逮知誼理分別所趣不從六界成就念門斷諸非法具足善德覩有彊心諸佛世尊所爲建立護持法城志懷于原建一切法德諸光明是爲菩薩八事念光明所志光明復有八事何謂八志解誼理不懷嚴飾志在聖慧不懷識著志在於法不懷塵欲志在精進不懷諍訟志在佛道不懷聲聞緣覺志在微妙不懷小乘志在於佛不懷魔事志在大慈大哀未曾懷害加於衆生是爲八事所志光明遊光明復有八事何謂爲八所可遊行常須宣法遊知衆生志操所念所遊之處分別辯慧所遊之處常解深妙十二緣起所遊之處有所宣暢亘無

不通所遊之處曉了清淨前後增損所遊之處普備一切諸佛之法是爲八法光明復有八事何謂八其明照世而爲解説入於善本又爲衆生演度世法爲暢聖慧詔使令除諸罪之法無漏法光善宣道教不住無明及於衆漏見於生死罪福所趣覩已塵欲光明不墮滅盡而取證也其光明法善察所趣客塵之原無爲法光心本清淨自然鮮潔諸法永寂是爲八事慧光明復有八事何謂爲八一曰八等光諸道二曰諸道跡光慧三曰往來光照四曰放不還明五曰演無著曜六曰緣覺威耀七曰菩薩慧明八曰如來至眞正覺光明是爲八至誠光明復有八事何謂爲八其墮滅盡以至誠行照曜於彼其行誠諦第一道跡慧光照彼其行誠諦致第二果則以照彼其行誠諦得第三果亦復照彼其行誠諦得第四果亦復照彼其行誠諦得緣覺果亦復照彼其行誠諦得菩薩忍亦復照彼其行誠諦成佛正覺亦復照彼是爲八神通光明復有八事何謂爲八所謂光明靡所不曜其天眼者覩諸色像永寂諸響則以天耳普聞諸音所念光明識念無央數劫往古行事本淨光明察覩一切衆生心行如虛空無礙光明又其神足遊步無限諸佛國土慧光明者成無漏聖積德光明開化衆生使修菩薩慧業光明決斷一切衆生疑結是爲八事奉行光明復有八事所謂奉行一曰遵修聖慧二曰志智慧明三曰行正見明四曰奉觀察光五曰照衆生性曜六曰修其脫心七曰無瞋恚心八曰遵修其明令永究竟是爲八佛

時頌曰
以往古淨業　心初不忽忘　意習無所習
善勸無懈廢　所聞未曾忘　速得解法誼
寂然界憺怕　志强棄非法　曉了於念門
選擇所造業　懷勇者覩之　建立勝自在
守護于法城　等一衆生法　智者離諸冥
利益於群萌　逮得光明曜　無疑決猶豫
志强慧自在　速成至佛道　志在於誼理
不逸存嚴飾　慧士不著想　不倚於文識
其志於法者　善調欲離癡　有志淨善權
不諍安住道　意常存於道　不念聲緣覺
常懷微妙業　不念於小乘　思惟於佛道
不從諸魔教　常懷于大哀　不娆於衆生
假使所頒宣　所遊無狐疑　隨時化衆生
所在群萌行　所遊分別辯　彼慧無罣礙
明於因緣法　無有緣起事　曉了方便慧
安住所步頂　一切能普入　諸佛所興法
世間法光明　悉知人民業　及度世聖慧
雄爲智慧光　所生無罪釁　大慧修本淨
善遵於道路　常宣無罪業　於漏無有漏
法光明照曜　斷一切諸漏　利潤於衆生
於有數無數　法常遊於慧　是無垢離冥
遊入滅盡行　塵勞諸諍訟　其慧無蔽礙
明識衆塵欲　其心本清淨　其智得滅度
曉不起寂然　如是類無限　大乘光明業
彼於八等慧　遊達于道跡　亦曉了往來
分別於不逮　無著及緣覺　菩薩世吼護
慧皆能達此　所遊解聖賢　至誠明無量
勇猛善修行　其逮得果證　無恚誼第一
其行至誠者　入寂第一果　第二三第四

逮緣覺之果　設有能加精　逮法忍平等
如最勝得道　至誠皆照彼　又其天眼者
普見十方佛　成就於天耳　聞十方音聲
識念那術劫　前世慧光明　隨順知他心
清淨慧悉照　遊億姟佛土　神足照十方
輕舉如虛空　逮無爲之慧　功德光無底
神通益衆生　慧界無罣礙　決群黎狐疑
奉行所應誼　志彊法慧光　至成明無限
則爲神通光　修行聖智慧　意廣辯無底
等觀於正見　究竟無結恨　其淨於此八
斯光威無極　雖未成佛道　常行作佛事

大哀經卷第二

音釋

騃五駭切癡騃也　獷古猛切麁惡貌　戇陟降切愚直也　翳於計切隱也蔽也　懅其據切懼也　慠五到切倨慢也　躓知利切跲也又礙不行也　舋許覲切瑕隙也

大哀經卷第三

西晋三藏竺法護譯

大哀品第六

佛復告總教王菩薩菩薩有十六事常以大哀加於衆生何謂十六於是菩薩除見貪身衆生處在若干邪見則爲斷去迷惑疑業爲說經法是爲菩薩興發大哀愍於衆生衆生處在虛偽顛倒非常想常苦想爲樂無身想身空有淨想當爲蠲除此顛倒行菩薩於彼興發大哀爲說經典衆生處在計有吾我一切無形而想有形當爲除去吾我之事菩薩于彼興發大哀頒宣經道於此衆生處在五蓋而自覆蔽墮在欲瘡多所危害睡寐無明虛偽狐疑因緣所覆不了深法吾當爲彼除諸陰蓋菩薩于彼興發大哀爲說經法衆生處在六情罣礙眼見色而想著爲文飾耳聲鼻香舌味身更意法而懷想著倚受文飾當爲此等滅除六情菩薩于彼興發大哀爲說經道衆生處在貢高自大憍慢求敬是我自由咄吾志耶懷害虛偽餘人卑賤我爲尊貴自說我所行正於尊復尊經道又勝加復教乃强綺於容色自計有識而自放恣求無所獲自謂成就不賢嫉賢不聖嫉聖處於邪見想住正道吾當爲此說除憍慢貢高自大菩薩于彼興發大哀爲說經道衆生處在迷惑邪徑離於聖路當爲除邪顯示聖道菩薩于彼興發大哀爲說經道衆生處在虛偽恩愛之著貪於妻息男女家居產業夙夜汲汲無有懈廢當爲除此令脫恩愛菩薩于彼興發大哀爲說經道衆生處在各共諍訟恚恨不

和懷結瞋怒多所訟理當爲除此鬪諍瞋恚菩薩于彼興發大哀爲說經道衆生處在惡友所攝離於善友與造惡業當爲除此諸惡知識使從善友菩薩于彼興發大哀爲說經道衆生處於慳惜貪餮不知懈倦離於聖慧當爲除此慳惜貪餮興隆聖慧菩薩于彼興發大哀爲說經道衆生處在非誼之業存有常計斷滅之見當令入於深奥緣起之業菩薩于彼興發大哀爲說經道衆生處在無明愚冥倚著我人壽命當爲除去一切邪見令逮賢聖清淨之眼菩薩于彼興發大哀爲說經道衆生處在娛樂生死誤受五陰五體之賊當爲除去一切三界之所倚著菩薩于彼興發大哀爲說經道衆生處於魔見繫縛處於思想計是我所應與不應當令解脱魔網繫縛依倚所著菩薩于彼興發大哀爲說經道衆生處在塞無爲門開惡趣户故當爲闓泥洹之門菩薩于彼興發大哀爲說經道佛言總敎王菩薩是爲十六事菩薩大士興發大哀愍加衆生也

開化品第七

爾時佛告總敎王菩薩復有二十二事所修善業除不順教罪惡之業何謂三十二衆生在於自大睡寐立見已身則以智慧而化導之使入道義是爲菩薩第一之業志樂於小卑劣之乘計吾我人則開化之入於微妙無極大乘衆生若處非法邪見計有身者則開化之以已所樂正法之義勸助誘之覩於衆生戒不清淨身業鮮潔本性和調則以此業開化衆生見諸衆生墮于邪見六十二疑則

以正見賢聖之業化導群黎而建立之見於衆生存在無明所念顛倒則開化之顯示道明思惟柔順亦復自立於清和義見於衆生遠離法行身自修法亦開化人住於正法而復隨時爲演經義見於衆生慳悋所蓋身心不貪一切所有皆能惠施亦能化人惠諸所有見諸衆生犯於諸惡住不謹慎身奉淨戒亦化於人立於淨業見於衆生多所諍訟瞋恚茂盛身修忍辱行慈心力亦復化人奉于慈愍見於衆生處在懈怠多所廢落身不猒倦勤行精進亦復化人夙夜勤力見於衆生其心憒亂而志放逸身自攝意一心禪思令不馳逸其意安詳亦開化人立於庠序見於衆生處於邪黠憍慢自大身修智慧離于愚冥則以大智而開化之令除闇昧衆生處於非時之行身則自壞善權方便修平等行亦化於人權謀隨時奉平等業衆生處於塵欲所危思想多不淨行應在不應身已永除恩愛之原亦以化人除諸瑕穢見於衆生而處貪身來致刑獄繫縛之患身除貪已衆結之難亦化衆人捨於貪身一切顛倒見於衆生不調無寂不順律教亦未得解身寂調定解隨律教亦化衆人調定順律見於衆生不奉孝順而無反復壞諸德本身承孝道亦修恩義將護善原勸立衆人使修孝事常念反復不失德本衆生處於罣礙諸蔽順從惡教身度蔽礙亦化衆人使離罣礙衆生處於非惡之教不歸先聖不順衆祐身奉善命從明智教亦化衆人順從舊德咨受先達衆生處於多爲無義虛僞之行汲汲忽忽身順義理務

衆德本亦復化人令勤修行立諸善原衆人處於貧匱之行離賢聖財身修無窮導於七財信戒慙愧聞施智慧亦勸立人賢聖七業衆生處於常遭疹疾攝載四蚖身修無患安隱無欲亦化衆人使除諸病亦令無難衆生處於若干闇冥離慧光明身修明曜化立衆人無極大光衆生處於三界罣礙生死五趣輪轉無際身自斷除三界之著而化衆人隨時拔去三界之結衆人處於左道之業離於右路身修正道亦立衆人住于右路衆生處於貪身壽命不覩患難身不惜命見患所由亦化衆人不倚身命察知衆難衆生處於離佛法衆身自修德不斷三寶化立衆人隨三寶教見於衆生捨于正法身護經典亦化衆人將護大典宣傳佛教立于正法見於衆生住遠世尊六思念教身隨六念亦化衆人奉六思念見於衆生從於塵勞罪福之業身離罪塵亦化衆人使捨殃穢見於衆生而從一切不善之法普離衆善身修善法捨於非法亦化衆人住於正眞柔順之法是族姓子菩薩所行平等之業當可所立能順如此則奉正眞無上大業

道慧品第八

佛告總教王菩薩言又族姓子菩薩之業不可稱載所以者何計如衆生貪欲諍門菩薩修業積功累德合集衆行至初法門正使族姓子江河沙等諸佛世界滿中衆生皆令成立聲聞緣覺悉令此等一切衆生所立善業不如發意菩薩功勳百倍千倍萬倍億倍巨億萬倍不任爲喻所以者何自斷本性所習

塵欲聲聞緣覺住於緣合菩薩大士蠲除一切衆生塵勞所住緣合故族姓子一切衆生所可造業聲聞緣覺所立德本比菩薩業菩薩最上為尊為最無有儔匹所以者何凡夫愚人習從顛倒不順之業聲聞緣覺亦隨緣習菩薩業者無有顛倒功勳無量以是之故菩薩大士過於衆生越於聲聞緣覺之上於時總教王菩薩聞佛所說歡喜踊躍善心生焉勸助讚善世尊所演至未曾有難及難及如來乃宣菩薩莊嚴菩薩光明菩薩大哀菩薩化業惟願世尊如來至真垂恩廣覆重復解說何因諸佛而於衆生興立大哀大哀何所比像其事云何以比之瑞應云何住在何所諸佛世尊造業云何善哉世尊如來皆知亦能普見於諸所造業而觀悉達惟為我等而分別說佛告總教王菩薩諦聽善思如來當說如來大哀如來造業所可須宣族姓子知諸佛世尊不興大哀亦不奉行也所以者何諸佛世尊常加大哀不捨衆生從無數劫積累已成猶是之故不行退轉不捨衆生是則名曰如來大哀其哀無量不可稱計難不可當無可容處從始至終無能稱載所以者何如來得道常懷大哀愍於衆生如其佛道大哀亦如是何謂如來得至佛道如來得道無本無住乃致大道於彼何謂而住於本已計身本立在不誠思想之原以是之故如來隨時合成於道名曰無本亦無所住以是如來成最正覺因此達知一切衆生無住無本解其所處當為宣傳如此之義令其曉了以故如來於諸衆生常懷大哀又族姓子道者

寂然亦復憺怕何謂寂然云何憺怕於內寂然於外憺怕所以者何其眼者空察無吾我亦無所受耳鼻口身心亦復空耳亦無吾我亦無所受是爲眼空識別除此不爲色逸是謂寂然耳鼻口身意亦復空耳識別除此不爲諸法所見驅使是謂憺怕衆生之類不能曉了此寂憺怕能明識斯以故如來於諸衆生而懷大哀又族姓子道者本淨亦復顯曜所謂淨者心本清淨何謂言曰其本清淨亦復顯曜所謂淨者無所著故亦無所犯等如虛空空本淨故與空合同等如虛空故曰空等聚究竟本淨又極顯曜以故名曰本淨顯曜愚癡凡夫不覺其實反爲客塵而見染汙吾當解彼本淨顯曜是故如來於諸衆生而懷大哀又族姓子道無精進亦無不精進何謂無精進亦無不精進攝一切法是則名曰爲無精進已能受習一切法者如來于彼亦無精進亦無不進則度諸瀆又如來者於諸流彼不見此跡彼岸以故名曰離此彼中如來至眞皆解諸法故成正覺由是名曰爲如來也是無精進亦無不精進愚戇凡夫亦不曉了吾當頒宣令解其意是故如來於諸衆生而懷大哀又族姓子道者無想亦無因緣何謂無想亦無因緣其眼於識而無所得其無想者不見諸色則無因緣耳鼻口身意亦復如是亦無所得亦無思想不見諸法則無因緣是無想無緣爲賢聖行何謂聖行其於三界而無所行是賢聖行其此無行爲賢聖行愚戇凡夫不能曉了此賢聖行吾當開悟使分別此是故如來於諸衆生而懷大哀又

族姓子道者無往無來現在等於三世斷於
三塲何謂三塲其心不退遊於過去亦不馳
騁於當來慧亦不退念於現在事於心意識
而無所住不想過去不念當來不戲現在等
於此三則淨三塲愚癡凡夫不能曉了此賢
聖行吾當開悟使分別此是故如來於諸衆
生而懷大哀又族姓子道者無身亦復無數
亦無眼識亦無耳鼻口身意諸所識者無爲
無數所謂無爲不起不壞亦無處所是則名
曰離於三相是以無爲如其無爲解了有爲
亦復俱然所以者何一切所有皆爲自然悉
無所有其無所有彼則無二以故無身亦復
無爲愚戅凡夫不能曉了吾當開悟使分別
此是故如來於諸衆生而懷大哀又族姓子
道者無所壞跡何謂爲跡何謂無壞無本爲
跡其無所住曰無所壞界則爲跡無我無壞
本際爲跡無動無壞空則爲跡無獲無壞無
想爲跡無念無壞無願爲跡無處無壞泥洹
爲跡無毀無壞是無壞跡愚戅凡夫不能曉
了吾當開悟使分別此是故如來於諸衆生
而懷大哀又族姓子道不從身而成正覺亦
不從心所以者何身者愚騃如草木牆壁瓦
石影響心者如幻其以身心覺了如此是名
曰道假有言辭而言興盛又其道者無有言
辭亦無身心法與非法無道不道無誠無欺
所以者何道者無言於一切法而無有道何
所是處其於言辭而無所說猶如虛空無有
處所亦無所住無有言辭道亦如茲則無所
住亦無文辭如是其於諸法審實求道則無
文辭法亦無言若能曉了諸法無言是爲諸

法之所生也愚戇凡夫未能曉了吾當開悟使分別此是故如來於諸衆生而懷大哀又族姓子道者無取亦無所依何謂無取而無所依斷於眼識而不受色亦無所得不依耳鼻口身意斷無識者亦無所受亦無所得諸法無獲是謂無依如來以此無受無依懷來於道致最正覺眼於受色不以爲依識不退從耳聲鼻香口味身更意法亦無所依識不退從已不住識則能分別此一切衆生心之所處何謂衆生心之所處衆生心處則有四事何謂爲四一曰色心之處二曰痛癢三曰思想四曰生死之處所彼於處所而無所住如來明此於無住際愚戇凡夫不能曉了吾當開悟使分別此是故如來於諸衆生而懷大哀又族姓子道者則空謂空者道則爲空所以空者諸法皆空如來於彼達無本空解一切法而致正覺空亦復空故成正覺以此一慧分別空事彼則無二其無二者空與道慧則無有二已無有二法則無二已無有二則無有名無相無底無行無所流布所可謂言所依受者是爲歸趣非眞諦義何所有法而遠色者空者自空猶如虛空所言虛空虛空無言故曰空空無言亦空諸法處所爲若此也至於無名不言有名如是無慢無言處所亦無所處已無慢說無處所已名亦若茲所說法者又計彼法無有言教亦無不教一切諸法亦復如斯生亦復然無正無邪如來無生曉了無本如來所知所解脫者不解不縛是謂平等愚戇凡夫不能曉了吾當開悟使分別此是故如來於諸衆生而起大哀又

族姓子道等如空其虛空者無等無邪道亦如茲無等無邪計於諸等無成道者彼無有等亦無有邪如來以此無等無邪解一切法而悉無本成最正覺又於諸法而不受正亦不受邪如其法數慧數亦如承佛聖旨何謂佛聖法有所受者故曰爲有是則歸趣無所受者斯無有主則有無主以是自然而得逮成離於自然後無遊行亦無有進亦復無退是謂進行有所除斷如來説法斷如是行愚戇凡夫不能曉了吾當開悟使分别此是故如來於諸衆生而懷大哀又族姓子道如眞跡何謂眞跡計如道者色復亦如無本不退又如道者痛想行識亦復無二而不退轉又如道者地水火風其種亦如而不退轉又如道者眼種色種及眼識種耳鼻口身意法識種亦復無本而不退轉諸法所絶使了陰種諸入如來于彼覺了眞諦而成正覺所曉了者不從顚倒又如去本中後亦如其無本者而不退轉其本種者則無所生其他種者亦復無爲中種憺怕是則名曰如眞諦跡又如一事一切亦如如一切事一事亦如如一事者衆多亦然而不可得是爲眞諦愚戇凡夫不能曉了吾當開悟使分别此是故如來於諸衆生而懷大哀又族姓子道者入室則入無室何謂爲室何謂無室修行一切諸德善法是曰爲室於一切法而無所獲是曰無室所以無室心無所住無有處所故曰無室無相三昧至解脱門故曰無室觀察想念稱量計校越度稱量故曰有室其無識業是曰無室觀察有爲故曰有室觀察無爲此則無室

察於無爲觀察無室得入無室則爲道矣愚戇凡夫不能曉了吾當開悟使分別此是故如來於諸衆生而懷大哀又族姓子道無諸漏亦無所受何謂無漏何謂無受離於四漏名曰無漏一曰欲漏二曰有漏三曰癡漏四曰見漏離此四漏所謂無受離四事受一曰受欲二曰受有三曰受見四曰倚戒離此四受彼此四受悉歸無明恩愛所纏依倚於內從內發起如來至真除于內受所生根本於內清淨歸趣一切衆生清淨其內淨者彼無想念已無想念除於顛倒惟念柔順不住無明已不住無明則不復住十二有數已能不住十二有數則無所生其無所生彼則寂然其寂然者彼則無義其無義者乃第一義其第一義乃爲究盡其究盡者彼無人義其無人義無所獲義其無獲義則如來道是十二緣已了十二則曰法義其法義者是則名曰覩見緣起其覩緣起則見於法其見法者則見如來如是觀者則無有本性極本末所有見乎何曰所有於諸所想不與因緣此謂於想而無因緣如是察者乃爲正覺如來所解如是像法普行平等其所等者亦無偏邪如是平等無有諸漏亦無所受愚戇凡夫不能曉了吾當開悟使分別此是故如來於諸衆生而懷大哀又族姓子道者清淨無垢無染何謂清淨無垢無染空則清淨無相離垢無願無染無生清淨無汙離垢無起無染本性清淨解脫無染無放逸則清淨亦無輕戲爲離垢寂調則無染無本爲淨法界顯曜本際無染虛空清淨虛無無垢恍惚不染除內爲

淨於外無逸則曰無垢無內外行則曰無垢不習諸入則曰無染慧盡過去淨了淨於當來不起無垢分別現在住於法界則無所染是謂清淨無垢無染而平等御於一法矣至寂然迹其寂然者則爲憺怕寂然憺怕是謂仁和是族姓子猶如虛空道亦如之如其道者法亦如之如一切法衆生亦如又如衆生國土亦如如其國土泥洹亦如如泥洹等見於諸法究盡寂然此已辯矣於諸部黨而無部黨是爲清淨無垢無染如來于彼於諸色像了一切法而無色像成等正覺觀於一切衆生之界無淨無垢於此諸數是則名曰寤寐衆生而懷大哀如來則以善權方便感致梵天不以無請而轉法輪於彼應時六萬八千梵天之衆自於天宮忽然不現在波羅柰鹿苑之中住世尊前稽首足下勸請世尊令轉法輪惟願大聖須宣經道若說法者多所救濟梵天爾時歎此頌曰

正使諸法　寂然憺怕　清淨鮮潔　無垢無染

既不可獲　無音無作　則以道慧　最勝悉了

於無數劫　造立慜哀　勤行難量　精修長久

欲得開化　衆生迷惑　睡眠來久　大愚所蔽

衆生多有　曉了積德　本以曾修　故詣最勝

必當識別　殊異尊法　惟願如來　時轉法輪

已得攝伏　魔所處場　尋時開化　於甘露門

爲衆廣演　賢聖句迹　惟願導師　顯示道徑

假使正覺　矜哀無盡　垂慜衆人　轉無思議

我身今日　勸請至尊　惟闓最上　道法之輪

設使大聖　懷于恩慈　猶拘那鋡　佛講說教

亦如迦葉　轉其法輪　惟願世尊　須宣經道

譬如天雨　多所潤澤　生於藥草　及茂五穀
以大哀雲　普周世間　如來爲雨　正法之水
從始生時　口宣妙言　聖自發生　當度衆生
群庶悉集　渴仰飢虚　惟以法味　除其消渴
佛言如是族姓子其梵天王勸請如來慇懃
若茲又佛正覺不捨大哀在波羅柰仙人所
止苑園之中尋時即轉無上法輪沙門梵志
諸天魔神梵天王世人所不能制所講經道
出非常音告於三千大千世界比丘拘輪第
一解法於時世尊宣于讚頌
深妙不可獲　第一無所作　拘輪解本際
不懷於結恨
如來說此法輪之經不可稱計無央數人衆
生之類受教隨律見於如來與闡大哀無量
無限難不可計會群黎之黨皆發無上正真
道意是族姓子諸佛世尊以十六事愍念衆
生而懷大哀常以慈愍未曾忽忘彼亦無業
不懷恐怖如來所修無極之哀不可稱載爲
一一人而造立行江河沙劫忍在地獄初不
退還以是方便使諸衆生隨律受教賢聖之
法以此比像如來至眞爲諸衆生各各一一
受形命者爲一一人各各恒河沙劫忍於地
獄勤苦之患欲使衆人隨律受教入賢聖法
如來不以懈倦而猒不違大哀族姓子知諸
佛世尊愍哀衆生巍巍如是常懷大哀又族
姓子諸弟子衆聲聞種類志懷恐懼其所愍
哀畏怖如魚慈猶肌膚菩薩之慈猶如骨髓
諸佛世尊懷無極哀常當勸助求於佛慧化
聲聞哀令入道心奉菩薩哀諸佛世尊決於
道慧故懷大哀聲聞哀者察於慈心瞻察開

化爲菩薩哀究盡啓導爲佛大哀猷造立行爲聲聞哀精勤轉上爲菩薩哀超越諸行爲佛大哀是族姓子諸佛世尊而於衆生常懷大哀一刧百刧千億萬刧爲一人故住在世間刧數難計不可稱載而於泥洹不永滅度也必當濟之故族姓子當解知此其佛大聖如來至眞在於衆生而懷大哀

宣刧世品第九

佛言族姓子乃往過去久遠之世不可計會無能稱載長遠懸曠不可議刧爾乃有佛名旃檀香如來至眞等正覺而出于世世界曰香土刧號上香其佛壽命千二百七十三萬六千歲其聲聞衆亦八百六十八萬六千人諸菩薩衆不可稱限其如來至眞有一毛孔所演妙香熏周三千大千世界其勳巍巍資美難量彼佛世界曾無穢氣其土所有牆壁樹木山陵谿谷所有形色以如來香皆被蒙熏香氣芬馥不可爲喻以故世界名曰香土其有人衆生彼佛土皆悉被荷如來聖香使身口意不被殃舋若有出家在其佛所作沙門者聞此妙香皆得四禪其土已更曾與千佛悉同一字號曰栴檀香以故其刧名曰上香栴檀香作佛事竟然後乃當取般涅槃臨滅度時察衆生界何許是人吾應當化令隨律教則道眼見有想無想天而有所化異人宿世曾已植衆德本志在微妙佛應所化在彼天上八萬四千刧在於彼境乃生人間無有欲塵聞大乘德當發無上正眞道意志不退轉時栴檀香如來至眞以權方便懷抱大哀故示因緣告諸比丘今是吾時當般泥洹

欲取滅度於時其佛興隆大哀有三昧名曰無猒定意正受現大滅度然後廣布舍利靡不周接其正法住于八百四十八萬四千歲斯法開化多所救濟當爾之世無有像法彼佛世尊以三昧力等以神足建立神聖八萬四千劫在彼没形而不自現如是族姓子於八萬四千劫多所開化其彼天人在有想無想天竟八萬四千劫壽已還生人間在尊者家年適八歲是栴檀香如來至眞乃從三昧起在尊者家顯佛身形往詣子前入其家中餘人不覩八歲童子獨見之耳其童子者曾志大乘如應說法演家患難咨嗟大道不可稱載于時童子至心淳和發於無上正眞道意尋時得成不退轉法佛見彼心則授其決過七萬二千阿僧祇劫當成無上正眞之道

爲最正覺名曰寶上如來至眞等正覺明行成爲善逝世間解無上士道法御天人師爲佛衆祐其餘人者不聞授決獨此童子一身知耳本應器故時萬二千天子聞所授決淑淳一心發無上正眞道意各自興願寶上如來成正覺時吾等當生於彼佛土其佛所說必當如願生于彼土寶上佛所時栴檀香佛授諸菩薩莂已乃就泥洹而取滅度諸天人民供養舍利故族姓子諸佛世尊大哀具足巍巍若斯非聲聞緣覺地所能及又族姓子諸佛聖教若斷絶時尋復續立諸天中天所發衆祐其等功德益加熾盛所化轉茂至不滅度思報功祚終不相違而亡失也如來講此大哀義時於大會中三分江河沙等衆生之類皆發無上正眞道意滅半江河沙等諸

菩薩衆逮柔順法忍江河沙等諸菩薩衆成立大哀逮得總持如佛世尊又其法忍名阿惟顏逮成此忍于時衆會聞説此言歡喜踊躍善心生焉俱共咨嗟世尊之德便雨天華供養世尊樂器自鳴當是之時莫不坦然

處處業品第十

佛告族姓子何謂如來所作事業如來事業有三十二何謂三十二則以佛無上之慧處處如有知非處如有知有限無限有爲無爲靡不通達彼何謂處何謂無處所言非處無處救濟身行惡口言惡心念惡欲得可意所欲必獲歡悦之報生於善處未之有也所謂處處如有所望得護身行善口言善心念善欲得可意歡悦安隱恩德之報歸於善處此事必果其慳貪者欲得財富犯於禁戒而作衆惡望生天人懷毒瞋恚欲求端正懈怠得道其志迷亂眩惑放逸欲入寂滅其懷邪智馳騁不正欲得壞除罣礙正處懷來真實此不可果施望大富持戒生人忍辱端正精進得度禪定入寂正慧聖達蠲除罣礙所止之處此事必果又復預知其犯逆者心不存定禁戒清淨心常寂然知行顛倒不能逮得柔順法忍知篤信空逮得法忍知狐疑者心不休息知除結網心得止息知於女人不以此身成轉輪王天帝梵天魔王之主在世尊前佛知於女人轉女形已成轉輪王釋梵魔王在世爲佛知轉輪王以正治國慈愍萬民不行邪惡知轉輪王不行枉橫以邪治邪侵怨萬民知鬱單越人終不犯惡墮苦地獄知其此人必生天上快樂之處知殺生者欲得長

壽盜竊不失婬泆化生妄言求辯醉酒不亂兩舌求和惡口咨嗟綺語求名瞋求好顏諍訟求安邪見望度此事未果慈仁不殺欲望長壽清廉不盜欲望不失貞潔不婬忠信不欺聖慧不醉不鬬彼此言和不麤辭質不飾忍辱不瞋放捨不貪正見不邪必得長壽財安不失妻息貞良口氣香好顆慧識義眷屬和穆衆人讚揚聽採其言財寶豐饒莫不瞻顏世世識道此事悉果豫知八等不得不至於果證也知得果證得入於時知於道跡不復往來八返生死又知往還不復三返而周旋知於往來二返周旋棄於五陰而取滅度知於不還不復還返歸於此世知所在處而取滅度知無所著不復牽連而有處所知無所著無餘終始知賢聖士不捨佛道歸於異學知賢聖士當歸命佛不信外道又豫覩知菩薩逮得不起法忍終不退轉還就小乘無所從生法忍菩薩必成其道不復迴還豫知菩薩坐佛樹下不成正覺終不起也坐於樹下成於無上正真之道必果不疑豫知如來道慧廣遠而無罣礙欲求如來慧不通達而有蔽礙未之有也欲令如來聖慧損耗而不周普未之有也世尊道慧懸曠周接靡不通達豫知假使有人欲見佛心未曾有也如來心者天上天下無能見者知天上天下欲見佛頂無能堪任覩佛頂者預知如來常定心未曾忘普見一切衆生所念豫知佛心未曾罣礙心常一定見於本際豫知世尊從本已來而無有失所說至誠言滿十方常無口過豫知欲求世尊使有闕漏諸佛大聖身行清

淨超明月珠日月　釋梵虛空清淨無能及者
佛天中之天道慧超殊巍巍無侶不可爲喻
是族姓子如來處處力無限量所說無際所
暢文字眞諦無欺佛於是頌曰

地尚可擘裂　空無動使動　欲使佛所說
無能令有處　丈夫尚能化　令空爲五色
世尊所說處　無能令有處　佛之所宣暢
上下并中間　一切悉至誠　莫能令不及
若說非處處　上下及中間　此事悉眞正
終無有變異　曉了其處處　而爲講經法
是故實無虛　悉見心志性　異學外道士
所在皆馳逸　用不達處處　佛正覺無此
其知處非處　隨時度衆生　諸佛名稱廣
尋爲說其處　衆生無應器　佛亦觀於彼
隨時而觀察　以何能將養　是爲第一乘
諸佛殊勝道　所住無殃釁　則以度衆生
無量不可計　說處及非處　是爲大仙力
外道無能逮

大哀經卷第三

音釋

饕他結切貪食曰饕　憒古對切心亂也　黠胡八切慧也　匱求位切乏也竭也　疹丑刃切病也　蚖五官切毒虺也　癢餘兩切膚欲搔也　拘那鉿梵語亦云拘那含牟尼此云金寂佛名也鉿胡南切　拘輪梵語也此云本際　眩黃絹切目無常主也　泆夷質切淫放也　擘補革切釽也分擘也

大哀經卷第四

西晉三藏竺法護譯

了三世品第十一

佛復告族姓子如來別知當來過去今現在諸所行業所在因緣處所報應云何別知於是如來悉解過去所可作者諸善報應若不善事當來所作善不善事報應之方現在所作亦復如是當來之世兩當所作殃舋功德當悉分野如來悉知當來所作與衆殊特當來所作有損耗者當來所作有增益者如來悉知假使現在所立造業而有增益於當來世而復損耗如來悉知設於現業如有損耗復於當來亦復折減如來悉知若於現在有所增益於當來事亦復增益如來悉知若於過去修習瑕疵卑賤之業於當來世又習微妙正士之業如來悉知其所行者因薄少功報以大德或行大業殊異之德致超異功不可稱載或以聲聞之故而有施與或緣覺故或佛道故因其施與如來悉知若於現在所遭苦痛若遇安隱若現作安或現得苦或現在作惡尋遭惱患或現作惡未來致樂或現作善轉獲安報如來悉知一切衆生過去當來今現在罪福因緣所致報應此皆如審而無有異罪福之應亦無殊別如來悉知以知之故則爲如本而爲說法是爲如來第二之業佛於是頌曰

如來曉因緣　明眼別報應　三世無罣礙
知衆生所行　因當報安樂　福趣天世人
緣其致苦患　安住悉知之　善惡所造業
因獲其果實　安住亦了此　如明珠在掌

或爲少事業　所獲無限量　是廣若薄淺
佛悉知本末　或爲聲聞施　若住緣覺乘
立於最勝業　安住悉知之　所因造苦行
或復成安樂　從樂而獲苦　因復住於業
或從苦惡行　反成住於樂　或有行善行
報以苦惱患　或從苦致苦　從樂而作樂
罪福爲自然　佛悉知報應　三世所展轉
衆生因緣報　佛了以聖慧　不虛無有異

了衆生所品第十二

佛告族姓子如來能於衆生他人異種所好不同志學各異於脫未了悉知如審云何知之或時有人住於貪欲志好恚脫或復有人住於瞋恚因貪欲脫或復有人住於愚癡信欲恚脫如來悉知或復有人住於善德好不善脫或復有人住於不善志信善道如來悉知或復有人專精下劣信微妙脫如來悉知或復有人專精微妙志好下脫或復有人志好專精下劣住於殊特超異之義或復住在殊特專精墮在下劣所可好信求在邪業不決了界或復信樂在不決定成於正業或有好樂向正定門而得解脫如來悉知或有信樂當度欲界或因信樂得度色界或有好信超于三界或從信喜耗減緣致殊特或好殊特致於損耗如來悉知所可生處其色若干財業各異所受不同所用信樂與致頂相或得住限如來悉知如其心所知輒爲說法令斯得解是爲如來第三之業佛於是頌曰

世間志不同　意所好各異　志操不可限
佛悉知無餘　佛知志所趣　或住於信樂
住欲瞋恚貪　或住怒愚癡　或住癡而欲

住於善不善　所住持不持　安住悉知之
因下劣微妙　志性好幽玄　或從殊異業
專精信下脫　或從信下劣　因致上微妙
或從超殊行　便獲下勝智　猶邪不決了
從不了正受　好信度三界　佛知志所樂
所生色若干　其在中各異　從頂異發相
因信得解脫　三界諸衆生　佛悉知說法
隨其應得度　是爲十力業

別衆種類品第十三

佛告族姓子如來悉知世間衆類若干種形不可計身云何知之其身所爲積於罪疊如來悉知若以其身積累功德如來悉知若以其身種于穢惡致無擁護不獲濟界如來悉知又如來者悉知境界眼界色界眼色識界了其本末根原所起云何知之其內則空於外亦空內外亦空耳鼻口身意亦復如是意法識一切諸界了其本末所從出也云何知之內空外空內外皆空地種水種火種風種亦復悉空云何知之了如虛空是故知之亦知欲界色界及無色界云何知之知從想念而致住此有爲界無爲界知有爲界無行爲想知無爲界不以非行而造想矣知塵勞界因從客塵致欲之想知瞋恨界其本清淨鮮潔爲相知於行界從不順念無明爲相知泥洹界因從順念顯明爲相世間衆人身所倚界爲如是也所可住界所催迫因界現儀專精其界從志性界因界而生由界而生如來悉知隨其所知而應說法是爲第四之業佛於是頌曰

其人中師子　皆曉了諸界　於斯世間人

從身之所行　其界所興起　廣普不可限
安住一切智　根原所從出　罪福所從生
諸身所因出　由緣所可歸　及身之所生
由是界所立　因得脫諸種　咸知如是身
最勝爲大聖　眼種亦如是　色種并意種
最勝悉知空　本淨無憂慼　耳鼻亦如斯
舌種及身界　其意法諸種　當知悉爲空
地水火風種　此諸界適等　其人中師子
等解如虛空　欲界亦如此　色無色界然
別知是諸界　因思想成立　佛知因客相
起欲爲自然　安住解瞋恚　亦復爲本淨
分別覺於此　諸行及無行　又復計泥洹
則無有三想　所因界出相　猶從不解明
一切所因出　如巧師合散　是世身無數
其形爲若干　佛僉曉了知　不自念我知
猶如於虛空　十方無邊際　其人中師子
普知諸境界　彼最勝聖慧　極上無涯底
衆人所不及　不能知源際　是爲第四誼
聖人離垢穢　善明識諸界　因開化衆生
以律啓悟意　所作罪福業　不復起瞋恚
其志悉有別

曉衆生根本品第十四

佛告族姓子如來悉能曉了他人衆生諸根精進云何曉了知於衆生輭劣根者若中間亦復有人諸根通利若殊特根下劣根所因其根緣倚思想其根本際而興情欲從瞋恚際起愚癡原如來皆知諸根想念爲何等類雜碎之穢起婬怒癡如來至眞亦悉知此諸根想念爲何等類其婬怒癡因緣諸根而有所爲從不善緣而有此根或從無智而有此

根或從諸念而有此根如來悉知又復如來知眼諸根耳鼻舌身意亦復如是男根女根命根樂根苦根歡根恐根觀根信根進根意根定根慧根無異根所當知根悉知此根其根所由眼根因緣耳根所住鼻舌身諸所根本有所立處如來悉知因耳之緣而有鼻根之所立處從鼻因緣有立舌根從舌因緣而立身根從身因緣立於眼根如來悉知何所衆生因從施根而致應戒如來悉知此等諸根增減進退各爲分別演布施事或有衆生因從戒根而行布施應戒如來則爲演戒本末或有衆生從忍辱根而應精進如來即爲演忍本末或有衆生從精進根而應忍辱如來則爲演其精進之本末也或有衆生因一心根而應智慧如來則爲分別禪思或有衆生從智慧根而應一心如來則爲分別解説諸根增減進退之原宣暢智慧根力覺意八由正路三十七品亦復如是具足周審演其本末靡不究暢各爲一切而令判了或有衆生從聲聞根學緣覺乘如來知根演聲聞乘或復有人從緣覺根學聲聞乘佛知此等諸根所趣則爲解説緣覺之乘或有衆生從大乘根學於聲聞緣覺之乘如來悉知此等諸根之所歸趣而爲頒宣大乘之業或有衆生各緣異根而學大乘如來悉知此等諸根各各別異則爲解説無修行根衆生之徒不能修根不應法器如來見此不應器者因令覺觀或人修學根順應器如來觀之懷來應器則以慇懃爲説經道如是族姓子如來悉知一切衆生他人身根及其異身諸根所趣所

念不同誠其本末若不念者曉知諸根從其比類知諸人根志操所應因緣所爲而可化者方便從議坐起經行進退之議咸達其根如來悉暢靡所不通而爲宣經是爲如來第五之業佛於是頌曰

知根廣無極　了衆生志性　其根爲何類
最勝悉知行　下劣中上妙　諸根佛所知
無等倫如是　從所應解意　其際欲惡塵
其根若薄尠　若復性卒暴　假使懷麤獷
勝知之何因　曉了其本末　其不善無別
所依當解脫　從眼意男女　亦復曉眼根
苦樂及歡悅　何從致憂惱　所因觀義道
精進意慧定　及知他餘事　意勇復如是
眼因緣耳處　成致鼻耳舌　因身至因緣
得興立眼耳　施根志戒禁　爲說布施事
戒根學布施　爲說戒法義　忍根現精進
爲演忍辱事　精進現忍辱　爲宣精進事
從智根致禪　爲人說智慧　從精進致忍
爲人說勤力　從禪根致慧　爲人說禪思
從慧根致禪　爲人說聖智　其聲聞乘根
而至於緣覺　最勝演聲聞　爲捨緣覺義
若志緣覺行　學習聲聞行　佛便捨聲聞
爲講緣覺事　其根在尊業　斯人學下劣
佛說度無極　分別捨緣覺　見處處有行
勝觀爲分別　降以純熟根　十力爲解說
衆人以何緣　諸根所應行　知其志性趣
報應之所爲　從其盡諸根　如坐成實本
自以智慧明　是世尊分別

普遊品第十五

佛復告族姓子如來皆知普遊一切靡所不

達密如有知云何知之衆生必救於眞諦界知衆生界或在邪業矣悉復分别此群生界必定不定處於邪事報應之力彼亦如是其衆生界必在决定前世宿命報應之果致此功勲明識精勤諸根通利應當被訓如來則爲廣説經典此等之類於賢聖脱當爲應器如來則觀宿本緣迹尋爲如應爲演經道衆生之界在不决定存因緣力爲教授相宜以戒度尋爲訓誨如應禁戒不得解脱不致濟度如來則爲誘入無本因緣報應隨病與藥若如來所聽聞經典奉順道教便致德果諸佛世尊由此等故興出世間衆生没溺永在邪業未立德本意劣弱顔不爲應器如來至眞爲講經道其不應器令得解脱如來覩此不應器者觀察護之以是之故菩薩大士被弘誓鎧而救濟之又復如來則以三事了貪欲者世尊或以貪欲人故而興出矣又以貪欲而見繫縛欲令出家故興出矣或以宿本貪悋緣故而爲興出又知瞋恚復有三事或以瞋恚而見繫縛思想之故故興出世或有所願不具足故故興出世或有宿世陰蓋所纒故興出世知其愚癡當有三事或有愚癡行無明事或有貪見身故或有沉吟之故如來悉知之如來知則以苦行了本神通諸根明者因從苦行加痛而致神通奥劣根者以安隱行速成神通根通利者以勤苦行成神通定奥劣根者亦因加痛而致神通以捨因緣行於調和了别神通不信於道而不休息當本加救令成神通佛悉知之心性不和其行縱暴知疾可化令致神通使無暗冥而歡

喜悦或有行者因集道力使具足成如來所知不復勤學或有所行從修道力而具足成不因集力或有所行不因集力不行道力而具足成或有所行從合集力亦行道力而具足成如來悉知或有所行志性和雅其行不應如來悉知或有所行應機成就性不和雅或有所行性不和雅所行不成或有所行志性和雅所應成就如來悉知或有所行其身清淨心口不淨或有所行口言清淨身心不淨或有所行身口心淨或有所行其身口心俱不清淨如來悉知如是之類所可行者因緣報應所可依倚所從出生一切衆生之所行者如來悉知慧無損耗普達悉見是爲如來第六之業佛於是頌曰

其有因行者　如來悉知之　決定之種類
識別衆生界　其不決定者　所行動虛僞
不應器如是　隨邪見之業　其貪欲行者
則有三因緣　瞋恚行復三　愚戇亦如是
斯塵欲之界　無量雜種類　世尊悉知之
所行因緣應　所行勤苦事　謂意聰達者
其輭劣之根　亦復當如是　諸根通利者
因行安隱來　世吼悉說知　如是等無異
而行調和者　而住寂清淨　則以因此故
速得致清淨　亦疾成其行　究竟道調和
亦復加疾駛　寂然尋歡悅　合集諸所行
積累其功德　或不以行道　而達於道慧
或有從行道　而獲於成就　俱知其二事
從殊特行成　或有修行者　志性而調和
或有應行者　而不順應行　有大人之行
兩事俱清淨　佛普見一切　無所不曉了

或有人作行　其身修清淨　其所言心念
而不能清淨　或復有修已　身口行清淨
其心之所爲　未曾行清淨　或有在世間
身口心清淨　衆生之所行　佛皆見普達
或有能成就　或不能究竟　是爲安住佛
第六所了業

一心定意品第十六

佛復告族姓子如來至眞知其一心脱門定意正受之業塵勞瞋恚之所從發審如有知云何知之衆生塵欲之所繫縛所因報應而致此緣當復何緣而致清淨如來悉知何謂緣報何謂事業從不順念而致緣報從無明事衆生之類而致欲塵從無明事而致行矣從行致識從識致名色從名色致六入從六入致所更從所更致痛從痛致愛從愛致受從受致有從有致生從生致老病死從老病死致塵欲爲報應因致事業因見致愛從結愛處是爲緣報是爲事業業緣致愛欲塵勞之縛彼復何謂緣報云何事業令其衆生致於清淨有二報應及十二事衆生因此而致清淨何謂爲二一曰因從他人聞柔順義二曰内自己身如應念法復有二事而致清淨一曰而一其心專志學問心不憒亂二曰曉了方便寂然之義觀察其原復有二事而致清淨一曰知無所來發動所起二曰知無有來亦無所至復有二事而致清淨一曰觀無所生本無處所二曰致於滅度坦然寂靜復有二事而致清淨一曰其行成就無有不辦二曰明慧之事造其正證復有二事而致清淨一曰志修道法順入脱門二曰其本清淨

至度知見復有二事而致清淨一曰至滅盡慧而無所著二曰無所生慧常無所倚復有二事而致清淨一曰則以至誠而致道德二曰常以審實獲於成就是二報應及二業清淨衆生如來悉知又塵勞結方便無量清淨方便亦復無限又其塵勞而致清淨便近成就因審觀故又淨方便隨塵勞行而漸近法攝其慢者如來聖慧悉達知此拔其因緣此族姓子如來之慧寂然於欲憺怕諸惡不善之法與行俱念忽靜安隱行第一禪以能一心住寂滅界靜然正受從第一禪起修八解門返覆逆順而修正受所見皆知三昧正受顯示平等又現定意如來三昧無所畏難無能壞者如來三昧無有因緣不從方便如來常定一心不忘於諸三昧最爲上尊常住一定普見一切三昧正受其心不退未嘗增減其所顯現無有不定如來三昧初無所生無能觀察聲聞緣覺所不能及過諸菩薩及正眞覺如來三昧無能越者卓然殊絶巍巍無量一切衆生所不能知如來之慧坦然無際無窮無極無可爲喻以權方便開化聲聞令得定意如來悉知了諸緣覺菩薩行事隨其應時而教誨之是爲如來第七之業佛於是頌曰

衆生因緣事　其塵勞愛欲　自在悉知之
其慧無涯底　如其行清淨　及復不清淨
佛大慧自在　悉能曉了此　不順念報應
因緣生明慧　事業無明行　及其所造作
識名色如是　其本情六根　世尊悉達之
因緣所事業　其緣塵勞欲　所貪諸所作

覩見其因緣　事業於欲行　思想所縛結
因是爲緣起　衆人所住處　從是致因緣
衆人所誓願　則有二因緣　因從人聽者
順省受其言　内已如應念　觀諸法悉空
彼人致解脫　生死之江海　寂然而觀察
精勤蠲除二　思惟而觀之　無來無有去
稱量省其原　無生亦無終　彼寂滅入道
爾乃爲清淨　常住於正行　慧者修行三
其無放逸者　遵崇三脫門　成於滅盡慧
至誠逮無生　是緣報事業　清淨與上願
最勝一心知　常三昧正受　逮成於寂滅
意勇復起立　觀察而思惟　一切諸逆順
其佛大法王　入解門正受　則以一定意
致無量億定　無等倫悉見　其行而普平
其心之所行　道法無窮極　由是之行故
勝心無所定　若聲聞緣覺　定意亦如是
諸菩薩若兹　若干種定意　安住之意定
皆超越其上　如來所修業　隨時慧教化

大哀經卷第四

音釋

罣礙 罣古界切礙牛代切罣礙罥也　劣 力輟切鄙也　尠 息淺切少也　耎 乳兖切耎弱也　駛 疎士切疾也　憺怕 憺徒覽切怕白各切憺怕恬静無爲貌

大哀經卷第五

西晉三藏竺法護譯

知衆生本行品第十七

佛告族姓子如來見已及他衆生知於往古不可稱計本所行業一世十世百世千世百千世無數世不可計載百千億世天地成敗劫立劫盡亦不可計無能限量天地及劫之返數也而悉知之靡不徹了本於其處名字種姓居止飲食顔色形容壽命長短所更苦樂善惡之事於其處沒生於其處於其處沒復生彼處言語學問音辭章句而悉說之已身本末一切衆生皆以了了爲衆生講如來咸知衆生因所從來本末根原所更苦樂隨其應時察其本末而爲說法識其過去心所執懷心所抱緣使其罣礙或無朽廢所因與緣本爲何從而有是心如來皆知其一人心所行如是因其行而起陰蔽如來能悉頒宣無數恒河沙劫所行本末亦復觀察一切十方衆生心之本末等無差特說其本際當來亦然心之所緣如來所觀而演本無有過於此而無窮極是爲如來知其往古過去衆生之心不可思議不可稱量佛之聖智不可稱計如來察於衆生之行心懷恐懼擾擾不安周旋生死其在其處其從其來其本植德本志在佛道或爲聲聞緣覺之乘緣其種德承佛聖慧悉識念之是爲如來而知衆生所植德本因緣之報應其根原而爲說法而令聽者立不退轉各從本行心所信樂使得其所是爲如來第八之業佛於是頌曰

其劫之數　無底億姟　世之庭燎　悉識往古

又察已身　及知衆生　所觀了了　如掌中珠
名字種姓　顔像亦然　住此終沒　而周旋處
因何所緣　而受其身　其平等乘　演說彼法
其有過去　無量無底　衆人之心　所想念法
所可由從　而其發心　最勝大慧　而皆知之
其中間心　往古過去　因人所行　安住悉知
恒河沙劫　稱量本末　咨嗟講說　不得涯極
當來無底　本際之原　而爲須宣　往古所行
其無儔匹　慧不可盡　世尊如是　聖慧如海
若有衆生　立德求佛　設於過去　奉敬最勝
住佛神足　力無所畏　悉念於此　前世所作
世尊皆知　衆生所念　如其往本　所種衆德
悉識於此　住三乘者　成不退轉　解脫淨道
安住別識　過世善行　一切衆生　無能思議
是爲大聖　第八之業　以化衆生　所度無底

徹視品第十八

佛告族姓子如來至眞以淨天眼過於凡俗皆見衆生生者死者微妙瑕穢善惡禍福好顔醜姿趣安趣苦如其衆生所興禍福報應之果如其本末悉知斯實其人如是身行惡口言惡心念毒害謗毀賢聖墜于邪見以此邪見所行事業壽盡身壞墮於惡趣危害地獄苦惱之中於是民人其身行善發口言善心所念善不謗賢聖隨其正見則因正見所行快事壽盡身散便趣安處快樂世生如來於彼則以天眼如其方面觀諸佛土等如空界無邊無際思其法界而不可得亦無所著超過一切諸所向跡其有衆生受形類者敢有現世皆見終沒而復生者其諸佛土今現在者皆見有外散壞合成又復所現諸菩薩

衆悉復覩見此盡終沒來就其生而復出家或復所現坐於樹下成最正覺轉于法輪捨其壽命而取滅度聲聞解脱滅度皆復見此緣覺之法顯示神足而爲衆生作祐或有衆生形不現者外道異學五通仙人眼所不覩聲聞緣覺及諸菩薩所不能逮如來至眞則以天眼悉覩此類如來見於衆生所有微神眼如車輪多於三千大千世界其不現者不可稱載衆生之界如是無量浩浩昊昊無有涯底如來天眼巍巍如茲悉覩一切諸佛國土衆生種類本末原界何許衆生佛所應化而隨律者從其人本修行佛戒尋立其前便化其人餘人在邊猶不見知是爲如來第九之業佛於是頌曰

如來之天眼　清淨無垢穢　嚴治無量劫
功德威神曜　覩見於十方　諸佛土衆相
所有及與無　諸所可興衰　彼所有衆生
有色幷無色　歸於善惡趣　生上下中間
退沒來受胎　行惡墮苦惱　積德則安樂
最勝悉知此　其諸菩薩衆　一切諸佛土
遊步所作行　出生棄家去　若在佛樹下
降伏魔官屬　諸佛皆知此　天眼悉覩之
若佛爲法王　逮上最正覺　所可轉法輪
度脱諸天人　爲作尊佛事　或復放壽命
若復現滅度　佛亦悉覩彼　其聽導師法
思惟而修行　致尊清淨業　興立無惱熱
自聞於經道　毀呰於生死　已度至彼岸
最勝悉見之　其外道聲聞　緣覺及菩薩
天眼之所覩　不究見生界　如來之天眼
清淨無垢穢　普見於衆生　微妙身神處

所現如車輪　衆生細妙身　多於三千界
諸天人民形　生死若干種　衆生界如此
悉知天人想　普爲現佛道　如來所開化
衆生根通利　世雄在前住　爲説尊上法
餘人在其邊　不見如來化　是爲導師業
天眼之勢力

諸漏盡品第十九

佛復告族姓子如來至眞皆盡諸漏以無漏心而修解脱以智慧度已證神通而導其行生死已斷建立梵行所作已辦知名色原如來於彼以無漏慧清淨無垢鮮潔顯曜蠲除一切諸所止處罣礙之蔽諸聲聞衆諸漏所盡而有限礙未至止處其縁覺者所盡諸漏若有限礙於大哀行而無辯才如來至眞所盡諸漏衆行普會而悉備足皆除一切諸所止處執懷大哀辯才勇猛而無所畏威神巍巍無能諦察一切世人所不能逮一心一時而僉平等如來至眞亦無罪業罣礙止處威儀禮節亦無缺漏猶如虚空而本清淨一切諸魔及諸外道所不能當功德名稱是爲如來諸漏盡慧不與一切塵欲罣礙而俱合同是無漏慧住於堅固爲諸塵漏衆生之類講無漏法除諸所著而説經典從不誠思而出生矣衆生由此而成衆漏則受陰入是故汝等觀察而審如來則爲興喻示本而現其前如應説法令知塵欲虚僞無實使知如審以了眞諦無受法者是族姓子如來至眞第十之業佛於是頌曰

其導師者　爲無漏慧　明闡廣普　清淨無量
所以十力　以勢超殊　堪住於此　篤信遵道

諸漏盡慧 謂聲聞衆 不除止處 縛在罣礙
人中之上 爲衆導師 已除止處 獨無限礙
其得緣覺 亦復如是 無有大哀 及與辯才
有佛世尊 諸漏已盡 以無盡慈 辯才無量
清淨尊人 住無盡慧 知其衆人 諸漏所因
緣其好此 而與衆生 不能曉了 斯應順跡
最勝則爲 愍哀此三 講無常法 苦空非身
令此諸法 本從無出 了是若干 致導佛道
亦無有人 及與壽命 號名爲人 所作亦然
一切衆生 倚此若干 世尊興愍 故說解脫
又其安住 不以懈倦 亦復未曾 減損佛智
是故最勝 常懷慇懃 心恒憐傷 頒宣經道
佛業如是 倫匹若茲 是爲十力 降伏外道
十力所住 建立勢強 轉無稱量 殊勝法輪

四無畏品第二十

佛告族姓子如來至真有四無畏諦住勇猛所作業者吾爲至真等正覺自了知此諸天世人沙門梵志魔王釋梵不能障塞如來之法言不曉了成最正覺未之有也何故如來名等正覺了一切法悉爲平等無有偏黨其凡夫法及與佛法則悉平等故成正覺其所學法及不學法緣覺之法與菩薩法至諸佛法悉亦等之故曰正覺其計世俗及於度世有罪無罪有漏無漏有爲無爲有數無數此二諸法亦悉等之故成正覺彼何故等以空故等故曰爲等諸見自然以無相等相自然故以無願等三界自然故以無相等所相自然故以無行等行自然故以無起等所起自然故以無依等所依自然故能如審等三世自然故以慧明等無明恩愛自然之故以泥

洹等生死自然故又族姓子如來至眞於一切法如是平等故成正覺是故名曰平等正覺如其如來曉了諸法成最正覺如是建立住於大哀便爲衆生若干方便種種因緣各爲如應而分別說則歸命法因法而生尋時滅盡苦惱之原其此非師自稱爲師不尊稱尊未成正覺自謂正覺是故如來於此儔類獨無所畏超絶無侶而無倫匹是爲如來十一之業佛於是頌曰

於諸法平等　由已成正覺　是故平等覺
如來而普視　其凡夫之法　佛法則亦等
所學不學法　及諸緣覺乘　諸有世俗法
及與度世法　諸善不善行　泥洹一等類
解空及無相　棄捐於諸願　無生無所行
等見於此事　等明如是業　所說亦如茲
因此度衆生　是爲大仙法

佛復告族姓子如來自知諸漏已盡彼諸天人天上世間無能譏謗如來至眞敢言諸漏不盡者所謂如來諸漏盡者如來已脫愛欲之原心解諸欲無所罣礙又佛心者已度諸漏蠲除一切塵勞之行無所罣礙是故名曰如來至眞諸漏已盡故顯現世以是聖慧第一眞諦無敢當前能遮蔽法雨當令除滅穢修之行使其造證是故曰盡無有不盡未曾生盡以此名爲盡如來所盡謂眞諦者無所復盡已無所盡此則無爲其已無爲彼則無受無在不在此無處所是謂興立成諸如來住無所生是諸法住如法界住此爲應慧如是應者則無所應亦不滅度亦無所成如是像法則不可得諸漏形色亦不除漏如來大

哀住權方便皆爲衆生而演經典使除諸漏是爲如來十二之業佛於是頌曰

最勝已盡諸漏欲　未曾復有貪罣礙
人尊皆脫諸生死　已斷瑕穢無有餘
安住皆棄諸無明　未曾可得愚癡冥
人中師子諸餘見　是故無礙無欲塵
安住所說隨其時　皆盡諸漏無生死
究察諸法無所有　豈能使盡復令長
其所盡者無伴黨　若已盡者假名盡
其有盡者二有爲　計彼又無於三相
住於此界無取作　佛以聖慧度彼岸
曉了是已應說法　是爲安住十二法

佛復告族姓子如來悉了蔽礙塵欲諸罣礙法而無罣礙天上世間諸天人民無能堪任毀於如來言不應法於彼何謂廢退於法又有一事令法廢退何言毀於如來爲不爲一謂心憒亂不能專精復有二法一曰不慚二曰無愧復有三法一曰身行惡行二曰口出麤辭三曰心念毒害復有四法二行於四至不可至一曰懱悏二曰瞋恚三曰觸忌四曰愚癡復有五法一曰殺生二曰盜竊三曰貪婬四曰妄言五曰醉酒復有六法一曰無恭恪心二曰秘惜經典三曰輕毀禁戒四曰不隨定意五曰不懷法念六曰憍慢法師復有七法一曰自大二曰憍慢三曰重慢四曰是我五曰邪慢六曰過諸貢高七曰無能及我復有八法一曰邪見二曰邪念三曰邪言四曰邪業五曰邪治六曰邪便七曰邪意八曰邪定復有九法謂九害惱一曰我所敬老而輕懱之二曰今現輕懱三曰將來當侵四曰

我所憎者而敬愛之五曰今現欽敬六曰將來欽敬七曰曾侵毀我八曰今現侵我九曰將來侵我緣是之故起惱害心復有十法謂十惡業一曰殺生二曰盜竊三曰婬泆四曰妄言五曰兩舌六曰惡口七曰綺語八曰無明九曰鬭諍十曰邪見是爲所行從不順念見應順法而不愛樂墮於顛倒立在陰蓋依倚邪見恩愛之弊則失正法違遠妨廢身口心行如來悉知如其所知知諸蔽礙所說如審如是法者致於蔽礙當除此法已能除去故爲說法令諸衆生去諸陰蓋超然則出是爲如來十三之業佛於是頌曰

諸最勝曉了法　其習此不得脫
著心懷不能捨　謂不知羞慚者
身口意亦如是　初未能將護斯
貪瞋恚癡恐懼　犯殺生偷竊人
犯人妻妄語醉　六失行七憍慢
說於八邪脫門　皆妨廢解脫跡
若不能制其意　乃及十不善句
由不捨不順念　是等類未解脫
見隨逐顛倒者　而依倚放逸議
不當習如是法　可成茲人中尊

佛復告族姓子如來曉了賢聖所行尋造平等盡諸苦惱衆生習善因是得生若造平等便滅恚害假使諸天世間人民不能障蔽如來正法謂於至尊不應衆聖之所宗奉不任大道佛永無畏何謂所宗謂一乘道淨衆生心復有二法一曰寂然二曰所願復有三法一曰空二曰無相三曰無願復有四法謂四意止一曰身意二曰痛癢意三曰思想意四

曰意法意復有五法一曰信根二曰精進根三曰意根四曰定根五曰智根復有六法一曰念佛二曰念法三曰念衆四曰念施五曰念戒六曰念天復有七應法一曰意覺意二曰法覺意三曰精進覺意四曰歡悅覺意五曰信覺意六曰定覺意七曰護覺意復有八應法一曰正見二曰正念三曰正言四曰正業五曰正治六曰正便七曰正意八曰正定復有九應法一曰第一禪二曰第二禪三曰第三禪四曰第四禪五曰虛空慧正受六曰以慧正受七曰不用慧正受八曰有想無想而爲正受九曰滅於一切諸痛思想正受復有十應法一曰離殺生二曰離盜竊三曰離貪婬四曰離妄言五曰離兩舌六曰離惡口七曰離罵詈八曰離綺語九曰離瞋恚十曰無邪見住於正業是謂應行離於所生是爲諸善三十七品合集戒品成於定品合於慧品究竟解品通達度知見品成賢聖諦離於所生復次所謂離於所生謂修行平等賢聖之事所謂應賢聖者彼無法品無二不二有權無權有進或退若生不生無受無捨道所越度諸不平等二事之行諸法無二則如審慧修所依生如來以此無所生行爲衆生說若能行此衆生歸斯尋盡苦惱是爲如來第十四業佛於是頌曰

近斯清淨　至不可量　人所依倚　逮致清淨
最勝普聞　而悉知之　已知經典　樂說甘露
至于衆善　無數諸法　道品清淨　爲佛世尊
勇猛習此　而得解脫　十力所演　無有所處
如應順念　滅盡塵勞　方便等法　無憂豐茂

不依於法 不倚非法 逮平等脫 精進平均
其緣善德 而依道法 恍惚虛無 如虛無念
猶如幻化 如夢所見 彼則得度 生死所趣
是爲十力 所行之業 人所獲致 於所周旋
是以大哀 而度脫之 興隆慈愍 於無等倫

十八不共法品第二十一之一

佛復告族姓子如來至眞而無缺漏智者愚者未得未誤失所行正法所以者何如來至眞身行無闕則爲至眞平等之覺威神巍巍端正殊絶威儀禮節視瞻舉動順於等行被服法衣手執應器行步進止往來周旋經行坐立倚臥出入郡國州城大邦縣邑聚落足不蹝地千輻相文自然輪現柔輭殊妙香潔蓮華而現于地如來之足蹝於其上其有蟲蟻含血之類遇如來足晝夜七日而得安隱壽終之後復生天上其法衣被自然四寸不襯其體隨嵐之風不能動衣其傍衆生皆得獲安是故言曰如來之身無有缺漏又族姓子如來至眞有所演辭未曾有短智者愚者不能得便求瑕闕者所以者何如來至眞所言以時演辭至誠如實無虛應儀合法順如律教所言平等言行相應語無違失靡不應時口所說者皆悅一切衆生之心無有復重義理美要成就莊嚴口演一音悉應衆生志性所念各得聞知欣然解達是故名曰如來至眞言辭無短又族姓子如來至眞心之所念言無誤失而令智者及與愚者求得便者心念法失所以者何如來常定無有不寂懷衆生類得其心本斷除諸失而爲說法是爲如來十五諸業佛於是頌曰

其尊大人 無有闕漏 身行口善 勝心所念
其世叫護 無短無罪 慜哀入中 憐傷等現
欲求佛失 一切悉無 以此經法 示人令寂
使皆棄此 諸瑕闕行 是爲最勝 十五之業
佛復告族姓子如來至眞無有麤教所宣音響而令諸魔及與官屬幷外異學裸形露精殊別異術而得便者如來無言亦無有聲離諸倚著如來歎說一切衆生咸皆而受不以爲有亦復不處在於無爲如來身行靡不究暢口言無短而令所行人得其便不與世諍是故如來無有音響常順空行如來無我亦無所受復無貪業離一切趣是故如來無有諍訟設無音響因此蠲除衆生音響而爲說法是爲如來十六之業佛於是頌曰
若聞咨嗟 不以懽悅 若聞毀呰 亦不愁慼
除諸所著 亦無倚望 本修善行 行無所著
最勝諦修 常順空行 無我無受 彼無憎愛
如其所住 講說經法 是爲至誠 所說尊業
佛復告族姓子如來常念未曾忽忘亦無憒亂意不迷慌而違遠法也如來常定爲一切智諸通之慧則以脫門定意正受以無能忘普見一切衆生心行之所住處觀察其本便以應義而爲說法不違法義辯才開明隨順無逆其不忘者去來今慧無所罣礙咸見三世因其巳身及以其心未曾忽忘慈愍十方一切衆生亦復如是殷勤念濟而爲說法是爲如來第十七業佛於是頌曰
導師所念 未曾忽忘 順從法禪 脫門爲行
一切衆生 志性所行 應其所乏 而爲說法
所分別了 未曾忘失 達於三世 應無所犯

設無所忘　應其說法　是諸大聖　所行之業
佛復告族姓子如來至真心常靜然無有不定坐起行步卧寐飲食言辭寂然常以一心如來至真三昧微妙所度無極越于彼岸禪思一心初無陰蔽普察衆生諸有形類行定者不定者永無敢覩察如來思惟念所見心也除其如來神聖所建作其威靈乃能見耳設如大聖常定一心三昧亦然不可上下爲人說法不復觀察所以者何常見一切衆生心故佛之聖慧巍巍如是不可攀逮玄如虛空無有表裏靡不通達是爲如來第十八業
佛於是頌曰
佛無進退　心常永定　行步住止　坐卧寐食
言辭寂然　無能亂者　最勝常定　莫敢迷惑
八方上下　終無得便　亦無敢知　其心所定
因其所定　爲人說法　常演道義　是最勝業

大哀經卷第五

音釋

蠲圭淵切除也　㦕悷㦕力董切悷郎計切㦕悷謂多惡不調也　懱莫結切輕易也　襯初覲切近身衣也　裸魯果切赤體也　慌虎廣切昏也

大哀經卷第六

西晉三藏竺法護譯

十八不共法品第二十一之二

佛復告族姓子如來至真無若干想亦無衆念而令其心迷惑忘也所以如來無若干想如虛空土不可窮盡不察衆生而各各異用其本淨無若干故察於諸佛無若干種用其法界不可破壞慧平等故亦於諸法無差別想用無欲故如來不壞奉禁戒者偏愛順念亦不毁呰於犯戒者覩修道者不往肅敬不遵道者不以棄忽不計律教是我所也永處邪見不輕忽之如來至真所行平等於一切法是故名曰如來至真無若干想設無若干想則便宣此無若干想開化衆生令不各異衆想消除而爲說法是爲如來十九之業佛於是頌曰

諸安住道　無若干想　一切最勝　見諸佛土
計於經典　無各各異　諸大名稱　所行普等
設奉禁戒　若毁失者　衆生易化　若不可化
諸兩足尊　彼心平等　開度衆生　各懷貪異

佛復告族姓子如來至真無有猶豫所觀察者悉見根原不復思惟所以者何如來大聖道德已成莫觀不成身行謹勑心懷柔順戒禁鮮明智慧殊絶不當瞻觀如來聖明不有超異也佛以智慮常察普護不從愚冥則由度世不墮方俗迷惑之行如來所護因從賢聖不從不聖賢如來所護轉於清淨無上梵輪愍哀衆生而得自在獨步十方不從他人而有所礜無有偏黨又其如來所觀護者無不卒暴常順庠序而無錯謬若有所住得無

受捨已離於二諸所況流已度四瀆稱量一劫思惟本末不能究盡各各異所不念所作不知過去念無所燒觸不自現功如是審實而無有異佛悉究暢靡所不達是爲如來觀察大哀巍巍若此護諸衆生具足說法是爲如來二十之業佛於是頌曰

如來所觀護　未曾有懈倦　善修其道義
卓然殊特行　其心身如是　禁戒及智慧
尊上爲大人　所行常至誠　如來未曾懷
倚著諸危害　亦無想諸念　不爲虛僞事
其所觀護者　眞諦無華飾　便則以此義
爲衆生說法

佛復告族姓子如來至眞無有貪損何謂爲貪惟樂善法其善法者爲何謂乎如來大哀未曾損耗亦不倚貪咸於大哀所說經典亦無誤失不令衆生從於貪欲而致迷耗開化衆生初不謬惑不捨閑靜亦無所啓而有違廢勸諸菩薩未曾喜忘而於三寶恒不斷絕如來至眞無所貪著聖明至眞道德爲樂是故名曰如來至眞無有貪欲而致損耗爲諸衆生須宣經典令其慕樂無上正眞具諸通慧是爲如來二十一業佛於是頌曰

最勝常不貪　慕樂善德業　慈哀施以法
度脫於衆生　喜樂濟群萌　隨時而開導
最勝不損道　勸不斷三寶　無貪嫉瞋恚
不從愚禁忌　由因諸通慧　善慕經典教
見衆生懈怠　最勝化勤修　積無量慧業
以此度群黎

佛復告族姓子如來至眞於精進事而不損耗所謂如來精進云何謂開化衆生觀察殷

勤求之所在因而度脫不遺一人於聽經典常令清徹是爲精進如來至真如是比像得諸聽經爲諸應器一劫不倦因而聽採其不懈者大聖宣之一劫不廢爲說經典離於食饌將護衆生如來至真以一人故於恒河沙諸佛國土而獨遊步從如開化令發道意如來身心及口所言不以懈倦身心靜然無有閑憹如來方便精進勤修靡不咨嗟因隨平等則以精進化于衆生至聖解脫其致道真乃至申暢如來功勳是爲如來二十二業佛於是頌曰

其人中師子　因精進之力　以此精進力
常而咨嗟之　其精勤勢力　未曾有損耗
所演說經法　用應法器故　安住所精進
無能究暢者　其身口及心　初未曾勞倦
已精進平等　一切無罪釁　其意懷愍哀
常爲衆生說

佛復告族姓子如來至真意之所念一切未曾而中忘也亦不損耗如來所念意無中廢所以者何族姓子從初得成至最正覺之道普見一切衆生過去當來今現在心之所懷念悉憶識之不中忽忘永存普達衆生之行如來未甞復重推極遺慧往察如來所念實無損耗入於衆生三處諸性入諸人根觀衆生行如來所興不有觀察亦不思惟而爲衆生講說經典豫知時節進退遲疾而爲分別授其決矣所以者何其意永存不中忘故如其心定因無忘識所念衆生尋爲說法是爲如來二十三業佛於是頌曰

世雄所念　心未曾忘　又最勝尊　不憶重思

其所遊歩　如成正覺　知衆生心　無有遺漏
亦復未曾　倚於識智　見於衆生　久長性行
令其建立　無有事業　人中之尊　爲衆法王

佛復告族姓子如來至眞無失定意三昧正受一切諸法無有偏黨諸法如審何故如來不失定意用修平等無卒之故三昧亦等故如來等於欲際無欲之際亦復等矣如生死際等泥洹際亦復如是以平等故故能正受此之謂也讃於如來三昧不忘所以者何則於平等無忽無忘亦不退轉如來定者不合於眼亦復不合耳鼻口身意而同塵也諸根不定其三昧定不倚地種亦復不依水火風空亦復不怗欲界色界無色界不慕今世不恃後世無所著故故不損耗是故名曰如來至眞定意不忘亦爲衆生講說經典令應法器致于定意是爲如來二十四業佛於是頌曰

最勝爲常定　定意不損耗　等順一切法
正從佛定意　不倚地水火　風欲色無色
大聖不著此　故不損三昧

佛復告族姓子如來智慧未曾損耗何謂爲智敬達諸法無所不通慧不仰人爲他衆生須宣聖智方便隨時所决無盡明了一切章句顯跡令入一品住所說經億百千劫假使來問去來進退爲決疑網靡不坦然其慧遍入爲暢三乘剖判歸趣以諸衆生八萬四千行則爲講說八萬四千諸經法藏是爲如來智慧無極無量無盡所說無限慧不損耗亦爲衆生顯示如是無盡智慧而爲說法是爲如來二十五業佛於是頌曰

佛正覺智慧　現在志慕乘　善宣分別解
自在度無極　爲衆生說法　從本性所樂
則以一文字　入無底章句　知於衆生行
所察無邊際　則爲此等頌　八萬四千藏
安住之所宣　智慧無損耗　是爲十力業
故號人中尊

佛復告族姓子如來解脫無有損耗何謂如來解脫諸聲聞因聲而脫其緣覺者由了因緣而得解脫諸佛世尊皆離一切罣礙諸二而得解脫所以名曰解脫者何無過去界不與當來諸界合同不住現界其眼於色離於二受名曰解脫耳聲鼻香舌味身更心法離於二受而得解脫心所依倚心本清淨而悉了之故曰發心之頃成無上正真道如來隨時爲諸衆生講說經典使離倚受令無所著是爲如來二十六業佛於是頌曰

諸聲聞衆　依音解脫　諸緣覺學　因緣爲慧
過諸罣礙　無垢如空　是爲諸佛　無所依倚
其心繫在　於過去事　清淨解脫　是爲執心
如應解脫　察衆生根　開度衆生　不令損耗

佛復告族姓子如來至真知於過去一切身行所可造業其本明識而不廢退如來所覩諸勝所行因其隨時而化衆生有所講說而度群黎默然亦度飲食亦濟威儀禮節顯示衆生令隨律教或復現於三十二相因而得救或以自示八十種好因而得度或復欲觀如來頂相威神巍巍不得諦視光踰日月超絕無侶因益喜悅而從得度或有衆生趣來見佛輙隨律教或演光明覩其曜暉而得濟度或見經行舉足下足悅而得濟或入城郭

從其還出令受開化諸佛世尊舉動進止威儀禮節皆以此事益於衆生靡不受化未曾唐舉是故名曰如來至眞一切身業本慧黠黨靡不有益而不損耗是爲如來第二十七業佛於是頌曰

其目覩見　威儀禮節　行歩所入　若復還出
諸相種好　及頂威曜　以此開化　而度衆生
導師假使　演其光明　無數群萌　億載安隱
見其威曜　則隨往教　諸兩足尊　常修此業

佛復告族姓子如來至眞口所演業皆爲慧黨曉了自在所以者何諸佛世尊所說經道悉爲應時所說無虛善哉隨宜所可宣言至誠無欺無有罪釁舉動安詳而不卒暴離於麤踈未曾荒迷常懷質直無有諛諂初不惡口不演麤辭無所倚著口言柔輭進止應法不爲羸弱性不飄颻亦不狹劣不爲雜碎行步安詳發言和雅其聲柔輭音響香美擇言徐語舒緩時出辭章粲麗滋味具足無有獷硬言無疾病思而後語自護己身所爲應節心念隨時滅其貪欲而除瞋恚燒其愚癡降伏諸魔危害衆惡療治諸疾別其義理悅智者意音如哀鸞聲如天帝其響哀和亦如江海聲靖如地如鵾鷟王命諸眷屬其意安隱如須彌山所發言辭如赤觜鳥其聲慈愍猶如鴛鴦相呼和時亦如鴈王將導營從亦如鹿王鳴呼官屬又如箜篌琴箏簫瑟鼓吹應節吹貝吹笙發音斯音相和各各悲快佛之音響柔輭清和過於彼節百千億倍深與微妙聲無穢濁聞者入耳心中歡然積累德本所宣章句不可窮盡隨時應宜前後相副不

失句義合於法句各從方便不違時節見一切人諸根增減而爲說法布施莊嚴將養戒禁常令嚴淨合集忍辱精進超殊究暢聖業觀察智慧雲集慈心不猒愍哀其喜顯曜不釋所護建立三乘不斷三寶別三峻聚淨三脫門所修至誠須宣智慧爲諸明者不見誹謗諸賢聖所咨嗟志玄曠如虛空一切功勳悉爲備足告族姓子如來言辭發教應節巍巍如是復過於此無可爲喻是故言曰一切所說如來言辭慧響超殊越諸言聲三界無逮最爲慧上靡不應命而順從者是爲如來二十八業佛於是頌曰

無等倫言辭和　以無垢起諸德
發一響入諸聲　響周徧諸三千
令聲聞聽其教　緣覺乘亦如是
或有聞廣其志　發其心求佛道
其聞茲如次第　各暢辭不錯亂
若講說殊勝法　又其心無退念
猶如山之呼響　應其音而來報
人中上言如是　所演說悅衆心

佛復告族姓子如來至眞皆知一切衆意所念最爲慧黨靡所不達所以者何察於如來無心意識初無想念而有進退以慧照曜消化衆冥其如來慧普至一切衆生心念亦復徧入存一切意超諸群生其識所念諸消化法其三昧定無所依仰越于陰蓋離十二緣起之行永捨三毒去於臭穢降伏魔事去虛僞幻詖諂之穢捨于吾我除去無明愚冥根株淨修道業心如虛空而無想念不壞法界告族姓子如來至眞其心意業慧黨若茲是

爲如來二十九業佛於是頌曰
不當稱最勝　兩足尊聖心　積累衆聖明
導師業清淨　此安住之慧　處在衆生性
普入靡不周　在自然法界　禪定意如是
一切善備悉　其察心意識　一切無想念
已過諸魔界　超於危害業　自然如虛空
離垢無所在
佛復告族姓子如來至眞知於過去慧無罣礙其所覩見知無損耗所及云何其諸過去諸佛國土合者成者皆知其數多少進退其土所有草木山谷諸藥叢林悉分別之其佛國土所有衆生蚑行喘息身形種類悉識知之人民言語音聲種類蜎飛蝡動悉曉了之彼土前後諸佛興出多少之數悉亦演之諸佛之所頒宣經典卷數多少有所顯照亦悉暢之化諸聲聞其限若干開諸緣覺入其律乘悉亦識之敢可勸導爲菩薩學使發大乘無上正眞亦悉具足其佛國土所有好醜言教行迹轉相瞻侍亦悉恤之其比丘衆言行舉動上下相順進退之宜亦悉別之有覩壽命長短久存中夭亦復曉之復知隨法建立年歲亦識喘息長短好醜飲食衣服所止居業如來悉知過去衆生終始周旋所當往生諸根若干其行不同志性各異所懷心意境界殊特其心悉暢而不中忽心念多少好醜善惡如來悉知其數之限則見目覩不以二慧而復再思如來至眞亦不遺心追推過事而推知之以其慧心悉覩預見不復重念其慧如是巍巍無量見衆生性不中有廢而爲說法是爲如來三十之業佛於是頌曰

佛之聖明慧　無限無罣礙　在諸佛之土
而須宣經典　勸諸衆生界　令篤信佛道
諸佛國土中　其所行進退　諸人民根原
志性所歸趣　所有藥草木　音響之好醜
過去心名何　諸所可造行　平等覺悉達
覩見如所有

佛復告族姓子如來至眞知於當來而無損耗慧無罣礙皆覩悉達云何知之於當來世所當興成若復毀壞其合若散如來悉知劫起所燒觀其水色何等像類其佛國土當還復者其地廣長闊狹遠近塵埃之數一一佛土諸佛所興教化群黎諸聲聞數緣覺之衆諸菩薩等飮食衣服所止居宅出入喘息行步舉動所可遊居威儀禮節一一如來所化衆生立於聲聞緣覺之乘若學大乘如來悉知一一佛土諸衆生類當往生者其心生念若干之數諸念所滅如來悉知皆達此已如來不復而重思念心察懷抱觀於當來常覩悉見而爲衆生廣說經道是爲如來三十一業佛於是頌曰

於當來世　世之所有　當所合成　若復毀散
刹土衆生　諸佛之數　其佛正覺　皆成此數
其心未曾　而有忽忘　其意觀察　普達當來
而爲衆生　應時說法　是兩足尊　之所行業

佛復告族姓子如來至眞咸見現在而不損耗其慧所覩無所罣礙所見云何知於現在十方世界一切國土所有多少之數諸現在諸佛所現在一切菩薩聲聞緣覺之數多少星宿形像進行運轉爲有幾所現在一切樹木藥草山林谿谷十方土地境界遠近國中

塵數悉明其限十方諸水以執一毛揾取其水知其幾滴十方諸火境界興焰若復衰滅存亡所在亦悉達之十方諸風所由形色所從因出往來周旋成敗增益亦悉知之十方虛空逈遠悠邈其里億數無邊無際佛悉知之無有不及如毛塵者知其現在三品之行衆生之界進退難易根本深淺受教遲疾佛知現在地獄衆生所犯殃釁罪適歸此其所因由從其中出當所生處復知方便所用除殃又知現在衆生之種蚑行喘息蠕動之類所因行業而墮此難了其所便可除殃罪當所生處復知現在餓鬼之界所因慳貪而墮此患所當因由方便除罪決所當生知於一切現在衆生心所懷念所爲塵勞愛欲之病復知離欲無塵穢者又知現在一切衆生當以何律而受開化或復有人不從律教緣知諸天生天上意退沒所歸佛悉知之如是本末初未曾念二慧重思入於無二而爲衆生廣說經法是爲如來三十二業佛於是頌曰

諸最勝慧　普靡不周　無限無量　不可思議
等如虛空　虛無無喻　一切世間　所不能逮
其於十方　一切衆生　諸所現在　當所造行
如來悉知　覩其根原　是諸佛業　見悉究暢

如來道品第二十二

佛復告族姓子是爲如來所行道業如來以此所行道業開化衆生以無言辭而演文字難當難成又族姓子如來至誠無有敵學能禁制者其業無量不可思議諸天龍神及世間人無能計會稱載所知初無所言而文字現難是難及無能抑制徧諸佛土定意周普

現諸正覺皆已超越無諸邪業無所想念猶如虛空三昧平等察諸法界而無差異所以者何諸佛世尊所可宣說無有若干所因與出無有偏黨等諸衆生國土亦然所說悉同道神不別解脫無異所至滅度亦無若干又族姓子如來至真於諸法界爲一種味成最正覺於衆生界無所蔽礙善權方便以無礙法而悉明了則爲衆生轉其法輪令不退轉阿惟越致譬如族姓子上工珠師修於清淨無垢寶珠重治令曜手執此珠寶舉著濁水令水凝然去濁就清不復勤役而勞其功然後則出著於食味上於瓶甕若於鉢器令其中水皆使清澄所勞功夫不足言耳然後復著大藥味中以微細湩而重洗之所洗已淨去諸剌棘是則名曰夜光寶珠如來至真亦復如是察諸衆生瑕穢境界爲演無常苦空非身悲哀辛酸苦毒之灾衆生迷惑愛樂生死苦惱患猒爾乃令入賢聖法律如來精進於彼無難然後乃達空無相願如來以慈而開導之所勸精進而無所著便次得成於不退轉頒宣經道三場清淨何謂佛界而令衆生來入其境已得越度入如來法故曰無上衆祐之要是族姓子以此因緣當作此觀如來正真所入三昧不可思議修于平等逹於三世不斷三寶如來於彼不可思議住於道業猶如虛空其身自然無能逮者現形一切諸佛國土而於諸法永無所獲不擇自在隨其音響而教化之若爲衆生宣經典時皆離一切心諸所緣而悉知見衆生心行志性所趣諸菩薩衆志操清淨諸佛世尊以此等故

興出世間是族姓子是爲如來至誠之議由無本業謂無所住而不違遠亦無懈息受菩薩決不斷言教是則名曰如來道業佛講說此如來業時十方無量不可計會無數佛土六返震動其大光明普照諸界雨天華香其寶清淨佛師子座諸來集會大聲聞衆天龍鬼神揵沓和等阿須倫迦留羅眞陀羅摩睺勒比丘比丘尼童士童女咸共聽聞如來宣此道業法典歡喜踊躍不能自勝善心生焉各各賫持若干種華名香雜香華鬘塗香衣服旛蓋及大幢旛鼓諸妓樂琴瑟箜篌供養如來取頭上寶而以散之或賫麻油或執雷音或取其髮或脫寶瓔以珠校飾或明月珠或懷月珠及解脫華或持無價鮮潔之供或獲印綬原赦之養或有寶果或以鴈鳥或以線縷或寂然物不倚空物或頭寶瓔或頸著珠或手或脚所有莊嚴而供養佛悉徧散之或復又取夜光寶珠或復又取紫磨寶飾以散其上或馬藏寶天帝殊紺大青寶珠火色寶珠月光寶珠若干種色瓊異奇寶以供養散紫磨粟金雜碎白銀木櫁雜香儋堂雜香旃檀雜香黑妙雜香丹赤眞珠似人雜香而自退漏雨散及諸天華加雨意華無極意華月度月華柔輭音華大輭響華其華曜目大地陸地諸華其輪離垢而有百葉或有千葉或百千葉其光遠照香悉周徧其香美妙洋溢所觀靡不欣樂其光照曜執持其焰其色無量文飾交露青蓮芙蓉諸所雜華而自然墮又復雨地須蔓那華思怡無憂華瓶梧桐捨著徐詳平順而雨此華箜篌樂器簫瑟鼓

吹鼓伎諸伎自然而鳴又復加雨諸天華香雜香衆寶瓔珞寶珠衣服卧具其諸十方來會菩薩踊住空中自投其身用供養佛適各投身不惜軀命應時空中周徧自然覆寶高座有寶交露垂無央數諸寶瓔珞周徧校飾紫金雜廁其飾殊特誠非世有出若千種諸寶蓮華一切所有珍寶瓔珞一一枚珠各有無數不可稱載化菩薩現咸悉共見諸菩薩出適來出已繞佛七帀則復還坐於寶蓮華十方無量諸異國土不可稱計諸佛世尊一一諸佛各各一劫共嗟歎之其供養已經典之要以供養故致於清淨各共歎德窮劫不竟供養法故佛以威神遣諸弟子詣此忍土所齎供養入此忍界其寶莊嚴超踰於此嚴飾寶座殊絶難及彼時大會無數衆生見是變化皆發無上正真道意不可稱載諸菩薩衆逮得無所從生法忍于時世尊周帀徧察諸菩薩衆汝等正士誰能堪任如是比像清淨莊嚴菩薩所住所當建立如來至真意欲遣使在邊止宿將護視之無有思想亦無音響所敷氍氀毾㲪之具彌勒如來成佛已後十六年中當坐於此淨寶高座是爲菩薩行願歸趣名無蓋門大會法品經典之要亦當廣布分別其義彼時所會一切菩薩亦當與發供養此法彌勒如來及於賢劫諸菩薩衆於時會中有一菩薩名變動諸法王即從座起於蓮華上右膝長跪叉手白佛唯然世尊我能堪任將護於此清淨校飾止息其邊無有思想精勤一心而不懈廢侍於彌勒至誠如來常供養之及於賢劫諸如來衆至真等

正覺等時有魔天名曰所作所立堅强處將四域來在彼會謂變動諸法王菩薩族姓子其器云何爲何等類而用其器受此嚴淨令不毁散變動諸法王菩薩答所作魔族姓子知一切諸器皆歸壞敗無常存者無所堪受惟有虚空而可不毁無所妨廢於諸器中最爲高尊仁行當宜諦察我身目無得瞬必能覩見於無極器時所作魔觀察變動諸法王菩薩諦視其身而目不瞬即見變動諸法王菩薩臍中有水王光明世界何故名曰水王光明其佛世界悉滿衆水周徧國土若有遥視如一大海彼有如來名曰樂蓮華首至眞等正覺於今現在純諸菩薩爲説大乘其水界中又有蓮華名寶莊嚴其彼如來及諸菩薩而坐於上時所作魔叉手而立稽首歸命

變動諸法王菩薩變動諸法王菩薩謂所作魔仁君豈見諸菩薩器答曰已見其器無極報曰是水君能任受如是像無極天器億百千劫那術諸劫數之數報壞於此莊嚴校飾終不枯竭無能消化時所作魔稽首禮佛惟願世尊我本憶念志在雜碎未見於此諸正士等未得聞是經典要時欲得速成聲聞縁覺而取滅度今日又見變動諸法王菩薩威神巍巍聞此經典感動變化諸所建立至意當發無上正眞道心如今所作不敢違廢於最正覺愍傷衆生多所安隱多所將護假使吾身於江河沙劫地獄見煑然後乃成無上正眞雖遭此厄不以爲患不捨佛道時佛咨嗟所作魔曰善哉善哉汝身乃爲大道之故一心被服弘誓大鎧今仁如此建立志願所

誓必果

大哀經卷第六

音釋

黵遮潘切輋也部也
鵰鷲鵰丁聊切大鷲鳥也鷲疾僦切大鵰也
蚑去智切蟲行貌
喘息喘昌兗切息疾也
蜎烏玄切蟲行貌
蠉乳兗切蟲動也
搵烏困切以手捺物貌
邈墨角切渺也遠也
敧丘奇切不正也
湩覩勇切乳汁也
綬承咒切組綬謂印綬也
璝公回切璝偉也
櫁彌畢切木櫁香樹名也
儋都甘切
氍毹氍音瞿毹力朱切毛褥之類
毾㲪毾音塔㲪音登毾㲪毛蓆之類

大哀經卷第七

西晉三藏竺法護譯

八總持品第二十三

時有菩薩名師子英在會中坐問總教王菩薩唯族姓子菩薩所立於何總持而皆受持諸佛所說所演經典不可窮盡則以善教悅可衆生靡不忽然如冥覩明總教王菩薩報師子英菩薩所住此八總持悅可衆生使得開達其慧無窮何謂爲八有總持一名淨光音二名無盡法藏三名無量退進四名海印意五名蓮華嚴六名入無礙印七名入分別辯八名建立佛莊嚴故爲八菩薩住此有所暢說悅可衆生時師子英復問總教王菩薩仁族姓子寧可屈意垂哀一切復重解此八總持義廣演其旨設諸菩薩聞此總持所得辯才必當勤學總教王曰族姓子聽今爲仁說八總持義廣散所歸何謂淨光音假使菩薩住此總持其所入門無所罣礙甚爲鮮潔歸于堅要其意正立而說經典其音通徹聞一佛國或二或三或四或五或十二十三十四十五十諸佛國土或百或千其音教告諸佛國土或十二十三十四十五十百千億諸佛國土聞其音教或復通徹無量無際諸佛國土從意所樂欲令音教通于幾何諸佛國土多少無極悉能堪任恣意所欲一師子座而爲十方一切衆生講說經法欲令二十里衆人得聞或四十里或一須彌或至梵天從其衆生本意應說處師子牀建立其志爲諸衆生講說經法悅可其心靡不開解身適處於師子座已十方諸佛皆現其身諸佛說法

皆得聞之適聞已後得總持力悉識念之未曾復忘以斯法典解達其義其所說法諸可聽受無能遏斷入於一文音響之事皆能演說一切文字普入諸響諸因緣句入文字故入無量門說於諸法無有來相諸法無處無所住故諸法自然無所返故諸法懷來無所到故用清淨故諸法無根用無有處所生無故諸法無邊無所成故諸法無盡無所住故諸法無生無所行故諸法不起無所作故諸法不有無因緣故諸法不亂無等御故諸法不滅無有生故諸法無行無所願故諸法無戲無有想念應不應故諸法無言永入無行故諸法無教用有所說而有失故諸法無瞋無有恨故諸法無想無所著故諸法無念無有虛故諸法無倚無所望故諸法無誨於空等故諸法無辭用無思故諸法無究無師主故諸法無生無有教故諸法悉淨無有來故諸法無我我自然是諸法無人甚清淨故諸法無壽無長存故諸法無命入於義故諸法實空於內寂故諸法無相其本際者無有際故諸法無願無所受故諸法無行用無爲故諸法無爲以越所起章句行故諸法不堅無所依故諸法無著無所習故諸法自然用無身故諸法無作所作淨故諸法無業無所入故諸法無報無所合故諸法無合無所壞故諸法無捨無所取故諸法無瞬不可捉故諸法無獲無所指故諸法無觸無所造故諸法無漏無流處故諸法無有志無成故諸法清淨無黏黨故諸法無屬無若干故諸法無色四大無常故諸法無痛無所遭故諸法無想

越衆念故諸法無行離諸欲故諸法無識無所慕故諸法無界如空等故諸法無捨越諸界故諸法無境無所由故諸法無貪無所想故諸法無像無處所故諸法無形無所降故諸法無濁除諸憒故諸法無憶無所執故諸法無想無有二故諸法無岸度界跡故諸法無怙離所在故諸法無常緣不諍故諸法無名無所在故諸法無雜各隨行故諸法無住無所存故諸法無爛無所燒故諸法無惡離諸惡故諸法如水洗諸垢故諸法無灾甚清淨故諸法甚清淨不可數故諸法無計無所著故諸法無求無有動故諸法無搖不可震故諸法無爲與空等故諸法虛無無所爲故諸法無貌無所行故諸法無現無所曜故諸法無照捨諸明故諸法無比無有邪故諸法無偏等恍惚故諸法無冥無所視故諸法無晃無部黨故諸法無罪離於疊故諸法歌頌作善業故諸法入虛有侵欺故諸法無進無所立故諸法無見無有類故諸法無聞用寂然故諸法無馥無有香故諸法無嘗無有味故諸法無柔無細滑故諸法無識謂無法故諸法無緣離心意識故諸法無惟道平等故諸法本淨以滅諸入不復生故如是族姓子菩薩已逮淨光音於諸因緣文字章句咨嗟其義若於一劫復過一劫須宣經典不捨諸緣文字章句隨時所應不以爲難取要言之一切諸文各各諸字以一一文爲衆說法於彼文字而無窮盡善住法眼諦演辭義其言璨麗於是菩薩住於總持究暢清淨威儀隨時辯才鮮明其心顯曜導修慈心其所布施

亦復清淨法施衣食俱無所悋其戒清淨行無缺漏忍辱清淨心不懷害精進清淨造安隱業一心清淨寂然無冥智慧清淨捨於闇昧廣有所照其業清淨無所違失其目清淨三眼無垢其耳清淨得天耳聽聞諸如來所講說業其鼻清淨聞於如來戒法之香其舌清淨無可意味志道法味其身清淨所生一切不爲胎垢之所黜汙其心清淨善權隨時普入諸法其色清淨相好莊嚴所聞清淨恍耳之音而無亂響其香清淨戒聞施香所見被熏其味清淨味味復味成大人相細滑清淨手脚柔輭猶如幼童其法清淨逮法光明其意清淨所聞經法懷憶不忘其志清淨超魔徑路行步清淨普入深妙無極經典菩薩已住於此總持自恣從志告誨教授幾何佛土光明所照其數亦然又其光明演出一切十方諸佛所演法教以用逮致於此總持因得殊特無言辭故是族姓子淨光音總持也所可演出若有所入所可稱說不可限量此淨光音總持分別所趣不可思議言辭無極所決無限所住方面曠而無際入無罣礙佛言族姓子何謂無盡法藏總持謂色無盡以色無常故曰無盡說色無常以色苦故亦說苦惱色無我故亦說無我色寂然故亦說寂然色恍惚故亦說恍惚色如沫故亦說聚沫色如幻故亦說如幻色如野馬故亦說野馬色如水月故亦說水月色如夢故亦說如夢色如呼響故亦說呼響色如形影故亦說形影色如照面像故亦說面像色無有故亦說無有色無學故亦說無學色無究竟故亦說

無究竟其色空故亦說於空色無相故亦說無相色無願故亦說無願色無行故亦說無行色無生故亦說無生色無起故亦說無起色本自然故亦說本自然色用本無故亦說本無色過去自然故亦說過去自然色當來自然故亦說當來自然色中自然故亦說中自然色憺怕故亦說憺怕色靜默故亦說靜默色無遊故亦說無遊色無戲故亦說無戲色不可思議故亦說不可思議色無貌故亦說無貌色無體故亦說無體色無人故亦說無人色無壽故亦說無壽色無命故亦說無命色無養故亦說無養色愚騃故亦說愚騃色不仁故亦說不仁色無神故亦說無神色如東薪故亦說東薪色如草木牆壁凡石之類故亦說草木牆壁凡石之類色如誑相故

亦說誑相色爲四大故亦說四大色無聲故亦說無聲色無教故亦說無教色不可得故亦說不可得色念淨故亦說色念淨色緣起故亦說緣起色無斷故亦說無斷色非常故亦說非常色如屋故亦說如屋色無痛故亦說無痛色從罪福生故亦說罪福色法界苦故亦說法界色住法界故亦說住法界色於本際法界而無動故亦說本際色無我故亦說無我色無受故亦說無受色無載故亦說無載色無念故亦說無念色無性故亦說無性色無量故亦說無量色無邊故亦說無邊其色於道本清淨故亦說道淨色空等故亦說空等色於泥洹本清淨故亦說泥洹清淨舉要言之五陰六衰諸法諸名身形句跡徑路篇章及諸識身悉入一音之所顯曜說無

盡慧計是四大寶藏之篋所諮啓慧亦不可盡其寶藏篋聖法經典亦復遊入於無盡慧所須宣智是爲無盡法藏之總持也一切諸所講說宣傳若於一劫復過一劫咨嗟此德無盡法藏猶不可盡佛告族姓子何謂無量退進總持於彼迴旋斷絶計常而返其流十二緣起從無明緣而自致行從行致識從識致名色從名色致六入從六入致更從更致痛從痛致愛從愛致受從受致有從有致生從生致老病死從死致於哀泣憂慼所不可意從致五陰大惱之患已除無明行識名色六入更痛愛受有生老病死啼哭愁慼不可陰意大患永除彼從無量宣無限門入於無底是故名曰無量退進之總持也亦受亦捨故曰迴旋無受無捨此之謂也亦起亦滅所以迴旋不起不滅此之謂也與塵勞合而致諍訟所以迴旋返本清淨無著放逸此之謂也於一切法而有所行所應不應念與不念所以迴返無想無念無應不應此之謂也因緣諸見所以迴返斷因緣見此之謂也名之與色所以迴返無名無色此之謂也有爲無爲所以迴返淨於三場此之謂也有內有外所以迴返不住於識此之謂也罪福報應所以迴返無罪福報此之謂也善與不善所以迴返永無所行不處善惡此之謂也有漏無漏所以迴返無有二事此之謂也殃釁所蔽塵勞之冥所以迴返本淨自然此之謂也計我不我所以迴返其際清淨此之謂也生死泥洹所以迴返諸法泥洹其原靜然此之謂也是族姓子說無量總持進退無底若有菩

薩住是無量退進總持志無所生達法無起於無央數百千劫中講說經典不能究盡總持之慧其義微妙此無量退進總持若入中慧有所宣暢則能覺了清淨道門照曜幽冥靡不坦然佛告族姓子何謂海印意總持猶族姓子謂四方域世界之中諸有形色又其像貌山谷樹木諸所生草衆藥之類所有形貌日月光明明珠水曜焰電諸有像貌州城大邦郡國縣邑居舍屋宅所有像貌園觀浴池川流泉源形流行色生活之業自覩形像好醜善惡上中下貌一切諸色及與歸之皆依大海而不別異是謂大海菩薩若住此海印意總持等印一切衆生之身亦復等演文字之教以等心印而印衆生十方諸佛口演所宣無極大法此典皆從菩薩口出佛印見

印所說法者欣而無根講諸法印慧無所印所可講說悉如來印分別衆諦其無印者永無所行心自然寂其離印者得離欲法清淨之行其度印者所演究竟靡所不通其號印者皆宣名物各各暢了其樂印者除去欲貪放逸恩愛其十印者具足十力其被恐印者淨除諸意其燒咤印者捨於燒熱其六印者成六神通其左披印者棄捐左道其審印者說於真諦其如印者所行如實其哆印者蠲除一切諸所根本其迦印者離所作業其娑印者宣暢至誠其徑印者嚴淨道故其奧印者入深妙法故其勢印者顯現勢力故其生印者度生老死故其志印者謂意清淨故其界印者不壞法界故其寂印者具足憺怕故其虛印者虛靜空無無不可盡故其盡印者

消化盡想慧無起故其立印者覺意諦住故其知印者別知一切衆生類故其普印者而悉須宣諸所興衰其有印者覺了分別所有無有其貪印者消除貪婬瞋恚愚癡之忌難也其已印者已身已通而成正覺其自印者身自解故其旦印者旦自釋捨諸所倚相其數印者滅遣根原其處印者則於處處如有悉知其無印者無有若干其果印者逮得果證其陰印者除諸陰蓋其疾印者離邪疾故其施印者得成施戒普香熏故其堅印者已逮斷堅剛強性故其究印者究暢文字攄其根原如是族姓子菩薩說法演若干文悉知一切文字印說是爲海印入總持門佛告族姓子何謂蓮華嚴總持菩薩大士若入衆會在所住處輙爲說經設有所宣于時於彼即

生蓮華其色殊妙菩薩適坐於蓮華逮虛空中則雨蓮華又諸蓮華各各演出若干種音講說經法惟說深義無有雜句嚴飾之教攀引典喻正典上要分別義歸十二部經一曰聞經二曰得經三曰聽經四曰分別經五曰現經六曰應時經七曰生經八曰方等經九曰未曾有經十曰譬喻經十一曰注解經十二曰行經其所演法若有聽者輙盡衆苦菩薩如是自然精進不釋常定于時蓮華所演經典適斷衆苦便行佛事又其菩薩一切毛孔悉出光明化爲蓮華諸蓮華上各化菩薩詣於十方不可涯底無數佛土奉覲諸佛是族姓子名曰蓮華嚴入總持門佛復告族姓子何謂入無礙總持門假使不捨一言辭已至二三四乃至于千所生之處常不忘之或

億百千種種之說悉能識念爲衆宣暢世世不絕諸根和悅顏色殊絕與衆超異悅可衆人無有惱亂或能所說聞於無量江河沙等諸佛刹土或能通暢如佛國塵諸佛國土於是所演諸法門者隨時方便又彼法門一時悉徧諸佛國土滿中塵數諸世界也或二三四或五至十百千無量所說應聲亦無所著則無所住其音柔和合衆人心辭美隨時其義雅妙不失其節莫不欣豫入無礙門佛復告族姓子何謂入分別總持曉了其義所宣旨慧而不可盡分別法者所宣正慧亦不可想隨時分別所說明慧亦不可窮分別辯者所宣正智亦無涯底菩薩已獲如此慧者其於東方所有衆生悉能合會令在一處各各隨意言語各異音聲若干從其宜便所知多少來難菩薩悉能發遣申暢其義南方西方北方四隅上下亦復如是來難菩薩各各問義一時各各盡爲發遣隨音清濁若干種言悉能開解各隨本心而得入道各聞其言音不錯亂則以一音入無數音以無數音則入一音是爲名曰分別莊嚴總持佛告族姓子何謂建立佛相總持若有菩薩得此總持處大法座在於大衆常於虛空住其頂上變交露帳化佛處上紫磨金色三十二相衆好嚴身自承其德頂近如來右手所在化佛舉手適著頭上應時菩薩其身即變成爲佛形莊嚴相好建立其口言辭如佛被蒙其意亦如佛意適能成就逮如是法則入一切衆會心念從其本行而爲宣法一日二日至于五日半月一月半歲一歲五百千歲從意自恣至

于無窮不可計歲離於飲食爲諸衆生而講說經所宣經典而無有窮盡其身不懈心亦不怠悉是如來之所建立聖威所接彼則成致於四大慧何謂四一曰慧解一切衆生志操二曰分別章句靡不通暢三曰則以聖智所宣無盡四曰則從其人本所學乘了其意歸而解說法是族姓子如來相建立總持所入門者有所宣說又此總持所可演義不可稱載無有邊際通佛境界爾時總教王菩薩觀於如來說如斯義以偈頌曰

安住已宣說　於入總持行　此乘所宣獲
分別得解暢　說億載經典　辭不得邊際
其議所分別　說者無所損　佛音甚柔和
其聲微妙快　宣告江河沙　無量千佛土
衆生得聽聞　逮成得滅度　此總持清淨
所暢音無際　講說無數劫　其法無窮盡
一句之言辭　宣布不可說　一切諸文藻
智者得隨時　是爲法篋藏　覺意無涯底
皆棄諸非受　其行甚清淨　亦不著中間
不隨退轉界　斯勇普惟法　專精而奉行
其逮得總持　蠲除衆根原　其於四域界
諸所有形類　一切悉等印　江海無思惟
其有逮得此　海印之總持　彼行者印門
所說無思議　若在衆會中　大人講說法
尋於虛空中　廣雨諸蓮華　又諸蓮華者
演億千法教　蓮華嚴總持　清淨德若茲
一音所演句　二三及五六　諸音各各聞
聲而不錯亂　千億百那術　言辭不可盡
有逮得總持　所覺無罣礙　其所宣辯才
法義說應時　十方衆生來　各各共難問

悉爲發遣之　決了所疑法　其逮得總持
意所覺如此　其大人正士　若坐於高牀
諸佛以右手　而摩著頂上　其人得辯才
如佛無有異　用逮此佛化　妙上總持故
假使此菩薩　逮成總持者　彼意所懷德
無際不可念　講說億千劫　猶如江河沙
咨嗟其功德　境界不可盡　如蓮華自然
踊處於三世　堅住如須彌　所部無能動
假使有逮得　無上之總持　其慧則普流
周徧於三世　若在衆會中　勇猛如師子
調御諸外學　降伏令成就　假使有逮得
此上之總持　在所遊行處　悉棄諸恐懼
其光踰天明　所照而隨時　其行若如水
洗除衆垢穢　其行亦如火　無想無有念
其行亦如風　不著諸境界　其行亦如醫
療治諸疾厄　隨時給法藥　湯火而救濟
其有逮得者　極上妙總持　彼慧無瞋恨
隨根而解說　其行如月明　能除夜衆冥
心等光明正　而演大暉曜　其有逮得此
總持最無覺　衆生來觀瞻　視之無猒極
其行喻日光　照曜於暗冥　開三界衆生
使得覺悟解　若逮得於此　最上之總持
枯竭於衆庶　愛欲塵勞原　其行亦如王
典領其國土　如息意王教　以法施所聞
其有逮得此　最上之總持　一切無所受
不著於諸有　其行猶如龍　意強有神變
興雲雨爲衆　亦復出電焰　其有逮得此
最上之總持　此放諸法雨　消滅衆惱熱
其行如天帝　不爲諸容色　而見所迷惑
心廣而思法　其有逮得此　最上之總持

諸來衆會者　悉瞻戴其顏　其慈之所行
等遊如梵天　一切無等倫　來生於此世
其有逮得此　最上之總持　彼生於梵天
所在常清淨　則成大五通　常與衆超異
遊百千佛土　難計無思議　其有逮得此
最上之總持　彼供養十方　無央數諸佛
諸佛所咨嗟　隨所止方面　悉共愍哀之
念之如一子　其有逮得此　最上之總持
計如是不久　當逮佛功勳　其辯甚廣遠
所演無窮盡　說種種微妙　無數諸經典
其有逮得此　最上之總持　嚴行如華鬘
辯才如流泉　在衆意堅強　所覺而通暢
其慧無涯底　所行如虛空　其有逮得此
最上之總持　彼則無憍慢　離諛諂自大
其智慧善權　所遊而自恣　能精進奉行
當修慈愍哀　其有逮得此　最上之總持
一切皆蠲除　有爲之瑕穢　知衆生言辭
所說之善惡　了衆人所好　一切諸根行
其有逮得此　最上之總持　本所可宣暢
其義不可盡　精勤禪定意　諸根及五力
覺意略如是　其寂然最上　其有逮得此
最上之總持　彼則觀諸法　所獲甚清淨
於諸度無極　已逮至彼岸　意強而明達
慧了諸四忍　其逮得於此　最上之總持
其人自然解　安住諸所行　寂然成憺怕
仁和無放逸　威儀禮節行　分別住安諦
其有逮得此　最上之總持　其人未曾有
不與諸塵勞　以成如法幻　志性離瑕穢
所在胎生處　不能垢所染　其有逮得此
最上之總持　則住於蓮華　立在諸佛前

其人身口意　威神無缺漏　普興一切慧
周流歸衆生　其有逮得此　最上之總持
諸佛所逮化　說法而自立　已成大智慧
爲衆生行道　於無數劫中　歎德不可窮
其有逮得此　最上之總持　若有欲歎譽
無能得原際

於是世尊讚總敎王菩薩善哉善哉仁快說此咨嗟總持之所入行所以然者此法自然無所依怙不仰他人仁已曾往過去諸佛更問深妙總持門故以是之故汝族姓子當作斯觀等無有異

大哀經卷第七

音釋

忻（許斤切喜也）　篋（詰叶切箱篋也）　咤（陟嫁切梵言也）　哆（丁可切梵言也）
攄（丑居切舒也摛也）　藻（子浩切文辭曰藻）　怙（侯古切恃也）

大哀經卷第八

西晉三藏竺法護譯

往古品第二十四

佛告族姓子乃往過去久遠世時劫數無量不可計會懸曠極遠不可思議爾時有佛號離垢光如來至眞等正覺明行成爲善逝世間解無上士道法御天人師號佛世尊世界曰善離垢劫名照明其界清淨地紺瑠璃淨如明鏡地平如掌其界之土瑠璃爲地生七寶樹枝葉華實皆亦寶成又自然生衆寶蓮華大如車輪其色若干見者心歡其形微妙香潔甚美寶爲交露屋宅精舍諸天人民被服飲食猶如第六自在天上人民鮮潔行歩安詳其婬怒癡尠而薄少舉動言教其佛世界無有日月其佛離垢光明身出大暉徧諸佛土晨夜常明昧爽不別蓮華合者則知爲冥蓮華開者則知爲明其離垢光如來至眞諸菩薩衆有八百億出家菩薩居士菩薩無能限量不可稱載建立無上正眞之道其佛土地不聞異學無有異乘惟修大乘行悉淳淑立不退轉世尊云何爲彼說法惟演空慧空無相教佛壽半劫衆人居宅若干種寶佛即行歩皆隨時節諸天亦然其於地上立交露帳舍宅居中名之爲人其處虛空而立屋宅棚閣名之爲天起止飲食等無差別又其佛界無復國君惟離垢光世尊則爲無上大法之王諸天人民無各各異皆來事師各無異名所作不別無有異念惟奉如來諮受經典思惟其義彼無女人無罪處名無犯塵欲其土衆生惟學三度一曰禁戒二曰守心三

曰學智何謂爲戒習諸通慧心念不捨棄捐諸行何謂守心住於定意逮得神通何謂爲智住智度無極得分別辯如是族姓子有學如此名曰學度是諸菩薩不受禁戒其土清淨巍巍如是世尊說法嚴妙殊絕卓然無喻時彼佛土諸菩薩中有一菩薩名曰光首即從座起偏出右肩右膝著地叉手白佛唯然世尊所言總持爲何謂也菩薩何住諸佛所說皆能執持爲衆生演令心歡悅佛告光首又族姓子有總持名爲寶曜菩薩住此悉受諸佛之所講說悅衆生心光首又問惟願如來宣說寶曜總持其中義理我等聞之奉之如教逮此總持離垢光佛尋爲光首菩薩歎此頌曰

欲逮得寶曜　永除諸塵穢　於垢而無垢　捨諸一切染
心常淨離著　是寶曜總持　逮得此持者　其明無不照
其身口清淨　光明性離垢　等意行慈心　是寶曜總持
已脫三十二　解諸一切想　則離衆希望　是寶曜總持
所遊入懷勇　大德如虛空　解明如虛靜　是寶曜總持
不斷于三寶　絕三垢三世　窮盡衆苦原　是寶曜總持
害貪婬恚癡　除塵諸穢濁　寶樹愛欲意　寶曜總持尊
諸所有音響　世間上中下　入於一切聲　寶曜持離垢
精勤深奧法　無數妙句義　不著吾我人　總持離此二
逮得分別辯　堅住於四道　四禪震于梵　是寶曜總持
第一法藏義　啓受四等行　遵修五神通　寶曜總持尊
諦住四意止　常順四勤斷　奉于四神足　是寶曜總持

已受持五根　而立於五力　能修七覺意
是寶曜總持　奉於八由路　化寂然所觀
至於明解脫　是寶曜總持　遊戲所住地
近順解脫道　除斷一切惱　是寶曜總持
照明一切世　寂光之道場　眼清淨廣照
是寶曜總持　天眼淨如此　智慧眼曜冥
眼淨爲法目　是佛眼清淨　是塵淨於魔
此五陰消害　亦淨於死魔　歸命力降魔
住於此總持　至億那術土　見姟數諸佛
得聞上經典　以聽廣妙法　意力懷總持
分別其義趣　爲天世人宣　心明發意知
解了所報應　其法入於慧　住總持逮此
辯才無罣礙　三達三明淨　逮得三脫義
精進逮總持　無數諸總持　無限說無量
逮此總持勝　便獲一切所　其禪及脫門
正受極三昧　神通自娛樂　當入此總持
若海諸水王　萬川河流歸　是勝總持然
諸法門無量　入於無盡意　悉解無窮慧
其福無涯底　行總持逮此　色像衆相好
種性慧清淨　珠寶離垢掌　逮總持如此
入於深要藏　懷無從生忍　在不退轉地
說是總持者　無數諸菩薩　求於無上道
已逮此總持　成佛不爲難　十方諸最勝
說法愍衆生　逮此總持者　辯才無斷絕
悅億姟衆生　知根意所信　口未有所說
逮此持如是　則轉於法輪　度百千衆生
立之於尊乘　勇住此總持　無數那術劫
嗟歎其功勳　逮此總持者　不能盡究暢
如是族姓子離垢光如來至真說此總持竟
諸大衆中三萬二千菩薩逮此總持光首菩

薩亦復逮得此寶曜總持於族姓子意云何爾時光首菩薩豈異人乎勿作斯觀所以者何則爾身是以是之故總敎王於今堪任度諸穢惡亦復於此諮問如來章句通利無猶豫心決其疑網猶是之故今世勇猛直啓前問不難如來是決總持宣照世間令意坦然仁者修法自觀達故會此復重獲此總持意懷勇猛心自頒宣

智本慧業品第二十五

於是智積菩薩時在彼會前白佛言菩薩云何逮寶曜總持已能獲致不復忽忘益於衆生以總持力而自立業佛告智積族姓子其有菩薩住於智本而爲智慧業爾乃逮得寶曜總持不復忽忘益於衆生智積菩薩復白佛言善哉世尊惟爲解說何謂智本何謂慧業佛言且聽善思念之當爲汝說智積菩薩受教而聽佛告族姓子諦聽義旨思存心懷是爲智本如所聞法則以具足爲他人說是爲慧業觀察分別是爲智本啓發衆會令得開解是爲慧業隨順觀察知其根原是爲智本隨時開化建立衆生是爲慧業修平等行而無偏黨是爲智本奉平正行不爲邪疑是爲慧業心無所生都無所著是爲智本雖心不生能宣經典是爲慧業閑處靜思其心寂寞是爲智本身心晏然而無憒亂是爲慧業心常樂一萬事不起是爲智本識一乘道而不違捨是爲慧業專修憺怕而能觀察是爲智本得明解脫蠲除衆冥是爲慧業遵于專一三脫之門是爲智本證明三達去來今事是爲慧業篤信道誼而無疑惑是爲智本度

於一切諸所罣礙是爲慧業其心不怯志懷勇慧是爲智本身心休息離於汲汲是爲慧業其意安詳而不卒暴是爲智本思惟懸曠而悉識念是爲慧業如有所毀尋即覺制是爲智本心常正定而得其所是爲慧業遵修意止申暢意法是爲智本意無所存亦無所念是爲慧業奉四意斷令捨根原是爲智本則已淨本蠲除衆瑕曉了諸法是爲慧業修學神足忽然輕舉是爲智本已無所行而逮神足是爲慧業習化五根根原常寂是爲智本分別諸根之所歸趣是爲慧業住於五力勢不可動是爲智本降魔塵勞令欲不起是爲慧業曉了七覺逮柔順忍是爲智本分別諸法一切自然是爲慧業合集由路通暢無滯是爲智本若以識別浮筏譬喻其非法者立之於法是爲慧業明識苦集而修道業是爲智本明證盡諦智本無盡是爲慧業諷誦經典識其句義是爲智本已通經典而能奉行是爲慧業一切所聞皆能執持是爲智本遵仰衆義不違其理是爲慧業於受音響而無所著是爲智本順其經典而識正旨是爲慧業觀諸萬物一切無常是爲智本而悉曉了於無所行一切諸法是爲慧業觀諸萬物一切皆苦是爲智本一切諸法計本空無是爲慧業察一切法而無吾我是爲智本觀諸衆生本悉清淨是爲慧業聞眞諦法不懷恐怖是爲智本分別諸法之所歸趣是爲慧業觀察寂然泥洹憺怕是爲智本一切諸法本淨寂滅是爲慧業聞於經義不懷猶豫畏懼之難是爲智本曉了義理知其止歸是爲慧

業聽如審法不疑沉吟是爲智本分别辯才剖判其本是爲慧業於一切音聽不恐懼是爲智本隨時宜暢各令得所是爲慧業聞佛辯才不懷弱怯是爲智本識其辯才而徧頒宣是爲慧業爲衆生故慈奉法行是爲智本不捨慈愍以慈加衆是爲慧業自爲已身亦爲他人而興愍哀是爲智本俱於二事而無所著發無盡哀是爲慧業愛喜道法而懷悅豫是爲智本不舉不下無所違失是爲慧業離於結縛危害之事而以觀察是爲智本曉了已身舉動進止是爲慧業常念於佛心無他思是爲智本明識法身而無所倚是爲慧業常念經典識其義理是爲智本而能分别離於欲法是爲慧業常念聖衆供養諸道是爲智本逮於無爲觀察無塵是爲慧業常念惠施濟諸窮厄是爲智本捨一切塵而順道意是爲慧業常念戒禁而自謹慎是爲智本而已習行於無所行識别禁戒是爲慧業常念於天使意開解是爲智本其法清淨離於穢塵是爲慧業若有所聞覆疏其義是爲智本與諸世俗無所覆校是爲慧業所作事業安諦無失是爲智本而悉曉了無作無報是爲慧業不懷貢高而不自大是爲智本得無極慧而成大智是爲慧業所行爲已自省其身是爲智本爲已亦及二事俱興是爲慧業若能執持八萬四千諸法經藏是爲智本分别八萬四千諸行是爲慧業曉了隨時而宣經典是爲智本如應講經無所違失是爲慧業開化衆生建立於道是爲智本智度無極善權方便教誨衆生立不退轉是爲慧業未

曾畏懼五趣所生是爲智本所生之處多所將護是爲慧業精勤自修逮音響忍是爲智本常以修行無所懷生是爲慧業自將其節得柔順忍是爲智本若已逮得不起法忍是爲慧業發意勤修不退轉地是爲智本超然進前阿惟顏地是爲慧業其行已成坐佛樹下是爲智本所當曉了斷除疑礙解是平等皆以一時發心之頃隨時順義成於無上正眞之道爲最正覺是爲慧業佛欲重宣暢此義爾時頌曰

若聽受其法 啓問無放逸 斯清淨衆人
諮奉於智本 聞之則能演 慈心布諸民
其菩薩殊勝 爲造慧之業 善意而思惟
是爲明智本 分別說所行 是爲慧之業
行如所順念 是則爲智本 此行爲人說
是爲慧之業 逮心無所生 此則爲智本
心行無所起 是爲慧之業 淨修正眞行
是則爲智本 宣暢造所行 是爲慧之業
專一寂道行 是則爲智本 身心不計我
是爲慧之業 畏難生死習 是則爲智本
愛樂一乘道 是爲慧之業 好樂寂然觀
是則爲智本 思惟明脫事 是爲慧之業
精勤三脫門 是則爲智本 明證三達智
是爲慧之業 精修四意止 是則爲智本
念無意無我 是爲慧之業 棄惡修善行
是則爲智本 本淨除此法 是爲慧之業
勤致四神足 是則爲智本 不貪習神足
是爲慧之業 篤信淨解脫 是則爲智本
度一切罣礙 是爲慧之業 精進不倚息
是則爲智本 身意已休息 是爲慧之業

其志了安詳　是則爲智本　不住一切處
是爲慧之業　自覺識定意　是則爲智本
行本淨正受　是爲慧之業　善建立五根
是則爲智本　知衆生諸根　是爲慧之業
奉行於五力　是則爲智本　殷勤得聖慧
是爲慧之業　覺意柔順忍　是則爲智本
解了一切法　是爲慧之業　勤修道精進
是則爲智本　棄捐法非法　是爲慧之業
方便若自然　是則爲智本　於證不滅盡
是爲慧之業　修持隨義典　是則爲智本
導御從義理　是爲慧之業　不猒倦諸聞
是則爲智本　履順其要行　是爲慧之業
如應求其義　是則爲智本　奉行於聖達
是爲慧之業　不倚於壽命　是則爲智本
所念如法教　是爲慧之業　求觀物無常
是則爲智本　於是知無生　是爲慧之業
信脫萬物苦　是則爲智本　諸法悉無爲
是爲慧之業　解諸法無我　是則爲智本
其性以清淨　是爲慧之業　信脫泥洹寂
是則爲智本　衆生永滅度　是爲慧之業
觀察其義理　是則爲智本　覺義而分別
是爲慧之業　若篤信經典　是則爲智本
暢達於經法　是爲慧之業　不畏一切害
是則爲智本　曉了諸歸趣　是爲慧之業
不離佛辯才　是則爲智本　曉了自恣說
是爲慧之業　建立衆生慈　是則爲智本
得無緣之慈　是爲慧之業　哀己及他人
是則爲智本　不想著我人　是爲慧之業
常得歡喜悅　是則爲智本　不悦無所起
是爲慧之業　不造爲恩愛　是則爲智本

心不得二脫　是爲慧之業　其意常念佛
是則爲智本　若隨法身教　是爲慧之業
常思惟經典　是則爲智本　明識法報應
是爲慧之業　念聖衆功勳　是則爲智本
若覺了無爲　是爲慧之業　若心好布施
是則爲智本　設捨一切塵　是爲慧之業
思戒甚清淨　是則爲智本　住無漏之禁
是爲慧之業　念於大神天　是則爲智本
若念淨復淨　是爲慧之業　所聞而覆疏
是則爲智本　不與世同塵　是爲慧之業
善修謹勑業　是則爲智本　作於無所作
是爲慧之業　謙遜不自大　是則爲智本
不計吾有慧　是爲慧之業　已身常精勤
是則爲智本　爲衆生造行　是爲慧之業
若持諸法藏　是則爲智本　曉了衆生行
是爲慧之業　度一切諸惡　是則爲智本
歸三處衆生　是爲慧之業　惠施爲仁愛
等立益衆生　開化使離穢　是爲慧之業
皆以等利之　視如佛功德　正士則如是
是爲慧之業　畏所有熾然　是則爲智本
思惟生於彼　是爲慧之業　不瞋得盡慧
是則爲智本　興無所生慧　是爲慧之業
若得音響忍　是則爲智本　其行如所念
是爲慧之業　致柔順法忍　是則爲智本
無所從生忍　是爲慧之業　住不退轉地
是則爲智本　得阿惟顏地　是爲慧之業
坐於佛樹下　是則爲智本　已逮諸通慧
是爲慧之業　計其智之本　是曰爲道心
依怙於此心　所作爲慧業　常諦住道心
則能不動轉　是業爲慧事　所行常隨時

若修行佛道　是心道之本　佛神力如是
亦分別辯才　若於無數劫　咨嗟此功勳
佛德及光明　不可得邊際　其過去諸佛
現在亦如是　若當來安住　十方不可計
其有欲供養　此無量最勝　當順隨道心
則成無放逸

佛說於此智本慧業時十方無量諸佛國土六返震動寶嚴高座亦復如是於是智積菩薩前白佛言唯然世尊今者何故十方世界不可計會無數佛土六返震動其虛空中所立高座亦復如是佛言族姓子是智本慧業經典要品過去如來之所歎說往古世時智積菩薩在於虛空多所持護啓問如來佛爲解答是故地大震動光明普照

智積菩薩品第二十六

爾時有菩薩名逮分別辯前白佛言智積菩薩何故號曰爲智積耶佛告族姓子乃往過去久遠世時有佛號名首寂如來至真等正覺明行成爲善逝世間解無上士道法御天人師爲佛世尊世界曰精勤劫名阿摩勒其佛世界安隱快樂衆生無患首寂如來諸菩薩衆四萬二千諸聲聞衆八萬四千皆悉恭恪謙卑順教其佛辯才以方等經爲諸菩薩與百億難歌頌悉周告諸菩薩汝等正士誰能堪任受百億難一一解說而發遣之彼諸菩薩又報佛言過今夜已當發遣之或言七夜或言半月或言一月思惟然後乃能發遣各各自思白世尊義時彼衆會有一菩薩名曰覺意前白佛言惟願大聖我不起坐不整威儀無所思察於如來前今尊證明悉當發

遣所可難議時此正士適師子吼三千大千世界六返震動其大光明普照世間以此威光告地上神四天王天忉利天焰天兜率天無憍樂天化自在天上至魔界天梵天梵身天梵滿天梵魔著天大梵天光曜天尠光天無量光天光音天嚴淨天尠淨天無量淨天難及天善見天善勝天離果天一善天空慧天識慧天不用空慧天有想無想天悉來集會諸比丘比丘尼童士童女不可稱計亦皆來會及諸十方諸所千界悉來住立於高座前時覺意菩薩見諸大衆悉來集會承已福力意強覇力及總持力分別辯力無所畏力奉佛威力在於佛前諸衆會中取百億難一一諸難與百億義而發遣之不轉其時不移其座亦不起立不動膝脚所說流滑義不差錯聞者坦然若冥覩明同時會中六萬人衆皆發無上正眞道意八萬四千菩薩逮得無所從生法忍首寂如來則讚之曰善哉善哉其音應時徧告三千大千世界其地上神上至淨身諸天之衆皆聞其聲悉共咨嗟今此菩薩乃能發遣百億衆難當號名之爲智積也族姓子智積以是之故名曰智積欲知爾時覺意菩薩豈異人乎莫作斯觀所以者何則是智積菩薩也

歎品第二十七

於是總教王菩薩前白佛言未曾有也世尊諸佛世雄乃能善決於是淳淑無上正眞之道暢其文字不可限量入無限義難受難持解了深妙十二緣起不能勤學亦爲甚難其二行者無能及者是六情難滅坐有所著推

不能解非是下劣聲聞緣覺地所能逮者是菩薩行印一切法覆校法界則以平等猶如虛空無有作想悉無所著越所希望別衆生行曉了一切報應之緣而復頒宣智度無極廣修善權奉淨寂句逮得神通以等行故入佛一門無有差特不爲若干等定如空黨無等倫等無所等諸佛平等離於二事修行滅寂去諸文字導御於衆令分別解暢其音響於義無獲所得等習奉行三寶講三脫門度於三界曉了三達興發自在譬喻定意則能建立諸佛之法懷來佛慧饒益一切諸佛所歎唯然世尊若族姓子及族姓女有能信此去來今佛如是比像所講道義無量之慧以信樂至發無上正眞道意將護正法聞如此經典之要持諷誦讀具爲人說得福無底則於如來爲有返復孝順報恩佛言如是如是族姓子如爾所云若族姓子族姓女佛目覩見十方諸佛所現國土滿中七寶持用奉施如來至眞等正覺若復有人持是經典勤諷誦讀具足講說爲衆宣傳殷勤精進啓受正典敬懷行之而不違斷三寶之教如是行者德超于彼不可稱限於時世尊說此義巳歎此頌曰

吾以佛眼　觀諸國土　諸如來等　如積紫金
供諸如來　福尚尠少　若聞此典　功德乃廣
其有應器　得聽斯經　深奥玄妙　第一至眞
巳具即受　持諷誦讀　計此功祚　爲最上尊
最勝若此　常住於法　從法養生　不從衣食
是故當奉　安住之法　則爲孝順　報諸佛恩

爾時世尊告衆一切諸會菩薩誰能堪任受

是過去當來現在諸佛世尊無上正眞道法之護吾滅度後於五濁世時俗憒擾能傳此經使廣流布令其正法住在久存應時彼會六萬億姟諸菩薩衆同時舉聲而歎頌曰

五等衆人 僉共堪任 將護如來 無數億劫
百千那術 所集無上 正眞道教 於後末世
當廣宣布 又復大聖 惟加威恩 建立神德
令此經典 於後末世 使廣流布 令衆生類
咸共奉命 宣令人民 得植德本 已積德者
耳得逮聞

於時世尊即歎頌曰

正覺言至誠 住於眞諦法 以此建誠信
順立于斯經 彼於無盡哀 而住無極慈
演愍傷衆生 故建立斯經 成就功德品
越諸聖慧黨 普入諸所行 故建立斯經
降伏一切魔 消化諸異學 壞一切邪見
故建立斯經 四王天帝釋 梵王演布施
天龍犍沓和 故建立斯經 地神虛空天
雜碎諸小天 見佛多所達 當奉持此詔
修於四梵行 四諦自莊嚴 將護於所部
故建立斯經 虛空無色像 令無色有色
佛之所建立 無能動移者

於時四天王異口同音則於佛前以頌讚曰

吾等順此典 佛威所將護 子孫及眷屬
還逐而侍衛 若有受持者 精勤於道教
我等當奉事 四面營翼之

於時天帝釋則於佛前歎此頌曰

吾等報佛恩 當護導師法 是神妙經者
行者得成佛 我等爲諸佛 孝順報護經
將養如是典 以此奉持法

於是梵三鉢天王則於佛前歎此頌曰
其不習放逸　越度一切乘　悉從是經生
深奧義殊絶　當捨梵天安　設此經所在
當故往聽受　亦當隨營護
於時兜率天王則於佛前歎此頌曰
其一生補處　從兜率天下　便當奉持此
佛所說經典　世間我堪任　棄捐天安樂
遊住閻浮提　聽說此經典
於時魔子導師則於佛前歎此頌曰
以畢魔罪業　不復從害教　其受持此經
識義而奉行　我當擁護此　如來之經典
令興其精進　普使具足獲
於是魔波旬於世尊前歎此頌曰
吾於衆生類　不復爲敗亂　其有受持此
攝壞衆欲塵　諸魔不得便　說此經典者

諸佛所建立　吾當將護之
於是須深天子於世尊前歎此頌曰
諸佛之正道　此經悉演說　若有持斯經
則奉一切佛　我當執此典　爲億數天讚
勸助發道意　聞者則遵行
於是彌勒菩薩於世尊前歎此頌曰
若有志有道　其慈不須屬　擁護一切法
自出意布施　吾詣兜率天　佛之所建立
如是正像經　當令普流布
於是耆年大迦葉於世尊前歎此頌曰
吾等慧薄少　聲聞之所說　當任其勢力
執持世尊法　若有受持此　當往侍衛之
堪以宣辯才　讚之爲善哉
於時舍利弗於世尊前歎此頌曰
法猶如虛空　世護之所說　吾當將養之

奉敬斯正典　若所在方面　奉持如是經
住在於後世　將念一切族
於時耆年大目揵連於世尊前歎此頌曰
世尊今現在　清淨諸衆生　以持此經典
察義觀奉行　於百千劫中　終不歸惡趣
已受於佛決　則爲法王子
於是賢者阿難於世尊前歎此頌曰
我面於佛前　聞無數千經　從本未曾有
聞如是此經　今已遭此典　親從聖諮受
當令普流布　爲求佛道者
爾時世尊咨嗟釋梵護世四天及諸天子菩薩聲聞善哉善哉仁等諸正士汝等乃能擁護正法又如是比演師子吼今我重囑於正士等殷勤委累其有衆人志於大乘未得法忍若遇如此建立經典受諷誦讀常與如來而面相見如是不久當得其決成於無上正眞之道若聲聞乘受佛此經當於彌勒如來至眞第一會數若緣覺乘以此經典持諷誦讀吾滅度後雖無所聞成緣覺道佛說於此總教王菩薩所問經典義時無央數人皆發無上正眞道意不可計會諸菩薩衆立不退轉地不可稱載諸菩薩等逮得無所從生法忍無限世界六返震動其大光明普徧十方天雨衆華其於十方來會菩薩咸供養佛奉敬正典普及一切寶嚴高座化作寶華而俱舉聲宣暢功德吾等善利獲無極慶身自親近得至於此逮聞如是決疑經典當令世尊釋迦文尼延命久壽長存於世使此經典存閻浮提當永流布其比丘比丘尼童士童女受持如此比像經者是等亦令當蒙擁護亦

使長壽常以弘恩加益衆生悉蒙得度

囑累品第二十八

於是總教王菩薩前白佛言至未曾有世尊善分別說此經典義所演微妙其辭璨麗菩薩元首所當行者降制一切諸魔異學方便隨時導御諸典而復悅可得衆生心出生一切諸乘之行悉入如來無極功勳親具諸願顯現大道是經典者所名爲何云何奉行佛告總教王菩薩是經號如來大哀佛所宣教當奉持之聞如來善莂未曾虛妄當奉持之佛說如是總教王菩薩十方世界來會開士諸大弟子釋梵四王天龍鬼神揵沓和阿須倫迦留羅眞陁羅摩睺勒比丘比丘尼童子童女一切衆會諸天世人聞佛所說莫不歡喜

大哀經卷第八

音釋

棚 薄庚切棧閣也　筏 房越切簰筏也　猶豫 豫羊茹切猶豫多疑不决也

寶女所問經

西晉三藏竺法護譯

清刻龍藏佛說法變相圖

寶女所問經卷第一

西晉三藏竺法護譯

寶女所問品第一

聞如是一時佛遊於如來寶淨高座則爲如來之所建立積無極德以爲莊嚴所遊道場佛慧報應蠲除所行升菩薩宮講無量頌如來所歎顯立威變聖導無礙普有所入志存微妙好誘進行等過去慧於當來劫弘大究竟其德無量順平等覺善轉法輪無限之首諦分別慧於一切法而得自在悉覩衆生心之諸根度于彼岸曉了方便斷除諸著邪業之行爲造佛事莫不篤信化令寂定與大比丘衆六百萬人其心調和削除罣礙塵勞之欲乃爲如來法王之子修深妙法興發道化無有顛倒威儀顯曜成就聖路爲大衆祐如

來安詳獲善究竟復與菩薩大聖衆俱無量無限不可思惟浩浩大會行無所拘諸菩薩等斯須之間尋能超越無量佛國便設權宜供養奉事十方如來有所諮啓聽受經典不以猒倦而常精勤勸化衆生智慧善權以用超殊至于彼岸得度無極而以建立無礙脫門便得超越一切衆想望報羅網近一切智諸通之慧其名曰明天菩薩選遊步菩薩擇戰鬪菩薩照明藏菩薩蠲慢意菩薩踊步菩薩眼觀菩薩雷音菩薩離宜菩薩如是等類諸菩薩衆不可限量無邊無際不可引喻爾時世尊歎詠菩薩所坐道場其法名曰無陰蓋辟一切菩薩徑路清淨諸佛之法力無所畏具足究竟聖慧之事於諸法典而得自由總持之門所入法印敢可遭遇決衆法門聖通無極超入於慧不退轉輪說不迴還諸乘平等所道無二遊無所壞一品法界而分別說衆生心想所入之慧獨步堅強決了諸法滅除一切諸魔之場已度衆患隨應順法律化衆塵諸邪之見入無限慧方便勸助行無邊際咨嗟權慧十方諸佛所共宣暢達無希望行無所礙無處之門分流興隆一切諸決了了如應而等普入有想無想體解聖達遊于深妙緣起之事明達道業無極德慧身口意業而以莊嚴於此三事心行所歸智慧無盡越諸聖諦壞聲聞乘身心憺怕闡演明哲教化緣覺致諸通慧導利大乘入于道品於一切法而得信忍宣揚如來所因與德講說分別誦讀宣現智慧教授闡示流布靡不周遍爾時世尊講說於斯善慧法典宣弘普頌

時衆會中有一女人名曰寶女即從座起右手執持妙珠瓔珞白世尊曰唯然大聖如我所言至誠不虛設此衆會佛所說法大士所講吾能具足持斯經典普於十方流布弘廣勸無量人於此法寶建立無上正眞之道如是所誓不改易者如來威神使斯貫珠顯示聖旨於時世尊因衆現變令諸菩薩皆於其上化成樓閣珠交露帳斯諸正士然後來世成正覺時如其佛土微妙嚴淨佛道場樹當使於今現此瑞應衆寶樓閣珠交露帳令斯會者覩其嚴淨悉皆悅豫於時寶女前詣佛所則散珠瓔散珠瓔已佛之威神寶女之德誓願至誠在於佛上及諸菩薩上虛空中化成樓閣珠交露帳辟方弘廣若干種變奇特殊妙周帀平等莊嚴校飾分布安處正無傾邪時諸菩薩各心念言如我等身本往古時志所誓願當令吾等佛土嚴淨道場覺樹亦復如是斯諸菩薩如心所念各各自見交露樓閣適覩此已怔未曾有前白佛言甚爲難及天中之天其寶女者所建立力能爲我等顯現瑞應無央數劫所發志願令此寶女一心念頃悉令現矣世尊告曰如是正士如汝所言寶女發意如志所建行道已來於六十二百千億姟諸佛之所植衆德本乃致若玆至誠所建眞實誓願以是之故今斯寶女如其所誓被德之鎧尋便成立諸正士等又寶女者設欲志願於斯三千大千世界普雨天華悉令周滿則如所言輙雨名香擣香澤香雜香衣服饍饌設復欲令幢蓋繒幡自然莊飾周遍虛空尋如意成若復欲令天地火灾

自然興者若復水灾則如所言便有火灾自然水灾設復欲令水灾火灾蠲除還復如其所志悉能致之設欲令此一切衆會悉自然變形體被服如轉輪王尋悉能成爲四天王形體被服天帝形像梵天顏貌大神妙天姿容之像比丘比丘尼清信士清信女色像顏貌則如所言悉能成之正使欲令變恠現化億百千魔一一魔者手各執持百種刀仗令此衆魔堅住不動不設刀仗悉使化成若干品種諸珠瓔珞須曼衆華思夷之華皆輙如言若復欲令玄絶曠野自然變有飲食衣被爲大城郭十八億家遊居其中如其所言皆能致之三千大千世界所有形像欲令顏貌皆成如來尋輙如云若復欲令一切衆會處在虛空悉當如言設族姓子斯寶女身欲令

無量無限無有邊際佛之境界諸佛世尊所說經典於虛空中皆爲通達具足衆德普聞音聲如佛所言無有缺減十方佛辭亦如所說但能宣暢於是寶女立願之力神足變化普示現之如此色像則於佛前說是頌曰

以寶爲業　執妙聖珍　演說豪尊　無量道德
則以蠲除　塵欲瞋結　乃布惠施　七覺之寶
以寶光明　照衆窈冥　若干品類　明月珠曜
尊上奇珍　寶英最勝　今以瓌珠　恭奉安住
假使碼碯　首藏明珠　焰光之珠　無垢藏珠
日月之明　所出光暉　蒙尊所照　而悉覆蔽
觀能仁身　無能限量　所荷之祐　致獲十力
住立斯土　極至上界　覲察聖體　轉顯加位
一切衆會　各各見佛　悉自念言　尊在我前
皆從方面　悉見佛顏　紫金縱容　無比之貌

正使坐時　臥寐經行　若復現在　處衆會中
言辭若默　樂立禪定　威儀無比　聖智無限
一一毛孔　所演光明　則能等照　一切十方
身如蓮華　最勝弘普　猶如志性　令意寂然
常立誠諦　所云眞實　如口所言　遵行相應
曉了分別　諸法之義　稽首道備　得度彼岸

爾時寶女以此頌偈讃佛德已白世尊曰我身今欲諮問如來於斯經典章品之句志所趣向設見聽者乃當自陳佛告女曰恣所欲問吾當爲汝分別說之令心悅豫於時寶女見佛聽之歡喜踊躍白世尊曰何謂菩薩常懷至誠云何如來爲諸菩薩說眞實辭何謂菩薩而應順法云何如來爲諸菩薩講說經典何謂菩薩尋應威儀云何如來爲諸菩薩而說義趣何謂菩薩奉順律教云何如來爲諸菩薩講決律事佛言善哉善哉寶女所問欲暢仁賢眞要辯才諦聽諦聽善思念之唯然世尊願樂欲聞於時寶女受教而聽佛告寶女菩薩有三法常懷至誠何謂爲三未曾欺佛不自欺身亦不欺誑一切衆生何謂菩薩欺於諸佛而欺已身及與衆生假使菩薩興發無上正眞道意志慕聲聞緣覺之地而誓求願意甘樂之是爲菩薩欺佛已身及與衆生何謂菩薩不欺諸佛已身衆生假使菩薩發大道意設令勤苦遭衆惱患爲諸魔衆所見嬈試爲諸外道所見逼迫毀辱誹謗而戲弄之百種罵詈撾捶危害虛妄之事而以加已志性寂然不起怨結不懷怯弱不惑迷誤不恐不畏不以憂慼不以爲恨獨秉一志志性堅強平等之行不捨道意恒執慧心珍

寶之心常懷道心一切世間最尊第一又復發心爲諸衆生救護歸命令得超度所興之心而無等倫無以爲喻不退不捨不在餘乘常立一志樂於佛道導御法輪令諸群萌悉得面見現於諸力與顯如是行步舉動遵修精進終不破壞他人言教是爲菩薩不欺諸佛不自欺身亦不侵欺一切衆生假使菩薩不欺諸佛不自欺已不欺衆生是爲菩薩第一至誠彼以四事不欺諸佛順于堅固而應威勢所爲力強精進慇懃復以四事不自欺身志性仁和質直其心無有諛諂亦無虛詐彼以四事不欺衆生方便應病慈心愍哀加以四恩是爲菩薩第一至誠不捨道心而不違失往古之願佛復告寶女曰菩薩至誠謂口寂然誰於言語所說無缺口辭眞諦在於獨處若大衆中言常至誠不以國故而兩舌也不以珍寶具足貨業而欺虛言不以父母親族貪財惜費而兩舌也佛語寶女有三十二事口辭清淨何謂三十二蓋慚造惡常懷恥媿等修於善不爲劣惡不索譏謗不爲卒暴教化諸天不興恐懼燒諸惡趣開演善歸賢聖所命恭奉明智其內清淨善修於外而受言教分別言辭言無鞅說口演柔軟言語殊特口暢香潔而隨教命無有欺詐無有惱熱造業可愛內無有失外亦無誤不爲罪業造衆祐地樂於佛道傳語至誠言輙獲利是爲口淨三十二事也佛告寶女所謂至誠求願具足所以者何悉布施者爲菩薩道無慳貪故斯成志願一切所有設能惠施覩是已後此則至誠清淨之戒爲菩薩道不爲毀禁

斯成所願假使戒禁具足清淨覩是已後此則至誠建立忍力爲菩薩道志不懷結斯成誓願其忍辱者此爲柔和覩是已後則爲至誠遵修精進爲菩薩道不爲懈廢斯成所願設能普行一切德本覩是已後則爲至誠建立禪定爲菩薩道不爲亂心斯成所願設能懷來習一心者覩是已後則爲至誠建立智慧爲菩薩道不爲邪黠斯成所願曉了聖慧覩是已後則爲至誠四意止行爲菩薩道不爲放逸斯成所願意已寂定覩是已後此則至誠四意之斷爲菩薩道不興衆惡心若滅除斯成所願覩是已後此則至誠四神足行爲菩薩道無有不達以能飛行斯成所願覩是已後此則至誠五根之事爲菩薩道諸根寂然無有錯亂斯成所願諸根憺怕覩是已後此則至誠五力之行爲菩薩道不爲無勢具足十力斯成所願覩是已後斯則至誠七覺之意爲菩薩道無所不了以能覺達諸情不起斯成所願覩是已後此則至誠八聖道行爲菩薩道無有邪徑設處聖路斯成所願覩是已後此則至誠四恩之行爲菩薩道不爲無救攝諸危厄斯成所願覩是已後此則至誠修四梵行爲菩薩道不爲天人慈悲喜護救濟群黎斯成所願覩是已後此則至誠神通之慧三達之智正觀寂寞爲菩薩道無諸瑕穢衆行普具斯成所願覩是已後此則至誠具足一切諸德法本爲菩薩道不爲無度蠲除一切諸不善法斯成所願設能宣備仁賢之法覩是已後此則至誠佛告寶女菩薩亦當翫習奉行賢聖之諦知於苦慧斷於

所習曉了滅盡修行聖路彼所何謂知於苦者分別五陰無所起故斷於習者於五陰愛無所習故究竟思惟無所習行其爲脫門無所遊居不懷所施其無所懷則於過去而無所至設於過法無所至者彼則正法無所蠲除已於諸法無所除者是爲斷習彼知滅盡一切想著所與方便覩究竟盡其滅盡者爲不復壞怨於生死等於所有終始均平於一切法而無增減已等觀者斯爲曉了滅盡之慧彼察平等於八正路則能等療無所想念而無邪想求諸塵勞無有吾我已無吾我便無所受則無所生所造業者悉能善修於一切法是則名爲賢聖路矣假使於斯至誠之慧曉了一切皆暢衆生亦無有內亦無所證是爲菩薩之至誠也佛說是至誠教時一萬菩薩具足聖慧逮得法忍佛告寶女何謂菩薩應順於法御行如法則隨法教思惟於法法爲志性恭敬於法遵修法行欲慕於法樂於法樂多存於法法爲妙英法爲刀仗被法之鎧誓法自嚴修法光明法之庭燎常志法念以法爲意遊步於法分別經典方便應法遊步法行法爲卧寐法爲威儀將護法事以法布施法爲財業法無有盡普弘演法法爲嚴辦常修法身法爲言辭思惟法念而不放逸如是比類遵修法行具足成就而順法主不爲非法彼爲何謂順法主者設使如斯至誠眞諦被佛法鎧以法爲護恭敬聖衆慇懃聽經樂於道意積累衆善不捨至眞志性本淨而無所著不違而應見諸賢聖習衆善友常行恭敬隨其示現離於憍慢多所咨嗟遊

在法會至心聽經慕求法典不以猒足講說道義則不懈倦而於經法無能爲師念報恩慈以有返復所作成辦處於閑居而無恐懼賢聖之教無所犯負不捨止足順從十善咨嗟布施勸助佛道奉於禁戒忍辱爲力導修精進而不怯弱禪定寂然遊入智慧興隆道化顯揚善權慈多所護入於愍哀悅豫行喜喜護二事而順至誠所可遭遇以善爲業興發神通導利正法在所遊至以法惠施於四意止不忘失志四意斷者導修平等四神足者現在究竟諸根明達修治諸力曉了諸覺超越徑路入于寂寞觀察所行眞諦之慧聖明解脫須宣暉曜順諸聲聞隨其本地教化緣覺咨嗟一切大乘之德則以應誼而理緣起便於空無無所恐畏遊于無相則無所著觀察無願五陰如幻觀諸四種亦如虛空又諸入者本淨悉空七財之業導修六念樂於六度行無極度而獲五眼第一之義常自將護多所超度善修道業等心一切衆生之類歌頌一切無量諸佛功德之法佛告寶女順法菩薩不言有我不計有人亦不計命亦不念壽不思斷絕不覩有常不見所有若離不離之所覩者不釋邊際不倚中間不從朋友亦無諍訟亦無不和亦無偏黨不處顚倒不在邪見越度狐疑蠲除陰蓋諸所罣礙不違遠法亦不亂法不誹謗經不輕慢道不滅究竟一切諸法順道菩薩志存諸法具足經典所言至誠爲順法矣無所興舉於諸異學順法言者姦難邪行悉已滅矣於一切世而順法言菩薩順空行無所獲則無邪想無瞋恚

法順無願教而於三界悉無所行慇懃專精覩諸瑕穢順法菩薩則無所起亦無所滅則不受生本性清淨義在寂寞佛告寶女所謂法者則不可獲無有文字而無言說亦無辭章無色無見亦無所趣無有言誨亦無所教離心意識無有塵垢已離瑕疵遠於貪欲無有窈冥無所積聚則無吾我而無所受亦無所取離於所受無有境界便無差特於十方界而無所著則爲憺怕棄行身退不可覩見覺了懸曠亦無想念亦不思行抑制聖賢爲明智者所蒙開化無有所遭亦無不遭休息一切所可遇者則如眞諦三世爲空便無永没亦無終亡亦無退還亦無所生無所成就亦無毁滅亦無所有亦不不有亦無所成亦不不成亦無所行亦無所視亦無不見亦不離視亦不成相亦不不相則爲一相亦復無著離於所著亦無有餘無著無縛亦無所脫不是我所亦無所屬無所遵修亦無諸漏則無等倫亦無平等等無所等亦無至誠亦不虚妄不樂不苦亦不精進亦無不勤亦無所應亦不不應亦不專精亦無不精亦無名色亦無所起亦無不起不爲堅固亦無不固無所破壞亦無不壞不爲金剛亦不壞相則爲眞諦不違至誠而無別異亦無所遠亦無所近亦無像類無有倫比無有處所亦無有想亦不有此亦不有彼亦無差特亦無有内亦不有外亦無中間亦無所樂不度彼岸亦無所見亦無所聞亦無所念亦無所教亦無所知不至無知亦不有形亦不無形亦不有作亦不無作則離一切諸所有形是謂爲法如

是法者則無音聲亦無不聲亦無聚會無言無説是謂菩薩應順於法佛告寶女具足一切諸所言辭則爲順法其順法者未曾與人有所諍訟其順法者不輕慢他其順法者亦不輕易於未學者其順法者亦不偏敬學成就者其順法者不自稱譽亦不顯己其順法者不亂經典其順法者不以供養而説道義其順法者不爲他人興發狐疑其順法者終不訟説他人之罪其順法者不輕慢經其順法者終不妨廢他人經道其順法者終不覩見覺了諸法差特分數其順法者不覩諸法離於空者其順法者悉覩諸法不遠無常其順法者不覩諸法捨於無願其順法者不壞法界其順法者不動無本其順法者亦不超度於真本際其順法者亦不導御隨瞋恚也其順法者亦不御念於諸神識其順法者亦不導利有所倚著其順法者亦不思念計有人也其順法者不亂法義不違嚴飾其順法者不迷禪識不惑道義其順法者不毀正義其順法者不錯法品其順法者不迷於人其順法者不造朋黨其順法者亦不毀於緣起之事其順法者則無有勢亦無有法清淨因緣其順法者亦無慳悋塵勞之穢其順法者不毀禁戒其順法者亦不捨於毀戒之人其順法者無有懈猒瞋恚結恨其順法者不與懈怠垢濁之人而俱同歸其順法者不失道意其順法者未曾違壞智慧之本其順法者不求他人法之長短其順法者不用憎人猒於經典其順法者不用經典御於典籍其順法者不違律敬其順法者不違法律其順法

者亦不遵修而有所應具法非法其順法者不以心念而有所失其順法者不没經典其順法者不壞成就其順法者不取結縛其順法者不得生死其順法者不除無爲其順法者無有親友怨讎之想其順法者不毀報應所植之果其順法者亦不信樂罪福之應其順法者若加惡言則不念報其順法者不求鬬諍之瑕鈌也其順法者則不恣口其順法者將身口心不爲諛諂其順法者不以自顯欲令人見處於閑居其順法者不以供養之所貪利而現少事其順法者不以無欲而造凶僞其順法者不用他人及與已身演說佛道其順法者不與反教其順法者不以七財而爲貪惏其順法者不以糇粮而爲飲食其順法者亦不破壞嚴父種族其順法者不譏人短其順法者亦不稱譽已身之德其順法者不分別說佛之道德而有限礙其順法者咨嗟大乘不以懈猒是爲菩薩應順於法也

佛告寶女何謂菩薩尋應威儀所謂誼者無求名聞羸劣之誼遵修療治一切德本積累善誼志性超異興發道意合集空誼假使布施不望報誼顯揚一切諸安之誼不毀戒誼忍不忍誼精進之行一切所造則超度誼而以禪定爲寂寞誼則於智慧無猶豫誼遵修慈者等衆生誼設爲悲者則於衆生一切演誼其爲喜者歡樂法誼若爲護者於諸苦樂無動揺誼若布施者則無誨誼欣樂所生無所害誼造成誼者興法願誼平等誼者勸化衆生志于大乘而以四恩化黎庶誼一切萬物非常苦誼一切諸法無吾我誼於諸塵勞

至憺怕誼而於識者曉聖慧誼遊嚴飾事爲將御誼一切經典則爲帑藏導利典誼計人命音化以法誼若能了識覩達法誼說誼無盡分別經卷不壞法誼若覩順滅入無色慧而遭辯才隨其衆人應病說誼設布施業不以猒誼爲持戒業具足願故博聞之業奉要行故功德之業滿諸相故爲慧業者曉了一切群生根故寂然之業將心事故觀察之業通達智故四意止者制止志故四意斷者與顯一切功德法故爲神足者遊十方故具五根者不破他故亦不毀空也爲五力者而不錯亂諸塵勞故七覺意者曉了一切諸法之故遊求路者於一切法無結恨故成神通者究竟本末無缺漏故在彼如斯若兹像類順法誼者則爲究竟法誼之要若應此誼尋應威儀不爲非誼如是菩薩尋應威儀佛告寶女一切顛倒衆邪見滅則爲空誼行空菩薩爲順誼矣除一切想應以不應則無想故無想菩薩便順應誼離於一切三界之願則無願誼無願菩薩便順應誼休息一切諸所造行則無行故無行菩薩便順應誼捨遠所生一切滅盡則無生故無生菩薩便順應誼諸所起受以無所起則無起故無起菩薩便順應誼而以蠲除苦習盡道則爲盡故滅盡菩薩便順應誼一切諸法無有人命則爲無故無人菩薩便順應誼一切言辭音響之誼而不可得則爲故矣無獲菩薩便順應誼諸行清淨則誠諦故至誠菩薩便順應誼一切道品法無放逸則爲故矣無驕菩薩便順應誼一切所聞悉信奉行則爲誼也遵行菩薩便

順應誼一切諸乘由大乘故若有菩薩隨大乘教便順應誼佛告寶女無所壞者無若干事則爲誼矣一品類者若一味者則爲誼矣無所動揺若無所盡則爲誼矣無所行者不生不起則爲誼矣無所來者亦無所去則爲誼矣無所生者亦無所滅則爲誼矣無有二事不舉不下不高不卑則爲誼矣無所造作亦無有形則爲誼矣無所興爲亦無所有則爲誼矣無有同像無所勸教亦無有知則爲誼矣除於三瑕淨三道場平等三世三垢永除而無三塵則爲誼矣無所遊止無所缺失則爲誼矣無有怨敵爲憺怕行無有惱熱則爲誼矣無宴居行則爲誼矣無有宣布無有攝取常如應行則爲誼矣斷去來今無有諛諂則爲誼矣亦不想念正法非法除於有限無限有常無常平等之慧而超度去則爲誼矣於諸文字所應音聲而悉曉了一切本淨無有言辭則爲誼矣曉心意識無所宣暢而出家者則爲誼矣於婬怒癡塵勞之欲有想無想應與不應悉分别之而無想著則爲誼矣等於諸法而無若干不爲差特則爲誼矣空無相無願無所造作亦無有形則爲誼矣曉了第一至誠事者不有所信不仰他人不知相處則爲誼矣亦不勑教不著諸相則爲誼矣相如虛空寂靜之相則爲誼矣無所著相無所造作無所悦相則爲誼矣無所壞相如其無本眞諦無異無差特相則爲誼矣善開化相計陰如幻自然之相則爲誼矣其四種者爲法界相而不遊出經行外相則爲誼矣布施戒慧寂然善權無有相者則爲誼矣

興設至誠無欺詐相一切所有爲無所有則爲誼矣猶如金剛堅無壞相處於世間無所諍相則爲誼矣所作極善而諦究竟具足之相則爲誼矣一切普入而悉濟相無有陰蓋所向門相則爲誼矣等於諸趣入於一切諸法之相則爲誼矣平等無邪觀於平均無所有相則爲誼矣定意智慧因遊生相解度知見而爲慧相則爲誼矣依於聖相若有所知若教命相則爲誼矣如其眞諦曉發遣相等御一切諸法之相則爲誼矣假使菩薩如是具足所修之誼能說若斯諸誼事者則能分別一切衆誼故謂大士菩薩尋應威儀者也

佛告寶女何謂菩薩奉順律教如來講說而有二律何謂爲二殃罪之律決勞欲律彼何謂殃罪之律所言罪律思想之本不應順本無明之本愚癡之本顚倒之本無實之本虛僞之本貪身之本倚我之本著人之本懈怠之本無所捨本無所歸本狐疑之本慢恣之本難致慧本是謂殃罪之律何謂決塵欲律住無猶豫而無所念無有罪處亦不說罪不說方面不樂王者不爲塵埃無有慳貪亦無所見心無所起其志安雅離于滅盡則無所有無有處所亦無方面無有塵勞無有悋惜亦無所覩計如心者罪亦如之如其罪者一切諸法亦復如是無有根本亦無所住猶如心者不可攀引清淨鮮潔超諸所有寂然憺怕趣于滅盡斷絶休息生死患難信導聖教而秉一心無有猶豫志於同歸無有殃疊是則名曰決塵欲律佛告寶女何謂塵勞何謂決欲律所言塵者謂婬怒癡無明恩愛及以

所受諸有十二所趣有爲因緣之行是曰塵勞所決欲律究竟開化一切諸法所以者何則以空事開化諸法彼無欲行無恚恨癡則以無相開化諸法亦無翫習行衆塵勞則以無願化於諸法彼則習行諸德善事於一切行而無所行以無所有化於諸法以無所行導利諸法彼於所造而無所行一切諸法依倚因緣於一切見無所遵修假使於此十二因緣有所歸趣平等諸法於一切勞則無欲塵本末寂滅所云空者俗與道空以是之空一切塵勞欲事亦空假使以空等於道者是決欲律其有言曰彼典主律自開化者乃名曰律其能知已自化身者則能曉了開化欲律何謂開化已身之律其能分別於我不我知身自然解已憺怕了已如實曉於已身無所瞋恨分別身空已無所有曉已無本了已無獲分別已身而不動摇分別已身無有倫比曉已無生亦無所起其有了已分別如是則了塵勞而無有本亦復若斯如無有我而想有我彼則顛倒設如是者已無塵勞而起勞想是爲顛倒又如吾我本淨無身如是欲塵則爲本淨無塵勞也其有曉了如是觀者是決欲律彼亦不化過去欲塵亦無當來亦無現在所以者何不習諸行亦不復念塵勞欲塵其於已身無所習行無所念者則無過去亦無當來亦無現在又如心者無有色像則無有内亦無有外亦無所得欲塵如是則無色像亦無有内亦無有外亦無所得無所得者則無瞋恨亦無諍訟無所滅除亦無所造無所不造亦無所作亦復不作一切欲塵

其有遊此於諸欲塵了別恩愛而無所有亦不離有是則名曰決欲塵律佛告寶女假使菩薩曉了如是開化欲律則能教導衆人欲塵而說法矣是則名曰奉順律教佛說是至誠眞教之法隨誼奉順律事一萬菩薩得不起法忍寶女欣然志懷踊躍善心生焉前白佛言未曾有如來快說此至誠法歎詠誼律設使菩薩奉行如斯則爲第一無所諍訟便能蠲除衆生所訟則順經典

寶女所問經卷第一

音釋

憺怕 憺徒覽切怕白各切憺怕恬靜無爲貌 姟 古哀切十京曰姟 鎧 可亥切甲也 蠲 圭淵切除也 窈 伊鳥切深遠也 瓌 姑回切火齊珠也 嬈 乃了切戲弄也 庭燎 燎力照切庭燎東葦樹之於庭爲明也 糇 胡鉤切乾食也 誼 宜寄切與義同 帑 他囊切帑所藏也 舋 許刃切隙也

寶女所問經卷第二

西晉三藏竺法護譯

發意三十二寶品第二

爾時賢者舍利弗問寶女曰今者女身豈能修於至誠之法誼律行乎寶女荅曰唯舍利弗其至誠者無有言辭法者無欲誼不可獲計於律者身心寂然又如彼者不可發遣亦無所受唯舍利弗其至誠者則滅盡相法憺怕相誼離嚴飾律解脫相以是之故不有言辭亦不可說唯舍利弗至誠無本法無差特誼無有二律無造誼以是之故不有所說亦無言辭不可讚詠時舍利弗復問寶女女所執寶爲何等類而爾名曰爲寶也於是寶女荅舍利弗菩薩則以三十二事而現目前興發寶心一切聲聞緣覺之乘所不能及何謂三十二事救濟一切黎庶之類皆令興發諸通慧心不斷佛教則發寶心將護法教則發寶心亦不斷絕聖衆之令則發寶心勸導衆生立賢聖安無極之珍則發寶心蠲除黎庶塵勞之欲去諸惱患至于大哀則發寶心一切所有奇珍異寶悉能捨施內外所有璝琦之物無所貪惜則發寶心自能護己禁戒善行能以救濟毀戒之人則發寶心忍辱之力和雅安詳精進合集令諸瞋諍恚猒怒害貢高自大懷結之衆群黎之類恃怙力勢欲有所加使興忍辱而令衆生觀于道法忍辱之力則發寶心不怯不弱亦無懈怠堅固慇懃永不迴還於大乘行而不懈倦開化懈怠衆生朋黨令大精進則發寶心心意專精而修一行同等禪定三昧正受所歸差特開化衆

生令於欲界而無所著以權方便退還於禪則發寶心智慧分別破壞一切諸窈冥法猶如眞正而無有二入於一品感動聖達則發寶心等心一切而無加害道無若干尋以一味爲諸通慧則發寶心離諸結滯而以本等有爲無爲有形無形亦無歡欣不離寂然心無熈怡善住安諦意不動搖苦樂不移將護群黎則發寶心離於恐懼於深緣起十二相連奧妙之誼而無所畏所常度者曉了超越不取諸見則發寶心積累功德而無厭足周滿相好則發寶心常志好樂欲見正覺而不違遠恒覲諸佛則發寶心求聞經法聽省典籍稱量誼趣則發寶心如所聞法可講說者發無量心所與諸法無所師受則發寶心建立所行覲毀戒者而以恩濟則發寶心其無所學志存新學而不輕慢則發寶心捨于貢高自大甚慢邪憍之心卑下謙順而受教命自屈稽首一切衆生則發寶心志存微妙諸根明達蠲除卑賤下劣之乘信樂大乘直心向道則發寶心離於魔事除去塵勞潔淨清白而無垢濁使無瑕疵貪欲染汙乃以永除樂處所有不以懈厭則發寶心而常專精行在憺怕秉閑居德身心寂然澹虛之行亦不汙穢生死之難志于大哀則發寶心於是菩薩捨於己身一切之安欲安天人開化衆生遭苦患者於衆惱熱不以懈倦則發寶心斯菩薩者光明寂然而如勢力逮無漏法觀於解脫如察己掌假使欲令而不遠捨所有之事悉欲具足十方諸佛之法則發寶心斯爲菩薩非常苦空無我非身觀斯諸法則無有

猒不染塵欲樂志無欲道品之法則發寶心斯爲菩薩空無相無願於一切法而無所行則以觀察覩見衆生便於諸法而不造證則發寶心斯爲菩薩觀於諸趣恐懼之難忽如失火燒其頭髮精進具足不可計會無央數劫遊於生死而不懈廢諸通之慧則發寶心是爲菩薩設使親近於佛道者漸漸加增微妙之身聖慧之業彼時行者不捨大法伏意樂順隨諸窮匱不憎穢之不以懈猒則發寶心是爲菩薩假使勸化群黎之黨第一精勤樂于道誼不計吾我堅固志性至于大哀則發寶心唯舍利弗斯爲菩薩三十二事而發寶心則爲名曰無極妙珍一切菩薩之寶心也於時世尊讃寶女曰善哉善哉甚快説此菩薩之行所發寶心而得入道又復寶女斯諸正士有無量德所可歎詠發於無上正眞道意所以者何非聲聞寶非緣覺寶斯則名曰爲佛道寶爲菩薩寶加復興隆佛道之寶因而生出聲聞緣覺菩薩發心所興之寶皆悉出生一切諸寶

聰明品第三

於是賢者舍利弗白世尊曰至未曾有天中天此寶女身所問辯才分別解説如所了慧聰明之慧本豈達乎演暢要事世尊問曰於舍利弗所念云何斯寶女者不以聰明慧演説法要莫造斯觀此寶女者已得聰明無斷辯才於時耆年舍利弗問寶女曰女樂堪任分別聰慧解説緣便寶女報曰唯舍利弗一切諸法悉而應説皆歸聰明所造之業唯舍利弗菩薩意者分別解説爲聰明慧所以者

何攝取一切諸誼之要故發道心是爲於誼聰明之慧等御法界故發道心是則名曰辯才之慧彼所說者皆歸滅除是爲滅盡辯才之喆一切順旨爲聰明慧發此心已至無礙頌無斷辯才是爲辯才聰明之慧寶女復謂舍利弗無所行誼無所著誼心志大誼聰明了誼而常善思法如幻誼計其心者則爲法事聰達之法心了諸門有所歸者歸於明喆不倚六情心無所著辯才無礙分別聰辯所有誼者則爲非誼見法懵怕所謂順趣假音聲耳其辯才者託於言辭所云佛者無不覺誼由是法生緣斯順應分別法矣有辯才者分別自恣法誼爲誼無慾之法乃爲法矣應順之法乃爲順矣法之辯才乃爲辯才無所有誼無爲之誼合會之誼爲聰明誼合會法者一法味誼聖衆順滅乃爲順滅有所分別乃爲辯才是爲舍利弗誼法講說章句常觀此法則爲聰明誼也

問寶女品第四

爾時賢者舍利弗問世尊曰其寶女者發無上正眞道意以來久如爲於何佛而志大道佛告舍利弗乃往過去久遠世不可計會無央數劫爾時有佛號曰維衛如來至眞等正覺興出于世明行成爲善逝世間解無上士道法御天人師爲佛衆祐世界曰清淨佛土衣被飲食居宅遊觀皆如第四兜術天上諸菩薩衆又彼佛時純悉一類唯菩薩衆菩薩之會七十六億皆不退轉得諸總持出于辯才佛言舍利弗時維衛如來至眞有轉輪王名曰福報清淨王千世界帑藏珍寶不可稱

計福報清淨中宮之內夫人綵女八萬四千皆國中上真人王女王有千子悉皆力士威勢難論其王供養維衞大聖三十六億歲一切施安而諸菩薩奉施衣食牀臥之具病瘦醫藥舍利弗問曰唯然大聖維衞如來壽命幾何世尊告曰壽十中劫福報清淨王供養維衞如來不可稱限中宮諸子眷屬枝黨九十二姟侍從圍繞詣維衞佛稽首足下明月珠瓔其價百千奉上世尊則而叉手白維衞佛唯然大聖吾身所有供養衆備寧有供養超過此者進如來乎佛告舍利弗維衞如來荅福報清淨王曰大王欲知有異供養爲尊爲上爲無儔四王所未設百倍千倍萬倍億倍巨億萬倍超勝於王前所施與供養之具又問何謂維衞如來見彼大王心之所念則

說頌曰

億千諸佛國　無數如恒沙　至億百千劫
滿中珍寶施　而供養如來　合集其福德
不及愍衆生　而發道意者　事億千諸佛
姟數如恒沙　奉無數億劫　亦如江河沙
佛道心哀勝　七步爲超殊　斯供養諸佛
最尊豪無上　斯施爲超越　誠無量上忍
此精進堅强　定意慧無動　其發道意者
志願於導師　是福最無限　所積不可盡
名稱遠流布　眷屬巍巍勝　財寶勢力豪
心念如僥猨　爲轉輪聖王　威力天帝梵
若志性欣豫　斷意諸通慧　消滅諸惡趣
悉無八難畏　長益清淨道　常處天人路
若人建立志　離垢無上道　諸根恒明達
聖聰無闇塞　覩諸佛奉事　而聽聞經典

精求智慧聖　常知弘道心　心無猶豫結
離諂常質直　愍濟衆生故　其志願道意
不樂諸欲樂　志慕于法樂　普世無所著
行如水蓮華　不猒福德慧　志求度無極
發道心如是　孰不建大道　則以巨庭燎
炤濟諸群黎　爲尊上明師　衆生大導師
處世爲最上　施藥除諸病　建立於道意
億無量無盡
佛告舍利弗福報清淨王者從維衛如來聞
發道意咨嗟功德不可限量歡喜踊躍不能
自勝則發無上正眞道意時王中宮太子官
屬群臣百官及諸小王眷屬翼從說此頌曰
今以建立　最尊道意　興發慈心　愍傷衆生
假使欲得　吾所敬重　則發道意　令其堅固
生死本際　而不可知　坐行非事　墮於苦惱
慇懃精進　志尚佛道　爲衆生故　行愍善哉
則能長益　辯才智慧　具足供養　聖達如是
維衛之佛　得不可量　爲通慧心　所行若斯
欲獲天世　之所安隱　帝釋梵天　轉輪聖王
有爲之安　無爲之樂　則當遵修　於斯道意
思攝禪定　不可限量　度于彼岸　道亦如之
聖通之慧　靡所不達　諸一切智　所行如是
十力佛勢　不可思議　四無所畏　如來所有
諸佛之法　弘廣無邊　從清淨心　而獲致斯
假使欲動　億千國土　音聲普告　而悉聞知
修清淨行　恢弘無垢　有聰達者　當發道意
則爲十方　之所奉敬　而諸如來　悉咨嗟之
爲諸衆生　無請之友　有聰慧者　當發道意
設使佛道　現無想慧　說其功德　無數億劫
佛之道意　所有功祚　不可盡極　况欲限乎

爾時福報清淨大王適說此偈九十二姟民人之衆及王後宮并千子則發無上正眞道意三千大千世界六反震動十四億天演勸助音發大道心然後彼王轉輪聖帝則更恭肅歷十億載供養維衛如來之尊一切施安而修梵行清淨之戒常聽如來所說經典眷屬俱往啓受法教則立長子而爲國主便下鬚髮已出家之信離家爲道行作沙門作沙門已尋則學是四無盡句次第咨嗟稱限求趣何謂爲四至誠章句法典章句妙誼章句律令章句具億千歲入權方便其王出家學此以後於千世界三昧正受超度衆生悉於維衛如來之所而作沙門佛告舍利弗欲知爾時轉輪聖王福報清淨者豈異人乎莫造斯觀則是寶女斯寶女者於維衛佛初發無上正眞道意時舍利弗問世尊曰以何罪蓋受女人身佛告舍利弗菩薩大士不以罪蓋受女身也所以者何菩薩大士以慧神通善權方便聖明之故現女人身開化群黎於舍利弗意趣云何斯寶女者爲女人乎莫造斯觀承聖通力而有所變則眞菩薩也當造斯觀無男子法無女人法具足一切諸法之要無來無去此寶女者處閻浮提開化教授九萬二千諸童女衆皆發無上正眞道意於是寶女謂舍利弗耆年豈能現女人身而爲衆生講說法乎舍利弗曰如今吾者則不好樂男子之身況當復受女人之像寶女問曰卿爲穢猒於己身乎便荅女曰實患猒之寶女荅曰是故菩薩超越一切衆生之類而無有侶舍利弗曰以何等故其女荅曰唯舍利弗

聲聞之家所可穢猒其諸菩薩不以患難聲聞之家何所穢猒五陰四大衰入之事聲聞所患菩薩執持五陰四大六入之事不以爲患聲聞穢猒所生周旋及受吾我菩薩受身無所患猒諸聲聞衆惡受生死菩薩遊入無量終始不以患猒聲聞穢猒所生衆難菩薩所生而無患難聲聞懈猒功德之業菩薩積累衆德不以猒足亦無患難聲聞惡猒在於衆會菩薩開化群黎之黨不以患難聲聞穢猒郡國縣邑菩薩普入郡國縣邑州域大邦不以惡猒聲聞穢猒已身塵勞菩薩不患一切衆生塵勞之欲唯舍利弗聲聞之家所可穢猒菩薩大士無所患難

八力品第五

於是舍利弗問寶女曰菩薩大士承何威力無所穢猒寶女荅曰唯舍利弗菩薩八力無所患猒何謂爲八一曰慈力無所加害二曰哀力不捨群黎三曰和性之力不爲下劣四曰慧力離於塵勞五曰權力心無所猒六曰德力行無所著七曰聖力則無愚戇八曰進力本志上願是爲八力菩薩周旋之所建立道德之力無所患猒耆年舍利弗問寶女曰汝豈具足如斯力乎若能平等往來周旋耶寶女荅曰若以平等平等住者設能如斯行諸平等彼則無力亦不羸劣其平等者彼則不有亦復不無無無所造不造所行斯謂平等平等猶空一切諸法亦如虛空其如空者則無虛空空虛曰寂便無言說若如曠野一切諸法亦復如是猶如虛空恍惚無形亦無言辭如是平等則無羸劣亦無力勢唯舍利

弗菩薩羸劣則有勢力所以者何假使若以塵勞愛欲而羸劣者則以智慧而有力勢若慳貪劣則用布施致於堅强設以犯戒而羸劣者則以戒禁而堅强矣設以瞋恚而羸劣者則以忍辱爲力勢矣其以懈怠爲羸劣者則以精進爲力勢矣其以亂意爲羸劣者則以禪定爲力勢矣設以邪智爲羸劣者則以正智爲力勢矣斯一切法設使菩薩於不善德而羸劣者則以德本爲力勢矣於時世尊讚寶女曰善哉善哉若有欲言當作斯說說是語時五百菩薩逮得法忍

十種力品第六

寶女白佛所可謂言如來十力以何等力爲十力乎而得成就佛告寶女假令菩薩行菩薩道未曾歸于成立下乘也終不興造不善之業彼則以斯堅固之力遵詣道場寶女又問何謂十力佛告寶女曰力達處處以處處力審如有知有限無限審如有知設令寶女如來處處非處處事有限無限審如有知是爲如來第一之力也如來以斯於衆會中而師子吼解無著要轉淨法輪沙門梵志天龍魔王梵天世人巍巍之德莫能當焉常如法故復次寶女行菩薩道欲令餘殃罪福之報未之有也彼以得蒙遵修力勢逮成佛道過去當來現在罪福悉知其原設使如來知去來今罪福報應善惡所趣審如有知是爲如來第二之力也如來之力而於衆會則師子吼解無著處轉淨法輪沙門梵志天龍魔王梵天世人巍巍之德莫能當焉復次寶女行菩薩道觀衆生根而爲說法知其原已而度

脫之若使應于衆人之根以此具足逮成佛道爲諸衆生以精進根曉了黎庶審如有知假令寶女如來現知衆人根本而師子吼是爲如來第三之力應如法故復次寶女行菩薩道入于衆生人物之界隨人所好如其黎庶而建立之彼入斯界究竟之力逮成佛道而曉世間無數之形若干種體假令如來入衆生界各從信喜而開導之是爲如來第四之力應如法故復次寶女行菩薩道群萌之類志若欲脫因其所信而得勉濟求于慧見覩如兹信而不惡穢彼則以是信解脫力究竟之事逮成佛道而知黎庶若干種信無量之樂審如有知假使寶女如來了知仙人衆生若干種信所樂無量審如有知是爲如來第五之力而於衆中則師子吼沙門梵志天龍魔王梵天巍巍之德莫能當焉復次寶女行菩薩道顯發遣慧有爲無爲有形無形之所有法求聲聞乘緣覺之乘若復大乘彼以斯慧具足之力逮成佛道一切盡入究竟之慧審如有知假使寶女如來普入衆慧靡不周達審如有知獨步衆中而師子吼天上世間巍巍之德莫能當焉常應如法是爲如來第六之力也復次寶女行菩薩道未曾廢失往古德本而不放逸超越本願彼則以斯往古本德不忘失力具足究竟逮成佛道心念過去無數劫事審如有知假使寶女如來知已及他衆生不可計量往古之事悉識念之審如有知而於大衆師子之吼是爲第七之力沙門梵志天龍魔王梵天莫能當焉常如應法故復次寶女行菩薩道導修禪定三昧

正受心無所生離于欲塵調隱柔仁彼則以斯柔仁之力具足究竟逮成佛道了於黎庶一切禪思脫門定意正受之行塵勞懷結審如有知假令寶女如來曉於黎庶一切禪思脫門三昧正受塵勞懷結審如有知是爲如來第八之力而於大衆師子之吼沙門梵志天龍魔王梵天巍巍之德莫能當焉復次寶女行菩薩道未曾覆蔽衆生之功不輕未學不慢不及逮致顯明照於衆生彼則以斯弘大光耀究竟具足逮成佛道天眼徹視如有悉知假使寶女如來至眞道眼徹視靡不覩見是爲如來第九之力獨遊大衆而師子吼沙門梵志天龍魔王梵天巍巍之德莫能當焉復次寶女行菩薩道不御衆生至有漏法則爲黎庶說漏盡法不長諸漏以無漏道求于衆生顯示正路彼此無漏篤信之力具足究竟逮成佛道普達一切盡諸漏慧審如有知假使寶女如來悉盡諸漏慧者開示一切無漏之慧是爲如來第十之力如來以致斯眞力者則於衆會而師子吼了無著處轉淨法輪沙門梵志天龍魔王梵天世人莫能當焉是爲寶女如來十力如來以是十種之力具足成就乃謂正覺假使菩薩逮聞此力以斯菩薩十種之力而逮成就如來十力

四無所畏品第七

寶女白佛斯所可謂如來至尊四無所畏十八不共諸佛之法又彼菩薩則以何行致四無畏十八不共諸佛之法世尊告曰行菩薩道未曾於法違失師命了如是像常以等心愍于衆生一切所有施而不吝等奉行法觀

察所歸無若干想以離衆著適成佛道則師子吼吾以逮成平等之覺汝等當知吾以曉了於此之法無不覺達假使若有沙門梵志天龍鬼神魔王梵天及與世人不能覩見如來瑞應弘雅威曜設不能覩現應之德欲求佛短都不覩見而敢生意心自念言佛不得成平等正覺設有言爾佛無恐懼行無所畏獨步大衆而師子吼智無著處轉淨法輪沙門梵志天龍鬼神魔王梵天及與世人巍巍之德莫能當焉是爲如來第一無畏復次寶女行菩薩道知於内行別内外法又復曉了罣礙之法亦不習行廢退之法亦不順從亦不自行不以化人亦不宣布見諸罣礙悉棄捐之逮成佛道爲師子吼永不覩見沙門梵志天龍鬼神魔王梵天及餘世人而訟理言

如來講說罣礙之法而令人行雖有斯言不以恐懼行無所畏轉弘法輪於大衆中而師子吼是爲如來第二無畏復次寶女行菩薩道而常奉行清白之法無諍訟路講說經典淨化一切衆生之類現在歸趣超異之德無數重擔無爲之業則普得入淨除結恨而自積累無爲之業其佛勸化黎庶之原逮成佛道則師子吼吾以淨除諸結恨事而講說法遵修此行悉得嚴淨永不覩見沙門梵志天龍鬼神魔王梵天及餘世人而訟理言如來講說結恨之法雖有斯言不以恐懼行無所畏轉大法輪於大衆中而師子吼是爲如來第三無畏復次寶女行菩薩道未曾處於甚重憍慢吾有所知吾有所見餘人無知而無所見志常謙遜而不自大覺了衆事不著惡

行彼導此法悉令具足逮成佛道則師子吼當知我身以盡諸漏如是蠲除生死之患復爲衆生廣說經典蠲除諸漏永不覩見沙門梵志天龍鬼神魔王梵天及餘世人而訟理言如來講說憍慢不除諸漏未盡雖有斯言不以恐懼行無所畏轉大法輪於大衆中而師子吼是爲如來第四無畏

寶女所問經卷第二

音釋

瓌琦 瓌姑回切瓌瑋也琦渠羈切珍琦也
瑕疵 瑕何加切玷也疵才支切黑類也
匱 求位切乏也
喆 陟列切與哲同
僥 堅堯切偽也
炤 之笑切與照同
戇 陟降切愚也
恍惚 恍虎廣切惚呼骨切恍惚不分明也

寶女所問經卷第三

西晋三藏竺法護譯

十八不共法品第八

復次寶女行菩薩道諸有衆生常失路者導示其路溝坑險地高下邪徑治令平等而設橋梁窈冥之處邊曠之地則立佛寺高曠彌弘假使有人處狐疑罪爲無央數群萌之類躅猶豫罪不令墮殃而有處所亦不興盛他人狐疑不說人短言其有罪知無央數群黎志性滅除一切衆生願行而說經法無有狐疑亦不猶豫則爲與顯法之弘曜而以授與大智慧明勸助諸佛一切菩薩令說經典以法施恩而無諛諂造立善業轉相勸化未曾輕人亦不調戲亦不易弄不施加害亦不毀呰國土所習亦不自大一切善辭惟信佛言隨文字教而得自在知文字空於諸言辭所有之事不覩瑕穢不求其短不瞻其缺設使菩薩行如是法逮成佛道斯則名曰無有瑕缺以無瑕缺則能具足一切智慧若有問事分別解說靡不通達普悉照曜善修三昧善能曉了咸入一切音聲總持常歎如來無缺之辭而說經法皆於文字而無所造是爲寶女如來第一不共之法也復次寶女行菩薩道棄捐一切口之惡辭所言至誠以法爲本以義爲主教化爲業不爲虚妄無所傷害而悉捨離非賢聖辭遵修賢聖寂寞之事無有諍訟順從沙門所造之法若聞經典所求得義爲他人說皆爲已身及與他人志求精修滅定之事未曾與人鬬結懷怨無所訟理不求口舌亦不著空信解空行則無所著度法

名號篤信如來無業道慧勸化餘人衆生之類使入此法遵斯法已逮成佛道謂無諍訟彼無音聲不以一字而有言辭亦無所說不處諸業勸化他人於斯正法修是法已逮成佛道則無言辭已無言辭不以一字而有所演亦無所說無俗之業爲諸會者善說義理可衆人意所說音辭順而應時感動國主善修三昧分別曉了無量之行總持之門則於如來一切順節諸相具足及一切好一切毛孔演出無量不可思議佛法音聲能以一毛所暢音聲悉叙悦可諸會人心講說無量諸法之門音自然出乃是往古本願所建勢力所致如來于彼無有思想而常寂然無所業求是爲如來第二不共諸佛之法復次寶女行菩薩道常不違失於六思念而常念佛念法念衆僧念天念行布施念行智慧亦化他人令行六念行此法者逮成佛道常不失意救念衆生於一切法而得自在善修三昧分別曉了法定總持又如來尊悉念諸法未嘗忘失彼時則以未曾之觀察一切衆生之類心意所念欲來問事如來悉了不復思念若有問者而解說之如是所言心根明達無所罣礙皆能善說悦衆人意以一文字一時須臾而悉周至是爲如來第三不共諸佛之法復次寶女行菩薩道而常將護他人之心不令餘人生瞋恨心不令心動不惱人心不令心臭未曾妨廢他人德本不斷絕法而信其心猶若如幻無念無想不以自恣等心一切衆生之類等觀諸法處一法界入無所壞行是法已逮成佛道則得常定無有須臾心不

定時觀行諸法一切自然名等積三昧而善分別普門總持如來常定顯示一切諸佛之事無有異業是爲如來第四不共諸佛之法復次寶女行菩薩道無有顛倒諸想之念心不反行不造邪見不爲虛妄則不自計有我有身無有人想亦無壽想亦無命想無士夫想無人意想無學志想無斷絶想無有常想無諸見想無三處想亦無念離三處之想亦無有善亦無不善亦無有罪亦無有漏亦無不漏亦無世俗亦無度世除塵勞根無有生死及泥洹想受聚會想衆生志性思想顛倒蠲除此已遵修衆善則以遠離凡人之想棄捐一切衆邪之見亦於中間而無所倚觀平等法行斯法已逮成佛道無若干想名曰如來永無諸念則善遵修無想三昧曉無盡藏總持之門如來遊步行無有想則興大哀愍傷群萌諸妄想者其有黎庶縛著行者勸化說法不失時節是爲如來第五不共諸佛之法復次寶女行菩薩道心常觀察遊生死者省諸塵勞苦惱法已則尋導御令至普安立于法觀使不憂慼滅一切苦於諸利求不以汲汲則爲蠲除戀慕之結亦不貪惑一切供養所獲之利則於諸利有所忘失不以憂結觀諸萬物一切無常悉爲苦矣不觀身法信寂泥洹而已觀察於衆黎庶如是色像觀察諸法奉行已達遵修斯法究竟具足逮成佛道名曰無礙不可計會所觀察者則爲如來合會宣暢善修三昧名離二觀曉了有數海印總持也如來普爲諸天龍神阿須倫迦留羅眞陁羅魔休勒釋梵四王人非人等悉供

養佛無不奉事不以爲猒亦無所著一切異學外道奇術犯戒衆生來嬈亂之不以憂感其心平等解諸所有悉無所有其心平等譬若如地無所不忍猶若如水洗諸穢濁心若如火無所不燒心若如風普無所著亦無戀慕心如虛空亦無恨結等心療治一切衆生覩寂寞行則於斯法思惟觀察修于人行所觀具足常與大哀遍入衆生度無所度開化群萌不捨時節從人本行而爲説法不以動揺亦不懈怠是爲如來第六不共諸佛之法復次寶女行菩薩道蠲除衆惡慇懃修行求於一切善德之法好于微妙受樂無極喜于至深若干之種諸善之本棄捨聲聞緣覺之事志于大乘而不退轉興發大哀愍於衆生思惟正義未曾忘捨除已身想爲他人故合

集一切諸佛之法彼則以斯好樂於法不能絶去志慕佛道覩諸魔衆倚于顛倒及邪見者故爲斯等積累正法逮成佛道因見如來不失正樂以能善遵所樂三昧分别曉了金剛總持自在於法所可講説應而説之所向一時須臾之間所歸時節有所持者衆生意性如其所器各從所行而説經法常不違失三昧之定是爲如來第七不共諸佛之法復次寶女行菩薩道常行精進恒不捨遠不猒善本合集應德而不違廢敬於一切尊于善友詣諸法師諸佛菩薩親近諮受聞其經法奉事侍從精進無量遊無數土攝護生死開解無限衆生之類嚴淨無量諸佛國土供養無量諸佛正覺總持無量諸佛之法覺達無量諸佛聖慧入于無量衆生之行曉了無量

講諸法門彼則以斯勸法之故究竟具足逮成佛道斯則名曰不失精進如來精進無所忘失善修於斯精進之行三昧定意神足變化如來神足感動變化不可限量示現殊特開化度脱無數群萌堅固至誠無礙陰蓋遊諸佛土無所損耗亦無所行而普周至遍于虛空是爲如來第八不共諸佛之法復次寶女行菩薩道意常專秉第一執志又恒安詳究竟具足眞諦之心未曾忘失一切世俗及度世法導修思惟於四意止彼則自觀内身之行而專惟于非常苦空非身之事又觀外身身之所行非常苦空非身之行觀内外身非常苦空非身之事觀内痛癢見痛癢空專修於行觀外痛癢見痛癢空觀内外痛癢見内外痛癢思惟知空觀内心行見其内心惟念無相觀于外心見外心行專惟無相觀内外心見内外心專惟無相觀于内法見於内法行無所願觀于外法見於外法專惟無願念觀内外法見内外法行無願念彼則於身得四意止思惟非常苦空非身具足成就如來之身而不斷絶身之善德以解痛癢則獲意止思惟空行察于一切諸趣黎庶而令休息一切惡趣以設大哀除其苦患心以解達名曰意止專修無相亦不違失菩薩之心積累導修大乘之行而不懈廢心歸于法名曰意止專修無願不於無欲法而取證觀察佛法等御入于無量法界修斯法已究竟顯達逮成佛道是則名曰不失道意如來常定志未曾忘蠲除衆行善修三昧如來講說變化之事見諸衆生去來現在心之所念信解根

性度脫塵勞愛欲之行曉了結縛因緣之著非善行業報應罪福生死終始知諸佛土聲聞合會體解菩薩行受決時自說父母親族知識朋友心根明達而不忘之分別八處言無一虛是爲如來第九不共諸佛之法復次寶女行菩薩道常遵智慧智慧光明智慧威曜智慧顯識演智錠暉聖達之慧深妙之明猒欲之智意不可喻所與之慧達一切聲聞緣覺慧所不能及未曾有慧曠遠窈冥無邊之慧趣異之慧滅定之慧念無所住無所著慧求聞無猒志于聖達暢于博聞而歸智慧覩于世間如首火然慇懃志慕大覺之慧有所聽聞猶如大海聞能分別好樂經典樂于法樂彼求於法故行精進以斯法樂無有形類於內於外而悉放捨無所悋惜小心恭順奉敬尊舊常受言誨於五陰苦靡不能忍悉捨諸安所可娛樂彼以好法慇懃爲樂聞一四句頌不用具足千金之寶欲得聞一句之法不志獲于轉輪聖王願樂欲求聞度無極不貪得致帝釋梵天寧樂爲人說四句頌以法布施則不幸賴江河沙等廣說祠祀供一切之福寧樂勸人發於道意而不用致江河沙等轉輪聖王寧樂爲人講說經典演度無極所可遵行而不幸獲江河沙等帝釋梵王其有性行如是成就專精聽經一心而爲他人說者如是精進所受奉行少有及者一切諸天所見敬奉諸佛所念其爲諸天所見擁護諸佛念已俗間典籍度世正經自然現矣不學悉達則能堪任致於無盡智慧光明行是法已究竟具足逮成佛道以故名曰爲如

來也不失智慧真諦聖達其明巍巍無所罣礙無有陰蓋皆知一切群萌之等心所行念善惡所歸有言無言有罪無罪有漏無漏世俗度世塵勞瞋恨生死泥洹皆分別說一切法門所入聖覺曉了講說一切國土滿中諸塵其智慧明知於過去當來現在之事無所罣礙無有陰蓋劫數如是一切悉了無有蔽礙曉了本際當來之際諸去來世說無邊際入識察行善修三昧教授變化如來至真以一法門悉能分別一切法門使一切法門入一法門是爲如來第十不共諸佛之法復次寶女行菩薩道未曾志慕於居家矣亦復不樂於捨家而復示于出家行學多爲沙門好喜恬怕寂然爲上靜默爲業遵修精進深妙之法而復奉行斯三脫門空無相願一切諸魔及外讎敵所不敢當一切顛倒及諸邪見無能犯者化諸想著衆生之類彼則以此三脫之門而專惟行便致無蓋解脫之門自然興發無礙慧明以度魔界具足聖界不復習行一切陰蓋顛倒覆蔽所處邪見塵勞衆想便以曉了無陰蓋門以三脫門而自娛樂則分別說深奧之法但歸要義不歸嚴飾但歸慧要不歸於識歸分別要不歸多辭但歸於法不歸於人所歸道利一切衆生美辭嚴飾離諸想會講說分別歸於要義而令解脫於色想會講說分別歸於要慧而度脫之在於多辭而會合矣說色平等令歸正說而度脫之依於人會分別勸化使歸於法而度脫之假使會在六十二見爲分別說虛無之要使度脫之設集遊在一切諸想因緣之惑解說

無相而度脱之遊在三界分別無顧而度脱之集在欲行解説空淨而度脱之集在瞋恚分別慈心而度脱之會遊愚行解説緣起十二相連而度脱之入于貪會分別現説施度無極而度脱之在犯禁衆分別現説戒度無極而度脱之在瞋恚衆分別現説忍度無極而度脱之在懈怠衆分別解説進度無極而度脱之在亂意衆分別現説禪度無極而度脱之在邪智衆分別現説慧度無極而度脱之在凡夫衆分別現説聖諦之義而度脱之在四倒衆分別現説無常苦空非身之法而度脱之在於一切陰蓋之蔽顛倒邪見迷惑之衆分別解説無蓋脱門而度脱之在塵勞衆分別現説十方諸佛道品之法而度脱之行是法已究竟具足逮成佛道所以名曰如來不失度脱以能不失於解脱者則無瞋怒究竟根源無有缺減本末清涼遊諸所趣入于深妙所建神智而不可及甚難當矣過於聲聞緣覺之乘普能獨步於諸佛道離穢無垢則無瑕疵究竟清淨而莊嚴治寂觀之業志有所説而不可盡無量無邊也則於無爲無所罣礙修行平等等如虛空善修三昧號離垢藏皆悉照曜一切諸法曉了總持如來説法悉解脱想一切所歸來親近者普以暉曜多所開明向於無爲而崇滅度至重泥洹究竟具足得其邊際是爲如來第十一不共諸佛之法復次寶女行菩薩道以慧爲尊慧爲勢力歸於要慧講論慧士超越諸慧所歸趣者嚴治聖道興顯所行求於超異淨修神通成一切智修行道意具足究竟則得聖達

至諸通慧若有欲心知有欲心之所興發若無欲心知無欲心之所興發若有瞋恚心知瞋恚心之所興發離瞋恚心知離瞋恚心之所興發若有愚癡心知愚癡心之所興發離愚癡心知離愚癡心之所興發若塵勞心知塵勞心之所興發離塵勞心知離塵勞心之所興發若睡眠心知睡眠心之所興發離睡眠心知離睡眠心之所興發若合會心知合會心之所興發離合會心知離合會心之所興發若冀養心知冀養心之所興發若離冀養心知離冀養心之所興發若貪他心知貪他心之所興發若過上心知過上心之所興發若無上心知無上心之所興發若陰蓋心知陰蓋心之所興發若無陰蓋心知無陰蓋心之所興發若有決心知有決心之所興發若無決心知無決心之所興發若有惡心知有惡心之所興發若有善德心知有善德心之所興發若有罪心知有罪心之所興發若有漏心知有漏心之所興發若無漏心知無漏心之所興發若世俗心知世俗心之所興發若度世心知度世心之所興發若有著心知有著心之所興發若無著心知無著心之所興發若清淨心知清淨心之所興發若薄尠心知薄尠心之所興發若衆憒心知衆憒心之所興發若習更心知習更心之所興發若無更心知無更心之所興發若邊際心知邊際心之所興發若無際心知無際心之所興發取要言之若慳貪心布施之心若犯禁心奉戒之心若瞋恚心忍辱之心若懈怠心精進之心若

亂意心禪定之心若邪智心以正智慧度無極心凡夫之心聖賢之心趣邪見心趣正見心聲聞乘心緣覺乘心若大乘心若復曉了大道之心又知苦諦所因而有是爲集諦是苦盡諦斯爲苦盡向道者諦審知如有已能曉了苦諦如有則知本淨慧無所起究竟本末無所習慧而知苦諦審如所有亦無所斷亦無有信令永都盡曉了徑路一切普入而以等御猶若虛空無有吾我無所貪愛又其處所本末悉淨彼皆了此四諦之源審從而有無所造證開化衆生蠲除諦願奉行明證若爲群黎講說經法以所說法得眞柔順而不迷惑亂於緣起棄捐一切衆邪異見處入忠正觀因緣法則了諸法解報應緣不在己土不在人土不在壽土不在命土亦復不在

衆生之土知彼無明而致斯行知從所行而故有識知從所識而致名色知名色緣而致六入知六入緣而致習更知習更緣而致痛癢知痛癢緣而致恩愛知恩愛緣而致所受知所受緣而致所有知所有緣而致於生知所生緣而致老死啼泣哀慼勤苦之患如是因緣致大陰體悉曉了空無明已盡行識名色六入所更痛愛受有生老病死啼泣哀慼大陰之身便永盡矣彼造斯觀其無明緣非已身緣亦非人緣無壽無命無衆生緣設使無我無人壽命無衆生者斯則爲空已知空者不計有常亦無斷滅不計無常況斷滅者則於過去而無所生亦無所起設於過去而無所生無所起者則於三世而無所著已於三世無所著者悉無所獲則無所有爲自然

矣已無所有自然寂者便則越度去來之路已能越度去來路者則第一義已第一義則曰正眞已爲正眞彼佛眞辭已佛眞辭則無所諍已無所諍則寂志法已寂志法自然若空從斯慧行而曉了之從習不順則習無明便致行識名色六入習更痛愛受有生老病死啼泣哀慼集大陰苦身惱之患亦不蠲除所倚諸見悉究暢知因緣報應而合會成已能分別無我無人無壽無命諸法自然不受邊際亦不不受亦無所得不得際者則無根源已無根源則觀中正假使不得諸法根源於彼何緣當有中正其中正者爲何等類彼以超度無限正法則離彼此中間之法便能講說無量中正經典之要已能奉行如是法者究竟具足逮成佛道是故名曰如來至眞

終不遠損度知見慧設能不遠度知見慧以度知見慧尋能遵修力進三昧曉了無量自在總持而以等御無限中正之法界也如虛空無有想念便則講說無形業慧分別報應無所忘失演暢平等去來今事而自觀察一切衆生諸根所趣說其精進慧之所解分別決了無央數身不可計形咨詠解脫世間之行而善建立講無盡事宣布顯現無量之信若干種信又分別說一切方面諸因分部悉能周達決無限難諸所遊步說進退慧演無思議諸法之門宣示一切禪定脫門三昧正受塵勞之欲瞋恚之結講諸黎庶終始所趣善惡中間而悉曉了過去無數無陰蓋慧普現無量若干之變往古世事而皆念之又咸觀察靡所不覩而悉曉了宣布無量無蓋天

眼徹視而悉説之一切諸礙悉無有餘已能解説除諸礙慧一切漏盡乃爲慧耳設無所有已有慧者講無畏慧皆無差特平等如稱不斷佛事講説大哀勢力之慧隨人本行而歎説法讃揚諸法無有處所開化衆生則轉法輪無有懈怠差特之慧宣布深奥若干殊異超玄無底至化彌弘智慧之力而爲感動一切聲聞緣覺乘所不能及是爲如來十二不共諸佛之法復次寶女行菩薩道興造聖業不求名號則以己身興智慧業不復設造一切身穢諛諂欺詐無凶害行無慳貪行常修梵行身精進事則順道行不爲身患不逼他人依度無極行大悲哀常爲衆生身所導修若兹具足彼以斯法奉行如是逮成佛道斯謂如來身所行事德慧自在以身解了一切慧明等自在已覩一切形悉能示現諸色三昧曉了普入總持之要如來現已無數之形若干種像顔姿之類一切天龍鬼神揵沓惒阿須倫迦留羅真陀羅摩休勒釋梵四王梵志君子長者居士農夫工師細民比丘比丘尼清信士清信女又無數人不可稱計百千之衆悉來會坐佛現無量威儀禮節顔貌形像而爲最尊爲長爲上爲極大人爲無量正而爲衆會講説經法勸化發遣多所誘進中間没身忽然不現衆人因解是故大會各各相合共坐説義衆人歡喜所演智慧寂然經行若有覩者不以爲猒若所説者益用踊躍心逮悦豫不復歡樂一切欲樂境界財業設没不現靡不渴仰欲得奉覲聽説經典設有覩者貪欲之著恩愛之見聞所説法好樂

聽受因斯報應至於無漏身口心定而無瑕疵獲斯行業是爲如來十三不共諸佛之法復次寶女行菩薩道造聖慧業不求名聞彼口所說惟興慧事不爲一切瑕惡諛諂邪佞所迷所言至誠而不兩舌亦無麤辭而不譏人言辭柔潤不爲獷說言輒說法其口所宣不令己身及與他人心懷惱熱口之所說如佛教法義歸於善口之所說言辭則可衆生之心無所中傷其慧安詳言辭具足不遵修名以此行法究竟具足逮成佛道斯謂如來口言等慧智德自在彼則以此口言等慧智德自在善修實事三昧之定得達三品曉了總持如來所入以一言辭以一法言普入一切宣暢諸音等悅一切衆會之心如來一切所演音聲則合於義不違法理至誠柔順觀因緣法除諸瑕穢而離愛欲寂定遊已畢當獲致至誠之報乃至滅度是爲如來十四不共諸佛之法復次寶女行菩薩道假使常修造智慧業不慕名色以心思念聖慧所興則令衆生離於瑕惡所著邪佞無明瞋恚倒見之事遵修正見而行慈悲等心黎庶不捨道意遵奉慧已究竟具足不爲自大亦無慢恣行是法已逮成佛道斯謂如來心之所念精修聖慧志所暢達心等慧事聖明自在諸佛目前顯立三昧所念清淨曉了鮮潔之總持也如來一心普知一切衆生心念以心等故則能普等一切黎庶勸助平夷心等一切則能等己所可勸助心猶若幻本性清淨一切諸心自然如空道法等御一切衆生身口心行以衆生法等入己身所修道法一切諸身

猶若現影若能以慧等御諸身一切衆生入于已身以能等御一切諸身入已身者發意之頃令衆生身化立佛身斯所建立無能毀者亦無能動無能轉移天上世間諸天人民諸魔梵志沙門梵天無能進退是爲如來十五不共諸佛之法復次寶女行菩薩道聞諸過去如來至眞無罣礙慧斯諸等覺悉普周遍一切世界無所罣礙無有陰蓋身所行業威儀法式而悉篤信一切世界音聲本寂靡不得入無量無邊不可思議諸佛音聲分別演説無量法門斯諸過去如來言辭則無有二十方國土諸佛正覺及衆正典普諸黎庶一切菩薩亦復如之達諸聲聞緣覺之衆一切諸人因緣罪福所可念行則復篤信過去如來心之所行光明之曜清淨無量無有陰蓋信斯過去諸如來者不懷狐疑亦無猶豫不恐不懼亦無畏難諸佛境界不可思議曉了衆生如是比像悉樂諸法因勸助之以行此法究竟具足逮成佛道斯名如來過去無量無損智慧所現自在彼以過去自在智慧則復善修於勇猛伏三昧之定分別曉了威曜總持而知過去諸如來衆各各異名壽命之限於其中間無邊之慧欲求根源悉能盡極過去菩薩聲聞緣覺亦復如是衆生群萌所可造行人所修業善惡禍福有知過去一切劫數以何等劫成爲正覺覺未覺者於其劫中而有若干如來至眞等正覺斯諸如來亦於彼劫說無限量無礙之際不可盡極之根源也又了過去諸佛世界其名各異若有雜穢若復清淨多少大小細軟微妙塵勞限

數所入之處如其順應十方處所金剛羅網分別所入諦根羅網所入境界一切過去無有邊際諸佛國土不可究竟得其邊際如來於此一切普說斯過去事無有捐忘悉能決了斯諸佛慧如人觀掌視五指矣是爲如來十六不共諸佛之法復次寶女行菩薩道聞諸如來至眞等正覺慧無罣礙斯諸正覺普則周旋一切世界身無央數無有陰蓋身之所行威儀禮節悉篤信之音聲暢達靡不周遍諸佛國土皆聞法教乃入無限所說法門信於當來如來言辭十方國土諸佛正覺諸法衆生一切菩薩聲聞緣覺及諸凡夫所作罪福善惡之報又復信知當來諸佛心之所歸光明威神清淨無數無有陰蓋信斯當來諸佛之行不懷狐疑亦無留難猶豫不恐不懼亦無有難而以篤信不可思議諸佛境界則復於斯爲諸衆生勸助合集如是像法究暢信樂行此法已究竟具足逮成佛道斯謂如來當來無數無所損失現慧自在彼以當來無所損慧現自在已則便興發大哀力三昧之定曉了分別師子雷音之總持也則能了知當來正覺各各異名壽命限量於其中間說無邊際不可盡極得其根源又復識知當來菩薩聲聞緣覺衆生群萌之所行也黎庶行業所當遭遇禍福報應又知當來一切諸劫而於某劫當成正覺覺諸未覺又於中間說所歷劫無有邊際不可盡極得其根源當來世界各各有名雜糅清淨多少大小細柔微妙如諸塵數所有齊限如來知斯無所捐忘而柔順行十方處所根源羅網之所有

分悉能普入當來無數諸佛世界斯諸如來悉分别説觀如手掌覩五指矣是爲如來十七不共諸佛之法復次寶女行菩薩道聞諸現在如來至眞無罣礙慧斯現正覺其身無數而無陰蓋諸佛境界身所行業身之所趣威儀禮節又其音聲咸遍諸國無所罣礙聲無覆蔽皆篤信解不可思議諸佛音響説於無量諸法道門斯諸現在如來言辭而悉信樂口所宣暢十方國土諸佛正覺及衆經典一切黎庶諸菩薩等聲聞緣覺一切人民選擇分别此諸如來心之所行心所興業光明清淨不可計數無有陰蓋皆復信此現在如來不懷狐疑無有結滯不恐不懼亦無怖懅諸佛境界不可思議又復勸化於他衆生如是色像信樂經典行法若斯具足究竟逮成佛道斯謂如來現在無數無所損失現慧自在彼以無數現在如來無損智慧覩已自在則便善修離垢照明三昧之定曉了分别金剛道場之總持也如來現在普能分别諸佛名號各各差特壽命之限悉能宣布中間逈絶而無邊際不可盡極得其根源現在一切諸菩薩衆聲聞緣覺衆生之行群萠事業罪福報應現在十方諸劫之數於其劫中成爲正覺説其根源現在十方一切國土各各有名雜糅清淨多少大小柔輭微妙悉得普入如塵數限隨其所順十方處所諦根羅網悉入現在十方世界於其中間無限邊際不可盡極得其根源如來於彼所説分别無所損耗此諸如來選擇智慧如觀手掌察其五指是爲如來十八不共諸佛之法是十八品便

得一切不共諸佛之法何謂不共諸佛之法無能覩見如來頂相是爲不共諸佛之法身無限故如來超殊一切諸形是爲不共諸佛之法一切人中爲最尊故衆生見佛瑕穢消除是爲不共諸佛之法身如藥故如來之行英妙超殊是爲不共諸佛之法無罪疊故如來無懼是爲不共諸佛之法得無畏故如來獨步無有諸漏而得自在是爲不共諸佛之法遵平等故如來之心行無所懷是爲不共諸佛之法曉了賢聖之教誡故如來調之志性和雅是爲不共諸佛之法堅住建立於已行故如來之辯應時而對是爲不共諸佛之法講說經典無言教故如來可悅一切衆生心之所念因曰如來是爲不共諸佛之法無所進故如來音聲普聞衆會不溢在外是爲不共諸佛之法講說經法而不虛妄開化應度救濟諸根令純淑故一切衆會在於道場親近覩見如來顏貌是爲不共諸佛之法變化感動無思議故瞻察如來無有猒足是爲不共諸佛之法如大德無極樹寶柱大聖體故如來說法無所侵枉是爲不共諸佛之法平等覺故如來之身不可諦視是爲不共諸佛之法威儀禮節無希望故如來之身如師子步是爲不共諸佛之法於大衆中無所難故如來遊步無有虛妄是爲不共諸佛之法智慧爲本身造行故如來之行音聲眞諦是爲不共諸佛之法智慧元首口辭眞故如來之眼普視無邊是爲不共諸佛之法聖慧爲上心明達故如來教授言辭顯曜是爲不共諸佛之法卒對辯故如來利養名聞流溢是

爲不共諸佛之法無上正眞不可盡故如來之福不可盡極是爲不共諸佛之法第一分別了諸礙故成爲如來無能當者是爲不共諸佛之法爲大鉤鎖力士之身而有十力四無所畏第一最上度於無極故如來無倦常不退轉所説不懈是爲不共諸佛之法曉了一切衆生根故又如來者爲無數法而作聖師是爲不共諸佛之法普於諸世獨尊師故壽命無量是爲不共諸佛之法顯法身故其覩如來若聞音聲親近稽首無有虛妄是爲不共諸佛之法爲究本末人稽首禮即令衆生至大安故如來之慧無有結恨是爲不共諸佛之法解達三世平等之故如來講説無有中間是爲不共諸佛之法順法本故如來蠲除一切罣礙是爲不共諸佛之法諸不善法永無餘故如來無師是爲不共諸佛之法已自然達諸佛之法如來普知是爲不共諸佛之法分別諸覺曉了大道無有餘故是爲皆得一切不共諸佛之法

寶女所問經卷第三

音釋

癢以兩切 錠徒徑切 悋良刃切慳也 尠息淺切少也 憒古會切心亂也 惒户戈切 獷古猛切惡也 糅如又切雜也 齊限齊才詣切齊限謂分齊限量也 懅其據切慙也 純淑純殊倫切粹也淑神六切善

寶女所問經卷第四

西晉三藏竺法護譯

三十二相品第九

於是寶女問世尊曰唯然大聖今所何謂如來至眞有三十二大人之相前世宿命行何功德而致逮得三十有二大人之相遍布于體佛告寶女吾往古世行無量德合集衆行如來由是逮得三十有二大人之相遍布于體今粗舉要如來之相足安平立大人相者乃往古世堅固勸助而不退轉未曾覆蔽他人功德故如來手足而有法輪大人相者乃往古世興設若干種種施故如來至眞指纖長好大人相者乃往古世則說經義救護衆生令無患故如來手足生網縵理大人相者乃往古世未曾破壞他人眷屬故如來手足柔軟微妙大人相者乃往古世而以惠施若干種衣細軟服故如來而有七處充滿大人相者乃往古世廣設衆施供諸乏故如來之𨄔平正無節腨腸如鹿大人相者乃往古世奉受經典不遠失故如來之身其陰馬藏大人相者乃往古世謹慎已身遠色欲法故如來之身頰車充滿猶如師子大人相者乃往古世廣修淨業修行備故如來至眞常於胷前自然卍字大人相者乃往古世蠲除穢濁不善行故如來支體具足成就大人相者乃往古世施以無畏安慰人故如來手臂長出於膝大人相者乃往古世人有所作佐助勸故如來身淨而無瑕疵大人相者乃往古世奉行十善無猒足故如來腦戶充滿弘備大人相者乃往古世其有病者若干種藥瞻視

療故如來師子步大人相者乃往古世植衆德本具足備故如來四十齒白大人相者乃往古世志性等仁於衆生故如來牙齒無有間踈大人相者乃往古世設人諍鬪令合和故如來頷牙大人相者乃往古世則以微妙可意之物而與施故如來清白美好髮眉大人相者乃往古世善自護已身口心故如來廣長舌大人相者乃往古世所言至誠護口之過故如來亹亹大人相者以無量福供養究竟心行仁和與衆生願使得覆蓋故如來梵聲哀鸞之音大人相者乃往古世言語柔和與衆人言護口節辭無央數人聞其所語無不悅故如來瞳子紺青色大人相者乃往古世常以慈目察衆人故如來之眼如月初生大人相者乃往古世無麤暴志心性和順故如來眉間白毫大人相者乃往古世咨嗟歌誦閑居之德衆人行故如來頂上肉髻自然大人相者乃往古世奉敬賢聖禮尊長故如來肌體柔輭妙好大人相者乃往古世心念合集法器藏故如來身形紫磨金色大人相者乃往古世多施衣服卧具牀故如來之體一一毛生大人相者乃往古世離於集會衆鬧之故如來之毛上向右旋大人相者乃往古世尊敬於師受善友教稽首從故如來頭髮紺青色大人相者乃往古世愍傷群黎不以刀杖而加害故如來之身平正方圓無有阿曲大人相者乃往古世已身衆生勸化安之令定意故如來之春如大鉤鎖善有威曜巍巍之德大人相者乃往古世爲諸正覺興立形像繕修壞寺其離散者勸使和合施

無畏懼其諍訟者化令相順故汝欲知之吾往世時行於無量不可計會衆德之本如來宿世奉行如斯乃能致此三十二大人之相也爾時寶女白世尊曰至未曾有天中之天如來往古所造德本誠不可及而分別說諸佛之法佛告寶女如是如是如汝所言如來則爲分別解說諸佛之法若有菩薩逮得聞此如來往古所植德本諸佛所講則獲善利無極之慶即當歸趣於眞諦行咸能具足諸佛之法佛說於斯如來十力四無所畏十八不共諸佛之法及三十二大人之相法門品時十方世界六返震動甚大光明普照佛土不可計量不可計會衆生之類皆發無上正眞道意二萬五千菩薩得不起法忍天於虛空百千之衆而雨天華鼓天上樂琴笛簫瑟舉聲歎曰其有衆人逮得聞此如來十力四無所畏十八不共諸佛之法三十二大人之相功德具足無有罪咎信樂不疑行如上教則於大衆天上世間天人之前演師子吼猶如今日如來至眞等正覺矣天人之前而師子吼矣所以者何斯正典者終不歸趣下劣少信處於小乘衆人之手當歸清淨遵修法者其人得此經典之要愛敬可意欣悅踊躍

法行品第十

於是寶女白世尊曰至未曾有天中之天如來乃講往古去世一切德本諸佛正典何謂世尊菩薩所行遵修經典爲行法乎善哉世尊願說菩薩所行之法佛告寶女志性清淨則爲菩薩所行法也堅固親友則爲行法有返覆者則爲行法能修加恩則爲行法能忍

罵詈則爲行法又歸命者而不棄捐則爲行法其羸劣者能爲忍辱則爲行法所難致者而能施與則爲行法慈哀諸身則爲行法志性慇傷則爲行法護於犯戒則爲行法思惟經典則爲行法將順道教則爲行法好樂正典則爲行法將御諸經則爲行法而順寂然則爲行法而樂獨一則爲行法不猒閑居則爲行法等於屏處則爲行法捨於衆會則爲行法護於衆生則爲行法所覩無損則爲行法專修慈心則爲行法入于大哀則爲行法歡喜受法則爲行法觀於禪思則爲行法與顯道心則爲行法歎大乘法則爲行法棄捐重擔則爲行法心不怯弱則爲行法思惟止足則爲行法棄捐貪饕多欲之慳則爲行法知節賢聖有足之德而少言辭則爲行法無有諍訟鬪亂怨恚忍辱仁和則爲行法信知報應罪福之業則爲行法信戒聞施慚恥智慧順此七財則爲行法奉敬尊長順從善友恭禮受命則爲行法心常謙卑恭順自損則爲行法不自毀身不呰他人不歎己德不蔽他功則爲行法蠲除塵欲棄捐瞋恚及愚癡冥離於憍慢則爲行法威儀禮節所遵具足則爲行法善聽經典歡喜悅豫則爲行法不離於佛篤信正典敬從聖衆則爲行法布施調意智慧出家淨修梵行則爲行法得利無利若譽若謗有名無名若苦若樂不以動摇以過世間之所有法則爲行法若見親友及與怨敵先人問訊面色和悅而無愁悴則爲行法無有調戲離於闇昧而無諛諂不爲邪性而無瑕疵志性本末究竟清淨則爲行法

而行四恩惠施仁愛利人等利一切合集救濟衆生則爲行法行堅固法則爲行法念佛念法念於聖衆思念布施念奉禁戒思念諸天則爲行法施度無極戒忍精進一心智慧所度無極則爲行法善權方便勸助一切衆德之本爲諸菩薩則爲行法身口意淨護於十善則爲行法非常苦空而無有身無人無我無壽無命信解如此則爲行法分別空行建立無相曉了無願在於三界而無所著則爲行法意止意斷遵修神足根力覺意而入徑路觀于寂寞則爲行法佛告寶女其行法者謂無有眼行亦無色行無色想行無有耳行亦無聲行不想響行無有鼻行亦無香行不想香行無有舌行亦無味行不想味行無有身行無細滑行不想細滑行而無意行亦無法行不想法行亦無色行則爲法行無色想行無色苦想無我色行不寂色行則爲行法非色空行非色無相行則爲行法非色無願行非色無造行亦復非色恬怕之行亦復非色清淨之行亦復非色如審之行亦復非色無色無生之行亦復非色無起之行亦復非色無著之行亦不究竟色之所行亦非於色無本爲行是則行法如是行法如是痛癢思想生死識行則爲行法非識無常行非識苦行非識無我行非識寂行非識空行非識無相行非識無願行亦復非識無造行亦復非識恬怕之行亦復非識清淨之行亦復非識如審之行亦復非識無所生行亦復非識無起之行亦復非識無著之行亦復非識究竟盡行亦復非識無本之行則爲行法亦復

非識覩空之行亦復非識無相之行亦復非識無願之行是則行法亦非四種行亦非諸入行亦非欲色無色之行是則行法亦非有行亦非不行亦復無行是則行法亦非徃至亦非不行亦無處所亦無所住則爲行法無心意識之所行者則爲行法是者名曰爲行法矣其無有見不聞不知之所行者是爲行法若使無身口心之所行是爲行法其不行法不行非法是爲行法若無二行無若干行是爲行法無過去行無當來行無現在行是爲行法其無陰行無諸種行無衆入行是爲行法無欲塵行無有結恨無所念行是爲行法若無合行無財業行無我人壽命行無有含血若有所受同像之行是爲行法其無發起分數之行是爲行法其無吾我無巳所行是爲行法無斷滅行不計常行不得諸見涯底之行不倚中行是爲行法諸法若住若無所住吾我之法處所自然其處非處清淨法處一切法處皆無有處空無之處究本末處至竟無處一切諸法無動無著不可盡極亦無所有亦無所行亦無所輕戲亦無所依亦無不依亦無所住亦無所受其於是法曉了慧者慧無所念是名曰諦眞諦無本則法之慧設使寶女菩薩如是曉了諸法遊在生死開化衆生亦不違失滅度之法斯爲菩薩等造法行世尊說此行法之時八千菩薩逮得法忍

不退轉品第十一

於是寶女即以十億百千貴價珠瓔貢上大聖口宣斯言唯然世尊其有菩薩遵修奉行

順此法行者則具佛法悉能普備如茲受決處佛道場降伏衆魔怨敵之讎以不退轉印而印之當造斯觀時舍利弗謂寶女曰汝豈能知諸菩薩行不退轉印所可印乎於時寶女則以頌偈荅舍利弗曰

人界及法界　審諦解平等　了斯無二際
則不退轉印　其過去諸佛　當來并現在
法界皆平等　逮成不退轉　諸所有境界
并無爲之界　寂寞轉空義　覺成不退轉
本際無涯底　不得其邊畔　一時等能解
覺了不退轉　其有方俗法　如行之所趣
智慧觀平夷　覺了不退轉　如魔之境界
佛界則平等　相應爲一類　以是印見印
其婬怒癡者　欲塵不可限　覺了諸想著
達解不退轉　生死及無爲　道教則寂然
等解於滅度　覺了不退轉　五陰道如之
道陰無有二　分別猶如幻　明喆無思想
計於四種者　猶如虛空界　曉了無可取
眞印而見印　覺眼則爲道　解空無所著
若眼道如是　以等上平等　諸入皆如是
道虛常平均　當作是了知　以此印見印
衆生之所念　一心悉知之　則無所罣礙
斯故不退轉　一切群萌根　卑劣妙中間
于彼度無極　逮成不退轉　辯才無罣礙
無斷無所住　億劫中誦說　其法不可盡
虛空尚可盡　風尚可執持　彼明辯才慧
則不可盡極　總持行如此　攬攝一切法
名德不違心　不失于博聞　其十方諸佛
導師所說法　皆得于總持　慧心念不忘
於過去千劫　所聞大聖法　次問眞諦教

善學於總持　斯等總持然　辯才亦如是
智慧及諸根　逮成不退轉　以空印諸法
無著無所拔　以印印於空　故曰不退轉
虛空印諸法　清淨無所有　曉了此本際
以印不退轉　諸因緣法無　因緣其惟行
因緣則非眞　諦相一切法　諸法相猶幻
猶如虛空相　以是相印之　印於不退轉
一切衆生行　色聲之禮節　一時普能現
覺了不退轉　於捨施無量　功德常無盡
供養虛空界　至誠命爲一　禁戒最無極
懷來致佛戒　無限無有量　等遊若虛空
一切衆生禁　學不學緣覺　及不退轉戒
十六分無倫　忍辱悉盡極　遵修無所生
成就此忍辱　逮成不退轉　精進無限量
方便不可極　悅可群萌類　精進爲大僊
常爲專志定　無亂善謹慎　普見一切行
無請定三昧　逮無礙智慧　淨除所覩處
得佛之尊行　淨土今成就　慧飛度無極
善學於善權　以佛印見印　遵修于道行
其行不可知　志性何所療　積行無邊際
開化于衆生　諸聲聞緣覺　一切魔異學
終不能及知　大人之所行　彼不著諸行
感動神足定　解空無所有　皆講逮所與
來過而出生　示現佛形像　坐於佛樹下
則轉于法輪　普現諸國土　面見十方佛
譬若如日月　等遊于虛空　示現取滅度
隨信樂大乘　不遠失斯印　其印不退轉
無限如虛空　智慧普若斯　不退轉之法
曉了道如斯

於是寶女說此頌以不退轉印時三千大千

世界爲大震動五千菩薩得不退轉受莂之印世尊則歎彼寶女曰善哉善哉快說斯言能演菩薩不退轉印

大乘品第十二

於是賢者須菩提白世尊曰唯然大聖如今斯女不退轉印而見印矣不復疑也乃能有斯如此像類上妙辯才也設不爾者無緣講說若茲深法佛言如是須菩提誠如所云如斯寶女不退轉印而見印矣以逮法忍乃得入斯大乘之行於時寶女前問佛言所云大乘爲何謂乎佛告寶女所謂大乘弘廣之乘慰撫一切衆生之類故無有陰蓋示現一切衆德異慧故離垢之乘捨諸塵勞窈冥事故普照之乘一切所解脫門相故顯曜之乘無欲著故隨因緣乘脫所罣礙故清淨之乘護戒品故等善住乘而諦慎護定品之故無漏之乘撰慧品故解脫乘者照解品故等視一切諸法乘者曉了度知見品之故不進退乘攝十力故無懼乘者四無所畏師子吼故無所往至離處乘者攝受諸佛十八不共殊勝法故普平乘者等行慈心加衆生故無害乘者則以正法抑制一切諸外學故消除乘者降伏一切魔官屬故寂滅乘者壞塵勞故降化乘者伏陰魔故離限乘者越死魔故殊勝乘者棄天魔故豪富乘者則能具足施度無極故無熱乘者戒度無極則具足故棄怨乘者忍度無極則具足故堅無壞乘者進度無極則具足故斷除一切諸所自在瑕疵之乘者心離陰蓋故所修乘者寂度無極則具足故一切善德一切智慧世俗之事度世之法

所遭乘者智慧無極則具足故普御隨行一切乘者權度無極則具足故至無至乘趣滅度故歸安乘者建八路故其所至到無處乘者遵修奉行觀寂之故根力覺意具足志乘者一切諸魔及諸異學無瞻顔故四神足乘者則能普現諸佛國故等能超度正諦住乘者蠲除一切諸不善法遵修衆行德善法故善修謹慎意止乘者無内怨故假使不著三界乘者奉無漏故不著有爲諸界乘者逮得無爲顯曜界故不捨道心御善住乘者不樂一切聲聞緣覺所行慧故超越乘者則能施以無見頂故莊嚴乘者功德成故選擇衆生志性乘者究竟慧故闡門乘者所可祠祀無所逆故一味乘者等佛慧故洪音乘者十方聞故一切諸天普禮乘者善修業故釋梵四王所歎乘者德無量故其有慳貪能施乘者爲元首故若有犯禁施慧戒乘者謂大乘故志懷瞋怒施忍乘者不加害心於衆生故其懈怠者施精進乘被堅固鎧未曾捨故其亂心者施禪定乘令心調定業仁賢故其邪智者施正慧乘博聞解故慧施衆安除苦患乘不造一切衆惡之故佛之聖道無罣礙智無等倫慧所示現者皆處一切諸乘頂故以是之故爲大乘也佛講說此大乘義時萬二千人發無上正眞道意口說斯言吾等亦當乘斯大乘令無數人衆生之類皆使得立於此大乘於是寶女白世尊曰唯然大聖其大乘者有何塹路而不疾歸諸通之慧佛告寶女行大乘者有三十二罣礙塹路以此塹故不疾得成諸通之慧何謂三十二樂聲聞乘一

志緣覺乘二求釋梵處三倚著所生淨修梵行四專一德本言是我所五若得財寶慳貪愛惜六以偏黨心而施衆生七輕易戒禁八不念道心專精之行九瞋恚之事以爲名聞十其心廢逸十一而心馳騁十二不求博聞十三不察所造十四貢高自大十五不能清淨身口心行十六不護正法十七背捨師恩十八棄捨四恩十九離堅要法二十習諸惡友廿一隨諸陰種廿二不勸助道廿三念不善本廿四所發道意無權方便廿五不以慇懃咨嗟三寶廿六憎諸菩薩廿七所未聞法聞之誹謗廿八不覺魔事廿九習持俗典三十不肯勸化於衆生類卅一猒於生死卅二是爲三十二事遺失大乘墮于塹路其墮塹路不能疾成諸通之慧又復寶女其學大乘之威神德以此之乘墮于塹路所以者何其於斯乘有爲之穢不如所乘爲大乘者則墮塹路若以於彼無爲之德如斯行乘爲大乘者名聞之德計於彼乘於如來心即爲塵勞一切不順於斯大乘悉墮塹路其於斯乘著如來覺德稱之故如是乘者大乘之德故墮塹路是故寶女菩薩大乘當棄塵勞所慕法乘以斯之法致淨大乘當習此法思惟奉行合斯恢弘何所是法致淨大乘有三十二法致淨大乘何謂三十二於諸衆生無請之友故眞諦究竟爲他人故志性堅强遵修衆德行不以猒至德成故心無憒亂志性淨故其身清淨威儀禮節無想念故口言清淨言行相副故其心清淨不捨道心故布施清淨不望報故戒行鮮潔護犯禁故忍清淨者不惜身命故精進清淨十力無畏具足故禪定清淨一切塵勞

無雜錯故智慧清淨蠲除一切罣礙之故清淨心者降伏一切衆魔之故堅固行者度諸願故習諸四恩不捨衆生故於佛返覆護正法故已不懈倦則能具足道品法故所聞無猒具聖智故其歡喜者轉加勝故無慢善聽以能致到無見頂故於一切法無諍訟者因緣報應所見和故無貧匱者獲七財故所以不貧由自在故德慧成就不失通故滅除衆生之塵勞者定於寂然成就之故如來慧解所變化者具足觀故觀三脫門所示現者導修於空無相願故憺怕內者令諸衆生覺了分別寂然慧故興盡慧者不起法忍故修行一切諸法要者致受莂故佛言寶女是爲三十二法淨致大乘說此三十二事法品典時七萬二千天與人皆發無上正眞道意萬二千菩薩得不起法忍天於虛空百萬之衆咨嗟歎吒雨於天華鼓諸妓樂各各舉聲而歌頌曰其有逮聞於此大乘名德之稱斯等衆生護持建立諸佛之德其聞信樂篤信以後若執持者審諦奉行復超此功

囑累品第十三

於是天帝釋梵忍跡天王四大天王白世尊曰至未曾有天中之天乃能善說深奧應義講斯經典多所導利滅諸陰蓋及衆塵勞化不順義示導正義以降魔怨棄捐一切諸外異學總攝一切諸佛之法是故世尊吾當受持於斯法典諷誦講說若諸法師攬受奉持如此經卷歸身手執若在其舍書著竹帛宣布遠近諸天龍神及揵沓惒若信是經欲奉持者當令斯神寬弘無役其不悅樂而察陰

蓋者當令誦受而使斯等不犯法師不有所嬈於是世尊告天帝釋梵忍跡天王四大天王善哉善哉諸仁者等汝等乃欲將護法師曉了志願已能將護於法師者諸仁者等則爲擁護於正法矣已能擁護於正法者則爲擁護一切群萌爾時世尊告賢者阿難汝當受此經卷之品寶女所問正法之典受持諷誦爲他人說假使菩薩於百千劫而行布施忍辱者設有菩薩取是經法受則上口而諷誦者爲他人說建立大哀欲度衆生具足大慈思惟經法立於忍辱斯之獲德出彼福上速疾得歸於此大乘賢者阿難白世尊曰吾尋奉受斯法典已唯然大聖斯之經法名曰何等云何奉行佛告阿難斯之經法名曰眞諦曉了義律達門之品當持又名無量之德發意所說當持如來十力四無所畏十八不共諸佛之法分別諸相菩薩應時導修法行說不退轉輪印講演大乘當奉持之聚會之品寶女所問當奉持之阿難汝若奉持此法門品爲他人說便獲無量名德諸法法之光曜則爲衆生建立佛事所以者何是爲去來今現諸佛世尊究竟之法佛說如是寶女阿難一切衆會諸天人民阿須倫世間人聞莫不歡喜

寶女所問經卷第四

音釋

粗坐五切略也　縵謨官切　腨市兖切腓腸也　頰古協切面頰也　亹無匪切不倦之意　紺古暗切青含赤色也　繕時戰切葺治也　屛處屛必郢切蔽也　饕他刀切貪財也　唯然唯愈水切恭應之辭　塹七艷切坑也　吒丑亞切誇也　囑朱欲切付也　嬈乳沼切亂也

無言童子經

西晉三藏竺法護譯

清刻龍藏佛說法變相圖

無言童子經卷上

西晉三藏竺法護譯

聞如是一時佛遊羅閱祇耆闍崛山中與大比丘衆千二百五十人俱摩訶菩薩無央數爾時城中師子將軍第一夫人孕有德男天於虛空唱大音聲而告之曰童子汝當懷抱道教思惟經典愼莫宣說世之言談曉了方便度世之法少言尠辭捨方俗事當歸正義不取美辭嚴飾之說童子遥聞如是音教未曾啼泣亦不出聲初不自現嬰兒之相至于七日顏貌悦豫無有顚頼衆人來觀視之無猒或有人言此兒無聲用爲育養父母荅曰是非隨宿吾當育之所以者何今觀此兒威容顏貌端正姝妙巍巍難量非是凡庶之所能及實不虛妄於是父母親屬知識見兒無

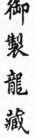

聲因共字之號曰無言於是無言童子漸遂長大至于八歲四方衆人來觀察者無有懈猒其有方面或有法會分別義者輙詣其所諮受法言寂然靜思亦無所說時彼童子而於異日與其父母五種親屬朋友知識至耆闍崛山而詣佛所稽首足下右繞三帀於世尊前叉手而立覩無央數十方世界諸菩薩會億百千姟各各處于嚴淨之座心大歡然善意生焉時舍利弗前白佛言惟天中天是無言者師子將軍之子端正姝妙威光難量巍巍如此離於言談而無所說其人前世有何餘殃生無有聲又不能言佛告舍利弗止止勿得輕慢無言童子所以者何此人則是菩薩大士於過去佛植衆德本供養無數諸佛正覺稽首足下得不退轉當成無上正真之道初生之時天於虛空宣揚大音童子汝當懷抱道意思惟經典勿有世談以是之故今此菩薩寂然不言受柔順教於玆八歲一心結舌而無所說以斯憺怕奉行四禪世尊復告舍利弗言其有衆生若能覩無言菩薩悉順道教由此無言以是之故今有大會當說經法開化導利於無央數不可稱計人民之衆於是無言菩薩即如其像三昧正受而現瑞應令諸聲聞及衆菩薩天龍鬼神揵沓惒阿須倫加留羅真陁羅摩睺勒比丘比丘尼優婆塞優婆夷一切衆會各於右掌化生蓮華大如車輪其色若干微妙鮮好其香難量見者心歡彼蓮華上則有自然諸化菩薩結跏趺坐三十二相莊嚴其身無言菩薩現大神足稽首世尊重自歸命蓮華上諸坐菩

薩叉手叉身亦三自歸無言菩薩口適宣此稽首歸命應時自然恒邊沙等諸佛世界六反震動大音普聞天於空中歎若雷震則雨衆華箜篌樂器不鼓自鳴無言菩薩承佛威神大願所致踊在空中去地四丈九尺大菩薩衆亦復如是無言大士而於其中與諸菩薩異口同音以偈讚佛

無形而現形　亦不住於色　欲以開化衆
現身而有教　佛者無色會　亦不著有爲
皆度一切數　導師故現身　顯相三十二
奇好八十種　以嚴其身體　爲衆講說法
法者則無相　亦無有音響　無聲不可得
無念寂微妙　佛法覺了法　處在佛樹下
彼道無言教　言辭無所說　其法無形法
求相不可得　以無相之法　安可有所說
愍傷於群生　此佛之大恩　分別無所獲
所說不失時　曉了無所得　解空無所獲
能如此養者　佛義無名字　有爲之言教
諸佛因所說　彼數無所有　無爲無自然
如無常形色　導師緣見像　此法無所有
爲衆說此經　又始至八歲　口未曾有言
我初生之時　諸天唱大音　以思惟經典
其耳不聞聲　如是懷道業　口亦無所說
無言假有教　辭語無所暢　以言謂有說
清淨妙光曜　念誓願佛道　志在於大乘
當宣于尊教　得佛人中上　道心不可獲
無言無相念　是故曰道空　解結成暉曜

於是童子謂諸衆會道與言教等無有異不可見不可持所可說無能覩口說志道人計於道而有所求其所處願斯無所有不可得

處則無所住如是住者道之所立也諸度無極亦復如是及餘無數衆德之本說於言教亦無所說但是音聲無有言辭又說布施者以施當施者惠與有所向道住一切等口說愍哀施道教亦行慈其道爲自然平均如虛空心所曉了有所說計彼一切悉爲清淨其道爲普虛端如是身行口言心有所思捨施於斯一切塵勞是乃名曰施度無極所可勸助亦復如是布施非是道之恩惠有計道者不依布施是二事者但假聲耳永無所著亦無形像假使如是受道教者爲菩薩行彼乃名曰施度無極於布施主則爲清淨有所惠與不相報故耳聞禁戒不住於色則無所生亦無所滅是爲戒者亦復如是身口心事若無所造悉無所有而反分別所講說因緣合成口有所說因名曰戒如口所說戒亦如是此二事者俱無形像諸禁戒業一切假言語無章句計於道者無所言說其口所暢及心意以業是禁戒勸助道德言戒爲道欲曜於戒一切無像猶如虛空能曉了此是爲獨步報行禁戒所可遊去超絕無侶入平等覺亹亹深妙難及之道於是讚曰

如言道亦然　無持不可覩　所說無所覩
我宣者佛道　誓願求於道　所願無所住
無住無處所　道所立亦然　諸度無極然
及所作衆德　言辭託音聲　所說無所說
所可謂布施　所施當所施　方當所憲者
悉住平等道　口所暢布施　敷演於道事
彼道亦自然　等猶如虛空　若能曉了心
口之所說者　彼一切清淨　聞淨皆至道

身口及心念　捨一切塵勞　所勸亦如斯
是施度無極　布施不歸道　道不倚於施
此二者假名　無著亦無像　若無所依倚
其受道若斯　若不望想報　是名曰布施
而假聞禁戒　不住於形色　不起無所滅
是爲戒之相　不行戒亦爾　身口心無異
無作無所有　假有言說耳　因緣合有辭
說號禁戒耳　如吾戒正等　此二事無漏
諸可禁戒事　一切假於言　道義所獲者
無言亦無業　口說心所作　禁戒勸助道
計戒及道教　一切如虛空　若曉了此者
獨步普入戒　則遊居於道　深妙難解句

童子又謂諸來會者所可謂言忍辱教者亦是言辭解空空義乃爲忍辱忍如平等三界亦如說忍形類無像無見等心於此乃名曰忍若能虛靜爲忍辱根音聲香味因緣合成彼無所有但文字耳是故宣暢言忍辱矣如來正覺說有三忍身口心念若能曉了此忍辱者是曰爲忍解斷其身節節離散心無瞋恚恩愛及身譬如牆壁察身如是是爲忍辱遠聞惡言口所暢說若能堪任於諸言辭不味所說乃爲忍辱若復遊志一切瑕穢其心靜然而無憂結意能分別諸文字者心乃入於忍辱計如忍道亦如此身口意俱同爾乃名曰道宣傳於聖教多所勸助者一切精進上妙細微及諸中間億劫合集而不可得至於成就假使精進不可逮得計於道德亦無所獲不得諸法是曰精進所修精進設能如是不懷怯弱亦無恐懼是謂極上通大精進勇猛菩薩仁義備悉於是童子重頌曰

可所謂忍辱　口之所宣暢　空空義故忍
如忍等三世　説於忍色像　不貌不可見
若心等於斯　爾乃名曰忍　忍類爲空靜
縁合聲香味　彼無有文字　此乃名曰忍
講宣此三忍　身口及心念　於境常不動
暢乃名曰忍　節節解其身　而心不懷恚
身受如牆壁　是爲身忍辱　遠聞有惡言
不報于罵辭　入此音乃忍　悉能住所説
若於諸瑕疵　心不懷愛結　設能了字空
是心入忍辱　如忍道亦然　身口意如是
此乃名曰道　名所而勸助　若諸所精進
最上中微下　合集億姟劫　不得便成就
精進不可得　道亦無所獲　不逮一切法
是曰爲精進　若勤力行此　無怯不懷難
彼則大精進　爲勇猛菩薩

童子復謂諸來會者所謂禪思亦不有念計於禪者亦無所住棄一切想是乃名曰寂度無極則能寂然憺怕無言無放逸離諸漏而燒滅一切塵是名曰寂度無極心於諸法不遣往返於心離心是則名曰寂度無極心及禪定常至道意恒以平等觀此衆事若能平等於諸所觀無有邪正斯謂佛道不爲難得無有文字亦無所説不可究竟亦無所有無有放逸亦不自恣此乃名曰智度無極無有此際不度彼岸又於此彼而無所住正立法界以無所住亦無所著亦無文字無所頒宣無文字已不復舉假一切思想若能啓受於此法者爾乃名曰智度無極六度無極亦復如是假使有人等觀此義則能均平一切諸法亦能等於一切衆生若能同像一切諸法

則能均平一切衆生若能平均一切衆生則
能平等一切諸佛等諸佛已則能奉修於一
切智是故菩薩勇猛無畏猶斯名曰無極智
慧若能順從此教命者則順法眼不可思議
於是童子以偈頌曰

禪行無所思　專心不有住　斷一切諸想
名寂度無極　寂然而憺怕　不逸無諸漏
棄捐衆塵勞　是寂度無極　其心一切法
未曾遣往返　無心脫於心　寂然度彼岸
計心及與道　觀之悉平等　若能察平等
佛道不難得　捨文字無言　無本無所有
不樂不自恣　乃名爲智慧　無此彼度岸
不住彼此際　正立於法界　不住無所著
文字無頒宣　不與一切想　以是受諸法
乃名曰智慧　諸度無極然　所見一同類
則能等諸法　平均於衆生　以能等諸法
則能等衆生　亦能於諸法　便等一切智
是故大智慧　菩薩其勇猛　能隨此教令
法眼不思議

彼諸正士說此章句分別所趣以千二百人
皆發無上正眞道意六萬菩薩得無所從生
法忍時蓮華上諸坐菩薩尋即退下稽首佛
足及復禮於無言菩薩俱共啓白無言菩薩
吾等以報聖師之恩欽樂正法奉事經典修
行孝順而有返復賢者舍利弗前白佛言唯
然世尊此諸菩薩何故口宣如是言辭吾等
孝順而有返復佛告舍利弗此諸菩薩悉具
無言菩薩大士之所勸發令宣道教演于恩
慈仁義禮節無上正眞大乘之教開化未聞
令發道意是爲孝順而有返復報師之恩令

者故來行供養德亦欲覩見於此大會奉覲佛聖聽省經典諮受所聞於是無言菩薩白世尊曰我欲啓問如來至眞等正覺所懷疑結設見聽者乃敢自陳世尊即告無言菩薩恣意所問諸不了者如來一一當爲發遣可悅其心令無餘疑時舍利弗語無言菩薩汝族姓子不能語言云何欲問如來義乎無言荅曰一切諸法悉無文字亦無言辭所以者何一切衆生皆悉自然無諸言教及衆想念惟舍利弗因心所念口說言辭若無所思則無所言心所念者悉虛無實言不可說不可示人亦不可得諮問行念其想著者悉無所有而無文字其虛無者亦無想念亦不宣暢文字之說其諸行念不自想言吾當宣布文字之說文字不念當行想念暢文字說惟舍利弗十二緣起深奧難逮巍巍如是因緣所生彼則自然了無所有假使自然無所有者彼則無有逮成道者惟舍利弗一切諸法無所成因緣之事依無所住有所造作因於緣合是故因緣無所興立惟舍利弗一切諸法悉無有主而君長亦無常王無有志念因巳思想多所馳騁從對有念處於衆想顚倒之黨從其起生彼若有問見難問者所想知一切此法有想無想悉爲一相謂無有想彼所以問是爲菩薩行於大哀惟舍利弗吾以是故興發大哀諮問如來不以言辭聲音問事倚口言教住於大哀菩薩所問舍利弗問若族姓子設無衆生無有人物何因菩薩而於衆生興大哀乎無言荅曰惟舍利弗設使衆生不求成就至於道者爾乃菩薩不於衆生

興發大哀然而衆生無有衆生起衆生想是故菩薩處於衆生興發大哀設說有人則反逆矣一切五趣猶如幻化嗚呼痛哉諸人顛倒無有衆生起衆生想是故爲彼講說經道使無吾我本末皆空由是菩薩爲諸衆生興發大哀無所破壞不毀所有不壞吾我及人壽命故曰菩薩入於大哀導利衆生見暢審如分別空事爲諸客塵之所點汙所可遊入等一切色而自覩見本悉清淨是故菩薩而於衆生興發大哀時舍利弗讚無言菩薩曰善哉善哉族姓子實如所云一無有異又從仁賢向者聽者所講辯才故欲發問當從正士啓受如是不可思議所頒宣法設問所說當令弊魔不得其便使如來法得久存立此諸衆會天龍鬼神揵沓惒阿須倫加留羅眞陀羅摩睺勒等人非人逮得無量道法光明

於是無言菩薩前白佛言世尊常說修正見者有二因緣從他聞音思惟其行善哉大聖惟願如來至眞正覺分別宣揚何謂菩薩承於他音何謂思惟何謂賢聖之正見也佛告無言菩薩族姓子諦聽善思念之今當分別猶如菩薩承他音聲因而思惟奉順賢聖之正見也善哉世尊願樂欲聞無言菩薩與大衆會受教而聽佛言族姓子若有菩薩勸化衆生入於佛道是爲菩薩承於他音設令其人心不懷亂是爲思惟假使等觀於道意者是爲賢聖之正見也又若聽省柔順道法此承他音若能奉持佛之道義是爲思惟若能奉行菩薩之道逮得法忍是爲賢聖之正見也復次無言若能宣于所聞微妙之慧無上

正眞承此他音假使能通達不計吾我是爲思惟志性清淨無有諛諂發起洪業是爲賢聖之正見也所聞順義而不遠法是承他音修衆德本是爲思惟所行微妙勸助於道是爲賢聖之正見也專精聽受是承他音求殊特義是爲思惟勸助道意未曾忘捨是爲賢聖之正見也順念如應勸助道意初不廢退等觀賢聖放捨一切所可聞念是承他音一切所有敢可尊敬悉能施與無所愛惜是爲思惟不望其報不貪著道至於大乘是爲賢聖之正見也聞於禁戒弘雅之教此承他音所執戒心無所習舍是爲思惟戒無所行篤信至眞勸助於道是爲賢聖之正見也聽省忍辱仁義大慈此承他音而懷愍傷無有害心是爲思惟究竟閑靜信諸法盡勸助佛道是爲賢聖之正見也聽省精進則而順之是承他音其心不住懈怠垢穢是爲思惟無合無散無所遺失慇懃精進以勸助道是爲賢聖之正見也令聞禪定三脫之門三昧正受此承他音心所爲事而不可得觀察心本是爲思惟所修禪定不墮顚倒勸助佛道是爲賢聖之正見也聽聞智慧身根華實此承他音如所聞法觀察本末之所歸趣是爲思惟棄捐諸流衆涯底源開化道意是爲賢聖之正見也示以四恩聽攝所聞了無所著此承他音未曾放廢四恩之教是爲思惟所可救濟恩及衆生斯平等義開度立之於一切智是爲賢聖之正見也修四梵行慈悲喜護此承他音而不壞除愍愛衆類亦無所毀所可奉行不求名稱是爲思惟遵樂空無爲衆生

故而修愍哀以法之故而行歡悅爲二報故勸助道德是爲賢聖之正見也設令聽省四分别辯此承他音觀察諸法威儀禮節是爲思惟順從法義等於平均所行具足勸發道意是爲賢聖之正見也若聞所說當奉行微妙導利之事此承他音念御順行而不遠離是爲思惟章句道跡所由處所宣布佛道是爲賢聖之正見也若能令聞三十七品正覺之法此承他音修於意止悉不憒亂行於斷意未曾感隨不善之心而常順從德義之志其神足者精進禪定不懷怯弱篤信如是明解章句而不退還慧能尋對一一觀察心由法力不行塵勞入覺意法等於道心是爲思惟假使無意無所思念於四意止不起不滅於四意斷柔和身心於四神足審如眞諦曉了如是所趣若斯執智慧刀截斷衆垢情欲不散入于正法而於覺意下入等觀無有二事所歸徑路勸助道心是爲賢聖之正見也若使聽聞四聖諦者此承他音五陰苦患恩愛之難滅盡所習因緣之報入於徑路是爲思惟雖處諸若慧無所起於諸所習慧無所習於諸所盡慧究竟盡由于徑路慧無所著勸發大道是爲賢聖之正見也若以聽受於三脫門此承他音篤信於空不畏無相而於無願無所志求是爲思惟不生空行開化諸見與於無相教導一切諸所相行發于無願所生至誠是爲賢聖之正見也令初發意順從大業此承他音修菩薩行不捨一切是爲思惟不退轉地當成正覺是爲賢聖之正見也得善知識而從其教此承他音自見世尊

諮受聖路是爲思惟如口所言不違所言身口相應是爲賢聖之正見也聽所講法等於惑亂此承他音觀察諸法義之所歸是爲思惟奉行法義不失道教是爲賢聖之正見也親近如來諮受所宣此承他音識分別道心不捨大猷是爲思惟即受奉行有所開化能使成就是爲賢聖之正見也設能聽受八萬四千諸道品法此承他音曉了分別八萬四千諸佛之行是爲思惟八萬四千衆生之類各異根者如應說法是爲賢聖之正見也在在所由悉無所樂發功德心此承他音假使其心不捨功德是爲思惟以是德心專精勸助於一切智是爲賢聖之正見也此族姓子設隨順念則爲長命壽不可極無始無終賢聖正見所以者何五趣周旋如幻化夢影響野馬水月芭蕉曉了若斯是承他音一切諸法悉爲平等而無偏邪是爲思惟若致平等乃爲賢聖之正見也名曰思惟不舉不下於一切法無應不應無進不進無處不處無行不行無念不念無想不想無意不意無惟不惟無心意教是爲名曰不二入法門曉了一品無合無散無違無順曉了淙念本性清淨極爲顯曜而當講說無冥無明無濁無清無有品第則爲法界無所破壞而於本際不爲動摇入於無本處于三世而無所處無我無人無壽無命無音無聲等諸文字義無所獲無有財業無所畢置得諸所盡一切所行無有衆念離一切想皆悉斷於放逸之事滅除一切諸所惟行而無所著捨諸所著巍巍乃至如來所歎無爲之事刈去衆想是爲平等

無有形貌如應思惟假使行者從三昧起則以此法而爲衆生及他人說便於其所推求斯本如應思惟而療治之無所動揺是爲名曰立於大哀賢聖正見佛說賢聖正見之時一萬菩薩尋即逮得賢聖正見於是舍利弗謂無言菩薩仁族姓子從何聞法乃能興此賢聖正見無言荅曰惟舍利弗吾所從聞法無所造不從過去心得至於道亦不當來亦不現在平等三世等一切法有所趣者而無所歸亦無有法亦無所等吾從於彼而聽聞法不有爲不無爲無識無住無心意識於一切法莫有所湊制止一切衆生之心可悅諸人義無所獲亦不動揺於無力毒而無著吾正從彼而聽聞法見生於世者不生不起一切法若不所興分別無本而無所說吾正從彼而聽聞法其住法界等御人界法界人界及虛空界不以差別平等諸界而無所生不造若干吾正從彼而聽聞法不處道場不坐樹下亦不經行亦不得佛不倚於道不捨於俗不令諸著人民之等作是念心如來得道亦不得道得於相好若不得相作證不作證悉從本淨自然之性惟舍利弗法者無持而不可捉則無有身以無有身無所成就以無所成就則無所生以無所生則無所起以無所起則無終沒以無終沒則無所著以無所著則不動揺以不動揺則無所作以無所作則游駛水已游駛水則無所得已無所得身度彼岸已度彼岸無下不下則無有器已無有器則無所應已無所應則離愛欲已離愛欲則無有想已無有想則斷衆亂已斷衆亂

本性清淨已至清淨則無有垢已無有垢則無塵勞已無塵勞則無同像已無同像則住平等已住平等則立無動已立無動則無所求已無所求則如眞諦已如眞諦則如審實已如審實則無所有已無所有則於諸緣而無有緣已於諸緣無有緣者則度境界已度諸界所趣無趣則無所舉已無所舉則無所下已無所下則無有門已無有門便離言教已離言教則度識句已度識句則不復還已不復還則無有處已無有處則無非處已無非處則無種稷已無種稷則無根芽已無根芽則無爲超度諸識之跡寂之自然已至寂然究竟憺怕已至憺怕則無惟然已無惟然究竟無恨已至無恨則至了意已至了意不復更興已不復興則歸平等無爲之道是則爲法惟舍利弗法如是比說經如茲其正見者爲何像類其正見者等於已身已等已身則離合會已離合會於諸平等不見平等覩諸所見若無所想是舍利弗宣暢法律賢聖正見無言菩薩謂舍利弗如等無明恩愛之著亦等慧明解脫之事等於滅度無作不作是爲等致賢聖正見若有所覩不取異見是爲賢聖之正見也復次舍利弗若能等於婬怒愚癡亦等於空無相無願解脫之相則爲一相謂歸無相已能歸此平等事者是爲賢聖之正見也復次處正見者於諸平等不造二事已無二事不住相應已無相應不有所住逮得諸法一切平等而無差忒是爲賢聖之正見也復次等無二者則等衆生則等諸佛則等諸法已等諸法則等國土已等國土

則等虛空其於此等則不轉移能於此等平等徑者修無所處是為賢聖之正見也是故舍利弗如法像類聽者亦然正見若茲又舍利弗耆年為與正見乎從何聞法所見何類舍利弗荅曰如我於今族姓子聞所說法察其義歸有所講說皆墮短乏無言荅曰如是如是舍利弗敢有言辭皆墮短乏舍利弗又問族姓子如來至真無量福會有所宣暢其所說者豈墮短乏無言荅曰如是說者而無所說不墮短乏所以者何如來至真不興名德不當慕於如來上福所以者何其如來者無德無稱若如來義無本如來亦復如是在於無本而不動轉若有不欲如來上德彼所慕者則無平等亦無偏邪於欲無欲有所慕者則墮短乏舍利弗問惟族姓子何謂於法而無短乏無言荅曰無大五陰六入不以頂受無所招致悉無所行不有言辭無誨不誨而於道法令心意識無所起生是法無短假使有起心意識者則墮短乏若於諸法有作無作則墮短乏設於諸法無作不作乃無短乏復次若於諸法有所分別有所蠲除而有所行有所造證則墮短乏若無曉了無除所去亦無所行不有造證乃無短乏假有所見無所聞說教化獲致識知所趣則墮短乏於一切界而無所行乃無短乏其有覩見功德瑕穢則墮短乏設使所行無有瑕穢無有德稱亦無所見乃無短乏時佛嗟歎無言菩薩善哉善哉族姓子若欲講法當作是說是時萬二千菩薩逮得無所從生法忍無言菩薩復白佛言我識如來為諸菩薩講說四力一

曰信力二曰精進力三曰意力四曰智力惟如來至真等正覺廣分別說此四品力何謂菩薩篤信精進意智慧力佛告無言菩薩諦聽善念善哉世尊願樂欲聞無言菩薩受教而聽佛言族姓子假使菩薩信諸佛法愛樂順從不懷狐疑亦無猶豫是爲信力諸佛精進本求道時戀慕此典不以懈廢不懷怯弱亦不退轉是爲精進力若攝其志合集德本無所忘失其意不亂不捨道心所可與發真正之心勸助於道是爲意力所修智明於一切法不須他慧而得自在慧無所礙是爲智慧力佛復告無言菩薩信於賢聖獨步三界無所疑難是爲信力所施精勤恭敬奉順是爲精進力心之所念常思賢聖之所頒宣未曾忘捨是爲意力若從至聖所聞智慧經典之本則能奉行是爲智力復次假使篤信罪福之報而不疑亂是爲信力若能勤行所不當作而不爲之是爲精進力念所興業終無腐朽是爲意力若能曉了無有罪福報應有能分別一切諸法是爲智力佛復告無言菩薩假使其心清澄無穢能攝其意順道教者是爲信力意所啓受而將養之是精進力若令其心常順志一是爲意力心觀諸法一切如幻是爲智力復次信一切法皆悉爲空是爲信力所修精進解諸見縛是爲精進力於内外空不懷恐怖是爲意力觀究竟空本末悉空是智慧力無相無願於一切法無所造行是爲信力以此道法而爲他人分別說者是精進力設使於此念于諸法所行安詳是爲意力昔所講說方當宣暢令頒宣者一切

推求永不可得是爲慧力一切所有心自當思欲以放捨信布施處是爲信力有所放捨不懷懈倦是精進力未曾怯劣大道未曾遺令捨施興發布施又勸助道意是爲意力不得施者亦無受者不蒙想報是智慧力奉順禁戒成就眞正信戒果實是爲信力以所精進滅除毀戒之心是爲精進力若以道心念之不忘所尊禁戒皆以勸助於一切智是爲意力觀身如影言如呼響心如幻化察於禁戒而無所行是爲智力成就忍辱信於威勢是爲信力所行精進不聽衆想不演麤辭妄加於人使從邪徑假令支解割截身肉集忍辱力未曾懷瞋慈心忍辱是爲精進力所行忍辱則以勸助於一切智是爲意力無身意識不得身心是智慧力道爲精進不爲懈怠信於此者而心歡樂興盛篤信是爲信力常行精進不捨須臾亦無所著用化衆生將護正典植衆德本奉事於佛供養隨順皆爲一切衆生之故修治佛土莊嚴清淨名德之稱是精進力蠲除一切衆生瞋恚懈怠垢穢以被德鎧所修精進則以勸助於一切智是爲意力若不慇懃望想於道不失威儀禮節之正選擇精進不得一切諸法處所是智慧力樂於閑居宴靜獨處不慕衆會發興悅力是爲信力所行精進修於禪定興發脫門三昧正受是精進力因由所從致禪思者而不動搖是爲意力於彼一心觀於無常苦空非身而不亂禪不輕慢禪不退轉禪曉了善權方謀宜適是爲善權方便誘進牽致至於智力聞於一切諸度無極道品之法若能信此是

爲信力一切所聞執持不忘能爲他人嗟歎方便設於彼法若能奉遵若不奉遵自察本末是精進力處於衆生其心不亂遊於愛欲譬如蓮華教化一切是爲意力察三界空猶如泡沫芭蕉野馬影響幻化開示未聞是爲智力以清澄心慈向衆生仁靡不周是爲信力信於大哀心所興造不以懈怠是精進力心好正典不捨法樂常執奉行是爲意力心無所著而不懷害不造有二無進不進逮得靜觀修行正法是智慧力思惟人身以無央數衆惡瑕穢荒亂衆力不得久存供養於此儱悷虵蚖因由邪行曉了如此是爲信力若速況没苦痛之患衆惱並至此則爲是死生之義觀察佛法是精進力假使心變在於不善終不聽從心亦不隨聲聞緣覺又心不隨塵欲貪嫉心亦不從毀戒惡智是爲意力若入法慧分別慧句入於宣暢體解之慧過去當來今現在慧是爲智力歡樂爲信相不退精進相觀爲意相曉了爲智相行於信力不捨進力不失意力修智慧力爲人說法應病與藥曉了罣礙則爲篤信度諸罣礙而爲精進無所復著是名曰意而審曉礙則爲智慧好喜佛法興于篤信以興篤信即發道意是爲信力奉修衆行合集積累道品之法是精進力柔順法忍則爲意力設使逮得無所從生法忍是則智力信根爲信力進根爲精進力意根爲意力禪思伏根大聖達根靡不周至是智慧力佛說是時八千菩薩逮得無所從生法忍四萬二千人皆發無上正真道意

無言童子經卷上

音釋

顣頞 顣慈焦切頞秦醉切顣頞憂愁而面瘦也 姝 春朱切美好也 稽首 稽遣禮切下拜首至地也 箜篌 箜苦紅切篌胡鉤切箜篌樂器 頒 逋還切布也 湊 千候切聚也 駛 爽士切疾也 稷 節力切百穀總名也 㦕悷 㦕力董切悷力計切㦕悷多惡不調也

無言童子經卷下

西晉三藏竺法護譯

爾時會中有一菩薩名蓮華淨問無言菩薩如族姓子屬者與意白問如來寧見荅解及微妙行如受法滐可悅心乎無言荅曰惟族姓子吾始以來未曾問法亦無所受當以何緣而致法滐可悅心耶曰族姓子仁爲不曾因於如來聽受法乎荅曰不也又問何故荅曰非其器故又問仁於講法爲非器乎荅曰如是又問仁何所器荅曰吾於諸法之類而爲非器無復奇異又問族姓子若爲非器何因當逮無上正眞之道成最正覺荅曰道者非爲法器又問察其道者非佛法器乎荅曰假使其道離佛法者佛法非器又其道者不離佛法又計佛法則爲是道又其道者則爲佛法故族姓子吾不欲令諸佛道法離於塵勞常不志道況樂佛法離於道乎所以者何有佛法者不離塵勞又其塵勞不離於道覺了欲塵則名曰道吾以是故不計我所不別佛道其異意者各各計別不當異處而求道也假使有人於異處求此等諸異設復有人無有異求不以爲別又問以何爲異荅曰謂吾我別與道不同是名曰異謂四大異我人壽命而心意異婬怒癡異是謂爲異若能曉了吾我自然本末清淨道者自然本末清淨乃謂無異我人壽命婬怒愚癡自然清淨道亦自然究竟清淨乃謂無異假使異者不可求異則當於此四大之身於吾我中求一切法如是求者求無所得設無所得不造所著無所著者則無處所一切諸法悉無所住無

有本際設無本際則眞本際以眞本際無斷絶際不計當際無有限際無無量際一切諸法本際如是若入此際則不有念亦不無念不在生死亦不滅度究竟滅度了一切法若以此法而滅度者則逮寂然諸不滅度令得滅度如世尊曰不能調已不寂滅脱而不隨教不得滅度欲開化人令得滅度未之有也其自寂然解脱隨律得度無爲能度未度此事如言是菩薩行設使欲得至滅度法輙當導修菩薩之行則能曉了一切諸行達法界相如是行者便能皆見衆德之本目不復覩諸魔官屬輪跡之行當導修此合集佛法不失三昧如是行者開化衆生宣暢一切諸界度於無我如是行者受一切法皆使塵勞自然悉除如是行者雖行於世不著方俗如是行者執持五陰不住於識如是行者受諸四大立於法界而不動揺如是行者攝於諸入致解脱門如是行者所現諸界而度無極獨步大猷入於三界示現塵勞而無垢穢如是行者施度無極不想無極亦無所住戒忍精進一心智慧慧度無極不想智慧亦無所住如是行者不捨衆行所修審諦究竟清淨如是行者修菩薩行所可導習道無若干行菩薩者則無有二無有二者乃菩薩行行菩薩道無有吾我及與我所不計有身亦無所受乃菩薩行其修道者無有結滯除諸穢廢乃爲菩薩其修道者不患危害覺了分别無會無爲乃爲菩薩又問何謂正號爲菩薩乎荅曰爲不曉了道義者故因曰菩薩順從道教興發寂然不毀佛教奉持法言將護聖衆而

於道心則不動轉心不住於聲聞緣覺不亂
淨性而不宣說無稱之辭究竟要誓度諸未
度安諸不安諸不滅度令得滅度受持塵勞
不墮無欲觀於無生所生而審觀於空無將
濟群生觀於無相不想著道行於無願隨俗
而生求於佛身不爲衆欲之所霑染觀於有
爲覺了所會亦無所失而不愚戇得世明慧
執智兵仗降五陰賊六衰之難開化憍慢施
自莊嚴嚴淨佛土戒莊嚴心所願具足被忍
辱鎧教授瞋恚精進堅強能成就已猶如金
剛處於憒亂至執禪定而無所著智慧明了
而不惡猒所生之穢行權方便所在一切推
極道原修于慈心安詳柔和發起衆生行于
大悲見於衆生未得度者撫育使安導修行
喜常爲無依令護諸根行於護觀不永寂滅

修於觀也導承深奧難及之事聲聞緣覺所
不能逮念本義藏不思世典多所將順一切
群生莊嚴其身以相飾姿莊嚴其口言行相
應莊嚴其心不捨道意神通娛樂普能示現
一切所住持心如地一切衆生之所戴仰洗
一切垢譬若如水燒燋一切艱難衰入譬若
如火心猶若風無有惱熱遊步無礙心如虛
空未曾想著一切諸法逮得總持一切所聞
識念不忘辯才具足可悅衆生歡然解釋而
爲諸佛之所建立能自修心則令清淨順于
法界曉了四食不想諸應威儀禮節清修已
身威儀禮節經路清淨爲修正業行步進止
具足成就而修空行樂於閑居開化衆生而
不穢猒於諸聚會樂于禪思不患其意未曾
貧匱備悉一切諸賢聖財修於祠祀伏弊惡

心遊曠野者修于堅强其心剛毅不可毀壞導行仁慈究竟滅度身順返復而不虛盡往宿德本志常隨順報前所由念行思好爲衆生故所學精勤選擇舉要勸化無智所修善業無煩惱熱悉能分別行于大哀一切普遊遵于三乘不懷狐疑於一切法衆所瞻察所問能荅靡不戴仰辯才無礙莫不受言本願所立明說和雅所至到處靡不歡悅所語隨時未曾失節功勲布施人所欽仰如月盛滿志性柔和辭無麤獷得對能忍諸根不悴善修其意等度往來猶如橋梁度脫衆生於四駛水譬如大船亦如導師將導一切諸行來者常生救濟一切異學爲衆群黎興立佛法故曰菩薩而不退轉如是衆行及餘德勲不可思議具足道慧乃謂菩薩於是蓮華淨菩薩白佛言唯然世尊今我觀察無言菩薩智慧辯才宣暢道教如是不久當成無上正眞之道爲最正覺當轉弘廣無上法輪若復有人得聞無言菩薩所說信樂愛敬順而不訕不久亦當具足致此功德之法佛言如是如汝所言誠無有異無言菩薩逮得慧明三昧發意之頃以一句法於百千劫分別說之義不可盡蓮華淨菩薩復白佛言善哉世尊愍傷我等及此衆會宿之本德衆人雲集爲經典故當令莊嚴惟願如來至眞等正覺敷演說此慧明三昧若有菩薩得聞此教悉當逮得慧明三昧設有受者多所將濟一切群生疾成無上正眞之道爲最正覺佛告蓮華淨菩薩諦聽善思當爲汝說慧明三昧善哉世尊願樂欲聞蓮華淨菩薩受教而聽佛言族

姓子所云慧明聖曜之謂所以名曰慧明聖曜者何蠲除衆覆弊結垢闇通過諸礙離於穢濁荏若之謂故曰慧明三昧解法無二所觀明徹無有猶豫慧無有侶不戴仰人滅衆瑕疵卒發尋對分别滅度曉了一慧解暢過去當來現在三世之慧嚴淨三場明識三界體三脱門通三達智廣布三寶暢示三乘淨於三眼毁三垢本明三峻聚決定未定處邪此謂三峻聚也識暢入於心意識中分别陰種諸入之事覺了因緣和合報應斷不調定沉疑邪見解知法界能說本無審如本際最上第一方便至聖明識一切文字音響其所入處若崇講說言無所滯辯才無礙莫能制止若敷演法無能抑者知識一切諸根各異決斷柔劣中容之原有明無明入於三教執持所應入於總持頌宣光暉歸趣日行三昧無量頌三昧分别宣暢金剛道場三昧如金剛三昧覺無瞋三昧意勇三昧降除魔場三昧日光明三昧曜靡不照無境界三昧慧無濟限入無想念幢英至三昧淳淑親近一切諸法照明華三昧放無量光入音三昧了別一切音聲所趣德事三昧普能示現一切功勲善住三昧知一切法所立之處光曜三昧等入一切衆生之心盡尊王三昧分別諸法一切悉盡無住三昧了衆平等無恚三昧一切諸法究竟永無無動三昧不著諸法鉤鏁三昧開化諸見超表三昧於一切慧無所蔽礙佛言族姓子如是等類六萬三昧吾於往昔見錠光佛而見授決尋時逮得此諸三昧又計於此六萬三昧門皆來入於慧明三昧

慧明三昧則爲元首入於此中乃致大明佛告族姓子如日宫殿照於水中顯現未曾興立四事何謂爲四滅除一切闇冥蔽礙放其光明所照廣遠示現一切諸色形像所當作者皆由是日興業得安慧明三昧亦復如是若有菩薩住此定者現昔未有亦興四事何謂爲四滅除一切塵勞垢冥照曜無量廣遠智慧察見一切衆生心行像貌諸色隨其所學三乘之行各爲指示建立道業佛告族姓子譬如八角大如意珠妙光暉善清淨玄妙無諸瑕垢無有穢惡建於幢首曜四十由旬衆人所志敢有所求皆令得願各各得所不失其僥大如意珠無所愛恪若有菩薩得立於此慧明三昧聖智超絶巍巍如是清淨鮮明若如意珠除諸塵勞結穢衆垢住八清淨微妙禁戒三昧之定智慧解脫度知見品誠諦鮮潔善權方便總持辯才分別忍辱靡所不暢彼以清淨莫能當明離於瑕疵無極大哀以爲大幢照曜一切無量佛土各隨衆生心本所願悉得解釋菩薩如是救濟五趣三處之礙皆至大道亦無想念佛告族姓子譬如虚空虚空無際悉能容受一切佛土執持衆水一切諸火劫燒之時一切衆生無進退處聽其所歸爲作處所虚空之域廣遠玄曠不可限量無所罣礙慧明三昧亦復如是若有菩薩住此定者爲諸衆生一切諸法示導處所無所歸者爲受其歸植衆德本因緣之報開解已心爲無央數一切衆生導示徑路教化與眼强於因緣未得解脱永處邪見群萌之類聽示處所假使有人不興德本不返

道器不在無本各各開化爲示即器顯發無上正眞道意而示聲聞緣覺處所聞吾說法尋受奉行則獲果報聲聞緣覺之所慕乘當爲宣暢曾所忘失六典之要令入法門緣是之故諸菩薩衆欲求道者當爲頒宣六度無極四等之恩善權方便勸助指導各各爲暢令心歡然使不退轉建成無上正眞之道是爲一切衆生之類開示處所於彼何謂爲一切法示現處所假使菩薩口自敷演八萬四千經典法藏若有衆人心懷狐疑猶豫不決來啓問者菩薩皆常秉志一心一一爲人決其結滯一句之義億百千姟難限劫數普演分別其慧無量玄曠廣遠無所罣礙而不可盡無有邊際是爲一切示法處所佛告族姓子譬如大炬光明照遠諸有覆蔽曀匿形色悉爲現矣炬之光曜所益如此慧明定意亦復如是若有菩薩住此定者則能以一慧明之心顯示章句十方無量不可計會諸佛國土諸佛菩薩一切衆生莫不覩見亦不違遠志不動移慧明之心所察無邊佛告族姓子慧明之定處於意止見諸法原於四意斷未發意者爲興慧原於諸神足身意寂原而於諸根處聖達原所謂力者云智慧力於覺意法入于慧原所謂道者處正見原寂然觀者觀察憺怕行眞誠者善滅之原其聖諦者善寂慧原所歸念者如義趣原分別道者法義之原神通達者漏盡之原修梵行者興于大哀四等心原一切普念思法之原諸度無極智度無極以爲原首善權方便應衆生心原十種力者知限無限有處無處以此爲原無

所畏者曉了平等佛道之原不共法者而於三世無所礙原所言眼者謂佛之眼莊嚴其身眉間頂相無能覩原莊嚴口者須宣經法無侵損原莊嚴其心行三昧定而不移原是族姓子一切諸法皆以歸趣智慧之原是則名曰慧明三昧一切諸法之原首説是語時蓮華淨菩薩逮得是慧明三昧復有萬菩薩亦逮斯三昧三千大千世界六返震動其大光明普照十方爾時諸來一切衆會諸天人民各各賷華供養散佛於時會中諸菩薩衆志大乘者悉白佛言我等本來未曾得聞此三昧名何況廣解分别義者今所可供世尊之福願令我等逮是三昧漸漸進行緣是所誓逮此定意必獲無疑吾等善利爲致善慶乃能遭遇聞是三昧若有逮聞於是三昧而歡喜信功祚難限未曾違失菩薩之心亦當不久致此三昧佛言如是如仁所言而無有異無德之人不種善本不能值遇此三昧矣何況得聞歡喜信者未之有也假使在於善知識邊若隨明師乃能信樂此定意耳佛説是語向欲竟時世尊齒中一菩薩出紫磨金色三十二相莊嚴其身八十種好而飾其姿適出於齒其菩薩身尋即演放巍巍光明無極弘曜皆悉覆蔽一切衆明惟世尊光獨得顯現時彼菩薩稽首佛足右繞七帀則在前住啓白佛言唯然世尊執慧曜如來至眞等正覺敬問無量進止康强遊步輕利力勢安乎使我宣傳問於大聖斯六十億姟數菩薩來詣此會聽説經典奉覲世尊啓首諮受又復欲見十方世界大會菩薩無言菩薩智慧

辯才所可宣暢啓受未聞聽是慧明三昧之定惟天中天爲諸菩薩如應說法使逮得是慧明三昧獲致無極大法光曜而數周旋詣此佛土於是舍利弗前問佛言唯然世尊執慧曜如來至眞等正覺爲在何方今寧現世講說法乎去是遠近國土何類并說於此正士名號及六十億姟數菩薩爲何所處佛告舍利弗東方去此江河沙等諸佛國土有世界名住於堅固金剛之根執慧曜如來在於彼土今者現在佛告舍利弗彼之世界何故名曰住於堅固金剛之根其國下地從底至上堅固甚牢不可破壞悉是金剛斯皆其佛本願所致所以者何其佛堅固金剛之行獨步無難及諸菩薩造金剛行勇猛牢固無能壞者已身威力巍巍具足乃如是也假使世界泥土成者則當破壞碎落微散若其有人生彼世界身如金剛皆亦堅固不可破壞是故彼土名曰住於堅固金剛之根又舍利弗卿屬所問今此菩薩名曰何等號金剛齋此金剛齋菩薩一發意頃通過鐵圍大鐵圍山越江沙等諸佛國土各各在於江河沙等諸佛齋出悉是諸佛威神功德之所建立亦復是已六通之慧神足之力是故菩薩號金剛齋又舍利弗向者復問六十億姟諸菩薩衆爲處何所卿當以此問於正士爲汝發遣賢者舍利弗問金剛齋菩薩惟族姓子六十億姟諸菩薩衆爲住何所金剛齋荅曰佛歎耆年智慧最尊賢者舍利弗以智慧眼推索本末此諸菩薩爲何所住時舍利弗以聖慧眼周遍普求諸菩薩等不知所在金剛齋菩薩

荅曰尊者舍利弗自有等類同學志脫令求所在即舍利弗謂阿那律佛歎者年天眼最尊求其所在時阿那律則以天眼清淨之目超越天人於是三千大千世界遍察求之如觀掌中果及寶珠索諸菩薩永不能知亦復不見之所住處賢者阿那律報舍利弗吾普推索求不能知此諸菩薩爲何所處金剛齋菩薩謂舍利弗諸賢者等但有肉眼不可復言謂有天眼云何思惟共三昧禪遍觀諸國而不覩見諸國而不覩諸菩薩衆爲何所住舍利弗問仁族姓子天眼何類謂我等輩所未見焉金剛齋曰惟舍利弗我之天眼未曾見色舍利弗等及衆弟子諸大聲聞從本以來不能見我天眼之德爲何等類亦無能當巍巍之明舍利弗又問族姓子説所見形像爲何等類而言我等本來未覩金剛齋曰耆年曾見住於堅固金剛世界及執慧曜如來至眞舍利弗荅曰今日造聞彼世界名何因得見金剛齋曰惟舍利弗如是等類不可稱計諸佛國土及衆菩薩人民衆生各各異趣所生不同菩薩大士則以天眼皆悉見之無有遺脫而不遍者一切緣覺雖有天眼所不能覩何況聲聞而能及見乎説是語時有六萬人曾求聲聞緣一覺乘歡然大悅尋發無上正眞道意同時發聲而嗟歎言令吾等身得佛法眼不用聲聞及緣一覺之天眼也蔭蔽星礙佛之法眼無有限齊亦無所礙於是金剛齋菩薩即如其像三昧正受建立感應而現神足佛之聖旨金剛齋菩薩威德之變宿福善本巍巍之力不可稱限普令一切諸

來會者皆共目見六十億姟諸菩薩衆在於佛身各處蓮華結跏趺坐叉手聽經不近佛身亦復不遠皆是如來弘恩無極之感應也又世尊身不增不減無所罣礙悉現如故若前不損一切衆會驚喜踊躍得未曾有一心叉手禮佛而立各各歎言難及難及諸佛世尊身形廣長威聖無量神變功德不可稱限乃能容受六十億姟在佛身而坐聽經見本聖之體不增不減時金剛齋菩薩普察衆會而舉聲告以是之故當共知之如來至真等正覺身則爲法身廣長無極無有相好而不方圓身無邊際不可度量如來至真發意之頃欲令三千大千世界諸有衆水大海江河川流泉源國土州域叢林草木諸山土地悉入佛身不增不減悉現如故又諸賢者諸無央數億百千姟諸佛國土衆菩薩等若干萬數遥覩世尊微妙光明相好清淨無有塵垢咸皆發來欲見聖尊諮受經典悉爲天下勸諸天人民釋梵四天王使蒙擁護令得自歸故往聽經設不來者不見通變不能發心佛欲開化度衆生故是以如來取諸菩薩著於身内而聽受法不見罣礙無所疑難或有菩薩住於地裏入寶校露而自省見坐於蓮華皆佛威神入所感動道德高遠巍巍難量時諸菩薩承佛聖旨及金剛齋至頗威力六十億姟一切同時皆從大聖毛孔中出稽首佛足右繞七帀各以威德神足之力化微妙牀身處其上於是金剛齋菩薩前白佛言唯然世尊無言菩薩何故字無言佛言汝自以是問於正士當爲汝說時金剛齋問無言曰仁

族姓子何故自號爲無言耶無言默然如是問三亦不荅報時金剛齋復重問曰何故三問而不相荅無言荅曰我求此辭永不得處以是之故不相荅耳又族姓子理不宜問於無言者用何以故而字無言計其無言則無辭說亦無音聲金剛齋又問設無有言今何以故口有所說無言荅曰吾悉法效諸佛所說亦復效於衆生所語又問云何法於諸佛所說荅曰如一切佛所講經法吾以意力承其威神亦復如之以是之故吾今悉法諸佛所說假其音聲而等文字無所毀壞演說經法是爲法於諸佛所說又問云何復效衆生之言荅曰隨一切人衆生之類音響言語而爲說法是爲效於一切衆生人民所言又問卿族姓子失言以來爲幾何乎荅曰從失心念以來又問族姓子此言何謂荅曰以是之故不親心念亦非不樂心無所念口則無言又問族姓子言從何出爲從心出從身出乎荅曰不從身出亦不從心出所以者何身非常存不得自在其心如幻以是之故不從身出亦不從心又問爲從何出荅曰設欲問之所講言辭爲從何出爲從空出空無有色亦不可見今仁問吾爲何由乎曰實因於空無見無像荅曰是故族姓子言如虛空而不可見所問亦如其所言辭亦如虛空而不可見虛空如是求不可覩亦無有相以是之故求一切法及所言辭覩不可得如求言辭不可得者一切諸法寂寞憺怕論語音辭亦復如是一切諸法亦如人言忽不知處言如虛空無能見處一切諸法亦如虛空亦無處所所

言辭者因緣合成一切諸法亦從緣起推求諸法根原所在緣從何起而不可得其不可得則無所起便無所生又無所起則無所與其無所與者則無所發其無所發彼無眼跡亦無色跡亦無識跡亦無耳鼻口身意之跡亦無法跡無意識跡其無跡者無去無來無去來者名曰獨步其獨步者則無所去於一切行而無所見當作是觀寧當覩見本所不見乎又問本何不見荅曰不生不起又問云何不生不起荅曰所不可察無有來者又問何謂所不可察無有來者荅曰虛空不可見無有來者虛空平等一切諸法亦等如空以是之故諸法平等亦如虛空故曰不遍一切諸法等如虛空又問何謂諸法等如虛空荅曰無有侶故以用諸佛平等之故一切諸法究竟平等過去本等來本亦等中本亦等無有分別計此諸等以一切諸法本際如是如眞本際無本本際如眞本際如審本際無本本際等無有異是則名曰無有二際亦無若干何謂言二用計吾我則名曰二若不貪身不計吾我則無有二何謂有二有眼有色則名曰二耳聲鼻香舌味身更意法是名曰二取要言之若有計著一切諸法故名曰二從使有二亦不可得所以者何觀無所比得則無二亦無言辭其法心意及所有識假使不修於此三事是名無二此之無二不當講說所以者何有所說者不離於二無有言者乃無有二又問所云無二誰為造二荅曰其無二者不可造二所以者何正使興發若干方便欲變無二使有二者終不可辯又問所說

法律爲是二乎爲無二耶荅曰其法律者無有二也堅固難移所以者何無言辭相亦無所御以無言說而開導之無能破壞不可毀缺用不可壞是故名曰堅固導御則無有二於是金剛齋菩薩前白佛言唯然世尊無言菩薩所可宣暢皆是慧明三昧勇猛之恩德也佛言汝所言皆慧明三昧之威恩也爾時執慧曜國土諸菩薩來者問於無言仁族姓子爲學何法辯才之慧巍巍無量乃如是乎無言荅曰如佛所說一切諸法皆從戒立又復問曰惟族姓子寧可垂意顧愍我等分別敷演建立戒者荅曰賢者其不住身不住口心是爲立戒不住內外亦無中間是爲立戒若無思想無所惟念及與教令言辭之事是曰立戒無應不應無念不念亦無異念是曰立戒不住於善亦無不善不處於世亦不度世無在不在無害不害無漏不漏無爲不爲無生死無滅度此曰立戒假使建立如是此像住於戒者於一切法則無所住不住諸法不作是念吾有所說宣暢分別是故賢者是名曰戒有所說者則住於二其眞本際及其住處并至無本又法界處吾以住彼而有所論有所論者永不可得斯所語者亦無所念其所宣暢亦無所想又問族姓子其不可得無所念者及無所想有何言說荅曰自然之數而不可獲亦無所念無有思想自然說之又問其所辭者誰爲說之荅曰賢者吾所辭者即時滅盡亦無所生所以者何向者諸所講法皆歸於盡一切諸法悉無所生無所生法不可知處現在有形悉無有形不可得處

所以者何斯悉閑盡而無諸相其本際者無有言教故世尊曰不可想像取過去心當來現在亦復如之有起即滅碎散消盡卒暴易轉不可捉持形像何類彼欲取想著念虛僞倚受思想皆悉如幻是故推極一切所言悉虛無實其義無獲亦不可以有所講説不可口宣若心念矣所以者何無所造作亦無所行其有解識興趣此義則不復用口之言辭亦不以心有所念也有所宣暢分別説者猶如呼響音聲之報如化如來有所頒宣其人所講亦復如兹是爲諸佛及衆菩薩一切世人所可保義不可思議善權方便無能制止辯才之辭所建立法不可動移時諸菩薩讃無言曰善哉善哉族姓子快説斯言是入法門我等亦聞所歸於門實無有門等如虛空

其佛世尊及諸菩薩現説如是吾等所受亦復如此於是金剛齋菩薩問無言曰來族姓子俱共往至住於堅固金剛根世界見執慧曜如來至眞等正覺觀彼國土無言荅曰又族姓子斯聞則是住於堅固金剛根世界執慧曜世尊亦復在此吾身何爲捨此就彼金剛齋問曰今此世界泥土所成非爲金剛無言荅曰汝族姓子發意之頃越恒沙等諸佛國土通過鐵圍無所蔽礙爲能堪任取是佛土舉一土塵不爾乃當知而此世界泥土所成無言菩薩尋聲則以金剛道場三昧正受應時於此三千大千世界自然化成甚大堅固不可傷毀悉爲金剛於是金剛齋作大威力輿顯神變被大堅固戒德之鎧欲舉此地一土之塵而不能勝心自念言怪未曾有爲

是大聖之所建立巍巍之變斯是無言之所感與前白佛言唯然世尊我者前時發心之頃通過鐵圍大鐵圍山越恒沙等諸佛國土今者欲舉於此土地一土之塵而不能勝惟天中天此誰威神之所興立是天中天慈恩聖旨爲是無言之所變動乎佛言無言菩薩之所建立也所以者何無言菩薩金剛道場三昧正受使此三千大千世界甚大堅固不可毀缺悉成金剛若有菩薩住是三昧自恣其意欲變幾何諸佛國土悉成金剛輒如所志智慧聖心與顯道德以是三昧而以正受令諸佛土悉成金剛無能毀觸皆是三昧威神境界於是金剛齋及其所從六十億姟菩薩前白佛言菩薩行何法乃能逮得金剛道場三昧佛告族姓子菩薩有四法逮得於此金剛道場三昧何謂爲四一曰持志堅如金剛常懷道心超越一切諸功德本二曰性行具足無央數劫修治方便莊嚴大業三曰入於深法分別十二緣起之原四曰聖慧備悉無所缺漏是爲四復有四而自歡娛何謂爲四一曰超度慧德具足五通二曰空無相願一心脫門三昧正受心不戲逸而自娛樂三曰建立於戒而住法界所處無原成就慧明四曰究竟至誠如深之義曉了經義寂滅諸法靡所不達復有四何謂爲四一曰遵于大哀修四梵行二曰奉行般若波羅蜜及六度無極三曰行善權方便三十有七道品之法四曰爲諸衆生修諸脫門及四聖諦是爲四復有四何謂爲四一曰身所造業猶如金剛二曰口之所言精微柔和亦如金剛三曰執

心堅固不可動轉亦如金剛四曰志性秉毅不可毀壞是爲四法菩薩所行速疾逮是金剛道場三昧說是語時是諸菩薩尋即獲此金剛道場三昧於是無言菩薩自白其父師子將軍大人豈見諸佛與出德馨之稱威聖無量道慧高遠超絕無侶得未曾有難及難及如是比像不可譬喻本無悲憶今悉現矣爲無央數衆生之類導示滅度至于大安惟願大人發於無上正眞道意師子將軍報無言曰子當知之生七日後天來相命而見告語發大道意佛天中天道目所觀知我志操其心夙夜念於佛道無復異師發心可歸惟當歸命無極大聖師子將軍及正夫人男女內外親屬五百群從皆發無上正眞道意無言菩薩自報父母兄弟姊妹及其親族并大衆人仁者今日已發大意當精進行莊嚴道心即時問言何謂發意莊嚴道心無言荅曰有四十事莊嚴道心何謂四十事至信佛道心不疑毀一喜樂於法而令久存二不慢聖衆恭敬謙遜三常習善友四見諸菩薩視之如佛五未曾懷害向於衆生六恭敬奉事尊長衆祐七等心愛憎八入法無猒九勤聽經典十聞趣尊習十一爲他人說十二無希冀心十三法無有師十四所念如應十五奉行無本十六一切所愛而不珍惜十七奉順禁戒未曾缺漏十八宣暢分布忍辱之力十九所行精進靡所不周二十合集修習禪定一心廿一而順念于智慧之品廿二以權方便開化衆生廿三所可勸助未曾忘捨廿四隨護群黎廿五自調其心降伏他意廿六於欲教授不著塵勞廿七常棄憒鬧樂於寂靜廿八

思處閑居以爲德稱廿九修賢聖行而知節限三十常行止足不可動移卅一在於俗法不與同塵卅二而以順從六堅之法卅三又不捨廢於四恩行卅四而常奉遵堅固志願卅五恒不毀失善德之本卅六所學業者而不放逸卅七不樂小乘卅八道心無動卅九篤信微妙志不怯弱捨一切惡無所犯負皆悉具足一切功勲合集名稱無量福會懷佩道法處於道場而不退轉四十是爲丈夫四十事行顯發一切諸通慧矣珎寶道心以此功德而自莊嚴發意之頃三千大千佛之境界所與德本悉現目前不復遠求譬如日殿處於虛空靡所不曜師子將軍報其子曰正士汝當數數往來念親相見因告亓誡將濟擁護令不退轉究竟無上正真之道無言荅曰大人欲知復有十法菩薩所行諸佛大士所見常念何謂爲十恒行精進欲安衆生不念己身獨獲大安身力堅强多所誘進見羸弱人而以慰喻所造德本皆以放捨施一切人未曾懷憂所可化人勸發道者被大德鎧而自誓願此諸衆生若得佛道受于正法當以供養而奉事之然後我乃取最正覺用正法故没棄身命不捨正典宣暢分別一品之義於百千劫流布一切被大德鎧不以懈倦不懷怯弱一切諸法皆悉本淨設聞此言不以恐懼不限大道不捨佛法不以爲空所觀覩者適知不虛等於吾我亦等衆生已等衆生則等於法以等經法則便信樂虛空平等不墮止觀不復墮落生老病死惱患之纒爲諸世間所見動轉無央數衆勤苦瑕穢諸魔波旬所可與者來說衆難故誡

誹謗佛道難得經法難遇不如早求聲聞而速度矣菩薩聞此堅持一心發無極志不以懈猒不退不轉不捨大乘住於眞正審諦之法言行相應未曾虛妄身行至誠不欺己身諸天衆生及十方佛是爲大人十法之事菩薩所行則爲諸佛及諸正士所見常念說是語時師子將軍及與眷屬尋時逮得柔順法忍爾時世尊告賢者阿難受是經法持諷誦讀具足廣普爲他人說所以者何過去當來今諸佛大聖道德所興皆出是法經典藏門無言菩薩今來至此思惟眞諦宣暢於斯無量法門勸化無數一切人民令學佛道也是故阿難欲奉過去當來現在諸佛世尊啓受法藏當奉此經懷抱在心廣爲人說是法藏門發無央數衆生人民使成佛道如來在世滅度之後假使有人受此法者悉是佛旨建立所致持諷誦讀行如上教佛語阿難則有三事福不可量何謂爲三一曰將護正法二曰身知道心三曰未發意者勸發道心是爲三功德之福不可限量假使如來歎其功勳而不可盡何況聲聞爾時會中有七億姟諸菩薩衆聞佛所說皆從坐起欲護正法各各說言我等輩類當共奉持世尊正典廣遠流布持此經卷爲他人說勸發道意無言菩薩前白佛言唯然世尊所可解暢逮正覺者彼法寧可受取持乎佛言不也又問佛言以何等故諸族姓子向者佛說此諸菩薩悉起住立欲護正法佛言吾以將育諸族姓子故以是像欲有所護彼無爲事不可得法而爲頒宣因文字教言護於法將順其意所言護者

不以言問不用文字而行道也是則名曰護於正法又族姓子則有二事護於正法何謂爲二一曰不可得者乃逮正法所當擁護常將順之不以所説而擁護也二曰亦不將濟於諸虛妄聞所説者即能奉行不以慢恣求於名稱是爲二時諸菩薩欲供養佛無言菩薩及此經典普雨天華散於佛上及諸菩薩周遍大會口宣此言願令世尊釋迦文尼久在世間使此經法自然流布遍閻浮利佛説如是無言菩薩師子將軍與諸群從金剛齊菩薩及六十億姟諸菩薩等舍利弗大目揵連阿難諸天世人阿須倫聞佛所説莫不歡喜

無言童子經卷下

音釋

稸敕六切聚也　訕所晏切謗也　鏁蘇果切與鎖同　曀匿曀於計切暗曀也匿女力切藏匿也　毅疑既切剛毅也

自在王菩薩經

姚秦三藏法師鳩摩羅什譯

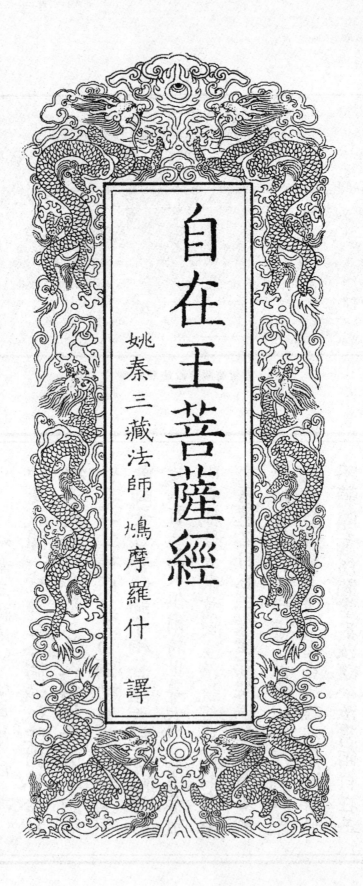

清刻龍藏佛說法變相圖

自在王菩薩經卷上

姚秦三藏法師鳩摩羅什譯

如是我聞一時佛在舍衛城祇陀樹林給孤獨園與大比丘衆二萬人俱諸菩薩摩訶薩皆是一生補處其名曰彌勒菩薩大勢至菩薩師子意菩薩師子相菩薩大相菩薩等如是上首一萬人俱爾時世尊大衆圍遶恭敬供養爲發大乘意衆生演說經典爾時衆中有菩薩名自在王從座而起偏袒右肩右膝著地合掌長跪白佛言世尊欲有所問若蒙聽許乃敢發言佛告自在王諸有所問佛無不聽隨意所問當爲汝說令汝得解自在王菩薩得蒙聽許喜悅無量白佛言世尊云何菩薩摩訶薩於大乘法中得自在行而能爲人演說此法以自在力摧伏諸魔增上慢者

及諸外道所有邪見諸貪著者令住大乘具足大願成就戒行得阿耨多羅三藐三菩提佛告自在王菩薩善哉善哉汝能問佛是義當爲汝說一心諦聽善思念之諸菩薩云何能令衆生得住大乘具足大願成就戒行得阿耨多羅三藐三菩提自在王菩薩受教而聽佛告自在王菩薩摩訶薩有四自在法以是法故能自在行令諸衆生得住大乘何等四一者戒自在二者神通自在三者智自在四者慧自在戒自在者菩薩摩訶薩行具足戒不毀不缺不穿不濁不有所得不悔不訶不有熱惱智所稱讚隨順道戒教衆生戒護法戒歡悅戒不依生處戒住定戒隨慧戒信解深法戒不退神通戒空無相無作戒寂滅戒攝佛法戒說佛法戒不捨一切衆生戒慈護戒大悲根本戒信淨戒不轉威儀戒頭陀細行戒隨順福田戒畢竟淨戒不斷佛種戒護法種戒示聖衆戒安住菩提心戒助六波羅蜜戒修四念處戒修四正勤四如意足五根五力七菩提分八聖道分戒能生一切助菩提法戒自在王若菩薩摩訶薩能持如是戒戒則具足所願皆得若菩薩持如是淨戒者三千大千世界劫盡燒時願欲滅火言火當滅火即爲滅欲令三千大千世界皆變爲水欲令三千大千世界普雨衆華欲令三千大千世界皆爲珍寶欲令如恒河沙世界諸須彌山合爲一山欲令如恒河沙世界大海合爲一海即皆如意無不成者持戒力故所願皆得所爲神力無不稱意是菩薩安立如是戒中得如是自在力持淨戒故深願畢成

得阿耨多羅三藐三菩提自在王乃往古世過無量阿僧祇劫有佛名淨明光王如來應正遍知明行足善逝世間解無上士調御丈夫天人師佛世尊爾時有菩薩比丘名金剛齋得持戒力行淨戒故常在閑處林中經行欲具佛法故修習正行修正行已作如是念不得一切法是則名戒不貪一切法是則名戒滅一切結是則名戒觀身如鏡中像是則名戒於諸言辭如呼聲響是則名戒觀心相如幻是則名戒善不善法無二無別是則名戒爲貪欲故觀身不淨是則名戒爲瞋恚故生於慈心是則名戒以智慧破癡網是則名戒不得貪恚癡本是則名戒於法無觀無憶想分別是則名戒無我見無衆生見無壽者見無人見無常見無滅見是則名戒於一切法不作不起是則名戒心無所畏是則名戒不依三界是則名戒信無生法是則名戒信解無生法忍是則名戒不貪利養是則名戒於諸法空心不驚畏壞離諸相斷除諸願是則名戒心無所念是則名戒不自高不輕彼是則名戒不著諸入是則名戒不趣五欲是則名戒了知諸陰同於法陰是則名戒了知諸性同於法性是則名戒樂無諍訟是則名戒於善法中不捨勤行是則名戒知一切法畢竟寂滅相而以身證是則名戒自在王是金剛齋比丘如是安住於戒修習聖法正念無倒時有魔子名曰障礙見金剛齋比丘如是持戒修習聖法正念無倒與八萬四千諸魔及其眷屬貫鉀持兵來到其所自隱其身觀是比丘心在何行千歲隨逐乃至不見一

念心散可得惱壞於是魔子及與眷屬現其魔身執持刀鉾在比丘前欲以相怖比丘見魔大衆兵仗現其怖相作是誓言若我戒淨習於聖法正行不倒以是緣故魔衆兵仗皆當變成青黃赤白雜色蓮華須曼那華婆利師華奇妙名華以爲瓔珞是時魔子及其眷屬形色儀法皆如我身自在王是金剛齋比丘説是語時魔衆兵仗即皆變成種種色華殊妙香潔以爲瓔珞一切諸魔皆自見身如此比丘剃除鬚髮著染袈裟魔子見比丘現大神力怪未曾有發希有心與其眷屬俱禮其足作如是言汝得何法乃有是力比丘言此力不從有所得生亦不依於身口意及一切法生是力不以住相故生以無住處故魔言比丘我於千歲求汝心行不能知處比丘言汝若以恒河沙劫求之亦不能得何以故是心不在内不在外不在中間汝寧能得幻化人心所行處不荅言幻化之人尚無有心況心行處比丘言如來説一切法空皆如幻化此中亦無心無思魔言若不得心不得思云何有來去言説比丘言幻人去來言説我去來言説亦如是魔言汝以是進行住於持戒修習聖法爲何所趣比丘言趣無所趣魔言云何趣無所趣比丘言是中無先去無今去無當去無所趣者即是無作解脱門汝問以是進行安住於戒修習聖法爲何所趣者我不趣色生不趣色滅不趣色住不趣受想行識生不趣受想行識滅不趣受想行識住於一切法亦不趣生亦不趣滅亦不趣住是名正趣魔子正趣者名不取色不取受想行

識無所見法是我所趣我所趣者不取色不取受想行識我所趣者是諸聖所趣魔言比丘於是法中云何有趣比丘言諸凡夫法及諸佛法同是一法無二無別學法阿羅漢法辟支佛法佛法同是一法無二無別若過去法若未來法若現在法同是一法無二無別無出無生平等相故不捨如是諸法平等相者欲以是法示衆生故而爲說法如是趣者名爲正趣魔子又正趣者不趣欲界不趣色界不趣無色界住平等法者於法實相不動不退是名正趣如如趣一切法趣亦如是如法性趣一切法趣亦如是如實際趣一切法趣亦如是求如是趣者亦不念不著諸趣是名正趣魔子語金剛齋比丘汝以是正行爲得何法荅言我以是正行得離諸法分別以是無念無分別故則得具足平等相汝問得何法者是正行中無有得相無增上慢以是正行於法無所得正行者即是無行義魔子問金剛齋比丘汝以此戒當得何法荅言我以此戒當得阿耨多羅三藐三菩提乃至小法不可得故魔子言云何得菩提比丘言色平等則是得菩提受想行識平等則是得菩提一切法平等則是得菩提魔子言如是菩提於何處求比丘言當於我見性中求魔子言云何而求比丘言求時不起菩提見魔言比丘汝師是誰誰所教誨辯乃如是比丘言不壞我見性而得菩提是則我師不在垢不在淨是則我師若識不在有爲不在無爲是則我師若不從他聞於諸法不住不捨能度諸流是則我師若遍知一切法而不至一切

法是則我師若一切所説音聲言辭於不可説諸法相中而不動轉是則我師若一切法不生不起不出而能轉聖法輪是則我師不住此岸不在彼岸不在中流是則我師若一切法不生故生是則我師若一切法不滅故滅是則我師我隨如是師教故辯如是魔子言如來以何而轉法輪荅言如來於色不轉不還色如色法色空色無相色無作色滅色離色無生色相色性亦不轉不還受想行識不轉不還識如識法識空識無相識無作識滅識離識無生識相識性亦不轉不還如來以是一切法不轉故轉於法輪如是法輪若轉若不轉於無量法性終不出過若能解此轉法輪者是人則能轉於法輪爾時魔子及其眷屬皆爲金剛齋比丘作弟子俱發是言我從今日歸依於師比丘言汝莫歸依我當歸依淨明光王佛我所説者是佛所教魔子言可共詣佛時金剛齋比丘與魔子及八萬四千魔衆俱詣淨明光王佛所頭面禮佛足合掌恭敬在一面立淨明光王佛因其淨戒及聖法行爲説如是法皆得不退於阿耨多羅三藐三菩提自在王彼時金剛齋比丘豈異人乎汝身是也障礙魔子者持地菩薩是自在王是名菩薩摩訶薩戒自在菩薩得是戒自在者能示衆生不可思議願力教化無量衆生於阿耨多羅三藐三菩提亦能自降魔怨疾成阿耨多羅三藐三菩提佛告自在王何謂菩薩摩訶薩神通自在謂天眼天耳他心智宿命智如意足自在王何謂菩薩天眼自在若菩薩眼根不爲牆壁山林須彌鐵

圍世界中間之所障礙是名天眼自在菩薩以是無礙眼根見十方無量阿僧祇佛土爲一佛土何以故虛空相無别異故而諸佛土彼此雖别而不合不異又見諸佛大衆圍遶皆爲一佛以法性不壞相故以見一佛淨故見一切佛淨以一切佛淨故見自身淨自身淨故見一切法淨於自身淨諸淨之中不生二相又見諸佛弟子不異見佛淨菩薩以見弟子正見見佛以見佛正見見弟子又菩薩於十方無量阿僧祇世界所有衆生若地獄若畜生若餓鬼若人若天除無色界即以天眼悉皆能見生死所趣善惡之處又知衆生行業及報菩薩雖見衆生不取衆生相何以故信無我際故雖見行業及報而知一切法無業無報菩薩以是天眼見一切色皆無色相信一切法無所有故知諸形色皆是虛妄本來不生故是名菩薩天眼菩薩得是天眼智力故隨所能見或見有數色或見無數色或無所不見菩薩雖在百千萬種衆生之中而能入於禪定背捨三昧乃至不見有一衆生何以故菩薩達諸法無我如故是菩薩於色界諸天淨妙形前爲現其身令諸天子見而是菩薩亦見諸天身菩薩又能令諸天見其身而諸天不自見身或令諸天自見其身而不見菩薩身自在王是名菩薩天眼自在自在王何謂菩薩摩訶薩天耳自在若菩薩得是天耳於十方無量阿僧祇世界所有諸聲天聲龍聲夜叉乾闥婆阿修羅迦樓羅緊那羅摩睺羅伽人非人聲悉皆得聞聞是聲時於諸聲中無所分别信一切聲是不可說

相又聞是聲不生我相衆生相及音聲相違一切聲本來不可說相信知是聲無有住時菩薩耳性耳識性無有礙故聞是聲時解其實義者一切聲不可說是寂滅相故以是實義而依於義不依於聲一切法無生相故又聞十方無量阿僧祇現在諸佛之所說法而無有礙如所聞能持持已不忘何以故菩薩乃至無有一句不知而滅菩薩有所聞法若有漏若無漏若有爲若無爲若世法若出世法若善若不善若有罪若無罪若聲聞乘若辟支佛乘若佛乘能令是法入一性味所謂離自性雖有所聞不著六塵雖復聞法不住諸相菩薩貴法依法不依非法何等爲法法名離染法名無相法名無爲法名無歸處法名無生無起無得法名無比於是法中憶想

分別取捨戲論是名非法自在王菩薩依於義不依語不離語入義心聽法云何名入義心不墮空義見無相義見無作義見是名入義心菩薩以是入義心聽法依於義是義不可得不可得亦不可得又自在王菩薩若能如是聽諸佛法依了義經不依不了義經了義經者一切諸經皆是了義以依義故一切法不可說故菩薩如是名爲依了義經若人於一切經不能如是依義是名不了義何故名不了是人不了義故行塵垢道常爲所牽爲誰所牽爲聲所牽了義者不隨於聲何以故其義不可說故菩薩知一切法離諸邊非了相自在王依如是義趣法者一切諸經皆是了義不如是依者一切諸經皆是不了義又自在王菩薩於諸佛所聽受法時依於智

不依識何以故菩薩知識虛妄如幻離相無性無色無形無對不可識如是知識相即名爲智不名爲識菩薩依智故不隨識知他識亦不是識是故不著識如故說智如自在王依智菩薩不住於識能知他識而爲說法又自在王菩薩說法時雖說衆生名而依於法不依衆生何以故若於我法中實有衆生者終無淨無解是故自在王一切法畢竟無我無衆生如是如來以世法故說有衆生諸法實無衆生是故菩薩依於法不依衆生法者即是法性義法性者是不生性義不生者是畢竟不起不作義義者是不可說義何以故以語說法法不在語中是故以語示義有所示說皆非語非說有所分別有所說者即非佛法無分別無所說即是佛法是故言無說是佛法若人欲入佛法應如是入而以語言若說衆生若說法不應生見若有二者不名佛語無二無分別即是佛語若有音聲即非佛法若有論說亦非佛法若無音聲亦無論說是名佛法是故自在王若菩薩入佛法中則得如是天耳以一切聲隨諸法實相行能得阿耨多羅三藐三菩提自在王是名菩薩天耳自在自在王何謂菩薩摩訶薩他心智自在若菩薩得他心智自在者以己心知他心所至之處爲衆說法先觀衆心知是衆生有何染心何行何因何相隨而爲說菩薩自心淨故入一切衆生心淨自在王譬如明鏡照諸形色相貌長短大小麤細隨其本形皆有像現不增不減鏡無分別以明淨故能示諸像菩薩亦如是以自心淨法性照明故衆

生所起心心數法皆能得知而無所礙若是衆中有多欲者能知其心亦見離欲相何以故心相非染故若衆中有多恚多癡者能知其心亦見離恚離癡相何以故心相非恚非癡故若衆中有樂聲聞乘者知其行道法性不作小若衆中有樂辟支佛道者知其行道法性不作中若衆中有樂大乘者知其行道法性不作大菩薩隨知衆生心性而爲說法不取心相雖知諸乘而爲說法不壞法性不壞法性故不壞一切性而知衆生所行菩薩自以心觀他心自心他心無遠無順亦知衆生心相續生又知心性即是法性自在王是名菩薩他心智自在以是自在故於天上人中無不知識自在王何謂菩薩摩訶薩宿命智自在若菩薩得宿命智自在以念力強故

定根利故憶本所生自身他身恒沙劫事而爲他說我於彼處如是種類姓名壽命受如是苦樂又知衆生宿世所種善根有因力者有緣力者是人有聲聞因是人有辟支佛因是人有大乘因知其先世所因如是隨其所應而爲說法菩薩得是宿命智故自知本生於諸佛所種諸善根若先世有善根而不迴向阿耨多羅三藐三菩提者今當以是善根迴向菩提雖知宿命亦知先世法無有來者不見法從先世至今世亦不見今世至後世知一切法無所從來亦無所去又念先際不生先見亦不生後際中見邊見知一切法無邊無中菩薩雖念衆生宿命亦知先際色離相知先際受想行識離相先際五陰離相即是後際五陰離相後際離相即是現在離相

菩薩知先際一切法性空知現在一切法性空知後際一切法性空自在王菩薩如是知宿命時善根增長先世罪業因緣滅盡何以故菩薩通達一切法相無新無故成如是智已信解一切有爲法皆空如夢自在王譬如夢中見生死苦樂菩薩信解一切有爲法亦如是如是信解者往來生死心不疲倦於衆生中而生悲心於一切法生假作相菩薩作是念如我若干千萬億劫生死往來皆虚妄無所有一切衆生亦如是生死往來虚妄不實實名不起四大四大是虚妄法自在王菩薩見宿命時諸有爲法皆是虚妄何以故菩薩念先世轉輪王樂皆悉無常變異之相念帝釋樂亦皆無常變異之相亦見諸佛嚴淨世界聲聞衆嚴淨菩薩衆嚴淨所用諸物嚴淨亦念諸佛色身具足而轉法輪皆悉無常變異之相如是念時於有爲法無所貪惜何以故菩薩作是念如是淨土諸佛色身無常滅盡况我所著即入無我無我所法中依於無常變異之相作如是念諸有爲法皆悉無常衆生於此而生常想即於衆生生大悲心於一切法生於捨想自在王是爲菩薩宿命智自在菩薩得是自在信一切法無常而爲成衆生故受身爲不受故受爲不取故取但爲教化一切衆生故自在王何謂菩薩摩訶薩如意足自在若菩薩心自在故從聖相生如意足欲力進力斷行信解力菩薩得是信解如意足非作非起若欲普至恒沙世界一念之頃皆能得至彼諸衆生皆見其來而自於先本處不動彼見說法而於此處說法不

絶自在王是名菩薩如意足自在菩薩以是如意足自在力若有衆生應以如意足度者以如意足度之若諸天人著常相者示其劫燒是諸衆生見三千大千世界普皆燒盡而是世界無所損減若有衆生慢心自大則作執金剛神執火焰金剛杵而以示之令生恐畏除其慢心自歸禮敬若有衆生樂轉輪王形者以轉輪王身而爲説法若有衆生樂釋提桓因形者以釋提桓因身而爲説法若有衆生樂梵天王形者以梵天王身而爲説法若有衆生樂魔王形者以魔王身而爲説法若有衆生樂見佛身者則現佛身而爲説法菩薩或爲衆生住於空中結跏趺坐身放光明而爲説法或有衆生樂嚴淨世界者則爲莊嚴三千大千世界懸繒旛蓋竪諸幢旛以寶羅網遍覆其上燒諸名香作衆妓樂然後説法或爲衆生現三千大千世界爲一海水青紅赤白種種蓮華遍覆其上於其水中現師子座身處其上而爲説法或爲衆生自現其身坐須彌山頂而爲説法聲至梵天或爲衆生不現其身但以音聲而爲説法或爲衆生現乹闥婆身以衆樂音而爲説法或爲衆生現龍王身起雲震雷放大電光又澍大雨而爲説法或有衆生飢渴逼切則與天食身得充滿具足悦樂而爲説法若有地獄衆生苦惱逼迫而以神力滅地獄火以天精氣入身毛孔皆得安樂而爲説法若有盲者如意神力以天眼與令得開明而爲説法若有聾者如意神力與其耳根令得聞聲而爲説法若有種種病自以神力令其除愈而爲説法

若有犯罪送至死處如意神力化人代之令得免罪心得安樂而爲說法若有衆生刖足斬手割截耳鼻形殘醜陋常自媿耻而心退没如意神力皆令完具而爲說法若有衆生在於胎中藏血屎尿不淨之處如意神力化作寶臺樓閣令處其中成其意識而爲說法若其始生諸根未成如意神力令其具足堪任聽受而爲說法自在王是名菩薩成如意足以如是等種種不可思議神力而爲說法菩薩如意神力故爲度奉事日月衆生以三千大千世界置其右掌遠擲他方無量世界令諸人衆皆見其去而此世界本處不動又以恒河沙世界入一毛孔舉至梵天擲置他方無量世界令諸衆生無去來相若恒河沙無量世界劫盡火燒能一吹令滅或以兩手障蔽日月身出光明照諸世界而爲說法自在王是菩薩或坐諸佛前若欲供佛以一掬華如須彌山散佛身上華至半身又三千大千世界一切草木皆成爲炬遍滿世界火落如雨自在王是菩薩隨諸衆生所貴形色皆悉爲現若釋若梵若聲聞形若辟支佛形是名菩薩神通自在謂天眼見無礙故得天耳聞無障故得他心智達一切心心法故證宿命智憶過去無量阿僧祇劫故得如意足於一切形色隨意示現故自在王神通自在者能以一切佛事示諸衆生亦能了達分别衆生諸根利鈍能以聲聞乘度衆生辟支佛乘度衆生大乘度衆生故於生死中衆所知識成衆生故衆所知識於善法中出家行道故衆所知識以方便力故衆所知識檀波羅蜜

迴向故衆所知識尸羅波羅蜜羼提波羅蜜毗梨耶波羅蜜禪波羅蜜般若波羅蜜迴向故衆所知識降伏諸魔令種善根故名爲神通自在又自在王菩薩得是神通自在故色身之力名聞稱讃家姓財物眷屬人民普皆殊勝衆所知識是故名爲神通自在又自在王菩薩得是神通自在故衆所知識謂諸天龍夜叉乹闥婆阿修羅緊那羅迦樓羅摩睺羅伽人非人帝釋梵王諸護世者諸佛正遍知者皆所知識是故説名多知識自在王菩薩以是神通不退本誓而能示現一切衆事自在王何謂菩薩摩訶薩智自在謂陰智性智入智因緣智諦智自在王何謂陰智色前際空後際空中亦空受想行識前際空後際空中亦空五陰畢竟空是名陰智自在王何謂性智地性是法性水性是法性火性是法性風性是法性何以故四性入於法性皆爲一性謂之空性空性法性同一無性此中無地性無水性無火性無風性何以故不壞性是法性無二性是法性無生性是法性無垢性是法性無淨性是法性如法性壽性衆生性生死性涅槃性亦如是如涅槃性欲性色性無色性有爲性無爲性亦如是如是性智不隨他得是名性智自在王何謂入智眼從本以來不生不起無有作者耳鼻舌身意從本以來不生不起無有作者自在王眼無有主是中無有見者耳無有主是中無有聽者鼻無有主是中無有齅者舌無有主是中無有嘗者身無有主是中無有覺者意無有主是中無有識者自在王眼性不能見色耳性

不能聽聲鼻性不能齅香舌性不能知味身性不能覺觸意性不能識法何以故眼無所作與草木土石無異耳鼻舌身意亦無所作與草木土石無異自在王眼不染不離耳鼻舌身意不染不離何以故眼從本已來是離相耳鼻舌身意從本已來是離相自在王若能如是知一切入則能離欲是名入智自在王菩薩如是知諸陰性入不生不起以畢竟滅滅已而受生退沒雖受陰性入而不捨陰性入智是名智自在謂知陰性入知陰性入相而能不捨現於三界而不住諸結示有生滅而不生不滅是名智自在自在王何謂緣智無明緣行無明不作是念我起行行緣識行不作是念我起識識緣名色識不作是念我起名色名色緣六入名色不作是念我起六入六入緣觸六入不作是念我起觸觸緣受觸不作是念我起受受緣愛受不作是念我起愛愛緣取愛不作是念我起取取緣有取不作是念我起有有緣生有不作是念我起生生緣老死生不作是念我起老死老死緣憂悲苦惱老死不作是念我起憂悲苦惱自在王若菩薩能如是觀十二緣者不墮諸見若斷見若常見菩薩作是念法屬衆緣推求衆緣則不可得即於十二緣而得眞智何謂眞智知十二緣生法同於無生無生同空無相無作空無相無作同衆緣生法如來所用平等得一切法是法同十二緣生法十二緣生法無有法生是故說應見十二緣生無生十二緣無生智即是十二緣生智自在王明無明無二知如是者則知緣生法行非行

無二知如是者則知緣生法識非識無二知如是者則知緣生法名色非名色無二知如是者則知緣生法六入非六入無二知如是者則知緣生法觸非觸無二知如是者則知緣生法受非受無二知如是者則知緣生法愛非愛無二知如是者則知緣生法取非取無二知如是者則知緣生法有非有無二知如是者則知緣生法生非生無二知如是者則知緣生法老死非老死無二知如是者則知緣生法從緣生者無有是處從緣生者即是無我則是空也從緣生者則是無來無去從緣生者則非眞實從緣生者則無一相從緣生者則無所行如是知者是名緣生智見緣生法者即不見無明不見行不見識不見名色不見六入不見觸不見受不見愛不見取不見有不見生不見老死若不見如是法者是名見緣生法若見緣生法是名見法云何見法見離染法云何離染行者於一切法離染見故名爲離染是故說見離染法云何爲見不爲增不爲減如是見如不動不著如是見如不壞法性亦不見合如與法性不壞不合如是見者不毀實際如是見者亦不見非以肉眼見非以天眼見非以慧眼見何以故肉眼無作無作故不見天眼作起相故不見無爲法慧眼無分別相無分別故不見自在王若菩薩能如是見一切法則能見佛不以色故見不以受想行識故見不以諸相故見不以法故見不以戒故見不以定慧解脫解脫知見故見不以過去故見不以未來現在故見如是見者是名見佛自在王菩薩白

佛言世尊頗有所緣菩薩見如是諸法而能見佛耶佛言有何以故色是盡相性無生故能見色如是是名見如來受想行識是盡相性無生故能見識如是是名見如來戒是無爲無作無起相能見戒如是是名見如來定慧解脫解脫知見等亦如是是名見如來自在王我於過去然燈佛時得見佛清淨我於爾時以見緣生法故見法以見法故見如來自在王言於然燈佛已前云何見諸佛佛言以色身相見故見不以不二法身見故見今爲汝說我從初發心未曾見佛何以故不以色相見故名爲見佛是故自在王若菩薩欲得見佛應如我見然燈佛以諸法一相故云何一相如我身然燈佛身亦如是如然燈佛身我身亦爾一身故以身二不分別入一法相是名見緣生法以見緣生法名爲見法以見法故名爲見佛若菩薩能於一切念中證滅而不實滅生死不可得而以方便智故示是名菩薩智自在

自在王菩薩經卷上

音釋

鉀古狎切與甲同　鉾莫侯切鉤兵也　澍朱戍切霖霔也　羼初限切　齅許救切以鼻攝氣也

自在王菩薩經卷下

姚秦三藏法師鳩摩羅什譯

自在王何謂菩薩摩訶薩諦智求聲聞者以諦法證聲聞解脱菩薩得此諦而不證解脱是名自在求辟支佛者以諦法證辟支佛解脱菩薩得此諦而不證解脱是名自在諦智者苦諦虛妄知見云何知見苦虛妄不實得時故爲苦以顛倒故有若菩薩知苦無生無起是名知見苦諦云何斷集諸法隨集斷云何爲集集平等故斷亦如是集無所從來故集無所去故斷是名諸法性是中無有實法生已當斷隨所愛使故有集若斷愛使是名斷集云何苦滅諦畢竟滅苦集而無法可壞故是名苦滅一切諸緣相滅故一切法如是滅相於此中不生不滅名爲滅諦云何道諦隨以何道求一切法不得若善若不善若有漏若無漏若有爲若無爲是名道諦是道平等不分別一切法故是道寂滅離諸結熱故是道安樂離一切憂惱故是道無漏一切漏盡故是道一切有所得者所不能行正行禪定者易修行故是道諸佛所不捨是道無相斷一切相故以如是道不隨於二是名道諦若菩薩以如是門知四諦者是名諦智若菩薩先以四諦爲求聲聞辟支佛者說於此乘中亦無所貪是名諦智自在又自在王菩薩知聲聞乘不於中住知辟支佛乘不於中住知佛乘不於中住是名諦智自在又自在王若以一心知一切衆生心以一心性知一切心性而於心智不作二行是名智自在又有智自在知見過去世無礙心不至過去世知

見未來世無礙心不至未來世知見現在世無礙心不於過去未來現在世而生戲論又有智自在知一切有爲法盡滅而不盡諸善根知法無生而以攝法攝集衆生是名智自在又不從他知一切法畢竟滅相以是智力而自不滅教化衆生是名智自在自在王菩薩於此若欲得智自在力而自在者應隨智行不隨意行云何意行所有意業皆是意行所有識業皆是意行所有心業皆是意行所有著心起諸善根皆是意行隨見行施隨相持戒依我行忍皆是意行我是菩薩則是意行我發菩提亦是意行我不斷佛種不斷法種不斷僧種亦是意行我爲利衆生故發心亦是意行我當度未度者解未解者安未安者滅未滅者皆是意行我是施主我是持戒我是行忍我是行進我是行定我是行智皆是意行我是行慈者行悲者行喜者行捨者皆是意行我是少欲知足遠離行者不雜行者頭陀行者阿蘭若者細行者如是分別皆是意行我是空行者我是無相行者我是無作行者如是分別皆是意行我是諦語者實語者如說行者皆是意行我是過諸魔業離四魔者我斷一切見得忍如是分別皆是意行我當得阿耨多羅三藐三菩提轉法輪度衆生當於無餘涅槃而般涅槃如是分別皆是意行自在王云何菩薩智業隨無心意識行處是名智業菩薩常作智業不起意業云何菩薩智業菩薩智業有二種何等二一者成衆生二者受持正法云何成衆生菩薩隨以所知能成衆生云何受持正法若不受一

切法是名受持正法若受持色非受持正法
受持受想行識非受持正法若受諸入諸性
非受持正法若受善不善法非受持正法若
受罪不罪有漏無漏有爲無爲世法出世法
非受持正法若受施相非受持正法若受戒
忍進定智非受持正法何以故所可取緣皆
是非法非善非受持正法何以故如來所得
法是法無相無礙若取緣非受持正法如是
菩薩業中智是名智業以如是智而作智業
不盡於智是名智自在自在王何謂菩薩摩
訶薩慧自在菩薩得慧自在能知諸法解釋
章句得四無礙智力故謂義無礙智法無礙
智辭無礙智樂說無礙智云何義無礙智若
菩薩於諸語中依義不依語義者於一切法
正智云何正智謂不可說義是此義在語中
更無異聲從本已來離諸相故是名爲義不
應離語依於義語中平等相即是義能如是
知名義無礙智又達一切法義亦名義無礙
智云何法無礙智菩薩依於法不依非法依
於法者不見非法何以故知一切法離相但
有名故又法無礙者雖說三乘不壞法性何
以故法性是一性謂無相是菩薩以語說法
即知語同響相有所說法信解皆同法性於
智於語而無所礙是名法無礙智云何辭無
礙智知諸天言辭知龍夜叉乹闥婆阿修羅
迦樓羅緊那羅摩睺羅伽人非人言辭知帝
釋梵天王護世者言辭知一言二言多言略
言廣言男言女言非男非女言過去言未來
言現在言隨以方便言辭令其得解自以淨
妙言辭亦不輕毀他語何以故知一切法無

有言辭菩薩作是念以言辭說法令其得解是法於言辭中不可得言辭於法中亦不可得從本已來無有言辭若有言辭不應以善言辭說不善法是故當知言辭能示善惡又辭無礙者即以衆生言辭而使行法何以故法不行法能如是行一切法以言辭說此行使彼得解是名辭無礙智云何樂說無礙智若菩薩於一切文字皆能樂說於一切音聲亦能樂說一切名字亦能樂說是名樂說云何爲樂菩薩若說法時樂法樂實樂諦若信樂修多羅者爲說修多羅信樂祇夜伽陀弊迦蘭那優陀那尼陀那阿波陀那伊提郁多伽闍陀伽裴佛略阿浮陀達摩者皆爲說之信樂過去者爲說本事一切衆生所樂諸根皆隨所樂而爲說法樂信根者因信根爲說法樂進根者因進根爲說法樂念根者因念根爲說法樂定根者因定根爲說法樂慧根者因慧根爲說法如是諸根皆因而爲說法婬欲多者分別有二萬一千佛知有八萬四千根如來因此諸根皆能樂說菩薩次能樂說瞋恚多者分別有二萬一千佛知有八萬四千根如來因此諸根皆能樂說菩薩次能樂說愚癡多者分別有二萬一千佛知有八萬四千根如來因此諸根皆能樂說菩薩次能樂說雜分者分別有二萬一千佛知有八萬四千根如來因此諸根皆能樂說菩薩次能樂說自在王是名樂說無礙智於此義無礙法無礙辭無礙樂說無礙皆以慧爲本慧所住處慧之所攝菩薩以慧力故用四自在及餘自在皆得自在世尊慧以何爲本爲住

何處何處所攝自在王慧以多聞爲本住多聞處多聞所攝世尊多聞以何爲本爲住何處何處所攝自在王多聞以善知識爲本住善知識處善知識所攝世尊善知識以何爲本爲住何處何處所攝自在王善知識以敬心爲本住於敬心敬心所攝世尊敬心以何爲本爲住何處何處所攝自在王敬心以深心爲本住於深心深心所攝世尊深心以何爲本爲住何處何處所攝自在王深心以質直爲本住於質直質直所攝世尊質直以何爲本爲住何處何處所攝自在王質直以大悲爲本住於大悲大悲所攝世尊大悲以何爲本爲住何處何處所攝自在王大悲以衆生爲本住於衆生衆生所攝何以故自在王菩薩爲度一切衆生生大悲心生一切智心

是名菩薩慧自在又慧自在菩薩以慧自在故因一法門若一劫若減一劫種種異辭廣説諸法於實相中無所違失菩薩或欲不現其身爲衆生説法或從身毛孔演出法音隨衆生所行而爲説法菩薩或欲現其身爲衆生説法一切外道論師不能窮盡又外道僊人所作若鼻哆邏祝術經諸韋陀若語論若鉢追若諸神通若諸智門若日月五星經若蝕經若地動經若陀魔陀祝術若鳥語經若鳥獸經若龍乾闥婆夜叉入身經若王相經若豐樂饑饉相經若諸星遊戲經如是世界經書智慧技術文章筭數色相音樂歌舞箜篌箏笛如音曲折菩薩轉身自然在心皆能通了以慧力故皆能得知皆能示現皆能達知菩薩雖知如是方術不惱衆生亦不以是

爲淨妙道自在王慧自在菩薩與百千萬諸梵王共住共坐自現其身與共語論亦不著梵王光明德相而諸梵王迎送菩薩生尊敬心如是皆於一切天宮現自在力而亦不著但生無常苦空無我想依無生法依度一切衆生之心自在王是名菩薩慧自在又自在王慧自在菩薩如魔所有天宮復令殊勝自現其身勝魔所有百千萬倍令諸魔等生渴愛心生貪著心以此自嚴破魔慢心令住阿耨多羅三藐三菩提然後說法自在王慧是菩薩遍行法若施若受若以施迴向而於此處必應用慧若自持戒教他持戒以持戒迴向而於此處亦應用慧若修行忍若教他忍以忍迴向而於此處亦應用慧若自行進教他行進以進迴向而於此處亦應用慧若自行禪若教他禪以禪迴向而於此處亦應用慧若讀諸經若爲他說法若如所聞以慧正念一切行立坐卧一切儀法一切捨心皆應用慧慧力菩薩則是一切善法力者慧增上菩薩於一切法得增上自在慧自在菩薩於一切法能自在行執慧力菩薩如佛能拒魔軍有慧菩薩自在隨行諸法而不用力如人仰射其箭還時不須弓力菩薩亦如是以慧力故遣自在智入諸善法坐道場時得是智力以是力故以右手動十方世界破大魔軍得佛十力以是十力一切天人無能伏者自在王是戒自在神通自在智自在慧自在若人不種善根不能得聞如斯經典自在王若人得聞是經心歡悅者當知是人得四自在以是自在現自在力何以故自在王是諸自

在一切聲聞辟支佛之所無有爾時自在王菩薩聞佛所説心大喜悦合掌禮敬瞻仰佛顏目不暫捨作如是言世尊佛今以是四自在力一切衆生亦當得是四自在力佛以神力使自在王菩薩以種種好色香華滿其衣裓以散佛上及諸菩薩蒙華散者皆成金色三十二相以嚴其身空中百千萬億諸天同聲歎言若有衆生信受如是四自在力發阿耨多羅三藐三菩提心者是諸衆生以佛莊嚴而以自嚴何以故是四自在皆隨一切智心世尊若佛本不發阿耨多羅三藐三菩提心者是諸衆生云何得聞如是不可思議諸自在經諸天子歎已佛告自在王菩薩我念過世於然燈佛前第七十佛號普淨光王如來亦廣説此四自在法時有菩薩名智行足亦以此法問佛佛説此法時八千菩薩得此四自在及無生法忍三萬二千人發阿耨多羅三藐三菩提心自在王我於爾時初聞此四自在聞已受持至然燈佛時乃得具足是故自在王若於今世若我滅後有人一心求佛道者受持是經當知是人疾得無生法忍説此自在王經時三萬二千天人發阿耨多羅三藐三菩提心諸天子供養佛故作百千妓樂雨於天華以佛神力從衆妓樂出如是音若有衆生聞此自在王經信解受持當知是人諸根明利樂於佛法其智廣博爲善知識所護深種善根於諸衆生行大悲道爾時自在王菩薩白佛言世尊佛有十力四無所畏十八不共法菩薩亦有十力四無所畏十八不共法不佛告自在王有阿鞞跋致菩薩

已久習行得無生法忍住第八地欲入九地爲般若波羅蜜方便所護如是菩薩則能具成菩薩十力四無所畏十八不共法自在王云何菩薩十力爲薩婆若故發深堅心力具慈心故不捨一切衆生力不求一切利養故捨一切世間飾好故具大悲力信一切佛法故能成是法故心不退沒故具大進力行念安慧故不壞儀法故住不動定力離二邊故順緣生法故斷一切見不別戲論故具般若波羅蜜力成衆生故受無量生死故習善德無猒足故信解有爲法如夢故於生死中無疲倦力觀諸法相故無我無人無衆生故信解不生不起法故信樂無生法輪故無生法忍力入空無相無作法故觀諸解脫門故得聲聞辟支佛乘解脫知見故得解脫門力於深法中不隨他智故觀一切衆生心所行故具無礙智力自在王是名菩薩十力自在王何謂菩薩四無所畏得陀羅尼故一切所聞能持故常不忘念故於大衆中說法無所畏隨一切衆生所信解脫而爲說法如隨病合藥知見一切衆生諸根隨應說法於大衆中而無所畏是菩薩衆中說法無所疑難無有東方南方西方北方有來問我我不能荅乃至無有微畏之相恣於衆生之所問難隨問爲荅而無所畏善能斷疑故於大衆中說法而無所畏自在王是名菩薩四無所畏自在王何謂菩薩十八不共法菩薩從生已來自能行施無有教言汝當行施樂行捨心若魔作佛形來語之言汝行於施當墮地獄菩薩若生慳悋之心無有是處樂捨一切分布施

與以是行施爲阿耨多羅三藐三菩提不求果報利益衆生故是爲菩薩初不共法自在王菩薩自能持戒無有教者雖不值佛而亦不從他人受戒善能護持一切諸戒常樂持戒謂雖在家如戒所說盡能奉持若其出家戒經所說不須教導皆能履行乃至不爲壽命諸緣而捨於戒所持諸戒皆順菩提爲斷衆生破戒法故是爲菩薩二不共法自在王若貧窮下賤及旃陀羅工巧之人瞋恚加惡苦言罵辱節節支解菩薩爾時其心不動於此衆生慈心普潤有力能報而不加害但依於法我以佛法緣故忍受此苦亦願是人心得善淨發大莊嚴是爲菩薩三不共法自在王菩薩雖遭急難猶故進行不懈不息而終不生退没之心若見聲聞入於涅槃見世苦惱而於聲聞滅度法中心不貪樂若見辟支佛滅度又見生死苦惱於辟支佛涅槃法中心不貪樂若見諸佛已成大利佛法具足入於涅槃自見其身未得具足六波羅蜜及諸佛法於此法中心亦不没而勤進行我當於此大乘涅槃而取滅度是爲菩薩四不共法自在王菩薩若作轉輪王若作帝釋若作魔王百千侍女作天妓樂具受欲樂而於禪定及無量心皆現在前常樂捨離憒鬧之處於生死中生大恐畏想於五欲中生不淨想於五陰中生怨讎想於四大中生毒蛇想於諸入中生空聚想於已眷屬生怨賊想於宫宅侍女中如在死尸間想但求行法但求見佛但念欲度一切衆生於妓樂之聲出禪定法音或時魔障其聲先世善根力故而於空中

得聞佛音法音僧音聞此音已棄捨世界自在之樂出家入林是爲菩薩五不共法自在王菩薩於世禪定之中不生堅想以智分別離於諸見依法依義此不共法乃至夢中不生我見不生法見菩薩不爲諸結見纏所使離諸疑悔乃至惡魔不能障蔽令其疑悔離於正法菩薩爲成衆生故或破威儀而於其中無有疑悔自在王是爲菩薩六不共法自在王菩薩從生已來自得身淨離於殺生不以手捉刀杖瓦石有所惱害常捨刀杖資生豐足無所乏少一把之草不與不取珍寶滿地不生貪心飢窮死困不以邪命而自活也常修梵行至於心想不念五欲離諸欲惱不以五欲因緣而行非法以智爲首成就身業是爲菩薩七不共法自在王菩薩淨於口業眞語實語言行相應不自欺身不誑諸佛諸天龍神夜叉乾闥婆阿修羅迦樓羅緊那羅摩睺羅伽人非人等菩薩不行兩舌眷屬親愛終始不離菩薩不行惡口常行愛語輭語和柔語不惡語不麤語有理語安樂語先意語和悅語菩薩於諸惡口麤言侵尅苦語人不喜聞自惱惱他如是諸語終不出口菩薩不爲無義語有則言有無則言無深心淨故口業皆淨自在王菩薩得此不共法故世世所生常得如是隨法語口能以是語不淨之人令其得淨已淨人者令起禮敬供養之心以是深心不共法故得隨實語口諸有所說皆實無虛是爲菩薩八不共法自在王菩薩已心自在得自在行不貪他物不恚惱衆生行於正見於菩薩心無等等心終不忘失菩

薩常離一切諂曲不直之心晝夜常行善淨慈心是爲菩薩九不共法自在王菩薩所生之處一切經書呪術醫方筭數爲最爲上不須師教自然知之皆悉了達亦於世法出世法中得不隨他慧又不承望聽採他語常爲諸天世人之所瞻仰有所言說皆悉隨學是爲菩薩十不共法自在王菩薩或爲衆生療治諸病不求利養以大悲爲首療治病時發心願言當令衆生得出世法滅諸苦惱令至涅槃是爲菩薩十一不共法自在王菩薩不求不願轉輪王位釋梵天王之處而自得之何以故菩薩不爲身色端嚴故行道不爲世界眷屬榮位名聞稱讚故行道如是之福不求而得是爲菩薩十二不共法自在王菩薩住尊貴處長壽諸天曾見佛者常來擁護如是勸發應作是行行是業者能至菩提是則退法是則進法如是行者諸根隨順阿耨多羅三藐三菩提是諸天神常以如是隨宜勸發令不遠失阿耨多羅三藐三菩提是爲菩薩十三不共法自在王若有凶暴瞋恚惡人見此菩薩身口心業不能加惡心得善淨若或有人惱此菩薩忍時不報令其心淨得住於法若有衆生侵害菩薩不令以此墮於惡道何以故菩薩本來已得具足不共善淨之願若有衆生以身口意侵害惱我不令以此墮於惡道菩薩淨持戒故隨願皆得是爲菩薩十四不共法自在王或有衆生慳貪不信不見業行不依果報不識佛法僧於諸沙門婆羅門心不善淨不能敬禮聽受其語心不尊重不生希有之想是諸衆生見此菩薩身

口意行儀法語論心即得淨禮敬隨順便生尊重希有之心何以故菩薩得不共法故是爲菩薩十五不共法自在王若一切諸天龍神夜叉乾闥婆諸僊大人婆羅門等世之大師見此菩薩生師尊想於此諸人名稱最勝又諸天龍神夜叉乾闥婆僊人婆羅門等世界之師詣此菩薩曲躬禮敬供給使令諸師弟子亦皆恭敬尊重迎逆禮拜心念知勝得是信心是爲菩薩十六不共法自在王菩薩所在國界聚落城邑能修善法離不善法能化衆生護正法者而生其中得正見父母所生之處常爲師長禮敬尊重國界之中衆生命終無墮惡道何以故是菩薩以善法攝衆生令行福故命終之後皆生人天是爲菩薩十七不共法自在王菩薩隨順一切助道之法諸明神通皆具足故一切諸魔不能得便是爲菩薩十八不共法自在王何故名爲不共法菩薩隨順一切佛法故諸聲聞辟支佛初發意者之所無有而況凡夫爾時自在王菩薩白佛言希有世尊世尊今者與諸菩薩大智法明無量法光如我解佛所說義者若有菩薩得聞此經不樂餘經若人聞此經受持讀誦已爲受持一切佛法若人受持此經已爲他人說則爲能以佛之正法以成衆生若人正習此經則爲正習一切佛法若人於此經中得忍名爲順忍若人於此經中如所說行則爲隨順一切法行世尊若有菩薩不離此經當知是人已得諸明神通爲坐道場佛告自在王如汝所說若人不離此經當知是人得諸明神通爲坐道場自在王過去然

燈佛前威德佛提沙佛弗沙佛光明佛前有佛號天王如來應正遍知明行足善逝世間解無上士調御丈夫天人師佛世尊其佛世界嚴淨豐樂天人充滿其土平正瑠璃爲地閻浮檀金以爲蓮華遍覆其上柔輭細滑譬如天衣是時世人身色長短資生所有園林池觀皆如兜術天上所須飲食應念即至與天無異惟有名別其三千世界佛爲法王是故其佛號爲天王如轉輪王坐於正座以法化民無不承順天王如來亦復如是坐師子法座爲一切天人演說於法大衆坐處東西八萬四千由旬南北亦爾八萬四千由旬天王如來說法之時音聲遍滿三千大千世界其諸天人盡敬尊重讚歎行無上法以爲法供其土衆生無有樂下法者惟樂佛法無有聲聞辟支佛名況發心行者惟有菩薩以爲眷屬無有女人亦不聞有婬欲之名皆於蓮華結跏趺坐自然化生惟樂三法何等爲三一者樂喜見佛二者樂喜聞法三者樂觀於法好喜離行其諸人衆修習經法常不放逸福慧具足壽命無量阿僧祇劫命終生天謂到他佛土若有菩薩命欲終時上昇於空高七多羅樹唱大音言我於此土今當退沒時衆菩薩聞此聲已皆共集會試其法忍作如是言何等法退何等法生時是菩薩於大衆中而作是言此中無法若退若生如來得阿耨多羅三藐三菩提時知一切法無退無生何以故色不退不生受想行識不退不生更無異法必定可得若我若衆生若壽命退者生者如來得阿耨多羅三藐三菩提時知一

切法皆空無相空無相法不退不生諸法離際不作際不起際無生際佛以爲證如是諸際亦不退不生退名衆緣離生名衆緣合而是諸緣亦不退不生是菩薩於大衆中說是法已然後乃退其身滅已無灰無烟即生他方現在佛前是天王佛及諸菩薩不著袈裟皆著自生淨妙天衣亦無結戒世人調順皆得無生法忍不爲衆生廣說諸法而諸衆生其根明利小發即悟若天王佛爲諸菩薩演說法時其諸天人普皆能知或得法忍或得陀羅尼或得樂說無礙或得諸三昧自在王是天王佛其大名聞普流十方於一切天人之中廣說此四自在經七萬二千菩薩得受阿耨多羅三藐三菩提記時有菩薩名曰淨光不得受記作如是念今諸菩薩得受記者持戒儀式行道念慧方便神力陀羅尼三昧不勝於我以何緣故今得受記而我不得時天王佛知其心念告淨光言善男子於未來世當有佛出號曰然燈彼佛當與汝受記時淨光菩薩聞佛語已心大喜悅上昇於空作如是言若然燈佛過恒河沙劫而後乃出當知我已得受阿耨多羅三藐三菩提記何以故諸佛所言皆無虛妄諸佛皆是眞實語者自在王於意云何彼時淨光菩薩豈異人乎則我身是我從是來得值光明佛我從彼佛得聞是法聞已受持得光印三昧從是已後復值弗沙佛我從彼佛得聞是法聞已受持得衆明三昧從是已後復值提沙佛得聞是法聞已受持得照明三昧從是已後復值威德佛我從彼佛得聞是法聞已受持得順法

忍從是巳後復值然燈佛我從彼佛得無生法忍證此四自在謂戒自在神通自在智自在慧自在自在王以是緣故若於今世若我滅後善男子善女人求菩薩乘者得聞是經聞已受持當知是等皆疾得爲菩提眞智得此四自在能轉法輪於佛無上正法之中當得慧光說是經時萬六千菩薩得無生法忍萬二千人皆發阿耨多羅三藐三菩提心三千大千世界六種震動百千萬諸天喜而唱言在在處處有說是經當知此中則爲是佛若有衆生得聞此經當知此人善根深厚爾時慧命阿難白佛言世尊當何名此經云何受持佛告阿難此經名爲四自在神力當奉持之佛說此經巳自在王菩薩及阿難一切天人聞佛所說歡喜受持

自在王菩薩經卷下

音釋

曼謨官切　哆典可切　邏魯可切　祝職救切與呪同　寱莫鳳切與夢同　饑饉饑居希切穀不熟也饉渠吝切菜不熟也　鞞駢迷切　跋蒲撥

奮迅王問經

元魏三藏瞿曇般若流支等譯

清刻龍藏佛說法變相圖

奮迅王問經翻譯記

一切菩薩功行普修依德立名字號平等隨所顯發稱謂不同說法問論多依自字故奮迅王問奮迅法如來爲說四種奮迅其有人能具此奮迅則於一切皆能奮迅魏尚書令儀同高公令欲以此四種奮迅於一切處普奮迅故置能譯人在宅上面出此四種奮迅法門沙門曇林瞿曇流支興和四年歲次壬戌月建在申朔次乙丑甲午之日啓夾創筆凡有一萬八千三百四十一字

奮迅王問經卷上

元魏三藏瞿曇般若流支等譯

如是我聞一時婆伽婆住舍婆提城祇陀樹林給孤獨園與大比丘衆二萬人俱菩薩摩訶薩一萬人一生當得阿耨多羅三藐三菩

提彌勒菩薩得大勢菩薩師子意菩薩師子幢菩薩大幢菩薩等而爲上首爾時衆中有一菩薩摩訶薩名奮迅王在大會坐爾時世尊無量百千眷屬圍遶恭敬供養而爲說法謂大乘者之所修行爾時奮迅王菩薩摩訶薩從座而起整服左肩右膝著地合掌向佛頭面禮足白言世尊我於今者欲以少法問於如來應正遍知唯願世尊爲我解說佛告奮迅王菩薩摩訶薩言奮迅王恣汝所問我爲汝說奮迅王汝若問者隨汝心意彼彼所問如是如是我爲汝說令汝心喜奮迅王菩薩言如是世尊願樂欲聞奮迅王菩薩既蒙聽許心大歡喜白佛言世尊云何諸菩薩摩訶薩大乘奮迅復爲衆生說此大乘以彼奮迅破一切魔一切慢人一切諍人一切分別喜樂見人令住大乘大願滿足戒行成就得阿耨多羅三藐三菩提佛告奮迅王菩薩摩訶薩言善哉善哉奮迅王善哉奮迅王汝今善能問於如來如是之義當善憶念汝奮迅王諦聽諦聽善思念之我今爲汝分別解說如菩薩如大乘奮迅復爲衆生說此大乘以彼奮迅破一切魔一切慢人一切分別喜樂見人令住大乘大願滿足戒行成就得阿耨多羅三藐三菩提奮迅王菩薩言如是世尊願樂欲聞佛告奮迅王菩薩摩訶薩言奮迅王有四種奮迅何等爲四一者戒奮迅二者通奮迅三者智奮迅四者慧奮迅奮迅王此是菩薩四種奮迅奮迅王何者戒奮迅此菩薩戒具足謂不缺戒不穿戒不雜戒不分別戒不悔戒不毁戒不熱戒善護戒智讃戒順

道戒成就他法戒護一切法戒喜愛戒不依一切有道生戒安住奢摩他戒隨順毗婆舍那戒深法解脫戒不退通戒空無相無願戒清淨寂靜戒說佛法僧戒不捨一切衆生戒慈護心戒大悲根戒信清淨戒不分別威儀戒頭陀功德戒福德田戒畢竟淨戒不斷如來種戒護法種戒見聖僧戒善住菩提心戒六波羅蜜住戒修行念處正勤神足根力菩提八聖道戒生一切菩提分法戒奮迅王菩薩如是戒具足已大願成就彼云何願戒具菩薩劫盡燒時火滿三千大千世界若如是願此火寂滅火即寂滅若欲令水滿此三千大千世界水即充滿欲令華滿即隨意滿欲令寶滿即時滿中一切珍寶又若欲令恒河沙等諸世界中須彌山王彼一切山爲一山者即爲一山奮迅王菩薩如是戒具足已若欲令彼恒河沙等諸世界中所有大海彼一切海爲一海者即爲一海彼住戒力隨心所願皆悉成就一切所念無不隨意奮迅王住戒菩薩如是奮迅若人住戒隨順成就所謂阿耨多羅三藐三菩提奮迅王過去久遠過阿僧祇阿僧祇劫無量大劫不可思議彼時有佛號曰光明無垢光王如來應正遍知明行足善逝世間解無上士調御丈夫天人師佛世尊出現於世奮迅王彼時光明無垢光王如來法中有一菩薩名金剛齊安住戒力善清淨戒彼金剛齊阿蘭若處經行精進樂修聖法欲滿佛法彼金剛齊如是觀察若不分別一切法者乃得名戒若不喜樂一切物者乃得名戒若能寂滅一切煩惱乃得名戒

若身鏡像平等知者乃得名戒若於語言響聲平等乃得名戒若觀心法如幻無異乃得名戒若善不善二法不二乃得名戒若不淨觀除滅貪欲乃得名戒若慈悲觀除滅瞋恚乃得名戒若以智慧滅除愚癡乃得名戒若不分別貪欲瞋癡乃得名戒若分別見一切諸法不分別者乃得名戒若非我見非衆生見亦非命見富伽羅見亦非常見乃得名戒若一切法不和合行乃得名戒若於一切心不驚怖乃得名戒若於三界心不依止乃得名戒若信諸法一切不生乃得名戒若心信解不生法忍乃得名戒若不悕望財利供養乃得名戒若不畏空乃得名戒若修無相乃得名戒若離願求乃得名戒若於戒聚心不取戒乃得名戒若不自恃戒聚自高陵懱他人乃得名戒若於諸入不讃歎者乃得名戒若於境界不行不著乃得名戒若於五陰法陰平等乃得名戒若於界中法界平等乃得名戒若不諍訟乃得名戒若不休息一切善法乃得名戒若畢竟知一切諸法皆悉寂滅知寂滅已身則正行乃得名戒奮迅王爾時金剛齊菩薩以如是法住戒成就修行聖法勤行精進不離正觀魔子名遮見彼比丘以如是法住戒成就修行聖法勤行精進不離正觀如是經行將諸軍衆八萬四千一切著鉀自隱其身到比丘所而求其便經一千年隨比丘行彼魔如是於一千年而彼比丘無有一念亂心可得彼魔如是伺其心亂若得亂心則與障礙怖畏惱亂爾時遮魔并其軍衆經一千年求便不得復自現身皆執刀矟

種種器仗在彼比丘面前怖嚇欲令驚畏彼金剛齊菩薩比丘見魔軍衆手執刀矟種種器仗怖嚇之已即作誓言我今眞實於此法中正觀修行清淨戒聚此事若實諸魔眷屬手執刀矟種種器仗一切變爲優鉢羅華鉢頭摩華拘物頭華分陀利華瞻婆迦華蘇摩那華婆師迦華種種華鬘此天魔身一切軍衆如我形色正住威儀奮迅王彼金剛齊菩薩比丘作是誓已一切魔軍所執刀矟種種器仗即時變成種種妙色無量種色雜色華鬘有善妙香見聞心愛可喜殊特一切魔身色相形服如彼比丘一切皆如出家舉動身著袈裟剃除鬚髮自他皆見奮迅王爾時遮魔見彼比丘勝神通已生希有心并諸軍衆禮彼比丘金剛齊足問言大仙汝得何法住

神通力能如是耶奮迅王時金剛齊菩薩比丘答遮魔言大仙當知如是法者非有得住以一切法不可得故大仙當知身口意等皆無依止此無依止是我所住以一切法無依止住大仙當知如是住者非有相住非無相住如是名住如是住者非有法住無住無處故名爲住爾時遮魔語金剛齊菩薩比丘作如是言我一千年觀汝心行常求汝便而不能得時金剛齊菩薩比丘語言大仙假使汝於恒河沙劫求我心行亦不能得何以故心不在內亦不在外不在二處不在中間又復大仙幻人心行汝得不耶魔言比丘不可得也彼幻人者無心無思何處可得菩薩比丘答言大仙如來常說一切說法皆如幻相無心可得無思可得魔言比丘若汝無心無思

可得汝云何行若去若來又復云何有所言說菩薩比丘答言大仙如幻人行若來若去有所言說我如是行如是去來如是言說魔言比丘若如是者汝勤精進安住持戒修行聖法如是發行何所悕求比丘答言無發無行無處悕求魔言云何無發無行無處悕求比丘答言如是處者無有人去無有人來無人當去大仙當知無發無行名爲無願又復大仙若汝問言汝勤精進安住持戒修行聖法如是發行何所悕求如是問者汝今當聽我此求者非色生求非色滅求非色處求如是非受非想非行非識生求非識滅求非識處求至一切法亦非生求亦非滅求亦非處求大仙當知若彼正處非色所攝如是非受非想非行非識所攝是我求處我求彼處若

不可見是我求處若彼正處非色所攝如是非受非想非行非識所攝如是正處是我求處而我不見彼我求處大仙當知如聖人求我如是求魔言比丘彼聖人處云何而求菩薩比丘答言大仙若凡夫法若佛法此一切法平等不二若學法若無學法若佛法此一切法平等不二若緣覺法若佛法此一切法平等不二若過去法若未來法若現在法此一切法平等不二不生平等是故平等不出平等是故平等不滅平等是故平等若人不捨如是平等彼修平等是故能爲衆生說法大仙當知如是正處我如是求大仙當知如是正處非欲界處非色界處無色界處若人如是住平等者如法不動非行不行非他令行大仙當知此名正處如彼發行一切諸法

如是發行如法界發行一切諸法如是發行如實際發行一切諸法如是發行若如是求彼人如是不見行處心不喜樂故名正處爾時遮魔語金剛齊菩薩比丘作如是言此正修行為何所得比丘答言我此正修得無所得無無所得平等滿足又汝問言得何法者若有所得非正修行以離慢故名正修行正修行者無所得法言正修者則無所修爾時遮魔問金剛齊菩薩比丘作如是言此戒具足為何所求比丘答言我住此戒為求阿耨多羅三藐三菩提覺得不滅法得不生法魔言菩提為何所覺比丘答言色平等覺是菩提覺受想行識悉平等覺一切諸法悉平等覺是菩提覺魔言比丘彼菩提者於何處求答言大仙言菩提者身見中求魔又問言云何而求比丘答言菩提非起身見非起如求身見菩提亦爾我如是求爾時遮魔問金剛齊菩薩比丘作如是言汝師是誰何人教汝如是辯才答言大仙不瞋自身得菩提者彼是我師若不住染不住淨者彼是我師若何等人識不住常不住無常彼是我師若有人來從其聞法謂不住法不分別法如是聞已得度癡海彼是我師若有能知一切諸法非次第知彼是我師若能遍知一切言語非次第知而不分別彼是我師若一切法不生不出轉聖法輪彼是我師若非彼住亦非此住非中間住彼是我師若說一切諸法不生而自生者彼是我師若說一切諸法不滅而自滅者彼是我師我於彼師得如是辯魔言比丘云何如來轉於法輪比丘答言非是色轉

非色眞如非是色法非是色空非色無相非色無願非色寂靜非是色離非色不生非色本性非色自體非自體轉非是不轉如是次第受想行識非轉不轉識如識法識空無相無願寂靜識離不生本性自體非轉不轉如來法輪如是而轉一切法輪是則輪轉彼法輪轉若或不轉無量法界報際不捨彼法輪轉若人能知於如是人彼輪則轉爾時遮魔并諸軍衆與金剛齊菩薩比丘以爲弟子作如是言今我等衆歸依仁者彼比丘言勿歸依我汝當歸依光明無垢光王如來此所說法是彼佛法彼言去來當共相隨至如來所時金剛齊菩薩比丘即與遮魔八萬四千諸魔衆俱往詣世尊光明無垢光王佛所到佛所已頭面禮足合掌向佛住在一面時彼如來爲彼魔衆說此住戒次第乃至修行聖法而如法說如是諸魔一切不退阿耨多羅三藐三菩提奮迅王汝意云何彼金剛齊菩薩比丘豈異人乎莫作異觀何以故汝身即是彼金剛齊菩薩比丘持地菩薩是彼遮魔奮迅王此是菩薩戒奮迅王菩薩得是戒奮迅已不可思議勝願示現成熟無量衆生菩提破壞魔怨速得阿耨多羅三藐三菩提覺奮迅王何者菩薩通奮迅云何名爲通奮迅耶奮迅王彼有五種何等爲五一者天眼二者天耳三者知他心四者念宿命五者神通奮迅王何者菩薩天眼通奮迅若有眼根壁所不障樹木山林須彌輪山世界中山不能作障彼無障眼能見十方無量無數諸佛世界如一世界於有物處視若虛空彼此世界皆

悉不障平等一見彼佛世界諸佛世尊諸聲聞衆之所圍遶一切皆見彼一切佛一佛信解一切法界不壞修故若見一佛則一切佛皆悉清淨見一切佛一佛清淨如是若以見佛清淨自入清淨彼若以是自入清淨則一切法皆見清淨自見清淨法見清淨二相不取若彼世尊諸聲聞見佛清淨見諸聲聞則不異見彼見聲聞即是見佛彼見佛者即見聲聞若彼無量無邊世界所有衆生衆生所攝若地獄身若畜生身若餓鬼身若人天身若阿脩羅若欲界行除無色界彼一切見若退若生若減若增如是衆生業報皆知彼見衆生及知業報而實不生衆生之想以知衆生皆無我故雖知業報無業報想入一切法無業報故彼人天眼見一切色而於色相不取應知以一切色皆無體故一切色相知不實故以一切色本際空故彼人天眼以何因緣能如是見以智力故能如是見如彼所見亦如是見隨自心欲一切不見若心希望見一切色隨心即見非有少色眼所不見彼人則於無量百千諸衆生中能修禪定解脫三昧三摩跋提而彼衆生眼所不見何以故如是菩薩以知眞如法無我故彼人希望若色界天微細之身善妙之身光明之身不相似身現於彼天示菩薩身能令彼天見菩薩身如是菩薩見彼天身若欲令天見菩薩身及自見身即能令見若欲令天自見其身不見菩薩彼即自見不見菩薩若欲令天見菩薩身不見自身即見菩薩不見自身奮迅王菩薩成就如是天眼奮迅王何者菩薩天耳通

奮迅彼菩薩成就天耳乃至無量無邊世界所有諸聲天聲龍聲夜叉聲乾闥婆聲阿脩羅聲迦樓羅聲緊那羅聲摩睺羅伽人非人聲如是等聲一切皆聞雖聞彼聲不取自相及衆生相不取聲相而知一切音聲之相雖聞音聲於聲聲處信解不實前聲後聲皆悉無聲如是通達彼聲無處無處信解耳根識界則無障礙聞彼聲已知彼聲義何者聲義謂一切聲不可分別不可說者則是聲義寂靜義者一切聲義彼菩薩者順行此義聞一切聲不生依止以一切法悉不生故若於十方無數世界於今現在現命現住諸佛世尊彼一切佛有所說法而彼菩薩天耳悉聞無障無礙不取聲處而聞一切說法音聲聞已受持無所忘失云何不忘若彼菩薩得一句者可得有忘以彼菩薩不得一句是故無忘彼菩薩聞有漏法聞無漏法若聞常法聞無常法聞世間法出世間法善不善法增法減法若聲聞法若緣覺法若大乘法彼一切法一體一味如是順行謂聞法已得離欲味聞一切法一切境界不取不著又復聞法一切相中不住不著一切法中隨順而行於非法中不隨順行何者爲法何者非法法名離欲法名無相法名無爲法名無處不可譬喻無塵無得不生不出此名爲法若如是法憶念分別心相觀察戲論取捨此名非法奮迅王彼菩薩唯取於義而不取語不爲取語聽法聞法爲取義故是以聽法云何取義若見空義不取不著若無相義不取不著若無願義不取不著是名取義彼若取義而聽於法於

所取義不生分別於不分別亦不分別如是菩薩於諸佛所如是聽法又奮迅王彼菩薩隨順了義修多羅義不隨不了修多羅義彼了義者其義云何以彼一切修多羅義皆是了義修多羅義皆隨順說無異義故一切了義修多羅義不可說故如是了義修多羅義彼隨順行若於了義修多羅義不隨順者則非了義以何因緣非了義耶若不了義修多羅義於彼了義修多羅義不相隨順與彼了義則不相應以何因緣而不相應不隨順故離彼法行所隨順者謂聲隨順如是了義修多羅者非聲隨順何以故以彼了義不可說故彼無處著如是菩薩善知一切不了義法皆如了義奮迅王此義如是隨順了義修多羅義如是隨順一切了義修多羅義又奮迅王彼菩薩從佛世尊聽聞法已唯取於智而不取識何以故以識知故以如幻故不可取故無自體故以無色故不可見故無障礙故若如是知則是智知是故菩薩唯取於智而不取識識爲他知如是知識於識於智皆不貪著以識眞如說智眞如奮迅王若菩薩唯取於智不取識者不爲衆生說於識法此天耳通奮迅得已得此智界又奮迅王彼菩薩富伽羅語相應法說唯取於法而不取人何以故奮迅王若實有人衆生畢竟於佛法中不可清淨不可解脫奮迅王若如是者一切諸法畢竟無人佛依世間是故說人而實諸法一切無人如是菩薩唯取於法而不取人奮迅王法名法界此法界者名不生界奮迅王不生界者名不出界奮迅王所言名者以

不可說是故名名何以故依彼彼名知彼彼法彼彼法中名不可得若不可得隨人情故强說言語一切言語皆隨俗說若我知語彼是佛語若起意相非是佛語佛語無意以無語故名爲佛語若入佛語彼入非語若入非語彼入佛語若欲入語應入佛語欲入佛語取說人語取說法語若如是取不入佛語何處不二示無不二彼是佛語何處有聲及以無聲彼非佛語若不可說非不可說彼是佛語如是奮迅王若菩薩入佛語者彼則名爲得天耳通一切音聲隨順證法得佛菩提奮迅王此是菩薩第二通智所謂天耳又奮迅王菩薩復得他心通智於他衆生他富伽羅知心知思彼人如是入大衆中而爲說法初如是觀衆會之心何者衆生有何深心何所修行何因何相既觀察已如應說法自心淨故能入一切衆會淨心奮迅王譬如鏡輪以清淨故現如是色若青黃等若形若相彼相似見不增不減鏡輪淨故而彼鏡輪無所分别而示衆像奮迅王菩薩如是自心清淨自法界輪如是相似衆生心行種種異生彼一切知而彼菩薩心亦不壞彼衆會中若人欲行知彼人心知離欲心何以故以心本性無欲染故彼衆會中有瞋癡行知彼人心知離癡心何以故以心本性無瞋癡故若復有人信聲聞乘彼人心行菩薩能知法界不下若復有人信緣覺乘彼人心行菩薩能知法界不減彼衆會中若復有人心行大乘彼人心行菩薩能知法界不增知彼衆生心行界已而爲說法然不分别心之本性如應說法令

住諸乘於一切界不破壞中一切衆生若干種行皆悉遍知彼菩薩心自心觀察非心相續亦非斷滅然彼菩薩以相續心而能遍知一切衆生心亦如是若界心界如知彼界法界亦爾不一不二如是奮迅王菩薩得是他心通智以得通故則名通人一切天人之所識知又奮迅王菩薩復得宿命通智以三昧根能知過去恒河沙劫自他宿命憶念不忘如是知已然後說法如是憶念我於某處如是名字曾如是生如是命量如是受樂如是受苦自心能知他衆生心知此衆生前因善根知此衆生善根因力知此衆生善根緣力知此衆生聲聞乘因知此衆生緣覺乘因知此衆生有大乘因知彼衆生前因緣已然後乃爲如是衆生如應說法彼菩薩自知宿命

知宿命已後復能知本修具足自知過去於幾佛所種諸善根若彼善根前已願取阿耨多羅三藐三菩提如是憶念諸善根已復更發願彼菩薩念本宿命而於過去一切諸法心不分別不著不取於前後行心不分別於後前行心不分別於一切法不分別處若去若來菩薩憶念過去世已然於過去不取不著雖知未來然於未來亦不取著知一切法無前無後亦無中間故不分別不取不著彼菩薩如是憶念衆生宿命前後色離菩薩能知如是前後受想行識一切皆離菩薩能知乃至五陰前後中間一切諸法空無自體菩薩能知奮迅王彼菩薩憶宿命已過去所修一切善根皆悉增長過去所作一切業行皆悉盡滅何以故業不朽故是故能知菩薩如

是成就彼知於一切行信解如夢譬如夢中見生見死見苦見樂菩薩信解一切諸行亦復如是既信解已於彼生死不受苦惱復於衆生而生悲心知一切法不起生相又彼菩薩有如是心我於過去世間生死多千刧行知皆無實不貪不著亦如是知一切衆生世間生死虛妄不實不貪不著若其不實彼不實處大大不生大大不實奮迅王彼菩薩憶宿命已實見諸行皆悉無常何以故彼菩薩憶念過去轉輪王樂乃是無常敗壞之法憶念過去帝釋王樂彼是無常敗壞之法憶念過去梵天王樂彼是無常敗壞之法思惟憶念諸佛世尊世界莊嚴聲聞之人功德莊嚴菩薩之人功德莊嚴又復憶念彼佛世尊色身具足如來轉法輪具足彼憶念已則不貪著一切有爲一切所攝皆悉放捨何以故彼菩薩有如是心若彼如是佛世界勝佛色身勝彼亦無常是盡滅法我之所攝亦復如是皆悉無常復作是念諸行如是一切無常而諸衆生生於常想菩薩如是於衆生中起大悲心於一切法皆悉捨離如是奮迅王此是菩薩第四通智彼菩薩成就此智則知一切諸法無常心生思惟攝取有生成熟衆生雖攝有生而不貪著菩薩離有而取諸有成熟衆生又奮迅王何者菩薩神通奮迅奮迅王彼菩薩心自在故得聖神足謂欲精進寂靜信解彼菩薩現得神通是有爲行彼人行望於一念間悉能遍到恒河沙等諸佛世界到彼處已彼處衆生見菩薩身而菩薩身此處不動彼處衆生見聞說法然於此處說法不

斷奮迅王此是菩薩神通奮迅以此神通調
御衆生若彼衆生或天或人生常想者示劫
盡燒彼見三千大千世界皆悉燒然而彼世
界實無燒壞若慢衆生手中金剛示其夜叉
示金剛焰令大怖畏彼憍慢者破壞慢心即
時向禮若有衆生信轉輪王彼即爲現輪王
形服而爲說法若有衆生信帝釋王彼即爲
現帝釋王色而爲說法若有衆生信於梵王
彼即爲現梵王形色而爲說法若有衆生信
於魔王彼即爲現魔王形色而爲說法若有
衆生信如來者彼即爲現如來形色而爲說
法若有衆生應見菩薩虛空中住跏趺而坐
身出光明即住空中身放光明而爲說法若
有衆生於大勝事生信解者即示三千大千
世界旛蓋莊嚴旛鬘莊嚴幢旛莊嚴鈴鬘具
足香熏等樂百千種樂示如是已然後說法
若有衆生應見三千大千世界合爲一海優
鉢羅華拘物頭華分陀利華遍覆水上於蓮
華上有師子座坐彼座上而說法者彼即示
現而爲說法若有衆生應見菩薩住須彌頂
梵聲說者彼即示現而爲說法若有衆生應
不見身唯聞菩薩大聲說者彼即示現而爲
說法若有衆生應見龍身乾闥婆身菩薩即
現歌相應聲而爲說法若有衆生應見龍輪
雷聲電聲及雨墮者彼即示現而爲說法若
有衆生飢渴疲倦以天飲食具足與之令身
飽滿一切樂足乃爲說法若地獄中一一衆
生常受大苦以神通力滅地獄火與力令入
一切毛根彼得樂已乃爲說法若盲衆生離
眼衆生以神通力與其天眼令得眼根乃爲

說法若聾衆生離於耳根以神通力令得耳根乃為說法若有種種病患衆生以神通力為除衆病令離病已乃為說法若有衆生臨欲被殺將欲斷命以神通力設諸方便偷劫彼人令不得罪或與財物救贖命已乃為說法若有衆生身分下劣根闕不具或有小姓怖畏羞慚身心下劣以神通力令其身分一切具足暫時示現令身勝已乃為說法若有衆生藏中聾瘂生來頑鈍卧在屎尿先為療治以神通力示寶莊嚴宮殿坐已乃為說法令其心意智慧生已乃為說法若有未生已生衆生根未淳熟以神通力令根熟已乃為說法奮迅王彼時菩薩成就如是神通力已又復更有不可思議神通說法若有衆生信解日月入法律者以神通力三千大千諸世界中所有日月置手掌中擲過無量無邊世界一切衆生所應度者皆見日月空中而去然其日月本處不動又復能以恒河沙等諸佛世界置一毛頭擲著梵世然後復擲無量無邊世界之外然諸衆生不覺不知若來若去無往返想又彼菩薩以一口氣能令無量恒河沙等諸佛世界劫燒火滅又彼菩薩一跏趺坐即時令身到恒河沙諸佛世界又彼菩薩能以兩手覆日覆月以自光明遍照世界而為說法奮迅王彼菩薩於如來前跏趺而坐起心悕望供養如來即時能以須彌山等種種妙華散如來身令一切華映覆如來唯見半身若化三千大千世界一切樹林以為燈明如前供養隨意即能天若雨時能令見火示現已身一切衆生皆悉遍見隨彼衆

生若干信解見何等色或以自身示帝釋身或示梵身或聲聞身或緣覺身奮迅王此是菩薩神通奮迅所謂天眼見不障礙清淨天耳聞不障礙一切衆生知心行智阿僧祇劫而能憶念一切神通悉能示現名通奮迅奮迅王所言通者云何名通遍見一切諸佛業通知他一切衆生根通勝聲聞乘所有法律勝緣覺乘法毗尼通大乘律通生退出通於諸衆生淳熟智通正知出行通善方便通布施願通戒忍精進禪慧願通壞魔攝魔善根成就是故名通復次奮迅王菩薩得通他所識知色青等威德名稱力姓種族財衆圍遶是故名通復次奮迅王菩薩得通天龍夜叉乾闥婆阿脩羅迦樓羅緊那羅摩睺羅伽人與非人帝釋天王轉輪聖王梵世界主阿羅漢人正遍知者一切皆知是故名通奮迅王此菩薩通菩薩以通不退本願能示他人一切諸法奮迅王何者智奮迅奮迅王智奮迅者所謂陰智界智入智因緣智實諦智奮迅王何者陰智謂知色空色前際空色後際空色中際空受想行識皆亦如是識前際空識後際空識中際空此五陰空謂畢竟空知此陰空故名陰智奮迅王何者界智地界法界水界法界火界法界風界法界何以故以此四界法界一界所謂空界復法界界此非地界亦非水界亦非火界亦非風界何以故不異界法界不二界法界不生界法界不染界法界善淨界法界如法界如我界如衆生界如命界如富伽羅界如生死界如涅槃界彼界欲界彼界色界彼界無色界彼界有爲界

彼界無爲界故名涅槃界如若法界智如是色界智不異因緣智故名界智奮迅王何者入智奮迅王眼之本性不生不出無造作者奮迅王如是耳鼻舌身意性不生不出無造作者奮迅王彼眼無主故無見者彼耳無主故無聞者彼鼻無主故無齅者彼舌無主故無嘗者彼身無主故無覺者彼意無主故無知者奮迅王眼不見色耳不聞聲鼻不齅香舌不嘗味身不覺觸意不知法何以故眼者無覺如草如木如壁如塊如是耳鼻舌身意等一切無覺如草如木如壁如塊奮迅王眼者無染亦無不染如是耳鼻舌身意等一切無染亦無不染何以故以眼本性性離染故如是耳鼻舌身意等本性如是性離染故奮迅王若一切入如是知已心得離欲故名入智若如是知陰界入等不生不出如是畢竟入涅槃已攝取生退陰界入等知陰界入而亦不捨此智奮迅知陰界入若相若體彼一切捨猶行三界而不染著示現生死而無生死此智奮迅奮迅王何者因緣智無明緣行無明不念我能生行行緣於識行亦不念我能生識識緣名色識亦不念我生名色名色緣六入名色不念我生六入六入緣觸六入不念我能生觸觸緣於受觸亦不念我能生受受緣於愛受亦不念我能生愛愛緣於取愛亦不念我能生取取緣於有取亦不念我能生有有緣於生有亦不念我能生生生緣老死生亦不念我生老死奮迅王菩薩如是觀察因緣則無諸見無有斷見無有常見彼如是知一切諸法皆因緣生彼人如是推求

因緣亦不可得彼於因緣得因緣智云何得智因緣不生此二平等如是平等空無相願十二因緣皆悉平等若以平等如是所覺一切諸法因緣平等如是因緣則非因緣彼因緣中無少法生故名因緣若知不生亦是因緣名因緣智明與無明此法不二若知此者名因緣智行與非行此法不二若知此者名因緣智識與非識此法不二若知此者名因緣智名色非名色此法不二若知此者名因緣智六入非六入此法不二若知此者名因緣智如六入非六入不二如是觸非觸不二受非受不二愛非愛不二取非取不二有非有不二生非生不二老死非老死不二若知此者名因緣智如因緣處如彼因緣皆空無我如彼因緣不來不去如彼因緣虛妄不實如彼因緣無取可取如是因緣無行無相若如是知名因緣智若見因緣不見無明亦不見行亦不見識不見名色不見六入亦不見觸亦不見受亦不見愛亦不見取亦不見有亦不見生不見老死若如是見彼見因緣若見因緣彼則見法見何者法見離欲法離何等欲一切法中種種見欲離如是欲故名離欲彼所見法不增不減如是所見則是眞如不得不染如是所見則是法界不壞不成如是所見實際不窮如是所見雖見不見如是所見非肉眼見非天眼見非慧眼見何以故肉眼不覺以其不覺是故不見天眼有爲以有爲故不見無爲是故不見慧眼不見以不分別不分別故亦不能見奮迅王菩薩如是見一切法則見如來非是色見非受非想非

行非識非相等見非法界見非戒定慧非解脫見亦非解脫知見法見非過去見非未來見非現在見若如是見則見如來

奮迅王問經卷上

音釋

懱莫結切輕易也 矟色角切矛屬 嚇虛訝切相恐也 鬘莫班切 贖神欲切貿也以財贖罪也

奮迅王問經卷下

元魏三藏 瞿曇般若流支等 譯

爾時奮迅王菩薩白佛言世尊若有法者可有見法若有見法可見如來佛言有何以故奮迅王色相不生本性不生如是見色則見如來如是受想行識之相皆悉不生本性不生如是見識則見如來戒有爲相而是有爲如是見戒則見如來三昧平等則清淨見如是我於然燈佛所得清淨見我於彼佛得見因緣以見因緣即得見法以見法故即見如來奮迅王菩薩白佛言世尊然燈佛來所有如來彼云何見佛言奮迅王皆以色相分別而見非見法身奮迅王我爲汝說汝今應知我從初發菩提心來更不見佛唯除然燈何以故非見色相淨見如來奮迅王菩薩如是欲見佛者應知我見然燈如來以一法故云何一法如我之身彼然燈身亦復如是如然燈身我身亦爾一身一法證法不二不分別證是因緣智若見因緣彼則見法以見法故則見如來若於一切有心生處皆悉證滅不入涅槃不得生死方便智說此是奮迅彼實諦智何者是耶聲聞之人何者實時則觸解脫如是實時菩薩亦得不觸解脫此是奮迅緣覺之人何者實時則觸解脫如是實時菩薩亦得不觸解脫此是奮迅實諦智者所謂知苦非諦非實何者爲智謂不實智以是無窮顛倒生故知苦不生畢竟不生若如是知苦不生者此名苦智云何斷集如彼集法如是斷集云何名集集故名集平等斷集若未來集於未來斷此法法爾非少有法若生若

斷愛使集有彼斷愛使故名斷愛何者苦滅若彼苦集性畢竟滅無法失滅是故名滅若滅一切攀緣相者義不相應有何法生有何法滅何者爲道所謂有道若善不善若漏無漏若垢無垢有爲無爲皆不可得此名爲道平等名道以一切法皆眞實故寂靜名道以一切執皆悉離故安隱名道不離一切善方便故無漏名道諸漏盡故不行名道分別見人不能行故易行名道正修行者所能行故不捨名道過去如來所不捨故離相名道以能斷除一切疑故若於此道不入二者此得名道若解如是四諦之義名實諦智若此四諦聲聞乘顧緣覺乘顧於二乘顧不生希望是乃得名實智奮迅又奮迅王智奮迅者知聲聞乘不取不住知緣覺乘不取不住是智

奮迅又奮迅王智奮迅者若以一心遍知一切衆生之心以一心體遍知一切衆生體若心若智二心不轉是智奮迅又奮迅王智奮迅者知見過去無障無礙而於過去心亦不轉知見未來無障無礙未來過去心亦不轉知見現在無障無礙而於過去未來現在心不戲論是智奮迅又奮迅王智奮迅者若盡智知而善根行不盡亦知無生智知知集亦知是智奮迅又奮迅王智奮迅者若一切法畢竟寂滅知一切法非他因緣以智力故不取涅槃以爲成熟諸衆生故此是菩薩智奮迅也如是奮迅王菩薩欲以此智奮迅而奮迅者應當善作智所作業勿作慢業何者慢業諸有意行皆是慢業諸有識行皆是慢業諸有心行皆是慢業諸樂善行諸墮見施皆

是慢業諸隨想戒皆是慢業諸依自他而行忍者皆是慢業諸有起心分別精進皆是慢業諸分別身般若亦爾皆是慢業諸起我慢皆是慢業我菩薩者此是慢業我菩薩住此是慢業我能不斷佛種法種衆僧種者此是慢業我於衆生利益行者此是慢業未度衆生我令得度未解脫者我令解脫未安慰者我能安慰未涅槃者我令涅槃此是慢業我行布施我持戒我忍我行精進我禪我慧此是慢業我行慈心我行悲心我行喜心我行捨心此是慢業我行少欲我行知足我遠離行我不染行此是慢業我頭陀行空閑正行憶念分別此是慢業我行空行我無相行我無願行此是慢業我能實語我能眞語我如說行憶念分別此是慢業我過魔業過四魔

罥斷一切見我修行忍憶念分別此心意業諸如是等此中略說我菩提覺我轉法輪我令衆生得解脫已然後乃入無餘涅槃憶念分別此心意業奮迅王諸有心行起心作說皆是慢業奮迅王何者智業於如是處非是心意意識轉行彼是智業菩薩如是常作智業菩薩云何常作智業所謂菩薩常作二業二者所謂成熟衆生攝取正法云何菩薩成熟衆生謂自智知成熟衆生自智知者自住離憶如是自知隨於何處自離住知非意非識菩薩如是非意非識菩薩如是成熟衆生云何菩薩攝取正法菩薩若於一切諸法皆不攝者此是菩薩攝取正法非色攝者是攝正法如是非受非想非行非識攝者是攝正法如是次第非界攝者是攝正法非入攝者

是攝正法非善法攝不善法攝是攝正法非淨不淨非漏無漏有爲無爲非世間法出世間法非如是攝是攝正法非施相攝是攝正法非戒非忍精進禪定攝是攝正法何以故諸攀緣生皆有相生非法非律非攝正法何以故無相無礙如來正覺彼不可得相攀緣攝菩薩若知如是業者是則名智若以是智作智所作彼非盡智奮迅王何者慧奮迅謂爲法分以句分析取四無礙何等爲四一者義無礙二者法無礙三者辭無礙四者樂説無礙義無礙者於一切字唯取於義而不取字所言義者正知一切諸法之義又復義者不可説義於種種字皆悉不忘知前後聲此名爲義非取語故得隨順義若能如是語義平等則隨順義若如是知名義無礙於一切義皆無礙故名義無礙法無礙者謂法隨順不順非法隨順法者不念非法何以故彼一切法離名字智法無礙者若乗若法不異法説於法界相不壞法界何以故法界一相所謂無相彼於何者説法言語聞彼語已響聲平等隨順信解信説法語法界平等隨世俗知而不取著以是諸義名法無礙辭無礙者謂知字語若龍夜叉若乾闥婆若阿修羅若迦樓羅若緊那羅摩睺羅伽人非人等諸字語智釋提桓因梵世界主諸字語智一語多語略語廣語女語男語若内官語若過去語若未來語若現在語一切皆知如法字語若以字語令他衆生自意知解如是而説自語他語彼此不障亦不取著何以故知一切法無字無語彼如是念何者字語若説何法彼

如是法字語中無故不可得亦不可說又彼字語於法中無故不可得亦不可說若說字語字語無聲若當眞實有此言辭善法言辭惡法言辭則不可得應知此辭不在於法辭無礙者於一切法皆不障礙諸法不行何以故法不行故一切諸法畢竟不行如是知已而爲他說教他令知名辭無礙何者名爲樂說無礙若一切語皆悉樂說於一切聲皆悉樂說於一切名皆悉樂說云何樂說於義樂說於法樂說於眞樂說於實樂說若有衆生於修多羅語聲信解爲彼衆生修多羅語響聲樂說若於祇夜語聲信解則爲祇夜響聲樂說如是伽陀和伽羅那若憂陀那若尼陀那阿波陀那伊帝目多伽若闍多迦若裴不略阿浮陀達摩語聲信解爲裴不略阿浮陀達摩響聲樂說若於前修語聲信解則爲前修響聲樂說一切衆生諸根樂說謂於信者信根樂說於精進者進根樂說於有念者念根樂說於有定者定根樂說於有慧者慧根樂說如是廣說一切諸根二萬一千菩薩樂說欲行者根八萬四千如來所知彼一切根如來樂說菩薩隨順相似樂說彼一切根二萬一千瞋行者根八萬四千如來所知彼一切根如來樂說菩薩隨順相似樂說彼一切根二萬一千癡行者根八萬四千如來所知彼一切根如來樂說菩薩隨順相似樂說彼一切根二萬一千等行者根八萬四千如來所知彼一切根如來樂說菩薩隨順相似樂說彼一切根二萬一千如是名爲樂說無礙奮迅王彼義無礙法無礙辭無礙樂說無礙

如是一切以慧爲根依慧而住隨慧而行菩薩依慧此等及餘種種奮迅而皆奮迅又奮迅王慧何爲根慧依何住慧隨何行奮迅王聞爲慧根慧依聞住慧隨聞行又奮迅王聞何爲根聞依何住聞隨何行奮迅王善知識者則是聞根聞者則依善知識住聞者隨順善知識行又奮迅王彼善知識以何爲根依何而住隨順何行奮迅王彼善知識敬重爲根依敬重住隨敬重行又奮迅王如是敬重以何爲根依何而住隨順何行奮迅王如是敬重深心爲根依深心住隨深心行又奮迅王如是深心以何爲根依何而住隨順何行奮迅王如是深心不諂爲根依不諂住隨不諂行又奮迅王如是不諂以何爲根依何而住隨順何行奮迅王如是不諂大悲爲根依大悲住隨大悲行又奮迅王如是大悲以何爲根依何而住隨順何行奮迅王一切衆生是大悲根即依一切衆生而住隨順一切衆生而行何以故奮迅王菩薩爲令一切衆生得解脫故發起大悲一切智心奮迅王此慧奮迅菩薩發此一法門已若於一切若餘殘劫異異法說無法妨礙欲令衆生不見其身而爲說法隨意即能欲令自身一切毛根皆出法聲隨意即能如彼衆生深心修行而爲說法辯才樂說如彼衆生身色示現而爲說法他來鬪諍不能破壞若諸外道五通所知呪讀智論若鞞陀智種種語論月日星智知陰陽智或有夢相或時地動陀毗羅呪種種方術若烏語等以呪術力能令鹿等輪聚不行呪龍夜叉乾闥婆等或有王相餘人身相

豐相儉相星行戲相一切皆知復知世間種種伎能若書若印若數若筭一切解知歌聲樂聲打鈸等聲節脉處等一切皆知彼婆羅門外道之人如是一切下劣種性不得爲說彼菩薩如是一切皆悉現得有慧菩薩此一切法能示他人如是一切皆悉善解如是菩薩善知呪毒知呪毒處知種種論如是一切菩薩悉知而不惱亂一切衆生不信此等以爲正道奮迅王菩薩如是有慧奮迅千萬梵俱坐住語言迭互相見色色相示語語相示如是菩薩青等諸色威德光明勝彼諸梵於彼梵處心不希望如是諸梵到菩薩所心生敬重如是一切天宮殿中示現自在菩薩於彼不生希望不生貪樂生無常想苦無我想菩薩如是隨順一切衆生解脫奮迅王此慧奮迅奮迅王又彼菩薩以慧奮迅於魔世界化作宮殿勝彼魔宮過百千倍令彼諸魔於勝宮殿希望貪著生貪著已心則離慢旣離慢已令住阿耨多羅三藐三菩提然後乃爲說無常法奮迅王彼慧菩薩一切處行如是應知以是慧故若施若受若發願等一切應知以是慧故若自護戒令他持戒以是持戒願取菩提應如是知以是慧故若自修忍令他修忍以是修忍願取菩提應如是知以是慧故若自精進令他精進以是精進願取菩提應如是知以是慧故若自入禪三摩跋提令他入禪三摩跋提以是入禪三摩跋提願取菩提應如是知以是慧故若自攝法若爲他說如聞觀察應如是知以是慧故一切行來一切威儀一切放捨應如是知有慧菩薩

以慧力故則能具得一切善力有慧菩薩慧自在故得一切財有慧菩薩慧奮迅故於一切法得勝奮迅有慧菩薩執慧力故得佛相以莊嚴莊嚴有慧菩薩於一切法皆隨順行而無功用奮迅王譬如世人放箭向上盡其勢力自然向下乃至到地而無功用奮迅王有慧菩薩亦復如是以慧勢力能放願箭而無功用自然如是隨在一切善法之地謂道場地示現慧力復有何力以慧力故右手能動恒河沙等諸佛世界以慧力故勝魔眷屬勝魔莊嚴乃至獲得菩提所攝如來十力何者爲力他不能勝所謂天人阿修羅等一切世間所不能壞奮迅王此是戒通智慧奮迅奮迅王如是戒通智慧奮迅若有不種善根衆生耳所不聞奮迅王若人得聞此法門已心歡喜者如是之人於此奮迅則能奮迅何以故如是奮迅一切聲聞緣覺所無如奮迅王菩薩所問世尊說已奮迅王聞心生歡喜合掌向佛一心瞻仰目不暫捨而作是言一切衆生以如是等四種奮迅而爲奮迅猶如如來應正遍知之所奮迅爾時世尊於奮迅王菩薩面前出種種色微妙色華種種妙香華箱威華時彼菩薩即取彼華用散如來并衆會中一切菩薩如是散已彼衆會中華所著者一切悉爲金相莊嚴舉衆皆見於虛空中百千諸天如是見已一切同聲說言世尊若有信解如是奮迅既信解已能發阿耨多羅三藐三菩提心者如是之人以佛莊嚴而自莊嚴何以故以如是等一切奮迅悉皆隨順一切智心又復世尊若有未發菩提心者

何處當得聞如是等不可思議奮迅法門爾時世尊讚彼空中諸天子言善哉善哉讚善哉已告奮迅王大菩薩言奮迅王我念過去然燈如來次前復有第七如來名普無垢淨光明王彼佛如來廣說如是奮迅法門時有菩薩名具境界以此法門問彼如來如來既說此法門已八千衆生得此奮迅又復更得無生法忍會中衆生三萬二千一切皆發阿耨多羅三藐三菩提心我於爾時得此奮迅次後復於然燈佛所菩提滿足如是奮迅王我涅槃已若有能聽此法門者彼人爲取菩提之心必定速得無生法忍說此奮迅法門之時會中衆生三萬二千諸天及人一切皆發阿耨多羅三藐三菩提心彼諸天子雨種種華百千天樂供養如來以佛力故彼樂音中出妙聲言若有衆生勝信解心諸根猛利信解佛法慧行成就善知識攝宿種善根大悲憐愍一切衆生爾乃得聞如是法門聞已信解受持讀誦爾時奮迅王菩薩白佛言世尊如來十力四無所畏四無礙智如是十八不共佛法世尊所有如是十力菩薩有不此四無畏菩薩有不如是十八不共之法菩薩有不佛言皆有奮迅王一切菩薩於八地中作業成就乃得九地謂具辯才得不退忍攝善方便慧波羅蜜奮迅王菩薩如是具足十力四無所畏成就十八不共之法乃得九地奮迅王何者菩薩十菩薩力一者發起一切智心堅固深心大慈滿足不捨一切諸衆生力二者不求一切財利供養名聞一切世間希有之事不貪樂力三者滿足大悲之心一

切佛法清淨信解法究竟力四者勤心不生懈怠增上精進不離憶念威儀行力五者不動安住三昧遠離二邊順因緣法一切見行皆寂靜力六者菩薩一切分別及不分別戲論疑網皆悉滅故滿足般若波羅蜜力七者成熟一切衆生無量生死攝取未足攝取世間一切善根世間生死信解如夢於生死中不疲倦力八者菩薩觀察法性本無衆生本性無命無富伽羅信解諸法不生不出能於輪法信解不生一切輪法不生忍力九者入空無相無願觀解脫門於聲聞乘於緣覺乘解脫知見解脫門力十者菩薩於甚深法而能自知觀察一切衆生心行知無障礙滿足之力奮迅王此是菩薩十菩薩力奮迅王何者菩薩四無所畏一者菩薩一切聞持得陀羅尼憶念不忘不畏大衆而爲說法二者菩薩信解諸法則得忍力不生不出信解法已得無生忍得法忍已入空無相無願之法不畏大衆而爲說法三者菩薩於聲聞乘觀解脫門辟支佛乘信解知見信一切入亦信解脫如諸衆生病藥所須如是而知一切衆生諸根成熟亦如是知如應說法菩薩如是不畏大衆而爲說法四者菩薩離大衆畏爾時無心東西南北若有人來難問我者我不能荅不畏不能不見畏相菩薩如是一切衆生若有問難皆悉能荅如彼問難相應說荅無所怖畏能斷衆生一切疑心不畏大衆而爲說法奮迅王此是菩薩四無所畏奮迅王何者菩薩十八不共菩薩之法奮迅王所謂菩薩無有人教而捨財物以用布施又復初生

即能起心捨財布施又若魔王作佛身來説如是言若人布施則入地獄而彼菩薩不生慳嫉又復菩薩一切自物皆用捨施施心轉勝如是布施是菩提因不望果報皆願迴與一切衆生奮迅王此是最初菩薩不共法奮迅王又復菩薩無有人教而彼菩薩如來未出無受戒處於波羅提木叉正行希學不捨此不共法菩薩在家如説護戒雖不出家復無教者如波羅提木叉説學失命因緣不捨戒學一切戒學隨順菩提願斷一切衆生破戒奮迅王此是第二菩薩不共法奮迅王又復菩薩一切衆生罵詈毀辱割其身分不生瞋心若貧窮人若旃荼羅若富迦婆若竹作師種種罵辱而菩薩心亦不生瞋於彼衆生慈心普覆有大勢力能加其惡而不作惡如是菩薩爲隨順法如是衆生乃是菩薩佛法因緣如是菩薩於彼衆生令心寂靜爲作饒益著忍辱鎧起勇猛力奮迅王此是第三菩薩不共法奮迅王又復菩薩設多衰惱而勤精進頭陀不捨不生劣心見聲聞乘入於涅槃見生死苦而心不求聲聞涅槃見緣覺乘入於涅槃見生死苦心亦不求緣覺涅槃見佛世尊一切義成一切佛法所作已辦入於涅槃自未有力知諸衆生未滿佛法而心不劣起精進心我亦如佛入於涅槃奮迅王此是第四菩薩不共法奮迅王又復菩薩若轉輪王若帝釋王若魔自在婦女圍遶有天歌樂一切妙樂皆悉具足於中入禪修習無量而心樂於離欲之法不隨異語於生死中心大怖畏於婬欲法生不淨想於斷陰中生於

怨想於諸界中生毒虵想於諸入中生空聚想於自眷屬生於死想於婦女中生塚墓想心常樂求攝取正法希望見佛親近供養亦常不毀一切衆生能令妓樂弦歌等中出禪分聲魔既聞已遮則聲滅以彼菩薩前善根力於虛空中即出佛聲法聲僧聲又彼菩薩棄捨國土富樂自在入於山林奮迅王此是第五菩薩不共法奮迅王又復菩薩一切世間諸禪定中不生堅想有黠慧行遠離使見取義取法如是菩薩乃至夢中不生自見不生他見不生法見此不共法若有自見則有使見以無自見則離疑網魔王波旬不能令其生於疑見若有疑見則離於法菩薩如是成熟衆生饒益衆生不顧自惑無有疑心奮迅王此是第六菩薩不共法奮迅王又復菩

薩離一切生無有功用身業清淨遠離殺生於諸衆生施與無畏若手若塊若杖若刀不加衆生遠離刀杖手不執持自財知足於他所有至一把草不與不取設寶滿地不生貪心寧失身命終不邪命而取財利衣服飲食常行梵行乃至不生欲食之心菩薩如是離欲鬬諍及諸煩惱不行婬欲因緣惡法是彼菩薩不共法處先思量已身業成就奮迅王此是第七菩薩不共法奮迅王又復菩薩清淨口業實語眞語如說而行不誑如來天龍夜叉若乾闥婆若阿修羅若迦樓羅人非人所口不惡言不壞眷屬自眷屬愛不惡口語愛語軟語不麤獷語作相應語作利益語常於先語面狀笑語如是菩薩所有惡語惡口說語他不愛語自他熱語一切不說不違心

語若無言無若有言有如是淨語深心淨信得不共法一切生處常得如法法相應語以如是語能令一切不淨心人心得清淨心清淨者則能供養彼以深心不共法故常得實語有所言說如語不異隨其所說一切皆爾奮迅王此是第八菩薩不共法奮迅王又復菩薩自心自在不貪不瞋正見不邪如是菩薩菩提之心無與等心不忘不失遠離一切諂心曲心濁心亂心晝夜常行清淨慈心奮迅王此是第九菩薩不共法奮迅王又復菩薩即於生時具足世智若呪若誦若醫若藥書印數筭一切皆知一切師術皆悉現知一切技能諸論善知於世間法出世間法不因他知自智成就不觀他面一切天人觀察菩薩有如是心若菩薩說我聞修學奮迅王此是第十菩薩不共法奮迅王又復菩薩若以種種利益衆生能爲他人療治病患不求財利供養名稱大悲爲首療治世間然後令住出世間法如是菩薩心常憶念如是惡界苦惱衆生以何方便何時何法令彼得脫既得脫已畢竟斷滅一切煩惱所謂斷除一切苦惱令住涅槃畢竟之樂奮迅王此第十一菩薩不共法奮迅王又復菩薩心不希願帝釋天王若梵天王若轉輪王統王國土而亦得之彼菩薩如是不求帝釋天王梵世界處轉輪聖王統王國土雖不希望自然而得又彼菩薩不爲色故求於梵行不求身色不求國土不求眷屬不求財富不求名聞不求色相如是梵行雖不希望具足而得奮迅王此第十二菩薩不共法奮迅王又復菩薩住好國

土富樂之處不知念佛而有諸天曾見佛者教令憶念先訶責已如是教言此法應作此不應作若作此業則得菩提當如是願汝如是作如是行已調伏諸根未來當得阿耨多羅三藐三菩提彼天如是教令憶念於菩提道不起不捨奮迅王此第十三菩薩不共法奮迅王又復菩薩何等惡人多惡多瞋垢心衆生於菩薩所不能加惡菩薩於彼亦不報惡彼大惡人多瞋心人若身若口若心意惡若見菩薩心即清淨何以故菩薩於彼不報其惡置彼惡者住正法中令心清淨彼雖作惡以菩薩力不入惡道何以故以彼菩薩本來如是不共法戒清淨滿足有如是心若有衆生若以身業若以口業若以意業於我起惡願彼衆生不入惡道以有戒故隨願成就奮迅王此第十四菩薩不共法奮迅王又復菩薩若有衆生不信慳貪邪見懈怠不信業報離佛法僧若於沙門若婆羅門心不清淨見則不禮亦不供養不生敬重亦復不生希有之心如是衆生若見菩薩即住威儀若聞語說心即清淨起迎禮拜供養恭敬生希有心何以故以彼菩薩之勢力故奮迅王此第十五菩薩不共法奮迅王又復菩薩若有天龍若有夜叉若乾闥婆若有僊人若婆羅門於菩薩所生於師想諸世間中為師首者皆師菩薩以通力故能令世間天龍夜叉若乾闥婆若諸僊人若婆羅門皆來歸敬彼既來已歸菩薩語禮拜菩薩供養恭敬是等皆悉先為歸首既見菩薩即便禮拜恭敬尊重生尊勝想深生敬信奮迅王此第十六菩薩不

共法奮迅王又復菩薩隨生何處於何種姓若村若城或人集處彼處衆生善法增長斷不善法成熟衆生攝取正法生正見家父母正信正行正入隨何方處何處人中菩薩生彼師中最勝彼處衆人供養恭敬無一衆生入惡道者如彼菩薩善根所攝彼處衆生死則生天若生人中奮迅王此第十七菩薩不共法奮迅王又復菩薩隨順一切菩提分法勝通滿足一切諸魔不能得便奮迅王此第十八菩薩不共法奮迅王不共法者云何不共一切佛法隨順正行故名不共爾時奮迅王菩薩白佛言世尊希有世尊如來乃能與諸菩薩大法光明能作無量殊勝光明如我解佛所說法義若有菩薩聞此法門一經於耳得清淨心餘修多羅則不能爾若得聞已受持讀誦彼人則攝一切佛法若人聞已爲他人說當知彼人佛法成熟若有人能於此法門正觀察者則爲已修一切佛法於此法門所有法忍得隨順忍若有能行此法門者一切佛法皆已修行應如是知又復世尊若人不離此法門者彼則得通如是菩薩既得通已當住道場佛言如是如是奮迅王如汝所說若人不離此法門者彼則得通如是菩薩既得通已當住道場奮迅王過去往世然燈如來前復久遠有佛號曰波多婆那次前久遠復有如來號曰提沙次前久遠復有如來號曰弗沙次前久遠復有如來號波除大次前久遠復有如來至佛世尊號曰天王出現於世爾時於彼天王如來佛之世界一切充足安隱豐樂天人熾盛地平如掌以毗瑠

璃閻浮檀金鉢頭摩華種種間錯其地柔軟觸力猶如迦遮隣提人民安樂如兜率陀所須飲食隨念即至身色形相戲樂之處及諸宮殿與天不異唯天與人二名不同彼三千界更無有王唯有如來故名天王譬如轉輪聖王坐饒益座以法治世非是非法天王如來亦復如是坐於法座師子座上爲諸天人如應說法欲說法時東西南北縱廣八萬四千由旬大衆充滿爾時如來說法音聲遍三千界彼諸天人供養恭敬禮拜如來尊重如來所謂無上佛法供養彼無下劣信解衆生唯信佛法如是彼處無有聲聞緣覺之名豈有乘處況復有行唯有清淨大菩薩衆圍遶世尊彼處清淨無有女人耳初不聞欲行之名彼諸衆生皆悉化生於蓮華中結跏趺坐如是化生彼諸人天受三種樂何等爲三見如來樂及聞法樂觀察正法離欲之樂彼諸天人心不放逸具足財富迭互說法常勤精進壽命長遠無量無數業盡退時不生餘道生佛世界如是菩薩臨欲退時上昇虛空高七多羅出聲說言我今於此佛世界退無量菩薩聞彼聲已皆共和合而來集會觀彼菩薩示於法忍作如是言於何法退於何法生彼退菩薩於彼菩薩集會衆中說如是言大德當知非有少法若退若生如來所覺一切諸法皆無有退皆無有生非色有退非色有生非受非想非行非識有退有生第一義中無我無命亦無衆生無富伽羅無人非人若退若生世尊正覺一切法空無相無願彼空無相無願法中無退無生如來世尊證離欲

際證無爲際證不生際非不生際有退有生無退因緣是故不退無生因緣不相和合是故不生如是因緣無有和合無退無生如是菩薩爲菩薩衆説此法已然後乃退彼退菩薩如是退已無身無皮無末無塊無可知見退已復到餘佛世界現見如來天王如來并諸菩薩不著袈裟皆著清淨妙好天衣彼不學戒而悉調順一切皆得無生法忍爲菩薩衆不廣説法何以故彼衆一切少聞多解以利根故若彼如來爲諸菩薩衆會説法既説法已彼處彼處乃至彼佛世界之中若人若天一切皆知彼彼衆生有得忍者或有獲得陀羅尼者或有衆生得辯才者得三昧者時彼如來名聞十方奮迅王天王如來爲諸天人廣演分別如是法門有諸菩薩七萬二千皆得授記彼有菩薩名曰無垢清淨光明不得授記有如是念此諸菩薩威儀無礙憶念意行若慧若通陀羅尼及得三昧不勝於我皆得授記若彼得記我何因緣不得授記天王如來知彼菩薩心所念已而語之言汝未來世當得授記善男子於未來世然燈如來應正遍知爲汝授記無垢清淨光明菩薩聞是語已心生歡喜上昇虛空説如是言若未來世恒河沙劫然燈如來出現於世我到彼時得一切智如來眞語如來實語不異語故奮迅王汝意云何彼時無垢清淨光明大菩薩者豈異人乎莫作異觀何以故我是彼時無垢清淨光明菩薩奮迅王次後如來名波除大我於爾時供養彼佛彼佛爲我説此法門我既聞已受持讀誦爾時獲得光印三昧

次後如來名曰弗沙我於爾時供養彼佛聞此法門受持讀誦爾時獲得光明三昧次後供養提沙如來聞此法門受持讀誦復得毗盧遮那三昧次後供養波多般那如來世尊聞此法門受持讀誦得柔順忍次後供養然燈如來爾時我得無生法忍我時得此四種奮迅謂戒奮迅通奮迅智奮迅慧奮迅奮迅王此門如是應當善知若有何人若善男子若善女人行菩薩行今於我所聞此法門受持讀誦一切速疾得通菩提得此奮迅得奮迅已轉大法輪於此無上光明法中得智光明如來說此法門之時會中一萬六千菩薩一切得忍復有一萬二千衆生發菩提心三千大千世界震動百千諸天皆讚歎言若此法門所在之處則爲有佛若有深種善根衆生乃能得聞如是法門爾時慧命阿難陀白佛言世尊當以何名名此法門如是法門云何受持佛言阿難此法門者名四奮迅神通法門如是受持世尊說已奮迅王菩薩慧命阿難陀并諸天人及乾闥婆阿修羅等聞如來說歡喜讚歎

奮迅王問經卷下

音釋

罥（扃縣切罟也）　鈸（蒲撥切樂器）　黠（胡八切慧也）

寶星陀羅尼經

唐天竺波羅頗蜜多羅譯

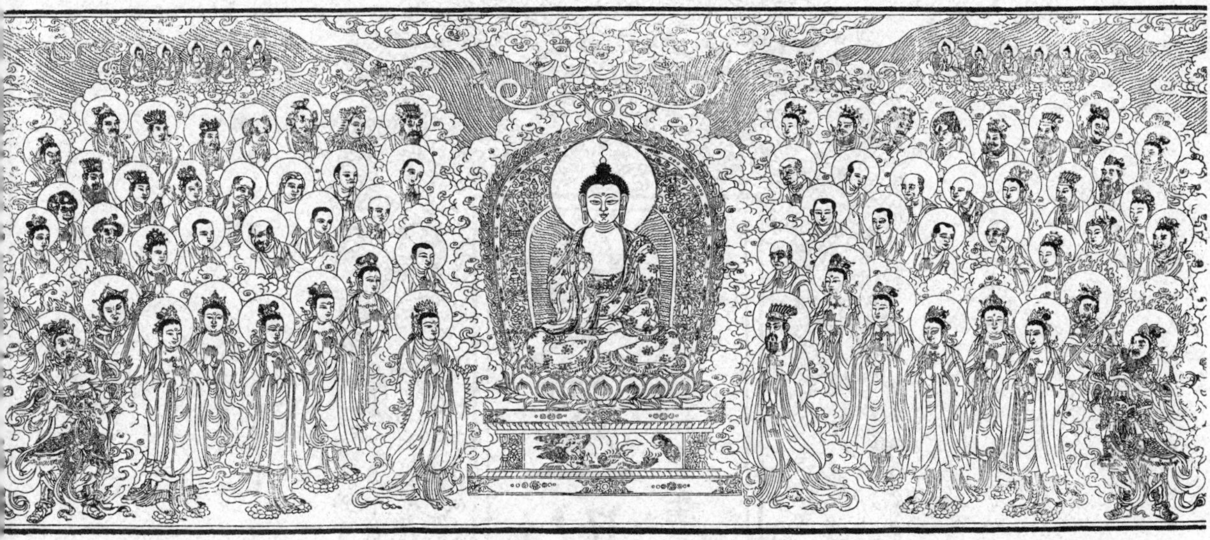

清刻龍藏佛說法變相圖

寶星經序

唐　釋　法　琳　撰

寶星經梵本三千餘偈如來初證覺道度目連身子及降伏魔王護持國土說此經也自像化東漸綿歷歲時三輪八藏之文四樹五乘之旨顯神光於石室流梵響於清臺雖翻譯相尋尚多疑闕我大唐皇帝至聖至神迺文迺武乘機撫運拯溺救焚反上皇之風行不言之信去泰去甚既擒頓於八紘無事無為乃朝宗於萬國瀚海天山之地盡入提封龍庭鳳穴之鄉咸霑聲教仁踰解網治踵結繩大德閑閑外齊八則小心翼翼內整四儀臨赤縣而溢慈悲寄玄扈而敷弘誓每以諸有非樂物我俱空眷言貞要無過釋典有中天竺國三藏法師波頗唐言光智哲傳法化

不憚艱危遠涉葱河來遊眞丹以貞觀元年景戍洎于京輦既登上席爰懋錦衣有詔所司搜㪽碩德兼閑三教備舉十科者一十九人於大興善寺請波頗三藏相對翻譯沙門慧乘等證義沙門玄謩等譯語沙門慧明法琳等執筆承旨慇懃詳覆審名定義具意成文起貞觀二年三月訖四年四月凡八卷十三品用紙一百三十幅總六萬三千八百八十二言歸命一切佛菩薩

寶星陀羅尼經卷第一

唐天竺波羅頗蜜多羅譯

降魔品第一

如是我聞一時婆伽婆住王舍城竹林迦蘭陀池邊與大比丘衆一千人俱皆阿羅漢諸漏已盡所作已辦捨諸重擔逮得已利盡諸有結皆得正智心善解脫及大菩薩一萬人俱其名曰持須彌頂童眞水智童眞地智童眞勝智童眞空智童眞明智童眞電智童眞文殊師利童眞降伏勝童眞水天童眞無垢童眞彌勒菩薩摩訶薩等而爲上首一切皆得羼提陀羅尼三摩提具足一切法無障礙智於一切衆生其心平等過諸魔界善入一切如來智境界具足大慈大悲善解方便智皆隨佛住王舍大城竹林迦蘭陀池邊爾時王舍大城有二外道聰慧明達過十八明處與五百人俱一名優波底沙二名俱利多而爲上首共相謂言契同甘露爾時長老阿說示（此言馬勝）於日初分著衣持鉢入王舍大城乞食時優波底沙見阿說示生希有心我未曾見如此沙門威儀庠序更無有人如彼比丘我應往問今此長老以誰爲師依誰出家依誰求法爾時優波底沙即往彼所到已問訊種種語已却住一面白長老阿說示言以誰爲師依誰出家依誰求法爾時長老阿說示答優波底沙言有釋種子勇猛精進能大苦行於一切處最上自在已度生死無邊大海今以大悲欲度衆生號名爲佛覺悟衆生乾竭苦海無與等者我常歸依求無垢法優波底沙言彼師爲汝說何等法以何教示時長

老阿説示答優波底沙曰善哉快哉諦聽諦聽當爲汝説便説偈言

煩惱業因緣　世間如是轉　煩惱業不生
導師如是説　生老死定壞　彼解脱無上
如彼勇牛王　如來自悟説

爾時優波底沙聞此法已遠塵離垢法眼清淨得須陀洹果而説偈言

我證解實法　永竭生死河　所謂如來説
難得甘露藏　衆生得息苦　智慧能斷除
諸法種種修　能作究竟道　行此究竟道
得無等涅槃

爾時優波底沙説此偈已白長老阿説示言長老汝師如來阿羅訶三藐三佛陀今在何處阿説示答言長老我師如來今在王舍城竹林迦蘭陀池邊與大比丘衆一千人俱本是外道值佛出家優波底沙言我今辭善知識及諸眷屬詣佛出家爾時優波底沙禮阿説示足右繞三帀辭已而去往俱利多所時俱利多見優波底沙從遠而來見已白優波底沙言仁者諸根清淨顔色怡悦必得甘露優波底沙言如是長老我於今者得甘露法諦聽諦聽今爲汝説我所得法爾時俱利多即從座起偏袒右肩右膝著地合掌恭敬便説偈請

説此吉祥無憂道　此道疾度三界海
分別諸陰大怨賊　乘此道已不還有

爾時優波底沙以所聞偈即爲説之

煩惱業因緣　世間如是轉　煩惱業不生
導師如是説　生老死定壞　彼解脱無上
如彼勇牛王　如來自悟説

爾時俱利多聞此偈已心大歡喜重更讚歎請說前偈
苦滅寂無垢　牟尼說此法　一切煩惱滅
諸見無知斷　穢惡有爲空　無我不可信
重說無垢句　我聞得涅槃
爾時優波底沙即便重爲說所聞偈
煩惱業因緣　世間如是轉　煩惱業不生
導師如是說　生老死定壞　彼解脫無上
如彼勇牛王　如來自悟說
爾時俱利多聞此偈已遠塵離垢法眼清淨得須陀洹果復以偈讚
如此眞行法　度流之疾船　此智息三苦
能度於世間　諸陰煩惱魔　知此能調伏
解脫離怨諍　乾竭於苦海
時俱利多言今佛世尊住在何所優波底沙言長老我聞世尊在王舍大城竹林迦蘭陀池邊與大比丘僧及菩薩衆俱我今定當與汝俱往至世尊所求佛出家俱利多言如是長老可語弟子往世尊所相隨出家時優波底沙與俱利多往自衆所爾時惡魔於一念頃聞中摩伽陀國有二外道優波底沙共俱利多及諸眷屬聰明具足名稱廣遠是善丈夫欲於沙門瞿曇法中出家學道便作是念即厲聲大叫而唱奇哉若此二人於彼沙門瞿曇法中而出家者空我境界我應至彼二丈夫所破其出家令著惡見爾時惡魔於一念頃從自宮沒作阿說示形相威儀便於中道現二人前作如是說
如我先所說　試汝非決定　如汝意所行
宜速受欲樂　一切黒白業　因果悉皆無

無生老病死　亦無於後世　福非福果業
無有此因作　釋子爲利説　汝莫信故去
爾時優波底沙俱利多聞此説已咸作是念
此惡魔來欲壞我等出家之事爾時優波底
沙顧謂弟子作如是言汝等今者當憶世間
所有過患便説是偈
衆生爲老逼　死苦之所纏　應當斷彼二
決定當出家
爾時俱利多即以偈頌答魔王曰
知無上善智　持法滅三苦　汝説不斷貪
我智終不動　如是堅固心　於餘人所無
我等出苦輪　正智所不惑　勿假師子像
而作野干聲
爾時見諦諸天住虚空中讚二丈夫言善哉
善哉汝二丈夫於一切衆生中最爲上首此
道勝妙於一切世間最爲第一此道息一切
苦此道入一切如來行處此道一切諸佛所
共稱揚所謂依佛出家是時惡魔心生憂苦
便没不現爾時優波底沙共俱利多自觀已
衆唤諸弟子作如是言汝等應知我等欲度
老死苦海故依佛出家汝等若不樂佛出家
可於此住時五百弟子咸作是言我等解法
皆依師學二師決定大處出家二師所依出
家處我等隨師亦依彼衆出家學道爾時優
波底沙及俱利多與五百徒衆欲往佛所是
時惡魔知彼事已於王舍城外化作大坑深
百由旬令彼二人不得往詣佛世尊所是時
如來以神通力令彼二人不見大坑直道而
去是時惡魔於二人前復更化作高峻大山
高千由旬峻險堅阻無有穿缺於彼山中復

更化作一千師子威猛可畏是時世尊以神通力加被二人不見大山及彼獅子又無威猛可畏之聲直道而往詣世尊所及彼無量百千之衆圍繞供養說法之處爾時世尊告諸比丘汝等見彼二善丈夫爲衆上首與諸徒衆來至我所汝等見不諸比丘答咸言我見佛言此善丈夫及諸徒衆我邊出家一人於我一切聲聞弟子之中智慧第一一人於我聲聞衆中神通第一是時衆中有一比丘以偈讚曰

此二聰叡眷屬俱　利益上者佛已說
具智神通無所畏　故我承迎二丈夫

爾時彼比丘說此偈已即從座起與無量比丘衆及出家優婆塞等迎彼二人善言問訊時彼二人往到佛所到已頂禮佛足右繞三帀住立佛前白佛言世尊我等今者求佛出家受比丘戒修行梵行佛言善男子汝二人名字何等優波底沙言底沙是父舍利是母我今從母故名舍利弗父母今者聽我出家俱利多言憍陳如是父目伽羅是母我今從母故名目伽羅父母今者聽我出家佛言汝等二人及諸眷屬可於我所出家具足修行梵行作是語已時此二人成具足戒五百徒衆未久之間亦同二師得具足戒爾時惡魔即自化身作魔醯首羅像住立佛前說如是偈

世間利智能議論　方便勝智到彼岸
彼等悉來頂禮我　我是彼等大導師
瞿曇弟子幷眷屬　一切宜速歸依我
我今爲汝當廣說　安隱寂滅善妙道

爾時世尊以偈答曰

汝所說道趣惡道　衆生行者沉苦海
我道能令動不動　世間苦海悉乾竭
何故慠慢耐無恥　復作矜高野干聲
我今退破汝魔事　不復於我能所作

爾時惡魔變摩醯首羅像即没不現復作梵天王像住於佛前說如是偈

煩惱業有芽　智慧已斬除　何故强於此
勤苦利衆生　於世無自在　以無堪道器
牟尼病已除　宜速入涅槃

爾時世尊即以偈頌報魔王言

我觀諸衆生　過彼恒河量　以大慈悲力
教化令解脫　上中下衆生　令世間解脫
衆生解脫已　然後乃涅槃　何故以惡慧
詐諂請於我

爾時惡魔心生憂悔於佛前没還自天宮入憂惱室默然而坐當於爾時一刹那頃魔諸眷屬互相推問今我大王以何因緣入憂惱室無人知者爾時魔王五百妓女種種莊嚴各持華鬘末香塗香鼓天妓樂五百音聲第一微妙歌舞戲樂甚可愛樂集魔王前爾時魔王悲啼握手抑止悲聲如是作已蹔時默住諸妓女等復更歌舞作欣悅狀令魔歡喜爾時魔王舉手大叫作如是語莫聲莫聲乃至七返諸妓女等默然而住爾時魔宮有一妓女名電可意聲至魔王所曲躬合掌說如是偈

汝今居自在　如見死相憂　爲是擔重擔
今乃生怖懅　誰有勝力怨　而憂不歡悅

是時魔王說偈報曰

我有大怨調伏心　善學幻術釋迦子
我無方便能壞彼　如是不久欲界空

時彼妓女便說偈曰

大家方便堪無量　勤力壞彼必無餘
三有長縛誰能解　貪海沉沒誰能竭

是時魔王說偈報曰

檀那及苦行　悲願爲羂索　持空無相弓
器仗中第一　能斷於生死　諸有盡無餘
以空爲城林　弟子居山谷　精進常修定
盡諸有過患　方便神通力　慈悲爲伴助
優波俱利等　牟尼悉降伏　於彼三界中
方便善調攝　欲空我境界　一切悉無餘

爾時五百妓女於魔王邊聞歎如來所有功德即得菩薩三昧名離一切相電光三昧時彼五百妓女即以天上諸莊嚴具雨天香華及天妓樂遥向佛所供養世尊於竹林上猶如雨下以得如來神力加故令彼天女遥見世尊及諸徒衆見已歡喜生清淨信第一愛敬爾時衆中諸比丘等見竹林間有如是相便生疑怪白佛言世尊我等昔來未曾見聞於竹林間如此瑞應香華等雨將非舍利弗目揵連等現此相耶何因緣故覩斯希有爾時世尊告諸比丘非此二人現神通相此乃天魔五百妓女於彼魔宫雨此香華及莊嚴具持供養我不久來此皆於我邊得受阿耨多羅三藐三菩提記時彼魔王五百妓女遥聞佛記轉復歡喜生清淨信以淨信故即得不忘菩提心三昧爾時魔王五百妓女著一肩衣右膝著地於魔宫中向佛方面合掌恭敬說如是偈

一切世間盲無眼　惟佛一人名見者
能竭人天渴愛河　如來自度及一切
我等云何速成佛　人天恭敬能說者
女身可猒宜應捨　速近牟尼聞正法
如來最上神通智　開示我等爲勝導
持彼無上覺支寶　無垢妙說如淨燈
勝力降魔無等倫　覺悟我等當受記

爾時魔宮五百妓女從座而起至魔王所異口同音而說是偈

如來勝德終不動　云何於佛而生瞋
此身衆苦之所逼　更起醉慢而自塗
應捨此瞋決定信　彼拔生死憍慢泥
衆生體性佛所知　我等應往慈悲所

爾時魔王念彼諸女生於如是增上惡意我今應以五種之縛縛此五百諸妓女等令住於此不往佛邊此五百女以得如來念力加故而彼魔王所不能制爾時五百諸妓女等於彼魔宮欲往佛所當發足時魔甚瞋恨便作是念我今自以境界之力制此諸女即起非時毗嵐大風徧滿虛空欲令諸女迷失諸方還住我宮不見瞿曇以佛力故尚不能起微細之風乃至不能動一毛端何況無量爾時魔王轉增憂苦心生悔惱悲泣高聲喚其諸子及其眷屬一切魔宮大聲徧滿而說偈言

愛子眷屬悉皆集　我心熱惱如毒樹
壞我神通境界力　美言諂幻釋迦子

爾時魔王所有男女幷諸眷屬聞此音聲悉皆馳赴住魔王前彼眷屬中有一魔子名曰勝智合掌住立說如是偈

此非刦焼非死相　何故種種憂惱生
此無大力能勝怨　何故異智似愚癡
爾時魔王説偈報曰
今此釋迦子　坐彼林樹下　現前有大怨
云何汝説無　彼諂有勝力　令我心荒怖
我軍并我子　如灰入熾火　名稱勝丈夫
聰叡多才藝　現集及未集　今悉歸依彼
我怨以詐親　諂智力甚諍　高名勝智人
悉爲法鈎牽　今此諸侍女　於我無悲心
見捨昔所愛　盡往沙門所　指我以爲證
今日歸依彼　一切三有地　諸幻悉令空
彼雖有大力　我破令作灰　我輩一切衆
應當勤所作
爾時魔王一切諸子并其内外所有眷屬悉皆合掌咸作是言我等一切悉皆嚴駕以神通力而自加被以此境界示彼令知退彼釋子令碎如灰若當勝者我等善好若不勝者當歸依彼我等往昔大軍圍繞詣菩提樹面覩釋子獨一無侶以神通力我等軍衆盡皆退壞況復今時無量徒衆悉皆成就時魔報言且去子輩若能煞彼沙門瞿曇當須廻還若不能者亦須還宮而自守護是時魔王即以左右十二萬衆復過此數乃至八萬四千由旬所有兵衆悉皆徧滿復以迅疾神通之力現大黑風吹大黒雲雨大炬火悉皆徧滿一切四洲復以手擊須彌山王一切四洲悉皆震動復出最惡可畏之聲須彌山王及諸山王大地峯石一切驚動由此震擊小大池河及大海水悉皆波浪一切諸龍大龍夜叉大夜叉見是事已踴上虛空此諸魔衆住須

彌頂復擲大石等由旬量於中摩伽陀國如大暴雨震擊驚動復雨刀杵撾钁大石月釤曲撩短槊鐵把虎牙大棒及大月箭猶如雨下爾時世尊即入碎魔軍場三昧於虛空中所有兵仗及大炬火變成華雨所謂優鉢華雨波頭摩華雨俱物頭華雨分陀利華雨曼陀羅華雨摩訶曼陀羅華雨雨中摩伽陀國復變可畏驚動之聲爲彼種種微妙音聲所謂佛聲法聲僧聲波羅蜜聲神通聲阿毗跋致聲受職聲四魔退聲往菩提道場聲乃至取俱聲不取俱聲復變此四洲一切大地所有藥草叢林山石土地皆成七寶是時世界無有風塵一切恬靜爾時世尊現其身相過於梵世自在而轉從其身分一一諸相乃至無見頂相出大光明徧照三千大千世界普皆大明是時三千大千世界所有天龍夜叉乾闥婆阿脩羅迦樓羅緊那羅摩睺羅伽薜荔多毗舍闍鳩槃茶人非人等地獄畜生閻羅世界如是一切悉見世尊及大光明是時天龍夜叉人非人等各與若干百千眷屬地及虛空來詣佛所散華供養到已右繞讚歎禮拜是時地獄及諸畜生閻羅世界無量百千阿閦毗俱胝那由他等各自憶念先種善根稱南無佛陀惡趣終已生於天上爾時魔王所有諸子二萬二千并諸眷屬見佛神變如是相已各於佛所得希有信即共五百妓女禮世尊足合掌恭敬以偈讚歎

妙色淨身映智海　名稱高遠無不至
金色光焰類須彌　我等無怙歸依彼
衆生失道無能見　如來智日能明照

養護衆生永不退　親導我等歸依彼
積集智藏富無量　解脱心性如虚空
慈悲潤澤隨機説　一切成就歸依彼
生死曠野難濟越　如來解脱能開示
巧説因果能顯了　住第一慈歸依彼
境界幻炎如水月　無智翳闇著諸欲
佛爲醫王救世間　是故我等歸依彼
佛眞法橋渡四流　富有七財恒資給
世尊正道示世間　大悲我親應供養
我等惡意向如來　今悉懺悔第一覺
所有諸惡能永斷　願佛受我最上依
我等悉捨魔部黨　共發無上菩提心
普請一切衆生類　菩提大願至無餘
佛能顯示我勝行　如我所行波羅審
如來所説無異説　幾法具足到菩提

所散佛華成華蓋　示現無量諸刹土
我今頂禮兩足尊　願涅槃樂利世間
爾時一切魔諸眷屬幷魔妓女各持天華遥散佛上以佛世尊神力加故變成華蓋徧覆十方無量俱胝那由他百千恒河沙諸佛刹土復過此數變成華蓋徧覆十方現在諸佛於虚空中隣蓋佛頂時彼魔王五百妓女幷諸眷屬一切悉見十方無量阿僧祇諸佛刹土安隱説法及見彼佛眷屬圍繞衆生微妙威光熾盛及見華蓋住上虚空隣覆佛頂彼彼諸佛皆同一色形相示現悉皆同等惟彼世尊在師子座種種眷屬種種佛刹功德莊嚴所現不同又聞諸佛音聲徧滿句義説法此魔眷屬以佛世尊念所加故得見如是神通變化既見此已第一愛樂生清淨信禮佛

足已佛前聽法爾時魔王所有諸子并諸眷屬十二頻婆羅退還魔宮白魔王言我等廣作如此惡事乃至不能毀壞瞿曇一毛孔等爾時復有二萬諸魔歸依如來佛前聽法爾時魔王既失威德復大瞋怒發如是言我於今日無異覺意乃至不能誅滅釋種所生之子令彼滅壞云何此住便還魔宮入憂惱室默然而坐

寶星陀羅尼經卷第一

音釋

序

鞮音低西方曰狄鞮　揜衣檢切與掩同　八紘紘乎萌切謂八九州外曰八夤八夤外曰八紘　瀚海瀚侯旰切瀚海北海也　懋莫候切美也　搜搜所鳩切求也　敫敫音揚舉也

經

峻險峻私閏切高峭也險虛檢切危也　懅其據切懼也　毗嵐梵語也亦云隨嵐此云迅猛風毗頻脂切嵐盧甘切　撾鐃撾陟瓜切擊也鐃初銜切斷也　釤師咸切鏟屬　撩憐蕭切　槊所角切矛屬

寶星陀羅尼經卷第二

唐天竺波羅頗蜜多羅譯

本事品第二

時魔妓女及魔王諸子并其眷屬白佛言希有婆伽婆我等今者志求如是相如是性如是乘如是辯才智慧如是神通大悲方便希有婆伽婆具足如是智慧方便神通等法婆伽婆具足幾法能令菩薩摩訶薩遠離惡友速得阿耨多羅三藐三菩提佛言善男子若菩薩摩訶薩能具四法遠離惡友速疾當得阿耨多羅三藐三菩提何等爲四一者不取二者不說三者不見四者空無分別善男子云何不取所謂不取一切法無一法可得不受不捨不可非不可不建立不念著不分別非不分別所謂行檀波羅蜜不取檀波羅蜜果不受不捨不可非不可不建立不著不分別非不分別乃至行般若波羅蜜亦復如是不分別非不分別復次善男子云何不說所謂不說衆生可得不說命者不說壽者不說人不說衆生界可得不說有意有所取乃至不分別非不分別復次善男子云何不見所謂不見色聲香味觸法不取色聲香味觸法乃至不分別非不分別復次善男子云何空無分別所謂一切三世三界陰界入等因緣果報所緣之法無起無依無有生相不取不捨乃至不分別非不分別何以故捨離一切行一切持一切身及分別不分別故一切智種智相應不可得故當如是行所以者何善男子一切法及一切智乃至無聲無相無字無願無生無滅無體無著無緣無我不可見

寂靜離相離念離滅無闇無明無處所無境界無根本無伴助不可思不可量無施無慳無行無說無深無淺無受無依無識無取無影無一念頃無分齊無所有畢竟無所有何以故一切智等猶如虛空相應不可得故不立相應不取相應不行相應若相應若不相應不分別非不分別當如是行善男子是名具足四法能令菩薩摩訶薩遠離惡友速疾當得阿耨多羅三藐三菩提善男子所有一切內外境界若以一切智智觀察推求依持建立著此二相以意分別起二著故彼便遠離一切智也云何二相若觀察入等取立二相是名遠離一切智也若取立行果是二分別於諸衆生有取立相是二分別開示施設語言之道建立總持音聲之法以智觀察是斷是常是二分別衆生壽命養育人丈夫作使作想建立依持是二分別此彼所有建立籌量不建立籌量是二分別若以一切智智觀察三世推求我作集業所作彼此取立是二分別若以分別有二相者則不能得一切智也善男子如寒求火而返取地如渴求飲而返取火如飢求食而返取石如莊求華而返取衣如薰求香而返取尸如行求衣而返取垢如塗求香而返取空如是如是善男子若行執著觀察是身取立二相求一切智者徒捐精進無道無果爾時衆中有一菩薩名曰持智從座而起於世尊前曲躬合掌作如是言婆伽婆若法不可說彼不能得菩提佛言汝今當知無得菩提亦無菩提可說善男子諦聽諦聽汝問如是如汝所樂隨汝意說

若所有物若一切智有性有相有名字耶持智菩薩白佛言不也婆伽婆若有言說即墮常見若無言說即墮斷見乃至中道亦不可得非有非無不取不著不生不壞過阿僧祇不可量不可數無闇無明若如是觀乃得菩提電慧菩薩言婆伽婆無來無去如是善知如是善入乃得菩提毗盧遮那菩薩言如是婆伽婆法不到相非不到相非得時非不得時非作證非不作證非滅非不滅非三世非不三世非三乘非不三乘亦非行願合集稱量可得如是知者乃得菩提地慧菩薩言婆伽婆若一切法非三界非三結非三明非三乘非陰界入非分別非不分別非減非增無有合集如是知已乃得菩提金剛慧菩薩言凡夫法聖人法學法無學法聲聞法辟支佛法非分別非不分別亦非合集稱量之所能知如是知者乃得菩提堅慧菩薩言如如寂靜如如觀察不捨不住乃得菩提寶手菩薩言若一切法不生不到不時無分別相乃得菩提不思議慧菩薩言若以觀察三界心計入在心是名二心如是二心觀察不可得者以無所得乃得菩提退怨菩薩言若一切法無著無貪無捨無礙無願無癡無執無放乃得菩提蓮華藏菩薩言若罪福性等入是如法深忍不著我我所作非分別非不分別如是觀者乃得菩提月光菩薩言若觀一切法聚散隨緣無有自性猶如水月如是解已乃得菩提虛空慧菩薩言若一切諸法有闇有明有生有滅有增有減不於諸心數法而起分別如是知者乃得菩提無盡意菩薩言若

修習三輪清淨波羅蜜相應不可得不染非不染如是修者乃得菩提彌勒菩薩言若不緣不受三界依止梵住依止乃得菩提文殊師利菩薩言婆伽婆若解甚深一法門者於一切法不染非不染一法門者所謂無我了彼一法不覺不觀無有將來亦無送去亦無可聚可散可明可闇可生可滅可增可減可解脱者不應染濁無分别故以一法門一切智智乃得菩提懷愛樂菩薩言文殊師利如是一法門一切智智悉入如法甚深空處何故意有所作及修行方便文殊師利言捨離惡見修行正見不妄置立捨諂曲心修質直行不妄置立捨離十惡敬重三寶不妄置立善說不妄置立正命不妄置立捨一切結不妄置立大悲平等不捨一切衆生不妄置立

三護不妄置立無虚誑法不妄置立不生不滅不妄置立護持正法不捨一切衆生不妄置立捨一切所有不妄置立少力衆生加以强力不妄置立怖畏者得歸依不妄置立非道者示正道不妄置立忍辱柔和不妄置立不執著一切相不妄置立捨離一切塵垢闇陰不妄置立捨離一切迴向果報不妄置立善男子此二十種方便能得一切智智所有文字音聲語言句義差别如是一切皆名入一切智智方便一切如來所說及餘外道所說一切取捨生滅乃至能知一切三解脱依止因緣業行之法悉入於如當知皆是一切智覺智方便也懷愛樂菩薩言如是如是文殊師利若解甚深一法門者無一法可見亦無所說法及以能說者乃至文字句義皆應

悉捨若修行若識知無有相應如是一切名入智覺智佛言善哉善哉善男子汝能善說此一法門以一切智智乃得是法云何一切法不妄置立所謂不生不壞際不妄置立生死涅槃際不妄置立虛空涅槃際不妄置立無生無說際乃至一切諸法亦復如是示一切衆生一切法無實際示一切著物一切三世三界陰界入等無所有際入三行空際入法陰報陰聚散陰無實際入空入真際具足一切無說法義是名菩薩摩訶薩入一切智智復以一切智智而得受記說是法時魔諸妓女及魔王子眷屬二萬聞佛所說同時皆得無生法忍悉捨身意所有麤業得自性生身復有二萬八千衆生得無生法忍九十二萬天人得菩薩種種三摩提陀羅尼無生法忍爾時得無生法忍諸菩薩摩訶薩等雨天衆華散於佛上繽紛而墜猶如雨下頭面著地頂禮佛足作如是言婆伽婆我等若值不善惡友與惡和合自在作惡於一切衆生一切功德善根之聚終不能起一念善心佛言善男子汝往過去無量億劫親近供養無數諸佛以此業緣今生愛樂還得值佛我今爲斷衆生疑故當爲汝說宿世因緣善男子乃往過去無量無數阿僧祇劫有劫名曰具足大勢此閻浮提有轉輪王名優鉢羅華得自在力統四天下王及臣民皆壽六萬八千歲時世有佛號月光明香勝如來應供正徧知明行足善逝世間解無上士調御丈夫天人師佛世尊彼國衆生雖居五濁以修善故不染欲法爾時彼佛常爲四衆宣說三乘相應

之法時優鉢羅王嚴四種兵與其夫人後宮眷屬往詣彼佛月光明所到已頂禮佛足散種種華燒種種香作衆妓樂供養佛已右繞三帀并復頂禮比丘僧足以此二偈讚問彼佛

天龍所仰大功德　過患永斷無上尊
以七法財利世間　願說何等得妙慧
作大慈燈滅世闇　降伏墮生老死憂
能遮人天三惡趣　說何等法脫魔道

善男子爾時彼月光明香勝如來告優鉢羅王言大王具足三法能得菩薩微妙智慧何等爲三一者大悲如毋能作一切衆生極依止處二者精勤不息能滅一切衆生苦惱三者等觀一切諸法無命無養育無人無種種相大王是名具足三法能得菩薩微妙智慧大王復有具足三法能令不著魔羂何等爲三一者所謂於一切衆生得不起瞋不求過短二者平等觀一切衆生作福田想三者能得一切法作一法觀所謂虛空等一切法無作無種種無生無起無滅一切空如實相捨離不可得相應觀大王是名具足三法令善男子不著魔羂永脫魔道時優鉢羅王第一夫人名天孫陀利共彼宮人婇女八萬四千人俱前後圍繞往彼月光明香勝如來所到已以種種華散彼佛上頂禮佛足以偈讚曰

煩惱翳障已永盡　無比功德解脫尊
云何教我轉女身　令我具足男子相
速疾遠離諸惡趣　於法自在心調柔
最上善逝天人師　能與世間第一利
如蒙世尊捨女身　當得歡喜寂滅樂

云何速說此丈夫　自調調他利益者
我得出離恩愛坑　世間無等最第一
念持廣大功德聚　能速調伏諸群生
今我於此必取轉　惟願速開甘露道

爾時釋迦如來作如是言善男子彼月光明香勝如來告優鉢羅王第一夫人孫陀利言夫人有智方便當依修習速轉先世所種女身乃至阿耨多羅三藐三菩提究竟涅槃更不重受除自發願夫人依何方便無量先世所種女業速盡無餘夫人有寶星陀羅尼建立大事具大功德能大擁護善滅女身三業惡行一切苦報令無有餘若有女人聞此寶星陀羅尼至心誦念盡此女形後生當得端正丈夫一切身分悉皆滿足具質直行有大辯才身口意業善相和順能令現在未來一切怨嫌悉皆退散若有身口種種惡業現在將來應受苦報以聞寶星陀羅尼威神力故所作惡業現世消滅無復遺餘置作五逆誹毀正法謗聖人者以聞是經威德力故至其身盡即捨命時如是等罪亦皆隨滅畢竟無餘若有女人身口所造惡業果報量等須彌後世定受無量衆苦如是種種苦報種種業障種子餘報以聞經力盡滅無餘所以者何由過去一切諸佛阿羅訶三藐三佛陀說此寶星陀羅尼經受持讀誦現前讚歎稱揚隨喜是諸衆生所有苦報以經力故悉皆滅盡所作善根隨時增長若十方刹土現在諸佛阿羅訶三藐三佛陀爲衆生故各各方面說此寶星陀羅尼經衆生聞者歡喜愛樂所有罪障無不消滅所作善根皆令增長若當來

世十方刹土一切諸佛說是經處乃至一念生歡喜心是諸衆生皆得盡苦增長善根我於今者亦說此經若有聞者皆當隨喜十方現在諸佛世尊說是經處當共稱揚當共歡喜夫人若有已受璽印刹利王至他土境得此寶星陀羅尼經書持愛樂者以經力故彼刹利王威德高遠有大名稱徧滿十方無量國土乃至一切欲色界天聞其德聲一切天龍夜叉乾闥婆等無量俱胝那由他百千萬億刹利諸王常所隨逐所共守護彼王國土所有一切鬬諍饑饉他方怨敵風雨寒熱疫病過患皆得除滅一切惡鬼夜叉羅刹獅子象狼皆生慈心雖在其國不爲損害其王國土亦無一切麤澀苦味惡觸痛惱無不消滅一切財寶五穀果實藥草華葉滋茂美味皆

得增長若受印刹利王欲與敵國餘刹利王共鬬戰時應懸此經置自幢頭以經力故彼怨敵王所有兵衆自然退散若彼二刹利王受天印者共交戰時各懸是經置二幢頭以經威力時彼二王便相欽愛共結和好如是成就無量功德利益安樂一切人王是寶星陀羅尼經隨有之處若城邑聚落若人非人四足多足諸惡毒蟲無有能令聞是經者疾病橫死及故惱亂若是經典所在之處應當盡心設大供養應以供養之具奉迎此經亦以經卷置師子座讀是經人及聽經者應當至心清淨洗浴香油塗身著新淨衣受持梵行散雜色華燒衆名香種種美味恭敬圍繞供養是經其人若有一切病苦橫死之厄及以怖畏惡相之徵以經力故悉滅不現若有

女人爲求男女皆應澡浴著新淨衣修習梵行燒香散華恭敬供養是妙經典便生福德智慧男女如是女人雖不爲已以經威重熏修入故捨身之後乃至阿耨多羅三藐三菩提及得涅槃畢竟不復受女身也除自發願成熟衆生夫人隨聞此經一偈一句一聲經耳乃至飛禽走獸聞此經者亦復如是皆得捨彼畜生之身亦令一切速得不退阿耨多羅三藐三菩提善男子彼過去月光明香勝如來說是經時便以右脚拇指觸地如此世界六種震動釋迦牟尼如來今說此經亦復如是佛神力故時此佛剎山河大地六種震動十方無量阿僧祇天龍夜叉乾闥婆阿脩羅迦樓羅緊那羅摩睺羅伽薜茘多毗舍遮鳩槃茶人非人等皆生疑怪一切佛剎大光徧滿地平如掌須彌山輪圍大輪圍樹林墻壁悉隱不現當地動時彼諸天龍夜叉先懷疑怪如來神力所加被故諸天龍等四方觀望去一箭道便見釋迦牟尼如來各各驚喜生希有心一時合掌瞻仰世尊爾時釋迦牟尼如來作如是言善男子過去月光明香勝如來說是經時以脚觸地六種震動而此佛剎平如水面一切天人皆生疑怪四方觀望去一箭道便覩彼佛月光明香勝如來見已合掌生希有心善男子彼月光明香勝如來即於天龍大衆之中爲衆生故說此寶星陀羅尼呪曰

多地也他闍盧計一闍盧迦慕計二闍梨闍羅三闍梨伱四闍羅婆囉帝五闍吒利六婆囉布樓沙羅叉那婆摩婁吒耶七阿摩迷阿

摩迷八婆摩迷婆摩迷九那婆迷十摩呵迷
十一闍呵迷十二闍呵迷呿婆羅迷十三婆羅迷十四
婆羅迷十五婆羅迷十六婆婆鞞十七婆呵鞞十八傍
伽鞞十九婆闍鞞二十婆羅多婆利篩二十一闍呵
迷呿二十二婆囉鞞二十三阿羅闍呬離二十四禪
堵離二十五禪堵母嵠二十六婆呵囉二十七婆呵
囉二十八迷陀哮囉帝二十九檀地羅三十檀地馱
羅三十一蘇利耶毗呵呿三十二栴達囉毗呵呋
三十三斫蒭殊底沙毗呵呿三十四薩婆叉耶三十
五悉底履埵蘇囉三十六毗呵呿三十七闍呿伽
三十八闍呿伽三十九蘇呿伽四十毗呵摩四十一阿
没履呿四十二阿没履呿四十三阿没履呿四十四
阿没履呿四十五阿没履呿四十六阿没履呿四十
七阿没履呿四十八阿没履呿四十九阿没履呿
五十没履呿没履呿没履呿五十一毗婆侈陀羯

摩五十二度泥度泥五十三鬱波陀毗耶侈陀五十
四若那訖履哆五十五阿訥哆波陀五十六呿伽
離紐迦五十七鶩谷隸五十八朋瞿隸五十九毗簿
俱隸六十俱羅呵六十一因陀羅鉢履婆呵六十二
毗也婆侈陀揭婆六十三遮婆囉底六十四遮婆
囉底六十五遮婆囉底阿慕呵達履舍奴六十六
鉢履跛多婆沙也呿摩六十七訖履摩殊底六十
八呿伽履闍呬六十九闍呵殊底七十你虱迦毗
囉娑七十一毗囉娑七十二毗囉娑毗囉娑七十三
毗囉闍七十四摩底履伽囉摩婆婆七十五訖履
跛也摩呵訖履跛七十六呬隸呬呬隸七十七阿
嘍拏婆囉帝七十八三摩邪你瑟計七十九陀摩
馱那八十地夜那八十一阿波囉没履八十二頞羅
君荼羅簿嵠八十三你跛多悉底履婆婆八十四
羯摩叉耶鉢囉窔婆婆否嘍沙哆梵八十五阿

三摩三摩(八十六)三摩耶毗地闍若(八十七)哆他伽多(八十八)娑婆呵(八十九)

爾時釋迦如來說此寶星陀羅尼已於時無間而此大地復更震動時彼魔王五百妓女以聞寶星陀羅尼故即轉女形具丈夫相及無量阿僧祇天女龍女夜叉女乾闥婆女阿脩羅女迦樓羅女緊那羅女摩睺羅伽女乃至薜荔多毗舍遮鳩槃荼等一切諸女聞此寶星陀羅尼故亦轉女形具丈夫相亦令一切諸善男子速得不退阿耨多羅三藐三菩提乃至一切諸女人等於未來世當受女身以經力故來業即滅爾時一切女人皆共合掌頭面禮釋迦如來同時高聲作如是言南無南摩希有能作無上利益者釋迦如來阿羅訶三藐三佛陀惟願大悲廣爲我等說此本事我今何故女人形相皆已滅盡丈夫身分滿足成就以此希有轉變深生慶喜我今已發阿耨多羅三藐三菩提心惟願世尊說此本事令無量天人皆得道果爾時釋迦如來重告賢首善男子言過去月光明香勝如來爲優鉢羅王夫人天孫陀利宣說寶星陀羅尼時孫陀利并其後宮婇女眷屬八萬四千人等女人相滅丈夫相現無量無數阿僧祇諸天天女乃至人非人等一切諸女各轉女形具男子相及未來世應受女身之業亦滅無餘爾時優鉢羅王捨其自在轉輪王位以四天下委授太子即與夫人天孫陀利丈夫并其千子共八萬四千天孫陀利丈夫(此言天愛)及九萬二千諸餘民庶於月光明香勝佛所信家非家捨家出家剃除鬚髮而被法服

既出家已勇猛精進讀誦受持意樂寂靜時彼無量俱胝那由他百千衆生皆生是念何故轉輪聖王出家入道其著邪者各共相謂作如是言此香勝如來勤樂魔業解作諂幻或時轉女人根成丈夫相或時剃除鬚髮隨與染衣或爲生天上故說生天事或爲生人中故說人中事或爲畜生中說畜生事或爲餓鬼中生說餓鬼事或爲地獄中生說地獄事或說不生不滅之法或復幻作女人之身勤樂魔業具如上事彼月光明作沙門像我今決定離此住處不忍見彼沙門形相亦不欲聞所出語言時彼衆中鳩摩羅臣心生疑倒向彼國人作如是言我等所有妻妾侍女皆被沙門之所幻化改其女形作丈夫質變化一切剃髮染衣惟我獨身懷憂得脱我今當入深山險谷無人之處如仙人遊避其妖幻汝等一切共我和合可相隨去慎勿入彼沙門魔羂鄙幻沙門我今不欲聞其音聲何況目覩而彼臣民未得心者聞其所言一切歡喜鳩摩羅臣説是語時無量俱胝百千衆生皆墮邪網復爲衆生宣説邪法無有生死亦無解脱作善作惡未來亦無諸業報果報此虚誑沙門勤行魔業若往見彼若禮拜彼若聽彼法惑亂人心惟欲剃髮捨家塚間修行日惟一食以乞自資樂寂靜處入房少語常猒五欲妓樂歌舞捨離華鬘塗香散香嚴身之具亦復不樂種種華飾醉酒昏婬適情之事而彼沙門勤樂宣説行魔羂道即是一切衆生怨家我本不見不聞沙門所作令無量俱胝百千衆生見如是相往昔已來亦未

曾覩此惡見者善男子復於後時優鉢羅大沙門聞其國人逃竄山谷或復自行惡見復敎餘人令著惡見毀呰三寶謗正爲邪聞是事已即自思惟若彼衆生皆墮惡見不得解脫不住正見不利益者不安立者我爲沙門云何令彼未來之世盲冥衆生離三惡道去四魔羂未解脫者能令解脫乃至究竟令得阿耨多羅三藐三菩提爾時優鉢羅大沙門作是念已即白月光明香勝如來言我於今者爲衆生故發大勇猛行大慈悲便與無量百千衆生前後圍繞往彼邊地城邑聚落空山險處爲諸衆生宣說正法若彼衆生墮惡見者我今當遮令入正見乃至敎其安住阿耨多羅三藐三菩提或有願求辟支佛乘或求聲聞乘或安立聖果或令出家或勸受持優婆塞戒或八齋戒或三歸行或爲安立一切女人具丈夫形斷女根業說此寶星陀羅尼呪乃至無量百千萬億衆生於如來邊曾生疑倒如是一切著惡見者我當遮斷令其發露作是敎已悉令安立阿耨多羅三藐三菩提皆於月光明香勝佛所俱共出家淨修梵行善男子鳩摩羅臣先作是願彼大沙門能說幻法破我徒衆誘我眷屬汝未來世當得佛時我還於彼作種種魔事所謂始處胎時爲童子時盛年戲樂及出家時菩提樹下坐道場時我當種種惱亂種種破壞令其退失菩提之心善男子時大沙門倍加勤苦勇猛精進遊其木國入彼山險慈語愛語種種譬喻開曉其民彼諸衆生咸見本王聞其說法皆生歡喜即迴邪心斷昔惡見於沙門所

求哀懺悔同發阿耨多羅三藐三菩提心鳩摩羅臣及其徒衆調伏邪心俱懷正信便作願言若大沙門具大悲者將來之世得阿耨多羅三藐三菩提時願垂爲我授菩提記善男子汝等欲知往昔轉輪聖王優鉢羅者豈異人乎今我身是也其王夫人天孫陀利者今彌勒菩薩是誹謗正法懷惡見臣鳩摩羅者今魔王是爾時無量那由他百千衆生聞我說法共捨惡見住三乘道俱得出家及無量女人以經力故成丈夫者於今汝等大衆之中四部弟子是也善男子汝等今當信受我語聞說過去優鉢羅王本事之時勿生疑惑所以者何憶念在昔鳩摩羅臣見其眷屬及彼無量百千衆生同捨魔業在佛法中出家爲道便起惡念願我當來與魔兵衆破汝眷屬還如今日善男子汝等曾於月光明香勝如來所生不淨信作不善語以惡見執迷陷衆生值佛因緣而得解脫由一念善出家力故從是已來親近無量百千諸佛供養供給不生劬勞於諸佛所發大誓願心樂聽法乃至常行六波羅蜜汝等昔來以身口意所行惡業經無量劫常處三塗加諸苦惱業障所引生魔道中因我釋迦牟尼如來說此寶星陀羅尼故彼魔衆中五百妓女即轉女身同時皆得無生法忍無量無數那由他百千衆生一切世間天人大衆咸發阿耨多羅三藐三菩提心及得不退阿耨多羅三藐三菩提無量無數那由他等百千衆生皆得不退聲聞辟支佛乘

寶星陀羅尼經卷第二

音釋

薰許云切與熏同氣蒸也**諂**丑琰切佞也**繽紛**繽匹賓切紛撫文切繽紛雜亂也**統**吐孔切撫御也**怨嫌**怨紆願切仇也嫌户兼切嫌疑也**璽**想氏切王者之印也**拇**莫厚切大指也**薜荔多**梵語也此云祖父鬼或言餓鬼薜蒲計切荔力智切**竄**七亂切匿也

寶星陀羅尼經卷第三

唐天竺波羅頗蜜多羅譯

魔王歸伏品第三

爾時釋迦牟尼如來説此寶星陀羅尼經時放大光明徧照此娑婆世界百俱胝四天下處悉皆大明應時此間百俱胝處欲界諸魔以佛力故皆起驚動共覩此光所現因緣咸作念言決定是彼惡魔所爲於四天下有大威德彼於我等大自在力故現此光作是念時觀見惡魔坐憂惱室極生悒恨爾時此界百俱胝魔各捨魔宮到此四天下惡魔王所作如是言汝欲界主有大自在放此光明普照一切復何因緣坐憂惱室時此魔王即便徧答百俱胝處所有諸魔汝等應知此是沙門出於釋種第一諂幻放此光明照於世界一切驚動世間所有明慧之人諸梵天王及諸龍王夜叉王阿脩羅王摩睺羅王迦樓羅王緊那羅王乃至其餘人非人等其中所有聰叡之士一切歸向供養於彼乃至六年獨坐無二成就無相大幻之力我以自力示現神通嚴駕軍衆三十六俱胝周帀圍繞一切魔力用大勤勞畢竟不能令彼首陀驚畏一毛何況復能作餘障礙動彼法座今此首陀成就如是無相之幻所作示現動此大地并退我軍如誅大樹根枝俱倒一切魔界悉皆闇蔽於彼坐處成就大明從座起已爲諸衆生開示演説此四天下所有衆生聰明智慧悉亦爲彼幻鉤所牽我亦不知彼等之心何處何趣何時死何處生令此六趣歸依彼者我尚不能驚動一毛況復能令動彼信心我

此五百微妙妓女及二萬子并諸眷屬皆悉歸依沙門瞿曇在彼前坐我於今日不能遮制汝等今者有力有福有智自在當助於我斷彼釋子首陀羅命所有衆生歸依彼者悉令破散幻諂沙門黑闇部黨悉令降伏我等魔衆白淨部黨悉令明顯從爾已後當受樂觸爾時有魔名曰光明觀此閻浮於法座上見如來身又聞梵音美妙說法見聞此已毛竪驚起向彼魔王說如是偈

一切剎土中　此色最勝異　功德及智慧
久已淨其身　解脫諸煩惱　長夜善相應
解脫於諸有　盡彼一切憂　汝今勿復瞋
自在所不容　歸依此處者　三有第一歸
汝若於此處　起於剎那瞋　以彼愚癡故
自得於樂壞

爾時衆中復有一魔名珊你弭迦向彼魔王說如是偈

彼大神通力　最上功德相　一切無所依
依者趣解脫　苦盡無有餘　能說苦盡道
無量百千魔　所不能惱亂

爾時此界魔王說偈報曰

我今所有自在人　悉歸從彼大自在
如是不久空我界　我無趣處復無得

爾時衆中復有一魔名曰新塵向此魔王說如是偈

第一勢力汝先有　自在勇健之所作
汝今失力復無能　無得共比一切智

爾時衆中復有一魔名曰刀月向此魔王說如是偈

慈悲衆生無惡意　自性清淨無所依

解脱三界遊行處　無趣無行無能害
爾時魔王説偈報曰
欲界所有諸衆生　迷醉倒情著諸欲
於我所作常隨轉　云何共汝不害彼
爾時衆中復有一魔名曰地水向此魔王説
如是偈
諸有不堅如幻焰　能知諸有斷諸惡
不著諸有如虚空　云何於彼能逼惱
爾時魔王説偈報曰
彼雖自在於三界　飲食衣服恒資用
彼於三受所樂住　云何將死不能害
爾時衆中復有一魔名曰捨愛向此魔王説
如是偈
神通境界有所有　惡魔天龍夜叉等
種種惱佛無能觸　云何將死能害彼

爾時魔王説偈報曰
我等昔日斷彼食　於虚空中雨大石
無邊罵詈百種聲　我欲動彼所依處
爾時衆中復有一魔名曰知眼向此魔王説
如是偈
汝於彼時作惱亂　頗見少許瞋過不
舒顔視汝不顰蹙　輭音慰喻無惡聲
爾時魔王説偈報曰
彼有智慧能常忍　能斷愛癡諸過失
慈心一切諸衆生　聚集所行無不集
爾時衆中復有一魔名難降伏向彼魔王説
如是偈
三結若能羂縛者　我等可應惱亂彼
佛乃滅此癡羂障　云何將死能惱彼
爾時魔王説偈報曰

汝等助我力　裝束莫放逸　我變地爲水
連四山爲鬘　虛空雨大石　又放鐵沙聚
月箭曲刀穳　擲彼身即碎　如是勤方便
極作惱亂彼　汝等相運助　釋子定爲灰

爾時諸魔各各說偈乃至百俱胝處所有諸魔說偈問答皆亦如是爾時彼衆一切諸魔同時發聲作如是言如是應去各各自宮莊嚴甲冑并諸軍衆悉皆擐甲若使我等神通之力一切境界示彼令知沙門瞿曇雖復勇猛豈當我輩軍衆之鋒如是語時於刹那頃百俱胝處所有諸魔各從自宮甲冑莊嚴一一魔軍千俱胝衆著種種甲持種種器仗各别嚴駕於夜分中下閻浮提到中摩伽陀國各住虛空隣近於佛乃至四洲天龍夜叉乾闥婆阿脩羅迦樓羅緊那羅摩睺羅伽薛荔多毗舍闍鳩槃茶各於佛邊生不信心無恭敬意於法僧邊亦不信心彼一切魔各遣軍衆種種器仗擐甲莊嚴大集彼處欲害如來有一仙人名曰光味於十八明處及神通境界學過彼量而常承事摩醯首羅與五百徒衆住雪山邊爾時魔王即自變身作摩醯首羅像住仙人前說如是偈

瞿曇姓種生　大仙依通者　聰慧住摩伽
今王舍城乞　汝當堅固心　往共種種論
汝極五神通　當決定自在

爾時魔王說此偈已即隱不現還於魔宮自眷屬所說如是偈

汝等今日我邊聽　我今思得無比知
釋子所攝所共語　神通加被令具足
彼幻示現其境界　奪我魔之廣大力

如毋向子常耎語　悉令弟子生喜樂
恒日初分入城邑　徐步攝持正威儀
弟子所行所斷欲　彼彼自當我捉持
美妙歌舞現其前　令彼見聞生惑著
弟子見聞惑著已　應惱釋迦大仙意

爾時衆中復有一魔説如是偈

我今化現可畏事　獅子駝象虎水牛
速疾奔馳彼城邑　驚動現威雷震聲
神通化現無量事　復現兵器逼其前
彼彼所棄諸欲者　或時迷亂令忘失

爾時衆中復有一魔説如是偈

我今於彼四衢道　化現樓觀挾其前
種種奇形醜惡面　種種器仗逼動彼
空中大聲雨刀劒　驚動可畏雷雹聲
於彼境界不自在　速令消滅不現前

爾時魔王以神通力一切嚴駕廣作如上一切境界如來大慈威德力故亦廣如彼種種示現即時變此三千大千佛之世界令此地性猶如金剛一切魔力不能改轉亦復不能更作惡聲及以火山四方猛燄亦不能作非時黑雲及惡風氣佛力持故乃至無有一龍能運其身下一滴雨爾時四大聲聞日初分時著衣持鉢入王舍大城乞食時尊者舍利弗於城南門值魔童子其數五十第一端正妙色莊嚴大人子相同在街路歌舞而行遙見尊者舍利弗來即前共持尊者兩手謂尊者曰汝舞沙門汝歌沙門時舍利弗語童子言汝當諦聽先所未聞當令汝聞即爲童子説如是偈

諸入可猒患　殺處常欺我　我今猒患已

盡彼入邊際　諸陰可猒患　殺處常欺我
我今猒患已　盡彼陰邊際
爾時舍利弗爲魔童子說此偈已即說呪曰
多哰他一婆呵囉二婆呵囉三婆囉婆呵四
麼利脂婆呵五薩遮豬切迦婆呵六阿磨婆呵
七薩婆呵八
爾時舍利弗於歌音中說如是偈及陀羅尼
時魔王童子五十人等聞是法音得未曾有
甚大歡喜信心清淨向舍利弗說如是偈
正導我等今懺悔　爲世間親善說者
說陰可畏教我離　今我於此常證見
時魔童子說是偈已頭面著地禮尊者足便
於道中共坐聽法爾時尊者大目揵連欲入
王舍大城乞食於城東門見五十童子乃至
於歌音中說如是偈
諸界可猒患　殺處常欺我　我今猒患已
盡彼界邊際　諸受可猒患　殺處常欺我
我今猒患已　盡彼受邊際　思惟可猒患
殺處常欺我　我猒思惟已　盡思惟邊際
諸想可猒患　殺處常欺我　我今猒患已
盡彼想邊際
時大目連於歌聲中說是偈已復說呪曰
多地也他阿磨婆一阿磨婆二阿磨婆三磨
婆四阿囉闍五拏闍呵六奢藐他七奢藐他
八奢藐他九伽伽那婆摩十娑婆呵十一
爾時長老大目揵連爲魔童子說如是偈及
陀羅尼時五十童子第一歡喜生淨信心說
如是偈
具足宻神通　聖主牟尼子　生死道過患
法燈普照示　能斷諸過惡　故我生信樂

今即歸依佛　法僧亦歸依
爾時五十魔之童子於街道中即便接足禮大目連於彼前坐正儀聽法爾時長老富樓那彌多羅尼子於城北門入城乞食乃至街中隨彼童子所唱歌聲於歌音中說如是偈

諸觸可猒患　殺處常欺我　我今猒彼觸
故盡觸邊際　諸根增上主　殺處常欺我
我今猒增上　故盡增上邊　惑業常流轉
殺處常欺我　我今猒惑業　盡惑業邊際
諸有可猒患　殺處常欺我　我今猒諸有
盡諸有邊際

爾時富樓那於歌音中爲魔童子說此偈已告童子曰人命輕速難可保任猶如山水迅浪奔流命甚於彼愚癡凡夫都不覺知復次童子一切凡夫色酒所醉無覺知者聲酒所醉無覺知者香酒所醉無覺知者味酒所醉無覺知者觸酒所醉無覺知者復次童子人命輕速甚彼山水愚癡凡夫都不見知法酒所醉無覺知者陰酒所醉無覺知者界酒所醉無覺知者封酒所醉無覺知者樂酒所醉無覺知者生酒所醉無覺知者欲酒所醉無覺知者復次童子人命輕速猶如山水迅浪奔流命甚於彼愚癡凡夫都不見知乃至爲彼一切情識取著之酒所共迷醉都不覺知即爲童子而說呪曰

多地也他揭伽婆一　揭伽婆二　揭伽婆三　豉尼四　阿伐多五　毗伐多六　呿伐多七　跋囉末他八　殊底伐多九　娑婆呵十

爾時長老富樓那於歌聲中爲魔童子說如此偈及陀羅尼句時彼五十童子第一歡喜

生淨信心說如是偈

汝今教我寂滅道　諸界猶如彼幻焰
世間惟從分別生　故我身命歸三寶

爾時五十魔之童子於街道中即便接足禮富樓那於彼前坐正儀聽法爾時長老須菩提於城西門入王舍城次第乞食於街道中逢值魔王五十童子華年盛美顏色端正容止庠雅大人子相共戲街道歌舞而行見須菩提即便趨徃各共捉彼尊者兩手作如是言汝歌沙門汝舞沙門須菩提言諦聽童子汝先歌音所未聞者當令汝聞汝且黙然聽我歌聲時須菩提即爲童子說如是偈

一切有爲法　動性皆無常　如彼幻泡焰
雖見不可得　速疾生滅法　一切無覺者
觸受是苦擔　愚癡者隨著　有爲逼迫苦
一切悉無我　善友不相應　故無脫苦者
親近菩提道　淨信於一相　一切法離相
不淨無我相　一切行無實　亦無於性相
諸法無命養　無人無作者　汝捨魔諂意
發覺生淨信　諸識依根起　如電依虛空
觸受思無我　觀察無有實　愚癡凡夫聚
此陰恒流轉　淨心分別生　作者不可得
眞際寂滅空　能離一切邊　此法無無明
故說菩提行　如彼大船師　普運到菩提

爾時長老須菩提爲魔童子說此偈已即說呪曰

多地也他蘇文第一毗文第二文陀閣醯三死梨死梨死梨四阿婆死梨五阿婆呵死梨六多他多婆死梨七部多句胝死梨八婆婆呵

爾時長老須菩提爲此童子於歌聲中說此偈辭及陀羅尼句時彼五十童子第一歡喜生淨信心說如是偈

我依惡知識　未聞如是法　愚癡無智故
造作此惡業　我今發露懺　願尊證知我
尊從勝法生　故我發大願　願我得作佛
普利益衆生

時五十童子於街道中即便接足禮須菩提於彼前坐正儀聽法爾時世尊以神通力令此街道百由旬量廣博嚴淨而爲示現時舍利弗北面而坐大目揵連西面而坐富樓那南面而坐時須菩提東面而坐四人住處共半由旬應時於彼四大聲聞坐處地中現大蓮華縱廣正等五十肘量閻浮檀金爲莖青毗瑠璃爲葉勝藏寶爲鬚眞珠爲藥華氣芬馥過彼天香如此蓮華是出世間善根所生從此蓮華出大光明普照三千大千世界於彼街道其華上涌高三人量而爲示現四天王天此蓮華現以彼天量高五由旬而爲示現乃至三十三天此蓮華現以彼天量高百由旬而爲示現乃至阿迦尼吒天此蓮華現以彼天量高半由旬以爲示現於蓮華葉宣示種種美妙句義此地衆生及彼諸天皆聞華中如此偈頌

惟佛清淨生此刹　退彼魔王并軍衆
佛勇猛故轉法輪　世間因此故無疑
諸有聰慧解義論　知法求法求解脫
一切世間聽歡人　優波俱利最爲上
此爲導師已調伏　善巧說此妙大法
一切世間上供養　供養牟尼能說者

具三世智能善說　所學三學能開示
能救世間人天者　無量法義令解知
利益世間教善行　方便智燈照世間
巧說妙法斷三垢　智慧利益無疲倦
世間極苦令解脫　無明闇蔽諸衆生
能與法眼不顛倒　一切大衆普已會
此佛不久師子吼　如來能示第一義
妙色力具展轉說　見世沉沒大苦海
來處世間擊法鼓　六根護中住上護
此六隨行六通知　六度上法佛所說
決定說此六種子　能殺六根居村者
六無上事所念者　佛調御主令彼念
於蓮華中說是偈已乃至於彼六欲諸天在
蓮華中復爲諸天說如是偈
汝等和合遊　樂著貪諸欲　放逸心迷醉
愛蓋之所覆　愚癡常樂著　諸欲酒所醉
以彼放逸故　不供養善逝　諸欲無常壞
如彼水中月　死生堅牢羂　衆生無脫者
汝等無所依　放逸著諸欲　以樂諸欲故
永不得涅槃　常處放逸地　與滅不相應
不看先所作　爲淨爲不淨　爲業受老死
怖畏恒圍繞　汝等放逸故　三惡地所行
以施調繫心　恒修不放逸　先所作善業
應當勤護持　念捨欲不淨　難得後邊故
汝等歸善逝　聽彼說大義　汝等修智慧
解脫寂滅因　與妙法相應　聽如是大義
如是蓮華中說是偈已乃至色界十六天處
於蓮華中復爲諸天說如此偈
分別善法勤修習　一心樂禪離憒鬧
寂靜不亂求解脫　慧所應作斷瞋恚

所有我相十三種　分別爲說修勝忍
以此畢竟速解脫　得至生死解脫處
貪嗜色聚分別者　我性堅固見湛然
彼等不滅所生法　由見流轉趣惡地
觀彼三界常無我　不實無自空無作
修忍分別隨順彼　得彼一切趣解脫
彼等不老不病死　不怨憎會離惡趣
一切諸法等虛空　所修相應不二修
畢竟淨道最無上　意無所著淨諸根
猶如釋子降四魔　應修無相一法性
所有一切相皆離　調順威儀二種斷
此道爲彼最上說　一切法空分別修
若能分別修此空　無主無作受亦無
如空自性觸菩提　遠離希求最無上

爾時如來於彼淨色蓮華臺中出此大聲句義法時此世界中一切所有人非人等普來街中繞蓮華坐乃至無量無數阿迦尼吒天悉下天宮繞蓮華坐瞻仰聽法是時魔王聞此偈已周帀普觀見王舍大城街中蓮華出此法聲及見無量無數百千俱胝那由他人圍繞蓮華共坐聽法又見六欲諸天無量無數百千俱胝那由他等一切諸天悉捨宮殿圍繞蓮華而坐聽法見聞是已轉過前量加大憂苦悔惱纏心毛竪戰慄遍身流汗走虛空中以大音聲喚餘魔衆說如是偈

汝等當聽　善攝外意　我於境界　無自在力
此乃釋迦　最上勝力　功德廣行　流布世間
令彼衆生　堅固所作　於蓮華臺　出此法聲
人天諸子　盡來無餘　決定善人　咸皆渴仰
專意善遊　趣寂滅道　最上功德　第一無上

沙門所作　幻此三界　迷惑一切　令無餘意
人天大衆　圍繞蓮華　疾放雨石　作恐怖聲
以魔凶衆　往摧壞彼
爾時餘魔對彼魔王說如是偈
汝聽我等語　此語能利益　汝知何等法
而不息惡意　如來勝持力　魔軍盡消滅
我等見善逝　心皆大迷悶　佛爲大船師
光顔勝圓滿　置佛善歸依　更無勝歸處
爾時復有餘魔對彼魔王擧體掉動面目顰
感悲泣極瞋說如是偈
汝失善道住惡道　可不自知力所能
汝無羞媿比導師　魔力消滅由佛力
世間和合蓮華所　聽法怡悅淨身心
我等穢身失精進　不去消滅刹那頃
今者一切悉歸依　歸依牟尼因陀羅

爾時復有諸魔悉皆合掌向彼魔王說如是
偈
汝捨法行樂作惡　佛爲恃怙利世間
於諸衆中佛衆勝　佛今已來於此城
我等宜以清淨眼　以喜樂心速往彼
歸依三界之所尊　一切衆生妙良藥
時虛空中復有一魔名曰智聲向此魔王即
便高聲說如是偈
汝等和合以信樂　一切相應聽我語
發意言行斷惡見　曲躬合掌捨瞋恚
以醒悟心當淨信　隨喜如來最上說
對佛歸依難得歸　我當今日信供養
爾時諸魔無量無邊於刹那頃悉從空下到
王舍大城七寶之門各持種種莊嚴供具來
至佛所爲欲供養婆伽婆故或有變作轉輪

王像或有變作梵天王像或有變作魔醯首羅像或有變作自在天像或有變作那羅延像或有變作兜率陀形或有變作燄摩天像或有變作釋提桓因或有變作三十三天或有變作童子之形或有變作毗沙門像或有變作毗樓勒叉或有變作毗樓博叉或有變作提頭頼吒或有變作四天王天臣佐之形或有變作日天子形或有變作月天子形或有變作星宿天子大小之形或有變作阿脩羅像或有變作伽樓拏形或有變作緊那羅像或有變作摩呼羅伽形或有變作寶山之形或有變作金聚之形或有變作種種寶形或有變作寶樹之形或有變作刹帝利像或有變作餘外道形或有變作輪寶之形或有變作摩尼寶形或有變作伊囉婆荼象寶之形或有變作婆羅呵馬寶之形或有變作女寶之像或有變作主藏臣寶或有變作主兵臣寶如是種種各自現化爲供養故住於佛前或有現於青色青身以白色具莊嚴其身各共執持赤蓋幢旛眞珠瓔珞以一多羅樹量之高住虛空中或有現於白色白身以赤色具莊嚴其身各共執持黃蓋幢旛瓔珞之具住虛空中或有現於赤色赤身以金色衣莊嚴其身各共執持青蓋幢旛行列而住或有現於紅色紅身雨白眞珠或有現於白色白身雨紅眞珠或有現作天仙之色住虛空中雨於華雨或有變作聲聞之像爲供佛故種種天香雨虛空中或有變作犍闥婆色擊天妓樂或有變作天女之色種種寶器香水灑地或有變作淨金黒色燒種種香或有變

作諸天子像歌唱喜舞或有變作種種之色合掌瞻仰讚歎如來或有魔衆隨佛方面一心瞻仰各持種種摩尼之寶供養世尊或有街衢殿堂樓閣窻牖門闕臺上四階之道牆堞樓櫓門閭樹上重閣鉤欄各隨所住合掌瞻仰供養如來爾時魔王見彼一切所有魔衆各與眷屬歸依如來是時魔王轉加瞋怒過於前量驚怖迷亂舉聲悲泣說如是偈

我失勝威德　無復有見助　沙門勝神通
奪我魔境界　應更勤方便　思後時所作
斫斷蓮華根　令衆散諸方　蓮華根斷已
令大衆迷亂　若衆迷亂已　此我後願力

爾時魔王說是偈已如所思惟猶如疾風從空而下至彼蓮華所現之街即便前進欲拔蓮華以佛力故尚不能觸何況侵拔既不能拔復欲摘彼蓮華之葉及損華臺又不能損即欲舉手遥拍彼華是時魔王見彼蓮華如電如影雖對眼根不可損觸爾時魔王盡其神力如其所作於彼蓮華竟不能損復欲驚動一切大衆即出高大可畏之聲聲亦不出復現威猛以大力勢即舉兩手欲拍大地令地震動是時大地猶如虛空乃至不可以手摩觸況能令動是時魔王見此大地不可得觸復生是念令此大會所有衆生我當打之令使心亂作是念時乃至不見有一衆生可得可觸況能加逼以佛力故有如是相是時魔王轉加憂惱徧身掉動如大風樹發聲號哭悲懊流淚徧觀四方說如是偈

沙門以幻力　普攝諸世間　今我心惛醉
迷亂一念頃　境界功德力　此是我所有

彼以幻力故　一切侵奪盡　我今被所棄
宜速還自宮　乃至若不去　復及我壽命

爾時魔王即欲還宮雖生是念復不能去轉加驚哭復作是念我今於此神通盡也爲復瞿曇自在力也莫復於彼怨家之前令我命盡復作是念我今可隱出此娑婆佛刹之外寧死於彼莫令於此佛刹有一衆生見我死者作是念時乃至不能離此方維況能隱去即時自見被五繫縛轉復驚瞋高聲悲哭復作是言何哉愛子及諸親屬不復可見爾時有魔名曰智聲即自變身作轉輪王形向彼魔王說如是偈

汝意何故憂　號叫生悲惱　世間最上者
如來爲上上　佛爲無所畏　宜速求歸依
救護諸世間　如燈照諸趣　歸依恃怙者
畢竟奪三苦　若親近如來　當得寂滅樂

爾時魔王作如是念若我用彼智聲語者沙門瞿曇應當歸依我此繫縛應得解脫是時魔王隨佛方面曲躬合掌作如是言南無無上人中丈夫佛能解脫老病死者我今歸依是時魔王以偈頌曰

此縛甚險大可畏　我速歸依求善逝
歸依如來得解脫　今始歸依第一衆
我以癡盲瞋正覺　所造過失爲最極
今依汝語故懺悔　置汝現前以爲證

爾時魔王用彼智聲善丈夫語即於佛前歸依世尊應時自見身縛解脫既解脫已復念欲還魔所住宮即自見身復五繫縛於此衆中無能去處即時還復歸依如來生此念時即於佛邊復得解脫作念欲去即見繫縛生

念欲住即見解脫如是如是乃至七徧繫縛解脫魔王自知無所能爲便於佛邊默然安坐

寶星陀羅尼經卷第三

音釋

誅陟輸切 珊相干切 弭母婢切 顰蹙顰毘賓切蹙子六切顰蹙眉蹙也 穳祖管切小矛也 胄直又切兜鍪也 擐音患貫也 蘂如累切花蘂也

寶星陁羅尼經卷第四

唐天竺波羅頗蜜多羅譯

大集品第四

時彼四大聲聞入王舍大城乞食逢魔童子執聲聞手共走衢中請四沙門非法歌舞時大聲聞在歌音中爲說涅槃相應道句爾時於刹那頃大地震動如是無量百千天龍夜叉乾闥婆阿修羅迦樓羅緊那羅摩睺羅伽先於佛教中得清淨信者面目流淚說如是偈

最上導師現在世　於聖教中惡怪起
辱彼聲聞令世見　衆生云何生淨信

爾時無量百千俱胝那由他天龍夜叉羅刹面目流淚往到佛所到已於佛前住說如是偈

聖教現在此　當善觀今日　智者勿放捨
爲護正法故

爾時世尊復說偈言

我今自往彼魔所　令魔軍衆悉降伏
當作一切世間導　普教同向涅槃城

爾時一切大衆異口同音作如是言世尊勿往勿往世尊先說諸佛不可思議諸佛境界不可思議魔境界不可思議龍境界不可思議業及業境界不可思議如是一切諸境界中唯佛境界最勝無能及者惟願世尊不起此座令無量俱胝那由他等諸魔軍衆自然降伏復能開示無量百千那由他等陰界諸法竭煩惱海壞諸見網能令無量那由他衆生入智慧海世尊今日非是去時佛言所有衆生界衆生彼一切衆生盡變爲魔乃至大

地盡爲微塵如是一一塵復變作魔彼一切魔力欲求害我乃至不能動我一毛況能損壞我此身分我坐此座能勝無量俱胝那由他魔又能調伏惟置此魔眷屬難可調伏雖然我今當往所以者何此魔以神通力於王舍城已變作種種嚴飾之具供養於我憐愍彼故我今當受令彼魔心能發希有第一歡喜生清淨信當種阿耨多羅三藐三菩提善根種子爾時世尊說是語已從座欲起時彼護竹林天名曰端正往至佛所涕淚交流而說偈言

世尊於今日　非是入城時　此城極廣大
魔衆皆充滿　如是一一魔　心中懷重惡
咸與億千衆　欲圍繞世尊　瞋火皆熾然
毒意轉狂亂　競持鋭器仗　諍惱害如來
惟願釋師子　畢竟愼勿往　或當被非命
失我大歸依

世尊聞已默然不答即起法座時彼護伽藍天名曰持慧頂禮佛足而說偈言

惡魔大將有五千　各各競持精器仗
純懷惡心立待佛　今日勿往牟尼尊

世尊聞已默而不答將出伽藍時有藥天名曰城慧頭面禮足而說偈言

咄哉失正道　法門當破壞　法舟俄欲沉
慧燈奄不照　世間法味滅　煩惱賊盈滿
於諸有界中　我無少自在　最上法散壞
云何能住持　彼魔軍甚衆　住於惡法中
各持利刀仗　毒心諍害佛　善逝用我語
爲利世間故　惟願十力仙　善步莫入城

世尊聞已默然不答將發伽藍大門内有一

樹天名曰持勢即於佛前大悲啼泣以身投
地向佛作禮而說偈言
依怙三有當失眼　滿意所欲將滅壞
空中刀箭如毒蛇　伺求害佛願莫去
世尊聞已默然不答爾時守大門天名曰水
光舉聲號泣頭面著地頂禮佛足而說偈言
城中名聞大梵志　持月刀仗候待佛
共懷毒害有二萬　在此城中願莫去
世尊聞已默然不對將入王舍城門時彼守
城門天名曰多摩羅樹葉堅固於虚空中舉
聲號哭馳至佛所頂禮佛足而說偈言
此道獅子象圍繞　起勇健心諍害佛
及惱比丘作障礙　悲愍天龍願莫去
四道衆中因陁羅　見佛教滅生憂苦
相與雲集共一處　怖畏戰慄共相論
如來既是退魔者　魔今變作極惡面
恐大法滅世災起　日月失度星辰翳
覩惡相現皆拍頭　奇哉善逝有退相
日眼散壞法炬滅　蹂踐正覺竭法水
世間妙法壞將至　衆魔惡黨漸熾盛
世尊聞已默然不答彼城門天諫佛不迴悲
啼流淚復說偈言
普觀世間牟尼尊　最上說者去當死
莫近我城取死滅　我被三界常毀呰
願聽我說堅固者　今日莫向城中滅
憐愍衆生此處待　解脱衆生生苦惱
如來當憶本誓願　得大菩提度衆生
無量衆生爲苦燒　安隱衆生最上醫
無量俱胝劫住世　爲諸著欲凡夫衆
說法令彼得寂滅　謂入自性空根義

爾時世尊黙然不答欲入大門時彼地天與大滋味天并其同類一萬天俱被髮雨面共到佛所合掌住立而說偈言

佛憶昔行檀　施血過四海　頭骨如鐵圍
眼等恒沙數　及種種妙寶　妻子與象馬
衣食房卧具　隨病所須藥　作最上供養
護戒不放逸　數習多聞忍　常孝養父母
修難行苦行　解脫苦衆生　汝昔所發願
成佛說上道　濟拔世苦海　為衆生說法
令竭苦無餘　使入無畏城　置於菩提道
徧滿衆生界　行惡失道者　懺悔毀闕戒
隨順昔所願　說法俱胝劫　浴以八戒水
令度煩惱河　三界衆生中　更無如佛者
自既得解脫　復解脫世間　運度諸世間
於此三有海　惟佛得如是　世間第一覺
惟佛是世親　願布甘露法

爾時世尊入城門已剎那之頃時有無量億那由他天龍夜叉八部鬼神於虛空中各各雨淚而說偈言

我見昔善逝　調衆安隱時　說法作利益
無如是惱亂　大師出惡世　自然成正覺
說煩惱障法　成熟世間故　常作師子吼
無量諸惡魔　欲如是滅法　佛今莫入城

時有餘天復說偈言

諸佛轉法輪　住一方利益　令佛處處往
無令得逢惡

爾時復有餘天同說偈言

以悲為導師　常行利衆生　莫獨入城中
如我見有損

彼時復有無量百千俱胝那由他天龍夜叉

羅刹阿修羅摩睺羅伽等面目雨淚從虛空中作行而下住於佛前有無量種異形或有被髮或絶瓔珞或有寶蓋幢旛皆悉傾倒或復舉身投地或捉佛足或大哀號或舉兩手椎胷懊惱或有在佛足下擗踊悲哭宛轉于地或於佛前合掌讚歎禮拜或散種種雜色妙華末香塗香華鬘芻摩繒綵嚴飾之具或散織成寶服眞珠瓔珞種種異物時餘天衆供養佛已同時舉聲而説偈言

佛所行苦行　爲利益世間　生此末世時
爲衆勿捨去　作佛事未多　天人得證少
久住開示法　度三有世間　有行清淨行
成就甘露器　應起悲教我　救世間苦逼
六趣曠野中　生死失正道　爲彼示善路
教聖法解脱　此最希有悲　願大覺久住
轉無上法輪　勿令世無怙

時有餘天復説偈言

導師若滅没　世間悉盲冥　八聖三解脱
於此悉皆無　我等已種善　三業不放逸
一切樂具足　久住功德藏

爾時復有淨居天衆與其眷屬無量無邊億那由他集在一處各共相謂而説偈言

汝等勿怖佛無衰　應於大覺當了然
我憶往昔親見佛　欲界所有倶胝魔
徧滿三十六由旬　利矟利劒及刀矟
飄勇迅疾如雲奔　魔衆雄猛聲可畏
至菩提樹悉走散　於刹那頃皆驚怖
況今果圓名稱廣　彼等何能爲障礙

時有餘天相與悲泣而説偈言

昔一魔軍無大力　今有千億具大勢

來壞如來定無疑　佛若滅没世皆闇
爾時梵釋諸天護世間者頂禮佛足而說偈
言
以我小智勸佛住　用我等語悲愍者
無量諸天憂火燒　今爲彼等灑法雨
爾時世尊以大慈眼徧觀一切同來天衆出
妙梵聲普垂安慰而說偈言
汝等勿怖令無畏　一切魔衆一時來
彼等不能損動我　乃至一毛況復身
我今安慰一切衆　常於世間說妙法
我於如是失道者　當廣分别示正道
我昔已行難行事　廣施衆生以飲食
房舍醫藥不乏少　誰能今日惱亂我
或捨車乘與象馬　嚴飾寶具亦如是
奴婢城郭及聚落　誰能與我作惱亂
妻妾男女并眷屬　愛重自在王種位
我與衆生利益故　我身何故今當壞
頭目及耳鼻　手足身皮血　以命施衆生
誰能惱亂我　無量俱胝佛　自手普供養
常樂戒多聞　誰能散壞我　作無量難事
甚能攝伏心　徧割身不瞋　今誰能惱我
煩惱已退成正覺　於諸衆生等慈心
永無嫉妬及穢怒　現前無有如我者
我今破魔所有力　能退無量俱胝魔
決定與汝作解脱　何故懷怖不入城
所有十方及此土　住此諸佛刹土者
彼等一切我普請　及大神通菩薩衆
願令世間悉徧滿　及以福智熏世間
共彼如佛法式住　亦持諸佛所順可
爾時無量百千萬億那由他阿僧祇天龍夜

又阿修羅迦樓羅緊那羅摩睺羅伽人非人等俱來大衆一時同聲唱言善哉復作是言南無希有未曾有無數精進具足如今世尊南無南無大希有未曾有無數精進具足如今世尊安慰一切天人及衆生類皆蒙度脫退諸魔衆散滅衆生煩惱垢聚破我慢山斫愛生樹碎生死日除無明闇生外道信竭四流水然正法炬示菩提路授與衆生柔和忍辱遊戲三昧處禪定樂普令覺悟四聖諦道大悲導師廣度衆生於生死海引諸天人入無畏城時諸天人阿修羅等各以種種天妙華香塗香末香雜寶華鬘莊嚴之具散於佛上爲供養佛故掃飾衢巷以天寶衣天妙華天綺縠徧覆道上又雨曼陁羅波盧沙迦盧遮大盧遮優鉢羅俱物陁芬陁利等種種蓮華隨佛所履布於足下其道兩邊化作天樹枝葉華果悉以七寶而嚴飾之七寶樹上復現種種妙寶天衣天冠耳璫環釧寶飾莊嚴之具是諸樹間有天華池其池四邊周帀七寶清泠美水八德具足衆寶蓮華及妙音鳥雜色間發盈滿其中彼諸天衆供養佛故於虛空中各持七寶幢旛華蓋校以種種金繩露縵眞珠瓔珞又雨金屑銀屑毗瑠璃屑及散一切沉水末香多伽羅末香黑栴檀末香多摩羅葉香復雨牛頭優羅伽栴檀香等種種末香徧於道上復雨金繩交絡眞珠瓔珞摩尼珠瓔珞如意珠瓔珞繽紛布護於虛空中隨風迴轉其城內外所有道上悉以種種天莊嚴具而嚴飾之乃至城中魔及眷屬亦以妙好天莊嚴具而嚴飾之爾時世尊憐愍

一切諸衆生故便入首楞嚴三昧其心正受以如所入定在道徐行即現種種微妙色身威儀相好光明希有於其城内道中正立令彼道上一切衆生悉見佛身所有事梵天者應以梵身而得解脱世尊即現梵身而化度之所有事釋天者應以釋身而得解脱即現釋身而化度之所有事那羅延者應以那羅延身而得解脱即現那羅延身而化度之所有事摩醯首羅者應以摩醯首身而得解脱即現摩醯首身而化度之所有事四天王天者應以四天王身而得解脱即現四天王身而化度之所有事轉輪聖王者應以轉輪王身而得解脱即現轉輪王身而化度之所有事諸小王者應以諸小王身而得解脱即現諸小王身而化度之所有事大神通者所有事沙門者所有事童男童女婦女身者皆現彼身而化度之乃至所有事師子事龍事象事兎事阿修羅雜類身者是諸衆生應以彼身威儀色相而得解脱如來悉皆現彼形相而化度之世尊如是種種現時彼一切道行衆生見是事已皆共合掌頭面著地禮拜讚歎圍繞如來得未曾有所有事象事龍事阿修羅乃至所有事兎神者彼等衆生即見如來同兎形相在道而行所有衆生事於佛者彼等衆生即見如來如佛威儀在道而行彼等衆生悉皆合掌讚歎禮拜相與依隨從佛後行爾時雪山光味仙人與其徒衆五百人俱爲魔所遣詣王舍大城令至佛所是時光味於城門内住待如來見佛身相猶如仙人威儀形相顯發莊嚴及見無量百千俱胝諸

天圍繞供養見是事已復作是念如此人者
眞大仙人有大加護應受人天最上供養及
見一切身分莊嚴似聖智者我等二人誰爲
尊勝智慧誰勝我於今者如何了知又作是
念我應近問以何生類以何姓氏受持何等
以何志樂以何等行光味仙人自觀徒衆說
如是偈

今見多聞大福德　能持大行應供者
能知善道牟尼最　大忍智義法具足
汝等一切殷重心　以大方便常供養
我當於此功德者　聞其善說度彼岸

爾時光味一切徒衆摩那婆等皆共同聲作
如是言如是大師應如是作時光味仙人并
諸眷屬往世尊所到佛前已合掌住立作如
是言汝今是誰世尊答言我是婆羅門仙人

復言汝姓何等世尊答言我姓瞿曇仙人復
言汝何志樂世尊答言三解脫門仙人復言
行何等行世尊答言我行眞際如仙人復言
出家幾時世尊答言如彼無明久如所起我
今出家亦復如是仙人復言如是大仙星宿
應現如所明記頗誦不耶世尊答言如彼平
等我不忘置彼何所有有何堅固如此相者
世間智知仙人復言爲欲令諸智慧之人心
生歡喜故作此說世尊問言云何名爲星宿
之句仙人答言二十八宿日月所依隨轉而
行各依彼人橫手八指以爲量法彼十二八
指以爲身量以一八指用爲頂量以一八指
爲足掌量如是十四八指應知是爲星宿量
法之句若解如此更無異法各隨其人有黶
記處以爲定法若不爾者大牟尼聽我今當

説星宿之句卯星生者於面右邊顴下四指有赤黒黶黶上有毛名聞智慧爵禄相應威勢熾盛卯星生者有如是相畢星生者身上有疵若四指量聰叡貞實心常守法智慧慚媿爵禄具足於一切時心常勇健能摧勝怨參星生者頸下四指中有黒疵爲性勇健爵禄具足觜星生者從項量已下一搩手半左相有黶性多瞋癡而有爵禄富那婆蘇(唐言井宿)星生者於左脅下當有黒疵財穀具足而少智慧富沙(此言鬼宿)星生者有最上相手中輪相猶如日輪上妙端正髮相右旋一切依住上身圓滿能破煩惱爲大導師阿失麗沙(此言柳星)星生者胷有黒疵好鬬犯戒難與共住性多婬欲(上七星是東方宿)莫伽(此言星宿)星生者若胷若背而有小疵是善丈夫能如法行而多財貨初破求(此言張宿)星生者或腨左右必當有疵多慳短命第二破求(此言翼宿)星生者腨下四指若見黶者爵禄持戒皆悉失壞阿薩多(此言軫宿)星生者腨關已下當有赤黶性好作賊諂曲少智聰明薄福質多羅(此言角宿)星生者男女陰上當有黶子爲性純直而多愛欲復好歌舞薩婆底(此言亢宿)星生者或男根頭或在根下有黄黶生受性多貪瞋惱大衆而無智慧蘇舍佉(此言氐宿)星生者從跨已下八指量内隨處而有赤黶生者眷屬具足多有僮僕位居卿相聰明慚媿勇健謀決能退怨敵常受安樂命終生天(上七星屬南方)阿奴邏陀(此言房宿)星生者從膝已上八指量内若有小疵持戒有法爵禄具足逝瑟吒(此言心宿)星生者腔内有黶短壽貧窮犯戒少慈爲人憎嫉暮羅(此言尾宿)星生者腔上當有

小疵此有福德而速滅門初阿沙荼(此言箕宿)星生者膝蓋有黶黶性好捨施能知法道命終生天第二阿沙荼(此言斗宿)星生者於右脛上當有青黶黶性好鬬諍人不依附而不信受失羅婆(此言牛宿)星生者於右脛上必有兩黶常豐爵祿受身無病人所愛樂命終生天陀你瑟吒(此言女宿)星生者脛上有黶多瞋少貪雖有智慧而無爵祿(上七星屬西方)舍多毗沙(此言危宿)星生者從膝已下十六指內當有黑黶爲性愚癡溺水而死第一跋陀羅跋陀(此言室宿)星生者從曲膝下八指內膊上必當有疵令人瞋惱愚癡貧窮好作賊盜第二跋陀羅(此言壁宿)星生者於虎口內當有黶子好施持戒念力强記有智有悲性無所畏麗婆底(此言奎宿)星生者爲人卑下庸力自活阿濕毗膩(此言婁宿)星生者足拇指間當有青黶身無病惱而常大力婆邏尼(此言胃宿)星生者於足掌下當有黶子受性無悲好爲宰首破戒惡行死入地獄(此北方七星原缺虛星)如上所說此即名爲星宿之句以此得知人之性行貧富好惡若知此者能令衆生到於彼岸爾時世尊告仙人曰此是愚癡凡夫所見依心隨著住分別行凡夫熱病之所妄見如彼狗蛇魚鼈之類若復其餘種種衆生此富沙星之所生者彼非樂分如汝神通得定解脫我復能爲一切示者汝今何故不問於我時光味仙人生大歡喜以華散佛即便說偈而讚請曰

仙人人形相　我見最上相　不知彼種姓
爲天爲人耶　音聲言語法　猶如大梵天
持行持色相　久遠仙相似　昔所不聞見

具足牟尼相　所師何所説　及説汝之性
爾時世尊即便以偈答仙人曰
不知此彼岸　故有相建立　被縛一切苦
汝非解脱器　六度是我性　六通婆羅門
説彼六和敬　六根分別修　三法三解脱
平等知無我　菩提心發時　彼時我出家
我相不可得　善修於無相　無人無壽命
知無我亦空　三受三行法　分別修所空
我度智彼岸　此爲無等説　無所著如空
菩提心作者　彼忍力具足　當得如是智
不著於諸法　得報者亦無　如是解順如
菩提不難得　不立於諸法　及不依彼此
眞際分別修　此當得如來　無相無想相
離於有所得　諸法非和合　此當得如來
汝捨此等相　自心惑亦捨　汝覺等虚空
如是當作佛
爾時世尊説此偈時時中無間光味仙人并諸眷屬即見世尊形相威儀還如佛住復得憶念自念久遠先種善根而得現前時光昧仙人即得菩薩三昧名曰寶星所得三昧於菩薩三昧一切觀見如在高幢觀見一切三昧所得一切自在境界無所繫屬不依他見無人能壞無人能奪時光味仙人即於佛前合掌而住兩手棒華以偈讃佛
無邊稱實説　世間善依怙　如來慧眼光
照一切衆生　出過衆生上　精進常慈悲
稽首堅固者　導師盡諸著　紫磨金色光
觸衆生清淨　覺一切衆生　以菩提功德
佛轉大法輪　能破煩惱山　最後所行訖
今得菩提智　衆生中大醫　眞實相莊嚴

說我當得佛　衆生中導師　割壞諸愛網
自度亦度他　久近得佛說　當作人中上
苦流漂衆生　令度於有海　涅槃安隱處
置立無漏道　所有十方佛　功德如大海
彼爲我作證　迴向菩提心　一切諸衆生
苦觸極惡澀　三世及福德　我今身口意
及一切衆生　苦滅得佛樂　衆生普具足
得常住涅槃　衆生病寂滅　煩惱水枯涸
得智等諸根　自性常堅固　衆生到殺處
及受衆苦縛　以我福德光　普令速解脫
一一衆生界　得如海功德　得無量福智
一切樂具足　棄彼諸惡見　速親近正見
憶念前生處　衆生得法行　一切得法船
度有海彼岸　既度彼岸已　得佛一切法
久住無量劫　普雨大法雨　法雲清淨水
淨洗諸衆生　若我身口意　一切所作惡
我一切發露　惟佛作證知　我生敬重意
莫復行惡業　佛不可思議　常得現前見
若有一福德　迴向爲菩提　我因諸衆生
忍受一切苦　我勸諸衆生　行菩提上道
淨諸剎土劫　及衆生智海　我得淨剎土
隨彼證菩提　得清淨徒衆　淨忍住諸地
決定五神通　我得師子說　無著智示者
導師當記我　若定得佛時　一切法調御
我所散之華　空中成華蓋　天龍人等衆
一切來作證　我頂禮佛足　令地大震動
爾時光味仙人所散之華住虛空中近佛頂上合爲一蓋時光味仙人見此事已倍復過量無餘悕望第一愛樂生大歡喜即便稽首兩膝著地禮世尊足光味大仙禮佛足時應

時無間一切三千大千世界六種震動所有無量阿僧祇衆生百千俱胝那由他等普來集會悉皆悲喜生大驚歎怪未曾有是時如來隨彼衆生所應見者現種種身應以象形而教化者即見如來如彼象形生愛樂心又見大仙人所散之華住上虛空變成華蓋及大地動既見此已倍復過量生希有心到世尊所頂禮佛足所有衆生應以佛身而教化者彼見如來如佛身相生希有心是時世尊即便起定從首楞嚴三昧安詳而起無量衆生所教化者皆見世尊無餘希望皆大喜悅生愛樂心各如所得華鬘衣服末香塗香諸莊嚴具持散供養爾時世尊即爲光味仙人說受記偈

速起聽受記　導師今爲說　大仙得菩提　地動一華蓋　住上虛空中　無比加護故　汝得兩足尊　自在利世間　佛有無邊福　邊量等虛空　三界中堅固　法燈照世間

爾時光味菩薩摩訶薩即前恭敬白佛言世尊我得佛刹似何等相我於彼刹轉大法輪是時世尊告光味言汝來世過無量阿僧祇劫於北方分有世界名開敷香具足莊嚴有如是相如今西方安樂世界汝善丈夫於彼佛刹當得阿耨多羅三藐三菩提號無垢香光勝如來應供正徧知明行足善逝世間解無上士調御丈夫天人師佛世尊彼佛壽命十中劫量惟諸菩薩摩訶薩俱無有聲聞辟支佛乘純說無上清淨大乘時彼大衆聞佛世尊授彼光味仙人記已各以所持供養之具供養仙人時五百摩那婆等及九十二那

由他百千俱胝衆生發阿耨多羅三藐三菩提心及得菩薩不忘菩提心三摩提

寶星陀羅尼經卷第四

音釋

銳以芮切銛利也　蹂踐蹂忍九切蹴也踐慈演切踏也　擗踊擗脾役切撫心也踊余隴切跳也　縠胡谷切縐紗也　黶於琰切面有黑子也　叡以芮切深明也　疵才支切黑類疾也　觜津私切星名　搩陟革切伸張也　亢居郎切星名　疣于周切瘤也　肶傍禮切股也　脛胡定切脚脛也　膞市兗切腓腸也　涸下各切水竭也

寶星陀羅尼經卷第五

唐天竺波羅頗蜜多羅譯

相品第五

爾時三千大千世界百億諸魔生如是念今佛世尊入王舍城門我等應以最上莊嚴嚴飾此城門内及地方如彼城外天龍夜叉之所莊嚴爾時世尊以他心智知百億魔心之所念欲以神通最上色相莊嚴佛處是時世尊以神通力於王舍大城十二門内一一門中皆有如來及諸大衆共入城門時百億魔即以神通種種莊嚴勝中勝者阿僧祇等諸莊嚴具嚴飾城門及地方城壁諸樹地上虛空勝妙莊嚴而莊嚴之時百億魔并諸眷屬或有作於梵天之形乃至作於大仙之形於諸重閣窻門樓櫓却敵樹間諸處地及虛空各於中住以種種華末香燒香金粟銀粟以摩尼真珠及種種莊嚴以嚴衣服并諸綺繡莊嚴具等普雨供養又以種種天之音樂擊鼓拍手種種讚歎歌詠如來無量功德悉皆聚集供養世尊以如是第一最勝莊嚴大希有相所未曾有所未曾聞爾時世尊住城門下以右足指觸城門閫應時無間一切三千大千世界普皆震動及此三千大千世界所有釋梵日月護世大自在天天龍夜叉揵闥婆阿脩羅迦樓羅緊那羅摩睺羅伽等王地天水天大海諸山城邑等天及諸男女童男童女天仙等衆乃至阿迦尼吒天宮已來所有衆生得大滋味色貌光澤彼一切衆見大地動光照覺悟於王舍大城地及虛空圍繞而住乃至華香黒栴檀末散灑供養是時世

尊釋迦牟尼佛以神通力令彼散華乃至末香普徧十方微塵等剎一一方分所有清淨及不清淨空不空等諸佛剎土悉皆供養供給彼佛彼彼佛剎此所散華并諸末香莊嚴具等皆出如是偈句之聲

汝等疾覺悟　觀不放逸行　最上菩提因
流轉甚生死　我今拔濟汝　宜速捨世事
憶往昔誓願　時到熟相應　各得菩提記
牟尼因陀羅　利益世間故　令入王舍城
大仙勝無憂　已降百億魔　轉清淨法輪
應當大歡喜　如是利世間　普示勇健事
解脫世間苦　今爲摩利沙　當得菩提故
今授汝等記　速往彼剎土　見妙好莊嚴
自然如是得　入彼無憂城　漸次菩提行
決定當得佛

爾時十方微塵等一切佛剎彼彼大衆以佛力故悉見此佛竹林大衆菩薩摩訶薩各各三昧思量是時竹林所有菩薩摩訶薩思惟住者并諸聲聞大聲聞皆見世尊於王舍城門調伏住持彼諸大衆隨世尊後住見大莊嚴具中出諸偈已悉皆徧滿十方一切微塵等淨不淨空不空一切佛剎彼諸佛剎所有菩薩摩訶薩及住聲聞聞此聲已作如是念何處有此法聲徧滿如是可意聲如是美妙如是可愛如是可樂如是可喜如是勸發如是大功德稱揚之聲及見華末香雨雨於十方無量莊嚴無量華香細末之雨時彼菩薩摩訶薩及大聲聞捨所作業皆大驚歎爾時釋迦如來即入三昧名依佛莊嚴嚴飾三昧入三昧已應時無間一切娑婆世界及十方

一切微塵佛刹所有大衆悉見此佛刹中如是大莊嚴相如彼未來世中普見如來淨無染聚世界功德莊嚴惟無一事謂城壁等而自然莊嚴一切十方諸佛刹土微塵等世界諸佛世尊普見釋迦如來住王舍大城光明赫弈甚大端嚴彼諸佛刹所有大菩薩摩訶薩等及大聲聞聞此偈已各皆憶念觀於四方見此世界如對目前以一切諸佛境界力故及見諸天種種莊嚴時彼菩薩摩訶薩等及大聲聞作如是念我等決定往於彼土大集會中莊嚴之處及彼佛刹功德莊嚴普觀察之見釋迦如來已修行供養我等於彼佛所得阿耨多羅三藐三菩提記時彼十方一切佛刹微塵等世界諸菩薩摩訶薩等及大聲聞釋迦如來神力加故各自佛刹於刹那羅婆摸呼多頃彼没此現到娑婆世界時彼十方一一方分無量無數佛刹微塵等菩薩摩訶薩一切悉來到此佛刹地及虛空徧滿而住彼諸菩薩摩訶薩等各依菩薩種種善根若干力故修營供養釋迦如來且置是事或有菩薩於此佛刹雨種種華一切徧滿爲供養事供養世尊或有雨於種種眞珠乃至或有金銀毗瑠璃玻瓈石藏寶摸薩羅牛頭栴檀龍堅栴檀多摩羅葉悉以爲末雨滿虛空爲供養事供養世尊或有雨於種種嚴飾諸莊嚴具衣服綺繡爲供養事供養世尊或竪種種幢旛寶蓋爲供養事供養世尊或燒種種之香或散種種寶鬘或擊種種妓樂或有示現種種歌舞或有種種香水雨此方地而灑潤之或有種種寶器盛種種寶於世尊

前捧持供養或有種種寶器盛滿香水以華果葉而莊嚴之於世尊前捧持供養或有種種寶樹種種天衣華果莊嚴舉手捧持於世尊前爲供養事或有化作大梵天身合掌佛前乃至廣説如前所作或有化師子之形於世尊前如是禮拜彼諸衆生以佛神力及自善根加護力故互相觀視於自眼根不取諸色以佛世尊現如是相及魔王所作大境界天之所作若干境界及以如來自念處正斷神足根力覺道十八不共法諸佛境界若干變現隨世尊後入王舍大城向彼中街蓮華之所世尊到已以右手掌摩蓮華葉而挽住之時彼蓮華因挽動故於此佛剎一切魔宮魔所坐處悉皆震動彼魔男女所有眷屬及諸徒衆所居住者皆生怖畏驚愕而住自相謂言無因無緣我此宮室如是震動莫復我等魔王境界自失位耶莫復我等所住宮室滅沒之法於此起耶我等今者決須觀察時彼諸魔見此事已作如是念此佛剎土昔是五濁誰復今者能令如是微妙莊嚴甚可愛樂時彼諸魔於自境界所居住處并諸眷屬悉不復現惟見釋迦如來三十二相大人之相具足莊嚴光明赫弈甚大顯照於此一切三千大千世界及一切佛剎種種諸相色貌現住衆生普徧而無有一可識衆生時彼一切無量衆生於世尊前悉見修營爲供養事時彼諸魔作如是念我等決定往彼釋迦如來所見已禮拜并請所問我等魔王并諸眷屬今日悉皆何處去耶爾時此佛世界百俱胝魔并諸眷屬往世尊所到已恭敬於佛前

住時彼魔王向佛曲躬合掌恭敬說如是偈
我以清淨心　歸依於世尊　速放我令去
從今行法行
爾時世尊以偈答曰
我不障一人　來者及去者　汝若能知道
隨汝欲所去
爾時魔王復說偈曰
如我所欲去　所樂自宮室　今見五種縛
瞿曇之所縛
爾時世尊以偈答曰
我斷諸分別　自脫脫世間　我既解脫縛
令他離惱害
爾時世尊即以佛眼觀視一切此佛刹土地
及虛空衆生徧滿而說偈言
汝等今當聽　一切普來者　棄捨諸疑惑
且各默然住　世間佛難值　法僧值亦難
具足淨信難　菩提行復難　親於世尊前
得聞法甚難　能修於諸忍　此一時亦難
調伏心爲難　及修於空行　能斷諸分別
一切世間惡　菩提行難得　如我先所行
我當爲汝說　但說一華分　闇陰令滅壞
示現無上道　所得菩提者　今當斷三垢
聽大師善說　度彼岸諸流　捨諸大渴愛
建立三解脫　安立三護等　三界諸煩惱
散滅令無餘　汝爲供三寶　復爲法故來
世尊天及魔　三世加護故　三世惑覆心
皆得最勝斷　得解脫三界　滅煩惱之忍
及四種顛倒　顛倒諸凡夫　分別無體性
彼非有忍器　眼等著諸色　身口意覆翳
彼無四禪定　親近於生死　聰明智慧者

能修於禪定　彼今得解脫　離於四顛倒
及解脫衆生　自在拔四流　解知諸起滅
所有調柔者　當得度彼岸　菩薩具四行
及以無所畏　正智皆能斷　衆生諸有縛
能解知五陰　無漏離羂縛　不復數數生
到有海彼岸　汝等諸佛前　速發露諸惡
諸惡斷無餘　到彼無畏岸　所有生死苦
隨受有爲者　數數生諸有　隨逐於惡友
當遠離惡友　斷除於惡見　憶念生死苦
修習第一義　當飲無上水　應修習於空
第一義無體　無實亦無相　六根猶如空
此中無作者　分別相如是　惟分別無法
六受及六愛　六觸爲其本　六觸入如是
亦須解知空　觀察無一物　如法自體性
無起亦無滅　此中見無實　諸法同法性
三世無一物　若知無熱惱　此道最無上
離十三我相　衆生想分別　如是修菩提
此彼得解脫

爾時世尊以無礙福力而無所畏依種植善根故能變現出大圓音聲徧十方說如此偈爾時十方無量阿閦毗恒河沙譬喻等諸空不空五濁世界悉皆聞此圓音演說聞此聲已彼剎那頃如是一一無量佛剎無量無數百千俱胝那由他等所有衆生甚無所欲唯有清淨愛樂之心於往昔所得阿耨多羅三藐三菩提更不退轉或得種種三摩提菩提陀羅尼於此佛所集無量無數衆生聞如此句義文字已即得阿毗跋致復有無量無數衆生於三乘法各隨得度爾時光味菩薩摩訶薩以巳神力化作七寶階以華徧布其上

爲蓮華座欲令如來昇此座故向佛恭敬曲躬合掌說如是偈

佛一切智月　觀世老病死　憂患所沒溺
世間動不動　爲彼作法橋　佛觀滿剎土
無量大衆生　悉皆合掌待　分布施法會
示現已所得　破衆生煩惱　無比方便智
於此普示現　佛昇蓮華座　普雨大法雨
十方一切佛　及餘智大仙　與佛作證明
牟尼因陀羅　降伏天魔王　自性空無有
知法如虛空　憶念昔誓願　轉無上法輪
今當拔衆生　住於四流者　人中師子王
佛令知此法　令度三有海　佛說無等法
除衆生罪垢　世尊大智慧　利益諸衆生
安置善逝道

爾時世尊如其所化寶階之上盋頭摩座昇蓮華臺如來坐已徧觀十方一切大衆告魔王言汝今於此應生歡喜由汝因緣令得此處大集法門說此法時無量無數所有衆生今世來世皆得解脫處胎殃橫老死四流普各得度住吉祥道又復令得虛空等智魔王汝今此處爲首令諸衆生善根增長魔王汝可請我說法令此衆中高慢衆生度諸流故而爲說法是時魔王說如是偈

瞿曇若無過　及無瞋慢者　云何驚動我
今此說大法　若有此瞋慢　云何得解脫
我今未審知　牟尼爲我說

爾時世尊以偈答魔王曰

我處十月胎　同彼人中事　汝魔欲害我
我都無穢憎　我忍度諸惡　穢惡悉無餘
我既出生已　汝復動大地　雨石來害我

復欲斷我乳　令乳速乾竭　無量不愛事
何種而不作　我住禪定時　遣諸女惱我
我又乞食時　障他令不施　請我作國王
令我轉生死　踰城出家時　復令夜黑闇
兵衆圍繞城　是皆汝所作　我乘神通往
復放大風雨　令地爲溝坑　沙石高滿路
我住寂靜林　現作畏惡聲　於彼苦行處
吹作切寒風　在河欲度處　汝復放暴流
現作猛獅子　復欲令殺我　我欲飲食時
汝以毒和食　我往菩提樹　雨下金剛雹
刀箭雨器仗　袈裟法衣服　悉欲令塗汙
我處金剛座　利益諸衆生　彼時汝亦遣
諸女來惱我　汝并將軍衆　不憶害我時
我無微塵意　於汝作惱亂　我證無上道
已曾降伏汝　汝今乃無恥　復說是惡語

往以惡方便　惱大迦葉等　無量衆生善
汝皆所滅壞　汝既無悲愍　今復欲害我
我入城乞食　復放兇醉象　調達放大石
三月食大麥　孫陀羅惡聲　火坑惡毒食
是皆汝所作　決定重惡業　汝昔向道樹
威力并軍衆　以無量刀箭　持來欲害我
不動我一毛　何故復住此　如爲醉毒塗
起發俱胝魔　那由他衆生　來滿此佛刹
如是證知我　我住慈悲心　攝汝及衆生
而汝常於我　極作惡障礙　此諸牟尼尊
因陀羅牛王　悉現證知我　我今於惡時
施作於佛事　我爲衆生故　住於解脫心
縱汝加諸惡　我終不捨忍　我無嫉妬意
穢惡諸過患　我爲隨攝汝　如是常勤勞
我欲寂滅汝　今應請我說　甘露第一法

令三界寂滅　爲汝除惡業　汝速清淨意
於我生依怙　我常清淨心　欲令汝解脱
汝常懷惡心　應當捨惡見　意作清淨信
汝今當覺知　不久得授記
爾時魔王復於佛所倍增瞋恨從此欲去自知五縛即欲出於可畏之聲復不能出以已瞋力發熱毒氣其氣猛盛欲害如來是時世尊以慈善力變此惡氣爲蘇摩那華蓋徧覆十方一切佛刹於一切諸佛壽命安隱現說法者蘇摩那蓋於虚空中近佛頂住時彼佛刹所有菩薩摩訶薩各各請問今此華蓋從何而來是誰神力之所變化時彼諸佛各答所問諸菩薩言諸善男子彼有世界名曰薩訶五濁不淨有佛世尊名釋迦如來阿羅訶三藐三佛陀以本願力故成阿耨多羅三藐三菩提已現在說法爲欲摧滅諸魔境界力故竪立一切諸佛力無所畏佛境界故竪立一切諸佛教法三寶種燈令久住故一切善根增長故以精進神力變化降伏一切外道之怨故一切驚怖不吉諍論惡夢惡相内外怨敵鬬諍繫縛言訟不和水旱荒儉非時之雨寒熱風溼疫氣病癘惡聲消滅故一切天龍夜叉人非人等悉令迴向故一切刹利亦令迴向故一切四姓誨以法義然智慧炬示以正路故一切家宅城邑聚落人主斷事國王王宫市廛之處悉令迴向故一切星曜晝夜度數半月一月時節年歲悉皆正行故一切五穀華果藥草悉皆成熟故一切工巧生業處所不令散失所作成熟故一切身口意業過患悉得消滅故善作籌量念慧總持勇

猛無畏色相樂説悉皆增長故一切法無障明覺四聖種法作受持故光顯大乘增長菩薩摩訶薩安慰阿毗跋致地金剛心作護持故作十地一味故解無生法忍受佛職建立菩提故所化衆生如所隨攝轉大法輪大悲普覆一切衆生住波羅蜜住無上道雨於法雨以法滋味充足衆生故滿足一切諸佛之事解脱一切四魔境界故建立無餘涅槃之界故有陀羅尼印名金剛法等因緣法心建立一切法摧碎入差别記欲説故一切過去如來阿羅訶三藐三佛陀名金剛法等因緣法心建立一切法摧碎陀羅尼印句入差别記説受持互相隨喜及現在十方諸佛住世壽命將養一切諸佛亦説彼金剛法等因緣法心建立一切法摧碎陀羅尼印句入差别記現説受持互相隨喜於未來世十方世界諸餘如來阿羅訶三藐三佛陀所有諸佛當出於世亦説此金剛法等因緣法心建立一切法摧碎陀羅尼印句入差别記亦當説受持互相隨喜爾時彼諸佛刹所有菩薩各各請佛白言世尊此是何法我昔未聞金剛法等因緣法心建立一切法摧碎陀羅尼印句入差别記能作如是無量利益能具足如是不可思議法利能作一切法無障礙明乃至寂滅諸佛世尊説此金剛法等因緣法心建立一切法摧碎陀羅尼印句入差别記時一切魔力境界磨滅乃至於彼無餘涅槃而般涅槃於諸衆生無量利益無量安樂爲欲憐愍一切世間利益安樂無量天人衆生聚故時彼諸佛告彼菩薩作如是言善男子我亦

共汝往彼娑婆世界釋迦如來阿羅訶三藐三佛陀之所住處所有十方現在世尊壽命將養諸餘世界彼諸世尊共一切菩薩前後圍繞幷聲聞僧挾侍於前彼諸世尊亦當往彼釋迦如來大集會所彼釋迦如來共諸佛亦當說此金剛法等因緣法心建立一切法摧碎陀羅尼印句入差別記當共受持當互隨喜利益衆生遮惡業行爲滿賢行滿無上智故一切諸佛今悉集彼與諸菩薩聲聞僧等圍繞挾侍今悉現前在彼佛所若汝欲得此金剛法等因緣法心建立一切法摧碎陀羅尼印句入差別記應往彼聽及欲供養無量無數恒河沙等之所譬喻一切佛刹諸佛世尊一時現在及欲見彼昔所未見諸佛境界菩薩境界諸天境界諸魔境界佛刹莊嚴之所嚴飾及欲見彼昔所未見無量佛集者今正是時可共我等往彼世界釋迦如來所住之處大集法會時彼菩薩摩訶薩各白佛言如是如是大德世尊我等當與如來俱往彼處娑婆世界釋迦如來所集法會於彼佛所昔所未聞爲聽彼法金剛法等因緣法心建立一切法摧碎陀羅尼印句入差別記故我等於彼無量無數諸佛世尊一時一集住世將養者得供養故及聞彼法我等於娑婆世界得見彼四種神通境界嚴飾普莊嚴事及見彼大集法會莊嚴我等若往彼佛刹說陀羅尼時得容止處不及承事供養彼佛聽法以不又彼如是所集徒衆菩薩摩訶薩得供養不時彼諸佛各各告彼諸大菩薩摩訶薩及大聲聞作如是言諸善男子汝等莫疑

於彼世界有容止處不何以故諸佛境界入無邊平等智巧無邊成熟衆生無邊廣博空處諸善男子彼釋迦如來大巧方便具足善男子所有衆生衆生界所攝者但界入所依處彼諸衆生若一一衆生假使如須彌等身彼釋迦如來能令一切無量衆生如是等身入芥子中一一衆生所居之處皆得廣博空處遠不相見一切衆生如是大身入一芥子而不覺知有增減相復次善男子所有地界是堅鞕者釋迦如來悉能令彼一切地界入一最細隣虛塵中彼大地微塵亦不覺知有增減相是名如來巧方便智如是具足復次善男子一切水界所有津潤釋迦如來悉能令彼一切水界入一最細毛端之中彼一毛端一切水界亦不覺知有增減相復次善男子一切火界所有暖相悉能令彼一切三世所有火界入一最細隣虛塵中而彼火界入細微塵行自境界猶如廣博虛空之處復次善男子所有風界所覺者釋迦如來悉能令彼一切風界入一毛孔彼一切風於一毛孔行自境界猶如廣博虛空之處復次善男子十方佛刹一切衆生及彼四大釋迦如來悉能令彼入一最細隣虛塵内一切衆生并彼四大行自境界所用之事猶如虛空不相嬈亂亦不覺知彼一微塵有增減相是名如來巧方便智如是具足復次善男子乃至三世所攝衆生六入行取願持語言音聲文字言說三行作業陰界分别長養種種所作彼一切衆生往昔已來三世所攝六趣生死起滅乃至一切衆生三世所攝過刹那羅婆牟忽

多者乃至一切衆生三世所攝乃至及一切衆生三世所攝受所受苦樂覺知彼一切一刹那頃彼釋迦如來悉能覺知若干諸相悉具足知而如來不分别無分别無思念如三世際悉知是相善男子諸佛入境界智方便平等成熟衆生方便具足爾時諸佛説釋迦如來如此相時種種諸方彼諸如來各各徒衆無量無數百千菩薩頗智神通勝妙境界皆度彼岸

寶星陀羅尼經卷第五

音釋

櫓郎古切城上白屋也　敵徒歷切拒抵也　閾影逼切門限也　灑砂下切　挽無遠切　赫弈赫呼格切弈羊益切赫弈明盛貌　盔扗末切　疫營隻切病氣流行也　癘郎計切疾疫也　壥澄延切市物邸舍曰壥　鞕魚孟切堅强也

寶星陀羅尼經卷第六

唐天竺波羅頗蜜多羅譯

陀羅尼品第六

爾時於彼東方之分有世界名可樂佛名阿閦與無量無數菩薩摩訶薩俱諸佛境界種種加護神通力故於一刹那頃從彼發來到此釋迦如來阿羅訶三藐三佛陀中四天下所住之處時阿閦佛如自所化坐蓮華座彼諸菩薩摩訶薩亦如已功德神通之力化作蓮華微妙法座於蓮華臺向佛而坐如是東方無量無數微塵等佛刹如是衆首諸佛世尊住世將養於刹那頃一一如來與無量無數菩薩摩訶薩百千俱胝那由他聲聞大衆從彼發來到此釋迦如來阿羅訶三藐三佛陀於中四天下所住處彼來大衆如已神通化作蓮華微妙法座於蓮華臺向佛而坐爾時於彼南方之分有佛名寶星乃至廣說於蓮華臺向佛而坐西方之分有佛名阿彌陀北方有佛名曰鼓音下方有佛名毗盧遮那上方有佛名曰智光各與無量無數百千俱胝那由他如恒河沙佛刹微塵等菩薩摩訶薩俱以諸佛境界種種加護於一刹那頃從彼發來到此佛刹中四天下釋迦如來阿羅訶三藐三佛陀所住之處時智光佛到已如自所化坐蓮華座彼諸菩薩摩訶薩等既到此已各各如已所量功德神通之力化作蓮華微妙法座於蓮華臺向佛而坐時彼十方諸來菩薩普集會者或有雨於閻浮檀金爲供養事供養世尊乃至廣作如前所說或有右繞一切佛刹者或有渴仰合掌佛前如法

聽者或有以巳常所行善根之分思惟住者爾時須菩提童眞恭敬合掌以巳神通及佛神力加護持故於一切佛剎法聲徧滿說如是偈

一切疑斷者　牟尼月普來　此昔未見聞
衆成就悉現　一切諸佛滿　及淨戒菩薩
佛剎如塔廟　一切皆禮拜　佛今非無因
牟尼佛日來　此土五濁惡　衆生可穢汙
今當降伏魔　黑闇黨破壞　攝受諸善行
爲比今故來　聽聞寂滅法　魔衆悉摧散
生起清淨意　當得三佛陀　行於大乘道
汝應被忍鎧　及爲盡諸惑　汝聽陀羅尼
各坐蓮華座　同聲請導師　說此擁護法
攝持一切法　不退陀羅尼　爲正法久住
一切障消滅

爾時無量無數得忍菩薩摩訶薩等咸共同聲作如是言惟願世尊坐蓮華座今大悲者爲無上忍大慈所熏依無畏說攝持一切法除諸怖畏門過諸魔道摧倒魔幢建立法幢滅諸煩惱降一切怨斷一切疑入一切智解脫怖畏於諸護中爲最上護能示菩薩一切法所謂若念若慧若道若持若不忘若巧方便乃至一切行安樂成就福德所依加護三摩提羼提陀羅尼入巧明智乃至持三十七助道法心爲諸衆生光色怡悅故力名聞故樂獨住故樂說辯念今增長故聞持不忘故一切怨退故五穀成熟故持淨戒故念器成故行成就故到菩提故世尊今爲我說此陀羅尼法正法隨攝久住故三寶種不斷故示現無上菩提道故眞際如如虛空無差別故

一切明闇相此彼分别無分别故衆生壽命養育我人無差别故不生不起不滅一切法平等相無體眞際如如無差别故地水火風虛空識界無差别故諸佛世尊我今説此一切法性出生道場陀羅尼時無量無數百千俱胝那由他等衆生即聞法時無量衆生於三寶中得不壞信諸衆生等爲善知識共相利益及無量無數衆生當發阿耨多羅三藐三菩提心得不退轉而得受記普請一切諸佛世尊説大法故彼諸佛等默受請已即時於彼蓮華臺上端身正坐即入如諸佛境界入平等願三昧入三昧已欲令一切諸佛刹内諸來會衆一切衆生一切諸苦皆悉消滅一切善根皆得圓滿及得信淨念解成就諸佛世尊見此佛刹諸來衆生貪瞋癡等見慢醉高身見疑取有愛沉下等過諸心心數皆悉消滅一一衆生皆如是解惟我一人於如來前正身聽法不爲餘人惟我一人如來以一切思觀我一切心一切熱惱皆得消滅更無餘人爲聽法故請如來説爾時所有此佛刹内一切衆生普來會者諸根猛利合掌同聲白佛言世尊爲我等説法大德善逝爲我等説法我等當共隨順成就佛世尊法爾時釋迦如來以香莊嚴最上勝妙出過一切徧滿一切諸佛刹土爲供養諸餘佛世尊故住諸佛前及一切諸佛刹内諸來大衆一切衆生復以種種寶種種華種種鬘種種香種種蓋種種幢種種旛種種莊嚴捧持滿掬現諸佛前以爲供養爾時釋迦如來作如是言諸佛世尊一心念我所有現在十方世界各各

世尊餘世界中普來問我我於往昔本願如是於種種穢惡五濁世界得阿耨多羅三藐三菩提是諸衆生失所依止失三乘道無明闇室煩惱闇翳不善法聚纏繞一切捨遠善法趣三惡道遠離一切聰慧之者作諸惡逆者謗毀正法者謗毀聖人者依無慈悲者我爲慈愍此等衆生故發大悲力大精進力於彼寒熱疲勞諸苦我忍受之城邑國土道路宮室足步遊行爲欲利益諸衆生故乏少麤澀少味飲食最可猒惡不喜之食爲諸衆生植善根故忍受種種麤澀苦觸舍那劫貝麤麻衣服以如是等糞掃之衣而取著之山谷林藪空舍塚間依此止住乃至受草舍那麤麻樹葉澀臭惡觸諸惡卧具以巧方便我著大悲精進之鎧爲諸衆生說示種種爲剎利王說自在法爲婆羅門說四毗陀星論等法爲諸大臣說於教導衆生等法爲諸醫師說諸藥性所宜之法爲諸商人說賣買法爲諸農夫說田種法爲諸女人說嚴飾養育自在無他行法爲諸沙門說忍辱柔和坐禪誦經勸營衆事爲欲示誨成熟衆生未到者令到故未證者令證故未脫者令脫故忍受種種諸苦惱事成就衆生故遊於人間我今猶被此諸衆生因嫉妬故罵詈毀呰以婬欲法謗毀於我復以惡言誹謗於我道我詭言擊讚詐諂幻僞妄言麤獷共諸女人說愛欲語復以惡事加害於我塵土坌汙刀毒火輪鐵鎚箭矟鉞斧大石惡器仗等雨而害於我狂象毒蛇獅子虎狼水牛惡牛以大力士悉共打擲來害於我我於房舍止息之處及僧伽藍

以不淨臭穢汙滿其中我諸聲聞入城內持此非法衆生以非法歌舞勸請聲聞爲非法事以無量百千方便欲害於我爲欲隱蔽正法故欲滅法燈故欲破法船故欲散我法會故欲倒我法幢故爾時釋迦如來作如是言當觀過去諸佛法式如彼諸佛於此穢惡五濁惡世普大集會作妙法式爲令妙法久住故於一切魔諸惡境界令摧碎故三寶種不斷故爲諸衆生增長善根故一切外道所有言論以法摧伏故爲諸衆生饑饉荒亂鬭訟疫病他方怨敵禁縛言訟不時寒不時熱不時風不時雨身口意業諸過惡見令消滅故爲令一切天龍夜叉人非人等正迴向故一切家宅聚落城邑衢路諸處悉擁護故一切諂毒蠱道惛悶惡夢災相悉令壞故一切五穀藥草華果滋味令資養故刹利婆羅門毗舍首陀誨示善行故菩提心令滋茂故勤修諸波羅蜜故爲令菩薩摩訶薩巧方便智念行勇猛樂説辯才得增長故受佛職位安慰入智度彼岸故如彼往昔如來阿羅訶三藐三佛陀説此金剛法等因緣法心建立摧碎陀羅尼印句入差別記法門演説受持互相隨喜善哉善哉如是如是於今現在所有十方諸佛世尊住世將養者悉來到此娑婆佛刹五濁惡世來問訊我各在華座彼諸佛等擁護此佛刹內諸衆生故應説此金剛法等因緣法心建立摧碎陀羅尼印句入差別記法門演説受持互相隨喜令妙法久住故一切諸魔惡境界力令磨滅故如前廣説乃至無障礙智度彼岸故慈愍攝受及受我請故

爲令此佛刹内說妙法門得久住故一切外
道不能過故得不壞法及三寶種不斷絶故
一切衆生得受法味故爾時一切諸佛世尊
咸如是言如是如是我等決定作如是事於
此佛刹護持妙法令久住故一切諸魔惡境
界力令摧碎故乃至無障礙智度彼岸故我
等當說此金剛法等因緣法心建立摧碎陀
羅尼印句差別門記大持法門汝等大衆今
當諦聽一切諸佛大集此刹說如是呪
多地也他　鵉伽邏鵉伽邏一崩伽邏二鉢
囉朋迦囉三婆耶弭呵弭哆藍婆斯四阿嵠
阿呿門跋利五度迷徒曼帝六雞跋知雞楡
利七三摩婆呵泥八去音三曼多跋達利九達
迷達迷十馱摩雞十一闍破雞十二弭多囉紐破
綠十三破囉婆帝十四伽尼膩宜切十五伽拏婆藍帝
十六哂利底利十七哂囉哂囉雞十八闇時瞻切婆帝
婆帝十九吒迦斯吒建帝二十吒迦婆藍帝二十一
伽拏婆漢帝二十二哂蘭帝二十三始蘭帝二十四
嬪頭婆帝二十五衢婆去聲醯二十六受離弭多囉
受離二十七受屣阿伽離二十八阿婆迷二十九娑
寫多他當三十呼盧哂離三十一旃漭綠三摩達
迷三十二馱迷三十三俱朱盧三十四暮膋朱盧三十五
阿質吒至離三十六至遮婆呵三十七朱盧朱盧
三十八弭多囉婆呵三十九俱盧俱盧四十娑囉娑
囉四十一俱株俱株四十二磨呵薩囉四十三都株
都株四十四磨呵薩底耶四十五奚離馱耶補數
箄四十六蘇補數箄四十七度磨鉢離呵綠四十八
阿婆移盧至泥四十九迦樂差脾五十阿婆耶磨
薩堵毗婆呵五十一底底綠五十二磨磨綠五十三
鉢溼縛呿五十四尸尸囉五十五盧迦毗那耶迦

五十六跋時皤跋時囉達皤五十七跋時囉婆帝
五十八跋時囉馱提五十九斫迦囉跋時提六十斫
迦囉跋時皤六十一斫迦皤遮婆泥六十二達皤
達皤六十三婆皤婆皤六十四布皤六十五吒皤六十六
呼呼皤六十七傍伽嬪婆皤六十八舍利舍利
六十九至離朱離七十慕皤七十一曼荼皤七十二曼
荼泥七十三伽伽囉尼七十四慕荼泥七十五薩波
謩荼泥七十六地地囉耶泥七十七磨醯溼縛囉
羅耶泥七十八奚離華闍泥七十九馱婆婆至八十
旃荼羅栖迷八十一薩婆薩寫阿地瑟恥去聲多
八十二叱電堵婆呵那八十三磨弭泥八十四破羅
囉底八十五烏闍伽皤八十六毗至泥八十七婆那
囉呵八十八蒲蒲皤八十九瞿盧瞿盧九十慕盧慕
盧九十一哂離哂離九十二呵囉呵囉九十三迦建
荼婆呵九十四哂哂哆九十五阿喻那建荼九十六

時縛囉婆栖九十七揭馱泥九十八阿陀呵泥九十
九末伽毗盧呵泥一百破羅薩底一百一阿盧沙
婆底一百二哂離哂離一百三耶他婆闍耶薩縛
伽囉一百四耶他波蘭者奚馱耶婆呵一百五薩
底耶鉢履婆婆一百六末伽毗盧呵泥一百七阿
遮羅勃提一百八馱馱鉢囉遮羅一百九波遮耶
賓荼離馱耶一百一十旃達遮囉拏一百一十一阿遮
隸輪達泥一百一十二鉢囉訖履底末柢一百一十三
伊羅伊離離一百一十四鉢囉鞞一百一十五娑囉勃
囉帝一百一十六薩婆哆囉哆他多一百一十七薩底
耶奴伽帝一百一十八阿那娑囉那勃囉帝一百一十
九阿羅哆一百二十鴦瞿隸一百二十一奢彡泥一百二十
二勃囉磨婆喻哂呵阿哂哆婆哂囉一百二十三
尼囉婆耶婆一百二十四阿指囉末伽一百二十五羅
那羅瞿薩隸一百二十六底履囉多那傍世一百二十

七達磨迦耶一百二十八時縛羅旃達隸一百二十九薩母達囉婆底一百三十磨呵步馱毗耶一百三十一薩母達囉鞞伽婆底一百三十二陀羅尼没達隸一百三十三磨俰没達囉一百三十四蘇囉鉢囉底三毗陀没達囉一百三十五阿跛哆尼一百三十六三咳哆尼一百三十七三慕賀塞迦囉一百三十八毗地喻多囉栖那一百三十九厠底没達離都死一百四十曳雞質畢利地毗婆呵一百四十一婆呵婆呵婆呵一百四十二雞吒迦婆吒一百四十三世羅鉢囉底底耶奚離多曳那一百四十四没達離多陀羅尼一百四十五馱囉馱囉馱囉一百四十六檀地羅檀地羅一百四十七呼色迦薩婆奚馱耶一百四十八達離堵死一百四十九闍茶闍婆吒一百五十闍呿婆吒一百五十一蘇麽底麽底一百五十二磨呵馱步哆達哆一百五十三質殺茶耶單那尼失離多步多一百五十四伊尼弭泥一百五十五薩遮泥一百五十六瞿沙薩遮泥一百五十七没達離多遮離耶阿地瑟侘那一百五十八簿鉢他那阿溺他一百五十九磨呵布尼耶三没遮耶阿婆多囉一百六十磨呵迦盧拏耶没達離多一百六十一薩婆三藐波囉底鉢指囉囉哆藍一百六十二時縛羅堵達磨泥底離一百六十三薩鞞慕尼勃離沙婆磨呵迦盧拏三摩提一百六十四若那羅婆跋隸那一百六十五梅底離底耶伽底一百六十六毗離耶跋隸那阿地瑟魑多一百六十七薩婆步都烏波遮耶也一百六十八薩婆訶

爾時一切諸佛土中所有大衆至此佛刹普來會者皆共同聲作如是言南無一切諸佛南無一切諸佛皆共三反作如是言怪哉牟尼衆集甚大希有大菩薩集甚大希有大聲聞集甚大希有如是希有有實未曾有我昔未

聞此金剛法等因緣法心建立一切法摧碎陀羅尼印句差別法門一切教師正法住持三寶種不斷絶悉能摧破魔境界力斷魔羂縛降伏魔怨建立法幢護持法分乃至能滿諸佛境界故令一切諸佛世尊說此陀羅尼印句差別法門記是一切衆生心印大希有行調伏六入乃至令一切衆生得無上涅槃故說此陀羅尼印記法時三十恒河沙等菩薩摩訶薩成就此陀羅尼得三昧忍爾時月光童子即從座起合掌普觀佛加護故及自神通力出大法聲悉皆徧滿此佛刹内說如是偈

佛月難得值　值是衆亦難　聰慧衆難得
及菩薩行者　如是妙法印　第一難得聞
如來大悲者　能護持正法　摧一切魔黨
及退諸怨敵　三寶永不斷　諸佛受持故
一切障壞破　忍辱柔和增　及衆生迴向
護王并國土　遮諸作惡者　及斷諸惡見
安慰諸菩薩　示現菩提道　增長波羅蜜
賢善行滿足　樂說方便智　如是等增長
皆受持佛語　攝持諸白法　擁護陀羅尼
明淨菩提道　熾然證實法　汝等一切衆
皆當斷疑網　信於陀羅尼　此是滿足道
所謂得菩提　我等復欲說　擁護陀羅尼
守護說法者　增長聞慧故　誰有與欲者
菩薩大名聞　及得無障礙　能令諸衆生
利益增長故

爾時恒河沙等童眞菩薩摩訶薩咸共同聲作如是言我等今者與此受持陀羅尼欲若有善男子善女人比丘比丘尼優婆塞優婆

衷當淨洗浴著淨衣服用種種華莊嚴爲帳
燒種種香設種種食種種衣服安置敷設嚴
飾綺繡竪立種種微妙旛幢及諸華蓋莊嚴
道場陞輭妙觸師子之座開示分別此陀羅
尼者於彼無有心亂者四大亂身亂意亂無
有毒氣噓觸其身無有能令頭痛者内外身
分及以四支悉無病惱無有能令音聲蹇澀
若彼法師往昔所有不善之業四大亂聲亂
者若彼法師讀此陀羅尼故一切業障盡滅
無餘得安隱住有來聽者亦無四大亂及以
聲亂若有聞此陀羅尼者彼不善業四大長
病及聲亂者一切皆滅是時月光童子瞻仰
無量恒河沙等諸佛世尊諸大菩薩之所圍
繞月光童子曲躬合掌作如是言諸佛世尊
慈悲念我當與我欲今當說此陀羅尼呪即

於佛前說大明呪
多地也他羼帝一阿娑摩路卑二彌帝隸蘇
摩婆坻三縊哂娜婆軍闍脾四娜婆軍闍脾
五娜婆軍闍脾六茂羅輸陀泥七婆茶呿八
婆茶呿九摩囉婆哆他多十跛履侈陀十一婆
頗皮娑婆頗皮娑十二阿茂羅十三阿者羅十四陀陀波
囉者羅十五脾地隸十六縊迦娜耶跛履侈陀十七
旃陀那蔕都泥切履尼十八菩薩離十九菩薩囉蔕
履尼二十呿伽藪囉蔕履尼二十一娑娜婆藪囉
蔕履尼二十二步多句胝跛履侈陀二十三闍攞
來可切呿攞呿二十四婆曳闍蔕呿二十五娜摩去
叉呿二十六迦迦佉二十七呵呵呵呵二十八虎虎
虎虎二十九娑波履奢脾陀娜波履侈陀三十阿
摩摩你也摩摩三十一棄也摩摩三十二娑毋陀
羅毋陀囉婆佉三十三僧塞迦囉孃跛履侈陀

三十四菩提娑上音三十五乞史坻脾摩三十六摩訶
脾摩三十七部去音哆句胝三十八阿迦捨始婆娑
跛履侈陀三十九娑婆訶
爾時一切他方佛土諸佛世尊菩薩摩訶薩
及大聲聞釋梵護世天龍夜叉乾闥婆等諸
大神王大威德者咸共稱讚善哉善哉白諸
佛言世尊此陀羅尼甚大迅疾有大力勢能
遮一切怨敵怖畏病患諸難惡夢惡相皆悉
解脫乃至無障智無上智大福智聚之所依
故說此陀羅尼爾時世自在主大梵天王以
大梵力境界莊嚴變爲女人於無量壽佛前
坐第一端正色相圓滿勝過於天第一具足
衣服莊嚴華鬘塗香持用嚴飾時世自在大
梵天王即從座起合掌恭敬作如是言世尊
當擁護我圓音演說如是音聲悉能徧滿一
切佛剎普得聞知而無障礙如我今者如此
呪句善能護持說法法師及聽法者若於後
時若魔若魔眷屬若天若天男女或龍龍女
或龍父母男女眷屬乃至毗舍遮女毗舍遮
父母男女大小并其眷屬人非人等於說法
師及聽法者伺求其短實作怨家詐爲親友
於說法師及聽法者乃至惱害損觸一毛或
奪精氣或毒氣噓或惡心視乃至一念頃我
於彼等人若非人諸魔鬼輩禁止斷除令彼
昬濁與其要誓我當擁護諸佛世尊圓音演
說能以法聲滿諸佛剎惟願世尊當念助我
時無量壽佛默然受請時大衆中有一釋天
名曰持髻以金天冠勝妙光明莊嚴其身在
於佛前不遠而坐爾時持髻釋天告世自在
如是言姊妹勿以染汙之心於無量壽如來

座前而坐勿惱世尊何以故樂戲論者是凡夫法如來世尊永無戲論有爲蹔現是起盡相一切名色句差別如如汝若如是惑倒如來姊妹如來平等無違無諍一味如如等虛空界虛空亦不妄置三行盡相如虛空不分別無分別諸行如是如來如是諸欲功德不爲戲論不分別無不分別而無所住不受不取如是無命無生者無養育無人無陰界入無取無戲論姊妹汝今云何於如來前而作戲論爾時無量壽如來告天主言汝應審諦然後發言勿作不如法語令汝得罪受不愛果此是大善丈夫爲無量諸佛之所注意於諸佛所種諸善根又此善丈夫爲欲供養如來事故現女人相妙飾莊嚴汝勿於此說言是女時持髻釋天白世自在梵天言善男子當起慈悲攝受於我施我歡喜莫令我今以此麤言得惡果報爾時懷樂菩薩白無量壽佛言世尊若此釋天不悔此語時得何果報時無量壽佛告懷樂菩薩言善男子今此釋天若不悔過於未來世八萬四千生中作草驢身爲他輕賤是故善男子等常須愼意護此口業爾時佛告世自在梵天言善男子隨汝樂說我已擁護汝所說也世自在梵天既蒙護念歡喜合掌徧觀十方作如是言惟願世尊一心念我若佛菩薩及聲聞衆天龍夜叉乾闥婆阿脩羅迦樓羅緊那羅摩睺羅伽欲令正法久住世者願於此處同與我欲若法師及聽法衆欲得隨順相應無惱亂者當與我欲若彼惡魔人非人等未來之世於說法者及衆生類作惱亂時我當遮障與彼要

誓斷其惡心自在梵天作是語時所出音聲徧滿一切諸佛世界爾時一切諸梵天王一時同聲作如是言我等亦以此陀羅尼同共與欲所以者何我等於後亦當受持此陀羅尼亦當擁護未來之世善男子等有能開示演說如是法門及聽法衆我當令彼隨順相應得如所願我等今於佛世尊菩薩摩訶薩及大聲聞衆前與此陀羅尼欲時彼自在梵天作如是言惟願世尊及菩薩聲聞大弟子衆擁護於我即說呪曰

多地也他阿摩隸一毗摩隸二伽拏山地三呵隸氈地四摩呵氈地五遮彌摩呵遮彌六蘇彌薩他彌七阿婆呵八毗婆呵九鶱伽闍十泥哆囉佉毗十一茂羅波履侈啼十二藥叉氈馳十三比舍遮氈馳十四阿跋哆泥十五三跋陀泥十六僧迦囉泥十七調婆泥十八摸呵泥十九嘔遮吒泥二十呵摩呵呵摩呵呵摩呵二十一阿軍遮泥二十二佉伽舍婆二十三阿摩羅二十四阿茂羅二十五茂羅波履跋坻二十六阿娑羅佉婆二十七娑婆訶

世尊若有男子女人違逆不行聖衆大集所說神呪者眼睛墮落頭頂破裂支節分散復說呪曰

多地也他阿者者一阿婆呵二者者篅迦囉叉三遮遮吒佉遮遮四那佉伽遮遮五遮遮遮遮六那遮呵茂羅遮遮七遮茂羅遮遮八呵摩茂羅遮遮九呵牟呵牟十婆荼婆呵十一娑婆訶

爾時一切梵王乃至毗舍遮王聞是說已皆唱善哉作如是言假使鬼神有大威力雄猛

迅疾所向摧碎力能過千我今以此陀羅尼章句悉令羂著如是一切諸惡鬼神能與衆生作不利者皆使潛滅無逃活處自在梵天復作是言若有住惡無慈愍心不知恩德惱衆生者若鬼若魔及其眷屬常來伺求受灌頂職刹利王等或伺求妃后王子王女及婇女等乃至宰相官屬并餘民庶於佛法中得清淨信者若男若女童男童女優婆塞優婆夷樂聽法者比丘比丘尼禪誦精進不放逸者如是鬼魔人非人等求其長短我當擁護乃至能令一刹那頃惡心不起況復於彼一毛惱亂若起惡心惱亂破壞奪其精氣以毒噓身如是伺求覓其過者以此陀羅尼威神力故若魔眷屬人非人等頭破作七分眼睛殞墜心水乾枯得白癩病其身臭爛失本神通陷沒於地復爲惡風所吹擲置四方無人之處塵土坌身狂迷心亂周慞馳走所行之地地皆破裂隨墮其中深八萬四千由旬於彼命終若是魔等違背此呪水行之類於佛聖教得清淨信者勤營僧事比丘比丘尼等彼諸鬼神作惱亂者亦得如上所說惡報頭破七分及以命終若是不退魔場陀羅尼隨所在處我等當勤加護所有一切樂法衆生我當勤心晝夜守護及一切惡毒夜叉富單那等我當駈逐出其境界若陀羅尼所在之處一切國土鬪諍饑饉他方怨敵非時風雨寒熱疫病我當除斷令無有餘亦令其國一切人民善根成就隨順和合安隱豐饒能令法師及聽法者名聞高遠無有病苦亦爲勸勵四輩檀越利養供給爾時衆中有一大梵

天王名曰妙音位居十住摩訶薩地若於梵中諸梵中尊若於魔中諸魔中尊若於釋中諸釋中尊乃至毗沙門毗樓茶毗樓博叉提頭賴吒大自在那羅延阿脩羅等於諸天主天主中尊是時妙音梵王變作第一女人之形色相圓滿威儀具足以勝莊嚴而自莊嚴於釋迦如來前合掌而坐以其兩手捧如意寶珠爲供養佛故瞻仰尊顔目不異視諸根寂然不以諸相而觀如來爾時世尊告妙音梵天汝今何故目不暫瞬乃至無相觀於我耶善男子頗有一法名爲佛耶頗有一物可爲名耶如貪瞋癡無明煩惱有名物緣相相緣無明無明緣行乃至廣說相滅無明滅行滅亦復如是妙音梵天言誠如聖說何以故無明不可得世尊若無明不可得者彼十二有支從何而起可從虛空生耶虛空復不可得佛言如是如是善男子一切法如虛空所以者何虛空無物無相非闇非明不分別無分別無成無壞不可說無一物無分齊斷一切物如是如是善男子佛法眞際斷佛法如如佛法不取此彼岸佛法不滅不增佛法非陰界入體無分齊若實若物若相一切皆無佛法無動無住不妄置立佛法一切言語道斷說此法時八萬四千衆生發阿耨多羅三藐三菩提心時有惡魔作如是言若佛法如虛空非物不可說汝以何等智慧精進劬勞方便惱亂於我破我境界乃至奪我境界衆生復敎衆生不來不去無物幻術汝若如是敎衆生者不復見彼煩惱行起汝以何故爲我於此娑婆世界召集如是無量無數諸佛

世尊菩薩摩訶薩及大聲聞梵釋護世摩醯首羅有大神通有大加護乃至天龍夜叉乾闥婆阿脩羅迦樓羅緊那羅摩睺羅伽等大衆普皆同來滿於一切諸佛刹土今此無慈大梵說如是呪我等既聞並皆頭痛受大苦惱乃至今身上下爛臭爾時復有六萬八千諸魔王等及其魔衆無量無邊極惡夜叉羅刹鳩槃茶毗舍遮等一切同聲唱如是言我等徒黨即聞呪時增益頭痛身皆爛臭受極重苦釋迦如來告彼魔言憶我昔日菩提樹下坐道場時汝魔軍衆徧在八十由旬及以虛空皆悉充滿欲來害我乃至今日復將軍衆無量俱胝共來害我我亦如是召集無量無數諸佛世尊菩薩摩訶薩乃至人非人等悉普來集會爲欲令汝及餘諸魔人非人等悉降伏故滅一切苦得大涅槃寂滅樂故亦爲敎汝不來不去無所有性如幻法故一切趣一切滅一切起生死愛流悉枯竭故亦令汝等及一切邪見衆生入無餘涅槃境界而般涅槃故魔王汝等今者速發阿耨多羅三藐三菩提心汝此頭痛當得解脫漸漸修習性空佛法當得現前及得諸佛境界勝魔境界獲大利益爾時六萬八千諸魔及其徒衆同聲唱言世尊我等今發阿耨多羅三藐三菩提心云何當得自性空等佛法現前乃至得佛勝妙境界希有利益時有惡魔作如是言縱復令我盡後邊身得重頭痛我終不以如是諂幻發菩提心爾時妙音大梵作如是言我今亦於一切佛前以此佛刹微妙敎法勇猛受持於此五濁世界流布釋迦如來尊重

之教從今已往乃至釋迦滅度之後我當令此法化常得熾然隨有國土正信衆生皆令不退速出魔網若此法門世間不流行者我令流行若已行處令其信心倍復增廣所有城邑聚落善男子善女人等我當擁護慈心將養遮其非義示誨善義隨處有此不退魔場陀羅尼法門乃至書持亦隨有法師之處昇師子座欲開示演說此法門時先當於彼至心誦此陀羅尼章句召喚於我并諸眷屬我當自往彼法師所爲作擁護令聽法衆得大吉祥即於佛前而說呪曰

多地也他　阿婆彌阿婆彌一　菴婆離菴婆離二　跛履軍闍那茶那茶三　補沙迦囉婆阿闍漏佉四　摩佉耶五　伊梨弭梨六　枳梨弭梨坻遮囉毋陀離七　毋陀囉毋跛八　裟婆訶

世尊隨有法師說法之處要當先誦此呪章句我以清淨天耳在彼上界聞其音聲而不往彼作守護者我即欺誑過去未來現在一切諸佛已亦莫令我得阿耨多羅三藐三菩提然我決定往彼法師說法之所接足頂戴亦與法師樂說辯才又令法師及聽法衆一切病苦惡見惡作邪疑之心悉令斷滅世尊隨所方面說此法門有能受持温誦之者我及眷屬當往彼所若有一切鬪諍饑饉病患憂惱内外怨敵亢旱水潦寒熱失序風雨不時惡見惡作者當令消滅人及非人畜生等畏及彼一切不吉祥㝱惡相惡人無有潤澤苦澀惡味辛臭惡觸如是諸患悉當斷除乃至師子惡獸毒龍野牛犲狼盜賊姦詐人非人等無量諸畏悉皆斷滅爲使衆生得樂具

故而令種種穀藥華果上味飲食衣服舍宅氈褥卧具果報成就悉皆充滿隨有流通此法門處不利益事我當遮之利益之事當令成就若彼衆生信樂正法行善行者我當誨示令福增長我今於此一切佛前立大誓願惟願諸佛同憐愍我令我所作佛事大願成就願成就故意所依處皆令滿足願滿足故即我丈夫所作成就爾時釋迦如來為首與一切諸佛同共憐愍攝受妙音大梵故作如是言善男子我等當以陀羅尼呪與汝受持所以者何若一切釋梵護世四天王及諸餘天龍夜叉阿脩羅等於佛聖教起不淨心者以呪力故皆當攝伏妙音大梵作如是建立大丈夫所作事時十方諸佛同唱是言當願妙音大梵願力成就即説呪曰

多地也他者問池一問荼跛履侈提二訶茂摩三訶茂摩四娑羅叉五娑羅九娑六弭佉跛履婆訶七遮囉麽八也他者鍐比佉九阿茂羅跛履侈提十薩婆部馱地史恥坻十一娑婆訶

爾時釋迦牟尼世尊説是呪已作如是言善男子此陀羅尼能令一切魔及釋梵護世諸餘天龍夜叉阿脩羅有大光澤攝受一切人非人等皆令迴向諸佛功德汝今若能受持如是陀羅尼者即是能作大丈夫所作事也妙音大梵言婆伽婆我今以是女人形相當善護持一切女人當善成熟一切女人婆伽婆若有女人猒惡女身求丈夫相應當受持讀誦書寫供養此經我當往彼女人之所滿其所願若有女人猒患男女亦當受持讀誦

書寫供養此呪如是女人持呪力故雖未離欲更不受胎復有女人爲他輕賤被人欺凌失諸樂受亦應讀誦此陀羅尼以陀羅尼威神力故一切願滿諸樂成就爾時大梵爲供養故爲護持此陀羅尼神力法門故爲滿一切衆生願故即以兩手捧摩尼寶珠奉施十方一切諸佛爾時諸佛同發聲言如是如是善男子願汝常能護持佛教滿衆生願

寶星陀羅尼經卷第六

音釋

掬居六切兩手捧也　麤倉胡切　澀所立切　鎧苦亥切甲也　詭居洧切詐也　矟所角切矛屬　鉞王月切大斧也　藺良刃切　躙丑冉切　殞于愍切墜也　坌蒲悶切塵坌也　慞諸良切慞惶也　瞬舒閏切目動也　寢莫鳳切與夢同　鋑亡范切

寶星陀羅尼經卷第七

唐天竺波羅頗密多羅譯

攝受妙法品第七

爾時會中有菩薩摩訶薩名妙慧通達在勝珠焰如來前坐去釋迦如來不遠於牟忽多頃現作梵形於刹那頃現作魔形乃至現釋天形他化自在天形又復現作諸天主形化樂兜率夜摩天形四天王天大自在形或現夜叉阿脩羅迦樓羅緊那羅摩睺羅伽羅刹餓鬼毗舍遮鳩槃茶刹利婆羅門毗舍首陀等形或現師子象馬水牛等形乃至示現種種畜生之形於刹那頃或現鳥樹山果衣服卧具種種醫藥寶莊嚴器牟忽多頃示現比丘比丘尼像一刹那頃示現佛像或現八萬四千種種色相乃至方圓處色淨妙形貌爾時長老富樓那彌多羅尼子即起合掌問釋迦牟尼如來言世尊何因何緣而此菩薩有如是八萬四千淨妙之相方圓處色種種類身佛告富樓那此菩薩有大功德攝受力境界一切聲聞辟支佛所不能及妙慧通達菩薩摩訶薩隨彼住受力境界成就衆生一切聲聞辟支佛非其地隨是衆生徧滿十方無量無數若淨不淨諸佛刹土常以無障礙慧眼如所願如所意如是衰惱所纏如所歸依此菩薩入如是三昧以是色貌威儀隨處方圓種種色相具足乃至佛形如所化度衆生皆安置三乘住不退地若衆生爲貪不自在種種愛求爲斷彼貪故與其所須然後置於不退之地若病患須醫藥者即與其藥然後立於不退地也富樓那此妙慧通達菩薩於

一日中能度如恒河沙數衆生解脱諸苦置於三乘不退之地富樓那白佛言世尊此善男子成就衆生故爲丈夫事其來久如佛言阿僧祇佛刹微塵數劫此善男子發阿耨多羅三藐三菩提心更爾所時得三昧力加護建丈夫事已來復更經六十四阿僧祇劫富樓那言妙慧菩薩從此久如於何佛刹當得阿耨多羅三藐三菩提佛言更二十六百千大劫過彼已後有大劫名能度世界名摩尼華鬘其國衆生皆壽四十千歲妙慧菩薩於五逆不善法惡衆生中當成阿耨多羅三藐三菩提其佛號曰開敷無邊光如來阿羅呵三藐三佛陀佛於四十千年中恒作佛事以三乘法成熟衆生乃至令其得般涅槃於是已後無邊光佛以無餘涅槃而般涅槃富樓那言世尊此菩薩先所成熟彼諸衆生當生何處佛言此菩薩先作如是不自攝受願十方世界於一一方微塵數等無間佛刹彼刹土中所有諸佛令我得見我若不見彼等諸佛不取阿耨多羅三藐三菩提我先所行菩薩道時勸發衆生最初發阿耨多羅三藐三菩提心示教建立於六波羅蜜已成熟者徧於十方諸佛刹土已得阿耨多羅三藐三菩提者亦令我見以如是三摩提莊嚴力加護故於十方無間一一佛刹微塵等諸刹土中能爲如是大丈夫事及彼諸佛刹中作五逆罪不可治衆生乃至具足不善法衆生於彼命終乘我願力皆生我國我爲菩薩令是衆生種諸善根置不退地然後我身當取正覺妙慧菩薩有是大願爾時十方諸佛刹土俱

來菩薩同作是言我等今者普來雲集至此佛刹得見大師有如是相及見大悲具足諸菩薩等及聞昔所未聞過去未來現在諸佛金剛法等因緣法心能建立摧碎陀羅尼印句差別門記法式擁護令我得聞

授記品第八

爾時阿閦如來普告一切大衆作如是言我等勸汝諸善男子梵釋四王天龍夜叉阿脩羅迦樓羅緊那羅摩睺羅伽人非人等諸有於佛教得清淨信來此集會者得見一切諸佛世尊及諸菩薩摩訶薩釋梵天王人非人等普來雲集如是大相甚爲難得汝等今見此處集會皆應於如來前各各自願汝今於此佛刹若現在世及未來世必能護持如是妙法令三寶種常得熾然爾時有魔名曰息華以七寶器盛種種華菓及諸穀萌芽自變其形爲女人像具足微妙第一端正色相圓滿無與等者第一衣服嚴飾其身持寶器華以供養佛作如是言一切諸佛世尊一心念我若此世界及餘世界所有諸佛已集會者如是一切諸佛世尊我今以一切華菓諸穀萌芽滿於寶器奉獻諸佛惟願慈悲普皆攝受與我成就滿菩提願若我盡此賢劫於一切佛刹以女人形惠施衆生飲食華菓乃至成熟衆生以是福報令我六波羅蜜具足圓滿得成阿耨多羅三藐三菩提及我所化衆生皆悉供給無所乏少是時一切諸佛同作是言善哉善哉善男子汝能以清淨心建立大施及供養一切諸佛世尊我已受汝所施令汝如所求如所爲求乃至爾所時求滿汝

意願功德成就神通成就時息華魔復作是言所有城邑村落有能受持開示此經典者書寫經卷及供養者我當於彼國邑聚落乃至邊壃有人住處叢林華菓五穀秀實皆令成就彼一切處所有衆生乃至禽獸食華菓者皆令充足世尊若有一人於其方所應食菓實竟不得食而命終者我令即爲欺誑一切三世諸佛及此大會諸聖衆等亦莫令我得阿耨多羅三藐三菩提惟除業盡及命盡者所有華菓美味之屬皆令衆生普得受用以此因故令我具足檀波羅蜜若諸衆生食菓實者是等衆生當起悲心互相利益以此因故令我具足尸波羅蜜若諸衆生受用華菓是等衆生起柔軟心以此因故令我具足羼提波羅蜜若諸衆生受用華菓當令堅固精進之心以此因故令我具足毗梨耶波羅蜜若諸衆生受我華菓心心數法起無常想以此因故令我具足禪波羅蜜若諸衆生乃至禽獸食華菓者皆令樂法得住性空以此因故令我具足般若波羅蜜復次隨所有處行此法門彼諸衆生所有種種稻禾麥豆雜類菓實我以是故心甚勤勞爲彼衆生多獲種子亦令一切倉窖盈滿若彼衆生乃至禽獸食華菓者以此因故令我具足般若波羅蜜若一一方流通開示此法門處隨彼所有甘蔗蒲蔔石榴等菓一切汁味無不香美倍勝於常衆生所有瓶瓮甕器皆令盈滿若諸衆生受用食時悉得增長智慧色力以此因故令我具足般若波羅蜜世尊我得如是六波羅蜜淨因滿足令我得阿耨多羅三藐三

菩提一切諸佛及一切菩薩摩訶薩衆當隨喜我能作如是菩薩行相時大衆中一切諸佛默然許可爾時有佛名曰智星作如是言善男子汝當普請一切衆生為大施主以如是相如是力如是精進勇猛如是劬勞不息汝善男子能作如是相力精進者即是菩薩丈夫所作時息華魔於智星佛前聞如是安慰已即白佛言惟願世尊一心護念與我善業成就滿足在在處處若此法門不流行處我與眷屬不入其境若是法門流行之處我與眷屬恒住於彼令其土地穀藥華菓倍復滋茂色香美味悉皆具足衆生受用隨時飽滿倉廪地窖悉皆盈積乃至畜生所食之物亦令豐壤以此善根令我具足般若波羅蜜世尊我盡千劫於此佛刹令諸衆生如是相如是力如是受用飲食當令充足世尊如是無量無數恒河沙等五濁世界一一刹土誓於千劫大作佛事然後我身當得阿耨多羅三藐三菩提世尊我今以此神呪章句願自呼攝即說呪曰

多地也他遮彌佉一　遮彌佉二　遮彌佉三　毗毗履多呵娑帝四　婆呵婆呵五　娑麽囉阿娑磨翅六　娑囉知七　毗婆婆娑脾八　娑羅婆練陀離九　娑囉摩顯陀離十　娑囉婆闍練陀離十一　珊怛跛夜娑摩翅十二　朽朽朽朽朽十三　阿僧伽社脾十四　哆佉哆佉哆佉十五　婆由婆義十六　優波娜也十七　珊怛跛夜十八　鼻闍頗羅補所報所提十九　陀那馱泥移那二十　氈陀羅差多二十一　社闍婆呵泥二十二　娑麽囉婆磨翅二十三　三藐波囉底鉢那婆焰二十四　娑哆迦履野麽

彌二十五 麼弭麼弭麼泯闍婆囉二十六 娑婆呵

時息華魔說是呪已白佛言世尊所在之處有能開示此經法門及陀羅尼章句我往彼處爲欲自成熟故爲菩提行滿足故爾時一切諸佛同共讚言善哉善哉在會大衆菩薩摩訶薩及一切梵釋天王護世四王天龍夜叉乾闥婆阿脩羅迦樓羅緊那羅摩睺羅伽鳩槃茶毗舍遮人非人等從一切佛刹中來者皆共同聲唱如是言善哉善哉善男子汝能以此女形修行六波羅蜜成熟衆生以我等福德精進劬勞力故惟願令汝所作佛事當得成就釋迦如來作如是言誰有憐愍此善男子能佐助者爾時息華魔眷屬同聲唱言世尊我等眷屬隨順佐助若汝善男子得阿耨多羅三藐三菩提時當與我等授菩提記息華魔言如是善男子魔眷屬言所有衆生下種於地收諸果實而受食者以此善根當令我等得大安樂得大利益息華魔復白釋迦如來言我是護持世尊教法者我是熾然世尊正法者我於此中初作滅饑饉者惟願世尊與我授阿耨多羅三藐三菩提記時息華魔五輪著地頭面禮拜釋迦如來足已却住一面爾時世尊即爲息華而說偈言

汝起勇猛善逝子　無垢清淨蓮華面
今日能發堅牢願　當得第一大菩提
此諸衆生饑火逼　我爲至親能救護
解脫一切衆生者　起大悲心當作佛
以空無相無願力　解脫六趣苦衆生
恒以虛空清淨法　令諸衆生得無垢
不久於此佛刹土　當證覺法名勝慧

於未來世得作佛　勇猛善智降勝怨

時息華魔聞是偈已便生清淨第一歡喜即以天華散於佛上爾時復有菩薩摩訶薩名成就智即起于座向彼十方諸來世尊先以聲覺作如是言惟願世尊一心念我所以者何憶我往昔初入賢劫曾於拘留孫佛所發大誓願普欲成就一切衆生示受女形爲令衆生四百四病得消滅故復取大地精味散布種種諸草木根和合四百四味隨藥功能衆生受用病皆消滅示以根藥四百四種示以果藥四百四種示蘇煎藥四百四種示油煎藥四百四種示以瀉藥四百四種示以諸治阿伽陀藥乃至湯散丸等總治身分內外衆藥凡有一千四百種類我爲成熟諸衆生故爲欲消滅諸病苦故亦爲利益諸衆生故如是衆藥並皆示之世尊我爲拘留孫佛及彼衆會常作種種驅使給侍本心悕望得授記莂是時拘留孫佛便告我言善男子未來之世人壽百歲爾時有佛出現於世名釋迦牟尼如來阿羅呵三藐三佛陀釋迦如來以本願故六集諸佛及菩薩衆汝當於彼得授阿耨多羅三藐三菩提記從是已來拘那含如來亦如是說迦葉如來亦如是說我自昔來久發此願乃至恒河沙等大劫於此佛刹作大藥天爲除衆生一切病故我於彼時久以大地淳濃精味布散種種諸藥根枝華葉果實令諸衆生普得受用及滅內外諸病苦故所有衆生若正和合受用之時令起無常苦空無我分別心及心數法轉以此善根令我具足般若波羅蜜如是我於此佛刹土作

大丈夫所作之事如是如是十方恒河沙等諸世界中以女人形於一一世界如恒河沙劫以如是相如是力如是勇猛精進如是劬勞乃至給侍如是如是病苦衆生令成熟故然後我身當得阿耨多羅三藐三菩提及我今日復於佛前增進本願與此息華作大功德其心堅固常爲佐助無有劬勞我等二人共爲女形同一色貌爲欲成熟諸衆生故乃至倍加成熟諸女人故令我二人取地精氣和合飲食令諸香味悉皆具足老病衆生食此味者一切病患皆得消滅以此勝因令我具足般若波羅蜜若我得阿耨多羅三藐三菩提者願佛世尊攝受我等爲稱善哉若佛世尊同與我等菩提記者願爲我等稱讚善哉爾時世尊稱讚成就智菩薩言善哉善哉

善男子汝能如是作大利益丈夫即爲成就智菩薩而說偈言

汝爲世間病者醫　能持諸根得安樂
蓮華清淨最上刹　得佛號毗盧遮那

持地菩薩摩訶薩亦作是願以女人形化度衆生如地持物希念授記釋迦如來爲說偈言

汝如大地持一切　今當速得所希念
刹名勝攝功德滿　作佛名曰智自在

智上菩薩願受女形化度一切作如是念希得授記釋迦如來爲說偈言

汝智充足諸衆生　及以華果方便攝
未曾聞刹上清淨　得佛名爲上勝因

示現灰菩薩作女人形受用火事成熟衆生願得授記釋迦如來爲說偈言

示諸世間無常想　成熟衆生於菩提
刹名生塵最吉祥　於彼作佛名燈火

動衆生離塵菩薩願作女形爲成熟衆生故受用風事希念授記釋迦如來爲說偈言

搖動衆生令歡喜　能令煩惱究竟滅
刹名清淨現平等　當得作佛號月光

無障礙燈菩薩願作女形爲成熟衆生故受用虛空事亦希授記釋迦如來爲說偈言

得無依智清淨者　能說無上正覺道
刹名調障無染著　當得作佛號智上

妙香說菩薩願作女形爲成熟故受用華事爲菩提故悕望授記釋迦如來爲說偈言

現作香華普供養　開示諸佛無上道
蓮華藏刹清淨土　得佛號普香如來

袈裟色菩薩願作女形爲成就衆生故受用種種染色願得授記釋迦如來爲說偈言

以袈裟衣利衆生　相應供養三寶種
青光刹中最無上　當得作佛號寶光

爾時無量諸種子天麻天果天乃至六十七俱胝那由他百千菩薩摩訶薩爲欲成熟諸衆生故倍爲度脫諸女人故作女人形發願同得阿耨多羅三藐三菩提記釋迦如來各說一偈各得記莂何以故轉男爲女其事則易轉女作男其事則難是時百俱胝諸大龍王及諸小龍同作是願悕望授記釋迦如來各說一偈授菩提記復有六萬四千頻婆及八十俱胝阿脩羅七十阿閦毗俱胝那由他百千諸天及諸天女九十九頻婆俱胝百千諸魔及其眷屬乃至恒河沙等人非人衆及刹利婆羅門毗舍首陀男子女人童男童女

亦皆同心悕望阿耨多羅三藐三菩提記如是等類一一各得一偈授記過於數量天龍夜叉乾闥婆阿脩羅迦樓羅緊那羅摩睺羅伽薜荔多毗舍遮人非人等未發心者令於佛前同發阿耨多羅三藐三菩提心過於數量衆生住阿毗跋致地過於數量衆生得菩薩種種三昧忍陀羅尼過於數量衆生漏盡離欲得阿羅漢果亦過數量衆生迴聲聞辟支佛心住佛阿毗跋致地如是等一切同聲而作是言我等依一切諸佛教故授此法門若有受持讀誦書寫此法門者我及眷屬當共如法供給供養

慈愍品第九

爾時釋迦牟尼如來復作是言一切諸佛若憐愍此佛刹衆生來相問訊者當一心念此息華善男子等欲令衆生得衣服飲食及諸藥物隨心受用令充足者又以女人形相於阿耨多羅三藐三菩提成熟衆生者一切諸佛應當加護是息華等令願滿足如彼善男子所願如其所欲如其所爲隨彼種種所須衣服飲食并諸藥物若化施設皆令滿足使諸衆生所須供待隨意受用即發心時如是等事悉得成就彼善男子能作如是建立丈夫所作之事諸佛世尊依大悲功德定慧莊嚴憶念衆生作如是言以此神呪章句施與汝等隨意所願皆令具足一切善根所依一切三世諸佛世尊所共受持即說呪曰

哆地也他樹柢婆婆一　地履底婆婆二　牟尼婆婆三　娑底也婆婆四　否若楞迦羅婆婆五　地也娜婆婆六　摩呵迦嘍拏婆婆七　摩呵婆

囉哆婆婆八阿慕呵婆婆九樓底婆婆十差底婆婆十一娑履攞婆婆十二佉伽婆婆十三婆誘婆婆十四伐哆婆婆十五阿地所咤娜婆婆十六阿麼婆婆十七阿呵娜婆婆十八哆他多婆婆十九部多句致婆婆二十涅鼻履底婆婆二十一底履鳩捨攞婆婆二十二底履夜娜婆婆二十三哆鍮馱計迦婆婆二十四底履毗慕去所婆婆二十五底鍮首迦羅婆婆二十六囉所吒囉地所吒娜婆婆二十七娑婆婆婆婆婆二十八娑麼多二十九阿娜若娑麼多三十吒吒吒吒吒吒所吒死地三十一薩婆鳩捨邏茂羅地所吒那也三十二娑婆呵

善男子此一切法平等神呪能令一切悕望者悉皆滿足汝等眷屬應當受持令一切衆生隨所受用皆得成熟能令汝等菩提行滿足故爾時息華勝天成智天地持天等而爲上首與十千菩薩俱爲令衆生隨所受用等成熟故以女人形勤勞化度一時同聲作如是言由此呪力諸佛世尊令我所願皆得滿足如是神呪能與我等作大加護能令我等得無上智是故我等當共受持此陀羅尼欲令一切衆生悉成熟故以大勤勞供給所須令於一切如來前願一切衆生普得成熟住於自解若有天乃至人於如來所說妙法欲破壞散滅者我若不勤方便遮障令妙法久住者我等則爲欺誑一切三世諸佛世尊亦莫令我得阿耨多羅三藐三菩提若有善男子若天乃至若人欲惱亂比丘比丘尼優婆塞優婆夷我等若不勤作方便遮障令彼憂惱不消滅者我等則爲欺誑一切三世諸佛

世尊亦令我等莫得菩提若有求無上菩提善男子善女人有遭水火毒害厭蠱熱病温瘧等病或一日二日三日四日數發動者如是等畏乃至天龍夜叉迦吒冨單那剎利婆羅門毗舍首陀獅子犬等病疫饑渴種種尼難諸餘灾惱有是等畏者以此一切諸佛所持一切希求滿足陀羅尼神呪章句令誦念者悉得解脫惟除先世決定業障若我等不除彼障則爲欺誑一切三世諸佛世尊亦莫令我得阿耨多羅三藐三菩提時彼一切諸佛世尊同來此佛剎集會者皆稱是言善哉善哉善男子汝等所願甚爲勝妙能作如是大丈夫所作事爾時釋迦如來即爲魔王而說偈言

於諸來佛當起信　應生最上歡喜心
爲菩提故生慶幸　應當速發利他意
汝魔境界無親友　亦無所欲如意者
汝以無力失魔業　何能等類我牟尼

於是惡魔復說偈言

我無一念信菩提　心亦不作歡喜想
語汝牟尼且默然　我亦自有親友者
由彼親友我有力　我今住於自境界
我有最上威德力　盡汝壽命我不從

擁護品第十

爾時會中有佛世尊名曼陀羅香白釋迦如來言彼過去諸佛從種種剎土中來於五濁佛剎大集時並共擁護此法門也亦令無量俱胝魔衆自然退散以慈悲眼視諸衆生有惡見者皆令解脫熾然智炬安置衆生於吉祥道說此金剛法等緣法心建立摧碎陀羅

尼印章句差別門記法門之時爲令惡黨悉皆退散建立法幢如是如是我等十方諸佛今日住世亦爲將養憐愍諸衆生故亦於穢惡五濁佛刹同作大集擁護如此微妙法門乃至建立無上法幢釋迦佛日滅度之後誰能於此刹土當作第一護持妙法當令正法熾然流布當使衆生普皆成熟入此大集數者我等以此法門付囑誰手釋迦如來白曼陀羅香如來言所有舊住此佛刹者得忍菩薩及釋梵護世天龍夜叉乾闥婆阿修羅緊那羅摩睺羅伽等王勤加擁護此妙法門及此世界四天下中舊住衆生於此法門生淨信者釋梵護世乃至摩睺羅伽王等以此陀羅尼印清淨法門付其手中是時曼陀羅香如來以無障礙圓滿之聲徧此佛刹作如是

言諸善男子諦聽諦聽所有來此佛刹者諸如來阿羅訶三藐三佛陀難得與世及一切諸佛世尊於一剎那頃集一佛刹亦甚爲難如此一切諸佛世尊憐愍汝等故來此集攝受一切諸衆生故護持諸佛大法門故置立無上道故一切諸佛入三世數者今日護持一切地界一切水界一切火界一切風界一切空界令此妙法久住世故令三寶種不斷絶故成熟一切諸衆生故乃至度彼生死岸故爾時一切諸佛世尊及諸佛刹舊住菩薩摩訶薩釋梵護世天龍夜叉乾闥婆阿修羅迦樓羅緊那羅摩睺羅伽等王及諸餘精氣中有大精氣衆生乃至所有四天下世界居住者彼一切衆作如是言善男子我等以此諸佛所護正法重付囑汝爲令衆生普成熟

故汝等常應熾然如是不滅壞法不墜沒法若有信心善男子善女人當共受持書寫大集法門乃至比丘比丘尼優婆塞優婆夷彼等一切諸善男子受持誦念此法門者汝等常當擁護供給以此法門如法付囑若法師樂求法樂禪定樂聽法樂持法者汝等宜應擁護乃至供給何以故所有過去如來阿羅訶三藐三佛陀彼一切如來亦於穢惡五濁佛刹集者共以妙法付囑釋梵護世故令此妙法不隱沒故護持未來傳法人故乃至成熟一切衆生故如是如是所有當來十方諸佛於五濁世一刹那頃普皆雲集利益衆生故當說陀羅尼當擁護妙法當付囑釋梵護世等當供給所須我等今者亦復如是汝此佛刹諸舊住者及四天下釋梵護世天龍夜叉乾闥婆阿脩羅迦樓羅緊那羅摩睺羅伽等王倍加付囑未來之世倍加擁護倍加供給故汝亦如是應當憶念如金剛不可壞法廣令熾然若有信心護持此法善男子善女人及受持此法比丘比丘尼優婆塞優婆夷乃至但書持經卷安置家中者有能說法及樂聽者有勤修禪定受持法者汝等皆當護彼善心供養供給何以故一切諸佛普皆受持此法門故隨所有處若村若城若國中若邊地若王宮内若阿練若處若流通此法門若開示宣說若授與人若能溫誦乃至但書寫經卷安置家中者是等衆生以此法力故能令地味及衆生精氣悉皆增長汝等以彼精氣光澤精進勇健皆得增長亦令眷屬及其田宅增長豐饒當令人王常得擁護勢力

自在亦當擁護王之化內以彼法味常令充足閻浮提內諸人王等當生和合相利益心恒信業報種善根心無慳悋心常於一切衆生作利益心常於一切衆生起慈愍心乃至令王能生正見各各於已國土自生喜樂能令具足行善之人充滿其國豐樂倍常地土精味自然倍勝華果藥物無不甘美穀米財寶亦倍增多觸處可樂一切人民無病苦者一切鬬諍他方怨敵蚉寅毒蛇惡鬼羅刹惡禽惡獸犲狼獅子非時風雨如是惡事悉當消滅晝夜常宿一月半月時節年歲悉皆正行是諸衆生多行十善於彼命終皆生天上還與汝等而作眷屬如是無量功德甚多皆由稱揚一切諸佛大法陀羅尼法門故是諸衆生皆度生死此岸得入無餘名聞增長果報滿足所種女身現生後受以法力故如是等身一切皆盡惟置作五逆者誹謗正法者謗無賢聖者身口意業所作之惡業及果報一切皆滅若此法門乃至經卷若但書持置於宅中彼等所有諸業煩惱能爲障礙量等須彌皆悉消滅一切善根悉得增長一切善分皆悉滿足意所悕望皆悉成就身口意善悉當增長一切惡見斷滅無餘一切怨敵以法調伏一切微細寂滅之道悉當得入以此一切諸佛世尊所共護持大集陀羅尼法門加護力故隨所有國此陀羅尼法門當流行地能令彼地肥膩精味倍上成就美果妙味當得增長苦辛惡味當得遠離華果財穀色類成就倉庫貯器悉皆增滿衣服飲食湯藥所用倍勝增多由法力故若有衆生受彼飲

食者當得無病顏色成就氣力强健憶念堅固樂求善法遠離諸惡彼諸衆生若命終已當生汝等種類之中眷屬增長勢力具足怨不能壞以法力故當得四姓之所擁護當以法義共相示誨汝等若能如是作者即爲供養一切三世諸佛世尊已爾時曼陀香如來即依諸佛清淨境界智慧音聲隨類句義以一切諸佛世尊語悉滿此刹徧告此佛刹中一切諸菩薩摩訶薩及釋主梵主摩呼羅伽主所有居此佛刹者倍復加勸此四天下中所居住者汝等應當住持開示此諸佛語大集法門擁護此經微妙正法爾時衆中九萬七千俱胝得忍諸菩薩摩訶薩彌勒爲首居此佛刹者一切同聲作如是言我等今者奉諸佛敎爲欲供養一切三世諸如來故於此

一切諸佛世尊微妙法門恭敬頂戴尊重如佛悲愍成熟諸衆生故乃至安置無上道故我等於諸聚落城邑州縣國土王宮諸寂靜處以此法門廣布顯示爲欲成熟諸衆生故令此妙法得久住故爾時一切諸佛世尊來此刹者咸作是言善哉善哉汝等如是作所應作是時一切釋梵摩呼羅伽主等居此土者并餘來衆六十四俱胝那由他等大精味中有大威德衆生一切同聲作如是言我等於此微妙大集法門悉當受持乃至廣爲開示顯說成熟衆生故妙法久住故樂法聽法者悉當擁護我等今者奉諸佛敎隨此法門流行之處令使一切鬬諍違背謀計諍論饑儉荒亂他方怨敵非時風雨非時寒熱苦辛澀味惡人惡物悉當消滅安隱快樂豐饒和

合悉當成就此妙正法常令久住倍加勤勇擁護供給正法國王及以勤修禪定衆生悉當擁護時彼一切諸佛世尊同聲讃言善哉善哉善男子汝等今者應如是作勤作自他利益之事即於一切三世諸佛爲供養已如汝等勤勞成熟諸衆生故令此妙法得久住故汝等皆當速得阿耨多羅三藐三菩提爾時中四天下釋梵天主乃至摩呼羅伽主及大威德中最上首者一切悉皆從座而起恭敬合掌作如是言我等亦奉一切諸佛世尊教故悉共光顯此妙正法擁護住持及此大集一切諸佛所護陀羅尼印法門當如法受乃至於諸聚落城邑州縣國土王宫諸寂靜處當廣開示持妙法人擁護供給所有住信正法法師及聽法者比丘比丘尼優婆塞優婆夷善男子善女人信受此法乃至若但書寫經卷置之家中勤修禪定我等於彼擁護供給種種供養衣服飲食華蓋幢旛塗香末香乃至一切醫藥資具諸有所須善作供給若人能於此妙法門誦時讀時開示說時我等自往彼法座所爲聽法故如大師想於此法門恭敬尊重一心讃歎諸蓋幢旛持以供養何以故我等於此一切諸佛之所擁護陀羅尼法門廣開示時以法味故當得精氣具足力具足精進具足志具足念具足智具足善友具足眷屬具足所有軍衆怨不能壞是故我等令一切國界所有鬭諍謀計言訟饑儉疾病他方怨賊非時風雨極寒極熱災旱憹時惡夢惡相麤澀無膩苦辛惡味惡人惡物諸不善分悉當消滅倍復安隱豐熟喜樂

無病和合悉當成就時風時雨寒熱以時晝夜位分半月一月時節年歲悉令正行諸宿星曜日月之次不令失度泉池陂河皆令滿足隨有衆生所依住處瀑水漂溺我皆遮斷不令覆没我等於彼國邑聚落利衆生故所有枝葉華果根莖諸穀藥味悉當肥膩色相鮮澤美味滋多財穀藥味衣服莊嚴諸資具等令諸衆生悉當具足無所減少彼諸衆生求善根心離諸惡業勝福德聚及彼壽命悉令成就所有聚落國土以此一切諸佛之所擁護陀羅尼法門開示乃至書寫經卷安置家中若讀若誦恭敬供養於置經處若有刹利灌頂之王我當擁護供給所須令無所乏無利益事當爲彼等而除斷之所有利益當爲彼等隨而與之一切災怪驚動不吉惡見惡作爲惡所持惡願惡歸姧詐讃檄幻諂妄語嫉妬瞋忿諸慳悋等悉當消滅正見正道直信調伏一心慚愧如是等法悉當示誨妃后内宫宰相輔臣主藏親族刑罰官將一切人民四姓男女童男童女等亦當擁護供給乃至慚愧示誨所在諸方乃至四足亦當擁護隨有國土以此法門宣揚開示乃至書寫經卷及經卷住處以大勤勇彼諸衆生悉當擁護此妙正法隨處光顯不令隱没我等當起精進力故作如是事是時一切諸佛世尊悉共稱讚諸善丈夫善哉善哉諸善男子汝等如是作所應作以此正法及三寶種不令隱没故作勤勞汝等如是如汝所作即於一切三世諸佛爲供養已

寶星陀羅尼經卷第七

音釋

萌莫耕切句芒也窖古孝切地藏也榴力求切果名廩力稔切米藏曰廩也咤陟駕切瘧魚約切寒熱病也蚕蝱蚕無分切蝱莫耕切膩女利切貯張呂切積也瀑薄報切疾也漂溺漂紕招切流也溺乃力切沉也

寶星陀羅尼經卷第八

唐天竺波羅頗蜜多羅譯

護正法品第十一

爾時世尊釋迦如來告諸大衆釋梵天王毗樓勒叉毗樓博叉提頭賴吒毗沙門等諸善男子我以大悲愍衆生故於此五濁穢惡佛刹難得法時願得阿耨多羅三藐三菩提是中衆生墮無明闇煩惱怨賊姧狡惱害我爲衆生滅煩惱故退諸魔黨建立法幢無量衆生諸苦解脱雨大法雨退俱胝魔諸善男子是故我今以此妙法慇懃付囑汝等手中如此十方無量世界過數過量諸佛世尊及諸菩薩摩訶薩等普來集者以此金剛法等因縁法心建立一切法摧碎陀羅尼印句門記法門擁護佛土并諸地味衆生所居者諸過惡消滅故成熟衆生故一切不善業盡無餘故三寶種久住故乃至一切佛事成就故是故汝等受持擁護我妙正法能令善根福行增長若温誦教示爲他説授趣三歸依優婆塞護住淨梵行諸善根等福行增長若修初禪福行增長乃至修滅受想定若須陀洹果乃至佛菩提果福行善根如是等相皆得增長現在所作乃至未來當作然妙法燈能令一切福行增長是故付囑汝等手中如來所覺妙法令熾然故勸發汝等福德增長是故付囑汝等手中若未來世於此法門乃至書寫經卷安置家中以法力故一切惡業悉當滅盡若善男子隨所有處若在村城乃至庶民若欲受持當淨洗身著新淨衣以華布散燒種種香敷種種氈褥嚴飾師子座開示此法

說此法門乃至書寫經卷受持讀誦若汝等於彼不來聽法擁護法師及聽法者自他惡業盡故汝等則爲欺誑諸佛愚失正道爾時娑婆世界主梵天王白佛言世尊若於今時若未來世隨所有處乃至此妙正法未滅已來若聚落城邑州縣國土邊壃遠處王城宮内若僧伽藍若寂靜處若婆羅門家若長者大家若庶民家若說法師比丘比丘尼優婆塞優婆夷及餘清信善男子善女人等好洗浴好塗身著新淨衣散華布飾莊嚴道場燒種種香敷種種繒綵設種種味昇師子座廣爲他人開示演說此陀羅尼印若書若讀時我共無量百千徒衆當往彼處圍繞聽法擁護彼法師故及諸聽法者自他惡業盡故一切善法成熟故大妙正法熾然故入大智明第一道故彼諸城邑乃至庶民家我當擁護彼諸衆生令彼衆生財穀豐饒倉庫盈滿故若我不來聞所未聞即於一切佛世尊前違昔誓願時梵天王即於佛前而說咒曰

多地也他　鴦呇呵澄去聲伽否囉茶去聲拏一耶弭呿二佉佉三佉婆四佉婆五吉利那佉婆六娑婆呵

時梵天王說此咒已重白佛言世尊若我於彼說法師處不來聽者不擁護者乃至財穀豐饒倉庫增長故衆生充足故即違本誓願爾時一切諸佛世尊及大菩薩摩訶薩一切天人人非人等同聲讃彼大梵天王善哉善哉爾時釋天主憍尸迦白佛言世尊隨所在處若今現在若未來世乃至村城若我不往聞所未聞即於一切佛世尊前違昔誓願爲

有過者即於佛前而説呪曰

多地也他　佉婆弭舍佉一　佉婆弭舍佉一　那攞伽三　阿母若四　阿母婆呵五　阿呿吒六　阿呿七　阿捨呿八　嗜那婆囉揭九虛偈切　娑婆呵

時釋天主説此呪已重白佛言世尊若我不作如昔所願者此即是我自違誓願爲有過者是時大衆乃至人非人等咸稱歎言善哉善哉釋迦天主爾時毗樓勒叉天王白佛言世尊隨所在處若今現在若未來世乃至城邑有此法門我若不往不作擁護世尊此即是我自違誓願爲有過者即於佛前而説呪曰

多地也他歐佉一　那婆婆荼二　娑毋陀羅細兒三　哆他注多四　婆樓上聲拏婆婆囉闍五　娑婆呵

是時大衆乃至人非人等咸共稱歎毗樓勒叉大護世言善哉善哉爾時毗樓博叉天王白佛言世尊若今現在若未來世隨所在處乃至城邑有此法門我若不往爲作擁護聞所未聞即於佛前違昔誓願爲有過者即於佛前而説呪曰

多地也他闍老伽一　阿到伽二　阿麽耄伽三　阿麽麽四　娑連社婆五　脾毗也切耶毋闍六　娑婆呵

是時大衆乃至人非人等咸共稱歎毗樓博叉天王言善哉善哉爾時提頭賴吒天王白佛言世尊若今現在若未來世隨所有處乃至城邑有此法門我若不往爲作擁護聞所未聞即於佛前違昔誓願爲有過者即於佛前而説呪曰

多地也他頻頭社婆一佉婆社婆二囉毋佉三叉娑囉四否迦婆訶五阿上聲末伽婆吒六娑婆訶

是時大衆乃至人非人等咸共稱歎提頭賴吒天王言善哉善哉爾時毗沙門天王白佛言世尊若今現在若未來世隨所有處乃至城邑有此法門我若不往爲作擁護聞所未聞即於佛前違昔誓願爲有過者便於佛前而說呪曰

多地也他篕初後切陀利一篕篕篕陀利二篕陀利三阿伱篕陀利四那也那篕陀利五醯履哆夜篕陀利六娑伽囉醯履哆篕陀利七僧九婆篕陀利八達摩叉耶篕陀利九娑婆呵

是時大衆乃至人非人等咸共稱歎毗沙門天王言善哉善哉爾時於此世界此四天下所有一百一十二夜叉大將主各將軍衆於四天下守衛擁護者復有四萬夜叉於此四天下居住者復有大神通中最勝諸天龍夜叉乾闥婆阿脩羅迦樓羅緊那羅摩呼羅伽等咸共同聲白佛言世尊若今現在或未來世隨所在處有此法門乃至此妙法燈不滅已來若在聚落城邑州縣國土王城王宮阿蘭若處若婆羅門家長者家居士家庶民家若法師若比丘比丘尼優婆塞優婆夷復有諸信心善男子善女人應好淨洗浴以香塗身著新淨衣散華布飾莊嚴道場敷置種種氈褥衣服燒種種香種種美味盛滿淨器施設妙好師子法座昇此座已廣爲他人分別開示此經及讀誦時我等一一與無量百千

眷屬圍繞往彼聽法爲擁護法師爲擁護已衆及餘衆生爲擁護故成熟衆生故我等若不往彼城邑乃至庶民家及以眷屬不受敎勑不成熟衆生不令衆生豐饒財穀倉庫盈滿又復一切鬭諍饑饉疾病他方怨敵非時風雨極寒極熱諸災難等若不遮斷我等則爲欺誑過去未來現在諸佛世尊違本誓願空無所得得白癩病退失神通身體爛壞世尊雖復如此我等今者并諸眷屬若今現在若未來世於此世界四天下處決定光顯釋迦如來微妙正法及信此法人當爲擁護供給所須所作成熟惡業滅盡我等於此法門敎示開顯彼說法人又令說法人及聽法者財穀豐饒諸所受用悉當增長於佛所說不壞不滅法悉當受持時彼一切諸佛世尊一

切大衆人非人等咸共同聲讚彼天龍護法神等善哉善哉汝等如是善所應作爾時懷樂菩薩於大衆中即白釋迦如來言世尊云何此百俱胝所有諸魔并諸眷屬一切盡皆來到此耶佛言善男子此一切魔并諸眷屬悉來此會懷樂菩薩復白佛言云何世尊此一切魔并諸眷屬於三寶中得清淨信不佛言不也復次善男子此諸惡魔一千眷屬於三寶中而不得意不清淨信反生瞋恨若今現在若未來世乃至此妙正法熾然已來常勤方便伺求其短令正法滅壞故隱没故如是復有十八諸魔并其眷屬一萬三千如是復有二百諸魔并其眷屬二千一百彼諸魔等於三寶中悉不得意不清淨信反生瞋恨若今現在及未來世乃至此妙正法廣流行

時常勤方便伺求其短令我教法及妙正法滅壞故隱没故何以故往昔已來憎嫉力持故不種善根故爲惡知識所攝故於善離欲無受樂中永無悕望無欲願故彼諸魔心於如來心及菩薩心未曾和順住不淨信不解脫故是諸魔等今雖不信以見如來大集妙色及得聞此甚深陀羅尼以是因緣彼於後時得清淨信當得阿耨多羅三藐三菩提懷樂菩薩作如是言希有世尊希有善逝彼等衆生乃至不種善根若但耳聞觸此法門如是因緣故當得阿耨多羅三藐三菩提爾時有魔名曰不去曾於佛所極多供養於三寶中淨信不動得阿耨多羅三藐三菩提記作大仙人形從座而起於釋迦如來前合掌徧觀如來世尊威力加故於一切佛刹大聲徧滿作如是言諸佛世尊一心念我一切菩薩摩訶薩及天龍夜叉乾闥婆阿脩羅迦樓羅緊那羅摩呼羅伽人非人等魔及眷屬聽我所說今此世尊釋迦牟尼大悲導師往昔之時誓願如是於極穢惡五濁佛刹得阿耨多羅三藐三菩提作逆衆生誹謗妙法謗無聖人具不善根惡行相應心相續成就者普令出過三惡道故成熟三乘故修忍三昧陀羅尼故引向清淨諸佛刹土令三寶種久住不斷成就大願斷除一切穢濁佛刹成滿一切功德莊嚴是故我等當如是作爲令如來正教久住及妙正法得不滅壞若令現在若未來世無有若魔若魔眷屬於如來所受正法欲滅壞隱没乃至不能惱一衆生惟除少隨順不具信者若持此妙法者隨順此法者說

此法者聽此法者比丘比丘尼優婆塞優婆夷及餘信心善男子善女人勤修三業能自策勤坐禪誦經營理塔寺恒勤作福勤事供養佛法僧寶勤斷三界煩惱繫縛勤斷一切衆生諸苦悉令解脱者彼等行人若爲魔使若魔女魔男若魔眷屬欲惱亂彼伺求其短障難善業作亂心因縁者爲彼等故我今現前請諸世尊當與我力善業成就憐愍我故一切菩薩摩訶薩等并一切魔及魔眷屬一切天龍夜叉乾闥婆阿脩羅迦樓羅緊那羅摩呼羅伽人非人等所有一切來此佛刹者及大地衆爲欲利益諸衆生故佛教正法得久住故當憐愍我今欲説呪與我成就若魔若魔眷屬欲惱彼等人及聽法者我當降伏令其心亂令其身苦令身惱縮退失神通故

説此呪句若諸惡魔并魔眷屬魔男魔女若魔使等若於佛教起一念惡不清淨心惱亂諸比丘比丘尼優婆塞優婆夷乃至但起一刹那心欲作惱亂退失善分若於城邑國土乃至在王宫内邊疆靜處隨所在處有此法門開示分別若於此等起破壞心乃至一刹那於彼諸方鬬諍疫死饑儉諸病他方怨敵非時風雨極寒極熱暴水卒起地動地吼火星流墮有如是等諸惡相起或於華葉菓實諸穀藥味欲於彼等起破壞心時即令彼魔乃至魔使鬱熱所燒重汗爛臭無所能作不能起舉五繫縛之令其自見乃至一切支節踡縮不能舒展令得黑闇不覩光明退失神通心意錯亂令彼六根不能縁境即説呪曰

多地也他阿摩離一阿甜呼甘切麼離二阿甜

麽離三阿闍婆婆四阿闍婆婆五茂囉娑離六鞞夜佉娑離七社麽娑離八呵呵呵呵呵呵九瞿囉娑吒十社那呿伽十一尒也呿伽十二比毗蜜切尒也婆娑呿伽十三阿茂叉囉十四叉叉叉叉叉叉十五茂囉婆囉十六呿伽娑婆呿若十七娑婆跛履跋哆茂囉十八阿上聲若若婆由若若十九氈陀羅嗽履也若若二十那婆上聲呵上聲若若二十一蒻囉叉若若二十二婆婆若若二十三部哆句胝哆他上聲多若若二十四薩婆尒髀囉地上聲史耻多二十五若若婆迦囉麽二十六底履健哆叉婆二十七叉麽摩叉摩若二十八差初几切比哆摩囉毗沙也二十九娑婆呵

爾時不去魔說是呪時於刹那頃由得一切智擁護故諸魔境界悉皆滅壞無所成就如是如是所有欲作不利益者皆不成果是時一切諸佛世尊咸共稱讚善哉善哉及一切菩薩摩訶薩天龍夜叉人非人等亦共稱讚善哉善哉是時大地皆大震動四海涌沸諸須彌山王魔及眷屬悉大驚動是時惡鬼神等亦復如是惟除於佛教法清淨信者及得忍菩薩不生驚怖爾時魔王問堅固慧菩薩言善男子何等因緣此不去魔有是勝力是誰加被此無慈悲令我部黨及我境界力之所作一切散滅悉皆退壞乃更建立沙門瞿曇黑黨親眷說斷惡見我即聞此陀羅尼時令我身體臭惡爛壞無所能爲一切諸方爲我黑闇不見諸光大熱所燒耶爾時堅固慧菩薩答魔王言此是一切諸佛世尊神力加護亦是一切人非人等與此不去魔力故令汝等一切諸魔境界之力如所欲作悉皆摧

碎今説此不退陀羅尼句時汝今應生清淨信心於如來所發阿耨多羅三藐三菩提心汝今若能如是作者此身口意諸苦惱觸悉當解脱是時魔王答堅固慧菩薩言我今寧當忍耐此苦令身口意受於無量無數大苦惱事至於最後後邊際劫我終不發阿耨多羅三藐三菩提心

阿吒簿俱品第十二

爾時夜叉衆中大將軍主名阿吒簿俱而作可畏夜叉之形復有夜叉名曰爲想而作鹿形復有夜叉名曰智炬作獼猴形復有夜叉名捨渴愛作羖羊形復有夜叉名曰斷流而作象形此五夜叉是善丈夫去釋迦如來不遠於憍陳皺如來前坐此等五人一切身分皆出清淨微妙香光各以兩手捧光明大寶爲供養世尊故爾時懷樂菩薩摩訶薩以清淨心觀彼五人清淨所依乃是菩薩摩訶薩即告阿吒簿俱大夜叉軍將言善丈夫汝等今者見何等義現如是相威儀所作供養世尊時阿吒簿俱答懷樂菩薩言善男子於過去世九十一劫於此佛刹有佛出世號毗婆尸如來應供正徧知彼佛世時我等兄弟同一母生於彼佛所俱發阿耨多羅三藐三菩提心爲成熟衆生勤作方便從彼已來於尸棄如來所毗葉婆如來所乃至於此大賢劫中最初如來名拘留孫彼佛出世從爾已來我等本願常作同母兄弟於彼如來我等兄弟以種種供養供給所須彼佛世時想善丈夫爲優婆塞樂修禪定作如是願願我常於大賢劫中作夜叉大將若有夜叉居住空迥

曠野之處於諸衆生常懷惡心無有悲愍種種雜類夜叉之形乃至迦吒富單那等我以方便現同彼類爲說正法令生淨信得淨信已爲受戒法置之吉祥安隱善道乃至隨所有處諸畜生趣亦復如是獐鹿虎狼猪羊犬等爲其說法乃至恒河沙數惡夜叉等諸畜生趣盡同所作爲其說法令種善根彼成熟已安置於彼三乘正道然後我得阿耨多羅三藐三菩提記智炬夜叉願作獼猴形者爲成熟獼猴故捨渴愛夜叉願作羖羊形者爲成熟住八難衆生故斷流夜叉願作象形者爲成熟象等故如是萬二千諸大神通夜叉居四天下者往昔已來作種種願爲成熟衆生故爲求阿耨多羅三藐三菩提故於彼拘留孫如來前求阿耨多羅三藐三菩提時爲

成熟惡夜叉故願盡大賢劫彼惡夜叉無悲愍心樂作惡法無恩慈心乃至迦吒富單那奪精氣者狂亂他心者作不善心者殺害衆生者乃至邪見者刹利婆羅門毗舍首陀等心狂亂者道路城邑州縣國土等中作狂亂者作諸灾恠星宿日月晝夜度數半月一月時節年歲皆令失度鬪諍謀計饑饉疾病他方怨敵非時風雨極寒極熱和合集起如是惡事種子藥草華菓汁味悉欲破壞衆生喜樂無病和合於善法欲地味精氣財穀寶物食味法味解脫味皆令滅沒者有如是等諸惡夜叉敎令受戒置不退地然後我乃取阿耨多羅三藐三菩提記我從彼已來常生諸惡大夜叉中爲大軍將乃至極惡迦吒富單那等以三乘法成熟安立置不退地從是已

來見下中上鬼不曾輕欺如所見形我同彼形隨類與語籌量漸進令其歡喜斷除諸惡立慈悲心滿悕望已教令供養佛法僧寶令不退轉隨有夜叉眷屬之處我當往彼以法教示彼諸夜叉隨其住處若見我來咸共白言善來阿吒簿俱由彼稱我名阿吒簿俱故我名阿吒簿俱若今時人無先聖法住於惡戒常行黑業彼命終已生三惡道少分衆生生於人中若行雜業者於三寶中時有淨信彼命終已由雜業故雜生諸惡夜叉迦吒富單那中於世間中倍復增長彼等一切白法之分方便滅壞由彼惡故令時鬬諍倍復增長我又不能於一切時於惡夜叉乃至惡富單那以柔輭語置於白法我又不能於一切時於沙門婆羅門刹利毗舍首陀羅等男女長幼小男小女除其擾亂我又不能於一切時城邑州縣國土道路除其擾亂我又不能於一切時令諸鬼神等心心數法置解脫味善男子我今蒙一切諸佛威德力故已得善入一切夜叉迦吒富單那等方便諂心智善男子有陀羅尼名金剛佉婆娑履諸鬼心大暴惡明呪若有行此呪者諸夜叉女夜叉父母夜叉男女夜叉夫婦并其眷屬若羅叉羅叉女乃至龍龍女鳩槃茶鳩槃茶女顛病鬼瘧病鬼若日日發乃至四日發鬼若迦吒富單那迦吒富單那女迦吒富單那父母迦吒富單那男女迦吒富單那夫婦并其眷屬不復更能惱亂刹利婆羅門毗舍首陀乃至國土復次善男子隨所有處若城邑州縣若王宮内乃至庶民家此金剛佉婆娑履諸鬼心

大暴惡明呪隨處開示時彼處所有惡夜叉迦吒富單那等往昔已來憎嫉隨逐不善業者願令悉捨生於慈悲柔輭之心於一切衆生起利益心若一切聚落家宅爲天龍夜叉迦吒富單那等之所擾亂一切日月星宿灾恠毒器仗等之所加害厭蠱擾亂及身中風病黃病癊病瘧病若日日發或二日三日四日發癩病癬疥欬嗽丁瘡腹痛支節等病之所擾亂皆得除滅願令人非人等乃至禽獸勤修白業斷諸怖畏具足喜樂晝夜受樂布施調伏攝護身口而無懈怠勤修樂求助菩提道又作如是言善男子諸佛世尊隨喜加護與我此呪成就業句能除一切擾亂惡法遮斷一切不善之分增長一切善法之分我今欲說此一切諸鬼金剛佉婆娑履大明呪句釋迦如來當加護我圓音演說若我圓音演說此文字聲滿一切佛刹者如是諸來大衆聞此圓音演說句義文字皆令歡喜爾時世尊釋迦如來告阿吒簿俱大夜叉軍將言善男子我等諸佛已加護汝此圓音演說金剛佉婆娑履諸鬼心大暴惡陀羅尼呪破壞黑黨熾然白法善男子汝當勇猛說此能除一切擾亂金剛佉婆娑履諸鬼心大暴惡明呪遮斷一切諸惡呪句是時阿吒簿俱大夜叉軍將即從座起曲躬合掌向釋迦如來以大音聲盡此佛刹普皆告知即於佛前說此呪句

多地也他豆(上聲)摩豆摩(一)馱摩馱摩(二)度摩度摩(三)你履娜(四)娜羅努羅你羅(五)鳩吒你鳩吒你(六)摩訶鳩吒泥(七)吒吒吒株(八)摩訶

吒吒九阿婆娑十阿毗阿毗十一履尼履尼十二
摩訶履尼履尼十三履弭履弭履弭十四陀履彌
十五履筵平聲摩訶履筵十六首樓首樓十七摩訶首
樓首樓十八首樓首樓陀十九摩訶首樓首樓二十
嘔舅摩舅摩二十一舅麽那二十二履弭履弭二十
三醯履醯履二十四醯履醯履二十五醯履醯履
二十六醯履醯履二十七醯履二十八你弭你弭二十
九醯你醯你三十母你母你三十一部地履三十二
跛囉婆囉三十三悉履所吒三十四路迦柘履耶
視泥視泥三十五視娜履沙婆三十六視娜視娜
視娜履沙婆三十七娑婆呵

是時阿吒簿俱大夜叉軍將說此呪已即白
佛言世尊隨所有處若城邑及庶民家說此
金剛佉婆娑履耶大明呪時若有夜叉乃至
迦吒富單那心不淨信及身口意不受敎誡
不於衆生起慈悲心以是故我今更說倍復
嚴迅大明呪句即於佛前而說呪曰

多地也他阿上聲肢一阿肢二毋泥毋泥三阿
上聲者上聲泥杇杇四毋泥毋泥五麽娜履沙婆
上聲杇杇六阿迦囉檀地七阿哆檀地八阿哆
阿哆九阿底十嘔吒十一醯上聲你十二醯弥十三醯
履醯履醯履醯履醯履醯履十四哆囉舅
麽十五舅麽舅麽舅麽十六醯履醯履十七你里你
里十八摩訶你里十九三毋陀羅袂去聲佉二十呵吒
呵吒呵吒二十一陀囉拏彌去聲佉二十二叉婆迦
叉婆迦二十三比履地毗二十四阿去聲跛二十五帝
多昜切殊二十六婆由二十七阿迦捨二十八咜咜陀
窮卑二十九朋窮脾三十惡差初飢切窮脾三十一視
許婆窮脾薩傍去聲伽窮脾三十二囉祛窮脾三十
三娑陀娑斗窮脾三十四娑婆呵

爾時阿吒簿俱夜叉大將說此呪時應時無間一切天龍夜叉迦吒冨單那皆大驚怖此佛剎土地及虛空住者悉皆戰怖一剎那頃如是一切諸鬼即於佛前合掌敬仰作如是言南無一切諸佛南無一切諸佛最勝大悲願悲愍我阿吒簿俱夜叉大將說入一切鬼心呪句

諸佛還國品第十三

爾時一切諸佛世尊從十方來者各從座起現還國相是時大衆在地及虛空住者悉皆戰怖一切大地悉皆震動從空雨華於虛空中作百億樂燒香末香從空而下光明徧照此佛剎內一切大衆皆悉合掌爾時娑婆世界主梵天王問大栴檀香佛言世尊是諸衆生以何善根當得具足諸佛世尊以幾種法加護衆生於未來世得此法門當受當持當讀當溫誦及爲餘人當廣開示書寫此經書寫已安置家中爾時世尊大栴檀香如來告梵天王言如是梵王一切諸佛加護衆生六界之身調伏魔黨故息滅鬪亂故成熟衆生故妙法久住故淨無上道故如是一切諸佛世尊諸大菩薩有十種法加護衆生於未來世得此法門當受持讀誦書寫經已安置家中何等爲十一者一切諸佛諸大菩薩慇懃付囑一切天龍夜叉乾闥婆阿脩羅迦樓羅緊那羅摩呼羅伽等常令擁護受持法人不起非法身口意業示誨善法隨所受用衣服飲食常令豐足無病安隱乃至捨已身命護持法人令無過失二者彼人所得念慧樂說趣巧方便得無過失及彼欲樂相應意覺深

忍具足隨所住心如空如地三者以四攝法勸諸四衆及餘衆生得住善法取堅固身三事清淨行菩提道四者得寶幢三昧得是三昧巧能觀察諸三昧門五者彼持法人隨處命終無量無數諸佛世尊諸比丘衆諸菩薩衆常現在前將養說法六者諸佛世尊所說成就句義文字法時悉皆得聞即得一切最勝聖法無受喜樂彼一切業障隨彼命終最後刹那捨壽死識得如法滅猶如死法阿羅漢滅七者如所悕望清淨佛刹隨意化生彼諸世尊住世將養常說清淨大乘教法彼持法人於此大乘無障礙智具足如虛空心而住八者不久於此功德悉得具足九者彼持法人穢濁佛土不復受生除自本願十者速疾當得阿耨多羅三藐三菩提是爲十法諸

佛世尊以此十法加持法人若於今時若未來世此妙正法當得熾然若有受持此陀羅尼法門乃至但書寫此經安置家中一切諸佛諸大菩薩當共擁護彼持法人一切煩惱悉得解脱即是菩薩摩訶薩也爾時世尊釋迦如來告釋梵護世諸善男子此諸世尊皆從十方普來會者憐愍汝等諸衆生故令此世界外物清淨故成熟一切衆生故顯示菩提行退魔黨故建立法幢故顯示一切佛事故三寶種不斷故滅一切病故遮一切惡故擁護一切怖畏故斷一切惡見故入菩提道故滿足如來十力故盡一切煩惱業故說此希有大希有相昔未曾有昔所未聞甚深句義陀羅尼擁護家宅城邑國土及擁護此四天下天龍人非人等穀藥華菓護說法師及

聽法者爲得無著陀羅尼故入如虛空智故以一法式得一切智智故復次善男子以此法門故一切諸佛依入大悲智以十種法護此佛刹中一一諸物增長不壞善男子一切諸佛菩薩於此佛刹徧皆受用無空鈌處護持一切善法故一切佛土所受生者於此佛刹當起尊重禮拜如塔廟想如天師想由此佛刹所受生者善能建立一切法故滅除業障五逆罪故具不善法得不愛果盡無餘故住諸善法善男子此等諸佛於此佛刹作大丈夫業善男子汝等應當恭敬受持此法若有在家及出家人受持此法者及信此法者汝等應當守護此人汝等當得利益安樂故爾時俱蘇摩幢如來於此法門稱揚功德說如是偈

淨金滿諸刹　捨供諸如來　不如持此經
福德無邊量

爾時勝寶蓋如來亦復如是稱歎此經無量功德說如是偈

若持金寶聚　施與恒沙佛　不得如此福
如彼持經者

爾時須彌峯如來亦復如是稱歎此經無量功德說如是偈

最上華聚蓋　連布覆虛空　普施於諸佛
淨喜心供養　末法欲盡時　多諸怖畏事
持此經福量　諸佛不能說

爾時釋迦如來亦復如是稱歎此經無量功德說如是偈

若起淨心牟尼前　炷如須彌香油燈
無量俱胝大劫中　熙怡持此以供養

復有餘人樂福德　希求無障解脫身
法欲盡時以此經　爲信者說福勝彼

爾時阿閦如來亦復如是稱讚此經無量功德說如是偈

若修持忍慧　常起精進行　禪定攝身儀
及以廣大智　末世鬪諍時　持此妙法印
修忍進無等　智慧亦無比

爾時淨三昧勇力如來亦復如是稱讚此經無量功德說如是偈

開示此經法　受持及書寫　授與他相應
復能常讀誦　燒香以供養　華鬘及上服
所得諸功德　無能度量者

爾時無量無數諸佛世尊稱揚此經功德利益無量無邊既稱讚已即告釋梵護世諸善男子汝等一切受此法門盡煩惱障一切業障於後末世若有衆生但聞此經盡煩惱障一切業障佛說此經已一切世間得信善男子天人阿脩羅乾闥婆等聞佛所說歡喜奉行

寶星陀羅尼經卷第八

音釋

姧狡（姧古閑切詐也　狡古巧切猾也）氈褥（氈諸延切毛席　褥儒欲切裀也）呿佉（並丘伽切）耄（莫報切）癩（落蓋切惡疾也）爛（郎肝切糜也）伺（息利切察也）踡縮（踡巨負切　縮所六切）吒（陟駕切）簿（音博）獐（諸良切與麞同）豬（張如切豕也）籌（直由切筭也）蠱（公戶切惑也毒也）簁（音師與篩同）

度諸佛境界智光嚴經

失譯人名附三秦録

清刻龍藏佛說法變相圖

度諸佛境界智光嚴經

失譯人名附三秦錄

如是我聞一時佛住摩伽陀國法林菩提光明宮殿大功德所造能令見者生大歡喜無量功德蓮華之像師子高座佛在其上正徧知意清淨無等正行到諸佛等法心無障礙到不退法不捨無邊佛事安住不可思議向無相法三世平等身滿世界知法無礙一切智身智慧無量諸大菩薩之所受持已到諸佛無等禪那究竟滿足得解脫智大慈大悲轉於法輪究竟無邊有色身及餘比丘衆六萬二千其名曰舍利弗摩訶目揵連摩訶迦葉阿㝹樓馱須菩提迦旃延摩訶劫賓那離婆多難陀那提迦葉伽耶迦葉分那彌多羅尼子伽梵鉢底周利般特蹋朧驃末利至迦

提羅尼伽准陀摩訶俱絺羅羅睺羅阿難陀如是等六萬二千衆一切定一切行等入諸法性無住無依度諸煩惱入佛法界隨從一法向一切智不捨一切智道樂一切智不退已到毗婆舍那第一波羅蜜已生諸方便境界行處及與萬比丘尼摩訶波闍波提比丘尼耶輸陀羅比丘尼等及一切善神清白之法近一切智入一切智明善達諸法無性入諸法無性入諸法無相得諸法實際知諸法不生一切安立不思議解脱之定教化衆生不作意不思惟而能現身四種威儀復有十佛世界不可説億萬那由他微塵數等菩薩摩訶薩其名曰普賢菩薩摩訶薩普眼菩薩普化菩薩普慧菩薩普焰菩薩普光菩薩普明菩薩普光明菩薩普幢菩薩普意菩薩大勇猛菩薩大持勇猛菩薩大神通菩薩大神通王菩薩大勇猛力菩薩大嚬申菩薩大嚬申力菩薩大香象菩薩大月菩薩善月菩薩普光明月菩薩法無垢月菩薩光炎月菩薩明月菩薩放光月菩薩滿月菩薩梵大自在菩薩梵帝釋震聲菩薩地鳴聲菩薩法界響聲菩薩除一切魔界聲菩薩法鼓響聲菩薩普語言聲菩薩無思惟聲菩薩地上響聲菩薩一切聲性宮殿聲菩薩普上菩薩普無垢上菩薩功德藏菩薩光曜菩薩光藏菩薩寶藏菩薩月藏菩薩日藏菩薩熱光藏菩薩蓮華吉藏菩薩意菩薩大意菩薩勝意菩薩震意菩薩廣意菩薩上意菩薩增長意菩薩無邊菩薩嚴意菩薩覺意菩薩無盡意菩薩海意菩薩彌樓燈菩薩大燈菩薩法炬燈菩薩

一切光耀燈菩薩普燈菩薩除一切闇燈菩薩照一切趣燈菩薩專一光明燈菩薩日燈菩薩月燈菩薩文殊師利童子菩薩觀世音菩薩得大精進菩薩金剛藏菩薩寳室菩薩捨惡趣菩薩藥王菩薩藥上菩薩慈悲聲菩薩蓮華手菩薩日光菩薩無微塵勇猛菩薩金剛意菩薩伏一切界菩薩魔不勝菩薩寳頂菩薩百光所照明菩薩大魔不勝菩薩不可生菩薩不可勝菩薩不可入菩薩不可近意菩薩掃惡趣菩薩彌勒菩薩如是等諸菩薩十佛世界不可說萬億那由他微塵等菩薩摩訶薩一生相續餘世界集曉了衆生成熟衆生安住菩薩智慧方便入世間法了泥洹處觀了一切校計習已斷行取於曉了不斷攝受衆生善入一切無邊無中曉了一切衆生業果而不失於無所得智觀衆生結使具方便智慧了去來今諸佛義句善能受持智慧分別入世出世無邊無中能觀有爲及無爲法向去來今諸如來智了心刹那刹那生滅初生出家方便苦行坐菩提樹降魔得佛轉於法輪及般涅槃不離衆生起菩提業此諸菩薩以一衆生心緣入一切衆生心緣方便生智慧地不退菩薩身得一切智地行不退轉不斷菩薩所行入無功用智慧爲一衆生事行無邊事無行轉法輪敎化世間曉了能持諸佛法本紹如來種使不斷絶於無佛世能現作佛穢惡世界能令清淨能除一切菩薩業障令得入於無障礙法相應虛空等一切界相應無障礙等實際相應與法界等知一切業所造果報如彼因緣所造果報

相應印彼印造諸法等智相應像現一切等智相應於響聲智諸假名等此諸菩薩安住不可思議解脱定遊戲首楞嚴三昧安住無邊佛身具衆陀羅尼於一毛孔現諸世界成就去來現在諸佛清淨住處受持勝行願成就普賢行願了知諸佛初生滅度勸請説法利安衆生一毛孔中現於十方初生出家方便苦行坐菩提樹降魔成佛轉於法輪及般涅槃此諸菩薩以智慧相應於一坐處能動十方一切世界於一佛土遍能莊嚴諸佛世界曉了莊嚴一佛世界能現一切諸佛世界於十方世界諸如來衆能現一如來衆於一如來衆能現十方諸如來衆曉了説法無中無邊能於自身現一切衆生於一佛身能現多佛於多佛身能現一佛能令自身現十方世界曉了三世能現一衆生身於過去世現未來世於未來世現過去世於過去世現現在世於現在世現過去世於未來世現現在世於現在世現未來世能以一身出入無量無數禪定三摩鉢提以無量無數身出入一定三摩鉢提能現菩提於一切身能於一衆生身現一切衆生於一切衆生身現一衆生能於一佛身現一切衆生於一切衆生身能現於一佛能現一切身法身衆生身於一切世界能現一世界分布一世界能現多世界能令十方世界入一毛孔能現諸衆生一切諸佛得菩提願力處能現十方世界成熟衆生得阿耨多羅三藐三菩提能現無數劫一世界中修菩薩行能現一心生於十方一切世界於一切世界一切衆生胎生卵生濕生

化生有色無色有想無想二足四足無足多足天龍夜叉乾闥婆阿脩羅迦樓羅緊那羅摩睺羅伽釋梵四天王人及非人如所成熟教化衆生心無功用不以思惟起威儀事於一微塵能現無量無數不可說世界一切衆生亦無迫迮無量無數不可說劫威儀果報事能於一念中現於一念威儀果報事於無量無數不可說劫中現如是所作心無功用不作思惟現身威儀及諸轉變復有餘菩薩具足不可稱量功德億萬那由他復有不可說諸天龍夜叉乾闥婆阿脩羅迦樓羅緊那羅摩睺羅伽釋梵四天王人非人等從諸佛世界來集於此從此世界百千萬億四天王一一四天王有一大天及諸眷屬來至佛所禮拜供養聽受正法復有無量百千萬億天帝釋復有無量百千萬億夜摩天王復有無量百千萬億兜率陁天王復有無量百千萬億化樂天王復有無量百千萬億他化自在天王來至佛所禮拜供養聽受正法復有諸天魔眷屬亦來佛所禮拜供養聽受正法復有無量百千萬億梵天王復有無量百千萬億大梵天王復有無量百千萬億少光天復有無量百千萬億無量光天復有無量百千萬億光輝天復有無量百千萬億少淨天復有無量百千萬億無量淨天復有無量百千萬億徧淨天乃至阿迦尼吒諸天一一天衆共來佛所禮拜供養聽受正法復有無量百千萬億淨居諸天及大自在天子來至佛所禮拜供養聽受正法復有無量百千萬億龍王復有無量百千萬億夜叉王復有無量百千

萬億乾闥婆王復有無量百千萬億緊那羅王復有無量百千萬億摩睺羅伽王等來至佛所禮拜供養聽受正法復有無量阿僧祇人非人等來至佛所禮拜供養聽受正法復有無量百千萬億優婆塞優婆夷來至佛所禮拜供養聽受正法復有山神樹神草木等神及彌樓摩訶彌樓目眞鄰陀摩訶目眞鄰陀雪山鐵圍等諸山神來至佛所禮拜供養聽受正法復有小海大海小江大江湖池等神來至佛所禮拜供養聽受正法復有村邑國城諸神來至佛所禮拜供養聽受正法復有龍神夜叉乾闥婆緊那羅摩睺羅伽住處諸神來至佛所禮拜供養聽受正法以佛神力悉無迫迮復有百千萬億月天子復有百千萬億日天子一一天子各將大眷屬來至佛所禮拜供養聽受正法復有阿㝹達多大龍王來至佛所禮拜供養聽受正法爾時世尊光明照耀過諸大衆如月十五日圓滿明淨無諸雲翳光明照耀過於衆星如是世尊光明照耀過於一切釋梵諸天佛身不動如須彌山王爾時文殊師利童子菩薩語伏一切諸蓋菩薩摩訶薩言佛子此如來身安住不動如是語已伏一切諸蓋菩薩摩訶薩復語文殊師利言於此衆中有人見佛欲出家踰城或有見佛已出家或有見佛已修苦行或有見佛向菩提樹或有見佛已坐道樹或有見佛爲無量無數魔所圍遶或有見佛已破魔軍或有見無量無數諸天龍王夜叉乾闥婆緊那羅摩睺羅伽人非人釋梵諸天說如是言願如來勝或有見佛爲帝釋所請或

有見佛爲梵王所請或有見佛爲四天王所請或復有人於此衆中見佛爲我説布施法有見爲我説持戒法有見爲我説忍辱法有見爲我説精進法有見爲我説禪定法有見爲我説智慧法有見爲我説方便法有見爲我説於緣覺法有見爲我説聲聞法有見爲我説緣覺法有見爲我説菩薩法有見爲我説地獄生法有見爲我説餓鬼生法有見爲我説畜生生法有見爲我説人生法有見爲我説四天王生法有見爲我説三十三天生法有見爲我説燄摩天生法有見爲我説兜率陀天生法有見爲我説化樂天生法有見爲我説他化自在天生法有見爲我説梵天生法有見爲我説轉輪王生法或復有人於此衆中見於如來身長二尋或見佛身長一拘盧舍或見佛身長二拘盧舍或見佛身長一由旬或見佛身長十由旬或見佛身長千由旬或見佛身長十二十三十四十五十千由旬或見佛身長百千由旬或見佛身長十二十三十四十五十百千由旬或見佛身長八萬四千由旬或見佛身過於數量百千由旬或見佛身紫金之色或見佛身寶瑠璃色或見佛身因陀羅青摩尼寶珠色或見佛身大青摩尼寶珠色或見佛身火光摩尼寶珠色或見佛身摩尼寶蓮華色或見佛身過帝釋摩尼寶珠色或見佛身金剛光明寶摩尼色或見佛身一切天寶光摩尼色或見佛身日月光明摩尼寶色或見佛身水精摩尼寶色或見佛身自在天王寶摩尼色或見佛身一切光明聚寶摩尼色或見佛身師子鬣毛寶

摩尼色或見佛身師子幢寶摩尼色或見佛身海住清淨莊嚴遍光明寶摩尼色或見佛身如意寶摩尼色文殊師利是諸衆生見如來身聞所說法入如來行至佛境界彼諸衆生各見如來同其所行文殊師利於東方不可數量不可思議不可稱說世界布滿諸天龍夜叉乾闥婆阿脩羅緊那羅摩睺羅伽釋梵四天王人非人等如東方南西北方四維上下亦如是不可數量不可思議不可稱說布滿諸天龍夜叉乾闥婆阿脩羅緊那羅摩睺羅伽釋梵四天王人非人等大衆充滿如竹林園如甘蔗園如稻麻園文殊師利若諸衆生得見如來則可敎化彼諸衆生在如來前去一尋住瞻仰如來是時衆生隨見如來現四威儀各住其前文殊師利若以說法成熟衆生彼諸衆生皆聞說法文殊師利若以行成熟衆生彼諸衆生惟見佛行文殊師利如來所現無異功用無異思惟隨衆生性自見不同文殊師利如十五日夜閻浮提人各見月現在其上月不作意我現其上亦不作意令其得見何以故不共法故文殊師利如來應正遍知於大衆中衆生皆見各在其前佛不作意我現其前亦不作意令彼見我應受化者隨其自見何以故不共法故文殊師利如最勝水精摩尼寶珠隨種種衣成種種色若珠置在黄衣之上珠成黄色置赤衣上珠成赤色置青衣上珠成青色此摩尼珠亦不作意亦不思惟令成異色如來應正遍知亦復如是由衆生故現種種色若諸衆生應見金色而受化者即見如來身黄金色若應

見水精摩尼珠色而受化者即見如來水精摩尼珠色應見眞珠色而受化者即見如來眞珠之色應見因陀羅摩尼珠色而受化者即見如來因陀羅摩尼珠色應見大青摩尼珠色而受化者即見如來大青摩尼珠色應見一切光明聚摩尼珠色而受化者即見如來一切光明聚摩尼珠色應見師子鬣摩尼珠色而受化者即見如來師子鬣摩尼珠色應見師子幢上摩尼珠色而受化者即見如來師子幢上摩尼珠色應見海住清淨莊嚴普光明摩尼珠色而受化者即見如來海住清淨莊嚴普光明摩尼珠色應見以電燈摩尼珠色而受化者即見如來電燈摩尼珠色應見水清淨摩尼珠色而受化者即見如來水清淨摩尼珠色文殊師利若衆生應見如來以帝釋梵天四天王色而受化者即見如來帝釋梵天四天王色如是地獄畜生餓鬼閻羅王至無色界胎卵濕化有色無色有想無想隨以身相而受化者彼諸衆生皆見如來有種種相如來亦不作意分別此衆生願見我金色者莫令見我水精摩尼珠色此衆生願見我水精摩尼珠色者莫令見我金色此衆生願見我水精摩尼珠色者莫令見我眞珠色此衆生願見我眞珠色者莫令見我水精摩尼珠色此衆生願見我因陀羅摩尼珠色莫令見我大青摩尼珠色此衆生願見我大青摩尼珠色者莫令見我因陀羅摩尼珠色此衆生願見我一切光明聚摩尼珠色者莫令見我師子鬣摩尼珠色此衆生願見我師子鬣摩尼珠色者莫令見我一切光明

聚摩尼珠色此衆生願見我師子幢上摩尼珠色者莫令見我海住清淨莊嚴普光明摩尼珠色此衆生願見我海住清淨莊嚴普光明摩尼珠色者莫令見我師子幢上摩尼珠色此衆生願見我電燈摩尼珠色者莫令見我水清淨摩尼珠色此衆生願見我水清淨摩尼珠色者莫令見我電燈摩尼珠色此衆生願見我帝釋梵天四天王色者莫令見我地獄畜生餓鬼閻羅等色此衆生願見我地獄畜生餓鬼閻羅等色者莫令見我帝釋梵天四天王色如來不作意思惟以無功用亦不分別以成其事文殊師利如自在王摩尼寶生處是處不生鐵及諸衆具亦不得生自在王摩尼寶亦不作意是處我生鐵及衆具不應得生文殊師利是處自在王摩尼寶自生是處終不生鐵及諸衆具亦不得生文殊師利如是佛境界處如來生處尼乾外道亦不得生諸邪見等亦不得生一切諸亂亦不生五逆亦不生十不善道亦不生王制法亦不生日月光明亦不生帝釋梵天四天王等諸天光明亦不生諸寶摩尼光明亦不生火光明亦不生電光明亦不生一念半念一月半月一年半年數亦不生文殊師利如來雖復成就衆生不作思惟心無功用一切成就文殊師利如人爲大青摩尼寶珠光明所觸彼人即成大青摩尼寶珠色大青摩尼寶珠不作意思惟若人爲如來智慧光明所觸彼人即成一切智色如來亦不作意思惟心無功用文殊師利如水精摩尼珠善磨瑩之隨所安處以爲莊嚴或莊嚴足或莊嚴手或莊

嚴頭或莊嚴頸隨莊嚴處皆大光明諸莊嚴具悉隨光明文殊師利如來應正遍知行四威儀隨所住處如來光明彼亦光明如來不作思惟心無功用文殊師利如地安住一切諸種種草木藥樹悉得增長地不作意思惟分別文殊師利如來安住一切衆生善根增長如來亦不作意思惟心無功用文殊師利猶如大雲普覆大地於一地種降一味雨令諸草木成種種味成種種色雲不作意思惟分別文殊師利如來應正遍知於十方世界以佛身雲普覆衆生種種善根種種諸願種種心解脫種種住解脫降大法雨令種種善根種種諸願種種心解脫悉得增長如來亦不作意思惟我令增長此衆生聲聞善根我令增長此衆生緣覺善根我令增長此衆生佛智慧善根我令增長此衆生四天王生善根我令增長此衆生三十三天生善根我令增長此衆生𦦨摩天生善根我令增長此衆生兜率陀天生善根我令增長此衆生化樂天生善根我令增長此衆生他化自在天生善根我令增長此衆生乃至五淨居天生善根文殊師利如來不作意分別我令增長此衆生種種王生善根我令增長此衆生人生善根我令增長此衆生富貴生善根文殊師利如來雖不作意分別利益事成如其願如其意如其樂善根成就於一切處恒行捨心無有思惟無有分別文殊師利如日初出放無量百千萬億那由他光除閻浮提一切諸闇光不作意我令闇滅雖無思惟日用得成文殊師利佛日初出放無量百千萬億那由

他智慧光明滅邪見闇除如來應現爲成熟衆生文殊師利如來亦不作意分別我滅衆生邪見煩惱不以功用如來事成文殊師利又如幻師現種種事不以功用不以思惟所作幻事自然而成所爲幻事不可言說不生不滅無字無聲無性無相不可思議不去不來無等無對文殊師利如來應正遍知爲諸衆生行四威儀一切處現而此如來不可言說不生不滅無字無聲無性無相不可思議不去不來無等無對與法界等文殊師利如日於須彌四洲衆生各各異見有見日出有見日入有見正中有見中夜日不作意思惟分別因須彌故四洲世界現種種事爲見不同文殊師利如來應正遍知於一衆處令諸衆生各各異見有見如來當得作佛有見如來當入涅槃有見如來已得成佛有見如來已般涅槃有見如來正法興隆有見如來正法衰滅有見如來或十二十至四十年說法有見如來十二十三十四十億百千不可說劫已入涅槃文殊師利如來亦不作意分別由衆生故自見不同文殊師利如閻浮提大風吹動東方草木一時皆伏西方草木一時皆起如是隨方起伏種種不同而此草木亦不作意思惟由風吹故令現種種文殊師利如來應正遍知由諸衆生於無數劫現四威儀若諸衆生緣於如來生諸行者斷無數劫地獄餓鬼畜生閻摩王生若有衆生一念作意緣如來者所得功德無有限極不可稱量百千萬億那由他諸大菩薩悉得不可思議解脫定不能計校得其邊際文殊師利如日

從大海出放無數無量百千萬億那由他光現城邑聚落滅諸闇乾濕泥生草木成衆事然後行動日不作意思惟分別文殊師利如來應正遍知從生死海出住無數量放無數量百千萬億那由他智慧光明現於十方一切世界除無明闇乾煩惱泥令生善根成就一切於本處不動如來亦不思惟分別而一切皆成文殊師利若有善男子善女人於十方世界微塵等諸佛及聲聞衆施百味飲食及微妙天衣日日不廢滿恒沙劫彼諸如來悉入涅槃爲一一佛於十方世界一一世界起塵數塔閻浮檀金爲塔電光摩尼寶珠以布其地一切光明聚摩尼寶珠爲基眞摩尼寶珠爲幡自在摩尼寶珠爲網張覆其上造如是塔寶傘遍覆大千世界一一幢衣一一旛華一一諸香王自在一一摩尼寶珠一一如意摩尼寶珠其數如雲散以供養一日三時日日不廢滿恒沙劫復敎無數無量衆生設諸供養如上所說文殊師利若有一善男子一善女人信此如來功德智慧不可思議境界度脱衆語言法所得功德勝彼無量文殊師利若有菩薩信此言說能令滿足不可稱量百千億那由他波羅蜜能知無數百千萬億那由他佛遊戲處能破無數憍慢之山能倒無數嫉妬之幢能乾無數渴愛之河能度無數生死之海能斷無數魔王之繩能勝諸日月帝釋梵天王等光明能從佛境界至諸佛境界能度地獄畜生餓鬼閻羅王生令得值佛與菩薩俱亦能得海印三昧隨一切界無過三昧一切諸法自在三昧一切法入

三昧無行莊嚴三昧寶生三昧作遊戲三昧蓮華莊嚴三昧破虛空三昧隨行一切世間三昧法華三昧境界自在三昧大頻申三昧心行自在三昧師子頻申三昧日等三昧無邊轉三昧隨流行三昧金剛緣三昧金剛幢三昧金剛喻三昧金剛三昧持地三昧山等三昧彌樓幢三昧寶藏三昧心自在三昧一切衆生心自在三昧一切諸行境界行三昧深密方便三昧種種樂說三昧無觀三昧觀一切諸法三昧遊戲三昧一切通行三昧勝魔境界三昧現一切色三昧修身三昧隨一切法則三昧智慧燈三昧作證菩提光明三昧說四無礙三昧入一切行功德三昧一切分別說三昧寂靜分別神通三昧首楞嚴三昧大深不量海水岸三昧得如是等無數百千億那由他三昧復得無邊佛身色衆具陀羅尼智慧陀羅尼清淨音聲陀羅尼無盡藏陀羅尼無邊轉陀羅尼海印陀羅尼蓮華莊嚴陀羅尼不著入門陀羅尼度分別辯陀羅尼佛莊嚴受持陀羅尼得如是等阿僧祇百千萬億那由他陀羅尼到一切勝行到一切諸法不由他知到一切諸法無疑復得阿僧祇百千佛遊戲復得諸勝行方便文殊師利如須彌山於一切山光明殊特如是若菩薩信此言者於一切善根光明最爲殊勝是時文殊師利童子語伏一切諸蓋菩薩言佛子更有餘勝法是菩薩信樂處若菩薩能信者得無量勝功德不伏一切諸蓋菩薩言有五法是菩薩信樂處得無量勝功德云何五法一者信一切諸法無對不生不滅不可說二

者信過閻浮提微塵諸行威儀事如來不以功德不以思惟念念自生三者信常成熟衆生於恒沙劫久已成佛四者信從然燈佛來乃至得佛中間所作是佛境界無邊劫來久已得佛現行此事五者信滅釋種示現此事成熟衆生是佛境界文殊師利此謂五法是菩薩所信得無邊勝功德文殊師利若有善男子善女人於日日中以百味食及微妙衣施得六通及八解脫諸阿羅漢滿恒沙劫復有善男子善女人一日之中施一緣覺如上供養勝於前人所得功德文殊師利若有善男子善女人於十方世界起於塔寺如微塵數於一一世界眞閻浮檀金電燈摩尼寶布施一切光明聚摩尼寶爲基眞珠摩尼寶爲旛蓋牛頭栴檀以塗其地自在王摩尼寶爲網覆上安置海清淨普光明莊嚴摩尼寶爲柱師子鬣摩尼珠爲板覆上師子幢上摩尼寶爲窻牖懸諸旛蓋無量百千緣覺所住日日施與百味飲食及上妙衣經恒沙劫文殊師利若有一善男子善女人聞佛者聞世尊者聞如來者聞一切智者此善男子善女人所得功德勝前無量不可計數文殊師利若復有善男子善女人爲佛造像或以彩畫或用泥木其人所得功德復勝於彼無數不可計量何況復以香華旛蓋種種供養所得功德無量無邊不可稱計若復有善男子善女人歸依如來一日守護如來禁戒是人所得功德復勝於彼無量無數不可稱計文殊師利若復有善男子善女人以百味食百種妙衣施於十方一切諸佛及諸菩薩聲聞大衆

經恒沙劫彼諸如來入於涅槃爲一一如來於十方界微塵數等起諸寶塔一一寶塔縱廣如四天下莊校具足以眞閻浮檀金燈摩尼寶布地一切光明聚摩尼寶爲基眞珠摩尼寶爲旛蓋牛頭栴檀以塗其地自在王摩尼寶爲網覆上又以寶蓋遍覆三千大千世界復以諸旛華其數如雲復以種種上妙妓樂供養於塔文殊師利若復有善男子善女人能信此經如來功德智慧不可思議乃至以一摶食施於畜生是人所得功德復勝於彼不可數量文殊師利若有菩薩信於修多羅如前所說而爲供養若有菩薩信此經法復見餘人信此法者生大歡喜發踊躍心起恭敬意奉迎合掌禮拜問訊隨所能辦以爲供養此人功德復勝於彼無量無邊不可稱計何以故以此功德能生佛智世尊所印文殊師利聞此言已皆大歡喜及諸菩薩聲聞大衆天人阿脩羅迦樓羅等皆悉隨喜頂禮而退

度諸佛境界智光嚴經

音釋

羗奴候切 蹋達盍切 驃思召切 嚬紕民切 迫迮迫博陌切迮側革切窄急也 翳於計切障也 鬣力涉切鬐也 頸居郢切頸莖也

大乘金剛髻珠菩薩修行分經

唐三藏法師菩提流志譯

清刻龍藏佛說法變相圖

大乘金剛髻珠菩薩修行分經

唐三藏法師菩提流志譯

爾時普思義菩薩摩訶薩白佛言世尊云何菩薩修行悟入此三摩地佛言善男子如無悟入是名悟入亦當如我修菩提時之所悟入普思義菩薩白佛言世尊云何如來所修悟入唯願說之佛言善男子往昔有王名曰金剛髻珠在於寂靜園林之處結跏趺坐正念思惟如是住時於座右邊忽然出生一大蓮華其華微妙衆寶合成所謂龍繞堅固栴檀以爲其莖閻浮檀金以爲其葉摩尼寶珠以爲其鬚甄叔迦寶以爲其臺爾時衆寶最勝蓮華臺上忽然化生悉陀太子結跏趺坐安詳而起下蓮華臺於王右邊膝上而坐爾時金剛髻珠大王歡喜愛念悉陀太子即將

太子及八萬四千王子俱詣彼佛法界摩尼山日光明王如來阿羅訶三藐三佛陀所聽受正法得聞如是法界緧髻與金剛如來心品三摩地已得五神通云何名爲法界緧髻與金剛如來心品三摩地耶爾時法界摩尼山日光明王如來當爲演說即此枳羅句金剛句法句印句理句相應句密句持句承事句轉句馳走句速疾句顯示句明呪句說此品句已繫縛衆魔枳羅繫縛印繫縛句繫等一切諸句悉入慈句無所諍論是名法界緧髻與金剛如來心品三摩地是彼法界摩尼山日光明王如來演說善男子汝知之不昔稱摩尼寶金銀所成世界者今楞伽摩羅耶山城是其摩尼寶金銀所成世界是彼法界摩尼寶山日光明王如來佛刹善男子是金剛髻珠大王曾於摩尼寶金銀所成世界日光明王如來佛刹作千世界轉輪聖王豈異人乎即金剛手菩薩是善男子是髻珠大王於其刹中爲轉輪王有百億子豈異人乎今十方諸來菩薩是皆爲聽聞法界緧髻與金剛如來心品三摩地法故善男子汝應知之時薩婆悉陀太子有二十八大丈夫相皆得成就何以故我身即是悉陀太子曾於髻珠大王微妙音聲園苑之中其王正念端坐思惟而於右邊龍堅栴檀甄叔迦寶蓮華臺上忽然化生即往彼佛法界摩尼寶山日光明王如來所得聞法界緧髻與金剛如來心品三摩地法門從是已來我於無量億那由他百千如來所承事供養爲聞法界緧髻與金剛如來心品未曾忘失從彼已來經無量億

那由他百千劫常憶念以三昧力故一劫憶念百劫千劫百千劫我亦憶念未曾忘失成劫亦憶念壞劫亦憶念成壞劫中間我亦憶念乃至億那由他百千劫亦常憶念於一如來所憶念百如來千如來百千如來乃至不可說不可說如來俱胝那由他如來亦常憶念於諸如來阿羅訶三藐三佛陀所已得法界繒髻與金剛如來心品法門未曾忘失爾時世尊欲重宣此義而說偈言

我念過去世　無量無數劫　見諸清淨刹
金寶海莊嚴　摩尼淨土王　號曰金剛髻
有大自在力　統領千世界　乃至十千界
更無能過者　具足千億子　能破諸怨敵
皆具二十八　丈夫之色相　朝叅大王所
王子那由他　歡喜園林中　池榭悉嚴麗
莊飾諸寶具　爲供世間燈　見在諸如來
平等咸勸請　普眼大導師　是最爲初首
我親奉承事　爲聞正法故　次有普賢佛
次有華燈佛　次有金剛燈　次有大燈佛
次有最勝燈　次有法燈佛　次有功德燈
次有寶燈佛　次有寶幢燈　次有財燈佛
次有髻燈佛　次有寂燈佛　次有妙燈佛
次有聲燈佛　次有香燈佛　次有味燈佛
次有月燈佛　次有日燈佛　次有威光燈
次有蓮華燈　次有摩尼燈　次有竭闍燈
次有姓燈佛　次有種族燈　次有世間燈
次有法王燈　次有勝燈佛　次有殊勝燈
次有梵光燈　次有光明燈　次有因燈佛
次有然燈佛　次有新燈佛　次有積燈佛
次有智燈佛　次有賢善燈　次有戒燈佛

次有忍辱燈　次有精進燈　次有禪定燈
次有般若燈　次有施捨燈　次有大慈佛
次有大悲佛　次有大喜佛　次有大捨佛
次有正住佛　次有功德住　次有威德住
次有勝燈住　次有最勝佛　次有議論佛
次有梵處佛　次有人間佛　次有天王佛
次有大乘佛　次有最勝等
佛子如是等　如來名號各於一劫中出現於
世我皆承事如供塔廟皆爲希求此三摩地
佛子次復彼諸劫過復過十不可說不可說
諸佛刹土微塵等量於大劫中有佛號摩尼
山日光明王如來最初出現我親承事爲希
求此三摩地故次復有號金山髻如來次復
有法界摩尼金剛山頂燈王如來我亦承事
次復有號金山摩尼峯日髻如來我亦承事

次復有離垢摩尼燈如來次復有法界摩尼
金剛頂燈如來次復有金剛王如來次復有
虛空等摩尼金剛如來次復有福德山金剛
號如來我亦承事次復有種族燈王如來次
復離垢金剛燈手王如來次復金剛燈如來
次復有金剛如來次復離垢光明金剛如來
我亦承事次復有精進金剛如來我亦承事
次復有俱利奢金剛如來次復有金剛髻如
來次復有俱那含金剛如來次復有金剛藏
如來次復有金剛月如來我亦承事次復有
海月如來次復有菴俱舍金剛如來次復有
普遍摩尼金剛髻如來次復有那羅延金剛
如來次復有離垢月如來次復有法愛如來
次復有法真如來次復有法音聲如來次復
有甘露音聲如來次復有甘露月如來次復

有甘露金剛如來次復甘露華如來次復甘露名稱如來次復甘露日如來次復甘露光明如來次復甘露出現如來次復法輪音聲光明出現如來次復雷聲光明如來次復有震旦香如來次復善香如來次復善光如來次復普藏如來次復有普頂如來次復有日月如來次復善商主如來次復有金山光明如來次復有音聲光明如來次復有決定無所住地如來次復有勝幢如來次復有出現威光如來次復大焰如來次復寶焰如來次復有大眞如來次復有日月光如來次復有栴檀香出現如來次復有師子幢如來次復有蓮華光如來次復有金決定摩尼山光明日光王如來是等如來我皆承事善男子如是我爲希求此法門故一劫憶念百劫憶念千劫憶念百千劫亦憶念成劫亦憶念壞劫亦憶念成壞劫中間亦憶念乃至不可說不可說成壞劫億那由他百千劫我亦憶念善男子我百佛亦憶念千佛百千佛亦憶念乃至不可說億那由他百千佛亦憶念是諸如來阿羅訶三藐三佛陀所此法界繒髻與金剛如來心品三摩地於彼聽聞我皆供養承事我此三摩地終不忘失是故佛子若有善男子善女人三業清淨此三摩地應當願求若有樂明義者色聲香味觸相者愛法義者愛辯才者樂神通者樂名聞者樂端正者愛呪術者應當於此三摩地受持供養廣爲人說若有四衆比丘比丘尼優婆塞優婆夷天龍夜叉健闥婆阿脩羅迦樓羅緊那羅摩睺羅伽人非人等及釋梵護世等應當希求何

以故此法門者平等攝取苦惱衆生如地寶藏是愛樂法財者是大光明鑒了墮無明闇者是欲入涅槃道者之大電光此之法門愚者之聰慧佛子此法門者入一切諸佛法中佛子譬如三千大千世界以七寶滿中作一分若有人聞此法門積集善根福德果報增勝於彼且置三千大千世界七寶爲分若恒河沙三千大千世界六道衆生若有人勇猛威力成就彼衆生界所須樂具悉皆與之恭敬尊重復經無量百千萬億那由他歲其一切衆生滅度之後復當爲造七寶妙塔如是福德無量無邊若有聞此法門功德勝過於彼且置恒沙六道一切衆生之事若恒沙三千大千世界中諸有隨信行隨法行種性八人諸須陀洹斯陀含阿那含阿羅漢諸辟支佛是人於無量劫百千俱胝那由他劫恭敬給與衣服卧具湯藥及須愛樂受用之物皆悉與之乃至般涅槃後爲造寶塔高千由旬諸寶鈴網莊嚴其塔晝夜六時盡心供養此諸塔廟若有聞此法門積集善根福德資粮勝彼功德復置三千大千世界六道四生又置三千世界隨信行隨法行八人初果至第四果及緣覺等乃至三千大千世界中諸大乘菩薩摩訶薩及諸如來應等正覺供養如前亦置是事若恒河沙三千國土普遍雲雨海等世界其中道場所能積集與金剛等菩薩摩訶薩及諸如來應等正覺此大丈夫思惟校計以所愛樂衣服卧具飲食湯藥種種供養彼諸菩薩摩訶薩及諸如來供養尊重恭敬讃歎經無量歲無量百千億那由他歲

及無量百千億那由他劫無量壞劫無量成劫無量成壞劫乃至不可說不可說佛刹微塵等那由他劫巳能獲得金剛心定及諸如來應等正覺入般涅槃造七寶塔寶蓋鈴網乃至高出梵世若有男子女人聞此法門能積集福德善根資粮勝前所得佛子今更爲汝說以譬喻由此喻故丈夫聰慧者於此所說能得解了起深重信不生誹謗於如是等解法師所應起尊重希有愛樂如向於佛佛子譬如有人於恒河沙三千界中所有佛刹土微塵等六道衆生胎卵濕化及隨信行法行種性八人初果至第四果獨覺乃至於佛所行道場積集福德諸菩薩摩訶薩及諸如來應正等覺悉奪其命及破壞諸塔佛子復有丈夫成就衆生及諸一切聲聞辟支佛及

彼一切菩薩所行道積集資粮與金剛俱如來心定及巳得者諸如來應等正覺現在位者悉作供養華香旛蓋諸味飲食俱陀那食種種備具及般涅槃後以作七寶塔乃至高至梵世蓋網鈴鐸莊嚴如是二人罪福差別論其昇降遠近多少乃至不可說不可說成壞劫等不得其邊佛子若有人聞如是福非福果於此法門深生重信所有善根積集資粮定爲最勝不得其邊復次若復有人誹謗此法門其罪最大至不可說不得其邊若有人隨喜信受所得福報亦最廣大於須彌山微塵劫說不可盡佛子我今更作譬喻諸有智者能得解了入此法門獲大利益何者是耶佛子譬如有人以一毛析爲百分以一分毛於大海中取一滴水於汝意云何二水之

中爲毛取水多耶爲海中水多耶普思義言一毛之水不足爲言海中在者其水甚多無量無邊佛言佛子我所說福非福者如毛取水其未說者如海中水應如是知爾時普思義菩薩復白佛言世尊我雖智淺聞此法門違順之教成大利益復更思惟生多疑心願爲說之佛言善哉善哉隨意諮問普思義言世尊我見沙門若婆羅門及餘外道遮邏迦波利波斫迦尼健子等如是之類或炙身苦行或竪雙脚或復屈膝以衣纒脚蹲踞而坐或兩石相擊取穀而食或以灰塗身或投高巖或卧刺上或入大水及火等法或食牛糞或翹一足或竪兩臂或但食菜或食稗子或食樹葉或冷水浴或恒河水受用洗浴而爲戲樂如是等人皆欲乞求解脱之法愚夫頑

嚚乃至如是果報云何世尊有諸檢校知事等類因生憍慢喜怒自在縱愚夫勢不能了知所作之業善惡因果應與不與不與而與廻改稱意以爲勢力如是等類果報云何世尊復一類同修出家不能恭敬有德業者多畜門徒不時教誨應不應作犯與不犯是有爲法是無爲法是世間法是出世法又自不解不令他解世尊是業成就當生何道復次世尊或復有人不能敬重父母師長不護家族尊者當生何處世尊復有一類行貪瞋癡及等分者其人業報復生何道世尊復有殺盜邪婬妄言綺語兩舌惡口嫉妬瞋恚邪見等業當生何處復有一類作呪術法不從師授自妄出法當生何處世尊復有一類愚癡之人越三摩耶自在作法當生何處世尊以

我思惟見聞如是心不能了唯願爲說解釋我疑而生利益爾時如來即便稱歎普思義菩薩摩訶薩言善哉善哉又復歎言善哉善哉普思義如是三歎汝爲利益憐愍世間諸衆生故又復開演至理因緣甚深之業作如是問我當爲汝分別解說汝當諦聽善思念之普思義言願樂欲聞佛言普思義若有沙門婆羅門及諸外道遮邏迦波利波斫迦尼揵子等如是炙身苦行雙竪其脚衣纏而坐兩石擊穀而爲食法以灰塗身糞穢埋身唯出其頭稱解脫法或卧棘刺投於深水五熱炙身或投大火或食牛糞常翹一足或竪兩臂或專食菜或食稗子或食樹葉或冷水洗忍寒求淨或浴恒河而稱解脫彼諸愚癡專執爲理聞其正法而生誹謗我當說其後受果報佛子其有蹲踞纏衣服者至大蓮華地獄之中其兩石相擊手自食者身歡當生駝驢之中若灰塗樂爲道者當生食吐毗舍闍鬼中若投高巖者當生水羅刹中若以糞穢埋身唯出其頭執爲道者生刀劒林大地獄處若投入水爲解脫者當生摩竭大魚腹中若五熱炙身當墮大火地獄若食牛糞爲淨解脫當墮猪道自食其糞次後復生餓鬼之中若翹足誦呪執爲道者當作鐵脚夜叉若竪兩臂舉向頭上爲解脫者當作竪髮餓鬼若唯食菜樹葉稗子當作駱駝驢象牛羊等身若以冷水及恒河中取凍爲道者當墮寒冰冷地獄若有如是外道等類執爲正道起諸業行生於十六及三十二諸地獄中復有作檢校者或以自在或以無智或以勢力或

不羞恥强相侵奪或應與此而將與彼或施物交互輒生改換將與於人或以冬施僧物而夏與之或夏之物而冬與之或速之物而遲與之或有多物而速用盡諸如是等皆違至理命終之後當生十六及三十二地獄之中其於獄中所受形體隨業各異或於一身生無量頭面亦差別或馬面駝面象面猪面鼠狼面鯌魚面低彌魚面鮎忙魚面吉羅魚面瞿㮇婆面猫狸面烏鵲面黄狐面野干面猨猴面百歲蟲面百足蟲面水牛面羆面鷂面師子面虎狼猫牛面兔面羊面鷲面狗面餓鬼渴面羅刹怒面諸惡禽獸使人怖面如是可畏極惡之類於一身上有諸頭面此等業果生於利刃刀劒地獄轉動其身備受諸苦極痛苦猛酷苦慘毒苦奪命苦受是諸苦其罪未畢經爾所俱胝那由他百千劫生生受身皆亦如是或一頭下百千身分一一身上百千億頭一一頭中百千億舌一一舌間有百千億熾熱猛焰鐵犂牛等耕盡其舌如是千百億身各各皆有百千億尸蟲唼食其身渴飲其血饑食其肉饑渴苦逼拔其心肝而噉食之如是受報經無量歲至無量劫乃至不可説不可説億那由他劫過是已後即復更生海羅刹身或時經過如須彌山微塵等劫復生饑渴餓鬼之中其中復經淨居諸天三萬六千劫若以人間算數論之即不可説不可説劫從餓鬼中捨身方作畜生之身駝驢猪狗其經人間算數十千歲爲衆合地獄一日夜經於地獄百千億那由他歲已生於人間惡種姓家人所憎惡人所毀辱旃荼

羅家押油家竹作家貧窮苦極如是等家而生其中生生之身常患腹大水腫惡病爲人輕賤極麤惡身極復羸瘦復多貪食食無飽足手足不具諸根多闕身體斑駮性復癡頑如是展轉難得出離佛子是故知事之人諸檢校主不如法者當得果報必定不虛固當用心司存其事佛子復有如是一類出家之者偃蹇憍慢或尊重者之所驅使或爲承事由是得貪利養名聞而不恭敬有德業者又不能爲和尚所應作事亦復不能修行別解脫戒是故常當思念云何令我大得名利若百若千侍從圍遶若入寺入村城邑聚落及以王都於諸同住及以依止不能教誡又不爲說輕重戒律既自不解不令他解自不調伏寧靜隱密云何能令他人調伏寧靜隱密無有是處自壞善根令他同住依止等人亦壞善根如是之人命終即共墮於羂索地獄一劫流轉受苦以淨居天日月筭數若人間歲滿足千劫其同住依止生於十六眷屬地獄及水羅刹常被鞭撻洋銅灌口佛子是愚癡人當生是處佛子復有不順輕慢應對於父母者當生鸚鴿鳥中若不知尊重父母師長當生大聲駱駝之中若有輕慢沙門婆羅門等當生長項孔雀之中若有不尊敬家長者當生瘖瘂猪羊之中若行貪穢色欲之者生三惡趣復生人中諸根短闕若行瞋恚當生四趣或閻羅界若行癡者亦復如是乃至等分罪報如上生無斷絕殺生之人當墮地獄畜生餓鬼閻魔羅界若生人中得二種報一者短命二者多病若偷盜者墮於三趣若

生人間得二種果一者貧窮二者共財不得自在邪婬之人乃至邪見墮三惡趣及閻羅界得受人身皆二種報一短命二多病於一切處一切時中常不安穩佛子如是業報當知分明佛子復有一類持呪之人不從師受三摩耶法自作法呪彼即毀謗三代如來即被毗那野迦之所殘害其諸呪法亦不成就得虛妄罪佛子以不從師不解三摩耶故彼持呪人自陷及他即爲欺誑十方三世一切諸佛爾時普思義菩薩摩訶薩於世尊前欲重宣其義以偈頌曰

善現色相具成就　持呪無畏大仙王
最初惱習巧斷除　如月破闇我稽首
人天中主衆所依　自在堅固金剛力
能破怨敵煩惱縛　及諸魔軍悉摧伏
陰魔死魔自在等　一切降滅無有餘
證得四住無畏法　無礙解脫名爲佛
往昔曾作太子時　離垢化生時感現
於日光王如來所　最初聞此三摩地
終不捨離於精進　爲求如此三昧王
如是展轉遇諸佛　數過須彌微塵等
以天妙物諸香華　供養無量大導師
精進希求心不懈　願獲證入三摩地
捨於身肉及手足　豐樂玩具及王位
常以給施於貧乞　爲求三摩難得法
千萬須彌微塵佛　承事具修菩薩行
未曾輒起猒倦心　常當重發上精進
於冬分時修苦行　淨持禁戒諸律儀
有施供物若侵用　或迴時日及别僧
當捨自身得異身　於一身出無量頭

一一頭如彌婁山　長舌生如連鉤鑠
一一頭中舌如是　百俱胝犁耕其舌
一一身中出諸蟲　數如彌婁微塵等
饑渴熱惱燒逼身　還各唼食其身肉
諸罪業報如是類　象形馬形及猪形
師子猫羆玃猴形　展轉遞相食其肉
此是罪業惡果報　毒蛇猛盛瞋怒起
烏與薰胡野干等　狗及鷲鳥俱羅羅
瞿榛娑共餘惡鳥　食此惡業諸衆生
所經成劫及壞劫　無量成壞之劫數
食噉諸惡業衆生　衆合地獄甚切惡
劒葉猛利及黒繩　冷熱解散其支節
熾然燒煑罪業者　大叫羂索如利刃
及黒繩索亦復爾　腐其身肉磨迮之
鋸截上下諸骨節　慘切纏縛苦燒煑

造惡業者殷重心　饑火燒逼互相食
受於燒獄滿一劫　復半劫中墮畜生
成劫之時生人間　常生貧賤極惡處
下劣種姓旃陀羅　終不生於貴勝族
身常斑駮多白癩　以罪果報諸色類
或生夜叉餓鬼界　復常生於旃陀家
雙盲或眇或聾啞　或癥躄等由罪累
生輒諸根不具足　或手足杌或都無
語言倒錯心迷惑　此果皆由業所致
或生叫喚黒繩獄　或一劫中及半劫
如是色類諸苦報　罪業緣生獲此果
若得施物迴別異　若施夏中迴冬分
乘此業生八難中　彼諸難中甚嚴酷
亦生十六諸眷屬　諸苦燒煑甚可畏
形類十八或二十　皆以業緣受惡報

若生輕慢父母心　不敬尊者及老宿
命終之後墮畜生　諸飛鳥等鸜鵒類
上下中人不尊敬　命終之後生畜生
或生長項孔雀中　爲於父母不孝養
不敬國德諸尊人　命終之後生畜生
大聲駱駝及驢中　若有輕慢於父母
墮於猪驢食不淨　若有聰慧諸智者
達於生死此彼岸　應當尊重敬父母
以爲無上大福田　生於大富正信家
若有輕慢諸德業　護法諸天當捨離
諸惡鬼神得其便　夜叉之衆來驚怖
若有輕慢於父母　生生常處貧窮家
一切時中受輕毀　復生頑癡奴僕中
若有輕慢於父母　終無少選得安樂
妻子親識皆逼惱　又無飲食得充飽
舉國飼之常不足　生餓鬼形極惡報
若有輕慢於父母　當必生於海羅刹
已身如赫焰火然　日夜恒食熱鐵汁
若有輕慢於父母　及諸耆宿尊德者
常爲世人所猒離　所有妻妾心亦然
如是種種惡色類　說之窮劫不可盡
若不作過於尊者　是名聰慧有智人
三種貪瞋癡不生　身口意業常安樂
若瞋惡心斷生命　墮四趣中長受苦
劫盗邪婬及妄語　惡口兩舌無義語
貪瞋恚癡諸業果　終不得於人中樂
清淨心中施財寶　常當守愼諸戒業
修習忍辱無退轉　精進不懈入禪定
般若鑒了常遠離　是必當得薩婆若
終不犯於邪婬欲　常遠離於口意過

是則當得大導師　而爲衆生演正法
瞋恚之心不暫有　離魔繫縛及邪見
不久當作世間燈　十善明法化一切
若偷盜人及邪見　當來生於針口蟲
綺語兩舌惡心者　常以語言壞正見
若有習行外道法　投身高巖卧棘刺
如是邪見施財物　當得少分資生報
施與修習正向者　必獲無盡大果財
若欲成就三道場　皆應敎授從師學
諸有不從教授者　虚妄作法非眞實
以不尊重導師故　不能行用曼茶羅
若欲最上依最勝　大普集經實法中
三界最勝廣慱場　金剛種族摩尼寶
蓮華白象諸高貴　諸佛於中運自在
大勝自在殊法寶　最上月鬘金剛髻

寶鬘及以日光鬘　及法周羅摩尼頂
一切皆入金剛鬘　擁護神呪皆由是
常當念誦無斷絶　念念即能滅罪障
日夜三時相續呪　決定利益無有疑
或在高處河岸邊　諸神靈廟勝妙處
草野塚間寧靜謐　決定常恒乞食食
由是成就曼茶羅　如教如說稱要道
彼眞實義得相應　必當獲成大義理
三十二種功成就　以持得實道場法
是名不損成等惡　即是三種曼茶羅
護摩護沙百徧成　由是成最曼茶羅
終不有疑念決定　最勝法中常深信
慎勿誦於質多呪　亦不敬禮諸邪神
若不禮事餘聖神　是作三等曼茶羅
若常不損害他命　亦不破壞於他心

由以離呪魅著人　即能成就曼荼羅
若衣羖羊及惡食　惡心損壞謂諸呪
所作呪法皆不成　彼即退失成呪法
有常護彼金剛杵　不食油麻華餅等
智者應作最勝呪　是呪法義應當成
若有不取師教授　毗那野迦速疾著
若能從師而作呪　爲諸如來灌其頂
不損害他不著魅　是名三等曼荼羅
智者謙心説理趣　於尊卑類心平等
於諸世間眞成就　以得平等眞實呪
於多人中虛妄言　東西南北行不利
所作事業不稱心　彼不應説呪成就
薄福之人起過患　毗那野迦所損害
若能彩畫呪法成　燒香燈明如法者
呪法成就品類是　彼等皆由慈業辦
第一不殺成就業　有慈有悲眞實者
召請十方諸呪王　明説決定實利益
以諸供具實體性　諸持呪者修習之
彼諸呪者有聰慧　彼應成就曼荼羅
三十三天吉祥處　同等三種三摩耶
我應品類呪法成　其福德力不可説
若有造作第一者　曼荼羅所説理趣
如其淨信作法成　三種三摩地相應
以明呪壞於三界　於三界呪皆成就
精勤用功彌加行　所作呪法皆得成
金剛杵形畫相似　及以蓮華形相好
應於露地曼荼羅　彩畫界道用朱末
智者若如法成就　是名實眞廣利益
畫壇不畫金剛杵　不畫佛形及佛子
持呪制吒及制徵　毗那野迦及使者

杜吒杜底緊伽羅　應在像前咸畫成
隨其力分恭敬信　奉獻爾所諸導師
上味施與制吒等　及毗野迦令歡喜
諸持呪仙應設供　成就如法佛像前
普皆於彼曼荼中　畫於佛前如法作
安置道場諸門戶　應畫毗那野迦像
應畫守護地方神　復畫諸山持呪仙
合掌皆於佛前住　如是呪神二十八
一一方面各圖七　日月天形呪神形
守護持者令成就　東面畫作因陀羅
南面畫作烏尸羅　西面畫作日沒山
北面畫作於香山　諸山畫作呪仙座
合掌向佛像前住　鎻繫毗那野迦項
住在持呪大仙前　使者纓手執鐵索
於呪法作擾亂相　緊那羅有三十二

一一方面各有八　清淨壇中畫作形
若成就佛壇法者　千燈千華爲莊嚴
千香水瓶雜供物　篳篥琴瑟及箜篌
笙笛簫鼓諸音樂　長笛方響諸樂器
諸天神有愛樂者　於佛像前來鼓擊
又張種種諸羅網　種種諸妙色界道
種種寶瓶供如雲　能成曼荼勝妙法
若爲毗那野迦著　彼人終不成勝法
速疾失壞諸呪力　勤行力用亦不成
不行諸定離修習　不應勝壇得成就
是愚癡人作是法　終不能成上勝利
若能依教作壇法　已能滿足十二年
專誦持呪不餘業　於高險岸及靜處
以呪力能滅諸罪　若欲誦呪及壇處
常以粳米乳酪等　晝夜各以三時誦

誦時盡力限徧數　月八十五及滿月
修行習作曼荼羅　必當即得勝成就
若有思惟分別者　成就最勝理趣經
掘地一丈取淨土　將泥淨地作壇法
清淨洗浴著淨衣　如法至心繫念誦
或三四肘七七肘　取淨好土作淨壇
應請大乘妙勝經　作法能獲大饒益

大乘金剛髻珠菩薩修行分經

音釋

甄居延切　繒疾陵切　榭詞夜切臺有屋曰榭　奢式車切　術食聿切法也　鈴鐸鈴郎丁切似鐘而小者鐸達各切亦鐘屬　析先擊切分也　蹲踞蹲徂尊切踞居御切蹲踞似獸直前足而坐也　頑嚚頑五還切嚚語巾切心不則德義之經曰頑口不道忠信之言曰嚚　棘刺棘紇力切小棗叢生也刺七自切直傷也　鯌倉各切魚名　鮎女廉切魚名　㮏乃代切　羆彼為切如熊白皮者　螭抽知切若龍無角而黃者　斑駁斑布還切駁北角切色不純也　偃蹇偃於幰切蹇紀偃切偃蹇驕傲也　撻他達切捶也　鸜鵒鸜強魚切鵒余蜀切鸜鵒鳥名也　瘖瘂瘖於金切瘂烏下切瘖瘂不能言也　羖公戶切牡羊也　篳篥篳壁吉切篥力質切胡人所吹葭管也